17·18세기
한문학 비평 자료집

17·18세기 한문학 비평 자료집

초판 1쇄 인쇄 2012년 12월 21일
초판 1쇄 발행 2012년 12월 31일

편 자 : 송재소·이철희 외
편집인 : 신승운
        대동문화연구원   Tel. 02)760-1275~6

펴낸이 : 김준영
펴낸곳 : 성균관대학교 출판부
등 록 : 1975년 5월 21일 제1975-9호
주 소 : 110-745 서울특별시 종로구 성균관로 25-2
전 화 : 760-1252~4
팩 스 : 762-7452
홈페이지 : press.skku.edu

ⓒ 2012. 대동문화연구원

ISBN 978-89-7986-970-5   94810

17·18세기
한문학 비평 자료집

송재소·이철희 외 편

성 균 관 대 학 교
대동문화연구원

이 저서는 2006년도 정부재원(교육과학기술부 학술연구조성사업비)으로 한국연구재단의 지원을 받아 연구되었음 (KRF-2006-A00080).

서문

    본 자료집은 17~18세기 문집에 수록된 한문학 관련 비평자료를 수집하여, 주제별로 내용을 파악하고 다양한 비평어의 쓰임을 찾아볼 수 있도록 정리한 것이다.

    대동문화연구원에서는 고려시대부터 19세기 말까지 한문학사 전체를 아우르는 비평자료집을 기획하고, 첫 과제로 17~18세기 자료에 대한 정리를 2006년도 한국연구재단의 지원 아래 수행하여 그 결과물을 출간하게 된 것이다.

    본 자료집을 기획하게 된 계기는 한문학이 하나의 학문으로 자리 잡은 이래 한 시대를 아우르거나 통시적 관점을 견지한 연구가 상대적으로 저조하다는 반성에서 시작되었다. 이러한 학계의 추세는 사실 거대 담론보다 작품의 실체에 대한 연구를 통해 내실을 기하려는 연구자의 의식에서 비롯된 것이기도 하지만, 공시적 통시적으로 문학사를 조감할 수 있는 기초자료의 정리가 미비한 연구 환경에도 일정부분 원인이 있다고 할 수 있다. 중국의 경우는 일찍부터 『中國歷代文論選』이나 『中國文學批評資料彙編』 등과 같이 역대 문학론을 정리한 자료집이 출간되어 중국문학사의 전체적 흐름을 살펴볼 수 있는 역할을 하여왔다. 우리나라에도 한문학 비평자료집이 없었던 것은 아니다. 『韓國古典批評論資料集』(계명문화사, 1988)이나 『韓國詩話叢篇』(태학사, 1996) 등이 그간 많이 참조되어왔으나, 한적문헌을 그대로 영인한 것으로 구두점이나 색인이 없고, 편성의 체계가 미흡하여 이용에 불편함이 적지 않았다. 한편 한문원전의 전산화가 큰 성과를 거두어 한국문집총간 원문검색시스템이 한문학 연구에 크게 기여하고 있지만, 한문학 비평자료의 활용이라는 측면에서는 나름대로 한계를 지니고 있다. 비평자료에 범위를 한정시켜 검색할 수 없고, 작가나 작품 등의 이칭이나 병칭 및 다양한 양상을 보여주는 비평용어를 효과적으로 검색할 수 없기 때문이다. 또한 선별작업을 거쳐 수집된 것으로 문학사 연구에 포함되어야할 주요 문집들이 빠져있는 경우도 있다.

    이러한 문제점을 해결하기 위하여 준비한 것이 바로 본 자료집이다. 한문학 비평의 주요자료를 놓치지 않기 위해 가능한 조사대상을 확대시켜 약 350여종의 문집을 조사하였고, 비평자료를 효율적으로 이용할 수 있도록 자료집의 체제와 편집을 이

용자 중심으로 구성하였다. 먼저 비평내용을 빠르게 파악할 수 있도록 비평 대상과 중심어를 추출하여 부각시켜 놓았고, 각종 이칭과 병칭의 본명을 조사하여 제시하였다. 또한 추출한 내용을 별도의 색인을 만들어 자료의 내용을 주제별로 찾아볼 수 있도록 하고, 다양한 비평용어의 쓰임을 파악할 수 있도록 주요비평개념을 연계시켜 색인어를 정리하였다.

2년의 연구기간 동안 17~18세기 문집을 저인망식으로 조사하여 비평자료를 수집·정리한다는 것이 계획처럼 수월하지 않았다. 여러 연구진이 공동으로 진행한 작업이라 비평자료를 선별하고 비평용어를 추출하는 기준에 편차가 있고, 애써 자료를 수집하여 정리하여 놓고 보니 비평보다 칭송적 성격을 지닌 글이 많았다. 그래서 연구기간 중 정리한 자료를 재차 선별하여 연구자가 이 시대의 비평자료를 일별할 수 있도록 100여명으로 한정하고, 비평용어의 추출을 재정리할 수밖에 없었다. 이 작업을 수행하는데 많은 시간이 소요되었다.

모든 작업을 마치고 보니 주요 인물이나 자료를 놓친 경우가 발견된다. 의욕적으로 문집을 하나하나 검토하며 조사대상을 확대했지만, 기존에 연구된 자료를 조사하여 수용하는 데는 소홀했던 것이다. 그러나 본 자료집에서 새롭게 시도한 비평자료의 정리와 색인방식은 당시 문학사의 전체적 흐름을 이해하고 비평용어의 개념을 파악하는데 일조하리라고 생각한다. 향후 고려시대부터 조선전기와 19세기의 비평자료가 수집·정리되어 전근대 문학사를 아우르는 비평자료집이 이루어지길 기대한다.

끝으로 연구기간이 끝난 뒤에도 본 자료집이 출간될 수 있도록 지속적인 관심과 후원을 보내주신 대동문화연구원 신승운 원장님과 까다로운 편집 작업을 묵묵히 도와준 연구보조원에게 감사드린다.

2012년 12월

편저자 일동

목차

상세목차

21

▌일러두기

1. 본 자료집은 17~18세기에 활동한 문인의 문집 소재 비평자료를 수집, 정리한 것이다.

2. 수집대상은 생년이 1560년 이후이면서 몰년이 1620년 이후인 인물로부터 생년이 1760년 이전이면서 몰년이 1820년 이전인 인물의 문집으로 한정하였다. 가장 활동적인 30~40대가 17세기와 18세기에 속한 인물의 문집을 조사 대상으로 삼고, 주된 활동기간이 19세기로 넘어가는 인물, 예컨대 南公轍(1760-1840), 丁若鏞(1762-1836), 申緯(1769-1845) 등은 몰년을 기준으로 제외하였다.

3. 자료집의 목차는 문인의 생년을 기준으로 배열하고, 각 문인별 비평자료의 목차는 문집 수록의 차례를 따랐다.

4. 각 편의 자료 중 부분을 추출한 경우 '전략', '중략', '후략' 등을 통하여 추출범위를 표시하였고, 색인으로 추출한 주요 내용은 굵은 글씨로 표시하여 자료 전체의 대체적 내용을 일별할 수 있게 하였다.

5. 각 편의 자료는 효율적인 내용 파악을 위하여 3항목의 부가 정보를 제시하였다.
   첫째, 〈대상〉란에는 비평의 대상이나 비평자료의 수신인을 제시하였다. 서발문이나 서간문 등 어떤 특정인에게 써준 자료나 어떤 작가나 작품에 대한 글인 경우 그 대상을 밝힌 것이다.
   둘째, 〈중심어〉란에는 비평의 중심내용을 대표하는 용어를 추출하여 제시하였다. 자료의 내용을 빠르게 파악하고, 별도의 색인을 제시하여 중심내용을 효과적으로 찾아볼 수 있게 하였다.
   셋째, 〈색인어 정보〉란에는 각종 이칭, 약칭, 병칭 등의 원 명칭을 병기함으로써 원문의 각주역할을 하도록 하였다.

6. 비평용어를 제시함에 있어 연관관계는 '*'로, 추출관계는 '〈'로 표시하였음.

7. 본 자료집은 비평자료를 효율적으로 찾아보기 위하여 색인을 4개 부분으로 구성하였다. 【대상어】【중심어】및 【인명】에 대한 별도의 색인을 제시하여 비평자료의 중심내용에 효과적으로 접근할 수 있게 하였고, 【종합색인】은 비평용어의 다양한 조합과 활용 양상을 참조할 수 있도록 주요 비평개념을 중심으로 구성하였다. (단, 찾아보기에 표시된 면수는 각 자료의 끝에 수록된 〈색인어 정보〉의 면수를 제시하고 있다.)

8. 자료집 말미에 조사대상 문집목록을 수록하여, 향후 본 자료집을 보완하거나 18세기 이후나 17세기 이전의 비평자료를 수집하는 작업이 이어질 경우를 참조할 수 있도록 하였다.

장현광(張顯光, 1554~1637)

본관은 인동(仁同). 자는 덕회(德晦), 호는 여헌(旅軒). 정구(鄭逑)에게 수학하여 퇴계학파로 분류되나 퇴계와는 다른 독창적 성리설을 주장한 것으로 평가받고 있다. 유성룡(柳成龍)의 추천 등으로 여러 차례 관직에 임명되었으나 모두 사양하였고, 병자호란 때 의병활동을 하였다. 저서로 『여헌집(旅軒集)』 11권·『續集』 5권·『성리설(性理說)』 6권·『역학도설(易學圖說)』 9권·『용사일기(龍蛇日記)』 2권 등이 있다.

출전: 旅軒先生文集(『한국문집총간』 60집)

1) 文說
2) 冶隱先生文集跋
3) 西厓先生文集跋

1) 文說(권6)

文者 道之發於功用 形於模象 而等第之所以秩 條脈之所以別也 凡運行分布於宇宙間 有耳可得以聞焉 有目可得以接焉 有心可得以理會焉者 爲有其文也 道若無文 何得以爲道哉 故天有天之文 地有地之文 在人有人之文 天地之文 根於自然之理 成於自形之氣者也 人之文 亦莫不由於自然之理 自形之氣也 而其有以品節之修明之者 在乎人之自爲也爾 然則圓於上而日月星辰之昭布者 天之文也 方於下而山川草木

之遍滿者 地之文也 二氣有二氣之文 五行有五行之文 至於風雲雷電
雨露霜雪 無非元化之文也 朝暮晝夜 一日之文也 晦朔弦望 一月之文
也 生長收藏 一歲之文也 飛潛動植 形形色色 各所其所 各性其性者
品彙之文也 若非其文 造化何由而成乎 道義何由而明乎 惟人也 位乎
天地之間 首乎萬物之上 性仁義禮智之德 責倫紀綱常之道 以位天地育
萬物 繼往聖開來學爲事業 則文之在人者 不其重且大乎 故人文旣明
然後親疎分 上下章 內外別 先後序 父父子子 君君臣臣 夫夫婦婦 長長
幼幼 善善惡惡 而裁成輔相 參贊位育之道在是矣 然而莫非人也 而惟
儒者 爲能講明此道 推行敎化 而擧一世民物 無不入於文明之化矣 文
明之化 旣暢於天下 則日月星辰 光華於上 山川草木 奠貢於下 風爲祥
風 雲爲慶雲 雷電雨露霜雪 莫不爲瑞 而飛潛動植 各遂其生 麟鳳龜龍
畢效其靈者 非文敎之致耶 天文之文於天 地文之文於地者 實皆由人文
之得其文而能爲文也 然則文之在吾人者 語默動靜之儀於身也 彝倫敎
化之範於人也 發育萬物 峻極天地者皆是也 而惟其繼往開來之文 則必
由於言矣 聖經賢傳 非斯文之典範耶 然則聖經賢傳 皆出於不得已而
作也 豈若後世尙詞衒技之爲哉 不有易 無以窮陰陽變化之妙 示開物成
務之道 故易於是乎作焉 不有書 無以明帝王出治之本 述都兪經世之業
故書於是乎著焉 察人心性情之發 審世道升降之變者 詩之所以編也 準
繩經綸之大經 權衡賞罰之中制 傳往古列聖之心法 垂後世百王之政典
者 春秋之所以出也 天理自有節文 人事必有儀則 則豈可無禮經以傳之
哉 契得天地之中聲 鼓發神人之和氣 則豈可無樂書以遺之哉 此皆所以
明理也 載道也 立敎也 啓學也 若經傳無作 則生于千載之下者 何以知
夫千載上聖皇聖帝聖王之事業哉 爲是人而不知人之理 居天之下而不知
爲天者何理 在地之上而不知爲地者何理 況知夫滿兩間萬物萬事之理乎
惟其有經傳之文 明如日月之光 信如四時之常 故人得知天所以天 地所

以地 人所以人 物所以物 有身則有性 有性則有道 有道則有德 有德然
後人爲人 家爲家 國爲國 而彝倫以斁矣 然則使斯人得不爲禽獸之歸者
六經爲文之功也 夫六經之文 聖人之造化也 其於造化 何容議爲哉 如
麻絲布帛之不可去 菽粟藥餌之不可無 尊之當如父師 敬之當如神明焉
爲天地元氣之所寓 與天地而存亡 故秦政之所不能焚滅 則後世豈復有
秦政哉 設雖有百秦政 其如天地之元氣何哉 至於後世 其亦摹擬作述
自以爲立言傳後者號儒 必效把筆皆著 故題目紛紜不可箅悉 卷帙浩漫
不可數記 然而徒知文之爲文 而不知文之出於道也 至以文章爲至道 以
博涉爲眞儒 以科第爲達士 則其所謂文者 特口耳上之掇拾 非心得之發
也 特翰墨中之繪飾 非躬行之述也 其足觀者無幾 則況傳後乎 蓋道 爲
文之本也 而著於德行者 文之實也 發於言詞者 文之文也 故惟能有德
行之實者 能爲吐辭之經 聖人所謂**有德者必有言** 是也 若無德行之實
而徒事於文字之末 則雖欲粉飾以售其辯 詭誕以眩人見 何能掩得識者
之目哉 **雄辯如老莊** 終不得以淸虛之論 沒絶聖人之禮法 **亂眞如釋佛**
終不得以寂滅之說 廢盡天下之彝倫 況其餘諸家之作 儘如百蟲之音 過
耳皆空 何足道哉 眞儒無作 而古文之亡 千有餘載矣 至宋周程張朱相
繼以出 而克紹眞儒之業 斯文復歸於正焉 然皆卷而藏之 不得明**文敎**於
天下 則所傳者遺篇而已 然而至今知六經之爲經 識聖道之爲道者 皆宋
儒之賜也 然則**文者 大道之精華也** 天地則萬古一天 萬古一地 而其理
無變 故天地之文 未嘗變也 而其在人者 不得不隨世升降 隨人邪正 故
觀歷代之文 足以知斯道之變矣 文有**淵奧宏深雄渾簡古**者焉 有**純正剛**
大峻潔磊落者焉 有**卓拔著明平易秀麗**者焉 此則吉人君子之文也 豈不
爲六經之助哉 其或**卑弱委靡鄙劣淺薄**者有焉 **隱晦艱澁險怪蠱誕**者有
焉 **駁雜浮誇破碎俚俗**者有焉 此則皆出於心無的見 行無執守 尙氣好
奇 騁辯逞技之人也 只足以亂人耳目 壞人心術 曾何補於世敎哉 噫 安

得見本末兼盡 有德有言 明斯道之大用 爲經天緯地之文哉

대　상: 文
중심어: 天之文 / 地之文 / 人之文 / 六經之文 / 文之本
색인어 정보: 周程張朱(周敦頤, 程顥·程頤, 張載, 朱子)

2) 冶隱先生文集跋(권10)

昔韓文公退之頌伯夷曰 昭乎日月 不足爲明 崒乎泰山 不足爲高 巍
乎天地 不足爲容 夫明莫明於日月 高莫高於泰山 容莫容於天地也 而
人之淸聖有伯夷焉 則日月之明 泰山之高 天地之容 皆歸爲不足 是伯
夷之義 明於日月 伯夷之節 高於泰山 伯夷之道 爲天地所不能容得者
爾 若非特立獨行 能當是言耶 非山斗筆力 能形容至此耶 故後人覩其
文者 自不暇於贊嘆 未有以爲過論矣 然則論吾東節義者 乃以冶隱先生
爲東方之伯夷 惟知伯夷者 可以知先生矣 于今日月之明如古也 泰山之
高如古也 天地之容如古也 愚夫愚婦皆得以仰之 仰之者 有以想夫其所
不足爲明 不足爲高 不足爲容之氣象 則伯夷之所以竆天地亘萬世而不
顧之旨 仍可得而認之矣 蓋先生之義 卽伯夷之義也 先生之節 卽伯夷
之節也 謂之東方之伯夷 不爲可乎 聞中夏之慕節義者 刻砥柱中流四大
字於夷齊廟之下抗流之石 而又吾東之慕節義者 摹其四字 立碣刻揭于
先生墓下洛江之岸 則誠以立天下之大閑 存萬世之綱常者 中夏而伯夷
我東而先生也 誠以秉彝之天 亦與天地日月泰山 同其不墜 而無古今無
夷夏 好德之心 不能爲之熄滅者也 嗚呼 世旣曠矣 其儀範光輝 雖莫得
以遡接 幸其遺文餘語 有或傳於世者 則其所以誦詠而感發焉者 又可已
耶 先生之製述多寡 今不可知 而久遠散失之餘 得傳者無幾 凡詩文若

干篇與行狀及前後諸人贊詠合爲一冊者 曾已印行 而比於兵火之日幷失
焉 今者先生六代孫興先・宗先等 求得其一件於僅存者 謀復刊布 冀永
其傳 又以列聖賜祭之文及金烏吳山兩書院創設事證 俱載於中下兩篇
錄訖 遂欲略敍其重刊之意 置諸卷末 噫 先生之高義大節 有諸人之詞
哀在卷中 足以傳焉 就誦昌黎頌伯夷之言而申之 抑有重感歎者 吾儕所
宜致思焉 竊讀狀行之文 先生忠義 實本於孝友之道 古今孰有無孝友於
家 而能忠義於國者乎 伯夷亦嘗守父命於孤竹者也 吾黨或遇先生之所
遇於一家 其果能一如先生之自盡者乎 讀其書 誦其詩 慕其節義 而若
不能各反吾身而感奮焉 雖讀誦何益哉 又豈刊行是冊者之望哉 萬曆乙
卯五月丙午 玉山張顯光誌

대　상: 冶隱先生文集(吉再)
중심어: 伯夷
색인어 정보: 冶隱(吉再) / 退之(韓愈) / 昌黎(韓愈)

3) 西厓先生文集跋(권10)

存諸心而責諸身者 乃人德行事業 譬則本也源也 聲於口而傳於世者
卽其言語文字 譬則末也流也 然則德行事業 固各有規模大小 言語文
字 亦不無品格高下 而惟其大槩 則必也有本而有末 有源而有流 然後
當關於世敎 是豈撰做於齒舌間 馳騖於翰墨場者比哉 今此文集 卽西厓
柳相公之著述也 公自以挺秀之資稟 早受旨訣於退陶之門 旣領得吾儒
之眞正路脈矣 其見識也精 操守也貞 持心也平 奉身也淸 孝友於家而
忠良於國 凡其力量所及 未嘗不殫竭焉 此非公所有之實乎 試觀其詩則
雅而潔 其文則暢而順 其無本源而有是哉 若夫逢時不幸 倭寇留亂七年

于邦域 公擔當經理 不憚焦勞 接應天兵 獎振邦衆 竟致恢復之業 以至
于今日 其詳具載於國乘 擧國之共知矣 然則詩文之發 豈徒言哉 公之
季胤袗 其志業實能繼述者也 方宰陜縣 治績最出於人 人皆曰西厓公有
子矣 今乃收拾先稿於亂離散失之餘 公務之暇 留念刊藏 工將垂訖 以
顯光亦嘗見知於公 請有片語置諸卷空 兹不敢終辭 猥致耄說如右

대　상: 西厓先生文集(柳成龍)
중심어: 其詩則雅而潔 其文則暢而順
색인어 정보: 西厓(柳成龍) / 退陶(李滉)

유몽인(柳夢寅, 1559~1623)

본관은 고흥(高興). 자는 응문(應文), 호는 어우당(於于堂)·간재(艮齋)·묵호자(默好子). 성혼(成渾)에게 수학하였으나 경박하다는 책망을 받고 쫓겨났기에 성혼과는 사이가 좋지 않았다. 1589년 문과에 장원급제하였으며, 1592, 1609년 명나라에 사행을 다녀왔다. 인조반정 이후 광해군의 복위음모를 꾸민다는 무고를 받아 사형되었다. 저서로는 야담(野談)을 집대성한 『어우야담(於于野談)』과 『어우집(於于集)』이 있다.

출전: 於于集(『한국문집총간』 63집)

1) 與尹進士[彬]書
2) 報滄洲道士車萬里[雲輅]書
3) 題汪道昆副墨
4) 文章指南跋
5) 答崔評事[有海]書
6) 題詩經鄭衛風後
7) 題鄭進士[百昌]擬古詩左
8) 題汪[道昆]遊城陽山記後

1) 與尹進士[彬]書(권5)

(전략) 自夫書契代結繩之後 三墳五典九丘八索尙矣 已不可尋 降至夫子刪書 其文最古 似非後學可倣象 而自古**文章之源** 專出於此 至左**邱明著春秋傳曁國語** 其文**簡雅** 亦非後學可易及 而爲其專於一體 學

之者多祖焉 至於馬遷以汪洋宏肆之才 自少時先長其氣 遊天下名山大
川 以壯其心目 而後約而之學 宗六經述左氏 間取三代篆籀之所傳者
發之以已所自得者 絶千古橫百代而爲之文 其措語下字 縱橫錯雜 千變
萬化 學者莫究其涯渚 又因草創未就而遭禍 故古人多稱以未成文 是以
自古文章之學 雖以此爲宗匠 而僅得其一端 未幻其全體 師其簡者遺其
肆 體其峻者略其法 其長短闔捭 合散消息之態 則百不能得其一二焉
彼蘇東坡峻拔百家之豪才 猶曰馬史不可學 矧其餘乎 獨退之頗有脫胎
處 亦一語一段而止 善偸孟・莊爲模樣 而雜以百氏緣飾之 歐陽爲文
亦多出於此 非專於韓而能之者也 然特牛體一毛 曷足多稱也哉 至大明
王世貞 喜用其文字 而龕巇險僻 只逐逐句讀間耳 屈指歷代文章碩儒
其得馬史體格者有幾人哉 中間讀百千遍者豈無其人 而卒不能髣髴其
影響 何耶 其才其氣卓絶而不可扳也 古人尙然 而況於今人乎 而況於
東人乎 今者月汀尹府院君根壽喜讀此書 頗著一生之力 彼特少年登科
其文早就 而及其晩年而始攻之 然其所專力 皆就中朝近世之文 學史
記枝葉 如空同・弇州等若干文而止耳 其他治史記者 李潭陽安訥讀其
選千遍云 然其致功者在詩 至於文 吾未之聞也 李也亦非凡才 而不得
其門者無他 不審他文而先費力於此書也 若僕雖魯 亦嘗從事於此者 始
年十九時 讀列傳三十許 讀之未久 下筆沛然 不瞬息而滿紙數千言 信
乎其壯也 然其文龍蛇蚯蚓 雜亂而無章 不數月而其效茫如 其時僕已讀
韓文百遍 柳文亦五十遍 漢書亦數十讀 製詩已數百 賦亦百有奇 論策
數十篇 其見小效 非專出於此書也 僕雖不才 自少及今凡所讀 雖一二
遍卽收效 雖所謂畫肉不畫骨 而亦善能依樣畫葫蘆者也 至於史記 卒
未見大效 只一段數句而止耳 其餘率依韓・柳・莊・孟・尙書諸篇而
已 以近世所已驗論之 難後僕家無他書 只蓄史記一部 悶豚兒年二十失
學 誨三十列傳 其讀之也使數亦不尠 至今文未識逕蹊 如狂豨突棘藩

已踰三十而尙無成 **鄭澤雷**幼年先學此 以如彼之才之文 弛而不約 至今無成 今有**洪春壽**者博學文章士也 讀史記數百遍 獨拈出**伯夷傳** 開筭過千 而茫不得其顚委 嘗自竊悔焉 以往時所聞見論之 **洪監司春卿**誨二子**天民·逸民**以玆書 天民坐此落拓 改式而後登科 逸民終身讀之 不知其幾遍 每於場屋午皷之前 能就萬言 其文**滂沛煒燁** 而不繹其統記 白首而後補任子 得縣監而終 天民用家訓訓其弟聖民亦以此書 不成去學古今文 誦經傳訓詁 卒占魁科而典**文衡** 以此觀之 馬史之難見其效明矣 大抵文章之就 **徒博則無效 徒約則不周** 必須遍讀羣書 專功一峡 功積而後有就 然不先其易而先其難 未有食其效者 故傳曰 登高必自卑 行遠必自邇 (중략) 往間篤學之士 或廢學業而**專功於文**者 其卒必有成 如**具鳳齡**與同志約十年讀書而應擧 其所與約者或二年或三年 遠不過四五年而止 鳳齡獨九年而後赴試 捷科第二名 其文闊**放謠狂** 不專出一書 **李春英**亦廢學業四五年 宣言此時非志士赴擧之秋 入山寺讀史·漢·韓·蘇及太平廣記·**文選**等書 出而捷會試第一名 其所讀亦先卑而後高 卒能有小就 且近世人期讀書千遍者不乏 **尹潔**讀**孟子**千遍 從曉至盥頮誦盡七篇 其效發於詩 **金馹孫**讀韓文一部盡千遍 其作文 磨墨滿硯沉吟久之 一揮而終其篇 投之篋笥中 踰月而開視之 仍其仍改其改曰 新作者有私心 旣月而後公心生焉 故正**申熟**選韓文百首數百讀 約之爲五十讀八百 爲文腹藁 一筆立就 其文從首至尾通一脉無餒 **李鵝溪山海**期讀孟子千遍 至五百登第已 **李左相恒福**期千讀孟子 至二百亦登第已 余亦期讀千孟子 至二百登第已 俗稱期讀孟子千遍 未有滿其數而登第者 獨**鄭仙·柳浪**讀孟過千 而卒不解書簡 **鄭賢卿**千讀韓文 而平生名不列榜目 是或才力不堪而枉從事於古文 或徒充虛筆而心每馳於鴻鵠 或知讀其文而不事製述故也 夫不事製述之害亦大 何者 曾聞崔岦之言 以**柳永吉**之才 讀八百韓文全峡 而不能成一句文 專作詩而不作文故也 若

然則讀與製 不可不兼之 故歐陽子曰 多讀多作文 疵病自現 不其信矣
乎 是以 爲文豈異於食飮哉 (중략) 是以 攻文之上 **博於末而專於本** 猶
食者貴珍羞而穀爲本也 是以 爲文有次第有程式 讀書作文 不可一厚一
薄 必須兩濟其功 磨以歲月 然後有進步 往者先進訓子弟 課日製 製且
讀 製多於讀者以此也 **沈思順**與**張玉**同業 思順一夜誦東賦四百 玉一夜
誦東賦三百 思順逐日製其文 雖泥醉必日受一篇 校理**申濩**氏歲十四 讀
文章軌範四百遍 平生讀天下書殆盡 所讀佛經二千卷 其他書可知 而其
應擧也 恒誦東策百首 **李璋**善賦 每見儕友讀**東文**者 毁裂而投諸溷 其
儕友夜卽其家 耳屬壁而聽所讀 皆東賦也 於是衆突閤而入 奮拳大毆之
悉分其冊 得東賦五百首 璋大噱曰 爾屬不解文 寧有不讀東文而能捷科
者乎 自古應擧之士 其志雖卑 而其做工亦苦矣 僕幼時學韓文漢書于申
濩氏 每勸誦東人賦策百許首 當時僕志氣衝斗牛 竊伏而笑之 平生只讀
古文 不肯掛眼乎**宋以下之文** 矧**東賦**乎 **東策**乎 是以 文雖早成 過三十
始登第 雖占魁科 而文不由程式 當時典文衡者 皆稱百年來未有之奇文
而**沈守慶**・**鄭文孚**則非笑之 所以不由時文而得之者 自十一歲已能賦
詩文 著述無慮千百篇故也 不然 其殆哉 (중략) 余觀漢人學三代者 不
能三代而漢人耳 **宋人學退**之者 不能退之而宋人耳 余則以爲欲學古人
先學古人所學者 欲爲**西京** 先學**西京**所學六經及**左國諸子**焉 欲學退之
先學退之所學**三代兩漢**諸書焉 亦不可先高而後卑 故曰城高五丈而樓
樓棲李不輕犯 大山之高百仞而跛牂牧其上 峭漸之勢異也 (중략) 抑又
聞之 **孟子**・**尙書** 順理也 故雖高於馬史 而其功易成 **漢書** 朴實也 故
下於馬史 而學者不病 **國語**贍而奇也 故語繁而不覺其支離 左氏簡而
詳也 故語約而不遺纖微 莊子善新其語而善更其端也 故談鋒層現 愈
出而愈新 韓文窃古意 削支辭 拔其粹 促其節也 故不善於學之則流於
宋文之無味 柳文命意明 立語精也 故語雖澁而趣則暢 文章之捷徑也

此學者不可以不察也 雖然 不歸諸義理 則語野而不法 必於六經焉嚌其
胾 先儒子書焉決其肯綮 然後所見透而立言正 苟能廢擧子業 期十年先
讀前所陳之書各數百遍 而後下逮歐・蘇・明朝大家 可以登作者之壇
與古人齊肩矣 (중략) 末世士君子之學有三 曰心學也 禮學也 數學也
不以心則鶩於外而不實 不以禮則近乎面墻而無以遵聖賢之準繩 不以數
則無以牢籠天地 把握萬物 而至於神化之域 古之聖人統三者而明之 至
末世歧而分之 其亦少哉 (후략)

대 상: 尹彬
중심어: 文章之捷徑 / 司馬遷*史記 / 孟子 / 漢書 / 國語 / 左氏 / 莊子 / 韓愈 / 柳
宗元
색인어 정보: 春秋傳(左邱明) / 國語(左邱明) / 馬遷(司馬遷) / 蘇東坡(蘇軾) / 馬
史(司馬遷, 史記) / 退之(韓愈) / 孟莊(孟子, 莊子) / 歐陽(歐陽脩) / 弇州(王世貞)
/ 月汀(尹根壽) / 空同(李夢陽) / 潭陽(李安訥) / 韓文(韓愈) / 柳文(柳宗元) / 韓・
柳・莊・孟(韓愈, 柳宗元, 莊子, 孟子) / 鵝溪(李山海)

2) 報滄洲道士車萬里〔雲輅〕書(권5)

(전략) 但六經非註難解 自少所學 止於章句 至如註 吾未嘗下眼 古
者以明經取士 用六經章句 而箋註在外 皆舊說古文也 今者六經章句下
並列諸家註 明經者俱誦 而諸家註皆出於宋儒 若生者 避宋文如避火避
箭 何也 始韓退之奮起於八代文衰之後 突變觳率 宋人皆祖之 如歐・
蘇宗匠 亦依樣模畫 其時應擧者 皆由此發身 雖朱子百代之儒宗 亦讀
之至千 況其他乎 生故曰宋之文 韓退之誤之 宋儒之註解諸經 只欲發
揮微旨 以牖後學耳 非欲後學讀之如本經也 昔董仲舒・揚雄・王文
仲・周濂溪・程・朱諸傳 何嘗從事於訓詁 只據四書六經 自悟自得而

已 今之學者謝此先彼 斯文所以日卑也 東方之文 **牧隱**爲最 牧隱 中朝科擧之士也 其大小諸作 **皆歸之義理** 其辭雖甚實多所根據 而皆出於**科程之式** 生竊笑之 凡文章貴不沿襲前作 吾胸中所儲 自得於道原 則區區沿襲 不足多也 話言之多少 又何論哉 雖然 今之人作詩常多 作文甚罕 東方之文 到今尤**生疎** 生十五學古文 而述作無多 不能成編帙 自壬寅以後 凡友人別章及與人往復及人有求之者 皆以文應之 自此已成數十卷 今尊文氣如許 遂見如許 皆從六經中出來 豈比應擧者汲汲訓詁詁中哉 若依易·書·左·國·馬·班·韓·柳 刻峻其文律 觸事著文日添其編牘 則流傳不朽 天下無敵 不出於半歲之功 而其爲**後學楷範**何如耶 (후략)

대 상: 車雲輅
중심어: 宋之文 / 東方之文
색인어 정보: 韓退之(韓愈) / 歐蘇(歐陽脩, 蘇軾) / 王文仲(王通) / 周濂溪(周敦頤) / 程朱(程子, 朱子) / 牧隱(李穡) / 易書左國馬班韓柳(周易, 書經, 左傳, 國語, 司馬遷, 班固, 韓愈, 柳宗元)

3) 題汪道昆副墨(권6)

此文雖未免明人之習 長鶩別馳 不躡常途 殊非**唐宋之促促** 蓋明儒**卑宋儒學退之** 文氣委靡不能振 遂奮發乎**三代兩漢** 其所貯於心出於口注於手 皆在**先秦揚馬**之間 不循關鎖紀緖節端之例 恣意更端 多反**文章常格** 後之守正宗遵古錄者 或疑其不識趨向 固也 然文章亦非一規 譬之水 萬川同流歸海 而會涇渭江河 淸濁闊狹雖殊 同歸於海則一也 空同·弇州諸傑先倡此道立旗鼓 發號於文壇 天下之士靡然從風 諦視其

文字 出入經傳左國莊馬者多 至於**班史**以下 略不及焉 其**着意**於古 能
自樹立 儘高大矣 其間或重用語 意材貨不饒 而原所讀不出若干書 於
唐以上 宜乎不如後世之**博采古今** 擷其華也 近觀爲詩者 號稱**學唐** 其
措諸句語 不越山水花鳥雲煙仙僧梅竹風月若而字 以爲**唐調** 如經史子
集恒言常說及幽辭艱語 皆棄而不取 故世之淺學寡識者 以一部唐音 輕
老杜老韓 是亦一病 而言詩之**簡潔古淡**者歸焉 今汪之文 蓋**摸擬王李**
而以**雄豪遒健**之氣 充之以**高古** 前後百許篇 無一語或累於唐宋 明儒之
立意高尙 實可法也 余則生此偏邦 不遇高士碩友 自得於蠹簡塵編中
自幼抵老 義不以**歐蘇**等文溷眼 每見近世**明朝大家**守節甚抗 頗自視缺
然 深恨少年時誤讀**韓柳**兩書也 繼自今欲勸後學兒曺**先秦**而溯**唐虞** 下
漢而止於**兩馬** 以試其成就如何 **杜子**曰 乃知五岳外 別有他山尊 安知
中國之外 有高古之文章 不下於左馬者乎 後生勉乎哉

대 상: 汪道昆副墨
중심어: 摸擬王李 / 雄豪遒健
색인어 정보: 揚馬(揚雄, 司馬相如) / 空同(李夢陽) / 弇州(王世貞) / 左國莊馬(左
傳, 國語, 莊子, 司馬遷) / 班史(班固, 司馬遷) / 老杜老韓(杜甫, 韓愈) / 歐蘇(歐陽
脩, 蘇軾) / 韓柳(韓愈, 柳宗元) / 兩馬(司馬相如, 司馬遷) / 杜子(杜甫) / 左馬(左
丘明, 司馬遷)

4) 文章指南跋(권6)

(전략) 自古爲文章者 恒若岐路之非一 老佛失於虛無 莊子失於誕譎
司馬相如失於遲 枚皐失於捷 揚雄失於險 劉向失於異 學子方者流於
莊周 學馬史者不失於縱逸則失於龎宂 學韓子者不失於弛慢則失於忽
略 或至王莽簒僞禮以亂周禮 劉歆著美新以害子雲 漢儒述禮記及黃庭

經以亂聖仙諸經 此皆眩其方以謬其趨向者也 間或有無書不讀 汎博而
無不該 脣腐而齒疏 眦昏而鬢素 照螢而穿壁 未知歸宿於何所 至於精
窮一書 得其要妙者 指約而操博 力省而功多 夫子之韋編三絶 尙矣無
以議 揣摩得之陰符 太玄得之周易 歐陽脩得之韓文 蘇東坡得之戰國
策 子長得之老莊左史 而誣稱得之名山大川 退之得之莊子 而僞托儒
家曰學孟子而爲之 (후략)

대　상: 文章指南(崔有淵)
중심어: 莊子 / 司馬相如 / 枚臯 / 揚雄 / 劉向 / 子方 / 莊子 / 司馬遷 / 韓愈
색인어 정보: 老佛(老子, 佛家) / 莊周(莊子) / 馬史(司馬遷) / 韓子(韓愈) / 王莽 /
周禮 / 劉歆 / 子雲(揚雄) / 太玄(揚雄, 太玄經) / 韓文(韓愈) / 蘇東坡(蘇軾) / 子
長(司馬遷) / 老莊左史(老子, 莊子, 左傳, 史記) / 退之(韓愈)

5) 答崔評事〔有海〕書(권4)

(전략) 僕性嗜古文 謬意今古一體 學經則經 學傳則傳 聖賢非有定位
我不必讓於古 每讀五經四書 不讀箋註 惡其文不古也 余於文章 知有
古而不知有今 未嘗掛眼於唐以下之文 當世言文章者 多稱崔東皐立之
東皐偏好歐陽文 謂勝於韓文 余樂之 力求諸中朝 得本集熟觀之 其文
弛緩無深味 一讀之 便令人厭 每見其書 輒伸欠而思睡矣 世稱歐陽文
高於東坡文 余以爲大不然 坡文非古文也 初非有心於文字者 自立論
議 見古人所未見 隨口快辨之 等閒之說 皆人所不及 如雲烟出山 隨風
卷舒 不可以手攬之 攬之則爲空虛 未有其才而欲學其文 文體卑弱而止
王弇州晩好其文 盡棄其學而學焉 自是文體趨下 殊不及舊作 是不過陳
相之學墨 可哀也 僕少時卑蘇文 不曾一覿 及得觀之 始知朱子之文 論

辨義理 平坦明白 與坡文相似 支離亦似之 始疑朱子力排蘇學 何嘗效
其文哉 盖生近代氣味相類故也 大明文士有徵於宋文之弛緩 空同先倡
於左國 弇州繼武於兩漢 意欲一振宋元之頹瀾 惟其長於文短於理 果
如足下之所云也 僕卑宋文而傲歐文甚 遂揚言于廣衆之中曰 歐文不如
吾文 聞者大駭 獨雙泉成汝學曰 昔吾友崔仁範常曰 歐文不如吾文 子
又如之 崔子文與詩俱古 不幸早世 彼崔子猶輕之 況非崔子者乎 以此
倡言於酒席 五峰李好閔怫然大怒 人固自信 豈以一時非笑 沮吾獨見乎
權谷齋韐世業斯文 頗有邃觀 聞之大咍 及見僕詩文全集而後 始言文過
歐陽 詩軼李奎報 僕猶不信其言 申玄翁欽自謫新還 嘗余賞音交也 盡
示以全藁 申曰 東方無可方此集 獨李相國詩 稍可相上下 僕未曾見其
詩 亦不以爲然 而但東方諸作 不欲論彼强此弱 第未知與古誰氏相甲乙
乎 未可知也 今之學者 喜作小詩而不事文 文者文章之首 而吾道之翼
也 而世人皆忽之 獨足下奮然當之 僕甚多之 吁 世衰矣 文字之誤人多
矣 昔者作百一詩 獲罪當世者有之 詠檜賦鹽 以招時謗者有之 況今詩
案被譴 前後不甚尠 可不懼哉 近代鄭判書宗榮不誨子弟以詩 閔右相
夢龍亦以詩爲禍階 平生不作一句詩 是雖似近俗 而亦處世之良籌也 足
下何以曰不拘時畏謗 得古道甚耶 然而近讀李杜詩 杜詩語多觸諱 直
斥李林甫曰陰謀秉鈞 程元振曰 嬖孽全生而終不貽累於世 李詩遊心物
表 放情酒月 脫然若遊仙之語 而前後殊其身 皆坐詩爲也 (후략)

대 상: 崔有海
중심어: 歐陽脩*蘇軾 / 歐陽脩*朱子 / 文字之誤人
색인어 정보: 崔東皐(崔岦)*歐陽脩 / 歐陽文*歐文(歐陽脩) / 韓文(韓愈) / 東坡文*
蘇文(蘇軾) / 王弇州(王世貞) / 空同(李夢陽) / 左國(左氏傳, 國語) / 雙泉(成汝學)
/ 五峰(李好閔) / 谷齋(權韐) / 李相國(李奎報) / 玄翁(申欽) / 李杜(李白, 杜甫)

6) 題詩經鄭衛風後(권4)

　　高興柳氏曰　余於髫齔時　學詩鄭衛等風　先儒多箋解爲淫奔之辭　讀至此廢書　竊歎曰　詩經　已經夫子手　存者　卽刪之餘也　見於逸詩而合爲萬世法者　亦甚夥　胡獨於淫辭褻語而不見刪　以垂到今乎　曁今思之　盖詩者　發於情諷於口者也　自古詩人　或有感遇而起比興　多托之男女俚語　故其說雖若褻昵　然其實或感發於君臣交友際會之間　隱其說以諷詠之　故太史公曰　詩三百　大抵賢聖發憤之所爲作也　古人以　風雨・鷄鳴　稱君子臨亂不改其操　曹孟德亦以子衿儷鹿鳴爲時賢　歌於赤壁　春秋戰國時於享君燕賓　多賦詩以重之　曾不避鄭衛辭　欲重其言而贈之淫辭　未聞有按釰相接者　何也　是必去古未遠　審知其非淫辭　豈緣諉諸斷章而不相郵乎　屈原作離騷　多擧男女事以寓說　甚至稱帝王后妃求配己　李白自道能繼大雅　而其詩必用神仙美女語　語而及之　是皆因竄謫流徙戀君懷賢　以比興於騷詩耳　後世未聞以好色辜屈原　而獨王介甫訾李白特甚　是豈知言者乎　盖夫子所稱放鄭聲者　指桑間・濮上等詩也　非爲列於三百篇者道也　今夫列於三百者　自三代均被之管絃　使人發善心而創逸志者　宋人至斥鄭衛詩　不欲進講於經筵　豈宋去古益遠　只守舊說小序之訛而不之覺乎　愚意鄭衛淫詩　盡入孔子之刪　而桑間・濮上　亦軼詩之遺者也　傳曰　盡信書　不如無書

대　상: 詩經鄭衛風
중심어: 發於情諷於口 / 淫奔之辭 / 鄭衛淫詩
색인어 정보: 鄭衛(鄭風, 衛風) / 太史公(司馬遷) / 曹孟德(曹操) / 騷詩(離騷, 詩經) / 王介甫(王安石)

7) 題鄭進士〔百昌〕擬古詩左(권4)

世季矣 攻詩者多趣近體 近體非古也 古來鳴詩之流 率用是道 而少謝不及大謝 應·劉比蘇·李 降級我國 全不會此律 數百載寥寥 今公用三百餘韻於荒陬百代後 音響閒雅 頹波萬仞 吁 余不孤矣 但鄙眼覷之 格律似流緩弛 宜以峻簡醫之 盖文章以氣爲主 須讀三代兩漢文高其調 然後古可蘄也 然近體排律 權輿於顏·謝·鮑·郭 其下字左右高低 皆及於十九首體 十九首 乃三百篇之亞也 願公諦視調格 先從事於音響 次務語 去淺近字 而勿用唐以下軟語 若此則彼陳·韋小竪子輩顚倒走滅 沒矣勉哉

대　상: 擬古詩(鄭百昌)
중심어: 文章以氣爲主
색인어 정보: 少謝(謝朓) / 大謝(謝靈運) / 應劉(應瑒, 劉楨) / 蘇李(蘇武, 李陵) /
顏謝鮑郭(顏延之, 謝靈運, 鮑照, 郭太) / 十九首(古詩十九首) / 陳韋(陳子昂, 韋
應物)

8) 題汪〔道昆〕遊城陽山記後(권4)

渾厚雄偉之氣 聚於中州 而汪子輩得之 肆於文章 其文遒健傑特 不如我國文章庸賤卑薄 近於科穀常態 雖牧隱·佔亻畢冠弁東方 蹈襲韓·柳·歐·蘇 自以爲斥澤之鯢 其氣度體節 何曾倣像於斯 如晏嬰跂足 不得捫防風氏之膝 可歎也已 雖然 東方亦有人所讀三代先秦兩漢書 以爲之喬基 而略取韓·柳裝束之 而不趨宋以下而澆之漓之 純乎正宗 無穿鑿傅會之病者之觀乎此也 瞥眼一過 便仰天猶然而笑 不須再看

余觀大明文章之士 有懲宋儒 專尙韓文 而不能得其奇簡處 徒學弛縵支離之末 資之以助箋註文字 使人易曉也 故或主左氏史記 餘力先秦諸氏 寸寸尺尺 剽掠句讀 王弇州爲上 李空同次之 空同之文 益古於弇州 又能先倡秦漢古文 而但語辭追蠡 近於小家 故當讓弇州之浩大 至於汪氏 徒逐逐句語 竊若干文字於先秦兩漢 重用疊出 如曰目攝 曰附循 曰推轂 曰恂恂 曰蒸蒸 曰求多 曰在事 曰謂何 曰纚纚 曰猶然 曰紀綱之 曰籍弟令 曰疆域之事等語 如掣環繫柱之猿 終日回旋 踏其舊跡 而宗旨不立 一篇三四大指而終之無歸趣 臟腑之內 肝膽楚越 頭面之中 耳目異官 不如唐太宗庭中胡越一家 況望周武王六軍同心同德乎 以余觀之 不解文字鄕方 惜哉 不得碩師而欲效王・李之餘響 反失邯鄲之本步也 (후략)

대　상: 遊城陽山記(汪道昆)
중심어: 王世貞 / 李夢陽 / 秦漢古文
색인어 정보: 汪子(汪道昆) / 牧隱佔畢(李穡, 金宗直) / 韓柳歐蘇(韓愈, 柳宗元, 歐陽脩, 蘇軾) / 晏嬰 / 防風氏 / 韓文(韓愈) / 左氏(左氏傳) / 王弇州(王世貞) / 李空同(李夢陽)

최현(崔晛, 1563~1640)

본관은 전주(全州), 자는 계승(季昇), 호는 인재(訒齋). 정구(鄭逑)의 문하에서 수학하였고, 임진왜란 때 의병활동을 하였다. 1606년 문과에 급제, 『선조실록』 편수에 참여하였고, 벼슬은 형조참의·부제학·강원도관찰사를 지냈다. 저서로 『인재집(訒齋集)』이 있다.

출전: 訒齋集(『한국문집총간』 67집)

1) 答鄭仁弘書〔丁未在柱下時〕
2) 杜谷先生文集跋

1) 答鄭仁弘書〔丁未在柱下時〕(권8)

(전략) 又聞寒暄·一蠹·靜菴·晦齋與退溪 幷稱爲五賢 士子等 每有從祀文廟之請 則隨例進退 仰視人口而已 猶不知某賢有某德可師 某賢有某事可議 學孰爲醇 行孰爲高 思之不得 又無從而質疑 雖或質問人之所見 亦不過如是 竊自慨然曰 旣有耳目 又有此心 而尙不知吾東之先師 雖未能涯涘於前修閫域 獨不可聞其德學其書 尙論其人乎 嘗問金鶴峯曰 吾東道學之傳 孰得其宗 而近世所謂五賢 皆無淺深醇疵之可言歟 鶴峯曰 未易言也 以先正所論言之 則圃隱得其傳 五賢承其流 退溪先生學問 最爲高明 而於吾道大有功焉 曰南冥不與五賢之中 何耶 曰國朝儒先錄 已表出四賢之名 而近又幷退溪爲五 後人取舍 未可知也

南冥高風峻節 卓乎難及 而至於立言垂教 有些未盡處 先生曾有是說
然豈易言哉 曰晦齋如何 曰前賢優劣 先輩亦難於輕議 後學安敢妄論
先生已有序狀 誦其書師其行 學識到處 自能見矣 鶴峯 尊師退溪者也
所論如是 而鄙生 尊師鶴峯 只守所聞 未能反覆確問 厥後沒首塵曰 曚
然無所識 間得兩先生遺編緒論 有時披閱 始知欣然心慕 而尙想其氣象
退溪氣象 **和平溫粹** 而**踐履篤實** 故其發之於言辭者 **雍容而的確 精密**
而有味 推源極本 發揮**程朱**之餘意 眞所謂**菽粟布帛** 切於日用 而爲後
學之師表也 南冥氣象 **嚴毅豪邁** 而**勇猛奮發** 故其發之爲文章也 **清新**
奇古 慷慨激烈 如風檣陣馬 利劍長戟 眞可以**動天地而泣鬼神**矣 譬之
退溪春和也 南冥秋殺也 如**顏孟**之分 然鄙生之臆度 不過瞽者之揣盤爲
日 安得彷彿其萬一也 但號以南冥 似是寓懷天地之表 而如神明舍・座
右銘等編 議論太高 指意太隱 後進蒙學 雖深思細玩 莫得其端倪 且其
文字間 多有**寓言嘲諷** 若從**莊騷憤世氣味**中出來 退溪無乃指此爲帶得
老莊意味耶 昔者**子夏**之言曰 死生有命 富貴在天 先儒論其辭氣之間
抑揚太過 流爲莊周**傲物輕世**之學 子夏豈非聖門高弟 而有命在天之語
又豈莊周之學也 先儒之爲此說 亦豈輕斥子夏也 所以指其流弊之源而
垂戒後學也 今退溪之於南冥 極其稱許 而其所謂**節拍氣味**所從來 有些
子不可知處云者 非直斥南冥爲**老莊之學**也 言其盡善之中 猶有查滓未
盡渾化 發爲言辭者 或有如子夏所云抑揚太過處 恐後學錯認 徒慕高尙
而鮮能著功於中庸之道 故揭示學者 以防末流之弊也

대 상: 鄭仁弘

중심어: 金宏弼 / 鄭汝昌 / 趙光祖 / 李彦迪 / 李滉

색인어 정보: 寒暄(金宏弼) / 一蠹(鄭汝昌) / 靜菴(趙光祖) / 晦齋(李彦迪) / 退溪
(李滉) / 鶴峯(金誠一) / 圃隱(鄭夢周) / 程朱(程顥, 程頤, 朱子) / 顏孟(顏子, 孟子)
/ 莊騷(莊子, 離騷) / 柳季(柳下惠)

2) 杜谷先生文集跋(권11)

文章末藝也 習而玩之 終至於喪志 故君子不貴焉 孔子曰 有餘力則學文 四教之中 文居其一 未嘗以末藝而小之者 何也 七十子之徒 游夏最賢 而以文學列於四科之目德行之次 夫子旣歿 而非游夏之徒記載其道而傳之 則斯文幾喪矣 然則**文爲載道之器** 其不輕而重也 較然矣 嗚呼 **中夏**而吾東 文章之士 代不乏人 其用功於明理載道之文者 絕無而僅有焉 其他率皆憊心疲精於文藝之末 片言隻句 **摘抉雕鏤** 自成一家之言 以期不朽之傳者 世皆仰望其光輝而稱誦之不已 若其**理勝之文** 淡泊**而無味 朴素而無采** 音不中聲律之工 句不合長短之制 則必群笑而揮斥之 嗚呼 爲文之弊 一至此哉 雖然 君子之文 不期**工麗** 而淡泊之中自有其味 君子之心 不期傳後 而百世之後 必有知言者 是豈**爭新逞異用意雕刻**者比哉 吾鄉杜谷先生 自少時 留心明理之學 不見非聖之書平生喫緊用工 只是庸學濂洛之書 所著文字 無非發揮**費隱知行**之語 晩歲喜易 尤慕**康節**之爲人 放曠襟懷 超然自樂 身無完衣 食不厭糟糠 而其樂陶陶然 舉世笑其迂闊 終身見棄 而其心欣欣然 故其發於文詞詠嘆者 **夷曠超逸** 如不繫之舟天放之驥 無戚嗟局促之意 亦未嘗搆草吟哦或與人談笑飲食之際 令人執筆 口誦如流 若不經意 或題木葉 或書窓壁 有懷必寫 曾不吝情巧拙 人或謂先生之語 可以傳後 而間或不中繩律 似違**文章體制** 宜略加點竄 以圖不朽 先生哂之曰 唉 **詩止於言志詞止於達意** 文止於明理而已 何用意於傳後爲哉 其平生行事之簡率類如是 至見笑侮 亦不以爲意也 噫余非知道者 其於先生之文 不知其載道否也 髫年從學 飽聞其仁義道德之說 而甚惡口**耳枝葉**之文也 孟子曰 能言距**楊墨**者 聖人之徒也 先生之於爲文 雖未知果至於道 而亦可謂能言其道者也 先生猶子**騁雲氏** 收拾遺篇於兵火流離之後 什存一二

總若干首 以竢後之具眼者取舍焉

대 상: 杜谷先生文集(高應陟)
중심어: 文章末藝
색인어 정보: 七十子之徒(孔子之門) / 游夏(子游, 子夏) / 康節(邵雍) / 楊墨(楊朱, 墨翟) / 騁雲氏(高騁雲) / 濂洛(周敦頤, 程顥, 程頤)

이정귀(李廷龜, 1564~1635)

본관은 연안(延安), 자는 성징(聖徵), 호는 월사(月沙)·보만당(保晚堂)·치암(癡菴)·추애(秋崖)·습정(習靜) 등. 이석형(李石亨)의 현손, 윤근수(尹根壽)의 문인. 장유(張維)·이식(李植)·신흠(申欽)과 더불어 한문사대가로 불린다. 1590년 문과에 급제, 여러 차례 중국을 왕래하였으며, 벼슬은 병조판서·예조판서와 우의정·좌의정을 지냈다. 저서로『월사집(月沙集)』·『대학강어(大學講語)』·『조천기행록(朝天紀行錄)』등이 있다.

출전: 月沙集(『한국문집총간』 70집)

1) 皇華集序
2) 習齋集序
3) 重刊樂學軌範序
4) 玉峯集序
5) 象村集序
6) 石洲集序
7) 芝峯集序

1) 皇華集序(권39)

(전략) 臣竊惟文章之盛衰 關於氣化之醇漓 而詩之美惡 本於性情之邪正 蓋自三百篇變而爲騷選 降而爲晉魏 其間號爲作者 孰不欲左祖斯文 高視詞場 而其能稟氣化之醇 得性情之正者有幾人哉 逶迤歷代

氣象日卑 浮靡之習 至於穢元而極矣 欽惟皇明鼎新華風 奎開文運 三
光五嶽之氣 鍾爲人物之秀 道德才藝之士 彬彬輩出 文章之體 煥然一
變 直可規姚姒而軼秦漢 觀於使乎諸賢 亦可驗矣 (후략)

대 상: 皇華集
중심어: 文章*氣化
색인어 정보: 騷選(離騷, 文選) / 姚姒(堯, 舜)

2) 習齋集序(권39)

文章一技也 而必專而後工 蓋非紛華富貴馳逐聲利者所能專也 故自
古工於詩者 大率窮愁羈困 不遇於時 非工之能使窮 窮自能專而專自
能工也 余觀習齋公之詩 沖澹而有味 典雅而無華 是固臻於妙而得其
精者也 (중략) 凡喜怒憂樂無聊不平 必於詩而發之 不以外慕榮辱動其
專 蓋寓智於詩而隱跡於吏者也 (후략)

대 상: 習齋集(權擘)
중심어: 詩窮而工
색인어 정보: 習齋公(權擘)

3) 重刊樂學軌範序(권39)

(전략) 然則是書之有關於樂道 豈不大哉 書中雖雜以俚語俗諺 而感
善心懲逸志 俱可以爲勸戒 苟能因是而究同律量衡之旨 推依永和聲之
妙 使中和正大之氣 與政流通 邪穢淫哇之聲 不汨於心 則郊焉廟焉

神格鬼饗 合天人贊位育之功 未必不在於斯書也 (후략)

대　상: 重刊樂學軌範
중심어: 樂道

4) 玉峯集序(권39)

人聲之精者爲言 而言之**精者爲詩** 詩必正其趨向 不雜煩聲 方可得聲
之精而能入作者之域矣 蓋自詩道之屢變 **郊寒島瘦** 各有其體 而**尙奇者
傷於僻 務瞻者流於雜** 門路一差 格力日卑 詩之正聲 幾乎熄矣 國朝盛
文章 大家名集 彬彬輩出 近世有白玉峯者 以詩名於湖中 湖中人士 莫
敢望焉 早抛擧子業 好遊名山大川 旣與時不諧 凡**無聊不平** 必於詩而
發之 嘗以布衣被選製述官駎召 隨儐華使 延譽諸公間 名卿大夫折官位
輩行願爲交 造門求其面識者 殆日無虛也 尤工於絶句 深得**盛唐風格**
詩未脫稿 人皆口相傳以熟 又以墨妙擅盛名 咸謂**長吉復出 逸少再生**
未幾公死 蓋公之死而其詩益加貴重 片言隻字 皆膾炙人口 余常拾聞於
流傳 未嘗不一唱三歎 恨未得見全稿也 頃歲先王命詞臣袞選**東國詩文**
余於撰集廳 始見所謂玉峯集 **句法精鍊 音調響亮 中律度** 讀之鏘然有
金石聲 眞所謂正其趨向而得聲之精者也 獨恨其天不假年 不得大鳴於
時 (후략)

대　상: 玉峯集(白光勳)
중심어: 孟郊*賈島<郊寒島瘦 / 奇*僻<尙奇者傷於僻
색인어 정보: 郊(孟郊) / 島(賈島) / 玉峯(白光勳) / 長吉(李賀) / 逸少(王羲之)

5) 象村集序(권40)

(전략) 公早際先王右文之治 歷敭詞披 黼黻鴻猷 高文大册 多出公手中 罷否運 擯逐田野 覃思墳典 大肆力於斯文 役僕百家 睥睨千古 上之先天奧義 下之野史小說 衆體俱該 成一家焉 蓋得之窮約者尤多 及至協贊中興 位隆三事 精神文采之發爲經綸者 皆足以炳琅一世 豈天將隆以大任 畀以全才 閱試於窮達顯晦之際 使文章事業兼偉而竝卓耶 觀於斯集 可知也已 (후략)

> 대　상: 象村集(申欽)
> 중심어: 黼黻鴻猷 / 高文大册
> 색인어 정보: 象村(申欽) / 先王(宣祖)

6) 石洲集序(권40)

(전략) 余觀其詩 聲發爲章 意至而舒 淸麗典雅 各臻其妙 眞所謂絶代希聲也 (중략) 嗚呼 汝章豈獨詩哉 豈獨詩哉 旣與時抹摋 不欲隨人俯仰 懷奇負義 忼慨濁世 凡有磊塊壹鬱無聊不平 必以詩發之 觸物遣懷 無非自得 世之談詩者 爭相傳誦 詠柳一絶 自是詞人憂世之語 而流入宮中 竟以是死 天乎天乎 孰使之然 嗚呼 一汝章之詩也 而遇其時則褒嘉而寵之 不遇時則搆罪而殺之 此係斯文之盛衰 邦運之興廢 則斯集之行 亦可謂有關於世道也 遂掩涕而書 爲石洲集序

> 대　상: 石洲集(權韠)
> 중심어: 詠柳 / 詞人憂世之語
> 색인어 정보: 石洲*汝章(權韠)

7) 芝峯集序(권40)

文章之顯晦 係世道消長 遇其時則化於今 不遇時則傳諸後 遇者恒少而不遇者恒多 文如子長子雲 可謂大鳴千古 而猶以不遇憂 至欲藏之名山 以竢後世知已 文人之用心 良苦矣 遇時固難 傳後之難 又如是耶 我宣廟勵精文治 作新人才 道德文章之士 彬彬輩出 前後數十年間 名家大集 次第劌剔 猗歟盛哉 芝峯集者 故吏曹判書李公潤卿著也 芝峯少耽書 於古文辭無不工 而尤長於詩 公退杜門謝事 沈潛書史 或棲邊州郡 或斂迹郊扉 一室蕭然 吟洒不倦 凡遇憂愁困厄不平無聊 一以詩遺 雖屢遭禍機 終始自靖 完名保哲 超然於文罔之外 逮際昌期 位望隆顯 而居寵若驚 不以爲榮 以簡制煩 以靜制動 本源澄澈 微瀾不起 以故發之於詩者 一味沖澹 無繁音無促節 其聲鏗而平 其氣婉而章 每一讀之 宛然想見其人 傳曰 詩可以觀 不其然乎 其文發於六經 根於性理 如菽粟如芻豢 絶無浮華僻澁之態 至如務實十二條 萬言封事 陳說國體 切中時病 眞是中興第一箚 公雖靜坐譚詩 若無意於世務 而精神文采之發爲經綸事業者乃如是 噫 公之在世也 公之詩 已播於天下 安南琉球之使 亦聞公名 旣沒而公之籍 益大行於國中 不啻家傳而戶誦 若公可謂能化今而能傳後者也 (후략)

대 상: 芝峯集(李睟光)
중심어: 古文辭無不工
색인어 정보: 芝峯(李睟光) / 子長(司馬遷) / 子雲(揚雄) / 潤卿(李睟光)

신흠(申欽, 1566~1628)

본관은 평산(平山). 자는 경숙(敬叔), 호는 현헌(玄軒)·상촌(象村)·현옹(玄翁)·방옹(放翁). 이정구(李廷龜)·장유(張維)·이식(李植)과 더불어 한문사대가로 불린다. 1586년 문과에 급제, 여러 차례 중국을 왕래하였으며, 벼슬은 예문관·홍문관의 대제학을 거쳐 우의정·좌의정·영의정을 차례로 지냈다. 저서로『상촌집(象村集)』·『야언(野言)』등이 있다.

출전: 象村稿(『한국문집총간』69·71·72집)

1) 象村稿自序
2) 樂府体序
3) 白玉峯詩集序
4) 皇華集序
5) 鐵網餘枝序
6) 林塘詩集序
7) 松江詩集序
8) 領議政白沙李公神道碑銘
9) 海平府院君月汀尹公根壽神道碑銘 幷序
10) 香雪堂詩集跋
11) 書芝峯鶴城錄後 題跋
12) 淸江集跋
13) 書芝峯朝天錄歌詞後
14) 藍田遺璧跋 後稿
15) 書司馬長卿賦後
16) 書揚子雲賦後
17) 書黃山谷文後
18) 芝峯昇平詩稿跋
19) 書龜峯詩後
20) 春城錄
21) 求正錄

1) 象村稿自序

象村稿有六 前也後也續也別也內也外也 自己丑至癸丑春二十五年之
作八策爲前稿 立朝時著 自癸丑夏至丙辰冬四年之作二策爲後稿 歸田
後著 自丁巳春至辛酉春五年之作四策爲續稿 在纍所著 辛酉夏以下爲
別稿 恩放後著 不知當爲幾年幾策也 內稿言志 外稿言事 亦不知當幾
策 前後續別內外具 而象村之跡備焉 窮達欣戚 可見其槩也 **古之著書
立言者 太上藏之名山 不祈重於時 而祈重於後** 其次際遇昌期 效鳴於
世 祈於後者信乎己 嗚於世者因乎人 **信乎己者其托也奧 因乎人者其
望也膚** 又其次蠻音草間爾 又其次**漫瓿**耳矣 迺余作漫瓿者也 旣不得乎
人 且不祈於後 而顧次而爲策者 以帚視千金者也 不鑿之食祀天 稿秸
之席薦廟 其或有當於後余之朝暮者耶 其奧也其膚也 姑毋論已 唯記余
獨知之契云 天啓元年歲舍辛酉臘日書

대　상: 象村稿(申欽)
중심어: 著書立言
색인어 정보: 象村(申欽)

2) 樂府体序(권3)

樂府 詩之類而歌之祖 亦**風雅之餘**也 唐宋以後 爲詞曲者 皆從樂府
而演之 蓋樂府者 古人用之於郊祀 用之於軍旅 漢之**練時日鐃歌**諸調是
已 魏晉及唐 代各殊製 以而**閭巷謳謠 抒思舒悲** 或長或短 不局瑴的
忧慨怊悵者有之 **嬌嬈婉麗**者有之 其體固然也
顧其昉也 不唯音 唯其事也 流之遠也 則有其音而無其事 雖無其事

音自可貴 擬而肖之者 昔人譬之**新豐** 貴其音也 余竊不自揆 倣而爲之
間雜耳目所覩記 附以爲篇 非謂音與事備 抑**傷世**之一端云爾

대　상: 樂府体
중심어: 樂府

3) 白玉峯詩集序(권21)

　　我東以詩聞者其家非一　而唯**崔**‧**白**二子以正音鳴　異時諸學士大夫
苟用文章自命者　則必顯重而稱說之　而雖以欽之面墻　猶得習誦其遺韻
暨白子之胤子振南氏袞厥稿而梓之　屬欽序其首　欽旣受而卒業矣　其氣
完　其聲淸　其色淡而古　其旨雅而則　噫　其得於天者耶　詩非天得　不可
謂之詩　業嘉祐以下者不必論　至於號**追蹤古風**者　若無得於天者　則雖劌
心鉥目　終身觚墨　而所就不過**咸通諸子之優孟**爾　譬如翦綵爲花　非不燁
然　而不可語**生色**也　詩道之難固如此　則白子之詩　信乎其爲正音也　試
擊節而歌之　則颯颯者宮　鏗鏗者商　讀之者心澈而腸潔　古所云**乾坤有淸
氣　散入詩人脾**者　白子其近之歟　昔人有言寧玉而瑕　毋石而璠　如其玉
也　瑕亦可也　玉而無瑕　其有不爲世之瑰寶也乎　有志於詩而欲得其門者
於斯焉徵則幾矣　崔‧白方駕主盟　而白詩獨先傳　抑非幹蠱之能世其業
歟　尤可尙已　玉峯姓白　名光勳　字**彰卿**　玉峯其號云

대　상: 玉峯集(白光勳)
중심어: 得於天 / 生色 / 淸氣
색인어 정보: 玉峯(白光勳) / 崔白(崔慶昌, 白光勳) / 白子之胤子(白振南) / 彰卿(白光勳)

4) 皇華集序(권21)

欽惟我皇帝陛下卽位之三十三年十一月甲申 皇孫誕生 加恩宇內 特
遣翰林院修撰朱公 · 刑科都給事中梁公 奉詔勑 齎綵幣文錦來頒 實翌
年四月戊申也 兩先生竣事而回 遠接使柳根送之境上 其還也 纂次兩先
生道途所製詩文 彙爲若干編 以進于我殿下 我殿下卽下書局壽諸梓 俾
永厥傳仍命臣序之

(중략) 竊觀是編 則其響也瀏瀏而長 其節也繹繹而齊 豈非所謂情深
而文明者乎 氣盛而化神者乎 其所經過山川郡邑 土風民俗 酬酢接應
燕娛眺覽 有可以昭闡性靈 暢敍幽悁者 則莫不以詩發之 舂容以大 寂
寥以小 辭當於境 聲協於耳 色調於目 而繁省廉肉 鑿鑿皆中於大雅之
遺音

因兩公之作而究其所自 則皇朝政治之溫柔敦厚 所以感之者 槩可見
矣 以至紀述題序之文 楷書行草之法 咸能力追兩京 踵武二王 而爲我
東人人傳世之大寶 得於天者 信乎全且大矣

若其儀觀之修飭 器宇之恢弘 將命而不貳肅敬 周旋而動遵規繩 衎衎
雍雍於風儀符彩之間者 則殆非言語文字所形容也 旣與我殿下從容於迂
勞之日 復辱與諸陪臣賡唱於儐接之時 疊疊惓惓 終始若一日 非有得於
古昔王人咨諏詢度之意者 能如是乎 雅度懿則 赫赫在人耳目 愈往而愈
不沬 是集之行 固若太山之毫芒 而角弓嘉樹 殿下之所無忘也 他日想
像彷彿而少抒其景仰之素者 其不在於斯乎

兩先生之歸也 偕陞廊廟 勵翼淸朝 笙鏞黼黻 一出於性情之正 則是
集也奚但鏗鏘烺燿於海隅僻壤而已哉 必將被之管絃 登之朝廷 媲美於
周家之什 而我殿下感戴皇眷之精衷 祗敬王人之至悃 以是而益白於天
廷矣 東人之遇兩先生 誠大幸也

況臣猥蒙殿下之命 迎候兩先生於界頭 且獲叨陪於儐相之後 挹馨戀
德 良不自已 而重承嚴旨 得敍其軌躅 不亦微臣之尤大幸也乎 於其盛
美 臣誠無以揄揚 而迺若周爰之中度 詞藻之伏人 覽是集者可得其匡略
矣 萬曆三十四年丙午八月下澣 資憲大夫兵曹判書兼藝文館提學臣申欽
奉教謹序

대　　상: 皇華集
중심어: 昭闡性靈 / 暢敍幽悁 / 大雅之遺音
색인어 정보: 朱公(朱之蕃) / 梁公(梁有年) / 二王(王羲之, 王獻之)

5) 鐵網餘枝序(권21)

楊升庵詮古人詩或記其全篇 皆集外遺什 選外餘律 人罕知者 而音響
瀏瀏 譬如牛渚犀然 幽怪畢露 周廚珍設 貝柱麋漏 余竊嗜其新糜 輯爲
秩 命曰鐵網餘枝 灘滋於溟底者詎不爲金谷之上寶 而然非識寶之西賈
亦何以別其品耶 升庵名愼 字用脩 蜀人也 太師廷和冑子 生弘治戊申
正德丁卯狀元 爲翰林修撰 當嘉靖帝追崇私親 毁禮自用 張桂媒孼 霍
方附麗 大師及升庵屹然砥柱其間 父子俱得罪去 而升庵言最直 禍尤最
烈 編戍滇中 滇距京師萬三千里 謫三十五年不得還 年七十三卒 一代
偉人也 文章博贍 地負海涵 無可不可 欲秦漢則秦漢 欲唐宋則唐宋 間
作建安六朝語 生色燁然 一代奇才也 以一代偉人 抱一代奇才 而竟爲
盛明之屈賈 噫 冤矣哉 王司寇世貞著藝苑卮言 其所考據 多祖升庵而
模之 言升庵者什之五 而詆其短者又過半 余恒怪其祖而模而更詆之也
蓋常勝之國 欲無敵 苟其敵也 必不相忘 不相忘則詆隨之 昔秦國之圖
天下也 南忌楚東忌齊北忌燕中忌三晉已矣 未聞忌衛魯中山也 非敵則

不忌 忌大則見其敵愈大也 若升庵者 其王司寇之不相忘者耶 爲升庵者
固恐其或不詆也 其詆詩則曰 暴富兒郞 銅山金埒 不曉着衣喫飯 其詆
文則曰 **繪綵作花 無種種生色** 其論議則曰 **工於證經而疏於解經 博於**
稗史而忽於正史 詳於詩事而不得詩旨 精於字學而拙於字法 求之宇
宙之外而失之耳目之前 墨守有餘 輸攻未盡云 旣博旣工旣詳旣精 而求
之遠大矣 贊之已侈 則復奚疏乎忽乎不得乎拙乎失乎云爾哉 其有意於
詆之者晢矣 然不得終掩其眞 則曰 **明興博學饒著述 無如用脩** 曰 楊用
脩之**南中稿穠麗婉** 至曰 **楊狀元愼才情蓋世** 其不敢掩者且如此 其曰
不曉喫着 無種種生氣者 不其相左耶 **李滄溟攀龍**守順德時 有胡提學者
過之 胡蜀士也 滄溟問升庵起居 胡云升庵**錦心繡腸** 不如**陳白沙 鳶飛**
魚躍 滄溟拂衣徑去 口咄咄不絶 夫以王・**李之逸韻奇氣** 張軍振鼓 轠
轒軮輄 並驅中原 狎主齊盟 眼空千古 足躪當世 而猶不得不俎豆升庵
卽升庵所造可見已 升庵平生著述甚富棟充牛汗 而余顧局於褊邦 莫能
盡覽其籍 而間關流傳於小簡者 則其論經史若詩文 有與余常日所證評
者 大略符契 余幸鄙見之不爽於前覺 並書之 以詒文苑揚扢者之一臠

대 상: 鐵網餘枝(楊愼)
중심어: 楊愼 / 王世貞 / 李攀龍
색인어 정보: 楊升庵(楊愼) / 金谷(石崇) / 用脩(楊愼) / 屈賈(屈原, 賈誼) / 王司寇
(王世貞) / 滄溟(李攀龍) / 陳白沙(陳獻章) / 王・李(王世貞, 李攀龍)

6) 林塘詩集序(권21)

詩者 天下之至聲 而聲人人殊 何也 綿千百載之久 歷千百人之多 雪
月風花 人情物狀 前輩操觚者 道之已盡 而加又風氣局之 世代移之 則

無怪於唐不及漢 宋不及唐 聲人人殊也 晚出而欲追古作者 卽高馳遠
駕 上者建安盛李 下者亦不出錢劉韋柳間 彬彬者固夥 而失之則或墮
於壽陵之匍匐 巧者膚立 拙者茅靡 曷若平其調 易其辭 無罣於摸擬 無
失於性情 自名一家言也 臻此道者 故相國林塘鄭公其人哉

清而麗也 華而贍也 長於情而不吝於格也 永於味而不乖於韻也 無
劌心鉥賢之勞 無牛鬼蛇神之異 自然步驟於元和長慶之際 噫 其治世
之音歟 公之生 適當我國鴻厖亨泰之日 少擢魁科 舒翹揚英 朝夕於白
虎石渠 提衡文柄 儐接皇華 卒乃入陞鼎軸 爲世之淸鏞大敦 享用五福
終始令望 若公者其膺國家文運而昌者非邪 詩特公餘事爾 自昔以詩名
者 多草野羈窮 而鮮得於黃扉三事之上 故房杜無音 甫白擅聲 其儷至
竝稱者僅燕許二人 若公者 豈非其匹耶 然泗濱之磐 孤竹之管 空桑之
琴 雲和之瑟 音非不美 而苟無賞音者 則與折楊混然 則有公之詩而得
公之時者 亦係於祖宗朝用人之盛 猗歟偉哉 公之詩若文蓋累秩 而亡於
壬辰兵火 今之存者�摭拾於聞見 才百之一 崑山片玉 愈少而愈寶 奚多
乎哉 公之宅相知樞金公尙容氏及其弟承旨尙憲氏 繕寫爲卷 要不佞文
弁其首 不佞非任也 顧念君實之誦於口久矣 且與金公有兄弟之義 不敢
辭而序云

대 상: 林塘詩集(鄭惟吉)
중심어: 無罣於摸擬 / 牛鬼蛇神
색인어 정보: 林塘(鄭惟吉) / 盛李(盛唐) / 錢劉韋柳(錢起, 劉長卿, 韋應物, 柳宗
元) / 房杜(房玄齡, 杜如晦) / 甫白(杜甫, 李白) / 燕許(張說, 蘇頲) / 君實(司馬光)

7) 松江詩集序(권21)

(전략) 己未冬 公之季胤正字弘溟氏袠公詩什 授簡於欽 欽受而卒業
田 古人不曰詩之爲道 出於性情乎 亶其然乎 斯詩乎淸而秀矣 峭而拔
矣 長言雋永 短語高邁 翩翩霞擧 有玉宸蕊珠之遺 總而論之 價自連城
當公之世而秉觚墨者 其瞠乎後矣 苟究其詣而極之 則詎不爲開天諸子
之羽翼也耶 然玆乃技爾 蓋嘗聞公少束脩金河西之門 長質業高峯奇公
時則有若思庵朴公淳 · 參判金公繼輝 · 栗谷李公珥 · 牛溪成公渾 洎
諸朝野名勝 靡不顯重公 相與力擔淸議 務爲激濁 當時立名之士 延頸
而望下 塵丐膏馥 兢兢自重者比蹤也

대 상: 松江詩集(鄭澈)
중심어: 淸而秀 / 峭而拔 / 開天諸子之羽翼
색인어 정보: 松江(鄭澈) / 弘溟(鄭弘溟) / 河西(金麟厚) / 高峯(奇大升) / 思庵(朴
淳) 栗谷李公珥(李珥) / 牛溪成公渾(成渾)

8) 領議政白沙李公神道碑銘(권26)

(전략) 少負氣義 晚而好學 己亥解相之後 捐棄世故 一意經史 求學
自典謨洙泗至濂洛關閩 爲文自左國至秦漢 未嘗去手者二十年 (중략)
公於文章 雅不屑爲 而取法則古 雄邁奇俊 自闢一家 章箚亹亹上薄兩
京 間雜江左 尺牘爽朗 脫去畦逕 筆迹俊逸有法 老莊之玄放 仙佛之
妙悟 靡不領會其旨 星象堪輿之家 虎頭岐黃之藝 亦皆通曉而不加竟也
嘗著涵養銘恥辱書床養夜戒書警夕五箴以自課 詩文若干卷 朝天唱酬
一卷 奏議二卷 啓辭二卷 四禮訓蒙一卷 魯史零語十五卷藏于家 公少

號弼雲 或稱淸化眞人 晚號白沙 又號東岡. (후략)

대　상: 李恒福
중심어: 取法則古
색인어 정보: 白沙(李恒福) / 左國(左氏春秋傳, 國語) / 弼雲(李恒福) / 淸化眞人
(李恒福) / 東岡(李恒福)

9) 海平府院君月汀尹公〔根壽〕神道碑銘 幷序(권26)

(전략) 平生嗜書 畜古今書籍數千軸 手不釋卷 遇小疑 隨手抄記 號
習於文者 則雖卑幼必叩問 倡爲古文 以先秦西京爲主 而酷好司馬子
長 爲詩宗盛李 好觀皇明諸家 信陽·北地·鳳洲·滄溟 曠世神交 慨
然有不竝世之嘆 使公生乎中國 麗澤於嘉隆諸鉅公間 以究其所詣 則
方駕竝驅 未知孰爲秦楚 耳食之徒 其窺闚公藩垣者 亦鮮矣 皇朝學士
陸可敎·行人熊化兩人序公文曰 有古作者風 其眞知言哉 公恒言吾東
方非無文章 雖名家 不無俚語 此不及中夏云 公書法甚勁 正論者推爲
永和體 著四書吐釋·馬漢史抄·韓文質疑·松都志·朝天錄·朝京
唱酬及詩文若干卷藏于家 世道之否泰 繫人才之用舍 當壬辰之初 公與
梧陰公俱起廢 或居巖廊之上 或任辭命之重 燔亂底平 宗社再造 事業
炳烺 日晶星煥 若公者 其關世運之盛衰者非耶 銘曰

　古稱文者 貫道之器 照燭三才 輝麗萬彙 人亦有言 不朽盛事 粵我海
東 作者肩比 體無定位 或三或二 以古爲的 世鮮其至 公能倡始 手揭
赤幟 文祖先秦 詩宗盛李 聲因氣成 語由意備 匯而爲淵 渾渾瀰瀰 敷
而爲英 灼灼其花 皇朝宗匠 信陽北地 弇園雪樓 互執牛耳 公於其間
思欲方軌 經緯於時 其用也賁 黼黻王猷 濟艱弘理 年登大耋 勳紀太史

上公之秩 伯仲相倚 存而三達 猗歟有自 歿有三立 昧者其起 龜趺螭首
銘而無媿

대　상: 尹根壽
중심어: 倡爲古文 / 文祖先秦 / 詩宗盛李(唐)
색인어 정보: 月汀(尹根壽) / 司馬子長(司馬遷) / 盛李(盛唐) / 信陽(何景明) / 北
地(李夢陽) / 鳳洲(王世貞) / 滄溟(李攀龍) / 弇園(王世貞) / 雪樓(李攀龍) / 梧陰
(尹斗壽) / 嘉隆諸鉅公(前後七子)

10) 書芝峯鶴城錄後(권36)

空中之音耶 相中之色耶 其源乎風耶 其源乎雅耶 登州之作 直與春
陵一篇 竝駕於千古之上 吾於是始知芝峯老子立幟之高也 眞所謂不二
門中正法眼藏 豈野狐小品可等論 不覺三嘆而題之

대　상: 鶴城錄(李睟光)
중심어: 不二門中正法眼藏 / 野狐小品
색인어 정보: 芝峯(李睟光) / 春陵(周敦頤)

11) 淸江集跋(권36)

欽少通籍朝端 自郎署已廁遊諸巨公間 曁夫輩流 靡不上下左右 瞷其
持行 矜式而習稱之矣 而乃執矩履潔 易祿而難畜者則蓋淸江公有焉 其
解晉陽而歸也 卽屛迹不與世交 家人數米而炊 往往不給 而迫然無顧慮
朝貴間致候問 不一謝 唯託於古文辭甚深 日講說兩漢文字自娛 晚乘邊

障起建節 而竟爲時所誣 從吏議竄于西土以卒 天果有定乎哉 惡在其持
行之過人也 宣宗大王追惜公復其爵 又遣官致祀 後二十年 而以公中子
從勳 至贈領議政 而人亦稍稍識公 或有悼其不究者 抑不可謂天之無定
而公之持行過人者 於斯焉徵矣 然非君子之不幸歟 其文章發於**左氏班
氏**爲尤多 故**氣厚而辭宏** 其砰磕槎牙 如矢之飮石也 其**沈深莽宕** 如玉
之剖璞也 及其**意得**而**神會**也 懲溢而不可遏 蓬蓬然欲揚壎而籟矣 使公
而年 則詎不得**擬議變化** 以造夫極歟 (후략)

대 상: 淸江集(李濟臣)
중심어: 古文辭 / 氣厚而辭宏
색인어 정보: 淸江(李濟臣) / 左氏班氏(左丘明, 班固)

12) 書芝峯朝天錄歌詞後(권36)

嘗記壬午年間 欽年十七 芝峯公年二十 同榻於終南山下 誦讀之暇
時戲爲**歌曲** 欽於歌 固所不能 而芝峯云亦泥而未暢 歌罷未嘗不以此相
嘲謔也 今歲公自燕回 示欽朝天詞 其響瀏瀏 **艶而不失於正 麗而不爽
於雅 淸而不病於萎 婉而不落於靡** 雖近世以歌曲名者 皆莫及也 昔之
泥而未暢者 果安在哉 欽於是始知公之才之得於天者全 **由詩而歌** 而**歌
亦臻於妙**也 中國之所謂**歌詞** 卽**古樂府**曁**新聲** 被之管絃者俱是也 我
國則**發之藩音 協以文語** 此雖與**中國**異 而若其情境咸載 宮商諧和 使
人詠嘆淫佚 手舞足蹈 則其歸一也 (후략)

대 상: 朝天錄歌詞(李晬光)
중심어: 歌詞 / 古樂府 / 新聲

13) 藍田遺璧跋　後稿(권36)

余昔奉使赴燕　得田叔禾西湖志　愛其**事蹟備具**　山川**臨觀**之美　**游戲**
詠歌之什　皆撫拾無一遺者　竣事東還　遂購小本　爲橐裏寶裝　暨歸値官
閑身暇　心未嘗不於志亹亹　而幾乎丌案無他書矣

丙午春　解兵部家居　掇其**艶語**爲小集　命曰**臥遊淸賞**　以便諷閱　而尙
恨哀選太略　天葩國英　未盡歸於採擷　今余獲戾于朝　爲畎畝一氓　益無
所事　日取志自娛　卽志中**詩章樂府**　自白香山·**蘇端明**諸君子以下宋末
元李之鳴者太半焉　就徵其跡　則俱是騷壇上客　衰世遺材　或落拓不諧於
時　或秉節不屈於朝　旣不能進而發舒其抱負　則寧退而混迹於倡樓酒肆
之間　偎紅倚翠　抹月批風　不知老之將至　而間有**黍離悲思**之徒　尋幽耽
寂之侶　**激昂忼慨　優游散佚**　咸**不失其性情**　惟其**寓意**深故摹寫工　**寄興**
多故**措語綺**　苟非地與人相得　其何能續飾藻繪之至於斯耶　其視當時之
豐貂長組　帶貝冠鶡　厚自塗澤　病國殃民　而自以爲得志者　果竟何如也
抑又思之　人生宇宙　苟有會心　進退榮落自外至者　皆秕糠土苴　成亦可
也　虧亦可也　恃吾之良貴存焉　盈虛消息　一聽造物者主持　其不以琬琰
而易羊皮也明矣　西京舊令業市吳門　江左英豪托酒逃世　胥祠岳廟芬馥
未沫　韓苑賈莊流臭猶腥　茲其驗也　余每歷遡往古　緬想湖山　有時身留
神往　彷彿步屧於兩峯三竺之中　而天香桂子　來襲於杖屨也　愈歎吾之生
也晚　地也偏　志大於古賢　迹踏於末流　遇境則荒　對面則俗　求欲一開口
抒懷　流連光景如白如蘇　胡得焉　使佛氏三生之說有憑　則令我他日生於
西湖　爲西湖長足矣　古人有詩曰　人生只合老杭州　又曰　一半句留是此

湖 詎非先獲者歟 志之詩章樂府罕有傳其全集 世莫得以知之 緝此若干
篇 續之臥游淸賞之後 稱之曰藍田遺壁 蓋識其昔遺而今收也 不知余者
謂余無所用心 知余者 其必有擊節而破玉壺者

대　상: 「藍田遺壁」(申欽)
중심어: 西湖志 / 詩章*樂府
색인어 정보: 白香山(白居易) / 蘇端明(蘇軾)

14) 書司馬長卿賦後(권36)

屈宋 賦之祖 馬揚 賦之宗 而馬之體 屈宋之所無 幾乎作者 子雲摸
之而相距已三十里矣 後來京都之作 雖各自逞奇衒富 不過僕馭於長卿
爾 若是則長卿也 縱靡於屈 然比興家 一大宗師也 韙哉

대　상: 司馬長卿賦(司馬相如)
중심어: 屈原 / 宋玉 / 司馬相如 / 揚雄 / 比興家
색인어 정보: 司馬長卿(司馬相如) / 屈宋(屈原, 宋玉) / 馬揚(司馬相如, 揚雄) / 子
雲(揚雄)

15) 書揚子雲賦後(권36)

楊雄氏雖欲肖長卿 然終患鈍椎濤瀾 詭怪退三舍矣 每讀反騷 尤怪
其立論標異 自別於左徒也 及見美新 始信反騷爲之權輿也 反騷之辭
曰 棄由聃之所珍 蹠彭咸之所由 由許由也 聃老聃也 許由之高 値堯之
聖而藏其踪 老聃之玄 見周之衰而卽出關 雄何不自效二子而咎左徒爲
也 左徒 宗戚之卿也 無可去之義 徘徊危國 畢命盡忠者 乃得夫天理之

正 使仲尼生世則未必不竝列於三仁 先儒之疑夫過者 亦非的論也 以雄
而訾之 舛矣哉 然其詞則雖非長卿 班視魏晉 當執耳也哉

대　상: 揚子雲賦
중심어: 揚雄 / 司馬相如 / 反騷
색인어 정보: 子雲(揚雄) / 長卿(司馬相如) / 反騷(反離騷) / 左徒(屈原) / 美新(劇
秦美新) / 由聃(許由, 老子) / 三仁(微子, 箕子, 比干)

16) 書黃山谷文後(권36)

世言山谷詩 不言山谷文 何也 其文猶專車之骨 不制之璞 沈深莽宕
趣造玄潛 漆園之外傳也 自是方外一體 非得於形骸之表者 曷能知此
老妙悟

대　상: 黃山谷文
중심어: 黃山谷文 / 方外一體
색인어 정보: 山谷(黃庭堅) / 漆園(莊子)

17) 芝峯昇平詩稿跋(권36)

芝峯公之南也 枉數日駕 訪余於黔浦田舍 作半夜歡 留詩爲別 既南
矣且三載 余因人之南者 索所爲詩 蓋將舒憂娛悲於畔牢之中也 未幾
公果彙百有二十二篇雜七五近體絶句裒而爲卷 附其姪柳生有朋者 傳
至余壽春纍所 緘縢才啓 而珪璧散朗 覺一室光矣 噫 茲固眼前光景 皆
人所知也 而公能善言之以爲音 豈公神而化之者耶 日月星辰經緯于天

山川草木杼機于地者 無非公之用也 取成於心 寄姸于物 使天葩國英
交拆互發 豕零烏喙 時以爲帝建之太淸 **按節度曲者** 蓋公之**得乎天**也
行且**祖建安宗景龍** 雁行**開元大曆**而上之 彼按故點簿 飣餖爲工者 烏
能望公藩籬哉 (후략)

대　상: 昇平詩稿(李睟光)
중심어: 得乎天
색인어 정보: 芝峯(李睟光)

18) 書龜峯詩後(권36)

　　余不得見龜峯翁 而得龜峯詩稿於竹西沈公 所見之眞 所謂一唱三嘆
而有遺音者也 才高而意曠 趣逸而調絶 出於性情而不侈以文也 根於
天得而不絢以色也 紆乎其餘也 泰乎其放也 和平寬博之旨 不失於羈
窮流竄之際 優游涵泳之樂 自適於風花雪月之間 其庶乎**安時處順** 哀樂
不能入者矣 竹西云 **才取盛唐故其響淸 義取擊壤故其辭理** 余驗之信
然 恨不及翁在世時提安樂窩中經世大法一討之 九原不可作 噫

대　상: 龜峯詩稿(宋翼弼)
중심어: 盛唐*響淸<才取盛唐故其響淸 / 擊壤集*辭理<義取擊壤故其辭理
색인어 정보: 龜峯(宋翼弼) / 竹西(沈宗直)

19) 春城錄(권55)

(전략) 詩要得意方佳 緣境生情 緣情生語 緣語生法 韻與格 在四者

之外 人心不同如面 詩文由乎人心而發 又惡同哉 而今世之人 **責唐曰胡不漢也 責宋曰胡不唐也** 或有一言之幾於古 則必自標置曰 吾文漢也 吾詩唐也 可謂迂矣 譬之於山水 山有五岳而形質俱殊 水有九河而派源各異 然其嶓崒巍峨同也 淪漣澎湃同也 俱不失爲山水也 唯其爲山而止於丘陵 爲水而止於溝瀆者 斯下爾 乃若必齊其萬有不同之形 束之於一槩 則造化有所病焉 如**王世貞·李攀龍**之詩文 自以爲**跨漢越唐** 而以余觀之 亦自是明詩明文爾 況餘子乎 王世貞與人書曰 **明之詩固不及唐云** 此是斷案也 其不及王李者 徒以口舌爭唐宋 及其下筆 則外雖點綴雪月風花 爲之**色澤** 而**格萎氣薾** 欲比之**務觀·茶山**不可得 可咍也已 (후략)

대 상: 詩
중심어: 王世貞*李攀龍 / 唐*漢<責唐曰胡不漢 / 宋*唐<責宋曰胡不唐
색인어 정보: 王李(王世貞*李攀龍) / 務觀茶山(陸游, 曾幾)

20) 求正錄(권57)

(전략) 濂溪之文高深 兩程之文簡正 晦菴之文浩大 康節之文廣遠 橫渠之文莊重 南軒之文明暢 東萊之文緻密 象山之文峻潔 (중략) 象山之書其辭平 陽明之書其辭肆 象山之資高 故血氣小 陽明之**資豪** 故血氣多 (중략) **歐之文正 蘇之文奇 歐之文經 蘇之文權** 兩公之文足見其所造 (중략) 唐人專尙文詞 退之光範上書 潮州謝表陋矣 (후략)

대 상: 文
중심어: 象山(陸九淵) / 陽明(王守仁) / 歐(歐陽脩) / 蘇(蘇軾) / 退之(韓愈)

색인어 정보: 濂溪(周敦頤) / 兩程(程顥, 程頤) / 晦菴(朱子) / 康節(邵雍) / 橫渠(張載) / 南軒(張栻) / 東萊(呂祖謙) / 象山(陸九淵) / 陽明(王守仁) / 歐(歐陽脩) / 蘇(蘇軾) / 退之(韓愈)

김상헌(金尙憲, 1570~1692)

본관은 안동(安東), 자는 숙도(叔度), 호는 청음(淸陰)·석실산인(石室山人)·서간노인(西磵老人). 윤근수(尹根壽)의 문하에서 경사(經史)를 수업하고, 성혼(成渾)의 도학에 연원을 두었으며, 이정구(李廷龜)·김유(金楺)·신익성(申翊聖)·이경여(李敬輿)·이경석(李景奭)·김집 등과 교유하였다. 서인 청서파(淸西派)의 영수로 병자호란 때 주화론(主和論)을 배척하고 주전론(主戰論)을 주장하였다. 1596년 문과에 급제, 벼슬은 대사헌과 좌의정을 지냈다. 저서로 『청음전집(淸陰全集)』 40권이 있다.

출전: 淸陰集(『한국문집총간』 77집)

---

1) 拙翁集序
2) 谿谷集序
3) 白洲集序
4) 梁子漸詩集序
5) 林塘遺稿跋
6) 伯氏遺稿跋
7) 月汀先生集跋

---

1) 拙翁集序(권38)

(전략) 公於詩 不采色爲工 遇境寫情 遇事紀實 敦厚之氣也 溫柔之風也 公嘗著說 有詩而詩者 有學而詩者 詩而詩者 詞華而已 學而詩者

義理而已 公之所志如此 則其發於言者可知已 **文以六經爲本** 辭達而
理贍 精明而典雅 實儒門之羽翼 館閣之型範 公之文學 厥有淵源 遠
祖**司空灌**・**中丞奎** 皆麗代名臣之有文者 而至我朝 五世祖**友菊齋**及公
皇考**石壁公** 詞翰擅一時 公少孤學於伯氏**知申公** 知申公亦用文詞顯
(후략)

대　상: 拙翁集(洪聖民)
중심어: 有詩而詩者 / 有學而詩者 / 詞華＊義理
색인어 정보: 司空(洪灌) / 中丞(洪奎) / 友菊齋(洪敬孫) / 石壁公(洪春卿) / 知申
公(洪天民)

2) 谿谷集序(권38)

東海之風表 爲大國所從來遠矣 **殷太師始闡文教** 歷世千有餘祀 然而
儒林文苑 不少槩見 何哉 **羅氏以來** **北學之士漸興** 惟**孤雲**名世 勝國之
際 益以弘博 惟**牧隱**晚出 世莫有能抗之者 繇此觀之 **文之爲技** 亦難矣
哉 逮我盛朝 文運之隆 視古爲烈 **文章之士** 指不勝屈 而其間蔚爲大家
追軌古昔者 亦頗鮮觀 宣陵之世 **畢齋獨步** 穆廟之時 **簡易高蹈** 若玄
軒之負望儒林 **月沙之擅聲文苑** 從容**館閣** 制作俱美 于時**谿谷**張公 又
晚出而造焉 亦莫有能抗之者 余嘗以谿谷論於牧隱 其大不如 而其精過
之 文彩少遜 而理則加密 獨與世升降之氣 不得不異爾 自茲以下 它可
類知 公之文章 可謂盛矣 大而非誇 達者信之 余言之徵 後必有人也 嗚
呼 公少余十八年 至於譚藝 輒虛師席而處焉 復著**橘翁說**以詒之 蓋取
諸年歲雖少 可師長也 每成一篇 不就正于公 不敢以視人 **三都之作** 擬
待**玄晏**而有傳也 孰謂今日 公先而我後也 公之著述 脫於兵火 靡有散

軼 始知希世之寶 鬼神營護 渾金美璞 鬱攸所不能災也 豈不異哉 (후략)

대 상: 谿谷集(張維)
중심어: 李穡 / 崔岦 / 申欽 / 李廷龜 / 張維
색인어 정보: 殷太師(箕子) / 羅氏(新羅) / 孤雲(崔致遠) / 牧隱(李穡) / 宣陵(成宗)
/ 畢齋(金宗直) / 穆廟(宣祖) / 簡易(崔岦) / 玄軒(申欽) / 月沙(李廷龜) / 谿谷(張
維) / 橘翁說(金尙憲) / 三都之作(三都賦, 左思) / 玄晏(皇甫謐)

3) 白洲集序(권38)

李學士一相 求敍其先大夫白洲公遺集於余 余以老病久謝筆研辭 李
君請益固 繼之以涕曰 亡以籍手見先人於他日也 余感其言 遂以疇昔所
覩記者復之 公後余二十五年生 余蚤登先相公之門 見公之少也 如神駒
出水 擧足千里 其稍進也 如越鍔受砥 金石無堅 其益進而不已也 七襄
之期於成章也 洪源之達乎江海也 奕奕乎其神采也 瀏瀏乎其音調也
或曰 公之詩天得爲多 不但出於過庭之聞 觸類而長之 引而伸之 舒而
爲元和·長慶 激而爲大曆·開元 溯而爲江左·鄴中 靡不逮也 文不
主一家 而規韓藻蘇 溢而爲駢語而方軌四傑 一時文苑諸君 無不斂手
避讓 蓋踵先相公主盟詞席 中間指不多屈 掌故氏謂國朝無三 何其盛哉
天與高齡而盡其才 其所至到 卓絶曠世 不翅如今之所觀者也 噫 高凌
太虛 秀奪萬色 造物所深忌 古人以爲恨 於吾白洲何哉 雖然 以公之業
亦足千古 是可以少慰也 噫噫 舊交已盡 公今又逝 玄晏不在 三都誰託
白首餘生 撫卷長歎而已

대 상: 白洲集(李明漢)
중심어: 元和長慶 / 大曆開元 / 江左鄴中 / 規韓藻蘇
색인어 정보: 四傑(王勃, 楊炯, 盧照隣, 駱賓王)

4) 梁子漸詩集序(권38)

帶方之梁 世以詩名 逮余所覯 有點易子者字子漸 其受才益高 造辭
益清 議論非盛李以上 不厝舌 至眉山諸家 視之無如也 每一篇出 好事
者爭相傳以誦 一時詞苑名流 無不折行爲交 蓋少時從其先人 與聞崔白
之論 及與鳴皋任鉥合 常曰詩不貴多 惟當直溯眞源 以不失千古正脈
耳 昔余從西坰柳公 遠迎詔使于龍灣 竹陰趙公怡叔・五山車君復元同
在幕中 兩人世所稱鴻匠鉅筆 頃刻累千言 意氣甚豪 子漸在傍 不少降
色 獨尋窅遠之境 探驪得珠 自以爲喜也 約以私稿一本寄余 以余之好
之也 遽成存歿 遺恨九泉 今者其孫正字燾 繼其父志 謀壽梓傳 發篋抽
祕 務以歸之至精 千里走書 以敍請余曰 此祖父顧言也 余方負玆飾巾
待期 奚及乎文字也 特以夙好係心 且嘉其子若孫能嗣家風代管 略述如
此云

대 상: 梁子漸詩集(梁慶遇)
중심어: 直溯眞源 / 千古正脈
색인어정보: 子漸*點易子(梁慶遇) / 盛李(盛唐) / 眉山(蘇軾) / 崔白(崔慶昌, 白光
勳) / 鳴皋(任鉥) / 西坰(柳根) / 竹陰*怡叔(趙希逸) / 五山*復元(車天輅)

5) 林塘遺稿跋(권39)

我外王父遺稿詩摠若干首 嗚呼少哉 小子伏而讀之旣久 嗚呼不少哉
王父十七 中司馬 二十四 擢大魁 以文詞大名於世 賜暇東湖之書堂 讀
書儲養 書堂故事 陞堂上者輒去之 獨王父仍命賜暇 遂由書堂進提學
由提學進大提學 大提學卽古之大學士 主文柄者也 時中廟明廟繼好文
詞 **館閣詞賦之作** 一歲月之間 盈於箱簏 王父**天得逸才** 下筆連數十篇
動若神助 一時輩流雖以敏捷稱者 皆自謂不及 是以平生所著述極多 殆
數千萬首 未及梓行 遭壬辰兵禍失之 今之所存洒千百之十一 豈不爲少
也哉 竊觀詩之道 倡於虞廷賡載之歌 而**盛**於周官列國采詩之後 于以
考其**政治之得失 風俗之美惡 人心之邪正焉** 孔子曰 **溫柔敦厚 詩敎**也
苟於是乎近之 雖一篇可也 曷嘗以多爲尙也 但不知觀此稿者 能識其詩
敎之所發特深否歟 小子固不敢妄爲形容 而人之知不知 又不須辨焉 謹
藏之 以爲後世子孫寶焉 至於遭遇太平 坐鎭廊廟 丕贊三朝文治之德之
功 有彝鼎之銘 旂常之紀 太史之筆 永垂於不朽者 斯不復贅云 天啓辛
酉秋 外孫安東金尙憲謹識

대　　상: 林塘遺稿(鄭惟吉)
중심어: 館閣詞賦之作 / 溫柔敦厚 / 詩敎
색인어 정보: 林塘遺稿(鄭惟吉)

6) 伯氏遺稿跋(권39)

右伯氏詩文若干篇 得於兵火散逸之餘 非全稿也 伯氏忠義大節 具於
賜祭之文 表閭之榜 士林之口 太史之筆 固已日星宇宙 至如詞苑剩馥

特雲霄之一毛耳 雖然 遺衣冠杖履 亦子孫之所重而藏之 況此片言隻
字 無非出於性情者乎 遺孤等哀集此編 請余一言題跋 嗚呼 余何忍爲
言 亦何忍不爲言 伯氏平生 學本經書 詩取杜·韓 晚歲自闢堂奧 平淡
有趣 氣象渾全 語意眞實 人謂白氏長慶之集 陸翁劍南之詠 其陶寫性
靈 曲盡事情者 無不隮其藏而闖其室 誠知言哉 然伯氏不喜以此自名
惟日孳孳於奉公及物之際 又可以見君子之修辭 本於立誠 非詩家者流
徒尙詞藻而無其實者比也 後之人 其必有會於溫柔敦厚之敎之所發歟
崇禎紀元己卯臘月日 弟尙憲謹跋

대 상: 伯氏遺稿(金尙容)
중심어: 陶寫性靈 / 曲盡事情
색인어 정보: 伯氏遺稿(金尙容) / 杜韓(杜甫, 韓愈) / 長慶(白居易) / 劍南(陸游)

7) 月汀先生集跋(권39)

月汀先生遺集幾編 詩若文摠幾首 先生當明宣之際 木天道山 儲養有
年 文章滿家 屢經兵燹 散軼殆盡 今之存者十僅一二 豈非斯文之不幸
也 竊槪我朝文苑 自卞春亭以下 率皆規唐藻宋 樂習軟美 號爲館閣體
顧於古文辭 大有徑庭 先生慨然自奮爲詞林倡 手揭赤幟 啓示指南 使
後來操觚之徒 知所去就 自是爭尙先秦西京之文 幾乎一變 視諸皇明
弘嘉諸大家力回古道 追配前烈者 其功上下 門下一時出三大提學 張
右相維·鄭同樞弘溟 後先嗣興 雖以尙憲之不才 亦嘗代匱 討論潤色
幸不辱命 若鄭參贊曄·趙太宰翼·金宗伯堉 並以經術著聞 實先生成
就之力也 先生被穆陵寵異之眷 力辨宗誣 昭洗玉牒 國朝二百年 功無
與兩 聲名洋溢乎中國 中國之人 見先生文章 無不稱慕 觀於陸翰林·

熊大行二公之欸 可知已 古所謂三不朽者 先生有二焉 於虖煒矣 先生
歿踰三紀 剞劂之役 力屈未擧 先生有孫曰挺之 乞郡丹丘 刻意梓行 余
喜其有嗣守之風 而足慰師門後死者心 遂不揆昏耄 謹跋如右 觀者恕之
崇禎丙戌冬 門人安東金尙憲書

대　상: 月汀先生集(尹根壽)
중심어: 館閣體 / 古文辭
색인어 정보: 月汀(尹根壽) / 卞春亭(卞季良) / 弘嘉(弘治, 嘉靖) / 穆陵(宣祖) / 陸
翰林(陸可敎) / 熊大行(熊花)

이민성(李民宬, 1570~1629)

본관은 영천(永川), 자는 관보(寬甫), 호는 경정(敬亭). 김성일(金誠一)·장현광(張顯光)의 문인이다. 1597년 문과에 갑과로 급제하여 사헌부장령·좌승지 등을 지냈다. 1602년과 1623년 서장관(書狀官)으로 두 차례 명나라에 다녀왔다. 시문과 글씨에 뛰어났으며, 사행 당시 명나라 사람들이 재주를 높이 평가하여 이적선(李謫仙)이라 불렀다고 한다. 저서로 『경정집』·『조천록(朝天錄)』 등이 있다.

출전: 敬亭集(『한국문집총간』 76집)

---

1) 送金正字景徵省謁西京序
2) 四六精粹序

---

1) 送金正字景徵省謁西京序(권13)

詩三百十一篇 其言有善有惡 未必皆正 而夫子斷以思無邪之一言何也 夫詩以言志 其善者足以感發其善心 惡者足以懲創其逸志 要不失性情之正 是三字者 實三百篇之大指也 當時列國有採詩之官 而大師氏職之 於以考風俗之美惡 政治之得失焉 其所採之多 宜倍蓰於此 又逸詩之雜出於傳記者 不爲不多 而刪而不錄 則聖人之去取 可謂嚴矣 苟其合於勸戒 則不以鄭衛之靡 曹鄶之細而略之也 故邵子云刪後無詩 而唐後無詩之說 又出於後賢 然執三字而考其嚮倍 則瑜瑕自難掩矣 至王介甫之評次 以杜甫爲第一 李白居第四 元積亦謂李不能窺杜藩籬

惟韓子則不然 卓然以**李杜爲首** 今讀其詩而究其趣 則非直宏其辭葩其

句 馳騁乎藝圃也 惟以損益文質 折衷刪述 羽翼乎斯道爾 以此而求諸

唐宋之名家者 所造雖不同 各以其才之相近者 而**自成一家** 譬諸櫨梨橘

柚 䤈酸雖殊 而皆可於口也 余持此論久矣 往在都下 聞某工唐體 某善

選體 就扣其有則魯莽矣 **其質而不俚 華而不浮**者 百無一焉 況論其性

情之正哉 姑聽其所談 則橫駕李杜之上 而**蘇黃**以下 輒羞稱之 可謂高

矣 然世以爲知言 余不能無惑焉 退而取古人之作而讀之 以質諸三百篇

之歸 則班班有不可誣者 余默而識之矣 去年冬 適忝玉堂 始與先輩同

直 嘗夜談詩 其見與吾合 余躍然不覺膝之屢前也 仍誦其所作 **清新圓**

熟 正所謂**不俚不浮**者也 駸駸乎古人之步驟者也 況其進而求已者耶

余於是 益信吾見之不謬 而恨其相偶之晚也

대　상: 金蓍國
중심어: 李白 / 杜甫 / 自成一家
색인어정보: 邵子(邵雍) / 王介甫(王安石) / 韓子(韓愈) / 李杜(李白, 杜甫) / 蘇黃
(蘇軾, 黃廷堅)

2) 四六精粹序(권12)

　粤若玄黃剖開 清濁辨高下之位 人文宣朗 聖神闡造化之機 自犧繩始

停 驪畫載顯 錯綜而陰陽立 對待而奇耦成 故七曜昭回 璿璣轇輵於乾

象 五色彰施 **藻繪黼黻**乎帝躬 八風節宣 調陰陽而順回序 六律和協 奏

郊廟而衍百神 聲音由此而權輿 文章於是乎賁飾 是以**喜起之詠 始於典**

謨 風騷之興 繼於雅頌 漢魏以降 體裁多端 宮羽相宣 文質互勝 聲律

之變則沈謝居前 **騈儷**之工則徐庚在後 琼璜錯落 纂組陸離 升降有時

雖謂之不古 風聲所習 蓋出於自然 遂使班朝會同 資文告於遠邇 **楊王盧駱** 擅傑筆於江河 掇瓊華於藍田 拔鯨牙於碧海 自是能言之士 接武以興 聯篇炳炳於詞垣 播芳郁郁於藝苑 咸由斯軌 用代如綸 建中敕書 悍將至於流涕 隆興頒詔 興情感於聞風 我國家文運大亨 詞風丕振 宣上達下 **非表箋何以通情** 事大交隣 豈言語所能直指 故曰**辭之輯矣** 民之莫矣 又曰 **脩辭以立其誠** 不言誰知其志 其必襲訓誥之嚴謹以爲之經 採子史之菁華以爲之緯 **不泥于古 能通于今** 此四六精粹之所以選也 夫不雜之謂精 至純之謂粹 故直而不倨 曲而有容 婉而能顯其微 閎而不至於肆 識者**天機** 驪黃非相馬之法 誇其國寶 徑寸愍照乘之光 於戲 以**曾子固之雄文** 人言或有所短 以**司馬公之博學** 自謂非其所長 傳古人之粕糟 斲輪豈足以喩子 合軒轅之律呂 操瑟未工於求君 敢擬學士之葫蘆 用資童子之雕篆 庶因指而獲月 或得魚而忘筌

대　상: 四六精粹

중심어: 不泥于古 能通于今 / 天機

색인어정보: 沈謝(沈約, 謝靈運) / 徐庾(徐陵, 庾信) / 楊王盧駱(楊炯, 王勃, 盧照隣, 駱賓王) / 曾子固(曾鞏) / 司馬公(司馬相如)

조익(趙翼, 1579~1655)

본관은 풍양(豊壤), 자는 비경(飛卿), 호는 포저(浦渚)·존재(存齋). 장현광(張顯光)과 윤근수(尹根壽)의 문인이다. 1602년 문과에 병과로 급제하여, 예조판서·우의정·좌의정 등을 지냈다. 성리학의 대가로 예학에 밝았고, 병법·복술에도 뛰어났다. 김육(金堉)과 함께 대동법의 확장과 시행에 기여하였다. 저서로『포저집』·『곤지록(困知錄)』·『중용주해(中庸註解)』·『대학주해(大學註解)』·『서경천설(書經淺說)』등이 있다.

출전: 浦渚先生集(『한국문집총간』 85집)

---

1) 送金子始赴京序
2) 朱文要抄後序

---

1) 送金子始赴京序(권26)

夫中國 四方之所取則也 古昔聖人 立於中土 其禮樂之敎 文物之化 東漸西被 自近而始 聖人旣沒 其遺澤猶有存者 故昔季札聘於上國 得觀列國之風及三代虞舜之樂 陳良學周孔之道 必北入中國 然則士生於四裔 欲襲聖賢遺敎而自淑焉者 不觀於上國 其何從而得之 夫自堯舜以來 洙泗之敎爲萬世道學淵源 而詩文之作 莫盛於漢唐 逮及我聖明 文敎大洽 道學文章 一反於古 而其同文之化 波及我國 故今東方學士大夫往往知誦法聖人 以自脩潔 而其文若詩 蔚然學西京正唐者亦不乏焉

茲豈非中朝之化耶 (후략)

대　상: 金子始
중심어: 文敎 / 同文之化 / 學西京正唐者

2) 朱文要抄後序(권26)

翼旣爲朱書要類　又就大全抄各文　名曰要抄　其蒐輯朱子之微言　亦
可謂博矣　抑又竊有所感焉　世之知朱子者　徒知其學問道德繼乎孔孟周
程之統　而至於文章　則爲讓於世之所謂宗匠大家如韓·柳·歐·蘇者
竊恐此不知言者也　夫自古論文　以西京以上爲至　及魏晉騈儷之辭作　則
其文破碎靡麗　無復古人純厖博大之氣矣　至唐昌黎公　始知以西京爲法
而復於古　故謂文起八代之衰　及唐之衰　其文尤淺陋卑弱　無足觀者　如
此者又數百年　歐陽公始知學古文　爲天下倡　而蘇·曾之徒從而起矣
此韓·柳·歐·蘇所以獨擅千古文章之業者也　竊見朱子之於文　實博極
天下之書　凡韓·柳·歐·蘇所取而爲法者　無不涉其波流　其文本乎六
經語孟及西京以上諸子之文　而於韓文·歐·蘇　亦皆採取之　以是　其
氣味之全完　法度之精密　立意之明白深切　遣辭之贍足委曲　議論之嚴
厲　則如秋霜之凜烈　卞說之暢達　則如江河之奔瀉　卓然自成一家之言
竊恐諸子之文殆未有過之者也　且孔子曰　辭達而已矣　然則文辭之作　唯
以達爲貴也　由此言之　則朱子之文　達之至也　正是孔子之所稱者　竊恐
此乃文辭本體　其視文人之文　有不屑者矣　何不及之有哉　其詩　學文選
者也　翼不識詩　固不敢妄有所論　然見前輩長者平生以詩爲事者　言宋三
百年所無也　夫其學旣繼生民以來聖人之傳　而文與詩又唐宋名家所不能

過 自古聖賢**才德兼有**者極難 唯朱夫子各極其盛如此 此竊恐衆賢所未
有也 且非但此也 歷代史傳 古今典禮制度名物 古樂音律高下 古今諸
子所論細大微著　　至於天文地理占筮醫方異端浮屠老氏鍊氣**雜家**小數
無不通貫 此則自漢之大儒如**司馬遷・賈誼・劉向・班固**之**博學** 及唐
昌黎自云 五經之外百氏之書 未有聞而不求 得而不觀 貪多務得 細大
不捐 亦可謂博矣 然其於雜家小道無所不通 則竊恐其或有所不能也 然
則自漢以來多聞博識 未有如朱子者也 昔**周公**多才藝 孔子多能 此在群
聖人中獨然也 故子貢曰 天縱之也 朱子通博 自漢以來所未有 則此亦
竊恐天使之然也 故愚常竊謂朱子之不可及 如孔子之不可及也 愚昧末
學 何足以知聖賢 伏讀遺編 竊深敬服 乃忘其庸陋 而敢妄論如是 其僭
越甚矣 竊不任恐懼也 此實天下古今之公言也 亦竊恐聖賢復起 或不以
爲非也

대　상: 朱文要抄
중심어: 朱子之文 / 博學
색인어: 大全(朱子大全) / 要抄(朱文要抄) / 孔孟周程(孔子, 孟子, 周敦頤, 程顥,
程頤) / 韓・柳・歐・蘇(韓愈, 柳宗元, 歐陽脩, 蘇軾) / 昌黎(韓愈) / 歐陽(歐陽
脩) / 蘇・曾(蘇軾, 曾鞏) / 語孟(論語, 孟子)

이식(李植, 1584~1647)

본관은 덕수(德水), 자는 여고(汝固), 호는 택당(澤堂)·남궁외사(南宮外史)·택구거사(澤臞居士). 이행(李荇)의 현손. 1610년 문과에 급제, 대제학과 판서를 지냈다. 특히, 문장이 뛰어나 신흠(申欽)·이정구(李廷龜)·장유(張維)와 함께 한문사대가로 꼽혔다. 저서로 『택당집(澤堂集)』·『초학자훈증집(初學字訓增輯)』·『두시비해(杜詩批解)』 등이 있다.

출전: 澤堂先生集(『한국문집총간』 88집)

1) 頤菴集後敍
2) 五峯李相國遺稿後題
3) 村隱劉希慶詩集小引
4) 玄洲遺稿序
5) 谿谷集序
6) 東岳集跋
7) 司憲府持平疏菴任君叔英墓誌銘 幷序
8) 丙子諭大學諸生榜
9) 學詩準的
10) 作文模範

1) 頤菴集後敍(권9)

世之談藝者必曰 文章當法古 問其所謂古者 則左·國·班·馬之書
也 有難之者曰 古今無二道 文章當務本 問其所謂本者 則仁義道德之
實也 以余觀之 仁義不容虛立 古文莫尙六經 學者果能從事詩書孔孟
之說而有得焉 則其謂之古謂之本者 夫豈外於此哉 國朝前輩作者 於文
章可謂盛矣 其爲學 非不旁採百氏 顧所宗主者 不出乎詩書孔孟之說
故其文有質有華 不協乎正者 蓋鮮 近年以來 文體濾變 末學後生 稍窺
秦漢數十卷文字 則視經訓 如司空城朝書 其言曰 視古修辭 寧失諸理
噫 其文之靡而道之喪乎 故礪城君頤菴宋先生 卽吾所謂前輩作者之一
也 先生天資英秀 學問醇篤 雖遊於詞藝 而不專用工 聊以寓意而已 其
听出詩文 明白簡潔 深靖閑雅 談理鋪事而不流於卑俗 寫景抒懷而不
騖於浮艶 此豈非有德之言治世之音哉 而視彼割裂以爲奇 鉤棘以爲
深者 未知孰爲古耶 抑余重有所感焉者 古今禁臠之親金埒之地 至貴倨
也 彼身處脂膏 心安逸樂 而不汩不淫 特以才力自顯 若杜元凱之文武
王晉卿之書畫 僅千百之一二 而談者猶以爲難 況如先生心聖賢之學 習
洙泗之文 淸素之德 有過於圭華縫掖 篤實之行 不啻如齊魯峨冠 和順
發爲英華 聰明散爲才技 片言隻字 皆足爲垂世之玩者 求諸往牒槃木之
聞 豈不亦韙哉 (후략)

대　　상: 頤菴集(宋寅)
중심어: 古今無二道 / 古<文章當法古 / 本<文章當務本 / 有德之言 / 治世之音
색인어 정보: 左·國·班·馬(左傳, 國語, 班固, 司馬遷) / 詩書孔孟(詩經, 書經,
孔子, 孟子) / 司空城朝書(司空城旦書) / 礪城君(宋寅) / 頤菴(宋寅) / 杜元凱(杜
預) / 王晉卿(王詵) / 洙泗(孔子)

2) 五峯李相國遺稿後題(권9)

(전략) 且惟古人所謂文章乃經世大業者 非止謂賦騷詠歌 凡禮樂制度訓謨辭令之著於文者皆是也 相公當穆陵西幸之後 處宣公內相之任 自奏請天朝訓諭國人 以至東征文武衙門往復書檄 皆出公手 所以導揚明旨 鼓動群情 以毗佐開濟之功甚鉅 而其文多倚馬立草 旋皆散失 甚可惜也 植又嘗與聞相公之學 本諸論語 博采禮記左氏班史之長 故其文有質有華 雖不囿於格 而意明理暢 自不墮陳言臼臬中 其詩絶去常調尤忌死語 奇峭挺拔 得老杜夔峽之音 而復出筆墨蹊逕之外 宜乎世之取靑媲白以爲工者之見之也 或不省爲何等語也 要之後來當有隻眼之評論 則植豈敢識焉而已矣

대　상: 五峯李相國遺稿(李好閔)
중심어: 文章乃經世大業
색인어 정보: 東岳(李安訥) / 左氏(春秋左氏傳) / 班史(班固, 司馬遷) / 老杜(杜甫) / 夔峽(夔州)

3) 村隱劉希慶詩集小引(권9)

劉村隱老於詩 今年八十四 騷雅之氣 猶見眉宇間 韓平公肰其餕 得數百篇 删而序之 傳諸同好 皆淸楚可詠 余嘗謂詩本諸性 學不必書 要在蓄其精按其妙而已 如翁闔井寒寠人 曷嘗侈誦習勤琱 如今經生學子爲也 而所得有過之 無他焉 直以其淸虛寡欲 滓礦不留胸中 加以一生往來名山水 動有草石魚鳥之玩 間接宗工才士逸民釋士 磨礱浸涵 自幼至耄如一日 故其精英之蓄 自有不可掩者 況當翁盛壯時 國朝詩教洋洽

軼軌三唐 無論館閣鉅公 方鶩燕許 乃若下僚外朝雄鳴高翥 無非員外
協律隨蘇溧陽之倫 下至齊民小胥野鵠之吟沙鶴之句 擧皆鏗鏘不失聲
韻 卽如劉翁如白大鵬輩是已 當時號爲風月香徒 香徒者 庶流修禊之
名也 學士先生 降禮接之 往往酬詠其間 藹乎三代風謠之遺意 何其盛
歟 數十年間 干戈刀鉅 衣冠剝喪 憔悴翁之徒 亦皆夭隕湮埋 非復曩世
氣象 而翁獨享壽擅名 爲諸公所稱賞 此豈無所自而致耶 嗚呼 觀斯集
者 可以論世 可以知人 毋曰自檜以下無譏焉可也 戊辰臘月 澤堂李植
題

대　상: 村隱劉希慶詩集(劉希慶)
중심어: 詩本諸性 / 學不必書 / 軼軌三唐 / 風月香徒 / 三代風謠
색인어 정보: 村隱(劉希慶) / 韓平公(李慶全) / 燕許(張說, 蘇頲)

4) 玄洲遺稿序(別集 권5)

昔蘇長公論文 以孔子辭達一句爲宗旨 說者謂達者 達其意也 詞止於
達 不必宏肆奇麗之爲尙 是固然矣 然惟物之不齊 理之殊也 意有遠近
辭有險易 自虞·夏·商·周之文 尙有渾噩詰屈之不同 況由屈·宋以
來 六義派分 群軌竝鶩 均之各言其志 無關於理 而輪轅之飾致遠 虎豹
之斑章彩 斯不亦文之至哉 國朝敦尙經訓 文詞爾雅 韓·蘇之文 以近
爲範 而秦漢諸家宏麗之體 猶未備也 逮隆·萬以後 作者數公 一大振
之 惟時繼而和之者 有玄洲趙公蔚爲名家 其學 於古無所不蒐 故其文
於古無所不備 上蹈兩漢 下籍六朝 而不失孔氏辭達之旨 旣俯就場屋
大擅屠龍之譽 其應製館閣之作 皆倚馬立成 而一時諸彦 莫之先也 世
方期以狎盟文圍 揭旗鼓先多士 而沛有餘地矣 不幸仕不遇時 浮沈州縣

數十年 其有得有喪 欣戚不平 一寓於佔畢 故其出不窮而語益奇 惜其
天球弘璧 翳鬱於蓬蒿沙礫之間 徒使田氓牧豎 見其光怪而疑駭之 豈知
爲東序之珍照乘之寶 而承奉之哉 今有克家二郎君 得保遺稿於兵火之
餘 敍次爲秩 以圖琬琰之傳 余每讀而偉之 就評其略 騷賦則**步驟楚漢**
散文雜著則**格法左‧馬** 偶儷之篇則深得**徐庾聲** 律詩大篇廣韻則**杜‧**
韓馳騁之餘也 惟近體律絶 不甚著工 而亦皆**奇拔自得 不落宋調** 摠之
光景高朗 材幹環瑋 其縱橫奔放 若不可畔岸 而融化屈折 各有體裁 往
往**情艶機動 境與神會** 若笙磬相宣而有遺音 噫 公之於斯藝 可謂富有
之矣 至於鄧林時有朽株 武庫不無刓鋒 古今大家所不能免 而後生蠡識
妄生疵摘 若是者 公旣已迢然任之矣 公之所師友 盡一世宗匠 最與深
者 吾**東岳**叔父及**石洲**權公 而**疏菴**任君爲其次 公之文 兼有數公之長
而無偏至之目 可見其大矣 植也材學晚進 汩沒訓詁 中年 雖獲從公遊
荷一言之提警 其於古文大家 常有望洋之歎 自不意承乏負乘 血指詞掫
茲豈非世道之慨也 今二郎君 索以序引 殆是以官而不以學 佛頭鋪糞
可無怍乎 公諱纘韓 字**善述** 天稟絶人 有文武材略 其吏能之少試於下
邑者 焯然有**張趙龔黃**之風 其發於文章者 蓋有所本於乎 惜哉 辛巳初
冬 德水李植 再拜謹敍

대 상: 玄洲遺稿(趙纘韓)
중심어: 步驟楚漢 / 格法左‧馬(左丘明, 司馬遷) / 深得徐庾聲(徐陵, 庾信) / 杜‧
韓馳騁(杜甫, 韓愈)
색인어 정보: 蘇長公(蘇軾) / 韓‧蘇(韓愈, 蘇軾) / 玄洲(趙纘韓) / 屈‧宋(屈原, 宋
玉) / 左‧馬(左丘明, 司馬遷) / 徐庾(徐陵, 庾信) / 杜‧韓(杜甫, 韓愈) / 東岳(李
安訥) / 石洲(權韠) / 疏菴(任叔英) / 善述(趙纘韓) / 張趙龔黃(張世傑, 趙文義, 龔
遂, 黃覇)

5) 谿谷集序(別集 권5)

世必有英粹聰睿之資　而加之以宏博正大之學　然後其發於文詞　如紈
素之施丹彩　泉源之注池沼　本末相須　華實相副　**不期文而自文**　古昔聖
賢立言垂世者　皆是道也　外此以爲文　雖**奇僻以爲古**　**藻繪以爲華**　比之
偏伯閏統　謂是全體正宗則未可也　我東人之詩文　啓自唐季　其始麗縟而
已　豪傑代有　沿流泝源　至于國朝　館閣薦紳先生　以**經訓理趣**爲尙　而**取
裁于韓・蘇**　則典刑備矣　近代諸鉅公　**力去陳言**　**視古修辭**　**追軌乎左・
國・班・馬**　則變化見矣　然而本經者　**蒼鹵而近俗**　騁辭者　**鉤棘而類徘**
求其合而一之　融而超之　蔚爲一代宗匠　而無愧古昔立言者　其惟吾**谿谷
張相國**乎　公資稟旣異　而充養有得　神淸氣完　德符於行　早歲蜚英　經歷
艱險　晚更勳名際會　出入謀猷　而乃其平素所存　則專以文學自任　其爲
學　精邃經書　而**淹貫諸子史**　上規下逮　聚精擷英　所蓄富矣　而思**不踰格**
氣不累調　其出之也　肆筆成章　左右逢源　**其理則孔・孟**　**其材則秦漢**　其
模範則韓・歐大家　以至騷賦詩律　各臻古人閫奧　絶無世俗奇偏飣餖之
病　粹然自成一家語　於乎　公之於斯藝　可謂盡善具美而無遺憾矣

대　상: 谿谷集(張維)
중심어: 理則孔・孟(孔子, 孟子) / 材則秦漢 / 模範則韓・歐大家(韓愈, 歐陽脩)
색인어 정보: 韓・蘇(韓愈, 蘇軾) / 左・國・班・馬(春秋左氏傳, 國語, 班固, 司馬
遷) / 谿谷(張維) / 韓・歐(韓愈, 歐陽脩)

6) 東岳集跋(別集 권5)

東岳先生旣卒　猶子桳仲木　方倅完山　亟謀梓行遺稿　植以時艱重之

仲木曰 正爲時艱故耳 若全稿逸 後學何述焉 遂殫力僝功 而方伯元公
子建斗杓・具公景輝鳳瑞・府尹吳公汝擴端・韓公振甫興一 前後相其
役 數月而訖工 凡廿四卷 惟未第時作 追拾爲別集二卷 未及附刻 而仲
木以喪去官矣 嗚呼 先生抱負經濟材志 而早躓於世 其所慨然以古文詞
自奮者 猶是第二件事業 而又不及提衡藝苑儀式儒林 初年 僅一當華使
暫知外制而罷 至於棲遑厄窘 出入賢勞 鞍馬舟楫之間 感興諷刺 發之
以聲律者 乃先生之下馹 而世亦莫之先也 卽諸公所爲實惜 欲壽其傳者
夫豈徒哉 先生文會傾一世 雕龍之評 不無異同 以余所耳慓者 白沙李
相公 稱其詩拓基軒地 噓焰薰天 渢渢乎正始之音 元白以下不論也 滄
洲車公萬里雲輅 稱其出韓入杜 雄拔鉅麗 望之如衡岳無雲洞庭不波
九畹李公立之春元 常私謂植曰 子敏少與汝章齊名 然子敏積學築址
由鈍而銳 其詩如黃鍾大呂 今非汝章倫輩也 先生亦嘗戲言 若以諸君詩
比之三國人才 則吾爲司馬氏矣 竹陰趙怡叔良以爲然 (후략)

대 상: 東岳集(李安訥)
중심어: 古文詞 / 正始之音 / 李安訥 / 權韠
색인어 정보: 東岳(李安訥) / 仲木(李梣) / 子建(元斗杓) / 景輝(具鳳瑞) / 汝擴(吳
端) / 振甫(韓興一) / 白沙(李恒福) / 元白(元稹, 白居易) / 滄洲(車雲輅) / 萬里(車
雲輅) / 九畹(李春元) / 立之(李春元) / 子敏(李安訥) / 汝章(權韠) / 竹陰(趙希逸)

7) 司憲府持平疏菴任君〔叔英〕墓誌銘 幷序(별집 권6)

(전략) 按任氏 本中國人 麗末 有以公主傔從來仕者 肇籍于豐川府
遂爲著姓大族 君曾王父諱悅 號竹崖 官至判漢城府尹 有文學重名 王
父諱崇老 父監役官諱奇 皆早終弗顯(중략)辛丑 試進士高等 遊太學十

年 所與交盡時彦 而論議亢厲 同類咸敬憚出其下 前後儒疏 多出其手
然君專力古文詞 不屑科式 治經 不事帖括 以此屢進而屈 (중략) 其文
於六朝體 最號工妙 世比之王·駱 統軍亭序文 傳入中朝 大爲翰苑諸
學士所歎贊 謂我使臣曰 千年絶調 出於海外矣 仍以四六類書 致意寄
來 其他詩文 體各不同 而皆有擬議法守 惟大篇排律 演至六七百韻 使
事精博 古未有也 (후략)

대 상: 任叔英
중심어: 古文詞 / 擬議法守
색인어 정보: 竹崖(任悅) / 崇老(任崇老) / 王駱(王勃, 駱賓王)

8) 丙子諭大學諸生榜(別集 권14)

大司成爲知會事 去五月二十六日 當職自劾上疏內一款云 臣見兩齋
只有鄕儒若干人 而京儒則絶無而僅有 一二齋任 亦罕接面 詢究其故
則不但愚臣特爲多士所不服 亦由近來科擧大壞 京中才俊之流 則不事
圓點治經 專務作文 以應別試等科 而其爲文 又不本於經書 如韓·歐
近理之文 亦視以陳言 惟從事於馬史莊子等書 務以瑰奇相尙 故其於
經傳 無暇學誦 至有昧然面墻者 鄕儒則以不與京儒較藝之故易於編額
而全不習作文 至有不能結撰簡牘尋常語者 其弊將使文學鹵莽 人材消
耗 誠可寒心 臣竊念此弊之來 蓋因考講者 只取斷章快口 考文者 好取
狂詞拗捏 遂使經者無所發用 文者不本義理 此非其材之罪 將其導迪者
非其方故也 今若於考講之時 寬其誦式 而至會試 又多出文等 則京儒
之本經爲文者 必多參第 才俊之士 可以慕效一變 此本國朝大比常規
但擧而復之 則文者必經 經者必文 不至判爲兩道 而居泮之士 不患不

多矣云 (중략) 夫治經所以明理 **作文所以達義** 取士要以圖治 應擧要以 行道 此固第一義理 而先王所以設科取士之意 亶不出此 今欲本經爲文 者 雖非**務本之論** 第猶勝於異學詭文 眩世取貲 而去本逾遠矣 諸君子 幸念之

대　상: 大學諸生
중심어: 文者必經 經者必文 / 本經爲文 / 務本之論 / 異學詭文
색인어 정보: 韓歐(韓愈, 歐陽脩) / 馬史(史記)

9) 學詩準的(別集 권14)

書曰 詩言志 歌永言 記曰 **溫柔敦厚** 詩之敎也 此周詩三百篇宗旨也 韓子曰 詩正而葩 朱子取之 此詩之體格也 反是而志尙**頗僻流蕩** 詞意 **粗濁險怪** 皆詩之外道也 今當以三百篇爲宗主 熟讀而諷詠之 此詩學之 本也

楚辭 詩之變也 先儒取其忠義懇惻怨誹而不亂 然屈·賈之外 流而爲 **楊·馬 宏侈靡麗** 去性情遠矣 今當讀誦朱子所選數十篇 爲之羽翼也

五言古詩 **無出漢魏名家** 然其近於性情者 古詩十九首外 曹 三曹阮 籍郭 璞左 太沖 二陸 機·雲 三謝 靈運·惠連·眺 詞理圓暢者五六 十首 可以抄讀 淵明詩 性情最正 朱子以爲可學 但**文字質朴** 不可專學 最好者四十餘首抄讀 唐人古詩 不必學陳子昂及王維孟浩然之作最好 者若干篇 韋應物·柳宗元 數十篇 竝熟看

李白古詩 飄逸難學 杜詩變體 性情詞意 古今爲最 **記行及吏別**等作 分明可愛者 不可不熟讀摹襲 以爲準的 其大篇如**八哀**等作 非學富才博 不可學 亦非**詩之正宗** 姑舍之

律詩非古也 而後世詩人 專用是鳴世 而古詩晦矣 今當於平居 **述懷
敍事**等作 以五言小篇發之 此則不待習作 可效也 **日用酬應** 則專用律
詩 不可已也 然唐以下律詩 百家浩汗 必須精選熟讀 又必多所習作 可
以諧適音韻 名世擅場 可期也 初唐則**沈・宋**之流若干篇 可以抄覽 盛
唐則**王孟青蓮**近於古詩 不可學也 **高適・岑參・李頎・崔灝** 若干篇可
觀 所當**專精師法**者 無過於杜 爲先熟讀吟諷 然其**橫逸艱晦**之作 不可
學 專取其**精細高邁**者 以爲準的 然不參以唐律 則自不免墮於宋 須以
韓・柳・韋・錢・起・皇甫非一人 竇 五竇之類 **兩劉**數百首參之 長
卿詩多抄 **摹襲其聲色** 方爲全美

絶句則律詩類也 五言絶則無出右丞**王維** 同時名作 近於右丞者 略取
之 七言絶則初唐不可學 太白以下 皆可取 **晚唐絶句**亦佳 竝抄誦數百
首 以爲準的

七言歌行 最難學 才高學淺者 **韋・柳・張籍・王建** 如權石洲所學
庶可企及 然未易學也 **李・杜歌行 雄放馳騁** 必須健筆博方 可以追躡
然初學之士 學之易於韋・柳諸作 以其**詞語平近**故也 必不得已姑學李
杜 參以**蘇黃**諸作 以爲準的

排律 雖當以杜詩爲主 然甚無次第 不可學 學短篇絶妙者 且不易學
須參以韓・柳律 以爲準的 七言排律 古無可法 須從俗酬酢 無過二十韻

宋詩雖多大家 非學富 不易學 非是正宗 不必學 惟**兩陳后山・簡齋**
律詩 近於杜律者 時或參看 **大明詩** 惟李崆峒 夢陽 **善學杜詩** 與杜詩
參看

近代學詩者 或以**韓詩爲基 杜詩爲範** 此五山・東岳所教也 石洲雖
終學唐律 初亦讀韓 崔**孤竹**末年 才涸氣萎 亦讀韓詩 吾雖學淺 殊不欲
讀韓 既被諸公勸誘 熟觀一遍 其律絶 固唐格也 不妨與杜詩竝看 大篇
傑作 則乃**楊・馬詞賦**之換面也 與讀其詩 寧讀楊・馬之爲高也 惟晚學

筆退者 抄讀百餘遍 則如敬字之補小學功 容可救急得力 若才學俱贍者
不必匍匐於下乘也

余兒時無師友 先讀杜詩 次及黃・蘇瀛奎律髓諸作 習作數千首 路脈
已差 然後欲學選詩唐音 而菁華已耗 不能學 又不敢捨杜陵而學唐 故
持疑未決 四十以後 得胡元瑞詩藪 然後方知學詩不必專門 先學古詩
唐詩 歸宿於杜 乃是三百篇楚辭正脈 故始爲定論 而老不及學 惟以此
訓語後進 大抵欲學詩者 不可不看詩藪也

대 상: 詩
중심어: 詩學之本 / 楚辭 / 五言古詩 / 律詩 / 絶句 / 七言歌行 / 排律 / 宋詩 / 學詩
색인어 정보: 韓子(韓愈) / 屈・賈(屈原, 賈誼) / 楊・馬(揚雄, 司馬相如) / 三曹(曹
操, 曹丕, 曹植) / 左太冲(左思) / 沈・宋(沈佺期, 宋之問) / 王孟靑蓮(王維, 孟浩
然, 李白) / 韓・柳・韋(韓愈, 柳宗元, 韋應物) / 五寶(寶群, 寶常, 寶车, 寶庠, 寶
鞏) / 兩劉(劉禹錫, 劉長卿) / 韋・柳(韋應物, 柳宗元) / 石洲(權韠) / 蘇黃(蘇軾,
黃庭堅) / 后山(陳師道) / 簡齋(陳與義) / 崆峒(李夢陽) / 五山(車天輅) / 東岳(李
安訥) / 孤竹(崔慶昌) / 杜陵(杜甫)

10) 作文模範(別集 권14)

古今風俗事情懸殊 而文章詞令 通於其間 雖使古人生於今世 必爲今
之文 此與詩學不同 當以唐宋以下爲法 惟其本源來歷 不可不遡求而
知之也 詩書正文・孟子正文・論語・庸學幷傳註 爲先熟讀 終身溫習
此義理本源 不可一日塞也 荀・楊 乃韓文之所從出 數十篇抄讀 此外
易繫辭 春秋三傳中左傳 禮記等書 有餘力則熟觀採穫 韓文 文之宗 不
可不先讀 七八十首抄讀 若得臭味 仍以爲終身模範可也 然末學之得力
者少 不可專爲歸宿 如詩之杜詩也 茅鹿門坤所抄八大家文 最爲中正

柳之於韓 如伯仲 歐·王·曾 專出於韓 三蘇雖學莊·國 亦不出韓之
模範 大蘇雖詭 文氣不下於韓 以意爲主 筆端有口 以此爲歸宿地 抄
讀七八十首 尋常熟覆 不必多讀而得力也 柳以下六家之文 抄其尤絶妙
者四五十篇 餘力一讀 時復閱覽 從其所好 增減其所抄可也 此是古文
章正脈 韓子所謂仁義之言也 此外老·莊·管·韓異端之文 馬·班兩
史實錄記事之文 世以爲古文正宗 然非聖賢義理之文 又不宜於今 至
於取數十篇 終身千萬讀 欲得其精髓 其計左矣 雖韓·柳·歐之學古
不過全秩博覽而已 不如是專門也 惟記事之法 馬·班得之 後世莫及
作史及序記碑誌之類 尤當取法於兩氏 馬十餘篇 班數十篇 一番抄讀後
又遍覽兩書 採穫文字可也 莊·老以下 文選所載秦漢魏之文 專棄可惜
亦須抄錄時讀 以爲羽翼 大槩行文 雖才高之人 學識不廣 則不能應變
多作 吾所云云 亦甚簡約 比之學詩 則所讀十倍 此未易學也 且通熟四
書義理 熟讀古文眞寶·文章軌範中一書 旁通陸宣公·朱晦菴奏議之
文 亦足爲朝廷上下辭令之文 如碑誌序記作史著書之業 則不可染指也
大明之文有二道 方遜志·王陽明 最爲中正 乃韓·歐之類也 崆峒以
下四大家·十大家 則專學左·國·班·馬 務以不諧世俗爲高 施之於
今 一無當於詞令 學之又極難 決不可入其門也 吾文法既定之後 時一
取覽 不無一二可喜也 宋世義理之文太極·西銘·溫公之文 見於古文
眞寶者 及朱·呂文最佳者 與經傳諸書 一時讀之 存諸心可也 四六之
文 亦有古有今 古四六 學之難而無所用 欲學制誥之文 須以歐·王·
蘇·呂·眞大家爲主 精採汪藻·劉克莊·李劉·文山數子之作 爲準
的 古四六 徐庾爲上 四傑次之 取其宏大絶妙者 人各二三篇 以助藻麗
之氣 雖學今文 不可廢也 綱目正史也 作文者 必通識事務 又必稽古引
史 雖無暇於讀 不可不從頭至尾 二三番致精閱覽 使前古治亂得失 略
存諸胸中也

대　상: 文

중심어: 韓文 / 八大家文 / 古文章正脈 / 異端之文 / 實錄記事之文 / 文選

색인어 정보: 荀·楊(荀子, 揚雄) / 韓(韓愈) / 鹿門(茅坤) / 八大家文(唐宋八大家文鈔) / 柳(柳宗元) / 歐·王·曾(歐陽脩, 王安石, 曾鞏) / 三蘇(蘇軾, 蘇洵, 蘇轍) / 莊·國(莊子, 國語) / 老·莊·管·韓(老子, 莊子, 管子, 韓非子) / 馬·班兩史(史記, 漢書) / 陸宣公(陸贄) / 晦菴(朱子) / 方遜志(方孝孺) / 王陽明(王守仁) / 崆峒(李夢陽) / 溫公(司馬光) / 朱·呂(朱子, 呂祖謙) / 眞(眞德秀) / 文山(文天祥) / 徐庾(徐陵, 庾信) / 四傑(王勃, 楊炯, 盧照鄰, 駱賓王) / 綱目(資治通鑑綱目)

장유(張維, 1587~1638)

본관은 덕수(德水), 자는 지국(持國), 호는 계곡(谿谷)·묵소(默所). 김장생(金長生)의 문인. 1609년 문과에 급제, 판서와 우의정을 지냈다. 천문·지리·의술·병서 등 각종 학문에 능통하였고, 서화와 특히 문장에 뛰어나 이정구(李廷龜)·신흠(申欽)·이식 등과 더불어 한문사대가로 불렸다. 저서로『계곡만필(谿谷漫筆)』·『계곡집(谿谷集)』·『음부경주해(陰符經注解)』 등이 있다.

출전: 谿谷集(『한국문집총간』 92집)

1) 八谷集序(권6)

嘗謂秦漢以上 無文人 亦無詞學 無文人也 而時之大夫士靡不文也 無詞學也 而人各指事陳詞 靡不工也 自魏晉以降 始有以**文**詞自名者 組織以爲巧 采色以爲華 **浮淫纖靡** 日趨於下 蓋古之人 **敦本尙實** 以得於中者 發而爲文 非後世之所能及也 **我東**文章 何敢望**中華** 然汚隆之

機 亦自略同 在昔盛時 士之攻文者 舉皆本源經術 以理趣爲主 故其爲

文 類多平實易直 詞不足而意有餘 自數十年來 學者厭常喜新 多爲奇

邪僻異之習 華日以勝 實日以凋 驟聽其言 眞若可以軼唐宋而上之 徐

而察之 梔蠟之色澤耳 文之敝也極矣 乃今得八谷集而寓目焉 信乎其有

先進之風流乎 八谷者 故贊成具文懿公之號也 公少負盛名 博學通經

術 於文章寡許可 雖宗工才子之作 鮮有當其意者 然未嘗形諸雌黃 居

平唯靜坐讀書 溫繹經義 不肯以詞翰自任 而詩文和暢該贍 詞理均稱

蓋得之本實 非締章繡句者所可擬議也 胤子綾海君宬 手編爲七卷 未及

梓行 季子今大司寇宏 統制湖嶺 遂就元稿刪成四卷而剞劂焉 旣成 屬

維序之 維先大人與綾海公交誼甚篤 於公實有拜床之分 而不佞維亦獲

習於司寇公 感念先故 義不可辭 仍念文章之作 豈惟關於情性 卽福祿

衰盛 亦可因以占測 彼寒苦之士 搯擢胃腎 日鍛月鍊 畢精句字之間 工

則有之 要之非達器也 若公所著 寬平敦厚 有君子長者之氣象 宜其沒

世之後 餘慶瀋發 自家而國 光啓無疆之休美也 然則是集之行 夫豈與

曲藝一技之士 爭能於詞苑已乎 治世之音 鏗鏗悠久 殆無窮已矣 嗚呼

盛哉

대　상: 八谷集(具思孟)

중심어: 和暢該贍 / 詞理均稱 / 得之本實

색인어 정보: 具文懿公(具思孟) / 綾海君(具宬)

2) 石洲集序(권6)

詩 天機也 鳴於聲 華於色澤 淸濁雅俗 出乎自然 聲與色 可爲也 天

機之妙 不可爲也 如以聲色而已矣 顚冥之徒 可以假彭澤之韻 齷齪之

夫 可以效**靑蓮**之語 肖之則優 擬之則僭 夫何故 無其眞故也 **眞**者何
非天機之謂乎 世之人 **以詩觀詩** 不以人觀詩 若然者 豈唯不得其人 幷
與其詩而失之 詩可易言乎哉 **石洲**之詩 談者謂百年來所未有 此固以詩
論也 乃余實得其人焉 余生後公幾二十年 弱冠幸得從公游 爲人廣額哆
口 疏眉目 貌偉而氣豪 言論**磊落動人** 間雜詼諧 性酷嗜酒 酒後語益放
傲睨吟嘯 **風神散朗** 卽不待操紙落筆 而凡形於口吻 動於眉睫 無非詩
也者 及其章成也 **情境妥適 律呂諧協** 蓋無往而非天機之流動也 公雖
以詩酒自放 然天資甚高 內行甚飭 **讀濂洛**諸書 見解通明 雖老師宿儒
無以遠過之 宣廟聞其名 命進所爲詩 大加稱賞 至以布衣佐儐使 光海
政亂 屢以危言忤權貴 竟中蜚語 坐**詩案**以死 及今上踐阼 命贈某官 以
伸直道 湖南方伯**沈公器遠**・完山尹**洪公霱** 皆公門下士 始鋟公遺稿 刻
成 屬余序之 余結髮知慕公 嘗得一言奬許 至今未敢忘也 序卷之託 又
何可辭 噫 公以豪傑之資 用志不分 專發之於詩 然其遇於世也 只一當
華使而已 奇禍之慘 竟亦繇是致焉 不知天之畀公絶藝 榮之歟 抑禍之
歟 乃今遺集之行 出於禍釁之餘 殘膏賸馥 將沾被寰中 其視富貴而名
磨滅者 得失何如哉 逝者而有知 亦足以自慰矣 悲夫

대　상: 石洲集(權韠)
중심어: 天機 / 眞
색인어 정보: 彭澤(陶淵明) / 靑蓮(李白) / 石洲(權韠)

3) **重刻杜詩諺解序**(권6)

詩須心會 何事箋解 解猶無所事 況譯之以方言乎 自達識論之 是固
然矣 爲學者謀之 心有所未會 烏可無解 解有所未暢 譯亦何可已也 此

杜詩諺解之所以有功於詩家也 詩至杜少陵 古今之能事畢矣 厖材也極其博 用意也極其深 造語也極其變 古人謂胸中無國子監 不可看杜詩 詎不信歟 註解者稱千家 謂其多也 至其密義奧語 鮮有發明 讀者病之久矣 成化年間 成廟命玉堂詞臣參訂諸註 以諺語譯其義 凡舊說之所未達 一覽曉然 梅溪曹學士偉奉教序之 然其印本之行於世者甚鮮 記余少時 嘗從人一倩讀之 旣而欲再觀 而終不可得 常以爲恨 今年天坡吳公翻按節嶺南 購得一本 繕寫校定 分刊於列邑 而大丘府使金侯尙宓實相其役 旣成 走書屬序於余 嗚呼 比興之義 謂無與於斯文 詩直可廢也 詩有未可廢者 則杜詩何可不讀 讀杜而有諺解 其不猶迷塗之指南乎 況是編也 成廟所嘗留神 以嘉惠後學者也 重刊而廣布 使學詩者 戶藏而人誦之 以神聖朝溫柔敦厚之教 此誠觀民風者所宜先也 吳公嗜學工文詞 又敏於吏職 乃能於蕃宣軟掌之餘 加意斯文 百年垂廢之書 煥然復新 甚盛擧也 余旣重吳公之請 又自喜及其未老 將復睹舊所欲觀而未得者 遂不辭爲之序

대 상: 重刻杜詩諺解
중심어: 杜詩
색인어 정보: 杜少陵(杜甫) / 梅溪(曺偉) / 天坡(吳翻) / 金侯尙宓(金尙宓)

4) 芝川集序(권6)

維少也 頗聞藝苑餘論 其稱近代名家詩 必曰湖蘇芝 湖謂湖陰鄭公 蘇謂蘇齋盧公 而芝川者 長溪黃公號也 及長 獲睹三家詩 湖之組織精緻 蘇之氣格雄拔 篇什之富 蔚然爲大集 而芝川稿近體未滿二百首 古選歌行 絶無傳焉 何其寥落也 然讀之 橫逸奇偉 名章雋句 磊磊驚人

卽其**獨造之境** 眞可與二家相角 子美所謂賦詩何必多者 不其然歟 公以
高才邃學 早擅大名 中年頗與世塗抹搬 晚被宣廟知眷 奉奏帝庭 快雪
璿系百年之誣 遂策元勳 進爵極品 提衡文柄 爲一**代詞林宗匠** 壬辰之
變 酷遭奇禍 仍爲脩隙者所甘心 以危法文致之 奪爵遷謫 抱枉未伸而
沒 生平著述 放軼殆盡 胤子承旨公哀集成編 藏之巾衍 世無別本 (후
략)

5) 拙翁集序(권6)

本朝當宣廟初 號稱文明盛際 文學正直之士 接武朝著 自黨議起 而
不能無消長之變 夫陽奇而陰偶 奇者孤而偶者合 故合者恒信 而孤者恒
詘 以至辛卯之禍 而世變極矣 一時名公俊士 擧被鉤黨之目 而其尤者
竄謫絶塞 拙翁洪公其一也 明年壬辰 國有大難 宗社播越 天心悔悟 悉
召還諸謫人 公赴行朝 進拜冢宰大學士 尋以憂去 制未盡而卽世 朝野
莫不痛惜 始公弱歲以詞賦冠進士 旣登朝 賜暇**湖堂** 宣祖嘗庭試文臣
公中魁選 自是文譽益振 遂拜藝文提學 竟秉**文衡** 爲一**代宗匠** 公於詩
不以**聲色爲工** 一**主於理致** 要以暢其意而止 爲**文本源經術 該贍典實**
不爲空言 生平著述甚富 而盡軼於寇難 公能暗記而錄之 得詩文九百餘
篇 公沒三十有九載 家孫**命耇**守永嘉 始克鋟行公集 屬維敍之 維晚生
未及識公 而先君子實與公同被謫 維又幸與公之胤參議公同榜 以是獲

聞公名實之懿 私心常切景慕 託名卷端 實有附驥之幸 其何敢辭 嘗聞
孔氏四教 文行居其先 文者其華而行者其實也 天之降才 鮮能全備 故
四科之徒 亦有偏至 況其下者乎 今公高才粹質 **倬焉寡儔 和順積中** 英
華彪外 德行著於儒林 勳名載於國乘 至其發於餘事者 亦將炳烺緗素
而垂諸不朽 豈所謂彬彬君子 質有其文者非耶 洪氏自麗朝代出文人 科
第不絶 及公之考若兄 皆以文詞重於世 然其家集之行 至公始大著 可
謂盛矣

대　상: 拙翁集(洪聖民)
중심어: 一代宗匠 / 文本源經術
색인어 정보: 命耈(洪命耈)

6) 芝峯集序(권7)

(전략) 蓋古所謂大雅君子 華藻之美 特其土苴耳 居久之 進拜冢宰
凜凜有台鼎之望 而公遽卽世矣 公少而嗜學 於書無所不觀 於文詞無所
不工 而尤深於詩 其爲詩常疾世俗佻儇嘵噪之習 必以**唐諸名家**爲法則
故其**聲調諧協 色澤朗潤** 有金石之韻 圭璋之質焉 文亦主於**雅馴** 不作
近代**僻澁語** **玄軒**申相公嘗稱公詩神而化之 五山車天輅・南窓金玄成
亦以爲**格高語妙 句圓意活** 優入**盛唐閫域** 其見重於藝苑如此云 傳曰
德成而上 藝成而下 夫文章亦藝也 世固有飾羽而畫 以梔蠟自售者矣
惟深於**天機**者不然 **意發而後詞見焉 質立而後文施**焉 美在其中而暢於
外 故曰**詩可以觀** 若公之爲者是已 不如是 何足以列於**立言而稱不朽**
哉 公旣沒 諸子以公家集授剞劂 而徵弁卷之文 昔**蘇長公**於**歐陽文忠・**
張文定 皆有知己之感 故序其集而**詞致深篤** 維之不侫 誠無所比數 獨

於公積二十年景慕之私　終見知於暮途　區區感戄于中者　自謂不後古人
故不辭而爲之序

대　상: 芝峯集(李晬光)
중심어: 唐*法 / 盛唐閫域 / 天機
색인어 정보: 芝峯(李晬光) / 玄軒(申欽) / 五山(車天輅) / 南窓(金玄成) / 蘇長公
(蘇軾) / 歐陽文忠(歐陽脩) / 張文定(張方平)

7) 月沙集序(권7)

　　自歐陽氏論文章有窮而後工之語　操觚家多稱引爲口實　夫雕蟲寒苦
之徒　風呻雨喟　喁唲飛走　爭妍醜於一言半辭者　以是率之猶可也　乃若
鴻公哲匠冠冕詞壇　彰其色而黼黻青黃　協其聲而笙簧金石　以大鳴一世
者　此其人與才　豈囿於窮達之域而格其巧拙哉　歷觀前代豪傑之士　以文
章致身宰輔　兼擅藝苑之譽者　蓋曠世罕覯　而唯我朝爲最盛　此殆祖宗右
文之效　若故相國月沙李公眞其人哉　公自布衣時　已有盛名　甫釋褐　攝
官起居注　宣廟臨朝　見公記注瞻敏　爲倚案注目　久之不覺研滴隳　水沾
公衣　命黃門拭之　此公受知之始也　兵亂後　恒管槐院文書　每一篇進　上
未嘗不稱善　錫賚相踵　或命錄進草本　及辯誣事起　特命進秩充副使　所
草奏本　同時應制者凡數人　而獨公作稱旨　華人見者萬口傳誦　至廷臣覆
議　稱其明白洞快　讀之令人涕洟涔涔欲下　自是公之文名　遂震耀寰宇矣
無何而踐八座握文衡　爲一代宗匠　論者謂文人遭遇之盛　古今鮮公比云
宣廟知公雖深　然無如消長之數何　竟未能究其用　尋遘否運　當彝倫變故
之際　守正不撓　屢阽不測　及今上龍飛　公與諸耆碩　同被眷遇　竟膺大拜
艱危之日　盡瘁彌綸　惓惓忠愛之誠　屢形於章疏　而公亦已老矣　公於文

詞 天才絶人 雖高文大冊 多口占立就 而辭暢理盡 自中繩墨 宣廟嘗
稱之曰 寫出肺肝 溫籍典重 其知公也至矣 公旣沒而諸子將行家集 謂
維嘗出公門下 辱徵弁卷之文 噫 公之文章 不唯國人知之 天下之人擧
知之 晚生末學 强欲贅以一言 是何足爲公重哉 然維嘗觀皇朝汪學士輝
敍公朝天詩 有曰生意洋然 神理煥發 卓異曹·劉 駕軼李·杜 夫汪公
身生華夏文明之會 其所見者大矣 而朝天一稿 在公特豹文之一斑耳 然
其稱道乃爾 如使汪公盡見其所未見 其爲說豈止於是耶 夫文章世固不
乏 若公雍容大雅 得質文之備 內以明主爲知己 外爲中華所稱慕 施之
廊廟則藻飾治道 用之急難則昭雪國誣 名實純粹 照映竹素 古人所謂經
國大業 不朽盛事者 非公其誰當之 公之詩文以卷計者八十有一 而續集
不與焉 國朝名家集未有若是多者 易大傳曰富有之謂大業 不如是 何以
稱大家數 嗚呼盛哉

대　상: 月沙集(李廷龜)
중심어: 文章有窮而後工 / 一代宗匠 / 朝天詩 / 祖宗右文
색인어 정보: 歐陽氏(歐陽脩) / 月沙(李廷龜) / 曹劉(曹植, 劉楨) / 李杜(李白, 杜
甫)

신익성(申翊聖, 1588~1644)

본관은 평산(平山), 자는 군석(君奭), 호는 낙전당(樂全堂)·동회거
사(東淮居士). 신흠(申欽)의 아들이며, 선조의 부마(駙馬)가 되어
동양위(東陽尉)에 봉해졌다. 장유(張維)·정홍명(鄭弘溟)·박미(朴
瀰) 등과 교유하였다. 병자호란 때 끝까지 항전할 것을 주장하였
고, 1642년 심양(瀋陽)에 억류당하였다가 소현세자(昭顯世子)의 주
선으로 풀려나 돌아왔다. 저서로 『낙전당집』·『낙전당귀전록(樂
全堂歸田錄)』·『청백당일기(靑白堂日記)』 등이 있다.

출전: 樂全堂集(『한국문집총간』 93집)

1) 楓巖集序
2) 苞菴稿序
3) 畸庵稿序
4) 龜谷詩集序

1) 楓巖集序

伯厚氏以楓巖詩梓於鶴城 徵余一言引之 余不知楓巖何時人 亦不知
其爲何如人 而讀其詩而想其人 必抱志隱遯者類也 夫詩言志 觀其志之
所存 其人可知 故古人之詩 或譬之伯夷 或號爲詩史 詩而藻繢 不足以
徵其志焉 則特鸚鵡之能言爾 集中古體沖澹有趣 律法淸楚簡潔 貧僻
之境 自有造詣之語 寂寥之音 便覺飛動之意 如遣興放言諸作 可見其
志之所存也 以荊軻一篇 論元亮心事 信不誣矣 楓巖之詩 得余一言於

百年之後 豈非所謂朝暮遇者耶 伯厚氏勤求殘簡 災木而壽之 其心良亦
厚矣 是爲敍

대　상: 楓巖集(金終弼)
중심어: 詩史
색인어 정보: 伯厚(金墂)

2) 芚菴稿序(권6)

通人權汝章 當穆陵朝 負高蹈之行 以詩酒自豪 意不可一世士 而獨
稱子深古風 推許頗至 子深遂棄博士業 從汝章游 人皆高之 汝章竟以
詩案 死於非命 子深落拓自廢 然其嗜飮攻詩益甚 曁聖明改玉 徵巖宂
之士 子深從田間起家 十年間至郡守 年已屆七袠矣 不樂仕宦 棲遁於
湖海之濱 一日策羸入城 訪余居 把酒道舊故 其鬚鬢皓白而膚充氣完
言語肫肫 神觀怡悅 豈所謂嗜慾淺天機深者非耶 發其所爲芚庵稿者讀
之 蓋多讀漆園書 會其歸趣 其古詩源於老杜 而上泝陶 · 謝 殆非近代
操觚者所可及 律絶樸茂饒格力 亦非開寶以後語也 (후략)

대　상: 芚菴稿(宋淵)
중심어: 權韠 / 嗜慾*天機
색인어 정보: 汝章(權韠) / 子深(宋淵) / 漆園書(莊子) / 老杜(杜甫) / 陶謝(陶淵明,
謝靈運)

3) 畸庵稿序(권6)

(전략) 子容發其籍示余 余乃卒業而嘆曰 子容可謂老於文學者 豈可以易言乎哉 子容夙遭家難 退然自廢 專心墳素 積有年紀 質疑師門 識解精博 於古今書 無所不涉 酷嗜**騷選韓杜** 沈潛飫沃 翕取敷施 其爲賦諛 **憪慨悱惻** 有**騷人之致** 書疏宏贍典密 詩道蒼深豪健 其不合於古人**機杼**者鮮 而絶無今人**剽竊蹈襲**之疵 要之多積薄發 兼能專美焉 則所謂老於文學 未可以易言者 非故夸也 世之人 見子容之文 目之以**文章士** 文章卽其煨粕耳 子容豈唯文章士哉 當其盛年 被敲撼而畸於世 斂其**磊落俊爽之氣** 魁傑拔俗之才 一託之觴詠 鳴其不平而已 猶不能展厥所蘊 駸駸乎暮境 子容之不遇於世耶 世之不遇也 噫

대　상: 畸庵稿(鄭弘溟)
중심어: 騷選韓杜(離騷, 文選, 韓愈, 杜甫) / 文章士
색인어 정보: 子容(鄭弘溟) / 騷選韓杜(離騷, 文選, 韓愈, 杜甫)

4) 龜谷詩集序(권6)

詩猶禪 禪由悟入 **詩貴神解** 頓漸皆敎 門徑自殊 **唐宋皆詩 調格自別** 當吾世而祝髮者何限 操瓠者亦何限 未聞有能悟入能神解 豈有之而吾未之聞耶 吾得一人於賤者之中 爲學而近於禪 爲詩而近於唐 必因悟入而能神解也 噫 之人之詩 可以力取 則已爲貴勢有力者所奪久矣 造物者哀其窮且賤而以是鳴之耶 余嘗評其詩曰 **古體酷肖六朝 歌行出入唐諸家 律法長慶以前語也** 世人必疑於夸 後之具眼者能辨之 詩卷冠以龜谷 崔姓名奇男云

대 상: 龜谷詩集(崔奇男)
중심어: 詩猶禪
색인어 정보: 長慶(白居易)

이민구(李敏求, 1589~1670)

본관은 전주(全州), 자는 자시(子時), 호는 동주(東洲)·관해(觀海). 이수광(李睟光)의 아들. 1612년 문과에 급제, 대사성과 도승지를 지냈다. 문장에 뛰어나고 사부(詞賦)에 능하였으며, 평생 쓴 책이 4,000권이 되었으나 병화에 거의 타버렸다. 저서로『동주집(東洲集)』·『독사수필(讀史隨筆)』·『간언귀감(諫言龜鑑)』·『당률광선(唐律廣選)』 등이 있다.

출전: 東州先生文集(『한국문집총간』94집)
『당률광선(唐律廣選)』(고려대 소장본)

1) 答吳三宰 論選西坰集簡約
2) 溟州行錄序
3) 一松沈相國文集序
4) 東陽尉申公文集序
5) 呂子久歸去來辭集字律詩三十首跋
6) 文不可以遲速分工拙說
7) 文喩說
8) 唐律廣選序

1) 答吳三宰 論選西坰集簡約 兼示覆瓿稿書(권1)

流火在節 几案甚適 開慰無已 **西坰集**足爲近代名家 而公沒三十年 嗣世單弱 迄今寂寥 無傳以垂不朽 不佞每爲斯文致嘅 今承晉川君將以 入梓 屬不佞去就之 奚啻柳氏幸也 不佞實競競焉 此老詩如幽燕老將

氣渾而勇沈 堅壁疊擊 刀斗自衛 未嘗肯棄大軍輕騎深入以爭利 故無罅
隙可指擬 而獨隻手取單于 公亦不屑爲之 是以百篇以上爲難 百篇以後
較易 時不免同乎流俗 故所取材或非**莊語** 而**失落調格**者間有之 故不佞
所收錄 倘或有遺珠之歎否 今之**時文**勝矣 諸家小數自以爲握靈蛇擅隋
珍者 可謂多矣 然更過數十光陰 風聲鳥音磨滅俱盡 則當知博而滓 不
若約而精也 得吾兄示意 不容嘿嘿 且輓近世以爲言 遭人按劍 又必不
少矣 不佞旣不能卷舌不譚 而望吾兄膠口無泄 自笑 所示覆瓿稿者 **范**
蔚宗‧**謝康樂**皆有遺文傳後 何不可也 其人逸才翩翩 聰捷絶倫 但以輕
脫如驚蝴蝶 不甚讀書 不甚用力 所入門戶稍卑 眼目稍低 爲文章 操筆
立就 未嘗留意鄭重 故所得患平平 詩**淺率少警響** **淸便有餘**而調韻不
足 獨遊山古詩三四篇 可入選文 **贍華條暢** 由其信手拈來 殊乏桓文節
制 尺牘 時時出射鵰手 今人軒輊解權 而專取**世說**‧**語林**及**明人詞翰**
雋永以爲生活 賦及銘誄 造語結撰 類不離科臼文字 其他雜著記傳 又
皆用丹經‧列仙傳‧水滸志‧西遊記等外書 **荒辭誕語** **剽竊傳會** 以
說愚夫盆見其虛妄也 然使其平日少加操檢 不爲悖亂之歸 得倫於恒人
下中 則所著述豈不足傳世久遠也哉

대　상: 吳竣 / 西坰集(柳根)
중심어: 荒辭*誕語 / 剽竊*傳會
색인어정보: 韓氏(韓愈) / 蘇長公(蘇軾) / 老易(老子, 周易) / 范蔚宗(范曄) / 謝康
樂(謝靈運) / 世說(世說新語)

2) 溟州行錄序(권2)

天下事 惟寓境與作詩不可苟 **寓境者與目謀** **作詩者與心謀** 境接乎

目而詩出於心 以我之內而交物之外 **融神會精** 合契而寄致焉者 其可苟
而已乎 忽然遇者失之暫 成乎遽者病乎率 自謝內史臨海諸作 大闡**玄邈**
之風 嗣是以還 蓋絶響矣 今**陶齋尹公**以少宗伯 奉審眞殿于溟州 往返
二旬 所得詩幾成一集 蓋道途所經關東西 實我國名山川也 巨浸漫沺而
稽天也 大嶺峻極而蔽日也 泓崢蕭瑟之趣 靈眞窟宅之奇 一發之有韻之
言 而皆極其**宏放閒淡**之致 其於向所謂**心目相謀** **內外交寄**之道 兩相
和入 而率與暫非所慮也

───────
대 상: 溟州行錄
중심어: 心*目
색인어정보: 陶齋(尹昕)

3) 一松沈相國文集序(권2)

(전략) 公之文以**辭達爲宗** 以事核爲尙 醲贍而不俚 隱惻而不怨 菽
粟裘褐 適於饑寒而已 嘻笑怒罵 合乎性情而已 世以公詩沖和款曲 無
一字矯厲 儗諸**白太傅**乃婾言媟語入人肌骨 公則無是也 (후략)

───────
대 상: 一松集
중심어: 白居易 / 婾言媟語
색인어정보: 白太傅(白居易)

4) 東陽尉申公文集序(권2)

不佞與東陽尉樂全申公交最早 蓋申文貞公於先大夫文簡公 少長相

慕用至驪 兩家子又生歲相隣 故遇合自髫齔時已然 旣文貞公曁先大夫
用文章闢堂奧 迭主夏盟 兩家子俱治筆硏 嗣脩其家業 然不佞從博士家
爲經生 童習而白紛 卒不能蹴階級而越之 厪厪取科名而止 唯東陽公幼
通籍禁掖 襲綺紈爲豪擧 而於藝苑闖域 一超便詣 雖非有銖寸積累之素
而無所不如古人　一取韓‧柳‧歐‧蘇氏及盛明諸家之軌度繩尺以爲
已有 尤長於長短議論之文 揚厲儁偉 敍致瞻擧 法無不備 理無不賅
豐而不支 典而不拘 放言而不流 近言而不俚 腸肥而腦滿 氣盛而貌
澤 江河之源一瀉千里 而其色蒼然 淸廟之樂九變以成 而其音繹如 徒
觀其節制之師鞾韉鞅鞳 張三軍以武臨之 彼其背鄰之卒 誠不足以一當
旗鼓 周旋於鞭弰之次 敝甲凋兵 顧何能爲役 其於韻語 雖嘗自以爲未
至 而沖融曠遠 不假琱鏤剽襲 性情所發 悉自元氣中流出 又非抹月批
風 組織以爲工 撏撦以爲生活者所可追尋其蹊徑 訏謨定命 高掩於楊柳
依依 曷可少哉 自魏晉以來 天家以尙主爲高選 風流器業代有其人 而
獨其文華之譽 寂寥無聞 豈非以湯沐脂膏之奉富厚自養 未暇以斯文不
朽措意故歟 以今槪昔 可謂千古獨盛矣

대　상: 樂全堂集(申翊聖)
중심어: 韓愈, 柳宗元, 歐陽脩, 蘇軾 / 盛明諸家之軌度繩尺 / 長短議論之文
색인어정보: 申文貞公(申欽) / 韓柳歐蘇(韓愈, 柳宗元, 歐陽脩, 蘇軾)

5) 呂子久歸去來辭集字律詩三十首跋(권3)

宋人嘗言士大夫不可一日不識菜根 余亦嘗謂士大夫不可一日不讀歸
去來辭 蓋以內外之辨明 然後其自顧也重 其自顧也重 然後能休官也輕
能休官也輕 則千駟萬鍾不足以攖吾中 而進退去就綽然有餘裕哉 留守

呂公子久在江都 以歸去來辭集字 爲近體詩三十首 **聲氣諧和 造詣沖**
遠 且其用字穩妥 一出自機杼 無牽强僻澁之病 要之語不拘於字 意不
拘於辭 是爲難耳 且夫**陶徵士**處晉宋廢興之際 意不可下邑 達情取適
舍斗米而返初服 一身去留固無關於義分 則卽事遣辭皆實境所得 若于
久 當治世遭遇上下 入奉廟畫 出管留鑰之寄 顧安得抽身勇退 以遂丘
壑之願哉 然則斯詩也直自言其所存 而亦不害爲賞心雅操也 余所謂士
大夫不可一日不讀歸去來辭者 公旣先獲之矣 余旅人也 漂寓轉徙 至老
不休 住無所著 歸無所之 倀倀如浮雲覊鳥之無所棲泊 況乎壺觴之趣 松
菊之觀 又何可言哉 唯篇末一段語惕然有契於心 聊書感懷 以紀卷尾云

대　상: 呂子久歸去來辭集字律詩三十首
중심어: 歸去來辭
색인어정보: 呂公子(呂爾徵) / 陶徵士(陶潛)

6) 文不可以遲速分工拙說(권4)

蓋古之論爲文者 以**遲速分工拙** 此由論枚馬而云爾 將以律天下古今
之爲文者 殆未盡然 夫**文之工拙 在其人才分之何如** 烏在其遲與速也
故有腐毫而拙者 有叩鉢而工者 其才之拙者 不可責以爲工 工者不可抑
以爲拙 猶姸者不可使之醜 醜者不可使之姸 曰頭蹙頞 不可使之爲便姸
妖冶 文何可以遲速分工拙也 凡物有速成而久存者 有遲成而遽毀者 雀
與雉氣至則飛 而入水化爲蜃與蛤 特芒忽之頃耳 未嘗遺其羽毛骨皮 而
其殼已成而堅 其成亦速矣 而其在高山巖石間者 經劫燼而猶存 楩柟豫
章生七年而始見 其昂霄蔽日 乃在數百年之後 其成亦遲矣 操斤斧者析
以爲薪 可一朝而盡焉 文章之成之遲速 傳之久近 亦奚以異此 李白一

斗百篇 陳三閉門覓句 何可以此下李白而上陳三哉 韓子論文曰 其始戛
戛乎難哉 其終汨汨然來矣 此言始難而終易也 何可以難者爲工 易者爲
拙乎 故曰 文之工拙 在其人才分之何如 而不在於遲速也

대 상: 文
중심어: 遲速*工拙<遲速分工拙 / 文之工拙 / 才分
색인어정보: 枚馬(枚乘, 司馬相如) / 韓子(韓愈)

7) 文喩說(권4)

子嘗觀乎江河之舟乎 子欲子之文之工也 請以舟爲喩 彼匠氏之爲舟
也 集衆材而成也 取山木之大者與細者 靡有所遺 鉅以斷之 斧以斲之
尋尺以度之 繩墨以裁之 檣柁橈楫之具 舳艫桅棧之設 衣袽之濡 絥纜
之維 莫不畢備 然後泛之乎河海之廣深 津梁之要會 九鼎之重 萬斛之
多 人民畜産財賄車輿天地百物之殷 無所不載 無所不運 順風而行 無
所不如志焉 人徒見其刓木之浮水也 而不知衆材之成也則惑矣 夫文者
載道之器也 立言脩辭 蘄合乎作者之軌度 以垂諸後 取悅於將來千百世
萬億人之目 烏可鹵莽而已乎 爲之也若不工 傳之也必不遠 故根據六籍
以爲材 搜剔百家以爲械 彼群聖人所著遺書與夫老莊氏左氏屈氏太史
氏·枚乘·鄒陽·賈誼·淮南·相如·子雲·班固·陳思·韓柳歐蘇
氏所作 及至上下數千年才人夸夫志士之所爲 典而有法 紆而有理 肆
而不倨 婉而不淫 疏而爲河流之決 幽而爲鬼神之怪 瑣而爲珠璣錦綺之
華縟 豐而爲宇宙品類之繁夥 風雨霜雪之驟至而驟變也 悲愉愕駭之迭
遭而迭遷也 一字之娸 一句之嫩 皆歸吾尋尺繩墨之用 而所謂衣袽也
絥纜也 檣柁橈楫舳艫桅棧之施 咸集而成文 然後行乎仁義之港 游乎道

德之波　卒澤於至理　純精燁如也　鏘然而金石鳴　蔚然而龍虎章　以之槪
乎往範而無不當　以之傳乎來繼而無不彰　羽翼乎前聖而業由是光　黼黻
乎先王而道由是明　此文之成也　若夫乘一木之桴　駕一葦之航　湛浮乎尋
常潢潦之渠　而求涉乎稽天浴日之浸　終不可得矣　嗚呼　文如是　其可易
爲而易言乎哉　求之持是說　而待問於人人雅矣　今金生大振志乎文　請敎
於余　余乃不辭而遽應之以是　所以嘉生之勤　而申余之所聞於師者　非敢
曰余已至是也

대　상: 文
중심어: 文者載道之器 / 六籍以爲材
색인어정보: 老莊氏(老子, 莊子) / 左氏(左丘明) / 屈氏(屈原) / 太史氏(司馬遷) /
淮南(淮南子) / 相如(司馬相如) / 子雲(揚雄) / 陳思(曹植) / 韓柳歐蘇(韓愈, 柳宗
元, 歐陽脩, 蘇軾)

8) 唐律廣選序(『唐律廣選』)

詩以唐爲宗　唐固作者之準的哉　盖詩辭之精者　律又詩之精者　而古
人謂七言更加二字　爲尤難　然則斯又其最精者也　爲是者　就其尤難　而
求其最　無惑乎　百家錯出衆音迭倡　愈多而愈失眞也　唐有四變　操觚之
士類能知之　其始也　天葩未敷　大羹未調　元氣可襲也　其盛也　體眩氣完
蔑以加矣　軌度可則也　中　迺聲格稍緩　體裁稍別　然其風調瀏瀏　猶爲近
門之高手也　晚則卑弱欠力　其細已甚　無完篇　無全格　然其援物寓興　取
境寄意　猶爲模索　知唐摘句則可也　余故於始盛十擧其九　中五取其三
晚則三存其一　而杜工部之具美　以有全家玆不幷錄　白香山之鉅峽　以類
俳諧　取之甚尠　或難余子而論四唐信覆矣　獨其選不止於始盛而下及中

晩 葛稚川叙上林諸品 萬年金明 布濩館藥 而含桃紫柰之屬 亦列於下

方 意何居 意何居 曰否否 氷桃雪梨 人所共珍 亦不有耆荂羊棗者乎 使

仁者見之 謂之仁 智者見之 謂之智 是余廣選意也 遂玫較舛譌 付諸梓

人 自五言以下各體 姑俟異日續圖云 崇禎甲戌季夏 東州山人李敏求叙

대 상: 唐律廣選
중심어: 詩以唐爲宗 / 律又詩之精者 / 唐有四變
색인어정보: 杜工部(杜甫) / 白香山(白居易) / 四唐(初唐, 盛唐, 中唐, 晩唐)

박미(朴瀰, 1592~1645)

본관은 반남(潘南), 자는 중연(仲淵), 호는 분서(汾西). 참찬 박동량(朴東亮)의 아들이고, 선조(宣祖)의 부마로 금양위(錦陽尉)에 봉해졌으며, 이항복(李恒福)의 문인이다. 1638년 동지겸성절사(冬至兼聖節使)로 청나라에 다녀온 뒤 금양군(錦陽君)으로 개봉(改封)되었다. 張維(장유)·정홍명(鄭弘溟)·이명한(李明漢) 등과 교유하였고, 명나라 前後七子의 문장을 애호하였다. 저서로 『분서집』이 있다.

출전: 汾西集(『한국문집총간』 속집 25집)

1) 手編序
2) 谿谷先生集序

1) 手編序(권9)

夫論詩者 孰不以三百篇爲祖 此則夫人能言之 夫人能知之 盖自西京 體制迭變 其間作者數君子 遞見其長以捄其失 開元以前 存而不論 唐人之詩 大都發之應制 雖氣格有餘 而微傷縟麗 遜拓擴廣大之功 而少陵氏以俊才 博極群書 出而爲之 亘絶古今 體無不備 意無不到 大而天地山川 細而蟲魚草木 靡不包括其源 刖抉其情 宏肆大篇 寂廖數語 各適其當 而後人推爲周公制作禮樂 其雖曰不然 猶然 律以唐人正音 亦不合作此 自少陵 不復竊竊求合故耳 當時諸君子 愛慕尊信 形諸文字者 不爲不多 未見有一切步驟遵其繩尺者 豈不以時好未盡合而然歟 逮

晚李　而詩道益敝矣　孟賈諸人屛澤去餰　剜肥見骨以矯之　而益不厭人心　有宋諸君子　思以典則蒼古　矯之唐人之氣格色澤　於是乎盡矣　矧乎能者寡而不能者衆　必然之理也　嚆矢先鳴　蹊逕旣異　則蹩躠踵後者　何怪乎惡道之坌出也　明人之訾薄宋諸家者　辭或過當　其於與古爲徒之志啓發後人之效　未始無助也　今之論者　猥云敷陳直言　三百篇亦有之　必託少陵氏之短　以爲藏拙之端　卽三百篇少陵氏成籍具在　要以三百篇之所謂賦者　果有如今木强膚立者乎　必也直指斥言如下瀨之水　一瞬寫盡九秋之木　生意頓謝　則朱夫子之序詩　何以謂詩者人心之感於物而形於言之餘　而又何能以發於咨嗟咏歎之餘也　餘之一字　寓意也深矣　借令少陵氏　間有一二語涉於稱鈍　而亦不足學也　較然著矣　試取三百篇中數語言之　蒹葭蒼蒼　白露爲霜　所謂伊人　在水一方　昔我往矣　楊柳依依　今我來思　雨雪霏霏　蟋蟀在堂　歲聿其暮　今我不樂　日月其除者　此非所謂賦者而何　嘗不宛篤工至而極其致也　必欲抾摘　其大無信也　不知命也　載貑獢驕者　籍爲口實　吁　亦必無幸而余亦不知所以爲說矣　余少而攻詩長實迷途　時讀盛李詩　心雖欣然慕之　輒用世代自畫　晩取明人子集讀之有味其言　始知古人氣格猶可自力企及　庶附於刻鵠類鶩之義　毋論材力綿淺　素乏風韻　顧余年年鞍馬失身　杯酒無以染指　爲平生恨矣　數年前又得胡元瑞所論譔詩藪者　轉覺其言之有當也　余爲手抄其要語　雖不能十之一　第藏之麗箱　以當濁水一顆摩尼珠矣　仍念歲不我與駸駸　垂四十矣　髮且種種　毋能爲矣　中心嘅然躬實自悼　乃於子舍餘暇　錄唐人盛李以上　七言歌行・七言律・五七言絕・五言排律・五言律　各數十首或百餘首　而五言律亦頗闌入　中李　五言排律並取楊景山一篇　七言排律獨取王仲初一篇　四言五言古全取選詩　而四言上及二韋　皆手自繕寫　冠以元瑞要語　目以指南爲卷者　菫菫上下　以取便於置橐中　故所錄絕尠　雖謂之烹鼎一臠　烏足以𡄣實究詣也　合而命之曰手編者　以見夫馬上枕上

皆可手以讀之 而造次必於是也 客有詰余者曰 當世重倚韻投贈酬和 率
用此爲務 而古人則毋是也 吾子鍊格志則似也 其無乃果於獨行 而失於
可以群之訓歟 余曰唯唯否否 余焚棄筆硯 業已久矣 猶不能超然於舊業
從墐戶中一再尋遂初 而族亦自驚沮矣 **取法欲古**者 結習所不免 寧詎望
旗鼓壇坫方駕諸彦也脫或禮無不答 則興寄之發 毋所**事格** 此自見吾志
聊以妄言之耳 其實則余何敢

대 상: 手編(朴瀰)
중심어: 取法欲古 / 古人氣格
색인어정보: 少陵氏(杜甫) / 孟賈(孟郊, 賈島) / 胡元瑞(胡應麟) / 詩藪(胡應麟) /
楊景山(楊巨源) / 王仲初(王建) / 選詩(文選) / 二韋(韋孟, 韋玄成)

2) 谿谷先生集序(『谿谷集』)

故**谿谷**張相君持國起孤生甫成童 已以詞賦名 大噪一世 諸長德先執
招要嘉賞 不翅阿戎 而衣縫掖者 靡不踵門求一見 儀若鸞鳳 願畢一日
之驩 得備縉帶之末 惟恐以鹵莽退棄 乃公穆然自將 口呐若不能出者
及赴試闈 跬武不離座 質叩者趾相囓 而辨應不少閡 退而咸一口詫公器
量 不足爲文字揜 公二十成進士 二十三決大科 猶然談者嗟其晚且屈
則人士之望可知已 不佞少受室城西 爲公舊第 大夫人所居 與舊第夾一
墻而近 既而大夫人買屋城南 則與不佞親舍鱗次 公不以不佞僇人 而辱
收以伍擧聲子之好 又辱以觚翰行誼相砥礪 一篇一句 未始不相訂相難
也 嗟呼 轉頭之頃 倏過半百 而公則已矣 頎昂人世 忽忽無生趣 而公之
子**善澂**以公集序見屬 嗟呼 斯皆平素所相訂相難者 得公之全 何待卒業
不佞猥云童習白紛 **棘澀決裂** 老不成章 何敢遠附**玄晏** 而强以不潔抛之

佛頭也 雖然當公疾革已不可爲 而猶索不佞近所爲文數通 申申砭射不
休 則不佞亦何敢卒辭 遂扢涕而言曰 文之爲道 果可以易言之乎哉 夫
文之與道 交相爲用 可離非文也 三代以上 斯道大行 **文則言 言法也
法則言 言文也** 典誥謨訓皆是物也 三代既衰 道不在上 吾夫子以天縱
將聖 身任**述作** 其言若**修辭立其誠 辭達而已矣** 文明而止者 不一書
是知達者爲經世 止者爲垂世 世道交喪 文爲虛車 而**孔明**尙以三代氣象
出師兩表 髣髴訓命 庶幾乎**文不離道** 後世**韓歐蘇曾**數君子 謂爲**因文
悟道** 固非厄言 自餘歷代諸子 林立雲委 其組織邊幅 摀搢文綺者 雖繪
繢溢目 酸醎適口 猶之乎**羊質虎皮** 惡在乎辭達明止也哉 顧工者直欲以
人巧而奪天造 自託於不朽 若**曹子桓**之倫是已 子桓負扆九五 三分有
二 威無所不殫 而必以大業盛事 歸之虫篆 以爲非榮樂年壽所可喩者
亦合夫**言而不文 行之不遠**之義 矧乎文不離道 交相爲用 若谿谷相君
者 則大業盛事 將焉所避 而謂之經世垂世 夫誰曰不然 蓋公未冠 已盡
讀四書二經騷選莊韓等書 是惟無讀 讀必窮極其究 挑抉其微 涵演咀嚼
體之身心詞賦之外 文已**爾雅腴暢** 闖入**昌黎**之室 已喟然於文道之辨 輒
屈首而沿闖**關洛濂** 上沂乎**泗洙** 縷析理氣性情之分 雅不欲以講學見跡
不拘拘矜持 諧謔不廢 弛張互用 道釋二端 亦在傍通 凡天地萬象鉅細
幽顯 擧了然心目 既載筆西廂 旋遘黨禍 居閑處困 盆盡讀**先秦兩漢皇
明諸大家**言 發爲文章 惟所謂澤之仁義道德而炳然者 可以當之 其於有
韻之文 少不屑爲 第於五言 間出一二 往往超晉而上之 要爲染指 暨坐
廢以還 始耽李唐家言 毋論春容大篇 卽寂寥數語 亦必伏讀繹誦如博士
弟子 公嘗曰吾不敏 故欲絶則必讀絶 欲律則必讀律 斯其立誠之篤 寧
詎非耳目所創聆創覿者哉 又嘗許謂不佞 吾詩不能韻而有致 **韻出天得**
致可力致 不佞未嘗不心折誠服 奉若功令 嗟呼 譬之器則淸廟明堂四瑚
八璉 譬之馬則聲中鑾和 步中繩引 雖有喙三尺 其口自挂 必有能辨之

者 相君主盟葵丘 手執牛耳 鉛槧之士 率在下風 而不佞不免時有軒輊
者 亦有說焉 不佞早廢 毋與於喜起綸綍之道 自惟百世之業 逝將爲匠
心意古 取材取法者左袒 而公風其不然 **文者言也** 言從心出爲文 文而
不從心出 爲不文 不佞竊有味乎其言之也 亦不能離而去之者 實懼爲壽
陵人之學步也 嗟呼 **根於實心 典於實學** 文與道交相爲用 而人巧天造
賅收而駢得 不亶因文而悟 則**韓歐蘇曾** 殆瞠乎後矣 孟子有言 五百歲
必有名世者 吾不敢知從玆以往五百歲 有能兩持國者哉 昔王**元馭**敍**元**
美曰 吾知吾元美而已 不佞亦曰吾知吾持國而已 時癸未首夏旣望 友人
羅州朴瀰 敍

대 상: 谿谷集(張維)
중심어: 匠心意古 / 文*道
색인어정보: 谿谷(張維) / 聲子(公孫歸生) / 玄晏(皇甫謐) / 孔明(諸葛亮) / 出師兩
表(前出師表, 後出師表) / 韓歐蘇曾(韓愈, 歐陽脩, 蘇軾, 曾鞏) / 典誥謨訓(書經)
/ 曺子桓(曹丕) / 昌黎(韓愈) / 閩關洛濂(朱子, 張載, 程顥, 程頤, 周敦頤) / 王元馭
(王錫爵) / 元美(王世貞)

정홍명(鄭弘溟, 1592~1650)

본관은 영일(迎日), 자는 자용(子容), 호는 기암(畸庵). 우의정 정철(鄭澈)의 아들이며, 송익필(宋翼弼)·김장생(金長生)의 문인이다. 1616년 문과에 급제하였고, 인조반정 이후 병조참지·대사성 등을 역임하였다. 제자백가서에 두루 능통하였으며, 고문(古文)에도 밝았다. 장유(張維)·신익성(申翊聖)·박미(朴瀰) 등과 교유하였다. 저서에 『기암집』·『기옹만필(畸翁漫筆)』 등이 있다.

출전: 畸庵集(『한국문집총간』 87집)

1) 體素集跋(권10)

昔在甲辰乙巳年間 某隨仲氏 自京南歸 道出完山 寓城西奴舍 時玉城張公觀察湖南 北渚金公爲半刺 俱開館延納 兩公於仲氏有舊 相得驩然 張燭促席 討露心肝 適見體素李丈客遊兩湖 不期而會 傾蓋合堂 津津喜動眉宇間 談討古今事蹟 了然若燭照數計 窮數晝夜不厭 日聞所不聞 千言萬語 今難悉記 可記者 某敢乘間唐突問曰 方今執詞壇牛耳者有幾 公可公心秤停否 公默然移時 徐而哂曰 文則崔東皐其人 詩如權汝章不易得 但汝章 坐不讀書 日退 吾多積薄發 日進 且汝章論詩 未

免偏枯 舍蘇取黃 是其病耳 若此酬答言語 不一而足 居常歆艶 着在心
腑 至今四十餘年 猶隔晨事 湖南伯李公子範 寔公承家子也 駐節棠陰
無所事事 攬轡餘暇 歷訪弊廬 相對傾倒 道及先故 喟然太息良久 因探
袖中 出一卷書以示 取而寓目 卽其先公體素遺稿 乍閱 覺其膏馥襲座
光焰熏天 令人汃焉如駕編舶浮渤澥 不知其津岸所在 眞所謂希有之物
不直之寶耳 因閱是編 有感于中者 天旣完公之氣 富公之才 而何獨阨
其命而嗇其壽 令千古詞人墨客 於邑悲哀 齎咨涕洟而不自已耶 旣而自
解曰 衆萬之生於兩間何限 從古及今 率皆淸者少而濁者夥 高易折而卑
自伏 豈古所謂天之君子 人之小人者非耶 付之無可奈何 置而弗論之爲
愈耳 今是編之出 其能同我懷者有幾 其能咀嚼玩味 得其言外之意者有
幾 其無乃口悅腹誹 簧鼓雌黃 傳會於古昔椒蘭絳灌而不知悔耶 今因識
公之稿 輒敢奮筆吐出胸中不平之氣 觀者幸恕其狂妄 歲丁亥至月日南
至 迎日鄭某 謹書

대　상: 體素集(李春英)
중심어: 舍蘇取黃 / 不平之氣
색인어정보: 玉城(張晩) / 北渚(金坉) / 仲氏(鄭宗溟) / 體素(李春英) / 崔東皐(崔
岦) / 權汝章(權韠) / 蘇黃(蘇軾, 黃庭堅) / 子範(李時楷)

2) 文以代降辨 課作(권10)

　古云 文以代而降 又曰 不係時代 存乎人 二說孰爲近 曰 前是而後
誣也 何以辨之 曰 夫人得天地之氣以生者也 天地之氣 有時而淳 有時
而漓 此理勢之必然也 人生不至乎孩而始誰 始誰而有言矣 有言而有文
矣 氣者 言之根柢也 文者 言之枝葉也 天下之物 未有根不茂而枝葉遂

者 夫文之隨氣數而有盛衰 獨何怪焉 蓋上古之時 風氣沖和 聚而未散 故人之得之者 有淳而無漓 有厚而不薄 未或有言 言之斯必粹矣 未或有文 文之斯盡美矣 及其風氣寖以衰晚 淳焉者漓 厚焉者薄 人雖有言 駁而少粹 言雖有文 靡而離眞 向之沖和之氣 殆索然矣 此非後之人不類於前 而古之文有異於今也 其氣使然而其勢有不容自已者也 今欲以駁而求其粹 以靡而反其眞 是何異於麾暮景而再中 挽狂瀾於既倒乎 是故老彭之壽 殤子之所不敢匹焉 烏獲之力 弱卒之所不能强焉 天之賦與非偏有厚薄 亦其所遇之時不同 而所得之氣自別焉耳 槩而論之 庖羲作而人文兆矣 周·孔繼而文物備矣 典謨盤誥之文 各自彬彬郁郁 蔚然爲衆說之郛郭者 何莫非其氣淳而其言從而粹乎 降而後也 人各有言文不乏代 而國風有正變之殊 孟·荀有醇疵之辨 屈·宋之止於屈宋 遷·固之止於遷·固 而況唐之不逮於漢 宋之多讓於唐 又何暇一二言也 其間或不無鳴世者 如呂氏春秋·子雲玄經·河汾等書 强顏效響追尋古作者影響 其與夸父之逐日 壽陵之學步無幾多見其不自量也 且夫古之人 承結繩之後 接圖書之餘 軌則無所準 文獻無所徵 而猶能吐詞爲經 其文之謹嚴如彼 非後人之所能望也 後世編帙滋多 規模滋備左右考信 將多于前功 而駸駸日趨於尩骳 斯豈非有關於氣數 而非人力所可容者耶 或曰 戰國之習 漢人矯之 六朝之靡 唐人改之 亦在乎其人 何有於時代之升降耶 曰 此不然 夫所謂矯而改之者 特一時之法度耳 法度者 久則弊 弊則改 猶忠弊而質 質弊而文 聖賢見其弊也 不得不因時改變 以新一代之耳目 而顧亦有所不改者存焉 夫文亦然 其章句之短長 習尙之異同 則一弊而一改 或優而或劣者有之 惟其氣之漓者 終不可使之淳 言之駁者 終不可使之粹 循古及今 愈久愈下 有同履豨者然 然則文之盛衰 時代之使然也 時代之升降 氣數之使然也 噫 元和一去萬物衰謝之時 雖有孤榮獨秀拔乎其萃 安得與衆卉群芳爭其春乎 玄

始已遜正聲流湎之後 雖有鄭衛桑濮悅於里耳 安得與朱絃疏越同其和乎
此其文之所以有升降也 嗚呼 豈獨文乎哉

대 상: 文
중심어: 文以代降 / 戰國之習 / 六朝之靡 / 矯而改之
색인어정보: 周孔(周公, 孔子) / 孟荀(孟子, 荀子) / 屈宋(屈原, 宋玉) / 遷固(司馬
遷, 班固) / 子雲(揚雄) / 玄經(太玄經) / 河汾(文中子)

3) 文體(권10)

問 文體不一 艱與易而已 辭艱者奇 辭易者順 何所取捨歟 莫奇於
易 莫簡於春秋 風雅之正葩 盤誥之詰屈 其體自別 抑有艱易之可論歟
檀弓・考工記 艱奇難究 語孟庸學 明暢易見 聖賢文體 亦有異同歟
左史國語 奇且艱矣 或譏其浮誇 或以爲衰世之文 豈以後之作者 終失
古聖之體法歟 漢時文字 至子長・孟堅而盛矣 其他諸子 文體各異 可
歷指而言歟 至如唐之退之務去陳言 宋之永叔力黜險怪 二公所取不同
何歟 皇朝十大家 其文度越輓近 而其間主北地者多尙奇 主陽明者多
務順 其書具在 今可揚摧歟 我東文體 數百年前 率皆順易 後來稍稍復
古 一洗骩骳 可謂奇矣 其果得作者之體者 有幾人歟 前後得失 亦可言
歟 夫文辭 奇者易溺於艱滯 順者多流於率易 要之均失於古體耳 古人
云 文無難易 惟其是耳 豈不信哉 伊欲業文者 無二者之病 多積薄發 不
專一能 終至於各識其職 其道何由

대 상: 文體
중심어: 文體不一 艱與易而已 / 陳言 / 險怪 / 奇者易溺於艱滯 順者多流於率易
색인어정보: 檀弓(禮記) / 考工記(周禮) / 語孟庸學(論語・孟子・大學・中庸) /

左史(春秋左氏傳) / 子長(司馬遷) / 孟堅(班固) / 退之(韓愈) / 永叔(歐陽脩) / 北地(李夢陽) / 陽明(王守仁)

허목(許穆, 1595~1682)

본관은 양천(陽川), 자는 문보(文甫)・화보(和甫), 호는 미수(眉叟).
한강(寒岡) 정구(鄭逑)의 문인이다. 공조정랑, 사헌부장령 등을 거
쳐 우의정에까지 올랐다. 1680년 경신대출척(庚申大黜陟)으로 남
인이 실각하고 서인이 집권하여 관작을 삭탈 당하자, 고향에서
저술과 후진양성에 전심하였다. 육경(六經)을 문장 학습의 모범으
로 삼았으며 특히 경학(經學)에 뛰어났다. 저서로『동사(東事)』・
『방국왕조례(邦國王朝禮)』・『경설(經說)』・『경례유찬(經禮類纂)』・
『미수기언(眉叟記言)』이 있다.

출전: 記言(『한국문집총간』98집)

1) 文學(권5)

上古載籍無傳　虞夏以來　姚姒之渾渾　殷周之皥皥咢咢　可見於六經
聖人之文　天地之文　孔子之門　稱文學子游子夏　周道衰　孔子歿　聖人之
文壞　貳於老氏　散於百家　至秦則又焚滅而無餘　天地純厚之氣　至國
語・左氏　簡奧猶在　至戰國長短書則亂矣　太史公繼先秦古氣　至楊雄

氏 不及古而入於奇 然楊雄氏死 古文亡矣 魏晉氏來 蕭索盡矣 唐時
韓·柳氏出而繼西漢之末 其後蘇長公得變化 而不及古遠矣 又其後
崆峒·鳳州渾厚不及韓 變化不及蘇 特爲環詭 自秦漢以降 古變而亂
亂變而奇 奇變而詭

대　상: 文學
중심어: 先秦古氣 / 繼西漢之末 / 古變而亂 / 亂變而奇 / 奇變而詭
색인어정보: 姚姒(堯, 舜) / 左氏(春秋左氏傳) / 戰國長短書(戰國策) / 太史公(司馬遷) / 韓柳(韓愈, 柳宗元) / 蘇長公(蘇軾) / 崆峒(李攀龍) / 鳳州(王世貞)

2) 文叢序(권5)

文叢者 集諸子諸家語 叢聚博物 學孔氏之連叢者也 諸家 左氏·穀
梁氏, 國語, 事語, 屈原, 太史遷, 相如·劉更生·楊雄·斑固·韓·
柳·二蘇 諸子 自鬻熊·呂尙及東周·先秦·兩漢 如老聃·莊周·列
禦寇·楊墨氏 又刑名·法術·滑稽·遊俠·從橫·用兵 皆無益於孔
子之術者 然其博物天下之變則得矣 鬻熊 言政敎 爲諸子首 呂尙 爲文
王師 啓天下之利 閉天下之害 老聃 見周衰 隱而著書 言道德 史記老
聃列傳曰 淸淨自正 無爲自化 莊周又著書十餘萬言 明老子之術 楊朱
師列禦寇 不以一毫利天下 不以一毫自利 其言曰 人人不損一毛 人人
不利天下 天下治矣 墨翟曰 天下之亂 起於不相愛 使天下兼相愛 勸人
愛人 宗墨敎者 好事鬼神 墨類佛 佛尤深 鬼谷子 言神機捭闔 以爲長
生安樂富貴 作抵巇·飛箝 刑名·法術·從橫·用兵之家 皆祖鬼谷 管
仲 作地員 言天下之利 發立廢賞誅 推言器數理 分作七法 爲五伯首 夏
之昆吾 殷之大彭·豕韋 周之五伯 尊王室一也 晏子節儉力行 語及之

則危言 不語及之則危行 六經之義也 **計研**作御相 **荀卿**作非相勸學 皆
不詭於聖人者 卿特憤疾激言 以爲堯舜僞也 **子思·孟軻**亂也 卒得**李斯**
焚詩書 坑學士 天下遂大亂 **公孫龍**宗老氏言 循名責實 假物設喩 以守
白辯 **鄧哲**言刑名 以察法立威 先申·**韓**者也 **韓非**特以雄辯刻覈少恩
不脫於死 尸佼作君治 卓然崇論 **風胡·薛燭** 作主神說劍 以劍俠名 **淳**
于髡 遊戲恢諧 爲滑稽祖 **齊貌辯·張孟談·魯仲連** 皆義不顧死 趨難
釋難 不預其功 連特義不尊秦 戰國之士一人而已 **孫武·吳起** 言兵法
武特鑿奇懷詐 因敵變化若神 **商君** 開塞耕戰 皆狙詐富强之術也 漢時
鼂錯 明申·商 **董子** 作官制 **韓嬰** 作外傳 **班固** 作白虎通 班固以下
蓋已衰 下不足論也 **惟韓·柳氏** 繼西漢之末 而古氣不及楊雄 周衰
人異論 師異道 淫詞詖行作而天下大亂 **然其文奇詭傑特古氣** 猶爲三
代之變也

대　상: 文叢(許穆)
중심어: 諸家諸子 其文奇詭傑特古氣
색인어정보: 孔氏之連叢(孔叢子) / 孔氏(孔鮒) / 左氏(左丘明) / 穀梁氏(穀梁赤) /
事語(戰國策) / 太史遷(司馬遷) / 相如(司馬相如) / 劉更生(劉向) / 韓柳(韓愈, 柳
宗元) / 二蘇(蘇軾, 蘇轍) / 楊墨(楊朱, 墨翟) / 晏子(晏嬰) / 申韓(申不害, 韓非子) /
商君(商鞅) / 申商(申不害, 商鞅) / 董子(董仲舒) / 外傳(韓詩外傳) / 韓非(韓非子)

3) 答朴德一論文學事書 庚辰作(권5)

子之愛我深 責我厚 勉之以古聖人賢人之事 穆淺敝 何可當也 穆初
不學爲文章 徒嘐嘐然誦說古人 日讀古人書 竊自嘆世降俗下 古道旣不
復見於今 而唯可以行之於身 而樂之於心者在書 屛絶人事 不與世俗相
交攝 獨恣其所好 伏羲以來 群聖人之書 口誦心思 自朝至暮 或夜而繼

日 孜孜矻矻 至今餘四十年而不怠 篤好猶初 凡聖經賢傳之旨 庶幾窺

及其大段 求之於心 愚不自量 若有餘裕 其發於言詞者 亦不無幾乎古

人者 竊復思之 文章之作 本非異道 如此而求之 如此而得之 如此而發

之 故曰蘊之爲德行 施之爲事業 發之爲文章 如易之奇 詩之葩 春秋之

義 虞夏之書 皥皥号号 殷盤周誥之佶屈敖牙 皆不出於聖人賢人之手

乎 自子思‧孟子之後 聖人之道不傳 如老‧莊之虛無 楊朱之爲我 墨

子之兼愛儀‧秦之從橫 申‧韓之慘礉 管‧商之利 孫‧吳之變 鄒子

之怪 各自爲道 爭高競長 於是文學散亂 遊學之徒 迭蕩泛濫於侈言逸

詞 其能者 莫不偃蹇驕溢 自謂得聖人之精微 而求其心則未也 其後如

司馬遷‧相如‧楊雄‧劉向‧韓愈之倫 皆可謂文章之尤著者也 皆未

得聖人之心 自此道德之與文章 相去不啻萬里 宋時程氏‧朱氏之學

闡明六經之奧纖 悉委曲明白 懇懇複繹 不病於煩蔓 此註家文體 自與

古文不同 其敷陳開發 使學者了然無所疑晦 不然 聖人教人之道 竟泯

泯無傳 穆雖甚勤學 亦何所從而得古文之旨哉 後來論文學者 苟不學

程‧朱氏而爲之 以爲非儒者理勝之文 六經古文 徒爲稀闊之陳言 穆

謂儒者之所宗 莫如堯舜孔子 其言之理勝 亦莫如易‧春秋‧詩‧書 而

猶且云爾者 豈古文莫可幾及 而註家開釋易曉也 穆非捨彼而取此 主此

而汚彼 惟平生篤好古文 專精積久 至於白首 而其所得如此 穆行事戇

直 不趨世俗蹊徑 文詞逼古 又不喜蹈襲後世翰墨工程 詆誹異端 抑絶

浮誇 尋追古人遺緒 兀兀忘飢寒 迨老死而不悔者 將擧一世而稱我爲一

人 穆不必多讓 來書所譏 似若近矣 然傳不云乎 孔子之門 亦稱文學子

游‧子夏 孟子傳堯舜孔子之道 而孟子稱雄辯 此何可易言也 其言語其

文章 一出於道德而不悖 足以繼古而傳後 則古聖人賢人之教人勉人者

此也 穆窮思畢精竭力 願欲企及而不能者 亦此也 又何辭也 顧不敢當

也 惟吾子復之

대　상: 朴德應
중심어: 文學散亂 / 道德之與文章 / 註家文體
색인어정보: 殷盤周誥(書經) / 申韓(申不害, 韓非子) / 管商(管仲, 商鞅) / 孫吳(孫武, 吳起) / 鄒子(鄒衍) / 相如(司馬相如)

4) 答客子言文學事書(권5)

(전략) 其見於載籍者 莫盛於虞夏殷周之際 故六經之文 聖人之大法 載焉 詩長於風 書長於政 禮義之大宗 莫過於春秋 窮天地之變 莫過於 易 孔子讀易 韋編三絶 以孔子之聖 何於文 若是之勤也 孔子述堯舜文 武周公之道 以傳於後世者 文也 聖人之文 侔天地造化 聖人何可當也 孔子之後 曾子作十傳 子思作中庸 孟子得於子思 當東周之末世 異言 喧豗百家紛起 孟子能言 拒詖行 放淫詞 以承周公孔子 孟子醇乎醇者 也 蓋天地之文 在人爲文章 道隆則文亦隆 道汚則文亦汚 文者 天地 之文也 文不可以一藝云也 故吾聞道德文章 未聞禮樂射御書數文章 彼記誦文詞而已者 道喪德衰 文學之末弊 非吾所謂文也 嗟乎 世無古 人 況古人之文乎 註疏起而古文廢 隷書作而篆籀亡 古人之文 如太音 之稀 闊讀而不知其味者有之 註疏者 蓋不得已而作也 然古文 魏晉氏 來 知者益眇 設使象象之奇 十翼之變化 出於後世 世無程·朱氏 其視 之不過如陰符·太玄之比而止耳 文王·周公·孔子之不誣後世 愚者 皆知之 蘇洵曰 聖人於易 用其機權以持天下 而濟其道 洵於古文 自謂 得聖人之道 而猶其言如此 二蘇之頗僻 不足言也 韓愈氏生衰亂之末 言道德仁義 自任以繼孟氏之醇 樂稱周公孔子之術者 而以爲得聖人之 心則未也 僕讀古人之文五十年 後世彫琢之文 未嘗一經於心目 發憤 求聖人之心 魯鈍 學不通而道不純 年老雖無所得 其心疊疊猶未已 不

幾於恥過而遂非耶 責諭深切 當勉之 深謝深謝 東湖學者 信而好古 有時乎益我 甚善之 信之篤而好之不已 至於樂而忘倦 則何患其守之不確也 顧自力如何耳 賢詳密英發 警人如此 足得相長之樂 亦勉之 勉之則古人矣

대 상: 文學
중심어: 六經之文 / 註疏*古文<註疏起而古文廢 / 異言 / 百家
색인어정보: 詩(詩經) 十傳(大學) / 陰符(陰符經) / 太玄(太玄經) / 二蘇(蘇軾, 蘇轍)

5) 自評(권58)

老人才智下 平生讀書 非好書 勉其所不及者然也 又不樂世俗之文 嗜讀三代古文 卒無·所得 嗜好如初 下則左氏·國語·戰國長短書 先秦西漢 太史公·相如·揚雄 又旁及百家 又下則韓·柳氏最逼古 行年六十 讀至萬有餘千 如虞夏之暐暐不可當 商詩之古奧 周誥之聱牙 先秦之雄健 西漢之博大 以爲皆爲吾有 而顧魯鈍未能耳 諸家百氏 瑰詭閎博 皆莫如經傳之雅馴 反而求之 亦已過七十八十 於文 可謂勤且深矣 於心 亦以爲幾入於無窮 而視古人則卓乎其不可及矣 古人何可爲也 槩論之 文者 天地之文也 非人智巧所及 上世包羲氏則河圖作易八卦 制作文字 通天下之曺曺 其文在天爲日月星辰 在人爲禮樂文章 文章之盛衰 在世道之汚隆 人文歷夏商至周甚盛 自東周以降 孔子歿 周道衰 諸侯更霸 百家起 至秦專用法術 焚滅詩書 天下遂大亂 聖人之文 貳於老氏 散於百家 然去古未遠 天地純厚之氣猶在 屈原作離騷 馬遷紬史記 自黃帝始 至于麟止 揚雄作太玄法言 揚雄死 古文亡矣 魏晉氏

來 蕭索無餘 唐時韓·柳繼西漢之末 韓淳而柳刻 宋興 修明三代之治 文學歸於訓詁 明驅除戎狄 掃淸區宇 自以功德 傲蔑秦漢 而治道譎詭 發於心者 非六經之治 其文章亦然 老人修文學九十年 縱不逮古人 老 說讀古人 爲古人之徒 年老所著述 於今之世 固爲無用之空文 猶不捐 各分類成一書 自性命天人之本 推之人事 善惡·邪正·死生·終始· 古今之變 治亂·興壞·郊廟·禘嘗·海岳·川瀆·鬼神·百祀·儀 則·禮節·忠臣·烈士·孝子·貞婦·善行 四方風土 謠俗百産 域外 雜種珍異 昆蟲草木災異妖孽物怪 俱著畢擧 老悖昏耗甚矣 此記言之作 也 述自評五百七十三言 重光作噩(辛酉, 1681) 白露節下弦後日 期頤老 人眉叟 書

記言 有原集·續集 旣序記言 老而讀書 又作自評

대　상: 文章
중심어: 文章 / 三代古文
색인어정보: 左氏(春秋左氏傳) / 戰國長短書(戰國策) / 太史公(司馬遷) / 相如(司馬相如) / 韓柳(韓愈, 柳宗元) / 商詩(詩經) / 周誥(書經) / 馬遷(司馬遷) / 太玄(太玄經) / 于麟(李攀龍)

김득신(金得臣, 1604~1684)

···

본관은 안동(安東), 자는 자공(子公), 호는 백곡(栢谷). 택당(澤堂)
이식(李植)으로부터 "시문(詩文)이 당대 최고"라는 평을 들음으로
써 세상에 알려졌다. 「백이전(伯夷傳)」을 일억 번이나 읽었다고
하여 자기의 서재를 '억만재(億萬齋)'라고 하였다. 저서로 시화(詩
話)인 『종남총지(終南叢志)』와 『백곡집』이 있다.

출전: 柏谷先祖文集(『한국문집총간』 104집)

1) 讀南堂序(책5)

(전략) 蘇長公曰 吾讀南華然後知文之法也 爲文而不知法可乎 吾友
張季遇嘗有言曰 爲文之道 意爲主 法爲次也 至哉知文者之言也 爲文
而只以意不以法 則其文徒意而已 只以法不以意 則其文徒法而已 此乃
操觚者之所共知也 季全結髮以來 出遊於韻人學子之叢 窺其翰墨之畦
逕 故於其文也 知其意爲主法爲次矣 是以季全讀聖經而以意之正 知爲
主於文 讀南華而以法之奇 知爲次於文 則季全之文將欲意正而法奇矣

意爲主 法爲次 故季全之嗜南華 非惑於外道也 嗜其南華之文之法而欲體之故也 旣以意爲主則又以法爲次者 合於爲文之道也 吾於此知季全讀南堂之義也耳 余觀韓昌黎之文而知其倣南華之法 觀任疏庵之文而知其倣南華之法 自古及今 **爲文者不嗜南華之奇浩而未有能成文章者**也 然效季全之所爲者 不嗜聖經而先嗜南華 則不啻不知意與法也 必流入於莊周之外道 吾恐讀南堂之誤人也

대 상: 莊子
중심어: 意*法<意爲主 法爲次也 / 任叔英
색인어 정보: 蘇長公(蘇軾) / 南華(莊子) / 昌黎(韓愈) / 疏庵(任叔英)

2) 贈龜谷詩序(책5)

木之千枝 皆由于幹而理無不在 豈伊一枝之非理 人之百骸 皆係于身而理無不在 豈伊一骸之非理 不特此也 詩亦然 凡句句之中 **理必相通無一字之不出於理 然後方可謂之詩** 是何異木之千枝 人之百骸之有理乎 徒**以響爲詩**者 不悟詩 **崔白李**專以響爲務 不知其理 吾以爲不悟詩也 石洲之詩 **有理有響** 眞吾所謂詩也 芝川之詩 **有理無響** 世或絀之然有理無響 大勝於**有響無理** 彼顓冥之徒 何以知大家之不爲響 **龜老**之詩 有理有響 是吾所謂理響也 莫是悟於**道德經**而然耶 昔聞治道德經昨年往見 案有其經 必悟理於道德經無疑 近來操觚者咸曰**詩必主於響**余不勝捧腹 **象村晴窓軟談序** 詩非無理也 其言至矣 專爲響則無理 專爲理則無響 二者兼備謂之詩矣 龜老絀吾所論否

대 상: 龜谷詩(崔奇男)

중심어: 以響爲詩

색인어 정보: 崔白李(崔慶昌, 白光勳, 李達) / 石洲(權韠) / 芝川(黃廷彧) / 龜老(崔奇男) / 象村(申欽) / 晴窓軟談(申欽)

3) 讀澤堂文集小序(책5)

近者操觚者稱溪谷文章家數過於澤堂　然其變化互勝負　而以**館閣之製**　較澤堂過之　粤自仁祖反正以後　**高文大策**　皆出澤堂手　蓋前後秉**文衡**者咸推而讓之也　**儷文**亦通神　趙**龍洲**曰澤堂**館閣**四六　通前朝我朝所未有　豈不信乎　此可與知者道　難與俗人言　故敢將隻眼之評以爲序　竊恐觀者或貶之耳

대　상: 澤堂集(李植)

중심어: 館閣之製 / 張維

색인어 정보: 澤堂(李植) / 溪谷(張維) / 龍洲(趙絅)

4) 小華詩評序(책5)

余嘗耳食於古人之所論　**知詩之難**　**甚於爲詩之難**　其言豈不信哉　余之所善洪**于海萬宗**　博觀古人載籍　於古人詩集　尤極博矣　杜門一室　沈潛反覆　凡諸耄倪姸醜　無不鏡于靈臺　於是採撫我**東方名章傑句**　輯成一冊　名之曰小華詩評　其多幾乎萬矣　余昨年適于海　于海出是編　使余諷誦之　其詩或**艷冶**或**蒼鹵**　或**雄渾**或**簡雅**　或**佶屈**或**沈鬱**　其所評騭　各盡其妙　比如冢發驪山　珍貝盡獻　犀燃牛渚　光怪難逃　一見可知其深於詩

學矣 以余觀之 **徐四佳之詩話** 精而不博 **梁霽湖之詩話** 穩而欠少 今于
海之所著 精而穩 博而該 雖謂之度越兩公 非僭也 若余詩者 亦與此評
之末 則誠續貂爲愧 而竊恐衆人之捧腹也 蓋于海自髫齔 學於**東溟鄭君
平** 君平嘗謂余曰 于海格律淸峻 頗有唐韻 又曰 得見高明 **善於評點**
此足爲一世定衡矣 今茲評詩之作 其不泯而傳於後也無疑 (후략)

대 상: 小華詩評(洪萬宗)
중심어: 東人詩話 / 霽湖詩話 / 唐韻 / 善於評點
색인어 정보: 于海(洪萬宗) / 四佳(徐居正) / 徐佳之詩話(東人詩話) / 霽湖(梁慶
遇) / 梁霽湖之詩話(霽湖詩話) / 東溟(鄭斗卿)

5) 竹窓集跋(책6)

大凡爲文之道 有學漢學宋者 而**學漢難學宋易** 何則 **漢之文** 古而其
學也難 宋之文 俚而其學也易 蓋世代殺而氣數衰 故宋之文體之俚 不
亦宜乎 惟我竹牕先生 知其然也 於文眼高心亢 竊欲紬宋學漢 見宋之
文 手撝之喙唾之 必取漢之文而專治者 自少至老 不爲惰窳 其文之源
汩汩然湧 當其放筆爲文也 懼其雜而愼之 慮其弱而結之 奇而奇 簡則
簡 擘去死語 不至蒼鹵 其爲氣也遒 其爲格也郡 旣得漢之文體之古而
脫於宋之文體之俚 由是觀之 世代雖降 極博古文 盡其用功則不患體
古文之難 何論學宋之文哉 然則氣數雖衰 文體之古 在人之用功之如何
爾 粤自**麗代以還** 名卿雋哲之文章 **雖雄渾彬彬** 亦皆不古 何 蓋捨漢文
取宋文而尙之 故學漢則難 學宋則易而然耶 先生之詩 亦不用俗下文字
務以奇警 蓋出於翰墨之畦逕爾 (후략)

대　상: 竹窓集(姜籒)
중심어: 學漢＊學宋 / 捨漢文取宋文
색인어 정보: 竹牕先生(姜籒)

6) 評湖蘇芝石詩說(책6)

今世之人 詩必稱湖陰‧蘇齋‧芝川‧石洲 而只知湖‧蘇‧芝詩之
大家 不知石洲詩之正宗 其故奚 蓋不知詩而然也 雖知詩者 不知正宗
優於大家 吁不深知詩矣 大家何以劣於正宗 正宗何以優於大家 大家以
雄健爲主而多有駁雜 體格不正 深知詩者見而薄之 大抵古人以評詩
比之論禪 禪道惟在妙悟 詩道亦在妙悟 而悟於詩道者 與悟於禪道者
同 悟於禪謂本色 悟於詩謂本色者爲正宗 則詩之正宗 非第一義乎 爲
大家者 專務雄健 不知詩之有本色 則以正宗不大而斥之 大家之優於
正宗者鮮矣 誰可與評詩之正宗乎 昔吾友張季遇曰 正宗爲第一義 大
家次之 可謂深知詩 而九原難作 徒增哽塞 麗代之正宗 益齋而已 大家
指不可屈矣 而我朝之正宗 石洲而已 大家 湖‧蘇‧芝外 亦多有之 何
可枚數 蓋湖陰之沈着 長於五七言四韻 短於絶句排律歌行 蘇齋之雄
渾 長於七言四韻五言排律 而七言四韻則時有蹇蹶處 短於五言四韻
絶句歌行 芝川之奇健 長於七言四韻排律 短於絶句歌行 其可謂悟於
詩而得其本色耶 然湖‧蘇‧芝中 芝詩差可爲精 湖詩不精 蘇詩徒大
而雜 吾不取也 石洲之正宗 長於五七言四韻五言古詩五言排律五七
言絶句歌行 短於七言排律 然皆精粹不雜 此足可謂得本色而成章 若
使深知詩者見之 必有能卜大家與正宗之優劣矣 近來學士大夫輩皆法
大明之詩 以石洲詩爲元氣萎腰 此論雖是 豈知正宗爲詩之第一義也
詩至於得本色而成章則至矣 亦何有他說 余評大家正宗之優劣 以正隻

眼之評

대 상: 湖蘇芝石詩(鄭士龍, 盧守愼, 黃廷彧, 權鞸)
중심어: 評大家正宗之優劣 / 我朝之正宗 石洲而已 / 詩至於得本色而成章則至矣
/ 妙悟 / 本色
색인어 정보: 湖陰(鄭士龍) / 蘇齋(盧守愼) / 芝川(黃廷彧) / 石洲(權鞸) / 古人(嚴
羽) / 益齋(李齊賢)

송시열(宋時烈, 1607~1689)

본관은 은진(恩津), 아명은 성뢰(聖賚). 자는 영보(英甫), 호는 우암(尤庵)·우재(尤齋). 김장생과 김집의 문하에서 수학. 동문수학한 송준길·이유태(李惟泰)·유계(兪棨)·김경여(金景餘)·윤선거(尹宣擧)·윤문거(尹文擧)·김익희(金益熙) 등과 교유하여 산당(山黨)으로 불렸다. 특히 송시열의 학통을 계승한 학자로는 강문팔학사(江門八學士)가 대표적이며, 그 문인들은 조선 후기 기호학파 성리학의 주류를 형성하였다. 저서로는 『송자대전(宋子大全)』·『주자대전차의(朱子大全箚疑)』·『주자어류소분(朱子語類小分)』·『이정서분류(二程書分類)』·『논맹문의통고(論孟問義通攷)』·『경례의의(經禮疑義)』·『심경석의(心經釋義)』·『찬정소학언해(纂定小學諺解)』·『주문초선(朱文抄選)』 등이 있다.

출전: 宋子大全(『한국문집총간』 113·114집)

1) 河西金先生神道碑銘 幷序
2) 谿谷張公神道碑銘 幷序
3) 玄谷趙公神道碑銘 幷序
4) 龜峯先生宋公墓碣
5) 芝川黃公墓誌銘 幷序
6) 澤堂李公諡狀

1) 河西金先生神道碑銘 幷序(권154)

國朝人物道學節義文章弍有品差　其兼有而不偏者無幾矣　天佑我東
鍾生河西金先生　則殆庶幾焉　先生諱麟厚　字厚之　蔚州之金 (중략)　其
述作根於風雅　參以騷選李杜　凡有感觸　一於詩發之　淸而不激　切而不
迫　樂而不至於淫　憂而不至於傷　皆所以理性情而涵道德　其疏章通暢
典雅　必以理勝　眞仁義之言也　文集若干編行于世　周易觀象篇・西銘
事天圖諸作　逸而不傳　惜哉　至於天文地理醫藥占筮算數律曆　無不通曉
筆法勁健　絶無姸媚態　所謂德性相關者然也 (하략)

대　상: 金麟厚
중심어: 德性相關
색인어정보: 河西(金麟厚) / 風雅(詩經) / 騷選李杜(離騷, 文選, 李白, 杜甫)

2) 谿谷張公神道碑銘 幷序(권156)

(전략) 公諱維　字持國　德水之張 (중략)　上曰　張某之文可思　李月沙
廷龜・金公槃啓曰　張某文章　得之經學　辭理俱到　且其識見明邃　自中
機宜　聖人所稱草創潤色　此眞其人也 (중략)　公天資近道　英睿夙成　淸
明溫粹　寬厚和平　然有制而不流　無詭於規度　早從儒賢　得聞學問之方
始以讀書爲窮格之要　而其讀書之法　不强探以求通　不穿鑿以爲說　先
求文義之所安　以求理趣之所適　使古作者之意　如出於己心　故文從字
順　各職其職　而我之見識　昭明洞徹　無有隔礙　金先生嘗曰　持國見解
雖古儒賢　罕有及焉　每有所疑　必與往復　公洒然論說　如不經意　而辭理
俱到　先生多捨己見而從之 (중략)　若論其文章　則渾浩流轉　泊然而止

中藏萬物 變化無窮 然必依於經訓 理勝義正 不爲空言 其視明朝鉅公 震耀張皇 自謂並駕馬韓而無其實者 公蓋將姑舍是矣 是蓋上窺韓歐 而義理則主於程朱故 上下五六百年間 無可與軒輊者矣 嗚呼盛哉 夫 以歐公之博洽 劉原父猶病其不讀書 而公亦時議其失 使劉公而論公 則又未知以爲如何也 士生偏邦 不得與於中朝文獻 可嘅也已

대　상: 張維
중심어: 讀書之法 / 並駕馬韓 / 上窺韓歐 而義理則主於程朱
색인어정보: 金先生(金長生) / 馬韓(司馬遷, 韓愈) / 韓歐(韓愈, 歐陽脩) / 劉原父 (劉敞)

3) 玄谷趙公神道碑銘 幷序(권165)

玄谷趙公卓詭嵬岸 早歲蒙難蠖屈 遭遇明時 又率意言事 用舍相半焉 論者曰 韓歐濮議 與諸賢殊異 至被彭公重緻 然不以是後世少韓歐 公 諱緯韓 字持世 漢陽人 (중략) 十歲作詩 已有思致 十有六歲 徧讀先秦 古文 場屋屢居上游 (중략) 公爲文詞 主於莊騷韓馬戰國 少陵而以下 則不屑也 故其所作雄渾峻發 如河海涵泓 山岳停峙 論者謂如其爲人 權石洲韠嘗曰 吾於詩家軌度 粗有得焉 而其根基恢拓 氣焰盛大 則何 敢望某 黃芝川廷彧贈公曰 風霆歷覽無窮際 王伯論才更著高 又有天下 奇男王適至之句 然則公之見推於人者 不止於詞藻已也 嘗曰 東人不喜 溫公通鑑·晦菴綱目 是以墻面也 其老年所編拔奇一書 則又主於六經 而下及諸子也 (하략)

대　상: 趙緯韓

중심어: 先秦古文 / 主於六經而下及諸子
색인어정보: 玄谷(趙緯韓) / 韓歐(韓愈, 歐陽脩) / 少陵(杜甫) / 莊騷韓馬戰國(莊子, 離騷, 韓非子, 司馬遷, 戰國策) / 石洲(權鞸) / 芝川(黃廷彧) / 溫公通鑑(司馬光, 資治通鑑)·晦菴綱目(朱子, 資治通鑑綱目)

4) 龜峯先生宋公墓碣(권172)

(전략) 謹按先生姓宋 諱翼弼 字雲長 家在高陽龜峯山下 敎授學者 故學者稱以龜峯先生 其知舊亦以龜峯稱焉 (중략) 年七八歲 詩思淸越 有山家茅屋月參差之句 稍長 與弟翰弼俱發解高等 自是聲名著聞 首與友善而推許者 李山海·崔慶昌·白光勳·崔岦·李純仁·尹卓然·河應臨也 時人號爲八文章 (중략) 其文主於左馬氏 詩主於李白 至其論說理致 則通透洒落 無所礙滯 學者帖帖於前者 終日不絶 而酬酢不倦 其中虛往實歸者甚多 (중략) 象村申公欽則曰 天稟甚高 文章亦妙 (중략) 先生有文集若干刊行於世 象村嘗評之曰 材取盛唐 故其響淸 義取擊壤 故其辭理 和平寬博之旨 不失於羈窮流竄之際 優游涵泳之樂 自適於風花雪月之間 其庶乎安時處順 哀樂不能入者矣 又有玄繩集一編 所與李·成二先生往復書也 谿谷張公維嘗論之曰 栗谷之言 眞率坦夷 牛溪之言 溫恭懇到 而龜峯則意象峻潔 自待甚重 其言辨矣 其學博矣 又曰 觀此議論 此老胸中 殊不草草 此不但可知其詩文 而亦可以知其爲人矣 (후략)

대 상: 宋翼弼
중심어: 八文章 / 文主於左馬氏(左丘明, 司馬遷) / 詩主於李白 / 材取盛唐
색인어정보: 龜峯(宋翼弼) / 八文章(宋翼弼, 李山海, 崔慶昌, 白光勳, 崔岦, 李純仁, 尹卓然, 河應臨) / 左馬(左丘明, 司馬遷) / 象村(申欽) / 金先生(金尙憲) / 守

夢(鄭曄) / 栗谷(李珥) / 牛溪(成渾) / 惟讓(白惟讓) / 玄繩集(宋翼弼, 李珥, 成渾) / 谿谷(張維)

5) 芝川黃公墓誌銘 幷序(권183)

(전략) 公天分甚高 氣局峻整 人望之若不可犯 而及接其言辭 則無不愛慕焉 不事交游 無他嗜好 只以文學自娛 務爲深博無涯涘 自得於章句之外者亦多矣 其禮學亦精密 不拘拘於儀章度數之末 而深得經傳之本旨 詩主老杜而根據經義 其骨格開張 門戶嚴密 不蹈前人塗轍 故常曰 詩不本於經學則亦鄙俗矣 (중략) 公之文章 論者多矣 世蓋魯衛於鄭湖陰·盧蘇齋 而栗谷則謂其發於經術而濟以自得 眞義理之文也 當與佔畢齋並驅 而餘人不是及云爾 公諱廷彧 字景文 系出長水縣 別自號芝川子 (후략)

──────
대　상: 黃廷彧
중심어: 詩主老杜而根據經義(杜甫)
색인어정보: 湖陰(鄭士龍) / 老杜(杜甫) / 蘇齋(盧守愼) / 栗谷(李珥) / 佔畢齋(金宗直) / 芝川子(黃廷彧)

6) 澤堂李公諡狀(권203)

公姓李氏 諱植 字汝固 德水之李 爲我東名族 (중략) 其爲文章 則詩以三百篇及禮記所謂溫柔敦厚詩之教 朱子所取韓子所謂詩正而葩等說爲宗主 反是而志尙頗僻流蕩 詞意粗濁險怪者 皆以爲詩之外道而斥絶之 由騷選以來 古今百家之作 莫不沿遡而歸宿於杜陵 故雖衆體咸備

各臻其妙 而一出性情之正 昏朝及丁丑後所作 尤多傷時閔俗變雅詩人
之志 足以風厲一世 感發人之善心 非無益之吟詠也 文以經書及朱文
爲本 諸子百氏 無不採穫 以唐宋大家爲模範 而發明理趣·經緯治道
皆不爲無實之空言也 (후략)

대 상: 李植
중심어: 以唐宋大家爲模範 / 沿遡而歸宿於杜陵
색인어정보: 澤堂(李植) / 韓子(韓愈) / 騷選(離騷, 文選) / 杜陵(杜甫)

박장원(朴長遠, 1612~1671)

본관은 고령(高靈), 자는 중구(仲久), 호는 구당(久堂) · 습천(隰川).
1636년 문과에 을과로 급제하여, 이조판서 · 공조판서 등을 지냈고
『선조수정실록』의 편찬에 참여하였다. 저서로 『구당집』이 있다.

출전: 久堂集(『한국문집총간』 121집)

1) 詩說
2) 題李季周詩卷

1) 詩說(권15)

詩雖小技也 **朱子論詩之古今體製雅俗**向背於**輦仲至**書盡之矣 又云
爲詩須從**陶柳門庭**來 蓋其主意亦可知矣 余才本下 又不肆力於詩 **魏晉**
以上 固不可論 年十四五時 始讀**杜詩** 亦不肯竟 其後偶得**新刊兩陳詩**
各四卷冊 子雖愛之 而亦一再覽便休 蓋時則已逾弱冠 奪志科場 凡百
切己之業 亦着手不得 況於詩乎 以茲因循怠廢 今髮已星星矣 前此十
數年間 雖或不能無意於吟詠 而要以暢其意而止 **思致平凡 氣格麤俗**
旣寫出 便自不入眼 況於人眼耶 況於人之具眼者耶 今來海上 行步坐
臥 不離一室 窮寂之中 時有一二句得者 而其**立意造語** 皆不可望古人
門戶 況敢窺其突奧耶 雖處困阨而無戚戚之意 則庶幾自勉 而至於戀闕
思親十分情境 亦豈能寫得盡哉 夫唯滌盡胸中五辛查滓者 可以及此 此

豈易哉 偶閱**近思錄** 至謝顯道論明道先生善談詩而曰 瞻彼日月 悠悠我
思 道之云遠 曷云能來 思之切矣 終日百爾君子 不知德行 不忮不求 何
用不臧 歸于正也 旨哉言乎 眞能使人**感發興起** 顧何由親炙於有道而得
聞不可言之妙耶 嗚呼 詩亦可易言哉

대　상: 詩
중심어: 陶淵明*柳宗元<陶柳門庭 / 陳師道 / 陳與義
색인어 정보: 鞏仲至(鞏豊) / 陶柳(陶淵明, 柳宗元) / 兩陳(陳師道, 陳與義)

2) 題李季周詩卷(권16)

夫人之爲詩 必曰我**學唐** 唐豈易學哉 余則竊以爲人果能致禮以治躬
致樂以治心 而領惡而全好 洗去多少凡生葷血 則其所**感發於詩**者 皆可
一唱而三歎矣 雖唐可也 雖進而**魏晉漢**可也 雖極而至於三百篇亦可也
宋以下不論也 畢竟曰明曰宋曰唐曰漢魏晉曰風雅頌者 在乎人耳 豈獨
詩然乎哉 論文亦然 至於論治 無不皆然 文焉而**修省言辭　既得於心** 然
後**攄發胸蘊　以自成文** 則所謂**有德者必有言**也 治焉而有**關雎麟趾**之
意 然後行周官之法度 則所謂行堯之行 亦堯而已者也 我何與焉 亦在
乎今與後之人之句斷曰先秦 先秦以下曰三代 三代以下之如何耳 然則
論治論文 不究其本 而曰我法三代 我**學先秦**者 亦奚異夫爲詩者 徒曰
我必學唐也哉 其亦不思甚矣 德水李季周才資敏銳 濟以家學 蚤已有聲
於文苑 而逮其居喪讀禮之暇 遂用力於古之所謂心學 學以知道 不知不
措 數年而幾於**操戈入室**矣 喪除氣竭而病作 其日夜之所呻唔無聊而不
平者 必於詩焉發之 無慮數十百篇 其中集之曰日哦 錄之曰付丙者 皆
有序引 用究厥由 一則此心 二則此心 心之所之 言不出此 此豈世之所

謂詩人墨客嘻呼風月者之爲哉 一日貽以示余 余乃盥露而閱之 旣而歎曰多矣哉 古未嘗有也 雖多而無一不本之於吾心 故觀其立言措語 譬如水遇風而成文 草木甘苦之實 得雨露而齊結 其與區區爲詩而曰我學唐者 不啻秦楚之遠也 何可以詩觀詩而止哉 雖然曰唐曰宋則吾豈敢然而苟推是心以往 何事不可濟 發而爲黼黻之文 出而資經綸之業 皆足以驗他日之所就者 其在是歟 其在是歟 季周要題卷端甚切 顧余不自量而妄語之 近乎僭矣 然而因我不會做 皆使天下之人不做 亦近乎怠 故聊相爲言之

대　상: 李季周詩卷(李季周)
중심어: 學唐

신최(申最, 1619~1658)

> 본관은 평산(平山), 자는 계량(季良), 호는 춘소(春沼). 신흠(申欽)의
> 손자이고, 신익성(申翊聖)의 아들이다. 1648년 문과에 병과로 급제
> 하여, 성균관전적·낭천현감(狼川縣監) 등을 지냈고, 함경도도사
> 재임시절 죽었다. 『인조실록』 편찬에 참여하였으며, 저서로 『예
> 가부설(禮家附說)』·『춘소자집』이 있다.
>
> 출전: 春沼子集(『한국문집총간』 속집 34집)

---

1) 鹿門·弇州兩集文抄引
2) 書春坡大士詩卷後

---

1) 鹿門·弇州兩集文抄引(권3)

明興盡革宋元之弊 新一代之制 而文章家尙沿其習 雖以金華靑田之
拔出萃類 不能自脫 而楊文貞踞館閣 以暢達爲宗 故天下靡然從之 至
弘德間 北地李獻吉 始倡古文 學士大夫 稍稍慕悅 而疑信者半 弇園雪
樓 肩比踵接 互執牛耳 則家先秦而戶西京 文體逾大變矣 鹿門起於其
間 嫉世之尋響逐影 畫羽而刻葉者 遠尊歐·曾 近推唐·王 以爲文之
正統在是 而獻吉輩 特草莽之雄 而偏閏之位耳 人之疑信者亦半 衡文
者至歧而二之 號爲十大家 而各立門戶 則猶未能定于一也 余竊謂斯文
何嘗歧而二也 亦何必惡夫不定于一也 夫子不曰辭達乎 又不曰修辭乎
又不曰言之不文 行而不遠乎 辭達之弊冗 冗則陋 辭修之弊勤 勤則贗

辭不達則不足以立言 辭不修則不足以行遠 然則二者未嘗不一也 譬若
方圓之互爲體也 水火之更爲用也 方圓不備 不可以成體 水火不濟 不
可以利用 辭不達 奚以言 辭不修 奚以文哉 彼相軋而不相下 畢世而相
詬病者 吁亦異矣 今夫萬殊之散 形色各一 而其理則不二. 天之大也 地
之廣也 山岳之高也 河海之深也 鳥之飛也 獸之走也 草木之賁然也 其
形豈不異 而其色豈盡同哉 廣者不必讓於大 高者不必讓於深 飛而走而
賁然者 又不必競爲讓也 則審其眞形眞色 其毋以畫羽而刻葉而已 何必
抑彼而揚此 奴出而主入哉 噫 夫子之文章 可得而見 則刪述之遺 猶可
攷信 典謨訓命 固爾雅粹白 而三盤五誥 抑何佶屈聱牙哉 兩南諸風
固宛亮麗則 而二雅三頌 抑何沈晦艱棘哉 且易之辭 春秋之筆 未易斷
以辭達已 則後必有定其論者矣 鹿門與弇園 年雖差池 而並世而生 居
雖夐闊 而並江以南 好尙雖不同 而並擅文譽 則竿尺訊訊 當置更僕 而
寥寥一札 僅見於兩集中 豈各守其說 不相入而然耶 然辭達之旨 暢極
於鹿門 修辭之則 大闡於弇園 眞所謂對局手也 (후략)

─────
대　상: 鹿門弇州兩集文抄(茅坤, 王世貞)
중심어: 茅坤 / 王世貞
색인어 정보: 金華靑田(劉基) / 楊文貞(楊士奇) / 北地李獻吉(李夢陽) / 弇園(王世
貞) / 雪樓(李攀龍) / 鹿門(茅坤) / 歐曾(歐陽脩, 曾鞏) / 唐王(唐順之, 王愼中)

2) 書春坡大士詩卷後(권5)

禪而詩可乎 禪奚以詩 詩而禪可乎 詩奚以禪 然悟於詩者祛雕繪 覺
於禪者空色相 禪與詩之道 皆是物也 則不禪而詩 不詩而禪者 豈非天
機之妙 借竅而動耶 浮屠法演 携一卷示余 盖禪而詩 詩而禪者也 其調

古 **其格高** 其音冷冷乎若絶澗幽谿 溜石而響玉也 其色澹澹乎若奇巖峭

壁 拖雲而霏雪也 此非塵世中頡滑語也 演公曰 唯唯 此吾師春坡大士

所唾餘也 然則大士其覺於禪者耶 抑悟於詩者耶 迷而后有悟 塞而后有

覺 則覺與悟 同其義而異其名者耶 記余前數歲 訪大士于楓岳 其貌古

其識高 叩之其音冷冷然 接之其色淡淡然 天機之妙 目擊而存 奚待乎

借竅而動也 余凡夫也 不知**禪與詩之道** 奚論於**悟與覺之道** 而天機之

妙 自有不言之契 何必曰禪曰詩云爾哉 大士名雙彦 春坡其號 而實紹

西山之統 法門之龍象云

대　상: 春坡大士詩卷
중심어: 禪詩 / 天機之妙 / 禪與詩之道

· · ·

본관은 부계(缶溪), 자는 백원(百源), 호는 목재(木齋)·산택재(山澤齋). 정경세(鄭經世)의 문인이다. 1654년 문과에 을과로 급제하여, 경성판관·병조좌랑 등을 지냈다. 편서로 『주역구결(周易口訣)』· 『의례고증(儀禮考證)』·『사서발범구결(四書發凡口訣)』·『휘찬여사(彙纂麗史)』·『동사제강(東史提綱)』·『해동성원(海東姓苑)』·『경서해의(經書解義)』 등이 있고, 저서로 『목재집』이 있다.

출전: 木齋集(『한국문집총간』 124집)

1) 答李九成允諧
2) 柏潭具先生文集序

1) 答李九成〔允諧〕(권4)

(전략) 前讀馬史 卒業否今方讀何書 不讀馬則已 旣讀 左氏不可不讀也 中國人讀馬者 必讀左 要以相資而盡其美也 蓋左精而馬粗 馬疏爽而左工緻 讀左而不讀馬 必有澁滯之患 讀馬而不讀左 則踔厲壯浪而欠裁約 必取而相資 然後全其美 而無二者之患也 東人好讀馬 讀左者絶無焉 左氏以條理脈絡爲主 精巧甚於後世 吾東文字 雖時有好處 全欠照應精明 坐不讀左耳 韓文公目左氏以浮誇 其意有在 東人偏信之遂以爲然 殆不亦癡前說夢矣乎 近來窺破昌黎一生文字 皆從左氏推演出 分明諱不得也 豈唯韓子哉 晦庵四書集註文法血脈 皆從左氏門戶

中來 儘有歷落 中朝搢紳先生 口相傳授故後生輩解蒙時 便已曉得 我
國人至老做文章 終不曉**晦庵門路** 亦坐不讀左耳 雖然**讀左馬** 而不讀
朱註 則猶爲僻古 而不切事情 見左右旣好讀馬 今欲其讀左 非謂如是
而止 正欲其讀晦庵 以曉路脈 況由是以求之經中立言之旨 庶有**悟解**之
理也哉 不得其門而入 雖用力專苦 轉見迷闇 何益哉 須**讀左馬** 以求晦
庵 讀晦庵 以求六經 斷不相誤 (후략)

대 상: 李允諧
중심어: 史記 / 左傳 / 晦庵(朱子)
색인어 정보: 馬史*馬(史記) / 左氏(左傳) / 昌黎*韓子*韓文公(韓愈) / 晦庵(朱子)

2) 柏潭具先生文集序(권6)

退陶老先生 倡道東南 獎就後進 一時魁碩之士 彬然輩出 若論文學
之科 **高峯奇公·柏潭具公**二先生 卽其人焉 蓋老先生 於二公 遜皐比
而不居 二公則執弟子禮益虔云 柏潭始釋褐 聲譽藹蔚 人慕之如覩祥鸞
鸑鷟 曠世一見 卽識者推許 有以**三代人物 兩漢文章**目之矣 (중략) 先
生與王鳳洲元美 生同嘉靖丙戌 **文章氣格雄渾** 眞不相上下 蓋獨稟之
才 得於天者同也 而其習氣工程 不得不囿於地之偏全 則未知如何爾
元美文章滿天下 家有人誦久矣 而柏潭之文 何晚出而益少也 然觀**鳳洲
之學 雜以縱橫仙釋 不醇乎儒者也** 柏潭早而得老先生 爲之依歸 講求
朱門宗旨 故其平生撰述 **粹然一出於正** 斯其爲正也 而不亦多矣哉

대 상: 柏潭具先生文集(具鳳齡)
중심어: 王世貞

색인어정보: 退陶(李滉) / 高峯奇公(奇大升) / 柏潭具公(具鳳齡) / 王鳳洲元美(王世貞)

이단하(李端夏, 1625~1689)

본관은 덕수(德水), 자는 계주(季周), 호는 외재(畏齋)·송간(松磵).
택당 이식의 아들로, 송시열의 문인이다. 1662년 문과에 을과로
급제하여, 우의정·좌의정을 지냈다.『현종개수실록』편찬에 참
여하였다. 편서로『북관지(北關誌)』, 저서로『선묘보감(宣廟寶鑑)』·
『외재집(畏齋集)』이 있다.

출전: 畏齋集(『한국문집총간』125집)

1) 留贈韓君享五伯箕序(권5)

(전략) 顧余有聞於家庭 文章道之華也 道者事物當然之理也 詩書六
藝之文 諸子百家之語 皆所以明此理也 知乎此而學焉者 其文不期文
而自文 如水之有源而其流必達 如木之有根而其柯必暢 此的然之理也
外此而爲文者 雖日誦千言 日賦百篇 譬如炊沙飯玉 徒見其勞苦而卒無
所成就 爲其遺其本故也 雖然 人無恒心 不可以作巫醫 巫醫尙 然況於
大業乎 必須辨其蹊徑 先立其本 嚴其課程 漸進其業 勿爲科文所溺 勿
爲俗說所移 勉持此心 孜孜不輟 如是數年 未有得焉者 未之有也 旣得
之後 欲罷不能 亦無所事於志矣 (후략)

대　상: 韓伯箕
중심어: 理*文

2) 先考資憲大夫吏曹判書…府君行狀(권9)

(전략) 其爲文章 則詩以三百篇及禮記溫柔敦厚詩之敎 朱子所取韓子詩正而葩等說爲宗主 反是而志尙頗僻流蕩 詞意粗濁險怪者 皆以爲詩之外道而斥絶之 由騷選以來 古今百家之作 莫不沿泝而歸宿於杜陵 故雖衆體咸備 各臻其妙 而一出於性情之正 昏朝及丁丑後所作 尤多傷時悶俗 變雅詩人之旨 足以風勵一世 感發人之善心 非無益之贅言也 文以經書及朱文爲本 而諸子百氏無不採穫 以唐宋大家爲模範 而發明理趣 經緯治道 尤齋宋先生見公文集 以爲文章似韓歐 而義理則無韓歐疵纇 又序文集曰 我東文獻之盛 莫如本朝 宏儒碩士步武相接 其篇章詞命 皆登梓行布 而求其義理之精 論議之正 可以羽翼斯文 裨補世道者 則未有若澤堂公文稿者也 斯言庶可爲府君文章之定論矣 (후략)

대　상: 李植
중심어: 文章似韓歐 / 朱子 / 宋時烈
색인어 정보: 先考(李植) / 韓子(韓愈) / 騷選(離騷, 文選) / 杜陵(杜甫) / 尤齋(宋時烈) / 韓歐(韓愈, 歐陽脩) / 澤堂公文稿(澤堂集)

남구만(南九萬, 1629~1711)

본관은 의령(宜寧), 자는 운로(雲路), 호는 약천(藥泉) 또는 미재(美齋). 소론(少論)의 영수로, 송준길(宋浚吉)의 문하에서 수학하였다. 1656년 문과에 급제, 벼슬은 대제학을 거쳐 우의정·좌의정·영의정을 차례로 지냈다. 저서로 『약천집(藥泉集)』·『주역참동계주(周易參同契註)』가 있다.

출전: 藥泉集(『한국문집총간』 132집)

1) 醒翁集序 癸未(권27)

歲癸未秋 余方以罪廢 伏潔湖田廬 觀察使金君演旬宣之路歷余 以其曾王考大司憲醒翁先生遺稿示余曰 惟先祖歷職久享年永 平日所作詩文多矣 佚於兵燹 家無所餘 今以訪問搜索於公私所藏者 裒輯爲一冊 雖甚少 亦不可無傳 子其序其首以行之可乎 余謹受而卒業曰 余非知文者 烏足以當此 在他人文猶然 而況於公之文乎 雖然余聞人能重文 文不能重人 以此古人之文爲後世所重者 必其人有卓犖奇偉之節 不然文

雖美 不之重也 又聞文有少而傳 多而不傳 其傳者必其人之足以重其文
而不傳者亦必以其文之不能重其人故也 昔在光海不辟之時 公冒鈇鉞抗
言 扶一世倫常之重 其大節足以垂千秋 矧又勤身禮法 師表士林 礪志
淸操 激勸朝著 今世之人 無待誦公詩讀公文 其起敬而顚仰者 固已先
入其心脾 然則重其文者在公 文何能重公乎 且和凝自鏤板百餘卷 未幾
時盡如煙雲之消滅 唐子方沽酒聽漁歌一句 膾炙人口至今 今公之丁巳
收議十餘字 兩歲三呼漢水船一絶 其在公已足爲不朽之盛事 在後世亦
足以慕義於無窮 簡編之多寡 又烏足論乎 雖然又嘗聞之 仁義之人 其
言藹如 苟非仁義之積中 其發而爲文章者 雖極聲律藻繪之工 求其所
謂藹如 終不可得 今見公詩文 眞所謂藹如者 彼世之所稱以文章自命
而不知本於仁義者 顧何得以與於此哉 繇此言之 人之能重其文固也 文
之美 實亦有由於人者又可見矣 余於公之文 誠不足以知之 重觀察君之
託 於是乎言

대　　상: 醒翁集(金德諴)
중심어: 人能重文 文不能重人
색인어 정보: 醒翁(金德諴) / 唐子方(唐介)

2) 滄溪集序 戊子(권27)

蓋聞古之制文 所以記言也 發諸口則爲言 書諸冊則爲文 之二者同出
而異名 文之爲用於古者然也 降而後也 乃有所謂詞章之文 竊竊焉摹擬
假飾 自以爲工 不特文人之文爲然 雖從事儒學者 亦有不免於此 其離
古亦遠矣 滄溪林公德涵 自在志學之年 文藝之高 已大噪於世 及其求
道問學 不屑於詞藻之末 專心於性理之原 其於當世諸君子 雖有難疑

答問之相資 然其感憤警發 惟日孳孳 寧服聖訓而不至 不忍苟安於少成
實其自勵於中而無待於外者也 顧余遇德涵最早 雖學殖荒落 無以扣擊
其所存 每見其論事疏章 未嘗不心開而目明 且得士友間游談 咸推德涵
之才學 以爲朝中第一人 心竊計後來君德之成斯文之託 唯德涵是期 中
間世道之嬗變旣多 而德涵亦謙謙以難進自將 故名位非不顯 不得盡行
其所學 及至朝望益重 主眷益隆 年未及艾 遽棄斯世 嗚呼其可惜也已
其可痛也已 淸道守淨道沖 卽德涵之卯君也 將刊行其遺文 請余爲弁卷
之文 余於德涵 年雖加長 學則多遜 顧何能引重於斯役也 雖然今觀集
中之文 率多論講學工程 而往復百折 毫分縷析 明白懇惻 眞情爛漫 非
但備見其於學用力之勤篤 雖以文之美言之 世之操觚者 孰有加於此哉
嗚呼 此眞儒者之文 此眞古人之以文爲言者也

대 상: 滄溪集(林泳)
중심어: 眞儒者之文
색인어 정보: 滄溪*德涵(林泳) / 道沖(林淨)

3) 琴湖遺稿序 庚寅(권27)

自余退伏荒野殆二十年于玆 人之訪死生者旣罕 至於文墨事 本非余
任 尤不敢發口矣 今者李侍讀世瑾 示其先大夫琴湖公遺稿 請序其端
旣辭不獲 敬受而卒業曰 余於詩 所謂四聲八病者則誠非所習 若所謂溫
柔敦厚之敎 亦嘗略聞之矣 詩之爲敎 本欲以溫柔敦厚者 理性情而形風
化 感人心而裨世程 然而學詩者 或凄淸以爲工 或詰屈以爲奇 或雕鏤
以爲巧 或枯槁以爲高 詩之爲敎 豈寔使然哉 今見公詩則其發於音調
者藹而和 著於辭氣者醇而雅 凡寒苦之語 橫軼之言 刻削之弊 淡薄之

病 一洗而祛之 時或寄心於高遠 **興懷於時事** 胸中感憤 隱見於意象之
表 亦未嘗不以溫柔敦厚者爲之本 故聽之者可以有悟 言之者可以無罪
此可謂深於**詩敎** 而亦可得審其爲人也 嗚呼 自夫鄕擧里選之法廢 而取
人專在科目 科目則文藝而已 考較掄擇 疑若可以無失 掌試如**蘇子瞻**
擧人如**李方叔** 猶不免眼迷於五色 其他則又何說 (후략)

　대 　상: 琴湖遺稿(李志傑)
　중심어: 詩敎
　색인어 정보: 琴湖(李志傑) / 蘇子瞻(蘇軾) / 李方叔(李廌)

4) 竹西集跋 甲子(권27)

　余在童丱 侍鄕先生坐 客有自京來 道**惠仲**姓名曰年雖少 人與文爲當
今第一 余固艶聞之 旣冠來京師 始與惠仲相遇 望其容止 接其辭氣 已
令人心折 徐扣其蘊 浩浩乎不知其涯岸 所見有過所聞 非余所可得以友
者 然惠仲謂余有相契 自儒巾登朝籍 出入起居 不相離餘二十年 嗚呼
惠仲遽先余逝矣 每於獨臥之夜 思其笑語 散帙之際 見其遺墨 未嘗不
盡然傷心 潛然出涕也 惠仲於文 博極群書 操紙筆立書 而專用力於**有
用之文 雕瑑浮華之辭** 不屑爲也 且不甚自貴重其文 故家鮮留藁 今其
嗣子湖南伯師命收拾遺文疏箚啓策若干篇 將欲入梓 先以示余 往往有
平昔所嘗討論而去取者 怳然若有覯乎其儀 琅然若有聞乎其聲 殊不覺
幽明之已隔 歲月之已遙 此可以無恨於後死者矣 噫 文者藝也 雖工則
亦藝而已矣 至若**本於經術** 明於國體 **說盡事情 開拓心胸** 是不可以筆
墨蹊逕論 是以**漢之兩司馬**文非不盛 而**對策讓於仲舒 唐之韓柳**藝非不
高 而**奏議遜於陸公** 余觀近代以文章名家者有數三公 而若言論事之文

未見有出惠仲右者 故庭對之文 發孝廟嘉歎 南遷之疏 比曲江先見 此
豈但文字之妙所可能者耶 天之生才 若有擬於斯世 而朝廷之所屬望 朋
友之所期待 又廩廩乎經邦之責矣 而不永年而嗇其施而止於斯 乃於今
日 使余有陳仲舉思叔度之歎 嗚呼惜哉 雖然仲舒之策 條奏孝宣而能致
中興之美 陸公之奏 箚進宋朝而亦贊元祐之治 今文則在是 未知弱翁・
子瞻世有其人否 悲夫

대 상: 竹西集(李敏迪)
중심어: 有用之文 / 論事之文
색인어 정보: 惠仲(李敏迪) / 兩司馬(司馬遷, 司馬相如) / 仲舒(董仲舒) / 韓柳(韓
愈, 柳宗元) / 陸公(陸贄) / 曲江(張九齡) / 陳仲舉(陳蕃) / 叔度(黃憲) / 弱翁(魏
相) / 子瞻(蘇軾)

5) 題林碧堂七首稿後 辛未(권27)

余旣承俞君命衡之託 叙其先祖妣枕角繡詩矣 俞君又寄示林碧堂七
首稿一冊 首書七言絶二首 卽枕角詩也 次書五言絶二首 一出家人之所
傳錄 一出東人所編國朝詩刪 末書五言律一首 五言絶二首 出皇明遺老
錢牧齋謙益所輯列朝詩集 枕角詩詞致最雅正 余旣論著於序矣 家錄及
詩刪所載二絶 味其意趣 固與枕角詩不甚遠矣 至若牧齋所編三首 聲響
稍促 辭采稍浮 且貧女吟賈客詞 皆蹈襲古人之陳語 其視枕角詩卽事
賦懷 悠然自得者 不啻逕庭矣 且余曾入燕館 得名媛詩歸一帙 其中亦
載夫人楊柳詞二首 流於巧麗 殊乏風雅本色 固已疑之矣 更考列朝詩集
詞之其一條妬纖腰葉妬眉則以爲朝鮮婦人成氏之作 其二不解迎人解送
人則以爲蘭雪軒許氏之作 而又譏其偸取裴說之詞 据此則其非出於夫

人決矣 未知編詩歸者從何得之 有此錯置也 然念詩集詩歸之所載 雖或
非夫人所作 唯以其得託於夫人 參於揀選列於簡冊 卽夫人之聲聞 溢於
東國 騰於中華可知也 胡笳十八拍 古人以爲六朝人擬作 幸得託名文
姬 乃入楚辭後語 今此諸詩 無或亦類於是耶 然則毋論其詩之眞贗 夫
人以海外偏邦林居寒士之妻 乃爲上國文苑諸公所稱道 編錄傳於天下後
世 是爲盛也

대　상: 林碧堂七首稿(林碧堂金氏)
중심어: 枕角繡詩 / 錢謙益 / 名媛詩歸
색인어 정보: 牧齋(錢謙益) / 文姬(蔡琰)

남용익(南龍翼, 1628~1692)

본관은 의령(宜寧), 자는 운경(雲卿), 호는 호곡(壺谷). 1648년 문과에 병과로 급제하여, 예문관제학·형조판서 등을 지냈다. 1655년 통신사의 종사관으로 일본에 다녀왔다. 1689년 소의장씨(昭儀張氏)가 왕자를 낳아 숙종이 그를 원자로 삼으려 하자, 극언으로 반대하다가 명천으로 유배되어 3년 뒤 그곳에서 죽었다. 신라시대부터 조선 인조대까지의 시인 497인의 시를 뽑은 『기아(箕雅)』를 편찬하였으며, 저서로 『부상록(扶桑錄)』·『호곡집』이 있다.

출전: 壺谷集(『한국문집총간』 131집)

1) 李氏聯珠集序
2) 箕雅序

1) 李氏聯珠集序(권15)

余嘗攷歷代文苑傳 古來以文世其家者蓋尠 其間可稱者 祖孫則王龍門之勃 杜隰城之甫 能趾其美 父子則唐有許國 宋有眉山 至於兄弟群從 則莫盛於五寶諸謝 而言其翹楚 則亦不過冑卿友封靈運惠連而止耳 才難不其然乎 如以我朝論之 高靈之申 昌寧之成 晉山之姜 德水之李 可謂盛矣 至若祖孫父子兄弟群從繼武聯芳 叢萃一家 早年俱決科第 三世連主詞盟 則莫有及於延安李氏 蓋延安氏 自樗軒文康公 大鳴于世宗朝 名入八文章之目 世傳三狀元之歌詞 源有自來矣 至月沙文忠公

受知宣廟 詞徹帝庭 天下誦其文而知其名 又有白州・玄洲二嗣 皆以詩名伏一世 而白洲有四子 曰靑湖 曰氷軒 曰琴谷 曰靜觀 玄洲有四子 曰東里 曰東郭 曰東苞 曰梅澗 群從八人 觸目琳琅 而並逮入於月沙公之抱 仍授過庭之學 不煩訶督 而擧能操瓠弄墨 濡染將就 大者 渥洼驥足 小者 丹穴鳳毛 終至策名揚顯 或提文衡 或選湖堂 或掌詞命 爲世所欽艶 其中或有無年而不實者 而餘芬亦足襲人 (후략)

대 상: 李氏聯珠集(延安李氏)
중심어: 以文世其家者 / 詞盟 / 以詩名伏一世
색인어 정보: 龍門之勃(王通, 王勃) / 杜隰城之甫(杜審言, 杜甫) / 許國(蘇瓌, 蘇頲) / 眉山(蘇洵, 蘇軾, 蘇轍) / 五寶(寶群, 寶常, 寶车, 寶庠, 寶鞏) / 諸謝(謝靈運, 謝惠連, 謝朓) / 冑卿(寶冑卿) / 友封(寶友封) / 樗軒文康公(李石亨) / 月沙(李廷龜) / 白州(李明漢) / 玄洲(李昭漢) / 靑湖(李一相) / 氷軒(李嘉相) / 琴谷(李萬相) / 靜觀(李端相) / 東里(李殷相) / 東郭(李弘相) / 東苞(李有相) / 梅澗(李翊相)

2) 箕雅序(권15)

箕封而後 我東始知文字 孤雲入唐而詩律始鳴 至勝國而大暢 入我朝而彬彬焉 掌故氏各有採輯 而繁略不齊 東文選 博而不精 續則所載無多 靑丘風雅 精而不博 續則所取不明 近代國朝詩删 頗似詳核 而起自國初 迄于宣廟朝 首尾亦欠完備 余皆病之 玆將三選中各體 刬繁添略 又取近來名家繡梓之已行者 撮其可傳之篇 至若草野韋布之詠 亦皆旁搜而並錄 曁其羽士・衲子・閨秀・旁流及無名氏之類 一依唐詩品彙例 各附其末 又附除姓氏三人於卷尾 實遵古人不廢斯嘩之言也 上自孤雲 下逮今時 惣若干卷 名之曰箕雅 蓋以東方詩雅 由箕而作也 古排少於律絶者 我東古詩 大遜於中華 排律則元非適用故也 七言多於五言

者 詩家用功極於七字律 而五字絶則工者絶無故也 略於古而詳於今者
蓋因前朝詩集 存者無幾 亦由於吾從周之義也 竊嘗論之 羅氏事唐 正
當詩運隆盛之際 而孤雲以前 若律若絶 不少槪見何哉 其後楚楚可稱者
只朴仁範數子而止 則抑何寥寥哉 意者 爾時椎樸猶未開 而干戈搶攘
亦未遑於文學故也 麗代之英 崔淸河始倡 而作者輩出 雄博則李文
順・李牧隱・林西河 豪放則金文烈・金英憲・鄭圃隱 流麗則鄭司
諫・金內翰・李銀臺・陳翰林・鄭雪谷・鄭圓齋 精鍊則李益齋・高
平章・兪文安・金惕齋・李陶隱・李遁村諸公 皆以所長鳴世 各臻其
妙 可謂盛矣 本朝之秀 自鄭三峯・權陽村以後 握靈珠建赤幟者 代不
乏人 而乘運躍鱗 莫過於成宣兩朝 方之李唐則開天之際 比諸皇明則嘉
隆之會 鏗鏘煥燁 擅館閣之高名 或淡泊枯槁 極山林之幽趣 或音調淸
婉 咀唐之華 或情境諧愜 奪宋之髓 此外查梨橘柚 各有其味 長短肥瘦
無非本態 下至蟲吟之苦 螢爓之微 皆足爲聲爲色 而亦可見其性情右
文之化 猗歟休哉 余自幼癖於比 耳瓢手箚 積有年所 藏之巾衍 亦已久
矣 今適承乏文衡 採詩固其職 而又得芸閣鑄字 始用印布 而壽其傳 它
日國家 如有續選東詩之擧 則似不無一助云爾

대　상: 箕雅(南龍翼)
중심어: 東文選 / 續東文選 / 靑丘風雅 / 續靑丘風雅 / 國朝詩刪 / 雄博 / 豪放 /
流麗 / 精鍊
색인어 정보: 箕雅(南龍翼) / 孤雲(崔致遠) / 續(續東文選) / 靑丘風雅(金宗直) /
續(續靑丘風雅) / 國朝詩刪(許筠) / 崔淸河(崔彦撝) / 李文順(李奎報) / 李牧隱(李
穡) / 林西河(林椿) / 金文烈(金富軾) / 金英憲(金之岱) / 鄭圃隱(鄭夢周) / 鄭司諫
(鄭知常) / 金內翰(金克己) / 李銀臺(李仁老) / 陳翰林(陳澕) / 鄭雪谷(鄭誧) / 鄭
圓齋(鄭樞) / 李益齋(李齊賢) / 高平章(高兆基) / 兪文安(兪升旦) / 金惕齋(金九
容) / 李陶隱(李崇仁) / 李遁村(李集) / 鄭三峯(鄭道傳) / 權陽村(權近) / 開天(開
元天寶) / 嘉隆(嘉慶隆熙)

신정(申晸, 1628~1687)

본관은 평산(平山), 자는 인백(寅伯), 호는 분애(汾厓). 신흠(申欽)의 손자이다. 1664년 문과에 병과로 급제하여, 예조판서·한성판윤 등을 지냈고 강화유수로 재임 중 죽었다. 시문에 뛰어났는데, 특히 그의 시는 격조가 청절(淸絶)하다는 평을 받았다. 저서로『분애집』·『임진록촬요(壬辰錄撮要)』등이 있다.

출전: 汾厓遺(『한국문집총간』129집)

1) 與徐國益〔文尙〕
2) 先府君行狀

1) 與徐國益〔文尙〕(권9)

(전략) 僕自受書以來 略涉載籍 如檀弓·考工記·孟子·左氏·戰國策諸書 固古所云聖於文者 而其風調跌宕 詞采閎麗 令人讀之 而靡靡不厭者 無如太史公 是以喜讀此書 窮晝夜吼嗄而不知罷也 但其爲書 開闔無端 變化不測 如長川崇嶽 流峙千里 其浩淼之勢 崔崒之形 觸境而殊觀 苟非窮搜極探 以徧其觀覽 固不能領略選勝 而爲平生游賞之所矣 (후략)

대　상: 徐文尙
중심어: 史記 / 開闔無端 變化不測

색인어 정보: 左氏(左傳) / 太史公(司馬遷, 史記)

2) 先府君行狀(권9)

府君諱翊全 字汝萬 自號東江 申氏 系出全羅道之谷城縣 (중략) 於
文章早得蹊逕 少時述作 大爲文貞公獎賞 及至釋褐之後 勤厲彌篤 詩
取唐杜 文範班韓 亦頗染指於皇明諸大家 造詣旣深 而素性謙抑 未嘗
以一字一句向人揚扢誇詡 故世鮮知府君有文 惟澤堂李公植 見課製諸
作 極加稱賞 謂東陽公曰 季公之文 氣力雖少遜於公 典雅則殆過之
每擬薦入於湖堂之選 以時事草創未果 洪相國瑞鳳 於文少許可 見應
製文 亦嘖嘖不容口 謂其堂姪洪公命夏曰 吾死之後 賜祭文 必須托諸
某甫 及卒 洪公果屬諸公撰進 如其言 趙公錫胤 亦謂府君合處文苑 薦
擬藝文提學 終未拜 (후략)

대　상: 申翊全
중심어: 詩取唐杜(杜甫) / 文範班韓(班固, 韓愈)
색인어 정보: 汝萬·東江(申翊全) / 文貞公(申欽) / 澤堂(李植) / 東陽公(申翊聖) /
季公(申翊全)

박세당(朴世堂, 1629~1703)

본관은 반남(潘南). 자는 계긍(季肯), 호는 잠수(潛叟)·서계초수(西溪樵叟)·서계(西溪). 소론의 거두 윤증을 비롯한 박세채(朴世采), 남구만(南九萬), 최석정(崔錫鼎) 등과 교유하였고, 이덕수(李德壽)·이탄(李坦)·조태억(趙泰億) 등을 비롯한 많은 제자를 양성하였다. 1660년 문과에 급제, 벼슬은 예조좌랑·지평과 함경북도병마병사 등 내외직을 두루 역임하고, 1668년 청나라에 다녀온 후 관직에서 물러나 학문연구와 제자양성에 힘썼다. 중국 중심적 학문태도에 회의적이었고, 노장사상을 도입하여 새로운 시각에서 주자학을 비판하여 노론(老論)에 의하여 사문난적(斯文亂賊)으로 지목되었다. 저서로 『서계집(西溪集)』·『사변록(思辨錄)』·『신주도덕경(新註道德經)』·『남화경주해산보(南華經註解刪補)』·『색경(穡經)』이 있다.

출전: 西溪先生集(『한국문집총간』 134집)

---

1) 荀·揚·王·韓優劣論
2) 柏谷集序
3) 寄子泰輔
4) 與族姪監司泰淳
5) 與李甥景周〔濂〕

---

1) 荀·揚·王·韓優劣論(권7)

儒者之患有四　曰僞曰僭曰粗曰疏　知此四者之爲患也　則四子之優劣

不待辨而可明矣 **揚患於僞** 內無其實而外飾其名 亦猶王莽之動以周公
自爲也 其**太玄法言** 何異莽之謙恭下士 而及至**美新** 何異莽之篡漢 及
至**投閣** 何異莽之漸臺 此揚雄氏之爲儒而儒之僞也 **王患於僭** 資陋識淺
而侔擬夫子 亦猶吳楚之攘尊竊號而不自知懼也 夫**楊堅**之有國 無分於
王莽 挾策以干 不以自鬻爲恥 則儒者無是矣 彼其爲書之夸高 又何異
於問鼎之醜 此王通氏之爲儒而儒之僭也 **荀患於粗** 徒知禮之矯非 而不
識**性**之本善 徒識子弓之可師 而不知**思孟**之當尊 豈非所謂擇焉而不精
者耶 此荀卿氏之爲儒而其粗者也 **韓患於疏** 徒見愛物之爲仁 而不覩成
己之是實 徒覩誠正之爲學 而不見**格致之爲本** 豈非所謂語焉而不詳者
耶 此韓愈氏之爲儒而其疏者也 嗚呼 僞與僭 班矣 而僭之罪 間於僞 疏
與粗 等矣 而粗之失 大於疏 執是而觀之 四子之優劣 其果有難辨者乎

대　상: 荀・揚・王・韓(荀子, 揚雄, 王通, 韓愈)
중심어: 荀子 / 揚雄 / 王通 / 韓愈
색인어 정보: 思孟(子思, 孟子) / 太玄(太玄經) / 美新(劇秦美新)

2) 柏谷集序(권7)

人生而有情 情有爲喜爲慍爲哀爲樂 此數者蓄乎心 不能不洩之言
言之有長短節湊 是爲詩 詩本所以**寫意道情** 則期乎**情愜意當**而止 固
無所事工 三代至漢皆是 始自魏晉 **爲詩而求工** 弊極於唐 賈島・劉得
仁輩 **勞精敝神** 求工益力 不以死生窮達夭壽貴賤易其慮而移其好 用此
以終其世 可謂志勤而業專矣 故其言曰 吟成五字句 用破一生心 若是
而卒未有以卓厲高蹈追跡風騷者 由不能反守本故也 然其醒吟醉哦 **刻
意敲推** 以摸寫象態 **窮極境會**必求稱叶於皺眉撚髭之間者 往往髣髴肖

似而得其情之眞 蓋亦有未可少者 五季以來 逮乎元明 **詩道益壞** 下者
拘敝尖薄 高者**浮華險僻** 馳騖愈遠 求其或**近於性情** 罕見一二 **東方之**
詩 各隨時代 效學中國 其陋彌甚 就其能者 亦僅僅拾前人唾餘 粗成語
理便已 傳誦四遠 聞者爲驚 其人亦自足於此 不復力求其工 故遂亦終
於此而已 文章之得其則也若是難哉 今論**柏谷**翁之爲詩 其有**合於風人**
之旨 則吾不能以知之矣 抑心慕唐之人 而聞乎**劉**・**賈**之風所謂不以死
生窮達易慮移好 用以終其世者 方其役精神苦心脾 **一字千鍊** 擧臂指擬
蹇驢款段 躑躅街途 雖騶道嗔喝 傍人辟易 而將亦不能自覺 是以 **於境**
會象態窮極摸寫者 怳然髣髴乎其眞 山川道路羈旅困窮之狀 花月朋酒
愉悅歡適之趣 披卷而莫不如在目中 使讀之者感慨吁嗟而不能自已 柏
谷之詩 其亦非他人之所能及乎 柏谷姓金 諱得臣 字子公 其先安東人
也 歲在丁卯仲秋 潘南朴世堂 謹序

대　상: 柏谷集(金得臣)
중심어: 寫意道情 / 詩*工<爲詩而求工
색인어 정보: 柏谷(金得臣) / 劉・賈(劉得仁, 賈島) / 子公(金得臣)

3) 寄子泰輔(권17)

夜來爲況 安否 無事時讀書寫字 俱不可懶 二事 在汝猶農夫田父之
執鋤捉來 是自家緊緊日役 廢之則將借於人矣 科期不遠 工夫須勤 而
病者豈得如意 但作文時 必去**生僻之病** 務爲**平鋪穩順** 文體自好 且尤
宜詳檢首尾 使有着落 不失立意線索 此是**作文喫緊處**耳 見所書試卷
雖不甚麤 而未免有**生澁之病** 不作文時 須臨花潭碑或曹娥碑 亦必着勤
且書字 不必大書 且爲目前所用 大小如之爲妙耳 前所習體 姑捨爲可

作文 必主富瞻 勿取簡省 爲可爲可 (후략)

대　상: 朴泰輔
중심어: 作文 / 生僻之病 / 富瞻*簡省
색인어 정보: 泰輔(朴泰輔)

4) 與族姪監司泰淳(권19)

(전략) 杜律解 當初略閱 但以性不喜排 以爲古人何事於此乎 故於
今註解 亦謂費心於無用 不復致細 前後勤勤如此 當一爲究討 有可以
可否者 亦當盡管見也 人又傳有意解商隱詩 果有此否 此詩難曉 苟鉤
深摘隱 令讀者豁然 其功當不止向所爲者 深望深望 (癸酉十二月)
　卽惟淸和 令履萬勝 馳仰彌勤 老拙病憊日甚 呻吟委綴 苦不可盡 寄
惠詩刪 深謝深謝 許以善別文之工拙 見稱於世 而其所取 甚不滿人意
爲之憮然也 但序文極佳 可知近來大進於此 欣賀欣賀 (丙子四月十七
日)

대　상: 朴泰淳
중심어: 杜律解(杜甫) / 李商隱 / 國朝詩刪(許筠)
색인어 정보: 商隱(李商隱) / 詩刪(國朝詩刪) / 許(許筠)

5) 與李甥景周〔濂〕(권20)

柏谷集中草 今已畢閱 而憊憊相仍 不能如前書所言之速 必有難待之
苦 歎愧歎愧 更詳之 則其中七絶二首 五律一首 恐不合入選 故並於題

頭打點 蓋使此集行世 則文章之好 當掩前輩 此非有他故 只爲**絶無支離牽強之病** 而深得古人之風 不可與近代諸公同論 然則豈宜更惜數篇之刪減 使**和璧隋珠** 尙帶一點之瑕 令見之者議其得失也 輕重取捨 不難知矣 幸更商量也 誤字及字樣之從俗習或謬或不雅者 一皆釐正 書于本行之頭 卷末亦略論此意 可取覽留意 復加考準 無令疏漏可也 正本尤宜致詳 勿如他人之爲也 一卷書考誤處 亦何難哉 集序 粗有所述 今此附上 不知可用否 如以爲猶可用之 則不必大書以從俗規 只細書 與本集字大小一樣 令寫正本之手 兼書之爲妙 見近日刊行先集者 率多不能照檢誤字 令讀者歎嚘 其爲子孫者 獨不愧於不能盡其**敬謹之道**乎 切戒之切戒之 固知此草非印出之本樣 而寫正本 必將以此本爲準 則故不憚釐正之耳 且字樣太細 正本亦當依此樣乎 稍大之似好 未知如何 (八月七日)

來敎**柏谷**詩文各體去取事 則愚暗之見 固難遽斷 然七言古詩中**錫杖檀枕趙相國挽**三篇 五言古詩**催飯**一篇 皆佳儷 文中草堂序 **邀兩上人序 謝贈梅序**三篇 行文中**金剛錄** 竹林書院奉安文 猧說讀數記四篇 恐不可不收 蓋此等諸作 雖有微疵小瑕 要皆非草草 自有他人所不及處 豈可以篇數之不多而捨而不取 以爲後來識者之恨也 不當收而收之者 與當收而不收者 其失同耳 此等諸作 世之見者 必有以**多質而少華**爲嫌 然少華何病 (八月十五日)

대 상: 李濂
중심어: 柏谷(金得臣) / 支離*牽强<絶無支離牽强之病 / 多質少華
색인어 정보: 柏谷(金得臣)

심사주(沈師周, 1631~1697)

본관은 청송(靑松), 자는 성욱(聖郁), 호는 한송재(寒松齋). 권상하
(權尙夏)의 제자로 함흥판관·배천군수·전주부사 등을 지냈다.

출전: 寒松齋集(규장각 본)

1) 與申〔延日〕維翰書
2) 讀蕭統文選

1) 與申〔延日〕維翰書(권3)

今世文章之士　蓋可數矣　獨雄渾贍博爲一世之巨擘　足下一人　足下
之盛名　日聞于四方　見足下擢第之文　如龍騰虎躍怳惚奇怪　讀之足以
眩亂耳目　夫應擧之文　退之猶病其不合于古　而足下能於倉卒程文如此
豈不可畏其後　又見擬赤壁賦與任學士論文書　益見足下之所存果雄渾
贍博　非近世沾沾自喜者

대　상: 申維翰
중심어: 擢第之文
색인어 정보: 延日(申維翰) / 任學士(任珖) / 退之(韓愈)

2) 讀蕭統文選(권3)

余觀蕭統文選 知義理文章所自分矣 古者無文章 自唐虞至孔孟諸聖賢皆有文籍 其文誠文章而其言皆義理也 故韓愈曰 文者載道之器 其爲是發也歟 大較文章之名 始於雜家 如莊周荀卿輩著書屢千言 文固恢脫奇高 而言多過實不足信 然猶據其道而彰之也 自是厥後 道術益微而文章之習熾 至於揚馬班劉而乃尤者也 噫昭明之築臺選文也 只知有文章不復以義理爲重 故黜仲舒之眞儒 入相如之俳優 舍閑情之托意收洛神之淫辭 其人之無所見可知已 然義理尙矣 固不可與議而雖以文章言之 取曲水詩而棄蘭亭序 厚收三謝而略於陶詩 九歌錄其六九章錄其一 記宋玉高唐誕妄之作 而於九辨錄其五何哉 宜見東坡强作解事之譏也

───

대　상: 文選(昭明太子)
중심어: 義理文章所自分
색인어 정보: 蕭統(昭明太子) / 莊周(莊子) / 荀卿(荀子) / 揚馬班劉(揚雄, 司馬相如, 班固, 劉勰) / 三謝(謝靈運, 謝朓, 謝惠連) / 陶詩(陶淵明) / 東坡(蘇軾) / 仲舒(董仲舒) / 相如(司馬相如)

이선(李選, 1632~1692)

본관은 영천(永川), 자는 계응(季膺). 1555년 문과에 급제, 벼슬은 경주부윤 등을 거쳐 호조참의·오위장을 지냈다.

출전: 芝湖集(『한국문집총간』143집)

1) 鄭湖 事蹟
2) 楸灘吳公詩抄後序
3) 松江歌辭後跋
4) 思菴朴公行狀

1) 鄭湖陰事蹟(권5)

鄭士龍 字雲卿 號湖陰 東萊人 吏曹判書翼惠公蘭宗之孫 昌原府使光輔之子 領相文翼公光弼之從子 以成宗辛亥生 中宗丙寅年十六 中司馬 己巳 登文科 時年十九 歷翰林兩司玉堂舍人·吏郎·湖堂 以直提學 丙子 魁重試 陞堂上 拜承旨 年二十六 見斥於時 退歸宜寧 居四年而復入 纔四十 判禮部典文衡 官至崇祿判中樞兼金吾知經筵成均春秋賓客摠管 凡五迎華使 三赴天朝 名動中原 前後華使莫不敬待 俾乘轎並行 至於天子詔求老人圖詩 漢吏學官權應寅·李鵬祥·林苞·盧瑞麟·魚叔權諸人 皆一時文章士 獎待特厚 嘗置門下 共論文事 自經副學以後 每遭彈駁 末以交結 權奸李樑 臺論加峻 削奪置散 宣廟庚午五

月歿 年八十 後以光國從勳 追復職牒 自少酷慕富貴 營產致饒 侈美自
奉 一日五時所食 皆備珍羞 以左右盤列之 庄獲多在三南兩西畿內 致
粟五千餘石 家內使喚婢僕百餘人 而近前娼婢十餘人 皆服綾羅 以易日
而入歌舞爲事 客來則設饌而待之 有若外方營府焉 雖大君王子之富 無
以加此 其致位崇品 皆用文受賞 終始以**文華勝** 醜名亦爲所掩 爲**詩組**
織奇健 自闢堂奧 與盧蘇齋・黃芝川並名 世稱湖・蘇・芝 有集累秩
行於世 自少**容齋**李荇 力爲推轂 後來蘇齋相 又極歎賞 墓在楊州渼湖
無子只有孼產 壬辰亂後 **白沙李相** 到嶺南 登宜寧十玩亭遺墟 見梅花
正開 有詩曰 文章驚世富熏天 湖老風流已百年 物色不知人事改 野梅
開落壞牆邊 後語人曰 湖陰人物 難以見識論列 其**豁達奇偉** 眞箇**陶朱**
公也 李芝峯睟光**類說**曰 湖陰別墅 在興仁門外 居處飮食 窮極奢侈 近
代貴富之家 無能及之者

대　상: 鄭士龍
중심어: 組織奇健 / 自闢堂奧 / 豁達奇偉
색인어 정보: 雲卿(鄭士龍) / 湖陰(鄭士龍) / 蘭宗(鄭蘭宗) / 光輔(鄭光輔) / 光弼
(鄭光弼) / 蘇齋(盧守愼) / 芝川(黃廷彧) / 湖蘇芝(鄭士龍, 盧守愼, 黃廷彧) / 容齋
(李荇) / 白沙(李恒福) / 陶朱公(范蠡) / 類說(芝峯類說)

2) 楸灘吳公詩抄後序 甲午冬(권6)

不佞自稚少時 嘗從先輩長者 側聞談近世人物 必曰吳・黃 曰申・吳
蓋黃謂**秋浦**黃公愼 申謂**玄軒**申公欽 而吳卽故首輔楸灘公也 余固已心
識之 未敢忘 及稍長 **聽輿人走卒之誦** 憑狀德記行之文 益信諸公所樹
立卓然 固足爲我朝儒紳之冠 而獨於楸灘公 無可以徵信者 且夫申・黃

二公 俱以**文章大噪** 或家集盛行於世 顧公之文詞不少槩見 豈亦以德業
有所掩之耶 余竊疑公之所樹立 果與二公何如 而文詞亦竟何如也 嘗慨
然發不得見之歎 今年冬 負笈來奉恩寺 公之遺宅 適在山下 因友人 得
公詩若文摠若而篇于公諸子所 始得而窺之 其爲詩**和平溫厚** 絶無**鉤深
刻削之態** **直寫心境** **一以自然而發之** 眞有得於**風人之旨** 余於是乎不
唯徵公之德業有過人者 而知公之文果有所掩之也 語云 **詩本性情** 又曰
推其文 **可知其人** 今於楸灘公 益信斯言之不誣 公少沈潛**濂洛**之波 泝
其流而窮其源 特不以**詞華自見**也 噫 世之切切焉 惟**彫蟲小技**之是耽
苦吟撚髭 白首紛如 而終不能闖作者閫域 於此亦可以知所本矣 公與秋
浦 嘗束脩於**牛溪**成文簡之門 與玄軒同登台府 佐長陵初年之治 其出處
大略相同 至今並稱有以也 夫公諱允謙 字**汝益** 海州人 **楸灘** 其自號也
公自以無德 不能裨補於世 遺命勿請諡立碑 用此聖朝褒崇之典 尙未克
擧 士林深嗟惜之 公以崇禎丙子卒 去今僅二十禩云 嗟夫 公之事業 載
旂常 遺澤在人口 足以**百世不朽** 豈以不屑爲**詩句之末** 有所重輕哉 然
寸珠可以增一室之光 一臠足以識全鼎之味 然則亦不可以不知公之詩也
遂抄其詩數十篇 寫一冊 置八上以資閱覽 因書所以如右 文亦**純深典重**
法朱夫子云

대 상: 楸灘吳公詩抄(吳允謙)
중심어: 和平溫厚 / 自然而發之 / 風人之旨
색인어 정보: 吳黃(吳允謙, 黃愼) / 申吳(申欽, 吳允謙) / 秋浦(黃愼) / 玄軒(申欽)
/ 濂洛(周敦頤, 程顥, 程頤) / 牛溪(成渾) / 汝益(吳允謙) / 楸灘(吳允謙)

3) 松江歌辭後跋(권6)

右關東別曲·思美人曲·續美人曲三篇 卽松江相國鄭文淸公澈之所
著也 公詩詞淸新警拔 固膾炙人口 而歌曲尤妙絶 今古每聽 其引喉高
詠 聲韻淸楚 意旨超忽 不覺其飄飄乎如憑虛而御風 至其愛君憂國之
誠 則亦且藹然於辭語之表 至使人感愴而興嘆焉 苟非公出天忠義間世
風流 其孰能與於此 噫 以公耿介之性 正直之行 而適曾黨議大興 讒搆
肆行 上而得罪於君父 下而見嫉於同朝 流離竄謫 幾死幸全 而其所詬
罵 至身後彌甚 昔子瞻之遭罹世禍 亦可謂極矣 然其愛君篇什 猶能見
賞於九重 而公則並與此 而終不能上徹 抑何其不幸之甚歟 淸陰金文正
公 嘗論公始末 而比之於左徒之忠 此誠知言哉 北關舊有公歌曲之刊行
者 而顧年代已久 且經兵燹 遂失其傳 誠可惜也 余以無狀 得罪明時 受
玦天涯 遠隔君親 實無以寓懷 乃於澤畔行吟之暇 聊取此三篇 正訛繕
寫 置諸案頭 時一諷誦 其於排遣牢愁 不爲無助 蓋亦僭擬於朱夫子楚
辭集註之遺意云

대 상: 松江歌辭(鄭澈)
중심어: 淸新*警拔 / 關東別曲 / 思美人曲 / 續美人曲
색인어 정보: 松江(鄭澈) / 淸陰(金尙憲) / 文正公(金尙憲) / 左徒(屈原)

4) 思菴朴公行狀(권10)

(전략) 先生諱淳 字和叔 少號靑霞子 後改思菴 其先譜失 不可考 可
譜者 自副正諱英始 於先生爲十一代祖 陞舍人 (중략) 當時文體尙浮薄
欲力變陋習澡雪之論 文章則首以班·馬·韓·柳·李·杜爲本 論道

學則又以小學·心經·近思錄爲階梯 無何 退溪還山 高峯繼逝 先輩
後進之間 士論亦隨以携貳 (중략) 重其文章 讚以爲宋人物唐詩調 嗚呼
此豈但華使之言若是 惟我宣祖大王嘗教曰 若朴某 松筠節操 水月精神
其爲君父所知獎又若是 猗歟盛哉 淸陰相國曰 花潭以理學倡松都 先生
游其門 得聞性理之說 精深透悟 同學者莫之先 其聞道有如此者 以賢
邪進退爲憂 以國家安危爲念 正言直對 群陰破碎 其善惡之辨有如此者
知道之不行 言之不用 脫屣軒冕 萬鍾一芥 其恬退有如此者 先生可謂
天地之間氣 國家之瓖寶 士林之宗匠 文章特其餘事爾 白沙相國曰 辨
色而處於外 終日對案 冠帶必正 儀容必飭 儼然對越 游泳自得 始焉望
之 只瑩然氷鑑 終焉卽之 覺和氣襲人 平坦樂易 終日不見有崖異行 謹
守世業 田未嘗增一畝 州郡問遺 非親舊不敢受 所識問訊 不過起居而
已 至於臨大議定大計 論議風發 飾以儒雅 莫能抗奪 古云仁者必有勇
其謂公乎 又兩相之評其資性則曰 金精玉粹 潔淸高邁 玄翁論其文章曰
淸邵淡潔 詩尤警發 力追李唐 後來崔慶昌·白光勳·李達之流 其源
皆自公所倡始 澤堂又曰 吾詩不過傳數百年 若思菴七絶十數篇 則當與
天壤俱弊 終不可企及 其爲詞壇巨公所歎賞 又如此 所著詩文 經亂散
失 僅二卷 刊行於世 選又有所收拾者 而未滿半卷 (후략)

대　상: 朴淳
중심어: 唐<力追李唐 / 崔慶昌·白光勳·李達之流
색인어 정보: 和叔(朴淳)) / 靑霞子(朴淳) / 思菴(朴淳) / 班馬韓柳李杜(班固, 司馬
遷, 韓愈, 柳宗元, 李白, 杜甫) / 退溪(李滉) / 高峰(奇大升) / 淸陰(金尙憲) / 花潭
(徐敬德) / 白沙(李恒福) / 玄翁(申欽) / 澤堂(李植)

이민서(李敏敍, 1633~1688)

본관은 전주(全州), 자는 이중(彝仲), 호는 서하(西河). 이경여(李敬
輿)의 아들. 송시열(宋時烈)을 사사하였고, 김수항(金壽恒)·이단하
(李端夏)·남구만(南九萬) 등과 교유하였다. 1652년 문과에 급제,
벼슬은 예조·호조·이조의 판서를 차례로 역임하고 지돈령부사
를 지냈다. 저서로 『서하집(西河集)』이 있고, 편서로 『고시선(古詩
選)』·『김장군전(金將軍傳)』이 있다.

출전: 西河先生集(『한국문집총간』 144집)

1) 錦湖遺稿序
2) 崔孤竹集跋
3) 古詩選跋

1) 錦湖遺稿序(권12)

始吾見挹翠濯纓之詩文 未嘗不奇其才而悲其時也 及今得錦湖林公
遺稿而讀之 又爲之掩卷而歎也 嗚呼 天旣畀人以聰明絶異之姿博辯奇
逸之文矣 則其或不幸而枯槁阨窮 老死於草澤 已可惜矣 (중략) 公之詩
文 散逸不收 歿後且百年 雖其附見於前輩集中者 爲人所傳誦 而亦不
能多也 外孫柳玶前後收拾 裒爲一編 藏於家久矣 今其從孫應壽就質于
文谷金相公 正其訛謬 且附以諸賢酬唱詩什 今方刊行 蓋公之爲詩 警
雋英特 肖其爲人 才豪氣盛 不事雕琢 而格律渾成 辭情逸發 其勢有

不可遏而其光有不可掩者　往往緣境出奇　能造人之所不能到　是以一時
流輩號爲能詩者　皆畏避而莫敢望焉　退溪李先生尤亟稱之　與之酬和者
獨多　而風檣陣馬之評　亦可謂善喩矣　所著雜文存錄者絶少　而皆雅健拔
俗　槩乎可傳於世無疑也 (후략)

대　상: 錦湖遺稿(林亨秀)
중심어: 博辯奇逸之文
색인어정보: 挹翠(朴誾) / 濯纓(金馹孫) / 錦湖遺稿(林亨秀) / 文谷(金壽恒) / 退溪
(李滉)

2）崔孤竹集跋(권12)

先君外王考孤竹崔先生抱大才負重名文采冠一時　少壯登第　與群賢
彙進　所與遊皆當世名儒鉅公　且受人主知奬　見褒以文武全材　是其去大
用尺寸間耳　宜達而窒　落拓不進　年又不永而歿於邊陲　是果孰使之然哉
(중략) 國朝以詩名家者　雖有鋪張藻麗之稱　而才不逮意　氣局而語卑
罕能自拔於流俗　獨公力追先古　深造正始　翛然淸遠　卓爾高蹈　發揚振
厲而不入於狂怪　隱約閑靜而不病於枯槁　藹然有一唱三歎之遺音　嗚
呼盛矣　此乃天機之自動　正色之自美耳　豈郊島之倫雕琢緗繪以永知於
一世者比哉　顧其遺篇盡失於兵燹　收拾散亡者不能其什一　重可惜也　雖
然詩不云乎　誠不以富　亦祗以異　又奚以多爲哉

대　상: 孤竹集(崔慶昌)
중심어: 天機之自動 / 深造正始
색인어정보: 孤竹(崔慶昌) / 郊島(孟郊, 賈島)

3) 古詩選跋(권12)

　　昔朱夫子嘗欲選取三代韻語及**兩漢魏晉**諸賢詩　以止于**郭景純陶淵明**之作　以爲**詩之根本準則**　雖未有成書　其規模旨意可見矣　其後**眞氏正宗**所編古詩　實倣此意　而獨病其未備　蓋詩自三百篇後　**其變無窮**　而選詩者或取便私　尙罕能兼備而得其宗　不佞間相與**金公重叔**言詩　竊歎**正聲之堙鬱　俗學之卑陋**　乃屬金公刪正古詩　而余又以舊所聞者　參證其異同　合成六編　亦承朱子之旨而稍有出入　上下數千載間　掇其英而會其要　以其體則**韻語歌曲銘頌樂府四言五言雜體**　各以類分　以其品則淳古和平高華雅正者爲主　至於齊梁陳隋**纖麗浮淫**之語　雖工不取　略存其一二　以見時變　以自附於**孔子從先進**之訓　觀是編者當自得之　**蘇子瞻**有言曰**蘇李之天成　曺劉之自得　陶謝之超然**　至矣　**李太白・杜子美**雖以英偉絶人之姿　凌駕百代　然**魏晉以來高風絶塵**　亦少衰矣　學詩者以是求之　則庶乎其知所取舍矣

대　상: 古詩選(金萬重)
중심어: 三代韻語 / 兩漢魏晉 / 金萬重
색인어정보: 郭景純(郭璞) / 蘇李(蘇武, 李陵) / 曺劉(曹植, 劉楨) / 陶淵明(陶潛) / 眞氏正宗(眞德秀) / 重叔(金萬重) / 蘇子瞻(蘇軾) / 李太白(李白) / 杜子美(杜甫)

권환(權瑍, 1636~1716)

본관은 안동(安東), 자는 중장(仲章), 호는 제남(濟南). 권대운(權大運)의 조카이며, 허목(許穆)의 문인이다. 1668년 문과에 급제하여, 성균관대사성·한성부좌윤 등을 지냈다. 저서로 『제남집』이 있다.

출전: 濟南集(성균관대학교 소장본)

---

1) 蓮峰先生集序
2) 詩文評一
3) 詩文評二

---

1) 蓮峰先生集序(권25)

世所稱不朽者 三太上立德董道修行而已矣 其次立言讀書著文而已矣 其次立功樹勳揚名而已矣 有一於三足以顯 當時耀後世而不朽矣 況一人而兼有是三者哉 吾於蓮峰李先生見之矣 先生生有異質 天分近道 庭訓所濡染 已自五六歲動遵儀則 十四從朴守庵枝華學 志氣英秀 見識超邁 守庵亟稱許之 與學者論理氣性情 難疑答問累數十百言 明白剴切指一矢而破的 先生之學之邃 盖可想矣 孝友天植 與伯秀才公俱以至行聞 居憂三年血淚沾席 席爲之朽 世謂之大小連云 生而寵擢其身 沒而棹楔其閭 則立德斯至矣 入孝出悌 餘力學文 淹貫經史 深嗜其歲 文不襲科程俗臼 精鍊典要 氣賅而意明 詩尤閑淡婉嫩 体裁清省 無一語塵累色

態 斯誠有德者之言 而亦可見情性之正 則立言斯達矣 德足以模範乎
世言足以聲效於人 其爲功固不尠 而居官任職 吏民服其化 而追思流涕
遜世家食鄉人感其孝 而改行從善則立功 又莫如先生也 有此三事業聲
施名彰 與天壤俱弊 則其爲不朽之大者 何如哉

대　상: 蓮峰先生集(李基凊)
중심어: 有德者之言
색인어정보: 蓮峰(李基凊) / 守庵(朴枝華)

2) 詩文評

詩文之名甚多 而名各有義 詩文之體不一 而體各有模 感被風化諷詠
緩詞謂之風 采摭事宲敷陳直言謂之賦 推明政治莊語得失之謂雅 形容
盛德揚詡美烈之謂頌 幽憂悲憤寓言興感謂之騷 探賾事物發爲文詞謂
之辭 程事式功攷實正名之謂銘 援古剡今規戒精切之謂箴 高低永言
謂之歌 擊折徒歌謂之謠 步驟馳騁謂之行 品秩先後謂之引 聲音雜比
抑揚長短謂之曲 吁嗟詠歎懷深思遠謂之吟 發於性情形諸吟詠總合而
言志曰詩 河梁以上高澹簡古謂之古 沈宋以下法度精密謂之律 帝王
之言如象魏之布者謂之制 綸綍之語若日月之照者謂之詔 制與詔同也
典者常也 所載可爲常法也 謨者謀也 所言皆是嘉謨也 順其理而導之謂
之訓 屬其人而告之謂之誥 臨師戒衆曰誓 因官命詞曰命 出自上者謂
之敎 行於下者謂之令 時而戒之謂之敕 言而誘之謂之宣 揚言者贊也
登告者册也 言其倫而卞析者論也 度其宜而䂓畫者議也 別嫌明微者辨
也 正事直諫者說也 記者載其事也 紀者錄其實也 跋者志其尾者也 纂
者述其蹟者也 條陳時務者策也 開說經意者義也 傳者信而示之也 序

者叙而陳之也　碑者搜撫事功而勒之金石也　碣者揭示行誼而樹之墓隧
也　誄者哀死而述其行也　誌者識行而謹其莊也　檄者激礪人心喩以禍
福也　移者自近移遠使之周知也　表者襮臣子之情而致之帝王也　牋者修
儲后之儀而伸之宮闈也　簡者質言而略也　啓者開言而詳也　狀者言之於
公上也　牒者用之於官府也　捷書不緘挿羽而傳者露布欲其易知也　尺牘
無封指事而言者　箚欲其易悉也　申者伸也　咨者諮也　奏獻也　關由也　青
黃相雜經緯相錯　總合而成章謂之文子　書明理故順而詳　後世儒家宗之
外語尙變　故奇而激　後世文士上之　此詩與文之各異其名而殊其體者也

대　상: 詩文評
중심어: 詩體 / 文體
색인어정보: 河梁(李陵, 蘇武) / 沈宋(沈佺期, 宋之問)

3) 詩文評二

詩者有聲之畫　必寫出難形之態　模得難描之景　然後方可謂妙也　蜀
花藥夫人費氏宮詞曰　月頭支給買花錢　滿殿宮娥近數千　遇着唱名都不
語　含羞急過御床前　能寫宮娥羞澁之態　涑水先生之先公名池監安豊酒
稅赴官詩曰　冷於陂水淡於秋　遠陌初窮見渡頭　尙賴丹青無處畫　畫出應
遣一生愁　能寫官况淡薄之意　滕王閣題詠無襯着者　而過僧有詩告郡守
曰　洪州太白方　積翠倚窮蒼　萬古遮新月　半江無夕陽　能畫出滕王閣也
鄭知常詩曰　眼穿落日長亭遠　多少行人近却非　能寫候人跓待之意　近日
李東州悼妾詩曰　夢斷峽雲敀去後　酒醒山雨到來初　人間謾有鴻留跡　地
底應無鴈繫書　能寫孤曠悲悼之情也　謝師厚廢居於鄧　其妹壻王存枉道
夜過之　謝有詩曰　倒着衣裳迎戶外　忙呼兒女拜燈前　能形容忻喜之色也

花蘂後入宋 太祖命使陳詩誦曰 君王城上竪降旗 妾在深宮那得知 十四
萬人齊解甲 更無一介是男兒 其慷慨激烈又如此 光海廢入江都到甲串
廢世子有詩曰 龍興慘愴駐江干 西日蒼茫下遠山 能寫喪國寄寓之境也
唐人酬唱有賡和而無次步之法 聯句始於韓孟 和韻盛於元白 劉長卿餘
干旅舍詩曰 搖落暮天迥 丹楓霜葉稀 孤城向水閉 獨鳥背人飛 渡口月
初上 鄰家漁未歸 鄉心正欲絶 何處擣寒衣 張籍宿江上館詩曰 楚驛南
渡口 夜深來客稀 月明見潮上 江靜覺鷗飛 旅宿今已遠 此行殊未歸 離
家久無信 又聽擣砧衣 偶似次韻語意又相類也 宋時俗語虛僞爲何樓 舊
有何家樓下賣物 皆濫僞也 優人爲何市樂 盖自唐時已有何市 穿何市者
散樂名也 陳久厭熟爲瓚 五代時有馬瓚者爲幕府 爲人戀駭 人皆熟聞
久習之事 獨以爲新奇 故云宮人所葬爲野狐落 名稱不如宮人斜之雅也
西關亦有嬋姸洞 盖妓所葬也

대　상: 詩文評
중심어: 有聲之畫 / 難描之景 / 難形之態
색인어정보: 宮詞(花蘂夫人宮詞二十八首) / 涑水(司馬光) / 東州(李敏求) / 悼妾
詩(夢覺聞雨) / 謝師厚(謝景初) / 光海(光海君) / 韓孟(韓愈, 孟郊) / 元白(元稹,
白居易) / 宿江上館詩(宿臨江驛)

임상원(任相元, 1638~1697)

본관은 풍천(豊川), 자는 공보(公輔), 호는 염헌(恬軒). 1665년 문과에 급제, 사은부사로 청나라에 다녀왔고, 벼슬은 공조판서와 우참찬·한성부판윤 등을 지냈다. 저서로『염헌집(恬軒集)』과『교거쇄편(郊居瑣篇)』이 있다.

출전: 恬軒集(『한국문집총간』 148집)

1) 益齋集序(권29)

益齋於麗朝 去李文順未久也 在李文靖之先 文順之辭 宏爽 文靖之辭 典勁 二公各極其詣 並稱大家 若益齋 淸麗雕潤 棟梁一世 綽然有開天之風 其大固遜於二公 其品亦不當處乎中也 公萬里勤王 彌縫邦闕 非常之勳 爛然竹帛 不徒文彩之表後 獨其遺集 遘亂屢毁 人鮮藏者 好古者憾焉 許堯曳出尹月城 覩府中有舊板 而刓缺不可讀 蓋公爲州人 舊嘗梓之 以備州中文獻者也 遂購得善本 將謀續梓書 要余以弁卷之語 余旣奇堯曳之志 且有所感 夫吾東 固右文矣 其實稍質而不好事 麗朝文章之家蔚然其多矣 到今遺文之傳世 落落如晨星 入東文選者 代不過數人 人不過數篇 其不收者 豈盡可棄者哉 惜其全稿無爲人鋟行也 四

佳・盧白 我朝之大家 其集已放佚 余嘗求諸祕閣之錄 亦無見焉 況麗
之尤遠也哉 近世君子苟其身都顯位 其沒也 必有一編集出焉 剞劂之役
屬諸州道 以圖不朽 風流旣扇 日新月盛 簡秩之繁 雖以大地爲架 恐不
能載也 今堯叟厭棄 而不爲溯溯古昔 欲榮累百祀之朽骨 以爲藝苑之幸
其志固可嘉也 余故諾而序之 以塞其請

대　상: 益齋集(李齊賢)
중심어: 淸麗雕潤 / 開天之風
색인어정보: 益齋(李齊賢) / 文順(李奎報) / 文靖(李穡) / 開天(開元・天寶) / 堯叟
(許穎) / 四佳(徐居正) / 盧白(成俔)

2) 竹堂集序(권29)

申泥翁遺稿 詩凡三卷 文凡二卷 其詩 卽公所自選留者也 吾不敢輕
加刪裁 (중략) 余觀公詩 始之以琢磨 終之以澹雅 能淺能深 不凡不輕
格足以攝其材 辭足以實其境 若赤菫之金 段段而擇之 星星而合之 鑄
以爲干莫 而淵淵寶氣 自溢於外 公之所獨造者 可謂精且奧矣 自古以
詩名家者 如錢・劉之淸潤 近於屝 郊・島之鍛刻 入於苦 元・白之宏
贍 病於率 長短不齊 覽者不能無偏至之憾 是皆才有所壓 嗜有所專故
也 公之初作 一意溫麗 疑若有所泥者 迨乎晩年 益加充拓 古詩則型範
漢・魏 能有所裁 不區區於肯擬 律體則兼取宋材 以爲吾佐 而不能奪
吾之步驟 總而論之 要以唐聲而終始者也 古人謂孟浩然學力 不如退
之 而其詩則遠過者 乃一味癯入也 公之學 不敢輕議 而其詩 固癯而得
之 後有鍾記室者 庶不以余言爲辟矣 (후략)

대 상: 竹堂集(申濡)
중심어: 型範漢魏 / 兼取宋材
색인어정보: 錢劉(錢起, 劉長卿) / 郊島(孟郊, 賈島) / 元白(元稹, 白居易) / 退之(韓愈)

3) 蓀谷集跋(권30)

吾**東**文運 肇於**新羅** 其時迺**李唐**氏之衰也 崔**孤雲**·**朴仁範**之詩 **清麗穩順** 宛然有**晩唐人之風** 漸漬之所繇化乎 自麗訖于我朝 文敎益盛 學士先生 飆發雲興 揚聲藝苑者 蓋不可縷計 大者 馳騁事辭 **自闢堂奧** 小者 協比聲韻 競尙**姸華** 大要**先詩而後文** **詩近唐文近宋** 所謂近者 非得之於師範 乃得之於因循也 當穆陵朝 有稱三**唐**集者 謂崔**孤竹**慶昌·白玉峯光勳·李**蓀谷**達也 是三子者 **刻意摹唐** 間有絶相肖者 驟而讀之 蒨麗可愛 若奪唐人之髓 徐而味之 **色澤似矣** **風神則未也** 其失也格躓而思窄 令人欲投水而不顧 是何也 由學不足以起其材也 其中最深者 惟李氏乎 李氏微甚 世所賤者 流離困悴 備見於詩 乃其**興寄清遠** **音節鏗鏘** 合作者 足以洗一代之陳 踐古人之迹 詎不偉歟 其時許**端甫**深所推服 以爲不可及 彼端甫輕儇 借譽而自高 恐不足爲公評 比諸端甫 李氏其避三舍者乎 然則李氏當何居焉 謂之包**崔**·**白**而匹**石洲** 庶幾其不僭乎 明尙書**錢謙益** 收李氏數首 編入**詩選** 註曰 余從椵島帥**毛文龍** 求**東人文集** 卽以蓀谷集遺焉 卷首不書述者姓名 未知誰氏之作也 然則李氏 旣爲**中國**慧眼之所不棄 吾東固可以無傳乎 慶州尹許**堯**叟 得祕閣本 將梓而行 請余以跋語 遂以平日所嘗品者 書以授焉

대 상: 蓀谷集(李達)

중심어: 崔慶昌 / 白光勳
색인어정보: 孤雲(崔致遠) / 孤竹(崔慶昌) / 玉峯(白光勳) / 端甫(許筠) / 石洲(權韠) / 詩選(列朝詩集) / 堯叟(許穎)

조성기(趙聖期, 1638~1689)

본관은 임천(林川), 자는 성경(成卿), 호는 졸수재(拙修齋). 임영(林泳)과 학문적으로 깊이 교유하였고, 성리학을 깊이 연구하였다. <이기설(理氣說)>에서 이기는 서로 혼합되어 분리할 수 없음을 주장하였고, <퇴율양선생사단칠정인도이기설후변(退栗兩先生四端七情人道理氣說後辨)>에서는 본연명물(本然命物)·승기유행(乘氣流行)·혼융합일(渾融合一)·분개각주(分開各主) 등을 세워 이황(李滉)·이이(李珥)의 학설을 논변하였다. 저서로 『창선감의록(彰善感義錄)』과 『졸수재집(拙修齋集)』이 있다.

출전: 拙修齋先生文集(『한국문집총간』 147집)

1) 答閔彦輝書
2) 與金仲和書
3) 答金進士子益〔昌翕〕書
4) 答金子益書
5) 答金子益書

1) 答閔彦輝書(권8)

(전략) 今世之文字 其果爲事功之文乎 其果爲德行之文乎 其果溫藉和平而有實用乎 其果龐魯狂肆而有實用乎 吾不得而知也 吾不得而卜也 (중략) 且古人文字 必以所知所得 發之於外 而其所知所得 必在於事物道理之實 故心發於言 言宣於事 而所言無虛浮假托之陋 所行有

眞正的確之效 後人則不然 所知不過乎**文字訓詁之習** 所得不過乎**詳言
正色之學** 以是而發之於外 其言語文字 亦不過發明其所知所得之實而
已 是以文字訓詁之習 無以發明**道理之淵源** 詳言正色之學 無以措諸**事
務之實用** 旣無以明是理 又無以措諸事 則如是作文 雖一一**掇拾聖賢
文字 字字而效焉 句句而倣焉** 衣被而說合 **精摹而力追** 無一線之罅縫
有百般之可稱 終不過爲**外面之觀美** 無用之色澤 有何補益於一分此理
之實一分此事之效乎 **散緩而無統要** **衰颯而無作用** 執事之言固是矣
但人無**實見**則必以**散緩者爲和平** **衰颯者爲溫藉** 亦或不免夫言不能極
其意之所發 明其事之所幹 而況意有所昧 而其所未能極言者 愈益昧沒
而無章 事有未明 而其所未能極言者 愈益**假托而無用** 然而以無爲有
以僞爲實 其所以爲是者未必眞是 其所以爲非者未必眞非 **言益大而理
益晦 意愈切而辭益誣** 後賢言語文字之許多病痛 未必不由此也 (후략)

대　상: 閔彦輝
중심어: 今世之文字 / 實用 / 文字訓詁之習 / 詳言正色之學

2) 與金仲和書(권9)

(전략) 是以六經之文 以言其功用則自身心性情 推之於國家天下而
明成己成物之大致 以言其議論則**由理而及事** 淵乎其**陰陽造化之情狀
粹乎其道德性命之風旨** 發之於垂世立敎開物成務之際 而仁義之發可
驗其言之讜如 如春秋亦是史中之經 而理在於事上 **史記之文** 以言其功
用則備載國家之理亂興亡 政敎之可否得失 人材之智愚邪正 俾宇宙間
古今事迹 長在人耳目 而不至於泯沒 以言其議論則**因事以及理** 凡於人

物事爲已然之迹 與夫當行之事 莫不極其利害損益之所在 善惡是非之
所分 而可以爲鑑戒法則者了然若指掌 但**後世之史** 所謂因事而及理
者 就其善者 類不純乎**道理之本源** 其下者只出於利害之粗迹 此由于後
世之人 元不識大道故也 至於**諸子之文**則其理不敢望六經之純粹 其事
又不若**史記之切實** 而但其當去古之未遠 擅作者之手段 人各有學 學必
造微 其所以闡幽鉤深 發揮論述者 類皆**精深的確** 卓犖奇偉 措之於行
事 頗有**實用** 雖以**老莊之言**之玄虛曠蕩 蕩然莫得其當者 猶能令讀其
書而求其學者 皆可以轉移心術 遺外事物 飄飄然眞有遺世獨立 垢氛不
染之意 此蓋其人之實有自得 故其言之自能有力而易以感人者如此 僕
之此言 姑就諸子文章之實有所長而爲言 若其術業之各自爲異學 畔大
道之正訓 貽萬世之流弊則今不暇並論也 漢之文章 如**賈傅・董相・史
遷・劉向・匡衡**輩 姑置勿言 下至**嚴安・徐樂**之流 朱夫子尙以爲先有
其實而後托之於言 固非後世文人之**專尙詞藻浮華無實**者之可及矣 至
於**揚雄之玄經法言**則固自以爲祖述聖賢講學明道之作 而以其有意於**修
飾文辭**之故 朱子以**宋玉・相如・王褒**輩一例並稱而斥之 不少假借 則
浮華無實之爲大害於**文章之實用** 此可知矣 **韓愈**氏承八代**浮靡麗弱**之
後 欲一振而新之 亦嘗**因文而窺道** 泝源而有會 原道諸篇 頗有得乎古
聖賢微言餘旨 說是道流行之大用 而斯文斯道終有賴焉 但其所慨然而
自任者 元不知文字之作 本爲事理而設 而徒役志於**記覽之富** 卞說之
工 辭句之高古 氣格之宏厚 力去末路之陳言 大振一**文人頹風** 而終不
能涵泳道義 培埴知見 蘊之爲辭之 發之爲言語 則其所以傍搜遠紹 敎
人自爲 之高詩書六藝之作者 終未免**滯言語文字**之末 而朱夫子所謂
韓・歐諸公議論 終是**主於文辭** 却是邊頭帶說得些道理者 誠可謂下頂
門之一針 無復改評者矣 **柳氏・歐陽・蘇・曾**諸公則其文章之妙 庶幾
無愧于韓氏 但其不能根極道理 發爲文章 則舉皆有韓氏之病焉 況歐・

曾兩公之外 彼柳·蘇諸人議論之偏駁 又不若歐·韓兩公之小疵 則**文章之與道理 判而爲二** 自諸公而尤較然 然則三代以後**經世衛道之文章**繼六藝而作者 自當屬之洛閩諸子 而國朝只有**太極·西銘·易·春秋傳序**四篇文字之說 已見褒於考亭矣 明人見韓公之力去陳言 別立文章之門戶 又欲較韓公而上之 追漢秦以前之作者 **鑢心鈲目 鉤章棘句** 力爲**艱僻環詭支晦幽深而斯** 而文章之道 至是大壞 其發明事理 稍有實用 擬諸柳蘇諸公 尙不啻隔了幾塵 則**明人之文風**斯最下 而但其**精神才氣**之所發 間不無一二**豪章俊語** 亦能動人者 此則正如海外丹靑空碧 雖乏世用 而自不害爲一世之寶玩 朱夫子蓋嘗以此稱桂潼感遇諸詩 僕於明人之文 亦復云然 我東方文章之士 雖代不乏人 而其**才學之孤陋規模之狹隘 力量之單薄** 種種爲病 不一而足 誠不足以**追踵中華** 其中在勝國而**益齋·牧老** 入我朝而**乖崖·佔畢·簡易·谿谷**諸公 最其傑然者 今足下試取其文而讀之 固不敢**與唐宋諸公**並日而語矣 其視皇明**餘姚·晉江·北地·琅琊**數四公之**宏肆暢達儁拔奧衍**者 亦果何如耶 夫文章之益下 至明人而極矣 而我國之文章 猶不敢追明人之後塵 則風氣之大小 華夷之限隔 雖在小技而亦有以局之耶 (후략)

대 상: 金仲和(金昌協)
중심어: 實用 / 文章之與道理 判而爲二 / 明人之文風
색인어정보: 賈傳(賈誼) / 董相(董仲舒) / 史遷(司馬遷) / 玄經(太玄經) / 相如(司馬相如) / 原道(韓愈) / 韓歐(韓愈, 歐陽脩) / 考亭(朱子) / 柳氏·歐陽·蘇·曾(柳宗元, 歐陽脩, 蘇軾, 曾鞏) / 益齋·牧老(李齊賢, 李穡) / 乖崖·佔畢·簡易·谿谷(金守溫, 金宗直, 崔岦, 張維) / 餘姚·晉江·北地·琅琊(王守仁, 李贄, 李夢陽, 王世貞)

3) 答金進士子盆〔昌翕〕書(권10)

(전략) 但徐考其一篇主意 則蓋發深歎於宋明諸朝及我東勝國曁本朝
千許年來詩道之厄 而欲一振而新之 以今日自家之所業 直接古三百風
人之統緒 且以末路詞人論詩之語 評斷大聖人刪後之餘旨 而繼之以漢
之枚・李・張・蔡 唐之李・杜 爲若羽翼乎斯經 而不背乎溫柔敦厚之
大敎 蓋毫釐千里之差謬 至此而已極 而況其所論詩之語 又不免指汎而
不切 義近而不高 理華而不典 情揚而不沈 境浮而不眞 辭繁而不芟
以言乎其議論 則初欲極其詳博 而反歸於宂蕪 以言乎其門路 則初欲極
其正當 而反墮於蹊逕 以言乎其規模 則初欲極其博大 而不自知其占偏
門小家之閫位 以言乎其辭句則初欲極其高古 而不自知其張矜持色澤
之浮辭 精枝葉之細而忽本根之大 喜春華之悅目而忘秋實之可口 扇嶢
崎險薄之風而乏溫潤眞實之致 雖持以比之於錢受之・胡元瑞輩所爲
其淵源之所漸染 學力之所體會 精神之所輝映 議論之所發揮 尙不啻讓
一頭而隔一塵 則足下之文 尙不免爲末路文人之文 而亦非深於文章者
所宜道 況敢望其詩之能免爲末路詩人之詩 而直接古風人統緒之正乎
(중략) 此僕之於左右 未嘗不服其文之奇其識之博其志之高其業之專 而
亦願變奇於正 反博於約 所志者不專在於詞華之末 所業者不專局於一
藝之內 體風人性情之正而審之於彝倫日用之際 慕風人言志之功而盡
黜其詞藻雕繪之習 求文章於身心言行之界 經事綜物之實 而務在於會
情之眞切理之用 言必期於爲天下之法 辭必需於成載道之器 資衛道
明理之大用 範救世澤物之至訓 則將見其詩不期高而自高 其文不期
正而自正 唱人文於一時 樹不朽於千秋 回視今日張皇無用之議論 琢
鍊不急之言句 一味制作之侈富 辯說之新奇 筆勢之馳騁 而其歸止於效
功用於風雲月露 標準的於藝苑詞壇 張文人之膽 吐才子之氣 與枚・

李・張・蔡並驅爭衡而已者 其爲大小得失虛實之不侔 不待卞說而自
明 況人材有高下 工力有淺深 風氣有古今 夫所謂枚・李・張・蔡・
李・杜諸人 亦非容易可至者哉 且有一於此 人不可以名位爲重輕 道不
可以好惡爲去就 言不可以忤合爲從違 足下苟能惟善之取 而不問乎其
名位 惟道之從而不主乎先入 惟言之是而不徇乎同異 廓與人爲喜之度
袪傲兀自尊之偏 悔役志於玩物 嘉一得於詢蕘 一躍躍出於平日謬習之
外 改舊而圖新 別有所用心處 則凡辛勤半世 所以充千古之志業 不虛
生於一世者 將在此而不在彼 而如病僕之忝在交遊之列者 亦將與有光
於下風矣 豈不偉哉 豈不美哉 (후략)

대 상: 金子益(金昌翕)
중심어: 詞人論詩之語 / 末路文人之文 / 詩人之詩 / 風人性情之正 / 彝倫日用之際
색인어정보: 枚・李・張・蔡(枚乘, 李陵, 張衡, 蔡邕) / 李・杜(李白, 杜甫) / 錢受
之・胡元瑞(錢謙益, 胡應麟)

4) 答金子益書(권10)

(전략) 夫車・李二人之詩 僕平生論議之際 未嘗有一言半辭以爲詩
家之正宗 亦未嘗有一毫奉護讚揚尸祝奉事之意 如來諭所云也 李詩只
瞥看一二卷 而尙未窺全稿 車詩則尤未也 只以向來與賢季相會時 言及
洪生世泰之詩 賢季極推其詩品之高詩道之正 非五山之所及 仍幷攻東
岳之陋 僕意大以爲不然 以爲洪卽晩輩中翹肖者耳 彼兩人之詩 雖極粗
魯荒率 乏詞人淸婉之致 前輩之推許 自有所見 其才力工程之所就 實
是我東中世詩流之大家 不可與洪幷日而語 遂誦江都一絶及風外雪中
之句 以褒其美 此外無一費辭贊歎之語句 但僕之於車李 雖無一毫奉護

偏系之意 亦不欲如賢昆季之排擯譏斥靡不用極 必欲以其短而廢其長
至以爲無詩而後乃已者 故於江都一絶 雖知其誰唱 正是未免**打油習氣**
而亦取其四句之內 **情至境眞 托意非淺** 悲廉直之不容 歎宵人之媚嫉
雖不明言顯刺 太露聲色 而**辭微而章 義婉而曲** 庶幾俯仰吟諷於百歲
之遠者 尙覺有感慨不盡之餘意 此豈若後人之詩**塗澤**雖盛 而**情境**益遠
安排已極而興會頓減 吟未了聲 意自無餘者比乎 風外雪中一聯腥臭之
詞 尤不敢聞命 此或是五山謫北塞時所作 想其俯巨海之狂瀾 攬陰崖之
千疊 獰風怒號 積雪曼奧 況界接戎落 傳殺氣於朔雲 勢撼坤軸 震餘波
於大壑 凡之狂響入於耳色接乎目者 自不覺其爲愁若怒 荒寒慘洌憤發
號呼於是 而若非五山**才思之雄 筆力之高**所作亦不能寫得十分親切 如
此其有**生色** 如此其有**風韻** 如此其**凌厲頓挫** 如此其**快健豪爽**凡之故其
精神之傳在冊子者 至今猶若窺北陸之玄陰 隣絶徼之氛祲 其濤洶岳聳
聒耳溷目之狀 宛然昭布於目前 至使如左右之席燕寢之凝香 飫蘭室之
芬馥者 猝然而當之 錯認腥臭之襲人 不覺掩鼻而却走 此非五山詩道之
惡也 實由於古人詞句之妙 妙在於**寫景之逼似** 而其之遇之境則然也
(중략) 蓋古往今來 世道益降 淳漓朴散 元氣日薄 如水之趨下 勢不可
復還 雖有剝復屈伸否泰消長之循環於其間 剝極則必復 屈極則必伸 否
久而必泰 消久而必長 而人才亦仍而有高下大小賢愚邪正之分 時勢仍
以有治亂興亡安危盛衰之異 事理因以有是非利害可否得失之判然 而今
不能如古 後不能及前 則其理甚明 其迹甚著 非可諱也 但氣化裏面 自
有一箇道理之眞 雖寓行於氣化之中 而實能爲氣化之主 **天得之而爲天
地得之而爲地 人得之而爲人** 其張之爲三綱五常文章政敎之本者 雖閱
萬古落 一日也 是以雖以八代之風雨晦暝 千餘年氣化之閉痼 終不能隔
塞此理眞正之本體 以有宋之爲世最晚 而忽生程朱之大賢 復明不傳之
道於百世之後 則斯道之所寄事體甚大 正**朱夫子**所謂有**堯舜禹湯文武**

不能無周孔 有周孔 不能無**顏曾思孟** 有顏曾思孟 不能無**周程**者是也
豈若彼詞人之爲詩 技止於**雕蟲** 業在於佔畢 雖競鳴於藝苑 但蟬噪風怒
時 有何胚胎之或艱 鼓作之漸衰 解悟之終難 而乃於千載之下 復生一
人 頓悟而倡明之乎 是以自**枚李張蔡**以來作者蜂起 **接武騈肩**者旣並驅
於同時 **升堂入室**者又相望於後巨海代不乏人 指不勝屈 詩道之大明 至
李唐而極凡之盛極而衰 張極而弛 而**風雲月露**之習 漸不滿於通經學古
者之心 則**宋人之詩**稍涉理路 明人見其若此 遽以爲**宋遂無詩** 欲一振
而新之 其**風調賤響澆**差或過之 而**格力之渾厚**反不逮焉 今左右之於此
道 旣窮探而力索 亦深造而獨詣 欲發前人之未發 **成一家之鑪錘** 掃末
路之啁啾 **追正聲於風雅** 其志可謂高凡之其業可謂勤凡之但力量之脆
薄 見識之偏隘 氣不克充志 才不能副心 其之評斷古人之詩 亦未免意
屢偏而言多窒 輕自大而卒無實 見宋明之不及唐人 而遂以謂皆無可取
見我朝之不及宋明 而遂以爲全然無詩 欲以自家今日之所之千軼宋明而
接盛唐 直上承風人統緒之正 蓋左右徒知己之能知古人之所不能知能得
古人之所不能得 而不知古人亦知吾之所不能知亦得吾之所不能得 故於
己則徒見其長而不見其短 於古人則徒見其短而不見其長 而不知古今
風氣之高下 才器之大小 功力之淺深 有若天壤之不侔 吾恐後人之嘲
左右 亦如左右今日之所以嘲古人者 而遼豕井蛙之譏 胡想妄談之貴 將
不勝其紛然競起於身後論定之日矣 佛氏輪廻報應之科 正爲左右異日詩
案而設也 且左右之五言古體 差可勝國朝諸公 而亦未免**意疏而語生** 言
志少自然之功 寫景乏對境之妙 咀嚼頗久 **眞味轉少** 愚以爲自信之篤
當在於果熟自落之時 而今日之所云云 無乃太早計乎 且五七言近體絶
句 則比之中世能詩者 亦自不及遠甚 左右若遽以是而凌轢古人 遂謂**我
東千餘年之無詩** 而己獨有得焉 則愚恐明者之不自見其睫 而其妄自標
榜之失 不但如**錢受之**之所以責**胡元瑞・鍾伯敬**輩所爲而止耳 (중략)

夫文章者 名譽之所萃 議論之所關也 是故門戶由此而分 爭端由此而
起 交際者 古誼之所重而今情之所忽也 是故尙古者爲輔仁之資 徇時者
有趨利之汚 講磨者 問學之所由進而躬行之所由基也 是故務實者刻意
而騖外者若遺 爲士者苟欲有三者之美 而免三者之醜 則必須廓虛受之
度 而輸拜昌之誠 資直諫之益而收講評之效 是以良玉必貴於琢磨 精金
必在於淬鍊 利行之言 必取其逆耳 瞑眩之劑 不嫌其苦口 崖岸必撤而
掃爭氣於胸域 浮華必祛而培實際之議論 夫如是然後方可均講磨於芻
豢飲食之嗜而其味益切 等交際於長幼兄弟之倫而其道益重 需文章於
事物言行之界而其用益實 (하략)

대 상: 金子益(金昌翕)
중심어: 車天輅, 李安訥 / 宋人之詩
색인어정보: 車·李(車天輅, 李安訥) / 五山(車天輅) / 東岳(李安訥) / 枚·李·
張·蔡(枚乘, 李陵, 張衡, 蔡邕) / 周孔(周公, 孔子) / 周程(周敦頤, 程子) / 顔曾思
孟(顔回, 曾參, 子思, 孟子) / 錢受之(錢謙益) / 胡元瑞(胡應麟) / 鍾伯敬(鍾惺)

5) 答金子益書(권10)

(전략) 今左右雖自謂敦實學之功 厭口耳之習 駁冥搜之迂 飭帶下之
近 笑世人之耳食 守自家之眞是 但求其一身行事之實 則無一事一行之
與言相符 若就其讀書而言之 必先大易而後論語 舍大學而取中庸 溺
文字之古奧 忘義理之眞切 就其行事而言之則厭平實而耽高虛 樂枯
槁而薄該遍 先枝葉而後本根 甘自畫而棄聖訓 就其文字而論之則喜
春華而忘秋實 飭文句而少事實 競末路之新奇 蔑古學之眞朴 平生所
得意者 不過追顔·謝·李·杜之色態 模左·國·莊·馬之筆勢 試求

其一分菽粟裘褻之味 經世衛道之用 則蔑蔑乎其未聞也 就其學問而論
之則無和靖持敬之功而樂和靖觀理之淡 常舍動而趨靜 厭煩而求約 事
物之接於吾身者 輒欲斷絶而不使之惱吾心 正學之規模工程 常憚其廣
大詳博 而不使之費吾力 平居拱手閑坐 攝心無爲 雖聖人之經傳 後賢
之至言 而意所欲觀則樂觀而已 所不樂則不取也 雖他人之論學一長之
可取 而合於己意則樂聞 而不合則峻辭而却之 常以建立宗旨 樹立自家
之門戶 爲第一能事 而以問人學人取人爲善 爲一身之大恥 其介潔自好
不累事物之幽情古意 雖非今時俗人之所可企其萬一 而亦有一段傲兀自
尊 浮華喜名 護前自是 務高角勝之失 爲本心之查滓 妨學道之大功 其
實心之所歸宿 學問之所趨向 或流於莊・老之緖餘 空門之糟粕 已雖
不自覺知其然 而未免他人之指點 然而彼二家沖虛謙退之高 朗澈靈通
之妙 則反寥寥乎其莫睹 然則左右今日所自任其學聖賢之道 而斥一世
之浮僞者 未知主於躬行之約耶 在於窮格之博耶 舍虛而取實耶 厭遠而
求邇耶 以博而造約耶 以約而求博耶 其果以是返一世之澆風而敦上古
之化源耶 其果與孔孟程朱之說 同乎異乎 合乎不合乎 亦果無不但不合
而終有大相反者乎 (후략)

이옥(李沃, 1641~1698)

본관은 연안(延安), 자는 문약(文若), 호는 박천(博泉). 1660년 문과에 병과로 급제하여, 경기도관찰사·예조참판 등을 지냈다. 1678년 예송(禮訟) 이후 송시열의 극형을 주장하다가 북청(北靑)으로 유배되었다. 저서로 『박천집』·『역대수성편람(歷代修省便覽)』 등이 있다.

출전: 博泉集(성균관대학 소장본)

1) 和杜篇 幷序
2) 次朱子感興詩韻幷序
3) 讀韓文公杜拾遺二先生書說

1) 和杜篇 幷序(권9)

粤自風雅之亡後世爲詩者 率繪繪肝腎吟弄風月而止爾 曷足與論於性情之正哉 唯唐杜甫氏爲詩家正宗 韻致沖澹 誠意惻怛 盖不相背於賦興之遺旨 千載之下想見其爲人 況余近日所處 有同於子美夔蜀間身世 則其感發余懷者 又何如也 如北征諸篇忠君愛國之意溢於辭表 後世稱之列之於左 徒離騷諸葛武侯出師表者良有以也 余因日夕所遇輒和其韻 名之曰和杜篇 凡若干首不但諷誦謳吟以伸幽菀之思而已 古之人亦有曠百代相感而朝暮遇者 盍於蘇長公和陶詩觀焉 (후략)

대　상: 杜甫
중심어: 詩家正宗
색인어정보: 和杜篇(李沃) / 諸葛武侯(諸葛亮) / 出師表(諸葛亮) / 蘇長公(蘇軾) /
和陶詩(蘇軾)

2) 次朱子感興詩韻幷序(권9)

自風雅亡詩道廢且千載矣 然後世爲詩 唐人最盛 宋人次之 率皆繡繪
肝腎吟弄風月而止爾 獨有淵明氏之沖澹 子美氏之惻怛 似近六義之遺
其後有朱夫子獨探道理之源 直薄風雅之旨 不可以世代後先斷風調高
下者 眞知言也 余於平生從事先生之文 及讀感興諸篇 尤不覺瀷然心服
悠然起想 不揆鄙淺敢用韻屬和 縱有無塩 效嚬之誚 只寓高山景止之懷
爾

대　상: 朱子
중심어: 朱子 / 感興
색인어정보: 淵明(陶淵明) / 子美(杜甫)

3) 讀韓文公杜拾遺二先生書說(권5)

余幼而好讀書 紬繹千古 夫六經載道之 經世之典尙矣 曷不深敬而
篤信之乎 後世子集亦不一 其家最好韓文公杜拾遺之書 未嘗一日去手
也 人有規余者曰 足下生於百代之後 懷經蓄籍發憤於古人不朽之業
而其所準的何其卑且偏也 自秦漢迄唐宋 文章代各有人 如左馬之史
莊列之辯 屈宋之騷 鮑謝歐蘇之詩文 皆可師而法也 何必二公之書爲

哉 余曰唯唯否否 稻粱膾炙 人賴以生無不嗜之性所同也 至如奇羞異饌
各有所嗜性所偏也 夫六經譬則粱肉也 二公之書譬則異饌也 適近吾性
情愉快而已 非欲專乎此而廢乎彼也 自夫聖人遠而道術裂 王澤熄而**風**
雅亡 東京以還文日益敝 干戈于二國 腥膻于六夷 當時海內操觚之士
續紆相尙委靡成習 引繩於上世軌轍直洪河之支流 强弩之末勢耳 於是
韓杜二公挺生唐家百年之後 皆志氣盈宇宙 精魄貫日星 融會而精通 多
積而博發 開道而明理 記言而撫實 寓諷而陳誠 托物而致志 而率不越
乎修齊之法 比興之旨 其衛聖道闢異端 **闡風雅正淫哇**之功烈風韻固將
指南昏衢 砥柱狂瀾合衆體之美 成一家之盛 稱之爲**萬代詩文之宗** 則
余之偏好於二公者不亦可乎 世之談藝者 尺寸摹度口吻雌黃 **文非先秦**
不文也 詩非晉魏不詩也 拘於夏虫而語乎氷 局於坐井而觀乎天 多見
其不自量也 嗚呼 之二公之書 余烏得不悅哉 平而讀之 則氣益以泰 困
而讀之則志益以固 怒而讀之 則山岳低昂 喜而讀之 則風月光明 豈二
公平生所處所遭亦有 以激余懷者耶 曷使余嗜尙之至斯也 誠使二公進
執洪樞夾贊皇化 則庶將黼黻**王猷** 笙鏞治道者 尤大彰明較著 而豈獨爲
黜佛骨開雲化鰌之用 跋履山川感歎時物之具而已哉 (후략)

대 상: 韓愈, 杜甫
중심어: 萬代詩文之宗
색인어정보: 韓文公(韓愈) / 杜拾遺(杜甫) / 左馬(左丘明, 司馬遷) / 莊列(莊子, 列
子) / 屈宋(屈原, 宋玉) / 鮑謝(鮑照, 謝靈運) / 歐蘇(歐陽脩, 蘇軾) / 韓杜(韓愈, 杜
甫)

오도일(吳道一, 1645~1703)

본관은 해주(海州), 자는 관지(貫之), 호는 서파(西坡). 오윤겸(吳允謙)의 손자. 1673년 문과에 급제, 1694년 주청부사(奏請副使)로 청나라에 다녀왔으며 대제학과 병조판서를 지냈다. 특히, 문장에 뛰어나 동인삼학사(東人三學士)라 불렸으며, 저서로 『서파집(西坡集)』이 있다.

출전: 西坡集(『한국문집총간』 152집)

1) 詩稿自序(권17)

詩 天機也 苟天機淺 雖雕鏤以爲工 繪飾以爲華 抑末矣 詩三百 大抵閭巷之歌謠也 曷嘗掐擢心肝 務采色誇聲音 如秉觚墨者爲也 後之名家作述以千萬數而莫與之齒者 以此哉 余於詩 才情實鈍澁 且不喜鉤思苦吟 時或遇境觸物 有一二所占 辭俚而格卑 較之古作者 不翅碔砆之於崑玉嫫母之於西子 不待人之評隲 而自知蓋甚明矣 然其不事厄靡 直出於性情 則或不可謂無也 旣成之後 棄之亦自可惜 故隨得隨錄 自成卷帙 而繼而爲者 當次第續錄而巾笥之 至於敝帚之惑 覆瓿之譏 有

不暇恤也

대　상: 詩稿(吳道一)
중심어: 天機

2) 贈崔擎天勸讀韓文小序(권17)

崔擎天 吾友也 詩才秀拔 往往逼開天間語 近世公車下 如此友比指
不二屈 余甚奇之第文者 **貫道之器** 不深於道則末也 擎天年富力强苟能
本源經術 浸淫而上下之 則其進固不可量也 此外無別語可以相勉者 而
自漢唐以下諸家 昌黎文之所以起衰八代 以根茂實秀故也 擎天讀六經
餘暇宜致力於此 不專以**郊島寒瘦**爲貴 則庶幾乎古作者朴茂之風矣 東
遷時 路遇擎天 班荊口號

대　상: 崔擎天(崔柱岳)
중심어: 韓愈
색인어 정보: 擎天(崔柱岳) / 昌黎(韓愈) / 郊島(孟郊, 賈島)

3) 龍溪詩集序(권17)

詩可以觀 蓋言考其得失 觀其事迹也 苟不先立乎其大者 則雖有言語
之工 藻繪之華 抑末而已 觀詩之道豈可直以詩觀之哉 自漢魏唐宋來
歷數古今諸家之以詩鳴者 其辭麗 其趣深 其風調音節 瀏亮而淸婉 可
膾炙一時 輝映千古者 殆充棟汗牛 指不勝屈 而若其本之倫彝性情之正

文章氣節 儷美而雙全者 閱累百世 而蓋罕觀焉 以余觀於近代 奮直舌
於昏亂之時 而有霜凜日烈之風 挺絶藝於髫齓之年 而有金鏗玉鏘之語
者 龍溪金公 卽其人乎 公在光海朝 亞霜臺 同僚有倡殺永昌議者 公面
折之 掌令鄭造等 希爾瞻欲廢母后意 藉胡氏罪狀武氏語以傳會之 公擧
穎考叔感鄭莊公事 首明母子大倫 且曰武氏以周易唐 今日有是耶 造輩
骨寒膽慴 不敢執前說 公卽引避 陳與造崖異狀 語益激烈不少撓 長秋
咫尺地 卒不得以不測加焉者 實公之力居多 蓋當其時也 奸壬逢惡 勢
焰薰灼 方以刀鋸鼎鑊待言者 人皆股慄 莫有能抗之者 而公毅然特立
不顧禍福 引經據義 正色直斥 大義以明 彝倫以植 永有辭於天下後世
非稟天地剛方正大之氣而其生也關世道邦運之 盛衰者則能若是乎 中興
之後 宜大厥施矣 位不及滿其德 而公遽不淑 天乎惜哉公於詩 蓋天得
十三 次韓昌黎南山詩 以神童稱 名大噪一世 譚者謂不當在晏殊楊億
之下 長益肆力 晚而所詣愈深 長篇近體 幷造兼臻 古雅遒逸 駸駸乎古
作者閫域 而特公之餘事 何足爲公輕重 然自慕公之 風者言之卽陳蹤末
迹 皆可寶玩貴重 況精神之運 咳唾之餘乎 歲甲午 公之外孫李公觀夏
甫宰山陰縣 收拾遺篇之散逸者而繡之梓 迄今弁卷闕序引 蓋有意而未
就也 其胤子今侍郎公善溥 慨然思述先志 徵余言以發揮之甚懇 余衰且
病 荒落於觚翰家事 (하략)

대 상: 龍溪遺稿(金止男)
중심어: 天得
색인어 정보: 龍溪(金止男) / 爾瞻(李爾瞻) / 昌黎(韓愈)

4) 題崔擎天詩稿後(권19)

右 吾友崔君柱岳擎天 宰安豐時所賦詠絶句若近體錄成一帙者也 蓋其神思玅悟 結構精鍊 輕盈若水上之荷 裊娜如風中之柳 婉孌姸好之態 有類乎花蹊蘭逕 散步跕屣 一束腰肢 抱月飄煙之嫵媚娘也 玆足以狀擎天之爲詩 而第其所欠者 天然之意趣 淵然之光色 森然之格力而已 大抵淸麗者欠遒健 雅都者鮮勁悍 物之理然也 詩之道莫盛於唐 而自韓・李・杜三大家外 類皆輕脆纖麗 罕有氣勢澎湃骨法矜莊者 而然其殘膏剩馥 猶足鼓吹千古 何獨於吾擎天求備於一人也 以余觀之 擎天之所成就優入於唐之中晚間闒域 而足爲騷壇之偏師銳騎 執殳搴旗 張吾軍勢 斯豈可易得也哉 擎天要余一語以評訂 遂書此以歸之

대　상: 崔擎天詩稿(崔柱岳)
중심어: 天然之意趣 / 唐之中晚間闒域
색인어 정보: 擎天(崔柱岳) / 韓李杜(韓愈, 李白, 杜甫)

김간(金榦, 1646~1732)

본관은 청풍(淸風), 자는 직경(直卿), 호는 후재(厚齋). 박세채(朴世采)·송시열의 문인이다. 학행(學行)으로 천거되어, 대사헌·우참찬 등을 지냈다. 예설(禮說)에 조예가 깊어 선인들의 문집 가운데 예설을 뽑아 정리한 『동유예설(東儒禮說)』을 편찬하였다. 저서로 『태극도설차기(太極圖說箚記)』·『맹자차기』·『논어차기』·『중용차기』·『동몽학규(童蒙學規)』·『거향계사(居鄉戒辭)』·『사제록(思齊錄)』 등이 있다.

---

1) 隨錄
2) 隨錄
3) 題任大年遺稿後

---

1) 隨錄(권39)

余曰韓昌黎王文中孰優　仲固曰昌黎似優　如原道篇中堯以是傳之舜舜以是傳之禹處 是他初不蹈襲古語 實是自見得之說 故程子亦嘗許之文中豈有此等見識 余曰不然 文中雖有疵病 自是學者規度 昌黎則適於此處 所見偶到耳 觀其平生所爲 本非學者模樣 文中似優也 仲固爭辨不已 後以此稟于先生　先生曰王優矣 韓則識見雖高 而如所謂善戲謔不爲謔兮之類 此何擧措 王則無此 又稟于尤丈 尤丈曰王優 朱子以韓爲諂諛戲豫之人 旣云諂諛戲豫則更何足議也 後稟于監司叔父 答曰王

206 __ 17·18세기 한문학 비평 자료집

文中雖有獻策之疵 然當陳隋干戈之際 挺然自立 年未三十 爲天下大儒
退講河汾 敎授生徒 遊其門者**房玄齡**·**杜如晦**輩 以其緖餘 尙做**貞觀**
之治 若使**退之**生于一時 必北面執弟子禮矣

중심어: 韓愈 / 王通
색인어 정보: 昌黎(韓愈) / 文中(王通) / 仲固(金栽) / 程子(程顥·程頤) / 先生(朴
世采) / 尤丈(宋時烈) / 退之(韓愈)

2) 隨錄(권39)

近觀漣相許穆文集 其文字甚**粗梗** 旣非今文 又非古文 往往有段落
文理不連處 而如別記春秋災異及顔曾諸子語 只是各各類抄經傳中說而
已 別無他辭 殊極**無味** 且所謂**檀君世家** **箕子世家** 亦抄集東史之說
此皆人之所已知者 至於上前所上**心學圖** 尤爲疏略可笑 其說曰人心人
欲也 人欲難公而易私 故曰危 夫人心果是人欲則是全體皆不公 不可曰
難公 全體皆是私 不可曰易私也 且人心之非人欲 朱子已明白言之 中
庸序曰雖上智不無人心之類是也 危者 是可以善可以惡底物事 故曰危
若是人欲則已流於惡以後事也 何可謂之危也 以此觀之 是於人心名目
上 尙有未透者也 且作頌說 紀上功德而獻于上者 前後甚多 此近於諂
而古今儒者文集中所未有者 且以魯陵復位 六臣伸冤 爲大不可 自上收
議時牢塞之 大處如此 其餘無足觀也 惟書牘題跋文字可觀 然亦**硬直說**
下 無餘味 且如**鄭介淸**者 每稱先生 而至於**栗谷** 輒擧姓名而多侵辱 可
見其溺於偏黨 且觀其所著**理氣說心學圖說** 實是蒙學 其識見如此 何足
以知栗谷學問之淺深也 其所侮辱 不足怪也

대　상: 許穆
중심어: 非今古文
색인어 정보: 栗谷(李珥)

3) 題任大年遺稿後(권40)

　右 亡友豐川任大年之遺稿也 噫 大年之歿 至是三歲 撫覽傷悼 不覺
爲之一涕也 仍念榦與大年 同遊玄石先生之門 殆將二紀 而溯昔傾蓋之
始 則蓋三十年而久矣 (중략) 竊觀其詩 偏長於長篇與律 而絶句往往有
杜少陵之節拍 豪健凌厲 抑揚頓挫 殆非世俗腥腐語 其文高古奇崛 深
厚嚴密 汪洋大肆 有堂堂丈夫氣 而無雕刻纂組安排費力之態 其間所
論帝王得失 人物優劣 兵田之制 常變之禮者 其命意正 立言粹 出入經
史 羅絡古今 爬疏剔抉 明白宏闊 皆可實用 而不爲空言 至其與人書
札 又丁寧懇摯 策勵勸勉 不但問寒暄通辭命而已 雖然此猶未足以盡大
年之蘊也 如知智解·心說·五行生成說·小學箚記說·論近思錄次序
及辨李君輔正心章說·金士直太極往復書等說 皆研精覃思 毫分縷析
引物連類 取彼明此 俱得折衷 各極其趣 幽闡疑釋 煥然若指掌 此非有
得於平日師友之講 心得之妙 而積厚蓄博者 何能有此哉 於此可以見淵
源之正 學術之精 而其文章才識 悉本諸此耳 (후략)

대　상: 任大年
중심어: 皆可實用 而不爲空言
색인어 정보: 大年(任大年) / 玄石(朴世采) / 杜少陵(杜甫) / 君輔(李世弼) / 士直
(金楺)

최석정(崔錫鼎, 1646~1715)

본관은 전주(全州), 초명은 석만(錫萬), 자는 여시(汝時)·여화(汝和), 호는 존와(存窩)·명곡(明谷). 최명길(崔鳴吉)의 손자로, 남구만(南九萬)의 문인이며, 박세채와 교유하였다. 1671년 문과에 병과로 급제하여, 영의정에까지 올랐다. 1686년과 1697년 두 차례 청나라에 다녀왔다. 양명학에 대한 관심으로 주자의 설에 구애받지 않는 자유로운 사고를 펼쳤으며, 음운학(音韻學)에도 정통하였다. 편서로 『경세정운도설(經世正韻圖說)』·『좌씨집선(左氏輯選)』·『운회전요(韻會箋要)』·『전록통고(典錄通考)』·『예기유편(禮記類篇)』이 있고, 저서로 『명곡집』이 있다.

출전: 明谷集(『한국문집총간』 153·154집)

---

1) 東溟集序
2) 鷗浦集跋

---

1) 東溟集序(권8)

文章與時代漸降　而談藝家以復古爲難　夫文之於西漢　詩之於盛唐
至矣盡矣　蔑以復加矣　後世操觚之士爲西漢爲盛唐者　亦多有之　窮年沒
世　竭力模擬而卒未有幾及者　有能得其聲音色澤　肖其形似髣髴　斯亦
謂之難矣　況生乎百歲之下　處於偏荒之俗　而能不局於時代　不累於耳目
奮然自拔　獨追古人而爲之　不其尤難乎　國朝文章　大略三變　國初諸家
平實渾厚　理順辭達而止　及至穆陵之世　文苑諸公　擬議修辭　學嘉隆諸

子 一反正始 而篤論者猶未翕然 仁廟中興 谿·澤諸公 折衷前古 步驟
韓蘇 質有其文 殆所謂彬彬君子矣乎 然引繩於西漢盛唐 則或有所未遑
焉 東溟鄭公晚起而振之 公有高才逸氣 早負盛名 旣取魁科登顯仕 而
不汲汲於世路名利 獨喜爲文章 遍讀先秦兩漢之文 而尤酷嗜馬遷 終
身肆力 誦數至累百千 從橫貫穿 取之如探囊 然於詩則獨取李杜及盛唐
諸名家 爲之標準 死不道黃陳以下語 故其爲文 洪閎雄偉 如長河巨浸
浩蕩彌漫 讀者茫然有望洋之歎 雖有千里一曲 不害其爲大也 其爲詩
雋拔揚厲 如天驥名駒奔軼絶塵 往往有踶齧不馴 而毋失其爲上乘也 我
東文體 大約有三病 其氣衰薾而不振也 其辭卑陋而不雅也 其爲理纖
瑣而不渾全也 公則不然 旣以雋拔雄偉爲主 力反古作者之風 故文若
寡要而毋或拙 詩若少味而毋或凡 求一言之涉於衰陋纖瑣而無得焉 要
之非叔世偏邦之語 若公眞可謂傑然命世而間出者矣 談者或以精詣深
造 責備於公 謂非經世適用之文 騷壇主盟 公望久鬱而卒不見處 此則
公固已捐而與之矣 類非知言者也 後公而爲文詞者 設有雄視高步 掩跡
前人 若夫前茅先驅 則當屬之公 然則其倡導正宗之功 於是乎益大矣
至於詩諷數卷 卽公所矢謨陳忠於上者 而孝廟亟嘉奬之 至被皐比之錫
毋論其辭意古雅 明於治亂成敗之理 辨於需世應物之方 讀之 令人感
發而興起 可與韓嬰劉向之倫 頡頏於異代 嗚呼盛哉 公沒未幾 藥泉南
先生在北藩 刊行詩集 而文稿久藏家篋 公之孫壽崙請于藥泉 取全稿通
修而鈔訂 及其伯壽崑宰宜寧 乃付剞劂 (하략)

대 상: 東溟集(鄭斗卿)
중심어: 復古 / 國朝文章*三變 / 我東文體*三病 / 詩諷
색인어 정보: 嘉隆諸子(前後七子) / 谿澤(張維, 李植) / 韓蘇(韓愈, 蘇軾) / 東溟(鄭
斗卿) / 馬遷(司馬遷) / 黃陳(黃庭堅, 陳師道) / 李杜(李白, 杜甫) / 藥泉(南九萬) /
壽崙(鄭壽崙) / 壽崑(鄭壽崑)

2) 鷗浦集跋(권12)

(전략) 其爲詩 多積而薄發 遇有唱酬 輒操筆立就 雖連篇累什 絶無
艱難窘束意 句法渾全 情境安適 恥爲尖奇新**警**語 先祖遲川公見公長
律一篇曰 絶有**老杜風格** 其見推於前輩宗匠如此 於文最善**駢儷** 毋論功
令拔萃 卽館課諸作 作必居首 遂以連三次居首 (하략)

대 상: 鷗浦集(安獻徵)
중심어: 尖奇新警 / 老杜風格(杜甫)
색인어 정보: 遲川(崔鳴吉)

이현석(李玄錫, 1647~1703)

본관은 전주(全州), 자는 하서(夏瑞), 호는 유재(游齋). 이수광(李睟光)의 증손이다. 1675년 문과에 을과로 급제하여, 한성부판윤·형조판서 등을 지냈다. 성리학에 조예가 깊었는데, 이론보다는 존심양성(存心養性) 등 실천적인 덕목에 치중하였다. 또한 경제세무(經濟稅務)에 관한 실용적인 사상을 바탕으로 조세 감면 등 각종 정책을 입안하였다. 저서로 『역의규반(易義窺斑)』·『명사강목(明史綱目)』·『유재집』이 있다.

출전: 游齋先生集(『한국문집총간』 156집)

1) 無悶堂集序
2) 雲溪上人天機詩卷序

1) 無悶堂集序(권15)

文章以神氣邁往爲眞格　夫能絶纏繞牽攣之習　而軒然有飛動之意象者　卽駃騠走大街法門也　若是而猶未能臻妙奧奪造化者　蓋工有不至焉　非才之罪也　今有無悶堂集　於此其庶乎眞格者歟　公諱某　字某　姓朴氏　嶺以南奇節士也　於仁弘爲近親　少嘗受學　而迺極言永昌不可殺　鄭桐溪不可罪　李爾瞻姦邪誤朝狀　大爲其黨所憎嫉　幾禍而不小沮　至今讀其書凜凜乎如見其人也　又慨然慕南冥先生　誦其塵土生五內之句　卽上書家大人　請停擧子業　家大人高其志許之　遂篤志古人學　截然爲獨善士　義

不取苟容 行不取苟合 其蓄於中者如是 故於詞章也 雖不規規乎作者榘
矱 而句語超詣 氣度發舒 意豁而辭直 坦蕩如也 詩可以激發人 文可
以動悟人 非操觚啽囈之士所可彷彿者也 吁其可敬也已 吁其不可泯也
已 余外祖寒沙公與公同鄉 交莫逆 銘公之碣 無溢辭 世之欲知公者 固
當於是乎求之 而今公之孫某又以公集弁卷之文 托於余 余義不敢辭 已
佛頭不潔之誚 有不暇顧 觀者恕之

대 상: 無悶堂集(朴絪)
중심어: 神氣*眞格 / 詩可以激發人 / 文可以動悟人 / 臻妙*造化
색인어 정보: 桐溪(鄭蘊) / 南冥(曺植) / 寒沙公(姜大遂)

2) 雲溪上人天機詩卷序(권15)

禪客之哦詩 或認爲空寂之病 是不然 空莫如懸磬而叩之則鳴 寂莫如
虛谷而響之則應 此蓋神機發動 不期然而然者耳 雲溪上人天機者師浮
屠氏 能通其道 又好詩若文 所著頗夥 感物而詠 因韻以次 如叩之必鳴
響之必應乎 而其詩潔淸幽峭 直與貫休·處默輩相上下 文亦淡而有法
優入乎作者蹊逕 筆畫更妍妙可觀 豈所謂善幻多技能者非耶 然以渠維
摩家法而論之 不幾乎外騖者歟 噫 師之意我知之矣 名曰天機 號曰雲
溪 其由詩而頓悟者乎 詩天機也 發於氣竅 隨聲以動 則其取名之也
固可見其微旨矣 況乃溪之吐雲 卽天機之妙處也 逝川不波 其氣朝隮
變弄千態 不可名狀 而溪之湛湛 顧自若也 蒼狗白衣 卽何關於潺湲哉
師之於詩 亦若是而已 昔之高釋有以嗔以喜作佛事者 師之爲詩文 其嗔
也耶 抑喜也耶 師之于余 猶文暢之於昌黎 不可無一辭以贈 而其請又
甚勤 遂以斯說題其卷也

대　상: 雲溪上人天機詩卷
중심어: 空寂之病 / 天機
색인어 정보: 昌黎(韓愈)

정호(鄭澔, 1648~1736)

●●●

본관은 연일(延日), 자는 중순(仲淳), 호는 장암(丈巖). 정철(鄭澈)의 현손으로, 송시열의 문인이다. 1684년 문과에 병과로 급제하여, 영의정에까지 올랐다. 『숙종실록』의 편찬에 참여하였으며, 시문에 뛰어났다. 편서로 『문의통고(文義通攷)』, 저서로 『장암집』이 있다.

출전: 丈巖先生集(『한국문집총간』 157집)

1) 關北抄詩序
2) 鳴皐詩集序
3) 交翠堂遺稿序

1) 關北抄詩序(권23)

昔夫子編詩三百 而以二南 繫于國風之首 蓋二南 卽岐豐之域 而聖化最先被者 故其風俗之美 歌謠之盛 可爲諸國之始也 然則詩豈但以聲音格韻而觀之哉 我東之關北 實聖祖興王之地 而周之岐豐也 則其遺風餘韻之見於謠俗者 必有所徵矣 歲甲申 余猥膺藩寄 來莅是邦 觀風之暇 時引章甫 扣其所有 鄕射以講禮 文會以居業 彬彬乎可觀 而至於詩敎 大有雅古醇淸之氣 絶無遐荒駁陋之習 固已默賞而心異之 顧未暇乎探本窮源而振作之也 後七年庚寅 余獲罪於朝 禦魅北荒 一日 咸山朱上舍處正靜夫以書來 仍寄關北古今抄詩一冊曰 願以一言發揮之 試一

覽過 則其篇殆數百 其人過半百 蓋集關北諸郡之秀 而公其選也 其**體製之正駁 格韻之高低** 余非能詩者 顧何能妄有評議 第其源委之所自 風化之所由 **雅古醇淸**之有淵源 自不可誣 而前日所以默賞而心異之者 於是乎益驗矣 嗚呼 魯無君子 斯焉取斯 其亦盛矣哉 或曰 此篇固極精選 而但初末醇醨不齊 似不可以一槩論之 余曰 何妨 **朱子**嘗論詩敎 上自虞夏 下逮唐宋 而亦有**三變**之歎 蓋欲抄取**經史**所載韻語 以及**漢魏**古詞 而又擇顏謝以後近古者 以爲之羽翼興衛 況此篇**體格之正變** 繫乎**風氣之醇醨** 固非選者之所可低仰 靜夫之意 其亦有見乎夫子編詩之義 而不廢朱子羽翼興衛之志乎 後之善觀者 審其**雅俗向背**之辨而取舍之 則亦無往而不達云爾

대　상: 關北古今抄詩
중심어: 觀風 / 體格之正變
색인어 정보: 顏謝(顏延之 謝靈運)

2) 鳴皐詩集序(권23)

自古詩人 不遇於時 終窮以死 若郊島儲王之倫 不可勝數 想其搯胃擢腎 劌目鉥心 爭鳴於一時 蘄知於百世者 果何如也 而卒之如鳥獸好音之過耳 其不與草木歸於同腐者幾希矣 獨惟**杜陵氏**之作 傳之愈久 而愛之采深 後賢之稱述引重 靡有餘蘊 至於儗諸聖而號爲史 豈不以其所學者**稷契** 所志者君民 而白首徒步 揮涕行在 忠義之氣 秋色爭高故歟 **海東**千載 亦有聞其風而興焉者 鳴皐任公諱銶是已 蓋公生禀絶異之姿 早遊**成文簡**之門 得聞道義之說 又嘗景慕**栗谷李**先生曁吾祖**松江公** 終始不替 所與遊則**淸陰**金文正公尙憲 · **玄軒**申公欽 · **楸灘**吳公允謙 · 石

洲權公韠諸名賢也 其師友淵源 固自可見 而平日所以濡染切磨 成就其德者 夫豈偶然哉 逮至龍蛇之歲 島夷搆亂 乘輿播遷 兩京丘墟 當時食君衣君之輩 望風鼠竄 草間求活 滔滔者是 而公獨以眇然寒士 投袂而起 灑血忼慨 裹足奔問 仍又往來於天兵義旅之間 發謀出慮 期以滅賊 雖其時命不偶 功業未就 立意皎然 可貫金石 苟非所學之正 所志之大 孰能與於此哉 試讀其詩 **憂時愛君 忠懇悱惻** 綽有夔後遺音 公於**少陵翁** 眞可謂朝暮遇者 惟彼**郊島**之寒瘦 固不足論 而其視**儲王**之壞名喪**節** 又奚翅壤蟲之於黃鵠耶 然公之詩集 久不見行 殆至泯沒 曾未有發揮其幽潛如爭秋色之云者 識者之恨 蓋已深矣 頃歲 公之外玄孫朴尙書**權** 出按嶺南節 始克梓行 旣而板本刓缺 幾不可讀 今金泉督郵述 卽公幾代孫也 鳩材募工 就加補完 噫 尙書公平通之思 督郵君善繼之孝 俱足可尙 未知少陵翁之後承 曾有此事否乎 從今以往 斯集之傳 可保其久 而人之愛之也亦將采深 公於是可以無憾矣 督郵君以余忝爲松江公之後孫 托以弁卷之文 自念老廢筆硏 無能爲三都家役 而念及先故 終不忍無言 因竊有慨於世之評公者 類以爲騷人墨客 而不能詳其本末也 聊書所感 以識簡末

대　상: 鳴皐詩集(任銶)
중심어: 杜甫 / 憂時愛君 / 忠懇悱惻
색인어 정보: 儲王郊島(儲光羲, 王昌齡, 孟郊, 賈島) / 杜陵氏(杜甫) / 鳴皐(任銶) / 成文簡(成渾) / 栗谷(李珥) / 松江(鄭澈) / 淸陰(金尙憲) / 玄軒(申欽) / 楸灘(吳允謙) / 石洲(權韠) / 少陵翁(杜甫)

3) 交翠堂遺稿序(권23)

　世之論文章鉅手　多出於學士大夫之家　而尠稱於貴介豪族之流　豈文章是希世之寶　富貴是五福之一　天之所與　固難兼而有之耶　抑業有專嬉沃瘠異才而然歟　然漢之劉向　唐之汝陽　未始非天王家苗裔　而或得太乙玉牒之授　或有鸞聳鳳騫之稱　則惡在其文章之不見出於貴介也　國朝中葉　有宗英漢陰君某　號交翠堂　卽劉向汝陽之流也　自少以博學名世　蔚爲醇儒　其平居飭身　綽有寒士淸脩之節　絶無綺紈紛華之習　爲詩雄勁峻厲　自成門戶　其一言一句　無非自老杜節度中出來　獨於文存稿甚尠　而其正氣錄序及松都疏數篇　筆力縱橫　辭意嚴正　一臠足以識全鼎矣　余於是竊有感焉　公以王室支屬　奮發自勵　從事文章　有意致用　而適丁穆陵季年　國事板蕩　乘輿播越　裹足奔問　追及松都　忠憤攸激　裂幅封章　乞斬嬖倖之頭　請下罪己之詔　以爲收拾民心　恢復宗社之本　縷縷千餘言凜乎其霜雪　森然其鈇鉞　若使當時試其萬一　則豈不有光於後漢今周之盛業　而惜乎無聞　及至昏朝戊午　天地閉塞之日　公以不參庭請　與義昌君同被削黜　此槩見公之始終也　嗚呼　以公峻爽之氣　炳蔚之文　置之學士大夫之列　誰之不如　生旣不遇於時　沒又無傳於後　甚至子姓零替　不能保有家業　生平著述　散亡殆盡　顧天所以與人不偶　使之不朽者　果安在哉　今公裔孫世麒氏　收拾遺篇　僅成兩冊　詩文及雜著凡若而首　屬余作序　噫　以余謏寡之見　何敢有所稱道哉　嘗聞老峯閔相公亟稱公爲人若文章而曰　眞所謂翩翩濁世之佳公子　竊想相公平日論人甚簡　論文不苟獨於公以此稱之者　豈偶然哉　余取以徵焉

대　　상: 交翠堂遺稿(李俔)
중심어: 杜甫
색인어 정보: 汝陽(王璡) / 漢陰君(李俔) / 交翠堂(李俔) / 老杜(杜甫) / 老峯(閔鼎重)

임 영(林泳, 1649~1696)

본관은 나주(羅州), 자는 덕함(德涵), 호는 창계(滄溪). 박세채의 문
인이다. 1671년 문과에 을과로 급제하여, 대사간·개성부유수 등
을 지냈다. 송시열·송준길(宋浚吉)에게도 수학하여, 이기설(理氣
說)에 있어서 이이(李珥)의 이기일원론(理氣一元論)에 찬성하였다.
저서로『창계집』이 있다.

출전: 滄溪先生集(『한국문집총간』 159집)

1) 日記序
2) 晦谷集跋
3) 靜觀齋集跋

1) 日記序(권16)

是記 凡吾日用動靜話言事爲 皆記焉 記之何 將使倫心妄念有所畏敬
忌憚而不敢肆也 畏敬忌憚由心不由物 記亦外物也 而今爲之何 嚴其外
所以警其心也 記而不飾辭嫩文何 惡其史也 與人言善則著其人 其餘則
否何 揚善而匿不能也 其事不足懲勸而皆記之何 恐其於不足懲勸者略
之 於足懲勸者亦然也 其言行近乎誇 猶不掩何也 恐其於善有掩 於惡
亦有掩也 (후략)

─────
대 상: 日記(林泳)

2) 晦谷集跋(권16)

(전략) 公詩天得也 前乎巫峽 已自有**驚人語** 以無所錄故不傳 及至巫峽有錄 則**律格興象** 殆類成家者 豈不異哉 西園蓮幕則公嘗就正於**澤堂**李公 雪窖則**淸陰**金公樂與酬唱 蓋二公旣深許之矣 至其晩年諸錄 似益**沈鬱典重** 若使諸老鉅公見之 其所賞音 又當如何也 其文尤著名當世 當世或比公**曾子固** 公非不能詩者也 世猶以此名歸之 則文固可知也 嘗聞公之陳疏進箴也 我孝廟實稱其好文辭 (후략)

———
대　　상: 晦谷集(崔錫鼎)
중심어: 律格興象
색인어 정보: 澤堂(李植) / 淸陰(金尙憲) / 曾子固(曾鞏)

3) 靜觀齋集跋(권16)

(전략) 泳妄謂觀先生集 當以三格求之 先生少時所著述 詩多而文少 考其詩 有鏗然之音 **超然之氣** 乃天分然也 聞當時瀛館諸公號能詩者 皆服其才調 以爲莫及云 此一格也 洎其壯歲遺榮 一意求道 則其爲詩文 又不翅一變 詩固罕作 作必**形容理妙** **陶寫性靈** 文無矜持 唯以**達意爲主** **纖悉曲盡** 如當面說話 其所發明多矣 非苟爲藝而已 此又一格也 乃先生之志 則又有不止此者 不以其所已能者自喜 而方益求其所未至 故凡平生所爲詩文 未嘗自護惜 雖長書累千言 往往操筆立寫 無甚點檢

而亦不藏去草本 蓋觀其旨 立言傳後 猶有所更覬焉 惜哉 天不假年也
其粹爲是集者 大抵多先生卒後嗣子喜朝之所訪得 非先生自以爲可傳而
傳者也 今味其言 亦可知其所自期者遠矣 此又文字外一格也 (후략)

대　상: 靜觀齋集(李端相)
중심어: 陶寫性靈 / 達意爲主 / 纖悉曲盡

김창협(金昌協, 1651~1708)

본관은 안동. 자는 중화(仲和), 호는 농암(農巖) 또는 삼주(三洲). 김상헌(金尙憲)의 증손자, 김수항(金壽恒)의 아들. 1682년 문과에 급제, 청풍부사로 있다가 기사환국 때 아버지가 진도에서 사사되자 영평(永平)에 은거하고, 대제학과 판서에 임명되었으나 모두 사직하였다. 이황(李滉)과 이이(李珥)의 설을 절충하였으나, 이황의 기발이승(氣發理乘)의 설을 찬동하고, 호론(湖論)을 지지하였다. 특히, 문장에 능하며 글씨도 잘 썼다. 저서로『농암집(農巖集)』·『주자대전차의문목(朱子大全箚疑問目)』·『논어상설(論語詳說)』·『오자수언(五子粹言)』·『이가시선(二家詩選)』 등이 있다.

출전: 農巖集(『한국문집총간』 162집)

---

1) 答任大仲〔埅〕
2) 答崔昌大
3) 兪〔命岳〕李〔夢相〕二生東游詩序
4) 息菴集序
5) 苔川集序
6) 松潭集跋
7) 泛翁集跋

---

1) 答任大仲〔埅〕 壬午(권17)

歌行六選 見投已多年 而喪戚疾病 無暇細看 兼以跋語難成 尙未奉還 今被徵索 不敢不納上 而跋語終未副敎 豈勝愧恨 竊觀此編 雖只選

歌行 以資初學誦習 而其用意之勤 條例之密 誠有不草草者 蓋歌行之
作 莫盛李唐 上下三百年 篇什多矣 今旣徧觀博採 殆無遺勝 而又各審
其體格 定其品目 分爲六科 逐篇隷屬 此蓋於古無有 而創爲之 非止如
楊伯謙·高廷禮之槩以人與代 別其品者 其於鑑別權衡之際 必有獨得
於心 而非他人所能與者 況以協之素不習唐詩 而敢論其得失哉 然以序
文所云參之題目 竊不能無疑 蓋所謂**描寫景物 論說事情** 詩之爲用 惟
此二端 觀於三百篇 亦可見矣 然其言蟲魚鳥獸山川草木之狀 風雨日月
雪霜寒暑之變 非止以**留連光景**而已 要以**起興託喩** 以發其歡愉怨苦感
慣哀樂之情 則初未嘗判而爲二也 然試就二端而論之 **景語 簡妙眞切
深於體物, 情語 優游婉曲 善於感人** 此詩之所以爲妙也 唐人之詩 雖
不得例此 而其寫景言情 亦往往各臻其妙 初不當有所抑揚於二者之間
也 今必以描寫景物者 爲**本色**而譬之**悟禪** 論說事情者 非本色而譬之**漸
敎** 此論雖似本於**嚴羽卿** 而實有不同者 蓋彼所謂本色悟門 只在於**興趣
玲瓏 不落言筌** 如水中之月 鏡中之象 言有盡而意無窮 不揀寫景言情
皆有此妙 夫豈如今者之云哉 且以**警絶遒逸** 爲寫景之品 **圓活瞻暢** 爲
言情之品 亦似未確 凡此只視其人才調之如何耳 豈寫景者無圓活瞻暢
而言情者無警絶遒逸哉 是皆畫景物事情 以分其品之過也 且**溫·李**之
體格奇麗 張·王之**紋致精雅** 精雅二字 似亦未盡張王本色 同屬**奇格**
亦似可疑 蓋雅者 正也 奇者 奇也 奇與正 正相反 今目以精雅而屬之
奇格 無乃有矛盾者耶 又以**奇麗**精雅 專歸之**溫李張王**而不徧於餘人 亦
似未該 且與已上類例不同 竊觀編內奇麗門中 已略收他作 而序却云然
亦所未喩 豈從其多者言之故耶 凡此皆於愚意不能無疑者 故敢歷擧以
求敎 高明倘或有取焉 則本編雖難便行改易 只於序文中 略加修潤 如
寫景言情一段 不過刪却本色禪宗纔數十字 而亦可無抑揚彼此之嫌 奇
格 只改作**變格** 便可以攝得溫李張王二派 此則似無難處者 幸有以裁之

如何 但此數子外 如**韓盧元白**諸作 亦恐不得爲**正格** 或可別爲品目 以
隷於**變格**否 並更商度爲宜 不宣

대 상: 任埅
중심어: 歌行六選 / 描寫景物 / 論說事情 / 悟禪*漸敎 / 寫景言情 / 變格
색인어 정보: 歌行六選(任埅) / 楊伯謙(楊巍) / 高廷禮(高棅) / 嚴羽卿(嚴羽) / 溫
李(溫庭筠, 李商隱) / 張王(張籍, 王建) / 韓盧元白(韓愈, 盧仝, 元稹, 白居易) / 溫
李張王(溫庭筠, 李商隱, 張籍, 王建)

2) 答崔昌大 壬申(권18)

日者徐甥來 蒙足下投寄**東遊詩**一編 重辱惠書 辭語恭甚 若以僕禮先
一飯而執業請敎之爲者 愧恐不敢當 僕自禍故來 屛伏窮山 麀豕爲徒
於世間事 芒芒焉都不省識久矣 得足下詩讀之 輒覺此心披發 若葭灰之
吹而春氷之釋 旣又反復數過 髣髴窺見其用**意造語 聲律格調** 不因襲
陳陋 **務尋古人本色以爲高** 而才思之敏給 又足以濟之 吟諷之間 爲之
屢歎 蓋僕之得於足下詩者如此 至於鍼砭敎導 如來敎所云 豈僕之任哉
然以僕之嘗粗涉詩道 而知其爲之不易也 **矜持則少眞意 洗削則累元氣**
語之警者味或短 聲之亮者節易促 此自古人已難之矣 況今生於衰晚之
運 神明精力 不及古人遠甚 言語聞見 又日接於世俗 而欲脫去凡近 反
之大雅 則必將黽勉氣力 淘洗積習 **擬議而後出之 鍛鍊而後成之** 若是
而能免前數者之病 豈不盆難哉 況未力之所難强 宿習之所未化 **俗調俚**
語 間或不免者有之 則爲詩之難 未有難於居今而學古者也 此僕之所嘗
經歷 而聊爲足下言之 足下試以此自求之 則得失居可見矣 雖然 僕之
爲此言 亦非以阻足下**學古**之志也 但欲足下勿索古人於**聲音面貌**之外

而必求其性情之眞 問學之實 勿效古人於尺寸繩墨之間 而必得其規模之大 氣象之全 優游以抒其意 樸茂以完其氣 無過求新警而使旨味雋永 無專尙淸亮而使音節和緩 此或可爲百尺竿頭 更進一步之助 不審足下以爲如何

대 상: 崔昌大
중심어: 性情之眞 / 問學之實 / 俗調俚語 / 尺寸繩墨 / 規模之大 / 氣象之全
색인어 정보: 東遊詩(崔昌大)

3) 兪〔命岳〕李〔夢相〕二生東游詩序(권21)

詩歌之妙 與山水相通 夫淸逈峻茂 奇麗幽壯 其爲態多變 其爲境難窮 望之而神聳 卽之而心融 此山水之勝也 而詩歌亦然 故二者相値 而精氣互注焉 景趣交發焉 是固有莫之然而然者矣 然造化無全功 人才有偏蔽 故宇內之爲山水者 不能皆勝 而人之於詩歌 亦鮮造妙 是以踐常境而求奇雋之語則無助 操哇音而寫瑰麗之觀則未肖 是二者又交相負也 而人之負山水也顧多 蓋詩道之衰久矣 語山水於東方 金剛爲大 而自前世詩人歌詠甚多 然求一言之克肖其勝 卒不可得 夫造物者 專以神秀淑麗之氣 鍾之於是山 以而爲奇峰峭壁 以而爲淸泉邃谷 以而爲嘉木異卉 金砂銀礫 其爲勝亦妙矣 而世之爲詩者 方且樂習卑近 因陋而襲陳 未嘗一致其深思 以發獨創之語 其動乎天機也淺 而興象不遠 命乎事物者粗 而描寫不眞 以此而之乎山水 夫安能有所發 余謂詩歌之道不振 則東人之負金剛也 無已時矣 及余觀兪李二生東游詩 可異焉 二生之治詩歌 其師法甚古 此自余所知 而若其卽物而語皆眞 逐境而意輒新 幽觀勝態 的皪燦發 使嘗見是山者 恍然如復見焉 則余亦不圖其至

於是也 二生之所從學詩者 實吾弟子益也 子益每與余論詩 必以深造獨
詣 眞際遠韻爲尙 而慨東人之不然 今二生則旣涉其津矣 詩歌之道 其
將振於今日乎 余故喜而稱之 不但爲金剛賀而已也

<hr />

대　상: 東游詩(兪命岳, 李夢相)
중심어: 詩歌之妙 / 與山水相通 / 卽物語眞 / 逐境意新 / 天機*興象
색인어 정보: 子益(金昌翕)

4) 息菴集序(권22)

國朝近世文章 最推谿谷澤堂爲作家 余嘗妄論二氏之文 以謂谿谷近
於天成 澤堂深於人工 比之於古 蓋髣髴韓柳焉 二氏以後 作者多矣 然
其能追踵前軌 卓然名世者亦少 最後乃始得息菴金公焉 公之文 雖天成
不若谿谷 而人工所造 殆可與澤堂相埒 乃其瑰奇沈邃之致 鼓鑄淘洗
之妙 則又獨擅其勝云 蓋嘗謂我東之文 其不及中國者有三 膚率而不
能切深也 俚俗而不能雅麗也 冗靡而不能簡整也 以故其情理未晢 風
神未暢 而典則無可觀 若是者 豈盡其才之罪 亦其所蓄積者薄 所因襲
者近 而功力不深至耳 公旣才素高 於學又甚博 而尤好深湛之思 鑱畫
之旨 自少攻詞賦 已能一掃近世陳腐熟爛之習 而自創新格 每試輒驚其
主司 而一時操觚之士 競相慕效 以求肖似 及其爲古文辭 上溯秦漢 下
沿唐宋 以放於皇明諸大家 參互擬議 究極其變 用成一家言 大抵本之
以意匠而幹之以筋骨 締之以材植而傅之以華藻 卒引之於規矩繩墨
森如也 章箚 尤精覈工篤 其指事陳情 論利害辨得失 能曲寫人所不能
言 往往刺骨洞髓 而要不失古人氣格 詩律亦沈健而麗絶 不作浮聲慢
調 蓋其爲稿者凡二十五卷 而試求其一篇 近於膚率俚俗而冗靡者 無有

焉 嗚呼 公之於文章 其人工至到 雖謂之奪天巧 可也 而於以接武谿·
澤也 其可以無愧矣 然公蚤被枋用 身總軍國之重 鉛槧之業 太牛爲籌
畫韜鈐所奪 卒又限以中身 不得大肆志於結撰 而其所成就 猶足以跨越
一世 焜耀後來 此豈不尤難也哉 (후략)

대 상: 息菴集(金錫胄)
중심어: 天成*人工 / 張維*李植*金錫胄 / 擬議*其變
색인어 정보: 谿谷(張維) / 澤堂(李植) / 韓柳(韓愈, 柳宗元) / 息菴(金錫胄)

5) 苔川集序(권22)

　昔天啓丙寅 我曾祖文正公 奉使朝京師 苔川金公 實以書狀同行 於
是遼路梗矣 木道數千里 絕渤澥略齊趙 以達于燕 蓋期歲而始復命焉
沿途賦詠各爲一集 名曰朝天錄 中朝學士李康先·閣老張延登 俱爲序
稱引甚盛 不佞自少讀家集 見公詩若干篇在其中 皆類學唐人而爲者 竊
喜誦焉 乃今公之孫繼孫 以公全稿 屬不佞刪定 因得以卒業焉 則其喜
尤可知也 公於爲詩 初不冥搜旁索 以深刻富麗爲能 而卽事寫境 眞率
淸澹 自不失古人格韻 尤長於絶句 其宮詞塞曲 往往有王仲初·李君
虞之遺 公 湖南人也 湖南之詩 自李靑蓮始學唐 因以崔·白代興 益有
聲詞苑 以公而繼其後 殆可以無愧焉矣

대 상: 苔川集(金地粹)
중심어: 學唐 / 崔慶昌 / 白光勳 / 湖南之詩
색인어 정보: 文正公(金尙憲) / 朝天錄(金尙憲) / 王仲初(王建) / 李君虞(李益) /
李靑蓮(李後白) / 崔白(崔慶昌, 白光勳)

6) 松潭集跋(권25)

松潭集二卷 詩凡四百幾十首 **尤齋宋先生**爲之序 其稱述事行甚備 而
詩則不論也 其意蓋曰詩在集中 觀者當自知之 抑又不若論其人之爲大
也 然試論其詩 則**聲韻之溜亮 體調之諧暢** 雖刻意專業者 未能遠過 而
思致乃更淸曠 人或疑公素不以詩人名 而其詩能如此 余謂**詩者 性情
之物也 惟深於天機者能之** 苟以齷齪顚冥之夫 而徒區區於**聲病格律**
搯擢胃腎 雕鎪見工 而**自命以詩人** 此豈復有**眞詩**也哉 序稱公自少游宦
四方 輒喜游佳山水 中歲倦而歸鄕 日灑掃雙淸堂 蕭然淸坐若神仙 蓋
生歲八九十 未嘗有皺眉之事 此公之爲眞詩人也 遇境觸物 必發於吟詠
佳辰美景 治酌命儔 談譓嬉怡 無非詩者 此公之所以爲眞詩也 以此而
言 則序雖無一語論詩 而亦無一語非論詩 讀者亦不待見其詩 而知詩之
必佳矣 然世苟有善觀詩 如**季札**之觀樂者 則其讀是集 又不問誰氏之作
而則必曰是風流澹蕩愷悌人也 若然者 雖無序 可也 況又徵之以序 其
不尤信矣乎 (후략)

대　상: 松潭集(宋枏壽)
중심어: 天機 / 眞詩 / 詩人<自命以詩人
색인어정보: 尤齋(宋時烈)

7) 泛翁集跋(권25)

泛翁洪公詩稿 若干卷 嗣子**萬選士中** 屬昌協刪定 仍命綴數語其下
余惟公自少爲詩 已爲先輩名公所亟賞 又有**尤齋**先生所爲序 稱述甚備
何待余言爲重 獨記昔年先君子秉**文衡**日 每考次諸學士月課詩 公所作

輒居高等 昌協時尙少 竊從傍窺觀 則已知公爲能詩人 及後見公於伯氏
文懿公第 其容貌無所矜飾 口若不能道辭 沖然而已矣 退而徵於人 益
知公平生恬靖自守 不喜交游 朝謁之外 卽簾閣隱几 吟哦終日 亦自樂
而已 初不蘄立名作詩人爲**不朽計**也 余於是 不惟得公爲人 因亦得其所
以爲詩者蓋如此 嗚呼 此豈世之馳騖榮利 終身役役 而徒事粉墨塗抹
以詩自名者比哉 逮公晩罷鋼籍 益自肆於江海間 跌宕觴詠 以適其志
則凡世之榮辱得喪 益無所入於其心 而詩亦益昌 蓋其**句律精工**而**意度
優閒** 描寫**眞切**而**興寄沖遠** 讀之猶若見其把酒高吟 冥心事物之外 **詩
可以觀** 豈不信哉 公於月**沙李公** 爲外孫 又少學於**鄭崎翁** 其淵源浸灌
遠矣 然其**深造自得** 多出於**天機** 卽一時詞林三數公聲稱 亦有出公上
者矣 至論**古人風致** 則殆莫能先公 而世顧未能盡知也 豈公善於自晦而
然耶 抑以眞知之難 雖詩道 亦然也 古人有言 文章如精金美玉 自有定
價 是集之行 必當有具眼者鑑定其品 余故不究論云

대　상: 泛翁集(洪柱國)
중심어: 自得 / 天機 / 眞知 / 詩道
색인어 정보: 萬選(洪萬選) / 尤齋(宋時烈) / 文懿公(洪柱元) / 月沙(李廷龜) / 鄭
崎翁(鄭弘溟)

서종태(徐宗泰, 1652~1719)

본관은 대구(大丘), 자는 군망(君望), 호는 만정(晚靜)·서곡(瑞谷)·송애(松厓). 1680년 문과에 급제, 기사환국 때 은퇴하여 저술에만 전념하였고, 영의정을 지냈다. 저서로 『만정당집(晚靜堂集)』이 있다.

출전: 晚靜堂集(『한국문집총간』163집)

---

1) 跋赤谷楓嶽錄後
2) 讀弁山集
3) 錢牧齋集

---

1) 跋赤谷楓嶽錄後(권11)

近世茅坤曰 太史公文章 善摸狀 讀荊聶傳 使人便感慨 有燕趙悲歌意 讀李廣等傳 便欲善戰 有味哉 其言之也 此不幾於化工之肖物乎 蓋文章無二道 紀實詠物 機括同焉 如二謝游覽諸詩及孫綽天台賦 每讀之 其寫吳越東南岳海諸勝 瞭如指掌 自覺神思奕奕流動 怳乎若躬親跋履其間 文之大小雖異 其善摸狀均也 今觀赤谷金公游楓嶽錄 其詩若記若賦 侔色揣稱甚悉 爲十洲三島生色 其詠內山也 奇麗秀發 其詠外山也 闊大宏曠 其望海泛浦 漫汗浩渺而不可涯 其奔放震盪 一瀉千曲 萬瀑百川之吟也 黝深涵渟 源積而流長者 九龍諸淵之篇也 揚扢仙釋靈異之跡 則其音瑰奇詼俀 贊歎毗盧衆香標峻之致 則其辭突兀危絶 其

詳不可悉數 而大抵一寓目而輒令人有褰裳濡足意 (후략)

대　상: 赤谷楓嶽錄(金益廉)
중심어: 奇麗秀發 / 閎大宏曠 / 漫汗浩渺 / 瑰奇詼佹 / 突兀危絶
색인어 정보: 太史公(司馬遷) / 荊聶傳(荊軻傳, 聶政傳) / 二謝(謝靈運, 謝朓) / 赤谷(金益廉)

2) 讀弇山集 癸丑(권11)

始余讀弇山集 而善之曰 噫宏博哉 文章之無先秦漢 業已累百千年 今駸駸得遺音 而時似之 至鋒焰挺動處 有奇雋生色 自令人躍然而喜 彼元美何人哉 而文乃能若是美乎 因閱之累日而曰 旣宏博矣 順其力所造而爲之 猶不必遽讓曾 · 王數公下 乃欲盡追古 始每有語 一切洗凡逕 超常套 以故或浮夸生割 或飣句餖字 側僻不典 規規於幅尺之間 而求一語明白雅馴 絶無有也 嗟夫 文章之不復乎古 亦係世代風氣之上下 有不得不爾者存焉 彼弇山數子 旣不出先秦之際 又不出兩京時 乃生于千數百年之下 遽欲泝千數百年 而一蹴而並其軌 是顧不難哉 如可力求之 先元美數子而已 有韓柳歐蘇諸公 彼必已爲之矣 而何韓柳子自韓柳子 歐蘇子自歐蘇子 曾不斤斤先秦兩漢哉 其文氣筆力 終不能盡追其古 而陳言凡語 一務趨避掃去 其勢不得不走奇僻一道耳 夫文章之體 雖不得一以暢達爲宗 譬之波瀾 淪漣澎湃 各有其勢 又譬之音樂 激越舒緩 俱有其節 讀之渾厚 有一唱三歎之音 豈若是缺缺露矯揉痕 索然失本來眞色哉 且自恃太倨 强欲解理氣 如箚記等篇 間多夆駁語 以陽明之學 爲眞識心性 嗣聖人不傳之緒 而頗譏詆關閩諸賢 其放肆好論如此 抑出於文章家褊心負氣之習歟 當其聲氣頡頏 侈辭自誇 若可以

手闢草萊 震盪百代 一復左國班馬之轍 而唐以下盡麾之壇坫之下 然考
其歸則機軸精神 不出宋人範圍 尤好用晉宋人世說纖美語 又何其不倫
也 然嗣北地子而益振大之 淘洗元季之陋 而使我明文氣起衰 其功偉矣
至于鱗 余亦有說焉 讀者始見其鉤棘語 孰不深駁而奇之曰 是微奧哉
而徐而有解直外眩之耳 爲文若是勞且僻 則當自著而自知之 何垂世爲
嘻其用志滯矣 今夫獲一器而號於衆曰 是殷彝也 是夏敦也 則雖不與埏
埴凡物等 而孰從而果知其爲殷夏之寶 設令果爲殷夏之寶 其窳缺甚 其
將騰俎之盛而賁賓席乎 黍稷之實而奠淸廟乎 大抵弘嘉諸公 伯安雄而
恣 獻吉大而疎 仲默艶而靡 鹿門華而失之弱 荊川贍而失之衍 弇山則
該衆長而尤傑然者歟

대　상: 弇山集(王世貞)
중심어: 文章之無先秦漢 / 宏博 / 浮夸*生割 / 側僻不典 / 復古 / 奇僻 / 弘嘉諸公
색인어정보: 元美(王世貞) / 曾王(曾鞏・王安石) / 韓柳歐蘇(韓愈, 柳宗元, 歐陽
脩, 蘇軾) / 左國(春秋左氏傳, 國語) / 班馬(班固, 司馬遷) / 北地子(李夢陽) / 于
鱗(李攀龍) / 伯安(王守仁) / 獻吉(李夢陽) / 仲默(何景明) / 鹿門(茅坤) / 荊川(唐
順之) / 世說(世說新語)

3) 錢牧齋集(권11)

牧齋凡於壽序堂記等漫散文字 輒擧天下事 以建奴闖賊邦國之憂爲
言 扼腕感咤 娓娓弗自已 蓋積諸中而自隨筆溢發也 甲申春間 燕都炭
炭垂沒 而牧齋邈在吳中大江之南 文字之間 三月所作 以闖賊庶幾懸首
藁街爲辭 詞人之迂於事甚矣 然觸事詠物 感奮時事 是杜老之遺韻 其
忠忱則至矣 癸巳三月書

韓退之之嚴簡毋論 宋之歐陽永叔・王介甫・曾子固諸公 凡論人稱

道人作人墓文 未有甚溢之辭 俱有斟酌 斤兩不差 皇朝人則專事**浮**夸
稱人過於本實 見之有似**調戲** 元美甚焉 錢受之 頗同之

　文有波瀾 肆筆成章 且善於**形似** **曲盡事情** 自是皇朝末葉 救得**文章**
極弊之大家也 然筆路所溢 喜用**古文陳言全句** 且多**奇僻鬼怪**之語 不
可爲則 且一生趣嚮 務在軋斥**兩李與王** 故推許**荊川**與**歸熙甫**固宜 而
崇重**李西厓**過當 如**袁小修**輩**纖靡**之文 亦不知其可厭 其見褊矣 論人
善則輒以道德稱之 序人詩則皆以**風雅**歸之 全無**繩尺斟裁** 此歐・曾諸
家所未有也 以是令人見之 只賞其**造語文辭**而已 自不得信其語 文章雖
美 何能信於後世哉 然則殆無異於弇山之**浮侈**矣 大抵**皇明文人習氣**
夸且尙諛甚 都不免此

　牧齋作馮祭酒夢禎誌銘曰 其家以漚麻起富 父祖皆不知書 此等語 今
世作人墓銘者 必不書 書之 本家亦必辭之矣 中朝猶**質實近古**

대　상: 錢牧齋集(錢謙益)
중심어: 波瀾 / 形似 / 質實近古 / 曲盡事情 / 文章極弊 / 皇明文人習氣 / 唐順之
/ 歸有光
색인어정보: 牧齋(錢謙益) / 杜老(杜甫) / 韓退之(韓愈) / 歐陽永叔(歐陽脩) / 王介
甫(王安石) / 曾子固(曾鞏) / 元美(王世貞) / 兩李與王(李夢陽, 李攀龍, 王世貞) /
荊川(唐順之) / 歸熙甫(歸有光) / 李西厓(李東陽) / 袁小修(袁中道) / 弇山(王世
貞)

송징은(宋徵殷, 1652~1720)

본관은 여산(礪山), 자는 질부(質夫), 호는 약헌(約軒). 박세채(朴世采)의 문인이다. 1689년 문과에 급제하여 동부승지·대사간·호조참판 등을 지냈다. 박학하고 문명(文名)이 높았다. 저서로『약헌집』·『국조명신언행록(國朝名臣言行錄)』·『역대사론(歷代史論)』등이 있다.

출전: 約軒集(『한국문집총간』 164집)

1) 題義城金氏林碧堂詩後
2) 題白香山集後
3) 讀柳文

1) 題義城金氏林碧堂詩後(권10)

余嘗觀二南 樛木·漢廣之詩 儘美矣 降而後代 **閨房名媛**之所詠歌 列于國風 編之藝苑者 亦盛矣 其**纖巧淫佚**之辭 固不足觀 而率多流於 夸**麗浮靡** 余嘗病之矣 近得**義城金氏**枕角所題**林碧堂詩**二首而玩之 其 **幽閒貞靜沖淡簡雅**之趣 颯颯乎有二**南之遺音** 一唱而三歎者矣 且其絶 句三首 得載於天朝**錢牧齋謙益**所編**列朝詩删** 爲使价之所購來 噫 我 國僻在海外 雖操觚之士搯腎擢胃 **刻意推敲** 其得傳於**中華**者甚鮮 而况 林下一婦人 遣懷於閨梱之內 而乃爲大朝詞伯之所賞 編入於諸名家詩 選 豈不奇且幸哉 (후략)

2) 題白香山集後(권10)

余嘗看白香山集　詞藻映發　體格具備　實爲盛唐大家　然其染指於蔥
嶺之學　棲心釋梵　寄意空寂　蓋多伊蒲塞氣味　其八漸之偈　阿彌菩薩之
贊　崇信甚篤　以冀冥福　可謂惑矣　但遺外名利　抛官恬退　浪迹山水　頗得
閒靜之趣　其視王摩詰·柳宗元之徒　豈可同日而論哉

3) 讀柳文(권10)

余嘗喜讀古聖人書　不屑爲文章事　而亦嘗染指於諸子家矣　於河東柳
氏書　余甚病其鎪奇抉怪　多詭異而不經者　每以爲非好學者所宜看　看
一篇未了　必更篋笥之　如是者蓋累矣　適於是時也　更取其平鋪宛轉不甚
違於道者　讀十餘編　然後始知其文章雄偉雅健　傑立千古　宜與韓陸齊鑣
而足爲作者之軌範也　然文者　所以明道　固不可爲炳炳烺烺　務謏奇而
夸巧麗也　今考其書　無一言髣髴於道者　往往崇信浮屠　攀慈航望彼岸
而不以爲怪焉　何其識之悟而辭之謬也　當時如韓文公能以辭　尊孔氏拒
異端　頗有力於吾道　而以一時儕流　其立言　一何相螫耶　其黨比匪人　卒

自禍賊者 未必不此爲之權輿也 噫 腰千錢而取溺 零陵之氓也 貪重負
而抵死 蝜蝂之蟲也 而或以文哀之 或以傳記之 則其爲世之嗜貨徇利
冒禍而不知避者 辨之甚明 譏之甚切 而後乃躬自蹈之 將言之而不能行
者耶 抑及禍而噬臍者耶 子厚著是書 縱未能自救其身 後之人 若觀戒
於此 則豈可復逐逐於貨利間耶

대　상: 柳宗元
중심어: 雄偉雅健 / 譎奇*巧麗
색인어 정보: 河東柳氏(柳宗元) / 韓陸(韓愈·陸贄) / 韓文公(韓愈) / 子厚(柳宗
元)

김창흡(金昌翕, 1653~1722)

본관은 안동, 자는 자익(子益), 호는 삼연(三淵). 김상헌(金尙憲)의
증손자, 김수항(金壽恒)의 아들. 1673년 진사시에 합격하고 벼슬에
는 나가지 않고 성리학 연구에 몰두하여 이이 이후의 대학자로
명성을 떨쳤다. 저서로『삼연집(三淵集)』·『심양일기(瀋陽日記)』·
『문취(文趣)』등이 있다.

출전: 三淵集(『한국문집총간』 165집)

1) 答士敬別紙(권19)

古詩二十首與杜老 其地位如堯舜孔子 而子建則湯武之下規模 故變
化靈異 大有不及 苟能詳味而細較之 則了然可辨 白馬篇在子建詩中
古詩最緣情流出 故亦少摸擬之迹 自不易得 而比諸北征 則神化猶似
不及矣 子建詩 如人生不滿百 戚戚少歡娛 二字缺 可笑 由其役志於摸

擬前人 故神化不足 杜老絶意蹈襲 所以爲高也 豪傑之士 雖無文王亦
興 豈規規於摸擬哉

子美之詩 形神俱妙者也 李白只神行者也 所以子美牢籠萬象 形形色
色 無所逃形 故摘其警句 亦不可勝數 李白詩妙處 多在光景玲瓏 實無
警句可掇取者 以岑・高・王・孟善寫物態者 較諸李白 則李白固高一
層矣 然形神俱妙 終愧子美則均焉 杜老自有渠學問才識 非可以詩學目
之也 能爲孔明知己 至比於伊呂 程朱以前 未有此識 如東溟輩 只摘取
古人詩句 綴緝爲詩 奚其詩 奚其詩

李白識見 大不及子美 有易見者 如曰魏武營八極 蟻視一禰衡 使子
美賦禰衡 當曰禰衡氣蓋世 蟻視一曹瞞 其識見 殆天壤不侔矣

寫眞貴得其神情 只以形骨而已 則便非其人 作詩亦然 與其摸形而遺
神 不若略其玄黃而得其神駿也

張王樂府 最宜諷誦 中唐律 郎士元・皇甫冉之類 氣骨雖遜於高・
岑・王・孟 而用意精深 妙在酬酢人事而不失雅度 却勝於直學高・
岑・王・孟 蓋高・岑・王・孟渾厚和平 故學之却汎而不切 反墮於東
調 如中唐諸人之詩 洗削多巧變 故可以戞出凡套 張王樂府 亦妙在俚
俗之中 不失雅度 欲脫東態 須以此爲矩度 錢劉七古 有全類律詩者 不
必法 岑參詩最爲平渾 可亞李杜 而惟其一味平渾 學之易墮凡調 如故
人適戰勝之類易欺人

杜詩送別 槩多草率 蘭谷嘗發問 余答以臨別潦草 未暇作沉著廣博
亦是一格 然東方詩全體草率 今託於老杜送別調而略不留神 則恐至狼
狽矣 送雲卿 不畏天河落 惟聽酒盞空 明朝牽世務 揮涕各西東 如此類
者甚多 野潤煙光薄 沙暄日色遲 江山如有待 花柳更無私 以此比送雲
卿之類 疎密懸絶 淺深各當情 便是大家而送別詩草率居多

杜五律無拗體 七言拗體居半 此最不可曉 以法言之 五律初入律者

如做古詩樣 間雜拗體也無妨 而七律則宜整齊諧叶 而杜氏反之 所未曉
者此也 孟浩然五言頷聯多不對 **常建**曲逕通幽處 禪房花木深 亦頷聯也
杜詩絶少

대　상: 李士敬(李時保)
중심어 / 古詩二十首 / 神化 / 模擬 / 杜甫詩 / 李白詩 / 形神俱妙 / 鄭斗卿 / 東調
/ 送別詩 / 張籍*王建
색인어 정보: 杜老(杜甫) / 子建(曹植) / 子美(杜甫) / 岑高王孟(岑參, 高適, 王維,
孟浩然) / 孔明(諸葛亮) / 伊呂(伊尹, 呂尙) / 東溟(鄭斗卿) / 張王(張籍, 王建) /
錢劉(錢起, 劉長卿) / 蘭谷(鄭㰒)

2) 西浦集序(권23)

今有處乎富貴而不爲富貴所囿 行乎患難而不爲患難所窒 冲乎其不盈
悠乎其與逝 以此終其身而無累焉 則豈非得**天地淸通之氣**者乎 若然者
其**性靈**所蘊 必其**玲瓏穿穴 與物靡隔** 而其發爲文辭 亦將有動觸天**眞**
不期工而自工者矣 夫不期工而自工 斯淸通之所以爲妙 而在文章 特可
貴重 此西浦金公文集之謂也 昌翁窮居無事 竊嘗以世道人物 爲念於山
林高尙之迹 猶有所不滿於意者 出而欲**觀采於朝中** 則滔滔者皆忧迫徒
也 於是益思夫珮玉而心如枯木 遇坎而視若安流者 而未知其孰當之也
噫 九原可作 其惟我西浦公乎 (중략) 槩公所以安身立命者 自本至末
惟一淸通而已 故在富貴在患難 能轉其富貴患難 而不爲富貴患難所轉
其大者如此 則雖餘事末藝 何莫非此箇**胸中流出**耶 公**識解穎透** 讀難
書甚易 自經子要義 至九流諸方技筭數律呂象緯輿地之屬 覽卽洞解其
窾節 而精而竺聊同異之際 出有入無 粗而**稗官小說**之叢 **談天彫龍** 靡
不歷歷貫穿 至於**風雅源流**與時代相升降 則尤所亹亹也 其詩**源淸而調**

圓 不假排比而冥協絲竹 於其韻折悠揚處 往往有**文綸緒風之態** 於文自
以非長 平生只數三作 實則**紆餘** 善往復 其大夫人行狀 悽惋有瀧表叙
致 若吾弟**澤齋**跋 則又似梅江諸集序 是亦曷嘗規規求合於六一矩度哉
天機之發 固有所會而能事至此 亦可以無憾矣 乃公歊然若虛 不以爲有
雖家人兒少言及己作 輒騂然愧色 甚矣 夫公之爲謙也 (후략)

대　　상: 西浦集(金萬重)
중심어: 清通 / 性靈 / 玲瓏穿穴 / 天眞 / 天機之發
색인어 정보: 澤齋(金昌立) / 六一(歐陽脩)

3) 仲氏農巖先生文集序(권23)

(전략) 竊嘗論學於三代以後 其等有三 **文章**也 **訓詁**也 **儒者之學**也
伊川先生嘗以此語學者 勉其務本 然自朱子 猶未能直造其約 紛然用心
於詩騷兵禪者 自其少年習氣 旋覺其差而損去也 然則苟非自誠明者 鮮
能免此 卽先生之終始博約 大略有三變 亦非可諱者也 然先生之所以爲
先生 **易簡**而已矣 自其一心印出而散於云爲者 無適而不隣於明通公溥
故其於纘言 不能爲**蹈襲尋撦** 則**純乎己出**而已 其於釋經 不能爲**穿鑿**
牽强 則怡然理順而已 過此而存誠致知 造乎深密 要爲一味易簡而已
覽斯集者 雖欲初晚之別而粹駁是揀 其如**泯然一色焉** 何哉 詩曰 威儀
棣棣 不可選也 夫旣不可選矣 又**何文與道之異論**乎 文有未至 亦非所
謂道也 夫言天下之至賾 則詞**費而理隱**者有矣 獨能**簡潔**以闡之 折衆口
之**淆亂** 則**氣激而論拗**者有矣 獨能和易以暢之 到曼辭之垂畢 則**節遽**
而音促者有矣 獨能**整暇**以收之 試看夫於其晻翳也 而**氷壺秋月之瑩焉**
於其掊擊也 而**和風慶雲之會焉** 於其急滾也 而**行釆齊鳴和鸞之節焉**

韓子所謂昭晰者無疑 優游者有餘 猶有未贊者乎 蓋天地間 固自有順
氣中聲 不乖不雜 與人心相流通者 自然成象而入律 一涉作爲 輒間隔
以失之 先生於此得之以易簡 斯其文與道之所合一者歟 嗚呼 三洲承誨
之夕 屢見其蹙然攢眉曰 文人惡業 無時可了 恐妨我晚年讀易 斯可見
返約工夫向晦愈密 而默而成之 存乎德行 殆將六十化而不止也 此又門
人之不可不與聞者 故並以爲述 崇禎紀元後八十二年己丑九月 弟昌翕
謹書

대 　상: 農巖集(金昌協)
중심어: 易簡 / 蹈襲尋搯 / 簡潔 / 和易 / 文人惡業 / 文道合一<文與道之所合一
색인어 정보: 馬鄭(馬融, 鄭玄) / 伊川(程頤) / 韓子(韓愈)

4) 仲氏文集後序(권23)

余旣論斯集以爲泯然一色 不可選矣 其中各體之差別 亦不宜容評 而
然自柳子以叙述比興 判爲兩塗 遂謂旨義乖離 不可以兼工 則且得無
言乎 夫所謂高壯廣厚與麗則淸越 其爲體格方圓 固自不同 然流二而
源一 始未嘗不合 竊嘗考古人言語 雖在其叙述鋪陳 而言之不足 意猶
有餘 則往往反復詠嘆 自叶於聲律者有之 及其約爲比興 稍變其短長
耳 尙何乖離之有哉 惟其通融而相入也 故詩人之優游 騷人之淸深 爲
文者不可少此意 得此意而行之者 惟歐陽子爲多 而先生如之則以其姿
性之溫厚與氣象之淸通合之也 　然歐陽子能於以詩爲文而不能於以詩
爲詩 豈非習俗之累而失其眞澹也歟 若先生之所求眞澹 以朱子爲津筏
而沿洄於阮郭以上矣 其陶冶鏗鏘 蓋以古範我而不爲法所圍 故至於
隨境感遇 古今體錯出 而吾所爲眞澹者 自在詩而至此 姑毋論所造高下

而可知不與文乖離也已 噫 先生晚生於樂壞詩亡之後 慨然韶濩之想 若有洋洋乎盈耳者 則自少讀書 不止於**章解句釋** 而每有意會 輒**朗誦遒詠** 以低徊往復 若與古人相和應者 雖尋常聆人句語 必使反之而後和 乖廉肉之是辨 卽其自得於**吟詠性情**者 固亦異乎人之爲詩也哉 **比物託興** 非不愜當也 **擒藻琢辭** 非不華鍊也 要不可以是求是觀 而別有其**渢渢瀏亮**於紙札之外者 **倫清韻圓** 使人耳解而心融 宜其善讀而審音者得之 蓋卽文而詩在乎斯 卽詩而樂在乎斯 合而觀之 是又所謂泯然一色者也

대 상: 農巖集(金昌協)
중심어: 敍述*比興 / 聲律 / 以詩爲文 / 以詩爲詩 / 吟詠性情 / 比物託興
색인어 정보: 柳子(柳宗元) / 歐陽子(歐陽脩) / 阮郭(阮籍, 郭璞)

5) 觀復稿序(권23)

余之迂疎 百無所解 獨於**詩道** 三十年用心矣 其始以**立格必高**,取法必古爲準 務以矯**東人卑靡之習** 其自標致與夫爲人嚮導 輒曰漢古唐律崒崒乎上薄雲霄 抗論則然 而及其**自運** 一皆是**尋逐影響**而爲者 所謂漢者非眞漢 唐者非眞唐 而乃自己之漢與唐也 於是廢然而返 因難生厭 不復以**聲病**爲究竟法矣 晚得吾崇謙於階庭 則其爲詩嗜好過我 而學殖甚約 問其師法 高不踰少陵 而輔之以宋世黃·陳 暨我東之翠軒·蘇齋 以相頡頏 而又其推敲專在近體 則亦太卑矣 然其所脫手者 傑然超乘之氣 **不受法縛而能自成法** 肆意而往 邂逅與對屬平仄湊著焉 大抵得之容易而工若老鍊 余每稱奇以爲倩人 則云自少陵之室 於是知**詩有別才** 果非虛言 而規規於師法高下亦陋矣 如明人剽傲剝割之習 崇謙

所恥 余亦恥之 若論其敏滯 則不翅較三十里耳 崇謙爲人明潔開豁 不設畦畛 卽其眉目而肝膽是也 自梨栗之歲 已能與大人同憂樂 死時未弱冠耳 深爲知己乎我仲氏 所供子職 或有疎闕於洒掃諸節 而其爲長者慮 不放一毫 於鄕黨州閭之議 推以至朝野安危之事 橫在胸肚 結爲魂礧 則往往於雪月風花之會 鬱然其佗傺忼慷之寓焉 斯亦利害必明 無遺錙銖 勃然不釋而後有此 非盡由模擬老杜 强爲是扶杖傴僂態也 然其致夭 豈亦太老蒼之爲祟耶 嗚呼惜哉 崇謙與世少求 於山水友朋 獨有苦癖濃情而陶之 必以詩焉 其游白雲 所發於窮迹孤興者泓崢 有輞川鹿門之韻 而及與一二同伴 跌宕東湖 相命爲皮陸酬唱 則漫浪菰蘆之興 殆欲樂而忘死 是其才高而意多 融洽於峉洋嚶鳴之間者 有足以貫幽明焉 其誰忍於相捐乎 自其始死 而一二同伴 收拾殘橐 圖以印行 仲氏亦不能禁焉 則使余略刪爲三百餘首 仍命作序 而緣余頹惰 不卽應命者踰年 奄遭大存沒矣 嗚呼 縱余費辭 亦何能有改於仲氏所題評乎 其謂奇峻蒼老不作軟熟語 已爲賞音 不容更贅 則獨以余短長相方 而夬知其可畏者爲說 所以重惜其有如許心量才格 而偶局於詩 詩亦不能多 爲可憐也 仲氏文集 旣已入印 斯橐亦將附行 余朝作大序矣 夕又題此 嗚呼悲夫 己丑季秋 叔父三淵翁題

대　상: 觀復稿(金崇謙)
중심어: 奇峻蒼老 / 模擬老杜(杜甫) / 輞川鹿門之韻(王維, 茅坤)
색인어 정보: 少陵(杜甫) / 黃陳(黃庭堅, 陳師道) / 翠軒(朴誾) / 蘇齋(盧守愼) / 輞川(王維) / 鹿門(孟浩然) / 皮陸(皮日休, 陸龜蒙)

6) 妙軒遺藁序(권23)

爲道與爲文 大小本末之懸焉 而其求之必以軌範 其造也必臻奧極則
同焉 至於風雅比興 又其爲文之精者也 以其源流之有正變淳澆也 門
路不可不審 以其律呂之有浮沉廉肉也 斟酌不可不裁 朔南分乎跬步 殿
最定乎毫芒 要之學問思辨 缺一不可 講之不熟 亦未有能造其妙者也
好問則裕 自用則小 何事不然哉 然學於性情 豈非求諸內乎 猶以舍己
從人爲難 學於文詞 所鶩者外 固其矜長而護短者之衆也 如賈島之推敲
齊己之一數 只兩字商量 取決於人 詩家傳爲美談 若乃半生業詩 堂壇
立矣 一朝他人言下 脫然改轍而從之 無一毫吝意 若然者在古猶罕 而
昔者吾友獨能爲是 吾友爲誰 妙軒李瑞卿諱奎明者也 瑞卿受才雄鷙 學
殖亦博 其始師法 不出於杜·韓二家 而雜取蘇·黃以肆縱橫 其鋪排鉅
篇 妥帖硬語 要以窮情盡變爲快 而不欲爲律縛 蓋未遇我時 其所立如
此 邂逅阡陌之間 一聞正始之論 欣然傾倒 遂改容避席 若撤皐比者然
余則固非其人 而以其虛受之量遷改之勇 雖以之學道優矣 何有於文詞
乎 於是盡屏去舊所誦習而新立功課 朝騷暮選 芳潤之嗽 葷腥是浣 以
待源潔而時出之 惜乎 方在其擬議變化之際而奄棄詩社矣 蓋自更張以
後 古調未宣 而舊作之斑駁雅鄭者 頗經其自汰 其餘則余所丹鉛 洪君
道長亦與之商裁 凡數百首 將以入梓 其胤葳等 要有一言以弁卷 嗚呼
瑞卿之所自期 直爲是寂寥乎 余固不忍無言 亦將何以張皇哉 抑才難然
矣 優於才者 未必篤其功 篤其功者 未必崇其志 若瑞卿者 氣足馳驟 思
極深湛 則有其才矣 枕藉墳典 芻豢佔畢 則有其功矣 以是循轍而趨 未
知與前輩湖·蘇·芝孰先孰後 而猶有不屑 必欲上薄風騷而後已 其志
豈不偉哉 吾兄農巖公嘗覽其藁曰 非獨詩健 乃其文亦奇崛 然則瑞卿豈
非可畏人哉 惟其無年 才志不究 所以爲可惜也 瑞卿嗜讀書 終日不絶

聲 見人文字 讀如古經 反覆吟咀 便知其深處 余志之山峩水洋 未嘗逃
其賞矣 自瑞卿沒 廓然二十餘年 余實無樂乎孤唱 又見今日詩道纖碎已
甚 益思瑞卿河漢之辯 與波濤筆勢而不可作矣 則撫卷悽慨 懷不能已
遂以平日所感服 無我一節擡起爲說 要以見瑞卿於**詩學**其地步如此云

대　상: 妙軒遺槀(李奎明)
중심어: 軌範 / 正始之論
색인어 정보: 瑞卿(李奎明) / 杜韓(杜甫, 韓愈) / 蘇黃(蘇軾, 黃庭堅) / 湖蘇芝(鄭士
龍, 盧守愼, 黃廷彧) / 農巖(金昌協)

7) 何山集序(권23)

詩之爲道 不可無法 不可爲法所拘也 不佞嘗聞朱子之論詩矣 其於
風雅正變之別 非不截然 至答或人之問 則曰關關雎鳩 出自何處 快哉
斯言 可以破千古膠固之見 而足爲**聲病家活句**矣 夫詩何爲者也 **原於**
性靈 假於物象 青黃之錯爲文 宮商之旋爲律 不可爲典要 惟變所適 神
無方而易無體 詩亦如之 故象有所轉 雪中芭蕉可也 境有所奪 芥裏須
彌可也 是豈可以安排拘滯爲哉 **我東爲詩淵**源旣淺 無復憲章之可論 而
獨其詳於**忌諱** 狃於**仍襲** 實爲三百年痼弊 然而宣廟以前 雖有巧拙 猶
爲各呈其**眞態** 以後漸就都雅 則**磨礱粉澤**之日勝 而忌諱愈詳 仍襲愈熟
非古之爲法而終爲法拘也 故命物之 必依彙部 使事之 要有來歷 蹩蹩
圈套之中 不敢傍走一步 遂使**眞機活用** 括而不行 豈復有截斷中流 超
津筏而上者乎 蓋合而論之 百家一格 卽夫一人之作 而境事雷同 情致
混倂 又是**千篇一律** 無可揀別矣 噫 詩可以觀 豈欲其如是哉 余於靑丘
之詩 所病其**拘於法**者如此 晚得何山詩而讀之 是眞能脫略忌諱而不安

於仍襲者也 看其**體格** **不唐不宋** 可知無所師承 而**聲調爽亮** **氣機橫活**
往往突如其來 **造險出奇** 忽如冷水之澆背 迅雷之爗眼 殆令人膽掉神奪
及其徐繹而種種諸境之該 百態具呈 可愕可喜 不覺解頤而撫掌久矣 無
此詩 雖謂之**百年創格**可也 公姓崔 名孝騫 何山其號也 蓋嘗決科盛際
而官不大邃 晚亦慍于羣小 佗傺居多 獨其曠懷沖襟 雖有朝虀暮鹽之時
而夷然以窮爲戲 至於忠愛之悃 拳拳於希泰願豐者 殆子美之每飯不忘
凡此皆於詩上見之 其亦可慕也哉 竊怪夫一時所追遊 槩多哲匠名流 而
未聞有藉吹嘘而假羽毛者 甚矣 賞音之難也 文亦駿利 頗有**莊・馬奇氣**
而顧不肯**刻意繩削** 以故少完篇 要爲不可棄也 公旣骯髒 不曾買價於世
矣 遺稾之委諸塵篋 無異夜光之韜櫝 古劍之埋獄 閟鬱半百年 其曾孫
致城哲卿 一朝抱稾而訪余于雪山深處 輒命以丹鉛焉 余則欣然應之 豈
亦有聲氣之感 不可以前後限 而邂逅顯晦 又莫不有數而然歟 哲卿再來
告以印役將訖 要有一語弁卷 余又不辭而爲之 非敢曰不朽公也 將以播
告于今世操觚者曰 詩如何山 方是自爲詩者也

대　상: 何山集(崔孝騫)
중심어: 拘法 / 忌諱 / 仍襲 / 眞態 / 眞機活用 / 性靈
색인어 정보: 子美(杜甫) / 莊馬(莊子, 司馬遷)

8) 與拙修齋趙公聖期 甲子(拾遺 권15)

至月二十七日 昌翁白趙丈足下 病蟄多日 久未克進承高誨 尋常傾注
曷勝憧憧 昨因舍弟從其所來 細聞足下塵談汨汨 所以吐納揮發者 竟日
不倦 恃源而往者 宜其不匱乃爾 因以忖完養之厚勝如前者 聞之良可聳
快 然而曁得其辨駁之詳則非異之聞也 特足下論**東方詩人** 以五山・東

岳爲大家正宗 殆欲尸祝而奉之 嗟乎惜哉 其亦異乎吾所聞也 **夫詩歌** **之事** **雖曰小技** 原厥權輿則九敍之用六義之蘊 非可以輕心探求 亦不可以粗心論之也 是故人有不求則已 求則必期乎深得 不論則已 論則必綜其本末而後 方爲不苟 且以朱子之大而其勸人以**作詩之法** 三百篇外輒以**楚辭漢古** 爲無上準範 參以**阮郭之深婉** 要以**陶柳之蕭散** 而猶恐其變之不善法之或廢也 盖於病翁箏詩 三致其意焉 後之學詩者 欲覓其**門逕源流**之歸 誠不可捨是而他求 況足下以弘才邃識 苦心沈思者屢十年 凡厥錯綜橫竪 無不自朱子大法藏拈來 惟此一事 固其無彊無敦之中素所宿究而揭而示人者 宜莫不犁然有當 動可師用 而今乃不然之甚 論乎東岳則蒼茫於大小之域而不能先劾其精粗 贊乎五山則眩眯於强弱之形而不能亟定其眞僞 瞷其意思 亦無奈其時之在前 而其名之宿著者何巍而視之 故彌覺其高而不知其卑之甚也 奉而護之 故彌覺其該而不知其陋之至也 噫悠悠吠聲之弊固已久則難變矣 亦豈道高明胸中有一箇**胡安國**甚乎人哉 不佞之慨然病此 盖非一日 欲一有噴撼激射 而未有以發也 今足下旣爲之磯焉 是不佞得言之機也 玆敢畧陳其固陋 夫詩之爲道 可一言以盡之 曰**溫柔敦厚** 而其爲體則**優游諷諭**而已矣 當初聖人之以是勸民者 一使足以**吟咏情性** **涵暢道德** 于以爲陳善閉邪之具 隷而習之 旣有**典常** 則繹然章句之有格 鏘然音調之有節 而藹然而流乎其間 **融融澹澹** 如風之動物者 實爲詩之妙用 至若美人盛德 再三敷陳者不越乎弁紳車服 而不著其可美之實 刺其滛慝 反復提抛 惟在乎副翟珈掃 而不露其可醜之端 道其歡忻和悅則洲鳥水草之暎焉而已 舒其怨苦悲酸則谷蒹隰楚之綴焉而已 其義似邇而擧類者遠 其情似寡而托物者充焉 其辭雖一曲一直而婉曲者居多 其旨雖一隱一顯而隱約者居多 其浮沈斷續之中而**生氣**貫焉 其淸虛曠蕩之上而**實理**載焉 故詩之散形 有若山之孤而隴之斷者焉 有若淵之平而湍之激者焉 有若雲陟而月流者焉

有若藕斷而絲連者焉 有若羚之掛壁者焉 有若驥之跳澗者焉 有若草蛇
之驚者焉 有若烟蛛之懸者焉 有若將往而忽止者焉 有若將飛而先伏者
焉 有若彷徨者焉 有若眷顧者焉 有若淪匿者焉 有若突出者焉 種種變
態 雖厥有萬其吹 而要之**優游不迫 含藏不暴** 詩之道歸焉 **風雅之門** 於
是乎大立 而比興之變 生生乎其中矣 自刪後以還 衣被管篇之用日微
流連光景之習日滋 詩之爲體 蓋亦屢嬗矣 然而隨時善鳴 羽翼大雅之輩
亦且代有其人 若漢之**枚李張蔡** 魏晉之**曹劉阮陸** 唐之**李杜** 繩繩乎斐
然可述 此其人雖循性任氣 各極其鼓舞縱橫之變 而終不敢離而遁之於
溫柔敦厚之大法 若遊騎之顧大軍焉者 此所謂百慮殊塗 會其有極 而宋
人求之不以法則緣木求魚之類也 明人矯而失其眞則激水過山之類也 若
在我朝詩道之統 蓋難言哉 雖然上下數百年 亦豈無**聰明才慧** 近於**本色**
者 而道之不行 常由於不明故跡 其童習而老熟之者 大抵撟其科習之餘
力 惟副急媚俗之爲快 故**拗險韻**者謂之上品 **妥硬語**者謂之能品 **善諧**
謎者謂之妙品 **詳彙列**者謂之洪品 **應速**者謂之神品 **鬭多**者謂之雄品
粉餙者謂之佳品 **飣餖**者謂之壞品 所以鼓唱而相誇詡 如斯而已 忽不知
詩之爲物 本自何來 亦不知己之爲業 亦果何事 而然且曰詩而詩而 詩
之運厄 於是乎極矣 **比興敍述之界 亦已河淮之混汩矣** 於其中東岳 特
其甚者也 五山抑靡者耳 嘗試卽其所述 搜而尋之 蓋亦勤矣 看來看去
栩然若光耀之視無有 終日視而無所謂詩者 以言乎**格法**則頹也 以言乎
音調則啞也 以言乎**意致**則腐膚也 以言乎**情思**則淺稗也 以言乎**元氣**則
薾然也 以言乎**妙理**則邈如也 以其無**精華**而比於朽木則猶且**瘦勁**也 以
其無**風韻**而比於完石則猶且**牢確**也 以其無**眞色**而比於泥塗則猶且**滋潤**
也 以其無**新態**而比於塵垢則猶且**升揚**也 終之無所比焉 則終果無詩焉
矣 嗚呼遜矣 溫柔敦厚之物也 雖然載之空言 不如見之於行事之深切著
明 東岳詩所膾炙見稱乎人者 非統軍之律與江頭之絶乎 誰唱正是之呼

惆悵惟有之應 音轉頑麼 直是打油聲氣耳 宇宙山河之囊浮不典 遼陽姓丁之牽迫趁韻 殆欲塞耳而毋聽 至於五山鰲背鶴邊 風外雪中之句 腥醜尤不可近 夫其籍甚特著者 其惡也如是 他固不足細隳 而獨未知足下所服膺 其或捨是儕好 而別有所蒭爹者乎 抑亦卽是數者而玩其言外之妙蘊 有非不佞淺見所窺測者否 幸一一指示 祛此重惑 使之回頭斂袵于彼 則是固晚生之一善變 而其在足下擊蒙牖迷之道 亦有光矣 豈不盛哉 不佞嘗試有問於足下 何哉 足下所謂大家者 蓋聞古之吟咏性情 率自擊轅之徒 見採於聖人 雖寂寥短什 皆足以激越金石 鼓舞神人 論之者性情之是考 而未及於材力之厚薄 名氏之或闕 亦何有於家數之大小乎 大家之目 噫其衰世鬪麼之意耶 其非言之至者耶 雖然物之不齊 物之情也 量有大小而小者大之幷也 才有偏全而偏者全之攝也 詩人之名立已久矣 詩人之任 歸乎專矣 辨等分品才量 具見於是 取其袞多翕受者謂之大成 而偏工單詣者爲其所幷焉 且如少陵之室 其包綜之該 于何不有乎 納其葳蕤之園而沈宋色瘁 略其幽朔之野而高岑骨驚 引其清泠之源而王孟神喪 籠其蕭散之原而韋柳趣盡 窮其玄峭之窟而王常意索 合而言之則一家之範圍也 浸假而分之 雖至於鼠肝虫臂之微 皆足以成一圈局擅美而行遠 此之謂大家身分 若喻其大壯則其建章之規模乎 立千門萬戶於上林廣苑之中 丹水紫淵之所襟帶 中唐太液之所錯絡 林林鬱鬱 瑣瑣的的 覽之終日而目眩 行之中宿而足煩 爾乃厭於收領 割而分破 折爲百千萬片 萁置乎別處 猶足以留人極娛 疊疊不窮 若此故稱大 方可謂大而可觀者矣 不然而唐肆萬餘間 棟榱朽腐 垂倒乎路側 風雨之所洩漏 蛆蚋之所蠢萃 有趾有目者 莫不掩鼻障袂而過 思欲澡乎一川之曲 憩乎獨木之茇 以避其醜汚 而有指而美之者曰大哉間架 則衆莫不駭遽而笑斥以逐臭矣 足下試以此之可醜 較彼之可觀 曰何大何小 又以平日所奉大家云者 參伍比擬 曰近彼乎近此乎 且寧爲彼之分而偏者乎 抑爲

此之大而全者乎 於是而有悟於心 則大小之說詳矣 噫其存也頃刻累篇
其歿也稿輯充棟 親薰者怯於虛張 慕聲者亞於下風 從而颺名遊譽 合而
雷吼 大家之聲 盖洋洋乎盈耳哉 而嘗試虛心而考其實 則一篇二篇 不
勝其雷同 而無復所謂**富有**者焉 前條後章 未改板樣 而無復所謂**日新**者
焉 言乎朝者復漏於暮焉 咏乎東者重値於西焉 有萬者境而如行其一區
不齊者情而未見其錯出 毋論其**興會風神** 索然無一存者 卽其軌轍之窘
囊橐之罄 雖簞瓠之産 無以喻其貧鮮 若是而謂之大則其孰不爲大乎 且
孰肯當於小者乎 大小旣混 而天下之理不得者多矣 豈非可悲之甚者乎
雖然大者大也 多者多小而已矣 數其篇什而繁焉 考其題目而該焉 以是
强而稱多則名亦得矣 抑豈不曰雖多亦奚以爲乎 旣多而無所爲則雖謂之
無可矣 然豈直徒無而已乎 其渷涊之流染 足以塗人耳目而不可開滌 其
害則多矣 其弊則大矣 以是之故 雖十年沈思如足下者 猶被其蔀蔽 誠
以其雲霧之積厚也 不佞固知此言不能破其重堅 而反爲一時笑資曰 彼
是何時人物 何等地位 渠敢以綿才淺識 容易論到乎 將執而不化 然此
又有準備一說 以天言之 往屈來伸而利生於其中 以人言之 昨非今悔而
善其後者有之 由是觀之 開塞之機 誠不可斷以早晩 抑在乎人之有省不
省耳 如以前後而已矣 則紹明孔孟之緒 何不於八代之曠 而晩於宋之周
程乎 **文章**之於**道學** 雖有**精粗華實**之分 揆以**開塞起伏之理** 均之無異
語曰法鼓競鳴 何先何後 此之謂也 且先儒以人物之漸殺 比諸田之新弊
固善喻也 昧而自畫者 引以助晩出之浩恨 而志士之可反隅而激勸者 正
賴有此善喻 今有恃其芟柞之良而治之鹵莽則其報也亦鹵莽已矣 有懲於
彼者 卽其久服之田 厚其糞滋 修其耒耜 時其鋤莥 斤然無不理焉 則以
其膏瘠之懸而厭飫之享 獨在乎此 由是觀之 明暗識也 巧拙智也 崇卑
志也 精駁習也 得失誠也 豈不信哉 今人知東岳五山之可鄙者 億之無
一焉 有一於此 亦未必輒能激頹反正耳 雖然遵乎梁父而望乎日觀曰 將

至乎泰山 寧適不至 而縱臾半途之有焉 終未可謂非泰山之路也 據是而
坐 顧視其迷途於岷嶓之間者 雖盧胡大笑 亦未爲不可 然則今之笑東岳
五山者 雖未保終不見笑於人 而然東岳五山之足以見笑則今皆礭而有據
矣 假使自今以往 寥焉闊焉 以至天地毀而元會罷 終無一人近於詩者
寧可直置風雅虛位於寥闊之中 終不可使下劣駑才 充乏備員 以滋下流
之長汚 以重永世之長昏也決矣 抑又申論 時者推移之謂也 篤而拘時則
夏虫之知也 名者實之賓也 循名而不責實則猴羹之見也 必也超然自得
於窠臼嫲檴之外 名譽耶時代耶 公乎其無適莫 蕩乎其無滯着 放之以自
心天光 燭之乎正始本地而後 黑白之分 在一振睫耳 以足下**靈心慧識**
庶幾近之 而曾是聽瑩於此 眞可謂靡哲不愚 而然且恃其涵負之閎 利其
辯才之暢 人之獻疑 或不甚降以相從 談波所射 神鮮膽怯者 抑豈不唯
唯化聲 而其胸中之所欲言則益令其鬱如 盖未能悅以解耳 古之格理者
雖一草一木 必致其覽察之細 以要其**會通之融** 今詩道之論 其爲草木也
大矣 苟此不能明 而其能曉彼 無有是處 異日者足下所欲著爲一家者
播示遠邇 則今之商礭乎風雅者 亦將分占一彙 如**紫陽語類**者矣 不幸而
心朗眼快者 就而博考 間或掎摭其一二曰 數十年鉤深致遠者 非若人乎
而何其異乎吾紫陽 旣而向所謂神鮮膽怯者 亦稍稍盡其胸臆 若爾則於
足下格致之大業 得無爲一隅虧欠乎 不佞之汲汲獻疑 盖亦惟是之懼也
且夫神而明之 存乎其人 默而成之 存乎其心 哿矣好言 誰不曰能折人
而快於數勝 因以致籠罩自欺者有之 昔高陽魋將爲室 匠人曰木尙生 加
塗其上 必將撓 以生材任重土後必敗 高陽魋曰木枯則益勁 塗乾則益輕
以勁材任輕土 今雖惡後必善 匠人窮於辭詘 爲之而屋壞 言固有據之近
理 而行之遁眞者 故恃言以自用 其害則有然者 願足下勿似之急於商礭
言不少餘 且不知忌諱 死罪死罪

대 상: 趙聖期

중심어: 五山(車天輅) / 東岳(李安訥) / 大家正宗 / 作詩之法 / 溫柔敦厚 / 優游不迫

색인어 정보: 五山(車天輅) / 東岳(李安訥) / 阮郭(阮籍, 郭璞) / 陶柳(陶潛, 柳宗元) 枚李張蔡(枚乘, 李陵, 張衡, 蔡邕) / 曹劉阮陸(曺植, 劉楨, 阮籍, 陸機) / 李杜(李白, 杜甫) / 少陵(杜甫) / 沈宋(沈佺期, 宋之問) / 高岑(高適, 岑參) / 王孟(王維, 孟浩然) / 韋柳(韋應物, 柳宗元) / 王常(王昌齡, 常建) / 紫陽語類(朱子語類)

이형상(李衡祥, 1653~1733)

본관은 전주(全州). 자는 중옥(仲玉), 호는 병와(瓶窩)·순옹(順翁)
이다. 효령대군(孝寧大君)의 10세손으로, 1680년 별시문과에 병과
로 급제, 호조좌랑을 거쳐 동래부사, 경주부윤, 제주목사 등을 역
임하였고, 후에 영천(永川)의 호연정(浩然亭)에서 학문과 후학양성
에 정진하였다. 이인좌의 난 때 공을 세웠으나 모함을 받아 옥고
를 치르기도 하였다. 저서로는 문집인『병와집』18권을 비롯하여
『둔서록(遯筮錄)』·『악학편고(樂學便考)』·『강도지(江都志)』 등이
전한다.

출전: 瓶窩先生文集(『한국문집총간』 164집)

1) 雙峯鄭公文集序

1) 雙峯鄭公文集序(권14)

鄭生相文 以其先師傅公遺藁示之曰 子旣銘吾祖矣 所賴而影響者 惟
此書 其幸無拒而惠之言 余曰 不佞烏足以不朽公哉 雖然 哄狂喝猖 均
是妄聲 亦安忍旣噪而更吞乎 大凡**文章 以氣爲主** 儒家**以理爲談** 氣苟
不全 雖雄如**班**·**馬** 不過爲衝雪之蝘蜓 理苟不純 雖快如**儀**·**秦** 亦未
免得雨之溝洫 彼所謂氣者 光明正大 浩浩瀢瀢 而無是則餒矣 理亦至
精至粹 不鑿不空 今夫操觚款牘之士 孰不欲**粧撰剽竊** 以自雄於理氣哉
然造金易碎 假花難工 一見可知其孰爲山孰爲市也 若夫詩 **本德性而發**

觸境噴情 傳神寫照者 亦理與氣而已 是故或渾團而融洽 或昭曠而豪
邁 或浮巧 或苦燥 或險怪 或話酸 莫不隨其心之所感 以自畫於其聲
而抑其中有唐焉 有宋焉 何者 唐主於達性情 以興爲趣 宋偏於立議論
以賦爲訓 達性情者 固可謂國風之餘 而立議論者 亦不害二雅之變 固
未易優劣也 今觀是集 停畜而泓深 淵永而典重 其指意之宏遠 興趣之
悠長 殆類於絲繹而繭發 氣不至於餒 理不至於鑿 譬猶麻衣草屨 迹市
而心山 清條暗馥 在宋而望唐 眞歐陽所謂學問中語也 蓋想東都山水
磅礴而奠聚 紆鬱而噴薄 公於是鍾其精而挹其英 結厚重以爲質 吸輕淸
以爲氣 且登於寒旅之門 所講皆理氣 所勉皆性情 蘊之爲德行 發之爲
言語 或咳或唾 闖而散落 則必拾而在紙 其得於淸噴渴喊者爲愈精 往
往有驚人氣 恍若貫天心而跨月脇 信可樂也 是以創觀則雖似無興 細嚼
則倍覺有味 紫陽之言曰 對雕鎪則見其平 對腥臊則見其淡者 正爲此等
而發也 誠使後之讀者 先究旨義 復尋路脉 且知其不失家數 不遺法度
則幾矣 不然則雖大獎 亦大駁耳 尙何謂知言哉 昔陸放翁 以汪於敗者
謂暴殄天物 噫 天物尙不可暴 矧可抉性情而露之乎 以希顔學孔之心
爲梅筋柳骨之態 嘔嘔嚼嚼於齒頰之間 斷非雙峯意也 吾故曰饗堂子衿
雖不無敬肆 禮揖經拱 亦自有可觀 姑以是弁諸冊首 以爲開卷之第一義

대　상: 雙峰集(鄭克後)
중심어: 理*氣
색인어 정보: 班馬(班固, 司馬遷) / 儀秦(張儀, 蘇秦) / 歐陽(歐陽脩) / 寒旅之門(鄭
逑, 張顯光) / 紫陽(朱子) / 陸放翁(陸游)

홍세태(洪世泰, 1653~1725)

본관은 남양(南陽), 자는 도장(道長), 호는 창랑(滄浪)·유하(柳下). 중인 출신으로 1675년 역과(譯科)에 급제하였고, 30세에 통신사 윤지완(尹趾完)을 따라 일본에 다녀왔다. 시재(詩才)로 김창협(金昌協)·김창흡(金昌翕) 등 사대부들과 교유하였으며, 임준원(林俊元)·최승태(崔承太) 등 중인들과 시회(詩會)를 열기도 하였다. 그의 시는 신분적 좌절과 사회적 부조리에 대한 갈등이 녹아 있다. 여항문학 발달에도 중요한 구실을 하였는데, 중인층의 문학을 옹호하는 천기론(天機論)을 전개하였고 여항인들의 시선집인 『해동유주(海東遺珠)』를 편찬하였다. 저서로 『유하집(柳下集)』이 있다.

출전: 柳下集(『한국문집총간』 167집)

1) 自序(권1)

余生五歲 則知讀書 從塾師受數卷書 已能通大義 旣長讀經史外 諸子百家 無不遍覽 顧於詩嗜甚 取詩騷漢魏六朝**李杜**初盛唐諸家 沈潛玩味 積久融貫 其求之不以詩而以心 似覺有古**人神**氣潛流暗透于肺腑間

者 竊謂詩者 出於性情 達乎聲音 諷之自然有神動天隨之妙者 斯爲至
矣 若夫務奇巧爲險澀語 以人所難解爲工 非知詩者也 故其所以自勉
格取高調取逸意取遠辭取潔 以尋古作者門路之正 斟酌古今 激揚淸
濁 渾融變化 合爲一格 不出於唐杜之間 此非敢曰能之 其意則然矣 平
生志無慨不欲作庸下人 凡一切俗事 皆不接於心 家素貧 中歲厄窮流離
困極 仡仡塵埃間 無以自拔 而顧其志氣不少挫 往往觸境感發 輒有激
昂悲壯之語 槩其所受於天者故自不小 而以其窮不能肆力以大拓之 故
所得不滿意 性明悟 若可以聞道 顧坐於詩 沒沒虛過 以至老且死 此亦
命也歟 或曰昔太冲三都 得玄晏一序 遂名千古 吾子之詩而可無序乎
曰息庵公見余少作 稱之曰高岑者流 中歲農岩公曰矢口成章 有一唱三
歎之音 至於晚後所作 兩公俱未及見 若使見之 未知其所論又如何也
兩公文氣器識 不啻爲後世之子雲 則顧安用序爲哉 (후략)

대　상: 柳下集(洪世泰)
중심어: 神氣 / 神動天隨之妙 / 渾融變化 / 激昂悲壯之語
색인어 정보: 李杜(李白, 杜甫) / 唐杜(杜甫) / 太冲(左思) / 三都(三都賦) / 玄晏(皇
甫謐) / 息庵(金錫胄) / 高岑(高適, 岑參) / 農岩(金昌協) / 子雲(揚雄)

2) 與恕菴書(권9)

足下垂示卓絶傳及湖亭日記 貪玩累日 盆覯其佳處實非今日粗鹵拙
訥爲古文者之所可髣髴 甚善甚善 (중략) 今以卓絶三傳言之 朴傳皆自
虛中點綴 故多冷語 卓傳以風神勝而稍有浮語 李傳則頗据事實 不失
其爲人 而間雜冗語 摠之三傳 其所稱道過情 有不切之病 語或曼衍 有
未鍊之失 盖以敏妙英發之才 而驟學爲史遷之語 故優於議論 減於叙

事 其勢然也 至若首序及贊語 不必字摸而句倣之 而風調激昂感慨 自
然近之 湖亭日記 寫出情景 種種有味 竊嘗謂足下之於文 天機自得 摻
觚吐辭之際 銛鋒遒發 眞意熾涌 往往平處出奇 淡處生濃 深得蘇長公
家法 爲文章至此 可謂工矣 然而所少者 程不識治兵耳 神逸之氣過而
勁悍之力少 跌宕之致勝而嚴重之體微 此似未盡者 而乃所以責備 非
敢爲妄自評斷也 (후략)

대 상: 申靖夏
중심어: 天機自得
색인어 정보: 史遷(司馬遷, 史記) / 蘇長公(蘇軾)

3) 雪蕉詩集序(권9)

詩者 一小技也 然而非脫略名利 無所累於心者 不能也 蒙莊氏有言
曰 嗜欲深者 其天機淺 歷觀自古以來 工詩之士 多出於山林草澤之下
而富貴勢利者未必能焉 以此觀之 詩固不可小 而其人亦可以知矣 雪蕉
崔子紹氏家傳詩學 濡染旣深 而其天才實奇逸絶塵 初師太白 晚好雪
樓七子歌行長篇 才格翩然 有俊發騰踔之氣 余少時嘗從公遊三角山之
香林寺 寺在岳頂 峭壁千仞 瀑布倒懸 公披髮鶴立其上 臨風高詠 聲徹
雲際 詠罷引筆大書于石 錯落盤屈如龍蛇 詩筆俱奇 信絶異之觀也 蓋
其心泊然 於世間事 無一掛意 而所嗜者詩耳 此其詩之所以工 而余之
所取於公者 不特詩而已 凡山水琴酒之樂 未嘗不與之同 而當其形忘意
得 毫視萬物 亦未嘗不與之同其趣也 (중략) 或者曰詩能窮人 崔子之窮
以詩工耳 詩不可爲也 夫人之窮達 有命在天 豈係於詩之工不工耶 見
今世之不爲詩而窮者何限 窮等耳 寧工於詩 彼生爲守錢虜 死尸未冷而

名已滅者 亦何足道哉 或又謂楊子雲祿位容貌 不能動人 未免有覆瓿之
譏 今崔子委巷士 詩雖工 孰肯爲之傳也 此尤不然 詩三百篇 大抵多婦
人孺子之作 而夫子述之 人苟有之 不患不傳 第患其不工耳 (후략)

대 상: 雪蕉詩集(崔承太)
중심어: 天機 / 詩能窮人
색인어 정보: 蒙莊氏(莊子) / 雪蕉(崔承太) / 太白(李白) / 雪樓七子(李攀龍, 王世
貞, 謝榛, 宗臣, 梁有譽, 徐中行, 吳國倫) / 楊子雲(揚雄)

4) 海東遺珠序(권9)

農巖金相公嘗謂余曰 東詩之採輯行世者多矣 而閭巷之詩獨闕焉 泯
滅不傳可惜 子其採之 余於是廣加搜索 得諸家詩稿 披沙揀金 務歸精
約 至於人所口誦 其可者靡不收錄 積十餘年而編乃成 自朴繼姜以下凡
四十八人 詩廑二百三十餘首 名之曰海東遺珠 以遺其人之爲子孫者而
印行焉 遂爲之叙曰 夫人得天地之中以生 而其情之感而發於言者爲詩
則無貴賤一也 是故三百篇 多出於里巷歌謠之作 而吾夫子取之 卽兎
置汝墳之什與淸廟生民之篇 竝列之風雅 而初不係乎其人 則此乃聖人
至公之心也 吾東文獻之盛 比埒中華 盖自薦紳大夫一倡于上 而草茅衣
褐之士鼓舞於下 作爲歌詩以自鳴 雖其爲學不博 取資不遠 而其所得於
天者 故自超絶 瀏瀏乎風調近唐 若夫寫景之淸圓者其春鳥乎 而抒情
之悲切者其秋虫乎 惟其所以爲感而鳴之者 無非天機中自然流出 則此
所謂眞詩也 若使夫子而見者 其不以人微而廢之也審矣 諸人生逢聖明
之治 與被菁莪之化 得以文詞表見於世 垂輝于後 則斯已奇矣 然而余
獨惜其人多貧賤汨沒 不能大肆其志業 以追古之作者 而其間往往有豪

傑卓異之才 不見知於世 沉抑以死者 尤可悲也 噫 斯篇之作 實自農巖
公發之 而公今已下世 無可質者 顧余寂寥數語 其何能發揮也哉 姑書
之 以俟他日**觀風**者採焉

대　상: 海東遺珠(洪世泰)
중심어: 閭巷之詩 / 天機 / 眞詩
색인어 정보: 農巖(金昌協) / 吾夫子(孔子)

5) 妙軒詩集跋(권10)

余少時從**妙軒**李公遊 公家北山之下 與三**淵**金公居相近 時三淵倡爲
古詩 開**洛誦樓** 以招諸子 而公同里並峙 與之頡頏 不相讓焉 余於兩公
卽同年生 而一言道合 如石投水 許以忘形之交 故得遨遊兩間 竊觀公
白面漆眼 善嘯咏 抱膝徐引 響滿一室 方其興到爲詩也 如潮之驟至 濤
波奮湧而不可遏也 卽命傍人握筆 口號而使之書 俄頃之間 長篇大作
滔滔累千百言 已滿紙矣 何其壯也 盖公自幼多讀書 蓄之旣富 出之甚
易 其所樹立 故自傑然 而猶不以此自多 謂**詩道貴乎古雅 不失本色** 稍
變其學 洗濯振作 要以一反**正始之音** 當此之時 吾三人年少氣高 於世
間一切事物 無所愛好 而唯嗜詩特甚 無日不相見 相見則必有詩 聲氣
所感 金石迭奏 融融乎渢渢乎 不知天壤間 復有何樂可以易此也 (후략)

대　상: 妙軒詩集(李奎明)
중심어: 古雅 / 不失本色 / 正始之音 / 金昌翕
색인어 정보: 妙軒(李奎明) / 三淵(金昌翕)

김창즙(金昌緝, 1662~1713)

본관은 안동(安東), 자는 경명(敬明), 호는 포음(圃陰). 김수항(金壽恒)의 아들로, 형 김창집·김창협·김창흡·김창업과 함께 문장에 뛰어나 당시 육창(六昌)이라 불렸다. 조봉원(趙逢源)의 문인이다. 1689년 기사환국으로 부친이 사사(賜死)되자 벼슬을 그만두고 학문에 전념하였다. 저서로 『징회록(澄懷錄)』·『포음집(圃陰集)』이 있다.

출전: 圃陰集(『한국문집총간』 176집)

---

1) 答洪應昌
2) 澄懷錄序

---

1) 答洪應昌 丙戌(권4)

(전략) 且學爲文章 當以韓·柳爲法 觀於韓之進學解 柳答韋中立書 亦何嘗只主一書哉 夫讀一帙書而求其貫通 已難矣 況可責效於一二篇哉 然逍遙齊物 固莊文之尤者也 今以君之年富力强而讀取五六百遍 亦何不可之有哉 至於徑其行得其道 則是豈可易以言 而無已則其惟先讀唐宋文乎 夫古文如莊馬者 固天下之至文也 然而渾浩高古 難得以窺測而摸擬也 若韓柳歐蘇 乃善於學古文者也 故其條理分明 規模端的 讀之而易曉 學之而易成 若由此而入 則古文亦將爲我之用矣 此所以當先讀者也 (후략)

대　상: 洪應昌
중심어: 韓愈 / 柳宗元 / 莊子 / 司馬遷 / 古文
색인어 정보: 韓柳(韓愈, 柳宗元) / 莊馬(莊子, 司馬遷) / 韓柳歐蘇(韓愈, 柳宗元,
歐陽脩, 蘇軾)

2) 澄懷錄序(권6)

夫覩巖巖而犎悅 臨洋洋而嘆美者 恒衷之攸同而睿哲之所篤也 故宣
尼分仁智而喩樂 蒙叟標林皐而頌善 有旨哉 非所以崇厚契其德 通運符
其用 淵邃定其魄 曠朗暢其神耶 是以衡門有樂飢之歌 華山興不厭之辭
巖居川觀 燕客所以鋪陳 枕流漱石 晉人所以名言 而振策披褐之徒 蠟
屐布襪之倫 莫不望嶺爭途窺谷忘返者也 至於向子遺宅而高蹈 許掾挺
身而獨詣 謝客鑿重嶂而幽造 陶公望高巖而孤邁 玆寔升頓之極致 林
澤之偉擧也 然山川有遼踔之勢 老疾有俱至之嗟 則徧覜之望 每患乖缺
究陟之願 罕聞周浹矣 是以石梁霞城 見詠於興公之賦 巫岫衡岑 作繪
於少文之壁 雖其俛仰氛圍 而神遊霞氣之表 臥起一室 而玄對萬里之外
朗詠悠想 則千嶺之景森目 撫琴動操 則衆山之響盈耳 用能悟裏爽抱默
往冥眺者 亦一務也 若余者 夙馳人外之想 每多獨往之意 而子平之婚
嫁難畢 玄度之濟勝靡具 旣匪隱居之仙分 難藉康樂之門生 促境限其邀
尙 近跡乖其遐想 遂令松山桂崖 邈爲霄漢 霞澗雲壑 曠均瀛弱 徒以眷
碧嶺而激歎 想淸湍而軫慨 則神遊玄對 可無術乎 爰抽山籙水經 不輟
晨涉夕閱 夫其模嶂範岫之製 狀澗寫壑之篇 良亦富矣 然積帙幾乎五乘
而蕪語參其什九 譬猶崑山之岡 玉石交積 蘭水之涘 金沙相掩 非藉披
揀 曷爲粹寶哉 於是遂刪繁集英 去廣就要 上自姒姬 下訖宋明 凡得若
干篇錄爲一卷 若夫幽夐泠朗 鬧囂險仄 境之取舍也 簡要平澹 僻怪煩

酷 詞之進退也 韶和蒼遠 以求其氣韻 而浮淫迫促則黜焉 高古淸婉
以得其**格調** 而**卑俗拗澁**則削焉 斯蓋茲錄之粗例 而擇捨之弘規也 至如
岑嶂之秀疊 巖岫之秘詭 湍瀑之激灑 潭澗之澄積 烟嵐蒸蕩之態 風霜
爽拂之象 竹栢杉桂蕭散森蔚之植 猿鶴禽魚吟唳潛躍之情 精藍幽館映
峙之勢 孤僧寂士盤集之趣 莫不總羅倂網 翕撮兼苞 斯又茲錄之集成
而博約之至軌也 至於朝牖閑朗 夜窓岑寂 拂床開帙則洞志澄抱 映燭流
觀則釋煩融滯 覺台姥靈氛 披薄襟袖 廬霍淸輝 盤桓几席 翛然沖詣 若
已再升 斯又茲錄之殊功而賞寄之妙用也 於是節實表目 遂曰澄懷 置之
座右 永資諷味 蓋與孫詞宗 繪殊音而合節 異軌而同歸矣 嗟乎 民欲天
從 古聖所云 儻烟霞運屆 埃滓緣息 振跡區中 拂衣方外 得以宅嵩華而
室衡岱 集崑閬而憩蓬壺 則茲錄者其又魚兔之筌蹄歟

대 상: 澄懷錄(金昌緝)
중심어: 氣韻 / 格調
색인어 정보: 宣尼(孔子) / 蒙叟(莊子) / 向子*子平(向長) / 許掾*玄度(許詢) / 謝客
*康樂(謝靈運) / 陶公(陶淵明) / 興公(孫興公) / 少文(宗炳)

이서(李漵, 1662~1723)

• • •

본관은 여주(驪州), 자는 징지(徵之), 호는 옥동(玉洞)·옥금산인(玉琴散人). 이하진(李夏鎭)의 아들이자, 성호 이익의 아우이다. 글씨에 뛰어나 왕희지(王羲之)의 서체를 바탕으로 한 자신만의 독특한 서체를 창안하였는데, '동국진체(東國眞體)'로 불린다. 저서로 『홍도유고(弘道遺稿)』가 있는데, 여기에 수록된「필결(筆訣)」은 전문적 서예 이론을 개진한 글로 한국 서예사에서 중요하게 거론된다.

출전: 弘道先生遺稿(『한국문집총간』속집 54집)

1) 論言與文詩
2) 詩體
3) 論古人詩格

1) 論言與文詩(권7)

雅有正變 正雅 治世聖賢作也 變雅 亂世賢人作也 故正雅尤精於理
風有正變 正風治世作也 變風亂世作也 故正風精於變風
國風有正邪 鄭衛之聲 是邪之甚也
何以謂之邪 其意則邪淫放僻 其語法則放蕩而浮雜 巧僻虛誕 鄙悖
不經 不猛省而力放之 使人心易溺也 所以自戰國以後 此風大行 浸染
成習久矣 間有哲人君子志於古而欲挽回者 亦未免或溺於此習而不察也
言語文字之間 尋常用之 甚可疑也 若有借用處則引而用之可也 若於曉

人處 因其語勢而反覆 則用之亦可也 若無此而尋常習用 則非放遠之意
也

或有斥其實而喜用其語習者 是知其可惡而喜效其語習也 或效之猶且
不可 況尋常而不之察乎

若此而不知悔則與風騷文人不經之流習 何以異哉

君子之尊正雅與正風者 所以扶正道也 放鄭聲者 所以抑邪淫也 扶之
者 恐其喪也 抑之者 恐其溺也

或有因文而悟道者 或有因文而喪道者 或有因習而悟道者 或有因
習而失道者 以此觀之則言語文字之習 不可不謹擇也

或有謹於言而不謹於文者 亦有謹於文而不謹於言者 俱不可也

詩之作 由於不能以言語文字形容者 反覆而形容之 使人於吟咏翫味
之間 得其言外之旨 以達其奧妙之旨也

君子之一動一言 皆爲人師表 不可不謹也 故君子作詩 不用鄙悖荒唐
之言 不欲以一毫非禮加乎己也 且恐人之因此習而誤入也 虛誕鄙悖者
言語詩文之間 或引而籍口 以飾非禮之實 所關不亦重乎

古人以詩觀風者 詩能言志 由詩而知其邪正故也 雖是正人也 以不經
之言 掇篇與句法 則觀之者安知其不有不經之萌蘖乎 若曰此言不是 必
欲用不經之語法 則觀詩知風之意 何據而施也

周公黜俚言 自註 流俗猖跋者 鄙悖不經之言

孔子放鄭聲 自註 後世淫亂放蕩荒唐不經之言

恐其亂德也 如之何以後世鄙悖荒唐之言 尋常掇文 而以爲常事也 甚
不可也

대 상: 言語文字
중심어: 正雅＊變雅 / 正風＊變風 / 因文悟道

2) 詩體(권7)

西漢去古未遠 故猶有上古之習 猶有所可取也 至于建安而古意亡
晉無可取者 獨有靖節一人而已

靖節先生冲淡古朴 不尙虛文 頗有風雅之格 猶有所晉習之餘風 故多
有淡蕩底氣習 亦有俠士之風 惜哉 若使如此之資 幸而親炙於孔門則其
庶幾矣

唐有王楊盧駱高王岑孟杜陳沈元李杜白韓韋數子而已　其餘無足可
取也

太白過也 杜白韓韋不及也

太白虛而蕩 子美刻而苦 香山巧而俗 昌黎鄙而野 蘇州狹而弱 靖
節和而淡 靖節工部靑蓮 最近於古

太白淡逸而豪爽 大杜平順而宛轉 子美雄健而懇切 香山懇而切 昌
黎質而愿 蘇州淸而淡

太白尙亣 故多飄逸淸虛之氣 子美尙儒而尙俠 故多慷慨激仰之氣 香
山蘇州尙佛 故多空寂之氣 昌黎尙儒 故多端重之氣

太白尙風而失風 流於虛放 子美尙雅而失雅 流於刻野 無他 不得於
風雅之道而橫馳故也 若使如此之資 得聞大道則亦庶幾矣

子美五言詩 有合於變雅者有之 太白有合於變風者有之

心氣適中然後發於言者　無過不過而合於風雅　此兩人不知操心之術
故發於言者如此 惜哉

대　상: 詩體
중심어: 李白 / 杜甫 / 白居易 / 韓愈 / 韋應物 / 變雅 / 變風
색인어 정보: 靖節(陶潛) / 王楊盧駱高王岑孟杜陳沈元李杜白韓韋(王勃, 楊烱, 盧
照隣, 駱賓王, 高適, 王維, 岑參, 孟浩然, 杜審言, 陳子昂, 沈佺期, 元好問, 李白,

杜甫, 白居易, 韓愈, 韋應物) / 太白(李白) / 子美(杜甫) / 香山(白居易) / 昌黎(韓愈) / 蘇州(韋應物) / 大杜(杜審言)

3) 論古人詩格(권8)

李杜唐詩 皆得詩傳之一法 可謂美矣 各有病痛 後人不察 不可不論

李白之病 在於虛踈放蕩 下字多過激無倫

杜甫之病 在於隱冫齒野俗 下字之際 倚文自用 多苦心之態

唐諸人之病 在於庸俗巧佞

盖李杜及唐人 雖巧於辭華 皆未免鄭衛 所以淫亂媚悅放蕩麤俗 然李出於唐諸人之外 杜比李尤近正

李長於篇法 且長於作句下字之法 杜長於懇切 不務豪蕩 然篇法句法下字法 少下於李

李白虛故詩多風 杜甫實故詩多變 雅意之所在異故也

唐諸人篇句法 皆不及李杜 而時有過處

爲詩者知此 集長去短 自成一家 雅爲正雅 風爲正風 必無諸病而聖於詩矣

陶靖節 比李杜尤正 然志意過中 或近於節俠 下語或有質野 欠於彬彬 其中閒情賦 似非此人所作 若是此人所作 必非末年

離騷九歌九辨 意雖懇惻從容 然志氣狹隘 近於節俠 下語多不經 流蕩虛誕 近於鄭衛 是可欠也 學之者不可不察

千古諸賢之詩 或中或不中 而未必盡出於正 盡脫於俗 善觀者不可不察 今人惑則不能察 非善觀也

今人不知而輕詆 妄也

대　상: 古人詩格
중심어: 李白 / 杜甫 / 陶潛 / 篇法 / 句法 / 字法 / 李杜唐詩 皆得詩傳之一法
색인어 정보: 李(李白) / 杜(杜甫) / 鄭衛(鄭風, 衛風) / 陶靖節(陶潛) / 閒情賦(陶潛)

이의현(李宜顯, 1669~1745)

본관은 용인(龍仁), 자는 덕재(德哉), 호는 도곡(陶谷). 이세백(李世白)의 아들로, 김창협의 문인이다. 1694년 문과에 병과로 급제하여, 영의정에까지 올랐다. 1721년 동지정사(冬至正使), 1732년 사은정사(謝恩正使)로 청나라에 다녀왔다. 『경종실록』 편찬에 참여하였다. 노론의 영수로 추대되었으며, 청검(淸儉)을 스스로 실천하여 청백리로 이름났다. 저서로 『도곡집(陶谷集)』이 있는데, 권27·28의 「운양만록(雲陽漫錄)」·「도협총설(陶峽叢說)」에는 경학과 문학에 관련된 논의가 개진되어 있다.

출전: 陶谷集(『한국문집총간』 181집)

---

1) 歷代律選跋
2) 題八家律選卷首

---

1) 歷代律選跋(권26)

吾甥沙熱金會一蒐輯唐宋元明諸詩人短律五七言若而篇 朝夕吟諷 間以示余 余曰 自唐而明 詩人甚多 而爲卷者只四 其選固艱矣 然其時代之高下 制作之粹駁 不可不知也 **唐以辭采爲尙** 而終和且平 絶無**浮慢**之態 所以去古最近 末流稍趨於下 則宋蘇陳諸公 **矯以氣格** 後又不免**粗鹵之病** 而元人欲以**華腴勝**之 **靡弱無力** 愈離於古而莫可返 於是李何諸子起而力振之 其意非不美矣 **摹擬**之甚 殆同優人假面 無復**天眞**之

可見 **鍾譚**輩厭其然 遂揭**性靈**二字以譁世率衆 而尤怪僻鄙倍 無可言矣 **錢虞山**至比天寶入破曲 以爲國運兆於此 非過論也 此**四代詩學遷變**之大較也 是編雖遍錄四代之作 而淘其精汰其滓 鮮有不中選者 會一若就其中 深究高下粹駁之別 知所商量則幾矣 余素味**詩學** 猶知**溫柔敦厚**四字 爲言詩之妙諦 而朱夫子與鞏仲至書爲至論 於是乎言若其傳寫筆蹟 皆倩親族朋游 而不拘腕法之工拙 則又可見會一篤於人倫 纏綿不解 必欲造次流覽之間 常如其人之在傍 其亦可尙也已 歲舍己酉中夏陶山老夫書

대 상: 歷代律選
중심어: 四代詩學遷變
색인어 정보: 蘇陳(蘇軾, 陳師道) / 李何(李夢陽, 何景明) / 鍾譚(鐘惺, 譚元春) / 錢虞山(錢謙益)

2) 題八家律選卷首(권26)

詩之有律 自唐始 唐固爲後人準的 然竟無一人能及之者 以其**型範**自在而**神韻**難求也 矧此蕪陋偏邦 不及**中土**遠甚 雖極力**摹倣** 曷足以髣像其一二哉 是以國朝三百年來 非無鴻匠鉅筆 率不無可議 是豈盡其才之罪 槩亦爲風氣所局 不能自拔而然耳 今欲選**東律** 只合降格而求之 不可一切責以**唐調** 如佔畢之蒼古 **訥齋之奇崛** 容齋之老實 挹翠之俊邁 **湖陰之工緻 鮇齋之沉着** 芝川之勁拔 **簡易之矯健** 大都出眉入涪 意深而語確 比之業唐而綿淺無意味者 固自有勝 何可以非唐而廢之哉 遂就八家 各有抄選 於畢於容於翠 俱得四十七首 芝加一首 訥得卅八首 湖得百卄八首 鮇得卅二首 簡得二百卅五首 合成一冊 用作閒中流覽之

資 其五言當續有所選云

대　상: 八家律選

중심어: 金宗直 / 梁誠之 / 李荇 / 朴誾 / 鄭士龍 / 盧守愼 / 黃廷彧 / 崔岦

색인어 정보: 佔畢(金宗直) / 訥齋(梁誠之) / 容齋(李荇) / 挹翠(朴誾) / 湖陰(鄭士龍) / 蘇齋(盧守愼) / 芝川(黃廷彧) / 簡易(崔岦)

최창대(崔昌大, 1669~1720)

본관은 전주(全州), 자는 효백(孝伯), 호는 곤륜(昆侖). 최명길(崔鳴吉)의 증손, 최석정(崔錫鼎)의 아들. 문장은 박세채(朴世采)·김창협(金昌協)에 비교되었고, 제자백가(諸子百家)와 경서에 밝았다. 1694년 문과에 급제, 벼슬은 대사성을 거쳐 이조참의·부제학 등을 지냈다. 저서로 『곤륜집(昆侖集)』 20권이 있다.

출전: 昆侖集(『한국문집총간』 183집)

1) 答李仁老德壽 癸未(권11)

向者得足下書 極論文章之體 而規僕求工好古之太過 僕游藝有年 得交於當世名士亦多 未嘗見論說及此 今忽得之於足下 竊自增氣 爲之屢歎 然其中有一二可復者 聊復言之 足下云文字者 言之寓也 詞達而可耳 甚善甚善 然所謂詞達 亦豈敷多冗長之謂 獨不曰言之不文 傳而不遠乎 孔子曰 質勝文則野 文勝質則史 文質彬彬 然後君子 吾於文章

亦云然 文質彬彬 有道明理以樹其本 擇術以端其趣 修辭以致其用 三
者闕一 不可 循是三者 俛焉日有孳孳 則隨其材而自有所至 若文句之
險易奇順 非必同也 雖以詩書六經言之 商書之灝灝 周書之噩噩 春秋
之簡嚴 易繫之醇醲 其險易奇順之異同 何如也 今以春秋周書 謂不合
於詞達之旨 可乎 且夫古人之文 又必以簡寡爲貴 以言乎談理 (중략)
又觀馬遷贊高祖 不過曰寬仁愛人 好謀能聽 班固叙霍光爲人 不過曰沉
靜詳審 夫帝王如高祖 宰相如霍光 而論贊之詞 止此數語 毋亦太草草
乎 然其能一言而盡之者 亦其見本源擧體要也 由是言之 爲文而不務出
此 徒以駢枝漫汗之言 羅列以出之 自託於詞達之旨而不知所以裁之 吾
未見其可也 後世工於文者 推韓愈爲首 而平生作文指訣 亦曰惟陳言之
務去 又曰人譽之則憂 人笑之則喜 又曰不專一能 怪怪奇奇 凡若是者
非苟爲異也 只是良工心獨苦耳 且所謂務去陳言 怪怪奇奇 亦豈琱琢云
乎哉 華藻云乎哉 觀於韓氏之文 豈有背於理乎 豈嘗無渾質流動之意乎
足下所引燕喜亭記 雖曰平正 結撰布置 儘有法度 豈復有流蕩率易 如
後人之文哉 雖然 若樊紹述·孫樵 險僻以爲奇 李攀龍·王世貞 剽剟
以爲古 僕亦嘗深疾而力排之 數子之終於險僻剽剟 蓋亦不知本之過也
本者 何也 向所謂明理擇術修辭也 見本源而擧體要也 足下所稱藝苑哲
匠 短促其句節者 雖未詳所指 而其失亦在乎不知本也 懲於此而過於詞
達 無乃近於吹薤矯枉耶 足下以爲如何 寄妹書之模擬簸弄 足下之評
當矣 然殆見吾杜德機也 他文豈至是哉 草稿一編 不敢終諱陋拙 亦欲
求正於明者 輒此納往 一覽便還 仍示以得失 然有作輒錄 不復刪正 亦
在足下擇其善者而觀之耳 不宣

대 상: 李德壽
중심어: 詞達 / 本*趣*用 / 險僻*剽剟

2) 答金子裕令行 辛未(권12)

前月初 自海皐還漢師 得子裕書 兼受遊楞伽山所錄 未及付復 續奉
書若詩 何僕相報之慢而足下見叩之勤也 愧謝無盡 兩通詩草 謹已覽悉
其氣格之高下 **模範**之大小 固非僕所可備論 而就其摛言撰思 已非庸衆
者所及 何子之弱於年而壯於才也 與子裕別 歲未周也 而詞致坐長 殆
非昔日阿蒙 則將子攻業之不懈而致此歟 抑是山川草木 助子之才氣而
發之歟 然以能問不能 足下之美意也 苟爲稱道而略無疑難 非僕之志也
請嘗悉數之 子裕之詩 誠美矣 其氣淳而和 **其色澹而素** 其聲安而舒
三者之於詩 蓋亦幾矣 惟其淳而和也 **故失之緩而少遒健 澹而素也 故**
失之澀而欠流麗 安而舒也 故失之慢而遜雄亮 此不可不知已 且登山
則曰遺世從僊 惜歲則曰朱顏白髮 故爲戚戚可悲之色見之 令人不喜 此
非特**意象**之不佳 **文體亦欠老實** 烏可乎哉 歡愉者難工 幼眇者易要 自
古人以然 正自不得不爾 然詩**本出於性情**而心志形焉 觀其辭而得其所
存 非可誣也 子裕齒眇而性馴 身逸而志樂 不宜有此 豈必爲**悲苦嗟咄**
之言而後可爲詩歟 此皆爲詩者之所急聞也 足下以斯言謂何 然此不足
爲吾子講說 雖不工何傷 士之所期願 顧無尙於是者乎 古稱三**不朽** (중
략) 若所謂詩者 特取歌詠之義 以暢其伊菀 以舒其感憤 足矣 不當疲精
役神 徒務**刻畫嘲吟**爲耳 非徒無益 抑又害於爲詩之道 風雅之人 曷嘗
疲精役神 刻畫嘲吟爲事 **直叙其哀樂**而節其音爾 循近世爲詩之道 求合
乎風雅 則猶求之燕而轅越 愈往而愈疏遠矣 苟徒志于詩者 不以向所云
三者而能有成者 吾未之見也 足下以爲如何 足下年始弱冠 才力有加

心靜無他好 又輔以師資庭訓 譬如江皐河瀨之善養禾苗 大業盛事 宜足
下所自勉 足下其有意乎 承問所攻何書 所得幾篇而實無可擧者 偸惰而
病劣 其何能自力歟 自顧如是滅裂 而輒復云云 芸人之田 亦見其愚也
然在吾子採而觀焉 不宣

대　상: 金令行
중심어: 氣, 淳而和 / 色, 澹而素 / 聲, 安而舒 / 詩＊性情＜詩本出於性情
색인어 정보: 子裕(金令行)

3) 答李益之 己卯(권12)

正擬送人相候 畏潦未及發 此時書到 又審安遣 驚喜披寫 蓋前此無
有也 所論縷縷 深見文史之志不少解 又能深達世士徒習時文之蔽 思以
身一矯之 甚善甚善 僕曾抵沈思仲書 力詆科儒捨本趨末之無益 未知益
之曾覽過否也 並世士大夫與我相好者不少 就有質美可與爲善者 有才
高可與適道者 亦或有志存經世文字者 而夷考其歲年所業 不越乎詩賦
表策 至於聖賢立言傳道之旨 與夫古人作文體要 芒不省爲何事 以故
雖其質美者材高者有志者 卒無自得於胸中 及見其艱難所成就 卽一進
士一及第之名耳 其不幸者 並與一名而卒無得焉 僕每悶然憐之 而無奈
溺於積習 終不能譬曉 今吾益之不待師友之告導 脫然自悟於羣衆之表
令人色喜而心服也 然此亦有難言者 非有卓立之志 勇往之氣 不息之功
而徒能笑人之落在科臼 旣不習時文 又無得於本原 則吾恐世之齷齪者
反以爲口實 適阻才雋者歸依之路耳 且夫滄海之深 非一水之積也 鄧林
之茂 非一樹之布也 今欲索至寶於千古墜緖之後 而只得涉獵數三家言
論 諷誦十許卷編帙 便謂止此足矣 夫豈能觸類而逢原也 惟宜博訪書籍

無書不過眼 而又必虛心眇觀 勿以掇剽蹈襲爲心 直求古人用心處 則雖
由是得聖賢之道 通經濟之術亦可 至於詞章小道 寧患不得其門戶耶 然
徒博不能深造 又必講討而衡之 思索而精之 去取而明之 時習而成之
傳曰博學之 審問之 愼思之 明辨之 篤行之 程叔子謂廢一則非學 此固
求道作聖之大方 而愚謂爲文章者 亦廢一不可 吾子以爲如何 其淺者
不過如此 其深者又不可書傳 惟見臨面評是企 此間 比夏初差覺靜散
容可討論經史 風塵中一日晤語 可敵千駟 此意常存胸次可也 不宣

대 상: 李星益
중심어: 聖賢立言傳道 / 自得於胸中
색인어 정보: 李益之(李星益) / 沈思仲(沈齊賢) / 益之(李星益) / 程叔子(程頤)

4) 答李益之 庚辰(권12)

前日人還 得惠復書 雖是寂寥數語 然於筆畫點注之間 亦得以仿想儀
形 信乎渴者之易爲飮也 卽者 又忽辱書 此係匪望所得 傾慰不翅倍百
然書末所謂爲文甚難與決知文章與時高下之云 微有自畫之意 無乃不
可乎 嘗謂文章與時高下 不知道者之言也 夫文章之理 出乎天 而天無
古今之異 則文章之理 亦古今同也 文章之機 在人心所感 而人心無古
今之異 則文章之機 亦古今同也 天地萬物人事之變化 所以爲文章之
實者 雖得失治亂不一 其名目節度則大同 至於所使文字之乎者也之屬
又無變於古者 由是言之 今文之不及古文 固將歸罪於氣數而莫容人力
耶 抑人之不肯悉心求之之過歟 明者必能辨之矣 高明又以蘇氏之於
班·馬·揚·韓 卑下爲甚 此又不可 夫文章之用 有三 有談理者 有記
事者 有論事者 班·馬長於記事 揚·韓長於談理 蘇氏長於論事 雖體

裁模範不類 因其所長而各臻於妙則同 何可遽斷爲卑下耶 吾子旣於蘇氏 有望洋之歎 而推以擬之於班・馬諸家 又見其**高古博大**有過於蘇氏 便心喪膽落 退然自小 而曾不明乎大道之原 宜其患魚魯之亦難辨也 夫見難則氣沮 天下事無可爲 願明者因鄙言而深求之 不宣

대　상: 李星益
중심어: 揚雄*韓愈*談理 / 班固*司馬遷*記事 / 蘇軾*論事 / 文章之里 / 文章之機 / 文章之實
색인어 정보: 益之(李星益) / 蘇氏(蘇軾) / 班馬揚韓(班固, 司馬遷, 揚雄, 韓愈)

5) 答李樂甫錫祿 己卯(권12)

日蒙樂甫示之所爲文二篇 驟讀多不能句 徐而察之 乃得其用心 蓋引繩於**典謨訓誥** 死不道**商周**以下語也 往者 **李獻吉于鱗**輩 以文章大鳴 號爲力反正始 而其所句剗而字剽者 不過**左丘明・司馬遷**等數家已 今吾子乃又泝而上之 直取典謨訓誥而剗剽之 此殆吾子之才過於獻吉輩歟 然則吾子之大鳴以文有日 而力反正始之功 行復見之矣 其可畏已 然是道也 吾嘗涉其流而粗得其情 試爲言之 惟明者自擇 夫**文章之理 出乎天** 而其所發則由人心所感 得其理以立之本 愼所感以審其幾 其於道思過半矣 操斯術也 以往觸類而逢原 **記事論道** 陳利害叙哀樂 無所施而不可 高下深淺 縱橫經緯 無所處而不當 若夫文句之**險易奇順** 非所論也 何以明之 昔者吾夫子之立言也 **春秋** 用王法義 主乎誅褒 則其文**簡而嚴 易翼** 開三聖之秘而盡萬物之情 則其文**奧而閎 論語孝經** 設教而詔人 則其文**典而切** 玆數者 體實不同 而俱不害爲夫子之文章 何也 誠亦得其理愼所感而行之以無意也 後世才俊之士 爲文者何限 知斯術

者或寡 以**揚雄**之覃思 白紛於墳籍 而篤論者猶或病之曰 雄之文 **短局
澀滯** 曰子雲**好奇** 故竟不能奇 此無他 不甚精於其術而有意於奇也 唐
之**樊宗師** 以奇特聞 **韓愈**亦嘗稱道 而吾嘗於僻書 目其數篇 其理初無
深奧 其詞又未必工 特難讀耳 宗師之以奇自喜如此 則其視韓愈・柳宗
元・**李翶**之爲文 必謂**凡冗庸俗** 目睨而喙唾之 (중략) **莊周**所謂蘄行周
於魯 猶推舟於陸者 不殆近之歟 吾子之文 信美矣 或者不深求可傳之
實而有意於奇 則吾未見其可也 誠以吾子之才 博觀而深思 富有而時習
之 則向所謂得其理愼所感之術 當自得之有裕 而反考前日**劌剽**之爲 必
且一笑而去之矣 對策一道 多見識解之通洽 可喜 然人之見之 須三四
讀可曉 旣求售於世 則宜使人易曉 若曰雖不見曉至不售 亦無所恨 則
亦無**用習時文**赴科擧 吾子・必居一於是矣 天地說 不寧詞句之簡勁 以父
母準天地 指譬明允 義正而理當 有足以發君子孝悌之心 古人所云作**有
益之文**者 正謂此也 嗣今有作 亦必講明人倫之近則甚善 因還二篇 縱言
及此 不宣

대 상: 李錫祿
중심어: 力反正始 / 劌剽 / 好奇 / 春秋, 簡而嚴 / 易翼, 奧而☒ / 論語*孝經, 典而切
색인어 정보: 樂甫(李錫祿) / 于鱗(李獻吉) / 子雲(揚雄)

6) 答申生宗夏 辛卯(권12)

蒙示責諭良勤 甚幸甚幸 向者揭示場屋 蓋愍**時文**之儵弊 欲有以稍正
之耳 若見捷者句語之尖巧 固心所不取 聊就其所長而奬與之 前後似此
句語之**批點**甚多 奚特秋忽春之爲怪耶 夫以**歐公**之文章重望 專爲知貢
擧者有年 而猶不克亟**變文風** 嗷嗷者四起 至被擁馬而毆罵 必磨以歲月

顯行絀陟 然後稍變之要 非朝令而夕改也 如我之瑣力旅進 而何敢遽望
其矯俗耶 況近來才子稍出頭角者 皆以**奇巧**爲勝 求其**和平醇鬯**而善爲
之 殆無一篇可取 苟以奇巧見絀 則將無以塡榜額 吾獨且奈何哉 使有
典實完好 如春燕巢林木 **清新圓妙** 如放白鵰而見屈者 則吾當服罪之
不暇 試摘示之 如吾足下 但當益孜孜所業 篇體之**締構闔闢** 句法之**鼓
鑄洗削** 無所不用力而期造成章之境 則若所謂**典實圓妙**者 在其中矣 亦
當一戰而雄鳴 毋徒取一時被選者瑕釁而遽加訾貶已也 屬有病故 今始
奉報 不宣

대　상: 申宗夏
중심어: 時文 / 奇巧 / 和平醇鬯 / 典實完好 / 淸新*圓妙 / 典實*圓妙
색인어 정보: 歐公(歐陽脩)

7) 答許生綋 辛卯(권12)

日蒙惠之手書 並投程詩十五篇 書辭旣高妙可喜 詩又**精工有韻致** 信
乎其**富於文詞**也 往年得見數篇 固悅其才思之**敏悟** 句語之**淸警** 猶以
一臠之味 未足以槩全鼎爲歎 今所示諸篇 皆又**圓鬯有餘地** 絕無**艱難
之態** 蓋無一篇而不堪高選者 且近日科生輩之爲詩 務以尖巧詭異 求勝
於人 而**文體**日乖於平正 號爲才子者尤甚 心常病之 盛作 旣具諸美 而
又無此病 正所謂威儀棣棣 不可選也 至以楓落吳江浪 猥自引喻 雖亦
謙謙云爾 得不太過歟 旣辱求**評點** 不可白還 妄加塗洸以呈 視至可得
其得失也 **揚子雲**嘗稱聖門 用詞賦則賈誼升堂 相如入室 已而 又謂**雕
蟲篆刻** 壯夫不爲 詞賦亦云 況程詩乎 雖工 何足與論於**不朽之盛事**哉
吾子旣以此得售 無所事於程詩 以是之才 盍亦求諸進乎是者乎 因還詩

篇 聊復漫及 不宣

___

대 상: 許統
중심어: 精工*韻致 / 淸警 / 圓彎餘地 / 尖巧詭異 / 賈誼升堂 相如入室
색인어 정보: 揚子雲(揚雄) / 相如(司馬相如)

본관은 광산(光山), 자는 백우(伯雨), 호는 북헌(北軒). 서인·노론
의 중심가문으로 여러 차례 투옥, 유배되었다. 시재가 뛰어나며
문장이 유창하였고, <구운몽>과 <사씨남정기>를 한문으로 번역
하였다. 저서로 『북헌집(北軒集)』과 『만필(漫筆)』이 있다.

출전: 北軒集(『한국문집총간』 185집)

1) 遺文序(권12)

嗚呼 此我先君子遺文 而所謂程式詩及表策五卷 應製各體與章疏之
屬三卷 古今詩雜著二卷也 先君子學于家 **詞藻夙茂** 出而就課 試屢居
多士上 間以所製 質於**金文谷**·**洪泛翁**諸公 輒被奬詡 旣決小大科登朝
所以**鋪張**王言盖多 見稱以**適用之文** 其章疏 爲我從祖**西浦**府君所推
及與於修史之役 則畏齋**李相**亟爲之詢訪 而嘆其大有裨於纂述云 先君
子旣自少負藝 又早顯揚如此 人以立言大業期之 先君子顧退然謙讓 於
文益甚非不得已 未嘗**操觚弄翰** 中歲以後 尤自晦 其羣居燕語 罕及文

事 至其公私所需 一畀不肯爲之 則人不惟不以前所期者期之 遂幷其固
有者而或不之知矣 雖然 竊覸先君子之志 殆以爲**文者固大業**也 然須綜
本而末 我惟立德之恐不及 奚暇於言 且我之不以自居 欲以愧夫世之沾
沾者耳 是以其戒於不肯 每曰 有文而矜 是不惟害于德 將亡其所有之
文 嗚呼 其不以文自居者 乃所以達於文也 人或有不知何病焉 然**徐大**
提學宗泰 挽先君子詩曰 詞優常斂耀 若是者 亦不可謂之不知也已 不
肖嘗妄論先君子之文 **明暢而純質** 不爲**奇僻靡麗**之辭 以**自合乎規度**
其謫中詩頗多 盖以寫**離騷極目之情** 而不失**詩人忠厚之旨** 儘乎**有德者**
之言 而乃其**格調** 時有得於**子瞻・放翁** 方之近代名家 未見其有不相
及也 先君子嘗以爲無瑕而後連城 不蹶而後千里 此又凡爲文章者之善
喩 我先君子所以受於我祖考 而不肖區區 粗以自勉 亦先君子之敎也
不肖於荼毒中 忍爲**狀德之文**已 則收錄遺文 彙分成帙如右 藏之家而不
以行于世者 實遵先君子自謙之志 而兹又略著其不可湮沒者與平日所以
見敎之言 以爲子孫觀焉 乙酉八月日 不肖孤某 抆血謹書

대 상: 先君子遺文(金鎭龜)
중심어: 明暢＊純質 / 格調
색인어 정보: 先君子(金鎭龜) / 金文谷(金壽恒) / 洪泛翁(洪柱國) / 西浦(金萬重) /
祖考(金萬基)

2) 東川唱酬錄序(권13)

自余之始謫居于耽羅 吳興叔已屢來相訪 一日 袖所謂**東川唱酬錄**者
來示 盖余昔年省親之謫于此也 所與興叔唱酬諸詩 而**先君子**之詩 又有
若干篇焉 余今繼來 目擊遺躅 無地而非愴懷之地 況其**性情之形於比興**

而森然乎卷中者哉 仍記先君子嘗於荒陬中 遇興叔 以爲佳士 待之特厚 興叔亦委身請敎 故先君子所贈興叔詩 盖多勉學之語 不然則自爲發舒 於寬寂之中 無非所以言志者 而亦令不肖及興叔和焉 凡在錄者可見已 當是時 余與興叔 恒侍而受學 或退而自嬉於私處 仍出而並遊於東泉之 洞淸風之臺幽花奇石竹樹草莽之間 或又適野而望遠山 登高而俯滄海 有興未嘗無詩 有詩未嘗無和而來學者 諸生如**高萬秋・梁秀瀛**輩 雖不 能與於唱酬 頗喜具酒買魚 以助笑謔 盖亦自効其情款 而又能使余與興 叔之詩愈多也 當時先君子雖在患難 能安心而處之 自余而言 則晨昏之 奉 過庭之訓 莫樂於天下也 又得興叔爲友 切磋之暇 相與徜徉甚適如 此 殊不知去鄕於嶺海千里之外也 故其詩雖不足觀 而自然不爲**戚嗟慍** 懟之辭 亦可考而知也 及乎今來 則煢然孤獨 只是遺躅之**愴懷**而已 又 自念其所遭 實由於罪釁之極 雖欲如先君子之安心 卽何能也 如興叔者 雖因舊好 益致慇懃 然徒知故我而已也 今余毋論受學之無所 切磋之無 可施 雖欲更以文字之末及於人 亦難矣 其或自奮於**悲憂困窮**之餘者 殆 類**狂夫之妄罥** 而興叔之詞藝 **本自純雅** 具著於是錄 至今又何足須余 也 然竊觀於耽 興叔外 如諸生輩 殊無向學 如昔時之爲者 未知耽之士 風 自有前後之盛衰歟 抑亦余之孤煢罪釁而然也 回視十六七年之間 哀 樂盛衰 人事之變 土風之異如此 唯東泉之水瀰瀰焉窮日夜者猶昔耳 毋 論余之愴懷 雖興叔 豈無俯仰之感耶 先君子之詩 余嘗收錄而藏弄 若 余所作 本不必存之 而今興叔 存之於余已忘失之後 亦可見其勤也 興 叔固佳士 而其篤於舊好如此 又方勉而不怠 宜必達而後已 豈如余之困 窮而止哉 余知是錄之傳 唯興叔賴焉耳 姑書疇昔之事與今之愴感於心 者 俾弁諸卷之首

대 상: 東川唱酬錄(金春澤)

중심어: 性情*比興 / 謫居*耽羅 / 吳興叔
색인어 정보: 先君子(金鎭龜)

3) 看書辨疑(권15)

詩關雎章所謂寤寐求之者 愚竊以爲宮中之人言文王之事 按本章下
朱子註 固不明言文王之求之 而亦未嘗曰宮中之人求之也 其小註曰 此
詩是妾滕所以形容寤寐反側之事云云 以此觀之 朱子似亦以爲文王求
之也 而特不明言耳 至如胡氏 直謂宮中之人 欲得賢妃 以配文王 方其
未得 寤寐反側 此於愚意 未安 宮中之人 豈不願文王之得太姒 而亦豈
自至於寤寐反側耶 寤寐反側 惟文王之於太姒如此也 未知先儒之意 或
謂以此屬文王 則恐其嫌於好色 乃遷就於宮中之人耶 然則尤所未曉 不
曰大王好色耶 不曰國風好色而不淫耶 好色而不淫 不害爲聖人 況文王
之求太姒 爲其淑女 是好德 非好色也 反側 何嫌之有 然惟文王之於太
姒如此 不得曰宮中之人如此 且凡文字 不可兩用其意 詩書之文 尤簡
直 又不得曰文王與宮中之人幷如此也 若必以寤寐反側 爲宮中之人 則
下章所云琴瑟友之 亦可指謂宮中之人耶 妻子好合 如鼓瑟琴 且友雖親
愛之意 宮中之人 豈得友於太姒也 惟朱子註 旣有尊奉之語 又曰 極其
哀樂而皆不過其則 詩人性情之正 又可以見其全體 此似幷指宮中之人
而文王旣得太姒 與之齊體 則豈不當尊奉云爾耶 樂則易淫 哀則易傷
人情然也 而男女之際爲甚 惟文王則不然 且宮中之人 被文王之化 知
文王之聖 故能形容其不淫不傷之實 此孔子所以稱之 而朱子亦以謂可
見性情之正者歟 若惟自宮中之人言之 未得之時 固不必傷 旣得之後
其樂又豈足以淫乎哉 凡經註 惟朱子外 他賢之說 有不敢盡從 而朱子

於此 旣不明言其爲文王之求之 雖云妄膝形容 又有似幷指處 終未有以
折胡氏者 此愚所以疑者也 (후략)

대　상: 關雎章
중심어: 文王之事 / 朱子註 / 寤寐反側 / 淫*傷
색인어 정보: 胡氏(胡安國)

4) 西浦遺事別錄(권16)

(전략) 詩至宋而已不及唐 明欲矯宋而反不及焉 則如我東之衰陋 尙
何足道哉 惟挹翠一人 而竊恨其稟才高而取法卑 孤竹·東溟 法非不
高 而才不逮體不備 皆不免墮於一邊 間有欲兼取而具全者 則又皆局於
才分之有限 或矗豪以自大 或雕飾以爲工 未有出此兩塗之外者耳 先
生之詩 本諸風雅 參之漢魏 下逮唐宋之間 陶冶融化 成一家體 絶未
有矗豪之氣 雕飾之痕 而讀之 惟見其爲性情之所流出者 由其才與法
並至故也 抑欲評品其格調之所形 以示後之具眼者 而顧不得其說焉 無
已則先生之評歐陽子文曰 如幽閒貞靜之女 自不乏笑倩目盼 可謂善形
容者 而小子於先生之詩 亦欲云爾 然先生謫宣州時所爲詩 又頗雄深典
則 視他日不啻長一格 小子之愚見然也 嘗以質於先生 則亦頷之
　韓昌黎自謂於禮樂之名數陰陽土地星辰方藥之書　未嘗一得其門戶
而蓋將試學焉 小子未知昌黎之果皆學而通之否也而及見劉原父恨歐陽
公之不讀書 則又未嘗不歎之也 先生之文 高雅秀潔 得之於天 又善爲
俯仰流轉之態度 有近於廬陵·眉山者 固不特其韻語之躡古人跨今世
而已 而乃其學之淹博 又有大焉 試觀於漫筆一書 蓋自聖經賢傳之所載
微而爲天人性命 著而爲禮樂名物 以及歷代興亡衰盛之跡 人事得失是

非之歸 與夫星曆籌數山川土地諸子之學 外國之事 皆貫穿包括 至於**論文說詩** 繼以**諧談稗說** 無不備具 而率多發前人之所未發者 其文又**淋漓馳驟** 或**瑰奇幽妙** 自蒙陋者讀之 殆茫然不省驚怪疾走之不暇 其或有管中之窺 則又足以忘肉味矣 先生以高文兼博識如此 雖謂之勝古人 殆無不可哉 或有難小子曰 漫筆 誠**高矣美矣** 但有可疑者 其講論之說 時與先儒有異同 又似**汎濫釋氏** 何也 小子應之曰 唯唯否否 程朱釋經 多相不同 **朱子**親學於延平 有相難而不決者 朱子且自有初晚之異 苟或反背慢誣 逞私務勝 如古之荀況 明之**王守仁** 近日之**尹鑴**則固罪也 而不然而或有異同 卽先儒之所已不免 於先生又何疑焉 今世之人 自其學語便能排釋氏 而所謂老師宿儒 未必能知釋氏之爲何物 此朱子所謂無以坐收摧陷廓淸之功 或乃往遺之禽 而反爲吾黨之詬者也 先生之意 殆以是爲病 遂於其學 究源而辨流矣 而書中或有似稱賞者 則朱子固亦曰以其立心之堅固 用力之精專 亦有以大過人者 故能卒如所欲而實有見焉 以是而謂先生汎濫釋氏 豈非淺見哉 難者之疑始解 然解不解 亦不足爲先生損益矣

四條外 又有一事 府君對人 肫肫然言若不出口 而宴居頗喜諧謔 卽於與卑幼酬酢亦然 而無或涉於麤俗鄙褻 愈可見其爲高風雅度之所發也

대　상: 西浦詩(金萬重) / 漫筆(西浦漫筆)
중심어: 才*法 / 雄深*典則 / 釋氏 / 朱子
색인어 정보: 挹翠(朴誾) / 孤竹(崔慶昌) / 東溟(鄭斗卿) / 歐陽子(歐陽脩) / 韓昌黎(韓愈) / 劉原父(劉敞) / 歐陽公(歐陽脩) / 廬陵(歐陽脩) / 眉山(蘇軾) / 漫筆(西浦漫筆)

5) 論詩文(권16)

5-1)

嘗謂眞西山心經之後 眞學絶罕 **胡元瑞詩藪**之後 好詩無聞 然爲學而不可舍心經 論詩而又何可廢詩藪乎 但詩藪 儘有偏處 且詩須寫出**實情眞境** 而胡乃以爲滁州 雖無西澗 不害有**韋應物**絶句 此等却又不是

대 상: 詩文
중심어: 詩藪 / 實情*眞境
색인어 정보: 西山(眞德秀) / 元瑞(胡應麟)

5-2)

論詩 且休千言萬語 惟知宋之**猖狂** 明之**假飾** 爲盡可戒而已 此其要法若夫**性情才氣** 在乎其人焉耳 **子瞻**高處 或似**淵明太白** 下處自不免猖狂 山谷可戒者尤多 自學者言之 **簡齋**或勝后山 如**宛陵** 未見有可戒而其可師 却不若簡齋 **放翁豈不自得乎道** 而猖狂處 甚於子瞻 **明詩 大抵如美人障子** 豈不眩目 無以**致情** 惟弇州稍點間有類子瞻者 其論子瞻曰 雖不能爲吾式 亦足以爲吾用 **滄溟**長律 儘有絶唱 **空同**豈不亦**雄健**哉 然欲求明詩之最勝者 當於弇州集中所謂類子瞻者得之 弇州詩如時淸轉自饒封事 歲稔猶聞罷上供 豈非宋人語 然且諱宋 余竊哂之 所謂性情才氣 未易遽言 然自古能詩者 未必皆高人達士 或多姦雄浪子 而惟庸俗之人 鮮有能詩

중심어: 宋*猖狂 / 明*假飾
색인어 정보: 子瞻(蘇軾) / 淵明(陶潛) / 太白(李白) / 山谷(黃庭堅) / 簡齋(陳與義) / 后山(陳師道) / 宛陵(梅堯臣) / 放翁(陸游) / 弇州(王世貞) / 滄溟(李攀龍) / 空同(李夢陽)

5-3)

東方之詩 翠軒爲最 但以其少時所作 或病粗率 使假之年 當勝東坡
其才然也 然余恨其取法不高 或有自以謂法高者 才又不逮 如蘇齋 終
日矻矻於繩墨之間 而似不知九方皐相馬之術者 東溟 其亦傑出矣 而要
不出明人軌度耳 其他又鮮有可觀 吾家西浦翁 古詩短律 本諸風雅 出
入騷選唐宋 多有絶佳處 未知篤論者何以處之也

중심어: 翠軒(朴誾) / 法高<取法不高
색인어 정보: 翠軒(朴誾) / 東坡(蘇軾) / 蘇齋(盧守愼) / 東溟(鄭斗卿) / 西浦翁(金
萬重) / 騷選(離騷, 文選)

5-4)

文本於道 一而已 道莫尊於孔孟 故文亦莫盛於孔孟 自孔孟以後 則
文有韓歐 道有程朱 文與道始分焉 此殆天地間一大欠事 謂韓·歐未達
於道 故其文猶不至則固可也 謂程·朱之有歉於文 或由於其不深乎道
則不可也 然思文與道之所以分 其亦出於古今之變 運氣人事之致然者
哉

중심어: 文*道
색인어 정보: 孔孟(孔子, 孟子) / 韓歐(韓愈, 歐陽脩) / 程朱(程顥, 程頤, 朱子)

5-5)

朱子曰 孟軻氏沒 聖學失傳 天下之士 背本趨末 不求知道養德以充
其內 而汲汲乎徒以文章爲事業 然在戰國之時 若申·商·孫·吳之術
蘇·張·范·蔡之辯 列禦寇·莊周·荀况之言 屈平之賦 以至秦漢之
間 韓非·李斯·陸生·賈傅·董相·史遷·劉向·班固 下至嚴安·

徐樂之流 猶皆先有其實而後托之於言 惟其無本而不能一出於道 是以
君子猶或羞之 及至**宋玉相如王褒揚雄**之徒 則一以**浮華爲尙**而無實之
可言矣 愚謂論文 亦當以朱子此論爲準 凡後世爲文者 **其或有實 或徒
尙浮華** 皆可按驗已

중심어: 有實*浮華
색인어 정보: 孟軻氏(孟子) / 申商孫吳(申不害, 商鞅, 孫武, 吳起) / 蘇張范蔡(蘇
秦, 張儀·范仲淹·蔡邕) / 屈平(屈原) / 陸生(陸賈) / 賈傅(賈誼) / 董相(董仲舒)
/ 史遷(司馬遷) / 相如(司馬相如)

5-6)

伊川謂古之學者 惟**務養情性** 今之爲文者 **專務悅人** 又曰 人見六經
便謂聖人作文 不知聖人攄發**胸中所蘊** 自成文耳 又曰 **游夏**何嘗秉筆學
爲詞章 愚謂聖人何嘗不作文 惟不**養性** 而只作文則不可 且作文 豈是
與養性之事 判然背馳者 聖莫過於**伊尹·傅說·周公** 而訓命及七月詩
不可謂不作文 又不可謂不悅人 所謂務悅人 有公私是非 若伊傅周公之
務悅人 乃欲以感動人主 非如後來欲竊科第者比 而今觀其文 豈是率然
攄發而成者 其必秉筆易藁 無疑也 且如周公苟欲使成王知稼穡之艱 則
招致一田夫 朝夕道說 豈不詳悉 或周公自爲道說於咨嗟吁咈之間 有何
不可 而必爲詩令瞽誦之 其欲悅人 庸有旣哉 想春日遲遲 采蘩祁祁等
語 尤能以感動**成王**矣 **動人**之道 言之不足而有文 文之不足而有樂 蓋
文者 居於言語音樂之間 苟曰聖人不作文 則樂亦不作矣 至如游夏之
檀弓·樂記 觀其製作之體 豈可曰不秉筆而學哉 伊川此言 似乎過高
不然則以文詞非其所好故然耶 朱子劇好**古詩楚辭** 不惟好之 盖嘗倣而
爲之 頗有似之者 朱子固亦秉筆之人也

중심어: 專務悅人
색인어 정보: 伊川(程頤) / 游夏(子遊, 子夏)

5-7)

盤庚五誥 人謂險怪 其實非險怪 古人言語 本自如此 卽伊川所謂擴發而成者 旣知盤庚五誥之爲擴發 則如伊訓說命等 豈非愚所謂作文者耶

중심어: 險怪 / 擴發而成
색인어 정보: 五誥(大誥, 康誥, 酒誥, 召誥, 洛誥) / 伊川(程頤)

5-8)

六經之後有西京 西京之中 史遷爲最 賈傅粗率 董相迂緩 惟劉更生醇深典則 諸儒之所不及

중심어: 司馬遷 / 賈誼 / 董仲舒 / 劉向
색인어 정보: 史遷(司馬遷) / 賈傅(賈誼) / 董相(董仲舒) / 劉更生(劉向)

5-9)

孟子史遷之文 若行其所無事者 其後惟六一 殆庶幾焉 昌黎學孟子處固好 而亦好揚雄 故或欠自然 愚謂左丘明·司馬相如·揚雄之爲後人害不少 若莊周·屈原 勝於三人 盖莊近孟子 屈近史遷

중심어: 莊周*孟子<莊近孟子 / 屈原*司馬遷<屈近史遷
색인어 정보: 史遷(司馬遷) / 六一(歐陽脩) / 昌黎(韓愈)

5-10)

爲文 亦不可一切欲行其所無事 觀於**易詩書** 可知 然**揚雄**自謂學周易
而未見其能學周易也 且深究而極論之 易詩書 亦不可謂不行其所無事
者 大抵**偏正眞假**而已 如揚雄之流 偏爾假爾 雖然 不善學**孟子史遷**者
又未見其能正爾眞爾 愚故謂**劉更生·歐陽脩** 儘難得

중심어: 偏正眞假
색인어 정보: 易詩書(周易, 詩經, 書經) / 史遷(司馬遷) / 劉更生(劉向)

5-11)

凡爲文 不能不要好 又不可不要自然 盖**自然**而好 方眞好 其要自然
乃所以要好

중심어: 自然

5-12)

明人東人之於文 雖各不同 其不能**以言爲文**則同 **明人假飾** 可謂之
文而不可謂之言 東人非文亦非言 其勢固宜如此 明人之視爲文 如**捕神**
鬼捉蛟龍 人所不常爲之事 東人 如閭巷賤人 陽爲知文字之狀 而羞澁
不能信口**發言**者

중심어: 明人*東人 / 言*文<以言爲文

5-13)

東人之文 大率傷於**四書註疏** 其自以守正者 多**支離緩弱** 其尙奇者
以支離緩弱之資地 而稍取**明人糟粕** 以假飾其字句而已 惟**簡易** 尙奇

而不假飾 谿谷 守正而不緩弱 宜其竝峙詞壇哉 然二公各有遺恨 須合
二公爲一 然後可以望風歐曾之門矣

중심어: 奇*假飾<尙奇而不假飾
색인어 정보: 簡易(崔岦) / 谿谷(張維) / 歐曾(歐陽脩, 曾鞏)

5-14)

尤齋之文 盛矣 簡易谿谷之後一人矣 然有可論 且其欲學史遷處 不
如其純出於朱子者

중심어: 宋時烈
색인어 정보: 尤齋(宋時烈) / 簡易(崔岦) / 谿谷(張維) / 史遷(司馬遷)

5-15)

息庵嘗曰 樂全勝玄軒 春沼勝樂全 是謂己又勝春沼也 樂全·春沼之
文 余未之見焉 惟息庵 豈能勝玄軒 大抵皆有得於明人者 而玄軒較沖
澹 此則又就其中 有古今之變

중심어: 明人<得於明人
색인어 정보: 息庵(金錫胄) / 樂全(申翊聖) / 玄軒(申欽) / 春沼(申最)

5-16)

朱子嘆世俗爲文 都是假底 而擧其聞於人者曰今世安得 文章只有箇
減字換字法爾 如言湖州 必須去州字 只稱湖 此減字法也 不然則稱雪
上 此換字法也 東人爲文 亦有用此法者 然減字法不至甚 惟換字法殊
可惡 且無論地名 卽於尋常行語間 分明宜下之字 却都不下 必取生面

意外之字以飾之　自命爲古文　而反不如**粗言俚說**之或近**自然**　盖東文
粗言俚說甚多　不然　又是換字法　鮮有出此兩塗之外者耳　其於地名　則
如水原稱隋城　全州稱完山者　兩塗之文　皆盛爲之　鉅公名家　亦所不免
雖以愚之已知其非　而或時效尤　習俗然也　竊謂州縣之稱古號　於詩則無
妨　亦有不得不爾　處於文則不可　於雜文猶可　於墓文尤不可

중심어: 減字法 / 換字法 / 粗言俚說

5-17)

古**歌詞**　自**舜皐陶**及**夏五子**所爲　至**周詩**之被管絃者　其**音律節族**　皆
當合於樂　而樂旣亡　歌之音節　亦無得以考焉　後世之**歌與樂**　固非古之
歌與樂　而然其自相諧合　則不害謂今猶古也　**東人**或效古人**爲歌詞**　而
所辨惟**四聲**　其中**淸濁虛實**　則昧然不知　何能與**中華樂律**相合哉　其以
本國言語爲之者　不論其自合於本國樂律與否　就其辭意　或多**悠揚婉切**
眞可以**動人聽感人心**者　不惟勝於效古之歌詞　其視詩文諸作　又不啻過
之　無他　**眞與假**之分也　諸詞中如鄭**松江**前後思美人詞　又其最勝者　嘗
聞金**淸陰**劇好聽此詞　家內婢使　皆令誦習　吾家老婢春臺者　兒時隸事淸
陰　至老而猶道舊日事　能誦其**羅幃寂寞繡幕虛**等句　淸陰之好之如此　豈
無所以然者哉

중심어: 歌*樂 / 眞*假 / 思美人詞
색인어 정보: 松江(鄭澈) / 淸陰(金尙憲)

5-18)

松江前後思美人詞者　以**俗諺**爲之　而因其放逐鬱悒　以君臣離合之際

取譬於**男女愛憎**之間 其心忠 其志潔 其節貞 其辭雅而曲 其調悲而正

庶幾**追配屈平之離騷** 而吾家**西浦翁** 嘗手寫兩詞於一冊 書其目曰**諺騷**

盖亦以爲可與日月爭光焉耳 余來濟州 又以諺作**別思美人詞** 追和松江

兩詞 其大意 以爲彼娘子猶嘗陪侍君子於白玉**京廣寒殿** 寵愛嬌態 則雖

遇灾殃而被斥逐 亦不必永傷 惟此娘子未嘗一承恩於鴛鴦枕翡翠衾 而

乃獲罪遠放 無因緣而有離別 最爲可恨 其**命意措辭** 若兩娘子相遇而答

問者然 盖古所謂變彼諸姬聊與晤言之遺意 而其辭比**松翁**益婉 其調比

松翁益苦 卽賤臣今日所遭罹者然也 記余頃年置對之辭 有曰矣身雖不

能以廢蟄之前 竊末科霑一命 以獲近於淸光 而顧以家世處地 不容自疎

生成保全其恩罔極之故 斷斷衷悃 實有加於朝夕左右之臣 常以愛君如

父 自誓於心 此固余之情實 則歌詞之作 亦其宜然 而以余今日所處 如

是攄發 恐非晦默之道 且詞中指時人則曰 楚之纖腰 燕之美貌 長袖淸

音 非不好矣 而豈盡有精誠乎 其自況則曰 竹釵所挿之首 長向於君 布

裳所着之身 爲君而潔 此尤恐其觸諱 而然中心所蘊 感興而發 自不能

已也 古者令瞽誦詩 奚取於瞽 取其善於音 而妓亦習音者也 且君臣之

義 非其所可知 而**男女之情** 乃其所備諳者 情苟感焉 則其發爲聲音 愈

足以動人矣 今以此詞 留傳於州妓之善歌者 使後之聽之者 得因其辭而

究其意 是余尙可以遇知己也 李東岳聞唱松江詞詩曰 惆悵**戀君**無限意

世間惟有女娘知 女娘固知之 而如東岳 知女娘之知之 是卽知松江者也

安知後之君子 不更有如東岳者歟

중심어: 松江(鄭澈) / 思美人詞 / 諺騷 / 別思美人詞
색인어 정보: 松江(鄭澈) / 西浦翁(金萬重) / 松翁(鄭澈) / 東岳(李安訥)

5-19)

小說 無論廣記之雅麗 西遊水滸之奇變宏博 如平山冷燕 又何等風致 然終於無益而已 西浦頗多以俗諺爲小說 其中所謂南征記者 有非等閒之比 余故翻以文字 而其引辭曰 言語文字以敎人 自六經然爾 聖人旣遠 作者間出 少醇多疵 至稗官小記 非荒誕則浮靡 其可以敦民彝裨世敎者 惟南征記乎 記本我西浦先生所作 而其事則以人夫婦妻妾之間 然讀之者 無不咨嗟涕泣 豈非感於謝氏處難之節 翰林改過之懿 皆根於天具於性而然者 其憤痛裂眦 又豈不以喬董之惡哉 不惟如是 推類引義 將無往而非敎人者 所謂放臣怨妻與所天者 天性民彝 交有所發 則如楚辭所謂感發人之善心 懲創人之逸志 則又庶幾乎詩是烏可與他小說同日道哉 然先生之作之以諺 蓋欲使閭巷婦女 皆得以諷誦觀感 固亦非偶然者 而顧無以列於諸子 愚嘗病焉 會謫居無事 以文字翻出一通 又不自揆 頗增刪而整釐之 然先生特以其性情思致之妙而有是書 故於諺之中 猶見詞采 今愚所翻 反有不及焉者 昔太史公作屈原傳 歐陽子叙王氏婦事 其文與兩人節義爭高 愚誠美之 而自無以稱謝氏之賢 然庶幾仰述先生所爲作書敎人 其意非偶然者 是愚之志也 覽者恕焉

중심어: 以俗諺爲小說 / 南征記(謝氏南征記) / 作書敎人
색인어 정보: 廣記(太平廣記) / 西遊(西遊記) / 水滸(水滸傳) / 西浦(金萬重) / 南征記(謝氏南征記) / 太史公(司馬遷) / 歐陽子(歐陽脩)

이덕수(李德壽, 1673~1744)

본관은 전의(全義), 자는 인로(仁老), 호는 벽계(蘗溪)·서당(西堂). 박세당(朴世堂)·김창흡(金昌翕)의 문인. 1713년 문과에 급제, 벼슬은 대사성·대제학·형조판서 등을 지냈고, 1735년 동지겸사은부사로 청나라에 다녀왔다. 저서로 『서당집(西堂集)』·『서당사재(西堂私載)』 등이 있다.

출전: 西堂私載(『한국문집총간』186집)

1) 答崔孝伯書(권3)

前月在東江 得足下所惠書 文辭華妙 誨諭周至 其所以開發人意者良爲不少 幸甚幸甚 且以僕於盛作諸篇 但有讚歎而無所抨擊爲罪 是足下以古人之心相期 而僕乃應之以世俗之見 僕誠過矣過矣 僕嘗見古人論文 未嘗不以理順詞達爲主 而要其歸 必以道德性命爲重 僕初狂而不信 以爲彼且恥以一秋自名 務爲大言 以矯誣一世耳 文豈當爾也 及年

齡稍大 知見粗定 則自數年以來 始知文之道 當然初無一毫誣人語 其
不能然者 雖使揚雄・相如之徒 句琢而字鍊 藻繪盈幅 華靡溢目 殆非
所謂文者矣 盖嘗以器而喩 上古瓦尊土簋 其制可謂質矣 然而薦於宗廟
資於飲食 其於用也 無不足焉 及至後世 爲其太樸也 則於是乎有華采
之餙 而華采非有益於用也 夫文亦猶是 吾旣有所得於內者 而言語足以
止吾身而已 不能行乎遠也 則爲是而有文字之設 文字者 言之寓也 則
理順而可耳 辭達而可耳 烏有所謂藻繪華靡者乎 然今之世旣異於古之
世 而不可使近於俚而已也 則整齊其篇章 點竄其句語 所以使文質克備
而若其先後本末 則固自有辨矣 論文而止於是 其不盡矣乎 今之人無有
不知是者 而及其自爲文 則乃復違而遠之 雖世所稱秇苑哲匠詞林高手
心薄唐宋 志希先古 爲今之後生所推伏者 猶不能免此 則其故可得而
究也 欲工之意常在筆前 而才不能稱志焉耳 以是之故 其不使僻字以爲
奇者 則必短促其句節以爲簡 以是而號於世曰 我能文我能文 而一有
稍知其繆者 指評其失 則輒復艴然怒見於色 僕嘗謂眼高手卑一語 誤世
間多少學文人 足下其不謂然乎 亦旣知其然矣 其終無以易是者乎 古人
之爲文也 命意務正 屬辭務稱 方其凝思運筆之際 一則曰其無背於理
者否 二則其無靡辭與曼語否 曰其心中常作是念 而勿使求工之意萌於
其間 一有求工之意 則便不能工 何者 以其心已惑 則筆隨而滯焉 不流
於浮輕 則歸於蹇澁 而失其道也 以伯夷爲文 則稱其德 必主於淸 語其
病 必及乎隘 此非所謂意正而辭稱者乎 若混擧展禽之和與不恭 以論伯
夷 則其文雖工 非所謂正與稱者矣 足下之文 固不至於此 然以寄病妹
一書觀之 英采太露 摸擬太甚 籤弄太過 殊無渾質流動之意 僕敢過慮
意足下好古之意勝 而求工之念切 不自知其犯古人作文之戒 苟吾言之
妄也 則無所損於足下 如有一可采 是僕得自盡於忠告之義也 向僕見足
下之文 而今見足下之心 故不憚吐露至此 凡此皆僕所蘊蓄以爲自得者

而亦不知足下將見笑以**腐陳**之論者也　僕於此　又有說　今僕所論不過爲
文秕之末耳　所謂道德性命　有未之及也　則其得失有何所關　誠能因派而
尋源　緣枝而求本　不厭其反復切磋於今日　則不有益於彼　必有益於此
然則其在外之文　亦豈能外是哉　射人　先射馬　擒敵　先擒王　其法盖如此
此　區區所以望於足下　而不敢望於他人者也　適有小苦　略布不宣

대　상: 崔孝伯(崔昌大)
중심어: 文質克備 / 求工 / 好古
색인어 정보: 孝伯(崔昌大) / 相如(司馬相如)

2) 與洪仲經書(권3)

耐兄出示左右文數篇　燭下　與**子愼**互讀更贊　旣又拊手抃喜文體壞敗
之日　乃能得此　誠不啻衆蛙咬中　聞咸池也 (중략) **文以意爲主　而以氣
爲輔　隨事命意**　言以宣之　氣以鼓之　**法在乎其中**　此作文之訣　故古人
之文　言必有以盡其意　氣必有以充其言　而法則未必皆同　今世之爲文者
不求古人之意　惟法之務字　揣而句擬　以求其肖似　矩折而規轉　以效其
色兒尺度　不失黍累　驟讀誠若可喜　徐而味之　**眞氣薾然**　千篇一律　令人
生厭　此皆好法之過也　雖以左右所喜二**蘇**之文言之　彼未嘗求爲如是之
法也　意有所欲言　言以發其意　而適成如是之法也　彼所未嘗有意者　我
乃以有意而求之　則雖其在外之法　未見其能善學　且使二蘇之文　果爲**千
古不易之定法**　則蘇之前　有**韓愈**　有柳宗元　有**李翶**　有杜牧　其文皆不
在蘇之下　而韓有韓之法　柳有柳之法　杜牧李翶　自有杜牧李翶之法　何
嘗盡與蘇同也　蘇之同時　有**歐陽脩**　有李方叔　有**曾子固**　有王介甫　是皆
與蘇幷名齊譽　而其爲法各異　亦何嘗盡與蘇同也　故欲學古人之文法　當

學古人之言 欲學古人之言 當學古人之意 意與言 能如古人 法雖不同
無害 意與言 不能如古人 法雖同 無取焉耳 比之治體 不可不同者 道也
不能無異者 法也 文之必以意爲主 則猶精一之心法 (중략) 讀書之際
亦以此求之 其所得當有日深者矣 莊子之文 喜爲參差儵詭之論 故一篇
之中 屢更其端 層見疊出 而意則愈明 左氏班氏 亦言簡而意著 其法固
皆不同 而若其言能盡其意 氣能充其言 則無不同 六經之外 子史可讀
者 其此三書乎 古人言欲學退之學 退之所學 莊氏左氏班氏 固長公之
所喜稱者也 雖以讀長公文言之當觀其善 能摸寫於人情物態 筆端衮衮
極其中之所欲言者 而神注意會 有得於其中 斯爲善學 何必規規摸擬於
其外之尺度矩矱 有若刻舟而求劍爲哉 左右才高 意之所向 輒能善肖其
體 昔之讀雋永 其文乃如雋永之文 今讀蘇而便能效蘇之爲 使讀莊氏左
氏班氏之文 吾知必能如莊氏如左氏如班氏 能變轉 能剴明 能模寫 如
是而左右之年漸多工漸深 霜降而水落 則自當非莊非左非漢非蘇 而別
有左右之文法矣 今則尙早也 幸左右無以年少俊才自負 而信取吾言 吾
將有深於是者 繼進焉 左右其報之 不宣

대　상: 洪濟猷
중심어: 意*言*氣*法
색인어 정보: 仲經(洪濟猷) / 耐兄(洪泰猷) / 子愼(朴樞) / 二蘇(蘇洵, 蘇軾) / 曾子
固(曾鞏) / 王介甫(王安石) / 左氏(左丘明) / 班氏(班固) / 莊氏(莊周) / 長公(蘇軾)

3) 楓崖集序(권3)

(전략) 風習靡靡 擧世同然 無論志趣事業之卑汚 卽其見於言詞者 有
能彷彿江西一句者乎 余甚傷之 故楓崖金有醇深之姿 沉毅之量 世皆

以公輔期公 而公遽廢公車業 不屑就焉 則固已無求於世矣 及其連除內
外職 尤閔閔如有所羞 多托病不起 其所俛就者董數邑 而亦皆不久解歸
歸輒行槖蕭然 不齎一物 惟闔戶手一卷而已 家人或至丐貸擧火 澹然不
以營懷 其視世之逐逐利名者 不啻若浼己 盖公之胸襟 沖遠夷曠 凡所
謂得喪欣戚 無足以汩其天和 故其發於詩者 **格高而氣完 趣淡而意活**
亦或往往因境見**奇絶** 無尖巧腐陳之病 推而爲辭賦 爲**駢侶** 俱精能天
得 瀏亮而有致 引物屬辭 愈出愈工 一時詞苑諸公 莫不斂袵推服 夫詩
所以言志 則志固言之本也 公之所以爲本於平日者如此 故**天機**所動 溜
合聲律 夫豈規規於推敲者所能及哉 (후략)

대 상: 楓崖集(金必振)
중심어: 格*氣 / 趣*意 / 天機
색인어 정보: 楓崖(金必振) / 大玉(金必振)

4) 耐齋集序(권3)

　近世之文 奚病哉 以詩爲文者 **纖碎卑弱** 而氣不能貫于一篇 以文爲
詩者 全乏風韻 不**生硬**則**冗靡**而止 二者旣然矣 就其專門之業而論之
詩失於**尖巧淺露** 而文病乎**俚俗浮曼** 嗚呼 詩文之亡也久矣 非有天分
之高 學解之精 其孰能掩濁世而孤邁 一反乎古之道哉 耐齋洪公 少喜
爲詩 晚更喜爲文 其詩以**少陵爲師** 而文則**取法韓柳** 凡師少陵者 師其
語而不得其意 故少陵步亦步 少陵驟亦驟 而及其**奔逸絶塵** 則瞠然不知
所以措意 於是不中途而躓者鮮矣 公能默契其精神之所注 直探未形紙
墨前用意處 而其**天才學力** 又足以行其辭 故每一篇出 讀者雖不能盡會
其意 而望其蒼然之色 已知其非今人語 今試取諸體 而求其片語之涉於

尖巧淺露 果有乎哉 其取法韓柳 亦能不**爲法所縛 氣勁而力完** 絶無俚
俗浮曼之病 其抵不佞書及叙社稷等文 雖使**歐蘇**操觚 吾知其必將變色
公之於斯藝 其可謂精能天得而非偏枯古全者所敢幾也 公長余一歲 少
相狎也 每有新作 輒以相示 余不詣公 公必造余 盖驩然相得 不知古人
之交爲何如也 **千古不朽之業** 旣與公相期 而一時得失之所在 亦資公辯
析 今余髮種種 而公之墓木則拱矣 悲夫 公爲人精礭 篤於行誼 有氣義
其談說古今成敗事是非 尤偉然可聽 自遭家禍 絶意世事 唯閉戶讀古人
書 親舊知其賢者 咸惜之 凡有憂愁憤懣 一發之於文 唯其從事也晚 而
卒又無年 故其著於篇者不多 今公之胤**益**三 就**三淵**金子益・**槎川**李一
源 選取其三之一 將付剞劂 而余亦預聞其役 益三要余一言以引之 公
於平日 謬愛余文 每得一篇 必疾讀之 抃手爲喜 今而以不腆之辭而弁
公之集 抑未知其所以論公文者 爲得公之實而當公意否乎 爲之俛仰太
息 書此以歸之 凡工役之費 出於今首揆公爲多 **首揆公**名致中 公之從
叔父 而知公惜公爲深 庚戌夏 序

대 상: 耐齋集(洪泰猷)
중심어: 少陵爲師(杜甫) / 取法韓柳(韓愈, 柳宗元)
색인어 정보: 耐齋(洪泰猷) / 少陵(杜甫) / 韓柳(韓愈, 柳宗元) / 歐蘇(歐陽脩, 蘇
軾) / 三淵(金昌翕) / 槎川(李秉淵) / 首揆(洪致中)

5) 悟齋集序(권3)

詩之有律 非古也 始於唐而盛於唐 自宋明以來 流波漫矣 其爲體以
精緻爲工 然綴**辭**麗矣而不能發其意 命意新矣而不能精其**辭** 皆非其至
者 此所以學之者雖多 而罕臻其奧也 沈君聖凝少聰慧 有絶人之萩 其

爲詩尤長於律 **排辭比句** **靚密要妙** 往往或出**奇巧** 以驚人目 意之所嚮
辭亦從之 辭之所就 意在言先 情境安適 絕無**慢聲死語** 信其天才之高
非近世**詩學**者所能及也 帝子夕降 珮聲泠然 如其淸也 幽花在谷 婥約
映日 如其麗也 偃師運斤 物物生動 如其巧也 剛金埋土 千年未化 如其
勁也 其長若此 外此則余亦不得以名之也 古云 詩人多窮 如**孟郊賈島**
輩 動爲後來口實 君平生無田於野 無廬於廛 釋褐十年 官不過持憲 飢
寒困阨 以沒其身 豈亦詩之崇歟 雖然 一時顯揚者 皆電逝泡滅 乃或遺
之臭 而君獨以數寸之管 能留芬於百代之下 則較其得失 孰爲優劣 此
可以少慰君於無窮矣 湖西方伯**李君壽沆** 與君無一日之雅 而惜君之才
恐其沉沒無傳也 捐貲與紙將梓君遺集 而問序於余 余旣賞君之詩 又義
李君之爲 遂不辭而爲之說 凡集揀其半而去其半 **雲谷李相公之所命**
而亦相其役云 乙卯初冬 序

대　상: 悟齋集(沈聖凝)
중심어: 意*辭 / 律詩
색인어 정보: 雲谷(李江佐)

6) 詩川集序(권3)

詩固有因人而重者 如**西京栢梁**之聯 首唱七言 氣槩**渾雄**之外 其餘皆
諧啁不雅 然以其出於藝能之臣 飛聲天衢 故雖其**直抒胸臆**之辭 幷能流
傳藝苑 使後之人 尙其質而畧其俚 此所謂因人而重者也 人亦有因詩而
傳者 如唐之**賈島劉得仁**輩 其人蔑蔑 奚所稱道 而特以句語之**精工** 至
今讀者 手爲胝而唇爲弊 此所謂因詩而傳者也 因詩而傳者 必於其工不
工 不足以傳 因人而重者 不必其工 工不工有所不論也 故**處士李公**早

廢擧業 隱居寶城之詩川 嘯傲林泉 念絶軒裳 其名亦嘗屢登於薦剡 而顧未有深知其賢者 蒲帛之招不及於門 恒居惟以教訓後進爲事 師道甚嚴 隨才成就者多 盖公爲遁村之後 而先考**進士公**嘗受業於**鄭公弘翼** 公之兩子**漢游‧漢泳** 又出入**尹明齋**之門 大被獎許 其家學之有源有委如此 公有遺集若干編 而家再失火 盡爲灰燼 只餘詩數百首 公之孫**生員公**與宗叔**注書公** 嘗謀梓行而不克就 生員公子**廷燮** 大懼其終歸於湮沒 始裒成一秩 將付剞劂 而問序於余 公之詩不甚用力 故其功不深 而往往不免有累句跲語 然**隨手寫情 斐然成趣** 後之讀者 重其人而不廢其詩焉 斯其可也 夫詩之貴 豈專在**排比聲律**之得其法哉 亦其本之者存焉耳 公諱厚遠 字**德載** 進士公諱敏臣 生員公諱以根 注書公諱以升 登科未幾而沒 嘗受業於公云

대 상: 詩川集(李厚遠)
중심어: 精工 / 渾雄
색인어 정보: 處士李公(李厚遠) / 進士公(李敏臣) / 生員公(李以根) / 注書公(李以升) / 德載(李厚遠)

7) 諸家文粹引(권3)

衰周以還 道術裂而人各得其一偏以自高 然以其能實心爲己 故無論其所造之**精深** 卽其發而爲文辭者 其光怪照耀 雖欲掩而有不可掩 彼豈嘗弊弊然勞其神蕲 以文垂名於後世哉 有諸中者 自不得不發乎外也 及至後世 則士之群居而族處者 動稱**孔孟** 而凡**異端**之書 麾之斥之 間有喜見者 衆又駭笑之 其操術宜若正矣 而夷考其行 則五穀之不熟者耳 是故 其見於文者 亦凡近而**鄙俚**若然者 古之人其可以易之哉 金士源姿

敏而嗜學　凡世之名譽利祿　淡然無所營　而唯取**戰國以來諸家之文**　枕籍繙閱　若子反之飮　屈到之芰　蚤夜矻矻　忘寢與食　旣又手抄爲書　略倣**沈氏類纂**　而名之曰諸家文粹　其**去就甚精**　而**編目不繁**　間嘗從余求爲序引　噫　余於少之時　亦嘗喜觀古人之文　不徒悅其文而已　盖將泝**流而尋源　緣枝而求本**　以故　雖**老莊楊墨之怪僻誕謾**　靡不疲精憊神　以求其立言之旨　今老矣　聰明日減　而反顧其中　枵然無所得　此無他　唯知博觀於外　而不悟反約於一己焉耳　今士源齒少而志銳　宜以余爲戒 (후략)

대　상: 諸家文粹(金道洙)
중심어: 老莊楊墨(老子, 莊子, 楊朱, 墨翟) / 怪僻誕謾
색인어 정보: 金士源(金道洙) / 子反(司馬子反) / 沈氏(沈津) / 類纂(百家類纂) /
老莊楊墨(老子, 莊子, 楊朱, 墨翟)

본관은 한산(韓山), 자는 자평(子平), 호는 순암(順庵). 이산보(李山甫)의 5대손, 이병연(李秉淵)의 아우, 김창흡(金昌翕)의 문인. 벼슬은 군수·공조정랑을 역임하고 부사를 지냈다. 시문에 능하고 글씨를 잘 썼다. 저서로 『순암집(順庵集)』이 있다.

출전: 順菴集(국립중앙도서관본)

1) 題天遊堂肯齋二遺稿後(권5)

(전략) 公歿六十餘年 始從**敬止**讀公遺稿數十餘篇 其爲文喜**變化反復** 詩又**飄灑沈漻** 又多悽惋之韻 感結之旨 至其哭弟肯齋公詩 尤絶悲 徃徃有忽忽悠悠**狂歌痛哭**之意 令人幾不忍讀 蓋公與肯齋公爲兄弟間知已 自肯齋公圽 精神實喪風味轉墜 不但如**子猷**之於**子敬** 故其詩如此 此亦可以論公矣 肯齋公諱光進 其詩蓊蔚可畏 蓋取材博而引類贍 讀之若不可禦 五古諸作駸駸**魏晉** 七絶宮體 又有**張王**餘旨 公從天遊公相與磨礪成就 編什較多 後之**續編海東詩文**者 當聯書而並傳 如**建康**之**兩謝** 眉山之二蘇 姑戒敬止歸而藏之云 (후략)

대　상: 天遊堂(李光庭) / 肯齋(李光進)
중심어: 取材博而引類瞻
색인어 정보: 天遊堂(李光庭) / 肯齋(李光進) / 敬止(李奎臣) / 子猷(王徽之) / 子敬(王獻之) / 張王(張籍, 王建) / 建康之兩謝(謝靈運, 謝惠連) / 眉山之二蘇(蘇軾, 蘇轍)

2) 巷東金富賢傳後跋(권5)

余於閭巷詩人最愛巷東翁 不惟以其詩而已 竊喜其爲人 恂恂顔貌 蒼朴不沾沾爲矜飾 雖浮湛市巷而見之如山人野老 文谷金相國第嘗有聞喜會 公卿盈門衆皆奔走聳觀翁以小史在其間漠然若不見獨退倚墻壁作敲推手勢三淵公見而異之呼與論詩 (중략) 今去翁之歿幾二十年 余屢欲爲詩哭之 久而詩不能成 今讀伯氏所述翁小傳 因書此以補其闕 翁與**龜谷雪蕉**爲三世詩家 龜谷**淸姸**而雪蕉**豪宕** 翁詩獨多冲淡之韻幽古之志 道長亦嘗爲余言之如此 而道長今又不可復見 重可悲也 庚戌季夏書

대　상: 金富賢
중심어: 閭巷詩人
색인어 정보: 巷東(金富賢) / 文谷(金壽恒) / 三淵(金昌翕) / 龜谷(崔奇男) / 雪蕉(崔承太) / 道長(洪世泰)

3) 亡弟子平遺事(附錄)

(전략) 己巳以後先府君爲墓下之計 君跨驢湖海間 詩律傳播 外再從芸窩洪君則及柳下洪世泰諸人方相與爲詩 皆以君爲有王孟風調 丙子冬 出拜農巖金公於石室 各彦盛會 先生特屬目席上命韻 君兩聯曰 先

生方隱几 小子幸聯裾 講樹留晨霰 齋燈燭夜漁 爲三淵翁所稱 其時二律一見集中 此篇首尾逸 (후략)

대　상: 李秉成
중심어: 王孟風調(王維, 孟浩然)
색인어 정보: 子平(李秉成) / 芸窩(洪重聖) / 柳下(洪世泰) / 王孟(王維, 孟浩然) / 農巖(金昌協) / 三淵(金昌翕)

조태억(趙泰億, 1675~1728)

본관은 양주(楊州), 자는 대년(大年), 호는 겸재(謙齋)·태록당(胎祿堂). 최석정(崔錫鼎)의 문인. 1702년 식년문과에 급제, 벼슬은 대제학과 좌의정을 지냈다. 과려(科儷)의 법식이 잘 갖추어지고, 초서·예서를 잘 썼으며 영모(翎毛)를 잘 그렸다. 1755년 나주괘서사건(羅州掛書事件)으로 관작이 추탈되었다. 저서로 『겸재집(謙齋集)』이 있다.

출전: 謙齋集(『한국문집총간』 190집)

---

1) 林西河集重刊序
2) 鷺洲集序
3) 明谷集跋

---

1) 林西河集重刊序(권41)

古人之工於詩者 類多窮阨不遂 談者謂之詩能窮人 至陳無己王平甫集則曰 詩能達人 未見其窮人之言也 固有激而發 雖然 亦大有理 以余觀之 若高麗林西河先生 雖曰窮於諸者 亦以詩有大名於世 謂之非窮也 亦宜 先生爲文章 雄博宏肆 在當時 與李眉叟·吳濮陽埒美而齊譽 天之生先生 固不偶然 若將使摛藻天庭 黼黻王猷 大鳴國家之盛 而不幸遭值家難 竄身荒陬 流離困阨 抑鬱而不揚 貧寒枯槁 如孟東野 不得一第 如劉德仁 不掛朝籍 如玉溪 生卒之無年天隕 又有似乎李長吉 (후략)

대　상: 西河集(林椿)
중심어: 詩能窮人
색인어 정보: 王平甫(王安國) / 林西河(林椿) / 李眉叟(李仁老) / 吳濮陽(吳世文) / 孟東野(孟郊) / 玉溪(李商隱) / 李長吉(李賀)

2) 鷺洲集序(권41)

古之宗戚貴游以文雅著稱者 史不多見 在漢有劉安 魏有曺子建 唐有韓王元嘉 上下數千載 止得二三人 而韓王著述無多傳 國朝宗英以詩鳴者 不過風月亭·醒狂子若干家 何寥寥至此哉 天家近屬質 稟類多神秀 固與常人迥殊 其間豈少高世之才 至於不朽盛事 能之者絶鮮 斯曷故焉 盖高貴之地 易生驕侈 佚樂之家 恒患荒嬉 苟非棲心恬漠刮習梦華者 其孰能治觚墨業緗素 以標名於藝文之林哉 以余觀於近世 惟鷺洲全坪公子斯其人哉 公以穆陵曾孫 父子兄弟俱顯隆當世 金貂紫緋 爛其盈門 人之稱福履榮華者 輒先數公家 顧公不以豪貴自居 澹然如寒士 平居杜門養痾 屏絶外慕 惟左右圖書 日夕吟誦其中 凡有述作 輒刻意湛思 鎔鍊琢磨 若攻金玉 一字不安 便忘寢食 必滿意而後出之 故詩多清警可誦 文亦婉嫕 多合作者之旨 尤喜佳山水 每以春秋勝日 一騎馳出 登天磨陟金剛 遍歷乎關東諸勝區 其高情逸躅 超脫濁世塵垢 非俗曺凡倫所可企仰 而其詩之得於江山助者亦多矣 噫 觀世之人 工詞藻者 或傷於輕浮 喜游覽者 多失於流蕩 而乃公所存 不專在文采風流 居家飭躬 一以行誼爲先 故其所爲詩文 皆從孝悌中出 觀其紀德二狀 撰次明備 遷葬祭文 哀慕切至 燕行少別 懷戀篤深 情見乎辭 至三刀說則其欲擴充油然之心 勉追先美者 非深於孝 不能也 兩弟同日陞資 衆所交慶 而作詩戒懼 勖以謹愼 深得大易鳴謙之義 至於己巳一疏 有大

焉 **危言直氣** 凜凜乎令人髮竪 雖以禁令不果上 而其**慷慨忠愛之誠** 足
以有辭於後世 其文盆可貴重 嗚呼 若公者 可以矜式公族 有光屛翰
匹美於**河間東平**而無愧矣 豈可與**淮南鄴下之徒**尙**文辭**者 議其軒輊哉
(후략)

대　상: 鷺洲集(李澂)
중심어: 宗戚*文雅
색인어 정보: 曹子建(曹植) / 韓王元嘉(李元嘉) / 風月亭(月山大君) / 醒狂子(李深
源) / 鷺洲(李澂) / 全坪(李澂) / 河間東平(劉德, 劉蒼)

3) 明谷集跋(권42)

恭惟我**肅宗**大王享國最久 名臣喆輔 指不勝僂 而以**文章經術**受上殊
知 十登台府者 惟吾**明谷**崔先生一人而已 惟其眷隆而忌愈盛 名高而謗
盆隨 大拜以後十九年之間 動遭歙撼 殆不能一日安於廊廟 經綸大志
不克展布其萬一 士類莫不恨之 及卒之日 中宸震悼 至涕淚沾衣 此可
以觀君臣之際矣 嗚呼 **高才博學 厚德雅量** 樂善而下士 體國而奉公 孰
有如先生者乎 平居但見其樂易多恕和順無忤 而及其臨大事處至難 確
守不撓 毅然有古大臣風節 雷霆不能摧 賁育不能奪 雖羣咻巧詆 恒情
之所不堪 而處之夷然 無纖毫介滯意 其所存者可知 噫 思先生而不可
覿 所可覿者 遺文足以炳琅千古 **不朽之業** 其不在玆 盖先生自在齠齓
已号爲神童 及長 無書不讀 旣擢大科登邇列 上有顧問疑難 左右默默
而先生應對如響 其以春坊官 丁憂也 肅考御書筵 數問崔說書安在 其
被眷注 盖亦有素 中經憂患 且多廢散 盆大肆力於經傳 旁及**諸子雜稗**
靡不涉獵 書數曆象之學 究極精微 專門者不及也 每看書十行俱下 一

寓目 便終身不忘 雖官位顯崇 賓客塡門 而左酬右應 語纚纚不倦 猶前
置一丌書 不廢其目覽手披 客出戶 已聞唔咿聲 夜則閉睫吟誦 或竟數
卷 其所積也旣厚 故發而爲文詞 皆和平而典麗 弘贍而縝密 取材使事
出入經史 辭理俱到 華實相副 各體咸備 蔚爲大家 若先生眞可謂經世
之文章 而易大傳所謂富有之謂大業者近之矣 藥川南相公嘗曰 崔相之
錯綜六經 淹該百家 雖古之通儒 亦無以過之 其奏箚剴切 可方陸宣
公 西坡吳公道一 每與之酬唱 輒嘆曰 崔公之詩 連篇累紙 愈出愈不
窮 如千兵萬馬旗鼓蔽野 其氣勢不可當 夫以師友之所深知 其所推許
如此 此爲藝苑定論 泰億又何敢贅一辭 (후략)

대　상: 明谷集(崔錫鼎)
중심어: 文章經術 / 經世之文章
색인어 정보: 明谷(崔錫鼎) / 藥川(南九萬) / 陸宣公(陸贄) / 西坡(吳道一)

이하곤(李夏坤, 1677~1724)

본관은 경주(慶州), 자는 재대(載大), 호는 담헌(澹軒)·계림(鷄林). 이경억(李慶億)의 손자. 당대의 유명한 시인 이병연(李秉淵)과 서예·문장으로 유명한 윤순(尹淳), 화가였던 정선(鄭歚)·윤두서(尹斗緖)와의 교유가 깊었다. 특히 당대와 중국의 화가들에 대한 평등이 있어 평론가로 중요한 위치를 차지한다. 저서로『두타초(頭陀草)』18권이 있다.

출전: 頭陀草(『한국문집총간』191집)

1) 與趙季禹書〔文命〕
2) 珂雪齋文抄跋
3) 祭農岩先生文
4) 送洪道長之蔚山序
5) 洪滄浪詩集序
6) 與洪道長書
7) 刪補古文集成序
8) 答洪道長書
9) 讀唐荊川文
10) 送李令來初〔仁復〕赴任安東序
11) 策問〔稗官小說〕
12) 送徐平甫〔命均〕赴燕序
13) 南行記序

1) 與趙季禹書〔文命〕庚辰(책12)

(전략) 夫爲文之道 必以識爲本 故識有精粗深淺 而其文亦類焉 僕嘗
觀管仲·韓非·申不害·商鞅·莊周輩 出於衰周戰國之世 或以功利
刑名之說說其君 或以虛無異端之學授其徒 此雖詭於仁義中正之道 於
其術 蓋有深造而自得者 故其見於言辭者 各類其人 湛深者有之 精峭
者有之 恢奇者有之 及漢之賈誼·董仲舒·司馬遷·相如·劉向·揚
雄·班固 唐之韓愈·柳宗元·李華·元結·李翶 宋之歐陽脩·曾
鞏·蘇洵·王安石·蘇軾·陸游諸人 又皆以文詞鳴天下 而識有精粗
深淺之異 故文亦有高下優劣今古之分 然人各有學術 以此措之事業則
可以治民而經邦 載之言語則可以衛道而訓世 非若後世徒以滅裂之學
鹵莽之識 雕琢其字句 粉澤其言說 以誑世之無目者而獵取其聲譽而已
吾故曰爲文之道 必以識爲本 彼數君子者 其書具在 令人讀之 若日月
之燭天 江河之經地 魚龍之變幻 虎豹之炳蔚 目眩心掉 莫可端倪 要皆
可謂天下之眞文也 而其識高者其文亦高 其識博者其文亦博 初非有意
於高與博 而各道其心之所知而流出胸中者 自然如此 然而其所以致是
者 亦非容易僥倖而得之也 管·韓·申·商之屬 尙已固未暇論 至於漢
唐宋諸君子 其聰明才氣 固已超群拔類 而又能勤道力學 於聖人之書
賢人才士之所記 靡不博覽廣記 篤好深悅 若姣色之於目 芻豢之於口
優柔厭飫 窮日夜孜孜 故其知見日益高明 其學問日益廣大 而其言語文
詞之工妙 乃至於是 而世之學者 見其成就如此其卓卓絶人 以爲萬萬不
可及 自畫而不進 至老死不悟者 前後指不勝僂 悲夫 士誠能博學以長
識 明道以修辭 則雖不敢望諸君子者 其言語文詞 又當何如哉 然爲文
甚難 雖有雄俊瓌奇之才 非湛深超詣之思則無以皷鑄吾才之所受 雖有
湛深超詣之思 非雄俊瓌奇之才則又無以闡發吾意之所存 故二者互相爲

用 然猶有所待者 必勤學而後可也 是故將善爲文者 於天地日月列星鬼
神幽怪 山川草木花實鳥獸昆虫之物 無不窮其理而參其變 自生民以來
二帝三王周公孔子所論仁義孝弟忠信禮樂之道　　無不究其旨而撮其要
至於儒釋道敎陰陽卜筮醫藥星曆之說 無不探其源而溯其流 夫如是然
後才與思相衡 心與手相應 凡發諸言語文詞者 浩浩乎若決江河而注之
海 方可與古作者齊駈焉耳矣 苟或不知出此 而但求之句語聲律之末 則
非吾所謂文也 夫文者 實之華也 其實之蓄於中者 旣奫然深厚 則其文
之著於外者 必炳然暐燁矣 夫謂之實者 不過仁義孝弟忠信禮樂之道
而謂之文者 亦不過明其道於天下後世 而形之於言語 著之於簡冊者也
然此非苟說而已 必有高識而後可也 故曰學者於勤學高識二者 不可闕
一 而尤以識爲重 (하략)

대　상: 趙文命
중심어: 以識爲本
색인어 정보: 管韓申商(管仲, 韓非子, 申不害, 商鞅)

2) 珂雪齋文抄跋(책12)

燈下讀袁少修文 至二皷乃盡卷 少修之文 奇巧尖新 雖遜於其兄中
郞 淡蕩紆餘 殆過之 亦無狹邪艶冶之態 可喜 然文氣稍茶弱 時有太冗
處耳 中郞文章言論 出自坡翁 少修亦與子由有相類者 眞大奇事 噫 若
坡翁中郞者 兄弟自爲知己 文彩風流 照映今古 人生如蘇袁兩公則亦快
活事也 余從江都內閣借得此書 手抄七十餘篇 分爲三冊以藏之 書其卷
端如此 珂雪 卽少修號也

대　　상: 珂雪齋文抄(袁中道)
중심어: 袁中道 / 袁少修文 / 奇巧尖新
색인어 정보: 袁少修*珂雪(袁中道) / 中郞(袁宏道) / 坡翁(蘇軾) / 子由(蘇轍)

3) 祭農巖先生文(책13)

(전략) 盖自孟子之沒 千五百載間 豈無才俊聰穎之士 可以恢張聖學
羽翼斯道者哉 然而或溺於異端詭怪之說 或狃於功利事爲之末 或驚
於記誦詞章之習 使二帝三王周公孔子之道 終莫能復傳於天下後世 如
月之晦 如鑑之蝕 寢微寢衰 幾于息矣 幸而河南程氏兩夫子 倡明之於
前 晦庵朱夫子發揮之於後 有以直接乎堯舜以來相傳之統 而仁義忠信
之道 格致誠正之學 煥然大明於世 惜乎 俱不得君師之位 不能展其志
行其道 以復三代休明之治 又有如金溪餘姚者 以內禪外儒之學 煽皷
其間 於是天下之背正趨邪喜新厭常之徒 無不靡然從之 間雖有王魯
齋‧金仁山‧許白雲‧薛文淸‧羅整庵‧蔡虛齋之屬 其光焰氣勢 聰
明言論 又不能抵敵 故彼乃益肆其志 益倡其說 無所顧忌 其流害有甚
於楊墨老佛者 吾道幾乎顯而復晦 續而復絶 逮至我東 退翁純深精密
之學 栗谷淸通超詣之識 庶乎可以遠紹考亭之遺緖 而自是之後 宏儒
碩學 代有其人 然或專於儀文度數之詳 或尙於春秋名義之旨 最晚而
得吾先生 先生以淸明純粹之資 加之刻苦篤實之工 其靈心之所運 明智
之所燭 於學無所不窺 於理無所不究 如易之微奧 禮之繁褥 書之政
事 詩之勸戒 春秋之賞罰 至於理命道德義理精微之蘊 禮樂政刑皇王
制作之本 天地陰陽造化消長之原 日月山川運行融峙之妙 鬼神仙釋幽
怪怳惚之談 昆虫草木飛潛動植之性 窮源溯流 分毫析縷 融而會之 貫
而通之 尤用力於曾書三綱八條之要 魯論克己復禮之訓 其學之也甚博

而操之以約　其辨之也極精而持之愈篤　幾臻乎體用俱圓　知行雙融之域
矣　又其雄奇雅健之文　湛深敏妙之辭　足以皷鑄其性靈　闡明其心知　故
其發於文章著於論議者　爛如日星之麗乎天　浩如江河之注乎地　其玲瓏
瓘瑋之致　若球璧琳琅之錯陳　其凄清幽妙之音　若宮商金石之遞奏　令
人讀其書誦其言　其胸中之所存者可知　嗚呼　近時儒者　亦有通明辨博者
沈潛專篤者　而先生則盖兼之矣　若其襟懷之灑落　氣象之溫和　出處之
明白　門路之正的　尤有人所不及者　由是觀之　雖謂之退栗後一人可也
(하략)

대　상: 金昌協
중심어: 異端詭怪 / 退栗後一人(李滉, 李珥)
색인어 정보: 程氏兩夫子(程顥, 程頤) / 晦庵(朱子) / 金溪(陸九淵) / 餘姚(王守仁)
/ 王魯齋(王柏) / 仁山(金履祥) / 白雲(許謙) / 薛文淸(薛瑄) / 整庵(羅欽順) / 蔡虛
齋(蔡淸) / 退翁(李滉) / 栗谷(李珥)

4) 送洪道長之蔚山序(책15)

世之談者　必曰詩能窮人　而至宋歐陽永叔　始云非詩之能窮人　殆窮
者而後工　其言則似矣　然猶有所未盡者　盖詩不特不能窮人而已　其所以
達人者　又有勝於公卿將相富貴燀爀者焉　夫自古詩人之窮者　必稱唐之
孟郊・賈島　宋之梅聖兪・陳無己　而當其世　公卿將相富貴燀爀者何限
而其人者名姓皆已磨滅無存　與草木同歸乎腐朽澌盡　而獨孟・賈・梅・
陳輩其文章若日星之昭灼　至今照人耳目　故夫誦其詩讀其辭者　無不想
像興慕於千載之下　此與富貴燀爀於一時者何如哉　然則詩果窮人乎哉
南陽洪道長自少業詩　其天分旣高　又加以篤學　盡取三唐諸名家詩　日夜

吟誦 窮精竭思 模畫其字句 擬議其聲調者 殆數十年 其高者出入襄陽 右丞之間 其下者亦不失嘉州蜀州之規步 息庵金公嘗見而歎曰百年來 無此作矣 拙齋趙公亦稱其詩爲絶調 其爲諸名公所獎許如此 然而中歲 遭奇禍 窮困畏約 累濱危死 夫所謂詩人之窮者 無有過於道長者 (중략) 雖然道長之詩之工 無愧於數子者 而其名將與之同其不朽 千載之下 誦 道長之詩者 又豈不想像興慕 如數子者乎 然則道長雖若窮於一時 而其 達也無窮 由是論之 果可謂之詩能窮人乎哉 今道長之所以樂赴者 其亦 有見於斯矣乎 嗟乎道長 行矣 南臨大海 觀其風濤之洶湧 魚龍之出沒 道長之詩 自此益復奇偉壯麗 殆與子美之夔後諸作 並驅者無疑矣 余將 拭目而竢之

대 상: 洪世泰
중심어: 詩能窮人 / 三唐 / 模畫其字句 / 擬議其聲調
색인어 정보: 歐陽永叔(歐陽脩) / 道長(洪世泰) / 息庵(金錫胄) / 拙齋(趙聖期) / 子美(杜甫) / 襄陽(孟浩然) / 右丞(王維) / 嘉州(岑參) / 蜀州(高適)

5) 洪滄浪詩集序(책16)

國朝之詩 自明宣以後 盖累變焉 蘇齋・芝川 才具宏蓄 氣力昌大 然 雅俗兼陳 體裁未純 故其弊也雜 孤竹・玉峰 以清新秀警矯之 然神寒 骨薄 氣象急促 故其弊也隘 東岳・石洲又以渾圓和平矯之 然思冗語 膚 格調不高 故其弊也腐 東溟又以悲壯整麗矯之 然叫呶紛挐 情境不 眞 故其弊也虛 於是乎金三淵洪滄浪之詩出焉 三淵則原本於枚・李・ 曹・謝 滄浪則根極乎王・孟・岑・高 而及恥爲粗氣浮響則一也 是故 三淵之詩 警拔奇健而主于骨力 滄浪之詩 清華秀傑而主于風神 求其

一言一句近於腐爛凡俗者 蓋無之矣 近日之詩 當以二子者 稱首焉 其後滄浪遭奇禍濱死者數 窮居畏約 謝絶交游 陋巷席門 煙火屢絶 凡其悲愁憂患可涕可哭者 一寓之於詩 如虫吟蟬噪 鳴其不平而已 故其詩益老鍊而體格固無變於前 蓋其勢不敢變而其意亦不欲變也 三淵學益博眼益高膽益壯 其詩愈變而愈奇愈新 又其聲氣光焰 足以鼓舞一世 故後進之士 莫不奔趨下風 奉其緒言 以爲金科玉條 三淵曰簡齋好 曰我爲簡齋也 三淵曰翠軒好 曰我爲翠軒也 三淵曰放翁好 曰我爲放翁也 間有一二語爲三淵所獎與 便已岸然自大 以眞正詩人自命曰我善新語善奇語善峭語 及觀其詩則尖纖破碎狹陋迫促 全乏意味 眞氣索然 眞嚴儀卿所謂下劣詩魔入其肺腑者也 錢受之所謂鬼氣幽兵氣殺者 不幸近之矣 噫 後生輩才力本來單弱 學殖亦甚淺薄 而徒知今日之三淵 而不知昔日之三淵 徒學下梢之三淵 而不學初頭之三淵 不復探究根本直截源頭 甚至殆不省鐃歌鼓吹爲何語 王楊沈宋爲何人 其流弊乃至於此 可勝歎哉 滄浪嘗謂余曰近日詩 皆無頭詩也 此可謂知言矣 記曰聲音之道與政通 季札聞諸國之音 能辨其風俗汙隆 夫今日詩道之弊 豈皆諸君之過也 亦世運升降之大機也 此非表微之君子 其孰能知之乎 余故曰欲矯今日之弊 不必他求也 祇可求之不變之滄浪而已矣 然滄浪之名位 不足以動人 又孰能信之哉 嗚呼 此可與知者道也 滄浪衷其前後詩 要余刪定 又請以一語識其首 因書此而歸之

대　상: 洪滄浪詩集(洪世泰)
중심어: 金昌翕 / 錢謙益
색인어 정보: 蘇齋(盧守愼) / 芝川(黃廷彧) / 孤竹(崔慶昌) / 玉峰(白光勳) / 東岳(李安訥) / 石洲(權韠) / 東溟(鄭斗卿) / 三淵(金昌翕) / 枚李曹謝(枚乘, 李陵, 曹植, 謝靈雲) / 王孟岑高(王維, 孟浩然, 岑參, 高適) / 簡齋(陳與義) / 翠軒(朴誾) / 放翁(陸游) / 嚴儀卿(嚴羽) / 錢受之(錢謙益) / 王楊沈宋(王勃, 楊炯, 沈佺期, 宋之問) / 滄浪(洪世泰)

6) 與洪道長書(책16)

(전략) 近來略窺古人文字源流蹊遙 始覺從前知見 俱屬皮相 而吾輩
所以不及古人者 其受病正在**專學八大家**也 使人驟聞之 莫不怪且駭然
僕之此言 非架空鑿虛 好爲新異而發也 其中實有眞見得處 此蓋非八家
有以病之也 吾輩自病於八家也 大抵八家之文 莫不**發源六經** 故其叙
事則法於書 其諷諭則法於詩 其論說則法於易禮 其褒貶則法於春秋
其辨難問答則法於語孟 其間雖不能一一如此 大體則然也 其本領博厚
工力深至 演迤浩汗 沈深醲郁 始看若難通曉 咀嚼愈久而滋味愈長 而
吾輩不過掠取八家之意思 蹈襲八家之句法 其力量規模 不能跳出八家
之外 故意味自然淺薄 亂氣亦且卑弱 此非他也 不能遠法八家之所法
而只取八家而爲法也 譬如上好人參 初煎則氣味極醲厚 及其添入客水
再煎則漓然薄矣 吾輩則皆再煎之客水也 焉得不如此哉 此非獨吾輩如
此也 天下之文人 盡如此也 非獨天下之文人如此也 宋以後文人又皆如
此也 北地信陽 歷下太倉諸公 自謂**極力復古** 而亦不能磨硏古六藝之
旨 而不過抉摘左國檀工之字句 **剝割莊騷史漢之面目** 塗澤爲辭 釘餖
成文 以長後輩剽儗掎撎之習耳 如此而謂之復古則豈不大可笑哉 如方
希直・王伯安・歸熙甫・王道思・唐應德輩 雖曰**取法於八家** 而亦能
探索根本 上泝六經 故其文皆可觀 而至於熙甫 其用力比他人尤純深
故其文外淡而中腴 語簡而味深 嘗自稱曰吾文可肩隨歐・曾・介甫則
不難抗行矣 此非夸也 其自知可謂深矣 足下試取而讀之 自可知矣 吾
故曰今日吾輩之病 正在於專學八家也 且將八家擔置一邊 但取詩書禮
易春秋語孟諸經正文 屈首誦數 如經生輩所爲 勿以一毫箋註參錯胸肚
虛心反復 玩索本書旨意 直窺聖人心術於數千載之上 然後始取漢儒以
下 至於宋朝諸大儒解經文字 融會貫通 捨短取長 以爲己有 則其於作

文 沛然有餘矣 **歐公**所謂**道勝者文不難**而自至者 亦有見而言也 然而
吾輩則老矣 已有歲月腕晚之歎耳 諺曰學技而目昏 正指吾輩今日而言
也 此可與足下道也 故縷縷至此 想足下見之 亦當爲之慨然也 不宣

대　상: 洪世泰
중심어: 八大家 / 八家之文
색인어 정보: 北地(李夢陽) / 信陽(何景明) / 歷下(李攀龍) / 太倉(王世貞) / 方希
直(方孝孺) / 王伯安(王守仁) / 歸熙甫(歸有光) / 王道思(王愼中) / 唐應德(唐順
之) / 歐曾介甫(歐陽脩, 曾鞏, 王安石)

7） 刪補古文集成序(책16)

　昆侖崔先生 自少酷嗜古文詞 於書蓋無所不窺 而嘗病古今選文者 多
以己意去就 而互有得失 遂自**先秦**下至**皇明** 擇其尤雋者三百餘篇 略倣
眞氏正宗之例 分類排續 凡爲三編 名曰古文集成 而其**權度極精** 取舍
極嚴 誠可謂**藝苑之金鑒** 學者之指南也 具君性五又要余刪爲二百篇 以
爲朝夕諷誦之資 余累辭不獲 遂不揆僭妄 稍加刪補 以復性五 而爲之
序曰 古人之於文 非苟言也 **必有迫於中而後洩於外**也 夫六經尙矣 **秦
漢**以來 諸名家 亦皆**迫於中而言之**也 非**外襲而取之**也 是故其所言者
卽其**胸中之識**也 凡天下事物之**湊會吾心**者 皆有以眞知其是非利害 犁
然若白黑之相形 而隨所觸而發焉 故非有意於言 而盖有**不得已而言者**
矣 然要皆可以裨益世道 而不爲一毫無實之言 可謂有用之文也 及至後
世不然 其胸中枵然無所識 **徒襲於外而取之** 塗澤以爲辭 雕鏤以爲文
雖自謂極天下之工 而不過爲**無用之空言**而已 由是觀之 識高者文亦高
識卑者文亦卑 文之工拙 不生于文 而生于識也 **識者根也 文者枝葉也**

未有根壯而枝葉不茂者 亦未有根不壯而枝葉茂者 然則不求長其識 而
求工乎文者妄矣 然所謂長其識者 亦非無事兀坐 懸空妄想而得之也 蓋
亦有道焉 參究聖賢之精神心術 與夫天下之**大經大法** 修已治人之道 **縱
橫錯綜 融會貫通** 然後吾之識 自然高明博大 通達無碍 其發於言語文
章者 譬若江河之注于海 自有沛然而不可禦者 斯謂之**迫於中而洩於外**
者也 凡是編所載 若賈誼・董仲舒・司馬遷・劉向・楊雄・班固・諸
葛亮・陸贄・韓愈・李翶・范仲淹・司馬光・歐陽脩・蘇軾・曾鞏輩
大抵皆如此也 今性五毋徒區區於文詞之末 而讀其文則必先觀其人之識
如何 則曰古人之所以遑越者在乎識 吾之所以不及古人者 亦在乎識 吾
何以使吾之識 可齊乎古人之識也 取古人之所以長其識者 孜孜焉求之
勉勉焉行之 性五之識 日益高明博大 而亦必有迫於中而洩於外者 其文
又皆爲有用之文也矣 夫如是則性五不爲古人所囿 而古人皆可爲性五所
囿矣 若是編者 直古人之糟粕耳 性五復何事乎是編哉 嗟乎性五 勉之
哉

대　상: 刪補古文集成
중심어: 古文詞 / 識*文<根也 文者枝葉也
색인어 정보: 昆侖(崔昌大) / 眞氏正宗(眞德秀, 文章正宗)

8) 答洪道長書(책16)

(전략) 盖其通篇 專以**詩道之累變**作骨子 首言國朝諸大家之詩 有如
是之長 故又有如是之弊 而至二子 一洗從前腐爛冗陋之習 中言二子或
變或不變 而**變者之弊**又至此 末言欲**矯**今日之弊 則當法不變者之爲善
而又以世人徒知名位之可貴 而不知眞詩之爲可貴結之　其中深有微意

極抑揚極感慨 至於品題貴詩處 曰淸華秀傑 又曰句語老鍊 夫淸華秀
傑 加之以老鍊者 唯王右丞當之 岑高以下則恐不能當也 如所喩寫景入
微 說情到底等語 此是嚴儀卿・劉會孟・胡元瑞・鍾伯敬輩詩評中細
碎語 試看韓柳歐蘇序人集中 乃有如此語否 僕自以爲此文頗得古人頓
挫開闔之法 雖不諧於俗眼 足下觀之 必有犁然當于心者矣 足下乃復云
云 以足下之老於文詞 猶不能盡曉人意如此 他尙何說哉 平日甚笑永叔
作尹師魯墓銘題後 以爲太多事 以今觀之 此等文字 亦不可不作也 足
下爲人 僕豈不深知 但其首尾專言詩道一段 無可攙入處 姑未及之 又
豈無揄揚之日哉 幸足下諒之 不宣

대　상: 洪世泰
중심어: 變者之弊 / 矯今日之弊
색인어 정보: 王右丞(王維) / 岑高(岑參, 高適) / 嚴儀卿(嚴羽) / 胡元瑞(胡應麟) /
鍾伯敬(鍾惺) / 韓柳歐蘇(韓愈, 柳宗元, 歐陽脩, 蘇軾) / 永叔(歐陽脩)

9) 讀唐荊川文(책16)

唐應德之文 淵源永叔・子固輩 紆餘曲折 意味深厚 在皇明諸大家
中最稱作家 而及其退歸荊溪之後 又一意尊信朱子之學 知解言論 有非
一時諸儒所可及 後聞王汝中致良知之說 盡棄其學而從之 故以論學諸
書觀之 其所謂閉門觀心閒靜中 稍見本來面目等語 純是曹洞氣味矣
孟子曰 吾聞出於幽谷 遷於喬木者 未聞下喬木而入於幽谷者 若應德者
眞可謂下喬木而入於幽谷者也 可勝歎哉 又爲嚴嵩作鈐山堂詩集序 此與
放翁之南園記 何以異哉 噫 君子固惜其一言以爲重 應德於此 又可謂
不惜其言也矣

대 상: 唐荊川(唐順之)

중심어: 本來面目 / 曹洞氣味

색인어 정보: 唐荊川*唐應德(唐順之) / 永叔(歐陽脩) / 子固(曾鞏) / 王汝中(王守仁) / 放翁(陸游)

10) 送李令來初〔仁復〕赴任安東序(책17)

(전략) 余聞來初篤好古人文詞 而古人之文 其等有三焉 有聖賢之文焉 有君子之文焉 有文人之文焉 聖賢之文 原於心行乎躬形乎言見乎事者也 君子之文 其說理也詳 其撼事也實 皆可有用於世 文人之文 摛華掇藻 排比字句 以務悅人眼 博取聲名而已 故六經之外 如濂溪·明道·伊川·橫渠·康節·晦翁·南軒諸大儒之文 可謂賢人之文也 漢之賈生·董仲舒·馬遷·劉向·楊雄 唐之韓退之·李習之·元次山 宋之歐陽永叔·蘇子瞻·曾子固 明之王伯安·歸熙甫·唐應德·王道思諸人之文 亦可謂之君子之文也 其餘諸子之文 非不華贍矣 俱未免乎文人之文也 余未知來初所好者 果何文也 然今來初所居郡 與陶山相隣近 其人民謠俗 猶有老先生遺風焉 余嘗讀老先生天命圖說聖學十圖及論學諸書 其言辭精深醇厚 絶無駁雜卑靡之習 令人諷誦之 有餘味焉 亦可謂賢人之文也 余窃願來初毋徒好文人浮華之文 而必用力於聖賢君子之文 毋徒好中州諸君子之文 而又必用力於老先生之文 以老先生之遺教 振作嶺之士大夫 使士大夫皆知夫明體適用之學 修己治人之道焉 則其必有一變至道之效矣 夫如是然後來初可謂能篤好古文詞矣 夫余之以古人期來初者復如此 余未知來初見余斯言 以爲我之知來初者 與來初之知我者 又果何如也

대 상: 李仁復
중심어: 古人之文 / 聖賢之文 / 君子之文 / 文人之文
색인어 정보: 李來初(李仁復) / 濂溪(周敦頤) / 明道(程顥) / 伊川(程頤) / 橫渠(張載) / 康節(邵雍) / 晦翁(朱子) / 南軒(張栻) / 賈生(賈誼) / 馬遷(司馬遷) / 韓退之(韓愈) / 李習之(李翶) / 元次山(元結) / 歐陽永叔(歐陽脩) / 蘇子瞻(蘇軾) / 曾子固(曾鞏) / 王伯安(王守仁) / 歸熙甫(歸有光) / 唐應德(唐順之) / 王道思(王愼中)

11) 策問〔稗官小說〕(책18)

問 稗官小說 雖曰駁雜 而亦多記正史之遺文闕事 有不可盡廢者也 穆王傳記盛姬之本末 山海經著貳負之名字 此可謂補史之闕事歟 虞初所記 漢史編於藝文 傳奇所述 宋人稱其文詞 亦或有備史之遺文歟 班孟堅仍西京雜記而著漢書 房玄齡取世說新語而作晉史 則能免雜取稗說之譏歟 羅貫中據襄松之註而演三國志 施耐庵本東都事略而作水滸傳 則其無混淆正史之患歟 朱晦庵之伊洛淵源・名臣言行兩錄 私自著述 則其可謂之稗史歟 宋眞宗之太平御覽・太平廣記等書 開局編成 則亦不可謂之小說歟 國史補能補劉昫・宋祁之闕遺而遠勝於成式之雜俎歟 中興傳能有左丘・馬遷之筆法而軼過於李燾之長編歟 至若野史亭之所纂 絳雲樓之所著 雖未及成書 而其述作之意 可詳言歟 陶九成之說郛 陳繼儒之秘笈 可謂稗說之府庫 而其有補於正史者 可歷指而言歟 大抵文人才子 搜獵異聞 網羅遺事 作爲稗說 或論時政之得失 或記歷代之沿革 或錄人才之盛衰 或述習俗之異同 傳忠臣烈婦之高節懿行 或擧老成名德之嘉言至論 以至山川草木土地物産方技雜術鬼神幽怪之事 靡不詳說而備錄之 斯可謂之文園之查橘 史家之羽翼也 逮夫後世 僞書日滋 虛實相反 是非不公 如癸辛雜識之毀朱 陳碧雲駄之誣韓富者 滔滔皆是 世之作史者 將無以考信焉 甚至架空杜撰 專務溢裏 未

이하곤(李夏坤) __ 323

免諷一而勸百 使人心日壞 風俗日敗 則稗說之害 可謂極矣 此果由於
著書者徒尙奇衰 務悅人目而然歟 抑由於觀書者溺於滛僻 專昧勸懲而
然歟 今欲使作者撫實直書 虛實不錯 是非不謬 可以補史氏之闕文 而
亦令觀者能感發其善心 懲創其邪思 一如聖人讀詩之法 則其道何由歟

대 상: 稗官小說
중심어: 正史之遺文闕事 / 稗史 / 小說
색인어 정보: 穆王傳(周穆王傳) / 虞初(虞初新志) / 漢史(漢書) / 孟堅(班固) / 晉
史(晉書) / 晦庵(朱子) / 左丘(左丘明) / 馬遷(司馬遷) / 野史亭(元好問) / 絳雲樓
(錢謙益) / 陶九成(陶宗儀) / 秘笈(眉公祕笈)

12) 送徐平甫〔命均〕赴燕序(책18)

余嘗讀元裕之中州集 明昌南渡後 諸人之詩 聲調促數 氣格衰弱 苶
然有季世亡國之音 未幾幽蘭軒之禍作而金遂以亡 近又得魏憲所編淸
百家詩讀之 其聲調亦促數 氣格亦衰弱 駸駸乎明昌南渡以後之音也 余
窃怪康熙在位六十年 民生樂業 天下晏然 可與大定之治比隆 而其發於
詠歌 形於聲音者乃如此也 前年康熙死 太子廢不得立 天下危疑 其亂
兆矣 記曰聲音之道與政通 文詞聲之精者也 詩又文詞之精者也 故觀
其詩則夫其氣機之升降 政化之汙隆 風俗之淳漓 可以見矣 以淸人之詩
占淸國之政 天下事可知 安知數年之間 不有衛紹之變尤屝高堁之亂歟
嗚呼 自古國家之敗亡也 其局雖不一 然政同道者其亂也必與之同形 德
同倫者其亡也必與之同趣 夫淸 金之裔也 風氣之與一 習尙之與同 故
其發於詠歌 形於聲音者 若出一轍 余是以知淸亦不久必有幽蘭軒之禍
也 (하략)

13) 南行記序(책18)

宋乾道中 **陸務觀**爲夔州通判 自吳入蜀 舟溯大江五千餘里 其所經歷者 若太湖洞庭之汙漫 三竺六橋之佳麗 建業石頭之形勝 匡廬九華之奇秀 瞿塘三峽之險怪 無非天下瑰偉特絶之觀也 凡其間郡邑市朝琳宮道觀古今之勝蹟 與夫人**民謠俗風**土物産 無不畢書 作入**蜀記** 余嘗愛其 **考據精博 文章高簡** 不甚經思 信手寫去 而自有一段**澹逸之氣 超出筆墨蹊逕之外** 初無意於求工 而其工自然如此 若使務觀有意求工 稍涉矜持 則雖欲如此 其可得乎 故作文之道 常在有意無意之間 不期工而自工 然後方可爲天下之**眞文**也 **袁少修**曰**歐公**之**歸田錄 東坡**之**志林 放翁**之入蜀記 皆無意於工而工者 此所以爲天下之眞文也 其言豈不信哉 (하략)

신정하(申靖夏, 1681~1716)

본관은 평산(平山), 자는 정보(正甫), 호는 서암(恕菴). 김창협의 문인이다. 1705년 문과에 병과로 급제하여, 예문관검열·사헌부헌납 등을 지냈다. 저서로 『서암집(恕菴集)』이 있으며, 권16에 수록된 「평사(評史)」·「평시문(評詩文)」·「평서화(評書畫)」·「만록(漫錄)」등은 역대의 인물, 문장, 서화 등에 관한 평론이다.

출전: 恕菴集(『한국문집총간』 197집)

---

1) 與昉姪書
2) 上農巖先生書
3) 與金三淵書
4) 答金進士昌業書
5) 答柳主簿應運書
6) 答李聖瑞龜齡書
7) 答柳默守
8) 答柳默守
9) 答柳默守
10) 答李加平
11) 與李加平
12) 與愼敬所兄
13) 與洪世泰
14) 渭南文鈔序
15) 文趣序
16) 白淵子詩藁序
17) 策問〔碑誌之文〕

1) 與昉姪書(권6)

(전략) 今汝有意於文章 則不必枉費言語 亦不必過用思量 目下便可下工 不此之爲 而今且猶豫遷就 坐耗光陰 余恐於是乎失其時而終不能以有爲矣 凡讀書作文 必專於年少時 盖唯年少者 能無物欲世故 爲文而去此二者 何所不至哉 及至年大 一涉世故 則較計之智 憂患之念 得喪之慮 應接之衆 出入之煩 紛紜而至 纏繞而來 更無把筆爲文之日矣 於是時雖咄咄追悔 更欲求一日少年 豈可得也 余十五歲 始知爲文之可貴 又其所見如此 故唯以**歐陽公多讀多作**兩句語爲師 (중략) 夫爲文章者 又不可不先立其志氣 不立其志氣 則鮮有不爲頹墮自沮而不振矣 余於始者讀**尙書禹貢篇** 見其**筆勢之雄高** 以爲爲文者當如此 旣見**馬史** 又一以**太史公**自期 則比向者見禹貢時 其氣少降矣 及嗜好於**唐宋八君子之文** 知皇明諸大家虛自壯耀之習然後 又以爲不可**强作心意 務張形勢 反致無實** 則復笑向日自期之妄僭 見其所作之出於十五歲以上者 輒覺赧然發愧 投之于火 然使我終始于此 以有今日 而回視赧然笑昔之所爲者 乃妄與僭之力也 故曰爲文章者 不可不早立其志氣 今汝之心 有今我之惰 而今汝之業 無舊我之勤 又太半爲疾病所奪 若果因循無成而終爲自棄之歸 則豈不大可恨乎 急宜先取**史漢**中一書 讀三二十遍然後 復易他書 務領略其要 亦須屛絶他念 於製作時 一以古人爲師 不以其難而自沮 不以其苦而或怠 則高才剛力 自有可得 庶無過時之歎矣 (후략)

대　상: 昉(申昉)
중심어: 多讀多作 / 立其志氣
색인어 정보: 歐陽公(歐陽脩) / 馬史(司馬遷, 史記) / 太史公(司馬遷) / 史漢(史記, 漢書)

2) 上農巖先生書(권6)

(전략) 日者因李瑋得聞下誨 以爲自宋六君子以後 **文章之道** 蕩然幾盡 獨能達其堂奧 接其衣鉢者 唯**陸務觀**一人云 靖夏於斯時 方嗜好陸詩 復不意其文之亦能至斯 未暇染指矣 昨來偶閱**古文諸家選** 得觀其論序一二篇 其**宏肆俊偉之旨** 與**歐公**酷似勝 其詩句遠甚 此老平生 獨以詩顯而未有以文稱何也 蓋當趙宋之世 文章之道 可謂盛矣 一自**歐曾**洒濯于前 二蘇和唱於後 如**張文潛·李方叔·晁無咎·陳無己·黃魯直·秦少游**諸人 蔚然輩出 觀其所爲文 亦足以不死千古 而獨恨其旨不**贍博 體未兼備** 要不可以追配古作家之盛 至於此老 其力量材具 本非數子之比 而況其篇什富盛 不如數子之僅見 若使之比肩數子 北面于**歐蘇** 則是大不可 而世之以**白蘇王**數公 謂有詩文之兼美 而獨不及於**放翁**者 恐不足爲具眼者論 未知執事以此言爲如何也 如聞此書見在案下 果然否 切欲得見其未見者 如或見在 因來便寄下 如已送還本處 亦望指敎其可借之路也 區區之誠 輒不自揆 竊欲與李瑋·**愼無逸**輩共相論斷鈔成一書 以續八家之後 意雖妄僭 其誠則可見也 (후략)

대 상: 金昌協
중심어: 宋六君子
색인어 정보: 宋六君子(歐陽脩, 蘇洵, 蘇軾, 蘇轍, 曾鞏, 王安石) / 務觀*放翁(陸游) / 張文潛(張耒) / 晁無咎(晁補之) / 黃魯直(黃庭堅) / 秦少游(秦觀) / 歐蘇(歐陽脩, 蘇軾) / 歐公(歐陽脩) / 歐曾(歐陽脩, 曾鞏) / 二蘇(蘇軾, 蘇轍) / 白蘇王(白居易, 蘇軾, 王安石) / 八家(韓愈, 柳宗元, 歐陽脩, 蘇洵, 蘇軾, 蘇轍, 曾鞏, 王安石)

3) 與金三淵書(권6)

(전략) 竊自以爲東方無詩人 若挹翠軒之神韻 蘇齋之骨力 非不卓然奇矣 而翠軒微失於三尺 蘇齋太剝其天眞 要之俱不得詩家之正道焉 今執事之詩 其好處固如二公 而兼無二公之頗纇 此靖夏之尤所竊誦歎慕者也 然自執事之出而倡之數十年來 風雅竝作 使今世之士 爭自洒腸濯胃 以求彷彿歌詩者 正賴其力焉 (후략)

───
대 상: 金昌翕
중심어: 朴誾 / 盧守愼 / 詩家之正道
색인어 정보: 挹翠軒(朴誾) / 蘇齋(盧守愼)

4) 答金進士昌業書(권6)

(전략) 自幼爲詩 粗知詩人風旨 貴在於沖和簡淡 而及今骨格已定 好之而未能似焉 以己之未能似也 故見世之詩人之能此者 愛之尤篤 竊嘗見蘇氏兄弟詩 長公之縱逸奇變 非穎濱之所可彷彿 而獨愛其淡甚 今農巖之精深溫雅 三淵之沉勁奇肆 殆使古今之能者盡廢 獨執事退然於其間 以不工自處 而其或發於吟詠者 自然有蕭散簡淡之趣 此其好處不在兩公下 盖執事之不工 穎濱之淡也 嘗疑執事之所以爲詩者如此 今此見諭 毋乃以己之所已能 而勉人之所未至耶 (후략)

───
대 상: 金昌業
중심어: 蘇軾 / 蘇轍
색인어 정보: 蘇氏兄弟(蘇軾, 蘇轍) / 長公(蘇軾) / 穎濱(蘇轍) / 農巖(金昌協) / 三淵(金昌翕)

5) 答柳主簿應運書(권6)

(전략) 方斯時 靖夏盡力治古文 苟聞斯世之能有以古文自任者 皆與
之往還而以獲聞其論焉 獨於執事者未能焉 私心固欲一往謁 而亦以爲
執事之所以爲文者 不過其少時志氣之果且銳而爲之爾 不必其年已老其
氣已衰 而猶篤於爲文也 乃於頃者 辱賜長牘 論古所以**爲文之道**與今**時
文之弊** 若望靖夏以倡先振作於今日者 嗚呼盛哉 誠不意執事年已老氣
已衰 而篤於爲文 如此其甚也 篤於爲文 而又能獎成後學 欲追古君子
所學 如此其勤也 夫**文章**一**小技**也 雖極其至 亦何所用 然旣有意於此
者 不以六經求之 鮮有至焉者 彼**皇明諸子**者 各自謂能文章 然於道未
有得焉 故其文如鬪草 求根柢之**實**用則蔑如也 以此而尙可爲文乎 故
靖夏嘗以爲**韓·柳·歐·蘇**以意而行文者也　**皇明諸子以文而生意**者
也 與其取於皇明而爲**無實**之語 寧取於**韓·歐**而爲**有用之文**也 靖夏之
所以知**爲文之道**者如此 而今乃以僥倖占科名 自今以往 其奔走供職者
將日多 而親筆硯者日少 其於爲文者 恐不能如所言 其亦不幸矣 今執
事以不得於僥倖 自處以嫫母之未嫁 如見所畏於靖夏者何哉 夫文章之
傳 恒見於窮者 而罕見於達者 故**退之**之言曰 **歡愉之辭難工 窮苦之言
易好** (후략)

대　상: 柳應運
중심어: 時文之弊 / 以意而行文 / 皇明諸子 / 以文而生意 / 有用之文
색인어 정보: 韓柳歐蘇(韓愈, 柳宗元, 歐陽脩, 蘇軾) / 退之(韓愈)

6) 答李聖瑞龜齡書(권6)

(전략) 示百家文 雖非急務 亦不可不一看 如**戰策**之渾雄 **左國**之雅潔 **孫吳**之謀 **申韓**之辯 各自有可觀 而至如**荀卿** 乃其立言論道 帥戰國以來一人 故其文比向者數子 頗**醇實** 使後之學者 能不病於其性惡之說 而只取其言之最醇者 則不爲無益 恐不可全棄 如**唐宋八君子之文** 或出於**傳記** 或出於子**史** 或有並取**老莊**禪宗之旨者 各自名家 雖其取捨不同 醇灕有間 而要之爲文之聖則一也 其中如**退之**之卓然自立 以吾道爲己任者 尤爲難得 而其他數子 亦皆一代偉人 當時莫不以經綸事業自期 其平生議論見識 互見於所論著 豈皆爲**空言無實**之歸哉 來書又云欲讀**朱書**甚善 其爲書千端萬緖 說盡道理 仁思義色 相濟表裏 浩浩如江水之方生 而其可喜處 正在於明白洞快 自有天地以來 未曾有如許大文字 士之有志於斯文者 誠不可不讀 要之八家之文 以意行文 故意奇而文亦高 **考亭**之書 以理爲文 故理盡而文亦達 **皇明諸子**之文 以文生意 故語無歸趣而文無可觀 世之爲文者 誠能以皇明諸子爲戒 始**取裁於八家而終歸宿於考亭** 則**文之道**於斯盡矣 (후략)

대　상: 李龜齡
중심어: 諸子百家 / 八家之文 / 朱子 / 以意行文 / 以理爲文 / 皇明諸子之文 / 以文生意 / 文之道
색인어 정보: 百家(諸子百家) / 戰策(戰國策) / 左國(左傳, 國語) / 孫吳(孫武, 吳起) / 申韓(申不害, 韓非子) / 老莊(老子, 莊子)

7) 答柳黙守(권8)

(전략) 下敎考亭文字 果如來論 姪亦自以爲其議論之正大嚴密 辭旨
之浩博淳深 當與鄒聖之書 並行於天地間 雖千百代 恐未能廢此 而當
今之時 獨能接其淵源 知其議論之可尊者 唯尤翁一人而已 (후략)

대　상: 柳成運
중심어: 朱子 / 議論 / 辭旨 / 宋時烈
색인어 정보: 考亭(朱子) / 鄒聖(孟子) / 尤翁(宋時烈)

8) 答柳黙守(권8)

(전략) 所云翠軒之不得爲詩家上乘 姪亦不敢以爲不然也 姪曩者雖
嗜此老 今則束閣已久 而然此老之才 固是天縱 雖其所學 不出於詩家
之正道 而乃其橫放之氣 俊逸之思 淋灕跌踼之趣 瀾漫秀發之色 自是
我東三百年來一人 姪以謂其學出於蘇黃 而其格則又似勝之 自蓀谷·
石洲數巨公皆無及 (후략)

대　상: 柳成運
중심어: 天縱 / 朴闇 / 李達 / 權韠
색인어 정보: 翠軒(朴闇) / 蘇黃(蘇軾, 黃庭堅) / 蓀谷(李達) / 石洲(權韠)

9) 答柳黙守(권8)

(전략) 所論簡牘體誠然 東人文字本陋甚 固無可論 卽如皇明濟南·

弇山諸名公之一生盡力於爲文者 亦未見其可好 或竊取世說之語脉 掇拾左國之句字 荒雜無倫 浮夸不實 令人讀之 或終篇而漠然不知爲何等語 如此而尙可謂道情素而替面目乎 歐蘇則不然 其憑几倚案 隨意寫出者 無一毫矜持意 其吐懷書情 則嘻笑怒罵 皆成文章 評山談水 則雲情水態 躍然在目 千載之下 口氣尙噴人 有一句數字而天然爲詩語者 有半篇數行而足當序記者 自有宇宙來 無此絶調矣 今執事不無病其疎簡之意 其或未能好之如姪之深耶 大抵簡牘之爲體 簡而後方有味 不當多作冗長語 但至於論義理處 不可不密 此所以考亭之爲書 盛水不漏 今姪以爲道情素語山水 則不可不用歐蘇之簡 論說義理 不可不用考亭之密 未知如何 曾見袁中郎短簡否 靈心慧竅 雖非王李之比 而大抵是爲文之妖 易被浸染 不宜令近眼如有竹 欲巧而反拙 尤無足開眼者爾 未知如何如何 (후략)

대　상: 柳成運
중심어: 簡牘體 / 李攀龍, 王世貞 / 隨意寫出 / 朱子 / 袁中郎短簡 / 靈心慧竅
색인어 정보: 皇明濟南·弇山諸名公(李攀龍, 王世貞) / 世說(世說新語) / 左國(左傳, 國語) / 歐蘇(歐陽脩, 蘇軾) / 考亭(朱子) / 袁中郎(袁宏道) / 王李(王世貞, 李攀龍)

10) 答李加平(권8)

(전략) 此有一書 曰文趣 卽農巖先生所鈔者 中多山水間趣語 與執事所欲爲者 意頗相近 執事其欲取看否 其門徒爲求弁文 送置此處 如欲一覽 當納上耳 所論王摩詰與裴廸書甚當 坡翁兩賦 眞可橫絶古今 而但其文氣太溢 神趣太泄 其幽淡韻妙 從容自得 終不若摩詰書 古來

文字可以敵此者 恐無多 唯王無功 答馮子華書 馮宗伯遊石門山記 自
爲**文章家別色** 而然於此書 亦覺多讓耳 嘗見三淵兄弟酷愛此書 詩文
間 用此書中文字極多 靖亦愛之 不在數公下 今者來見 正與相同 可喜
(후략)

대　상: 李涑
중심어: 文趣 / 金昌協 / 文章家別色
색인어 정보: 農巖(金昌協) / 王摩詰(王維) / 坡翁兩賦(蘇軾, 前赤壁賦, 後赤壁賦)
/ 王無功(王績) / 馮宗伯(馮琦) / 三淵(金昌翕)

11) 與李加平(권8)

(전략) **文趣**序文 其人求之甚懇 不得已勉應 無甚可取 不意長者見之
乃以爲可也 但此書中見載者 往往有**閒淡好文字** 可令讀者長其高情 不
止**閒情錄**之爲**俗書** 執事若果謄取 自此可以廣傳於世矣 甚善甚善 鄙湖
庄景致 絶似**韓昌黎文章** 終未免毁譽相半 如三**淵**丈極賞之以爲三江無
此勝 如**李弟喜**之極打之 欲伐其樹而焚其室 山水間眼目之不同如此 誠
難以齊其口矣 今執事則雖未極賞如淵老 而其於喜之則相遠 亦可謂無
過不及之差耶 然此言猶覺多事 不如以無辨爲斯亭之德 而樂之者自樂
耳 曾有記湖亭小文 謹此錄上 一覽如何 **馮記**亦並往 曾陪**農巖** 縱言及
文章 農巖問靖曰 古今文字極道**山**水間閒趣者 何者爲最 靖以**穎濱武**
昌九曲記對 農巖然之 已又出此記曰 此作不下穎濱 觀其意 盖極賞之
也 當時座上 一再讀默誦而歸 其後言於婦翁**兪尙書** **赴燕**時購**馮集**以來
而他記數十首中 無一篇彷彿此記者 信乎爲文之難於得意也 但農巖於
文趣一書 終不收此記 豈文趣之成 在於得見此記之前耶 (후략)

대　상: 李涑
중심어: 文趣 / 金昌翕 / 馮琦
색인어 정보: 韓昌黎(韓愈) / 三淵(金昌翕) / 農巖(金昌協) / 穎濱(蘇轍) / 兪尙書
(兪得一)

12) 與愼敬所兄(권8)

弟近日得意處 全在中郎記述 凡於此老經行探歷之勝 種種在目 不勞
一步 不命一僕 東南數萬里靈境 皆自坐而得之 弟方且躍然心喜 始歎
賞音之晚也 蓋弟於皇明諸名流 無一人合意者 而所許可者 唯方先
生·陽明公兩人而已 若山水文章之友 則又當以此老爲輔佐 此老之獨
於弟相入者無他 絶不隨七子之脚跟 而知歐蘇諸公之可尊故也 且其所
樂 全在於山水文章 不禪不俗 不做縣官 不作神僊 差是天地間奇偉 不
可指名的人 未知曾熟讀此集否 此世間 絶無如此習氣 唯執事一人近之
餘不可多得 未知如何

대　상: 愼無逸
중심어: 袁宏道*記述 / 山水文章 / 天地間奇偉
색인어 정보: 中郞(袁宏道, 遊山記) / 方先生(方孝孺) / 陽明公(王守仁) / 七子(前
後七子) / 歐蘇(歐陽脩, 蘇軾)

13) 與洪世泰(권9)

昨暮歸 見詩紙留案 近未見新作 心目殊未醒快 得此數篇 怳然如聞
韶濩之音 幾令人忘肉味也 然鄙意亦不無一二可疑者 如燕行贈別中長

城煤山二絶　能不失滄浪本色　又結句儘佳　而其外數作　筆勢未免衰颯
貧招懶失等語　則又似甚俚俗　鄙意去此一絶　但用上三作寄去爲好　未知
如何　此必是滄浪率率之作　不大段着力而致然　此自古人之間所不免者
但恐老氣日以低垂　詩鋒日以摧穨　信筆寫去　亦自謂無復難事　則雖欲時
自刻力以發警意　有未可得　鄙意欲令滄浪別更尋看少年時所覽文字　亦
漸收藏筆頭　待其不得不發而後發之　則所得要必是奇語　未知如何　盖從
不知詩者而言之　則終歲得一詩　甚是奇事　若復多作則尤奇　而自嗜詩者
而言之　則所謂作詩者　乃是其平生伎倆　有何可奇　若能終年不作一詩
則豈不反爲其高處耶　故僕每以能詩而不作詩者爲甚高　滄浪想必三復此
言也

대　상: 洪世泰
중심어: 滄浪本色 / 奇語
색인어 정보: 滄浪(洪世泰)

14) 渭南文鈔序(권10)

渭南之文　其叙事似歐公　其議論類長公　而其說道理則又彷彿乎朱
子書　宋自紹聖以來　士大夫類皆以剿裂爲文　各自謂賢而無復知元祐之
體者　公獨慨然自奮　極意論著　以振作斯文　復元祐之盛爲己任　而又與
我考亭並世　往來講磨　卒引之大道　故其文汪洋俊偉　中正閎博　蔚爲一
世之宗匠　同時有若周益公必大・韓尙書無咎數公　與之同聲和唱　而又
出公下遠甚　公當孝宗時　亦嘗以筆力回斡　見知於上　觀其上殿諸箚及上
二府書大抵累數百言　大則增廣君德　逆論虜情　小則政令得失　民庶疾苦
要皆反覆切至　深得言事之體　則不獨公之文爲可傳　其志業固宜不泯於

來世 而公歿後累百年 其詩則往往出於搢紳先生之記誦 而文不廣傳於
世 後之尙論者 不過以草草詩人期公 而至其平生議論文章之大者 則闕
然無傳 可勝歎哉 間余造謁農巖先生 先生適與余語及古文辭 仍盛稱渭
南文 以爲自宋六君子以後 文章之道 蕩然幾盡 獨能遠接其衣鉢者 唯
陸務觀一人 方斯時 余於其詩 已爛熟矣 而特未染指其文 故未敢遽對
後於諸選中 見其序箚數篇 窺得其一斑 而始歎服先生之高識 自是求是
書者寢久而未得 最後乃從永安都尉家 得借其全集汲古善本五十卷 都
下藏是書者盖鮮焉 余得是書 旣以獲果宿願爲幸 又以不人人盡讀爲可
恨 輒不自揆 玆敢妄意鈔選 而其規模則全用鹿門八家選例 撮其十之六
七 釐爲二十一卷 凡兩易月而繕寫畢 嗚呼 余於是選之成 竊有感焉 余
嘗讀公之與人論文章書曰 高不足以爲功名 下不足以得財利 塵編蠹簡
束而藏之 幸有知此道者 歎息稱工 余讀此句 未嘗不三復攬涕 悲公之
不遇也 然公之文湮伏不耀者 幾五百年 今乃發之於余手 則公之言雖可
悲 亦不可不謂之遇也 昔歐陽公從隨州李氏家 得韓文古本 當是時 韓
氏之文 沒不見者二百年 一自歐公倡之 士皆靡然從之 無二辭 故韓氏
之復大聞於世 歐陽子之力 而其言亦以爲道固有行乎遠而止於近 蔽于
暫而終耀乎無窮 今公文章 足以追軌韓氏 則其言之傳 自當與天壤俱弊
豈非歐公所謂終耀乎無窮者 而顧余之自視缺然者 固不足以望歐公萬一
則公之文章 又奚足待余而輕重哉 然其篤於慕古嗜文 則自謂庶幾無愧
乎歐公 言之爲輕爲重 姑未暇論 世之讀是選者 倘以是恕其僭妄則幸矣

대　상: 渭南文鈔(申靖夏)
중심어: 渭南之文 / 一世之宗匠 / 深得言事之體 / 慕古嗜文
색인어 정보: 農巖(金昌協) / 渭南(陸游) / 長公(蘇軾) / 務觀(陸游) / 宋六君子(歐
陽脩, 蘇軾, 蘇洵, 蘇轍, 王安石, 曾鞏) / 鹿門八家選(茅坤, 唐宋八大家文鈔) / 歐
陽公(歐陽脩) / 韓文古本(韓愈) / 歐陽子(歐陽脩)

15) 文趣序(권10)

日余過宿李聖源書室 案有一書曰文趣者 乃農巖先生所嘗選以授聖
源者 其爲書也六編 而文凡二百餘首 起自仲長統樂志論 以及於宋明
諸作 凡文之語涉趣事而見於序記書牘題識之流者 悉收焉 或片言隻
字之間而爽逾嚼雪 或閒辭漫興之寓而味深啖蔗 支枕徐讀 亹亹忘倦 聖
源以余之喜是書也 而令余題其首 余謂爲人之趣無過於閒 而爲文之趣
莫深於淡 閒能發人之趣 淡能生文之趣 今以與是選者觀之 皆其人高
古閒淡 遺外聲利 好自放於泓淨崢嶸之會 而與樵牧偓釋接 故其言之有
趣而可好者如此 而其知而好之也 亦惟其人而已 故唯如聖源之無累能
閒者 可以知味此書而亦可以有此書也 (후략)

대 상: 文趣(金昌協)
중심어: 文趣(金昌協)
색인어 정보: 農巖(金昌協)

16) 白淵子詩藁序(권10)

詩豈可易言哉 取材之不博而不可以爲詩 取法之不高而不可以爲詩
能此數者矣 而又其自期之不遠 欲其人知而喜之者 不可以爲詩 余嘗見
世所謂能詩者矣 尖新以爲巧 組織以爲工 時花美女以爲麗 牛鬼蛇神
以爲怪 至急於取悅人目者 如傀儡之登場而惟恐觀者之不笑 如此而豈
復有眞詩哉 乃若愼君敬所之爲詩則不然 盖自三淵金公以詩倡于世 旣
有以一洗我東三百年之陋 而詩之道復大振矣 於是世之稍有才步者 莫
不振厲洒濯 以詩人自命 而其爲詩者 類皆明於蹊逕 精於眼目 駸駸乎

古 如敬所者 蓋亦其一人耳 而其能自期之遠而不急於取悅人目 無向言
數者之病 則惟敬所爲然 敬所之所與共爲詩者 顧在於余 方其發憤肆力
捨命以爲也 呻吟點染 上下角逐 以窮日夜 甚至於酒鎗琴匣 無一日而
非詩會也 眉毫口吻 無一物而非詩態也 其盈而溢則速而爲李供奉之一
斗百篇 其矜而擇則淹而爲陳無己之三年五字 方吾兩人之得意而樂也
不知夫聲名利祿之爲何物 得喪欣戚之爲何事 而其詩亦日月化矣 當是
時 其師法少陵者 余與敬所同 而余顧間不免出入於唐宋名家 下及於
東方以取資 故其好處旣不出於向所謂尖新組織者 而其失處則又往往
流入於樂天之俗杜牧之淫 其去詩道日遠 而敬所方且抵死守老杜門戶
信奉如三尺 間有所作 雖善 不近杜 不出也 以故其詩雖若不足於變通
而其意致之沉着深遠 格法之莊重正嚴 非復近世能詩者可比 竊獨怪世
之評詩者 或妄謂余詩爲可喜 而未有知敬所之工於詩如此 豈亦其不幸
耶 雖然 使敬所而不能以遠自期 姑以取悅於時人之眼目 則豈可以遠過
於世之爲詩者 而見敬於余若是哉 敬所旣師杜 而於皇明 又酷嗜空同子
蓋以其善學杜也 而於今人 最推三淵公 以爲三淵之於詩 卽詩家之儦佛
每一意求肖似 故其晚作 益蒼老奇崛 幾欲與兩家頡頏 其於詩道 蓋蔑
以復加矣 間嘗以其詩一冊示余 書以謂之曰 吾方志於學 不可復事於詩
而自度其不可復進矣 欲得吾子一言之品定 以信後人吾子以爲如何 余
發書而歎曰 玆事也卽元白之故事也 而歐公蓋嘗行之于聖兪矣 顧余乃
敢以當此責哉 獨念其知敬所之深而愛其詩之篤者 宜無出余上者 則乃
以疇昔之所相磨礱 與夫其所嘗見畏者而爲說 以見夫敬所之貪於爲詩而
廉於取名如此云爾 癸巳仲冬月之上旬序

대 상: 白淵子詩藁(愼無逸)
중심어: 眞詩 / 金昌翕 / 杜甫<師法少陵 / 學杜

17) 策問〔碑誌之文〕(권12)

問 碑誌之文 所以記人行實而傳信於後者也 其體顧不重歟 延陵墓之鳴呼二字 何其甚簡 而曹娥碑之黃絹幼婦 可謂善評歟 趙岐之死後 遺令欲稱以有志無命 傅燮之自爲墓誌 自命以靑山白雲者 何意歟 爲碑必須孫綽文刊石 葬而不得韓記爲無葬 何意歟 韋貫之之以死拒銘 張燕公之追悔極筆 其事可聞歟 司馬公之誌呂獻可 不避時諱 韓持國之銘富韓公 甘心獲罪 其義何在 又有怒其謂不盡而貽書見責者 自稱有意義而不欲輕改者 此則文人之自重其文而然耶 以弟銘兄 而伊川之於明道 不爲誄筆 門生狀師 而李習之之論請據事實 亦可言其故歟 碑誌之文莫盛於皇明 皇明大家 莫過於弇山 而冶女俠士 皆得有誌 商婦販翁亦許乞銘 連編累牘 動至千萬言 其可謂得碑誌之體歟 大抵碑誌之文異於他作 必其文與人稱 辭實兼美然後 方可以傳遠 其在我東 能以立言自居者有幾人 而我朝碑誌 不專出於館閣 多出於山林宿德 豈以其心公筆嚴 可以傳後而然歟 試以今日之弊言之 求者旣無美實 而所託又非其人 或循子孫之祈請而副其深望 或因交遊之親好而强加虛美 威勢之下 必有諛辭 美惡之裁 率多曲筆 環顧一世 其能免愧色者無幾矣 如欲公嚴並施 垂後而傳信也 則其道何由

대 상: 碑誌之文
중심어: 碑誌之文 / 辭實兼美 / 心公筆嚴 / 王世貞

색인어 정보: 韓(韓愈) / 司馬公(司馬光) / 韓持國(韓維) / 富韓公(富弼) / 伊川(程頤) / 明道(程顥) / 李習之(李翺) / 弇山(王世貞)

신유한(申維翰, 1681~1752)

> 본관은 영해(寧海), 자는 주백(周伯), 호는 청천(靑泉). 1713년 문과
> 에 병과로 급제, 벼슬은 봉상시첨정과 현감을 지냈다. 문장에 탁
> 월하고 시에 걸작이 많으며, 통신사의 제술관으로 일본에 다녀와
> 서 지은 『해유록』은 일본 풍토에 대한 가장 상세하다. 저서로 『청
> 천집(靑泉集)』・『분충서난록(奮忠紓難錄)』이 있다.

출전: 靑泉集(『한국문집총간』 200집)

1) 送趙太史〔明鼎〕赴燕序
2) 題詩書正宗後
3) 離騷經後敍
4) 雜說

1) 送趙太史〔明鼎〕赴燕序(권4)

丁卯冬 余在雞林日出之隅 趙太史和叔千里馳書 示以燕行有期 且曰
子讀書人也 吾知其必有感於吾東玉帛之役矣 試爲我歌之 余起而唏噓
曰 太史良苦 俾余而燕歌乎 **荊卿高漸離**亡矣 **楚歌乎** 郢中白雪寥寥矣
三代之禮 列國大夫奉圭璋而朝於天子 則祖而飮者 賓而燕者 有**鹿鳴四**
牡皇皇者華 林杜之詩 進乎王庭 而有**采菽魚藻彤弓湛露**之歌 葩經所
載燦如也 所以夫子曰郁郁乎文哉吾從周 漢唐以下 斯文未喪 其爲賓主
燕饗樂歌之風 史不絶書 在東史而唐天子自作十韻詩賜新羅使 皆是物

也 鞿靮以旃裘稱帝 而尙有**虞伯生楊廉夫趙子昂**輩 與吾東**牧老益齋**諸
名家 稱詩頡頏何也 文章之在天下如日星 天不以濁世而閟日星故也 式
至**皇明** 七曜更始 高皇帝以詩書禮樂治天下 天下蔚然爲周之文也 文章
鉅公 若**北地濟南瑯琊新安** 岳立星羅 東人之貨其文者 至今如琅玕月
貝 當其時使華之東來 而寵光我聲施我 陽阿倡而采菱和 曁我邦羣賢衣
被**同文之化** 用片辭而揚光耀於帝京者 其詩在人口 其蹟在國乘 自甲申
蕩革以來百有餘年 此事遂廢 撥棄先王制禮 陵夷天下冠裳 其視文章聲
藝如中行說用漢錦絮馳草棘中 若是而使天下不讀書可知已 曰吾捃拾於
西使橐裝 得所謂尤侗王晫冒襄沙起雲黃九烟之流詩文梓集 彼自藝林
中翹楚 而均之爲蟋蟀之音 蜉蝣之羽 熠燿之光 以陰以夜 自生自滅 卽
亡論正嘉諸君子執金鈹而攻之 所不容於完顏鐵木之世何也 鴟梟競則鳳
凰隱 彼其習尙之漸民 在武力而不在文故也 竊不遜時時私語口 如使不
佞躡屩擔簦 東自登萊州 涉歷鄒魯之郊 南至于金陵吳會 西走函秦儻巴
蜀 遍括**漢兩司馬**遺塵 當以橐中一枯穎 掃天下驢鳴犬吠 而匏瓜繫而不
食 髥毛白紛紛矣 已而已而 今之天下將不復夢見周之文耶 太史以東方
奎壁之臣 誦詩三百 出而膺攝价之命 是行也 摩燕烏集闕 當有與天下
讀書人仕於燕者 一接晤語 視其文果如吾所言者 百不當於大國之風 便
可正色而斷之曰今世斯文剝盡矣 獨吾鴨綠以東箕聖之敎 碩果不食 操
觚者**祖述姬周** 人矜二雅 戶習五誥 所著作**頗有古法度** 不如諸夏之亡
也 彼必赧然而恥 懍焉思所以反於古 使天下風動於趙太史一言矣 吾東
方數千里 以太史一言重矣

대　상: 趙明鼎
중심어: 皇明諸家 / 赴燕
색인어 정보: 菊卿(菊軒) / 虞伯生(虞集) / 楊廉夫(楊惟楨) / 趙子昂(趙孟頫) / 牧
老(李穡) / 益齋(李齊賢) / 北地(李夢陽) / 濟南(李攀龍) / 瑯琊(王世貞) / 新安(李

攀龍) / 漢兩司馬(司馬遷, 司馬相如)

2) 題詩書正宗後(권6)

靑泉生曰庖犧氏命朱襄造書契 寔爲文字鼻祖 皇娥白帝之和 龍師鳥
官之記 亦詩書兆眹 而是如草甲坼而魚破卵 體幹未瑩 至我素王 刪詩
書 **詩取周之風雅頌爲法 書取唐堯以下典謨訓命爲法** 以詔天下萬世
是如宮室衣裳弧矢舟車 法制一定 天下由之 嗣而有**楚騷漢郊祀古詩十
九首 詩之冢嫡**也 西漢君臣**詔制章奏 書之昭穆**也 是如夔典樂而夷典
禮 鍾皷玉帛 有倫有則 至此而天下之爲**詩文法度** 昭乎若日星之揭矣
余自幼讀書 篤好古人詩 從二南二雅 **歷楚入漢** 輒曰均天帝庭 百樂璆
鏘 鳳凰蹌蹌 鷺鶴蹯蹯 書自虞夏商周 直接西漢 卽又曰袞衣朱冕 象輅
豹舄 行以鑾和 步中采齊 人生世間 食玉被錦 奇珍好色 百種娛樂 亡以
易詩書 於是手書**風雅頌**典謨各體 合作一卷 騷辭樂府併一卷 **西漢文章**
亦一卷 緫而目曰詩書正宗 是三編與我爲形影 出入必偕 舌勸則在眼
寢飯間摩挲不厭 紙故而遆新者屢矣 乃今行年七十 好之逾甚 使兒駿替
寫三編 綠匣牙籤 靑玉爲鎭 將以是畢吾命 客有難余曰詩書 聖人之刪
也 子何擇焉 曰紙不可累重 故抄書必簡 闕二南而全虞史 示不敢擇也
客曰世方族好唐宋 子何獨**泥於古** 曰**師法貴上** 牽牛于尾不于鼻 未之行
矣 曰然則子之詩文奚不古 余迺笑謝曰匪古病我 我自鈍矣 天假衛武公
抑戒之年 日讀三編 日長一線進 吾往也

대　상: 詩書正宗(申維翰)
중심어: 詩法 / 書法 / 西漢文章 / 泥於古

3) 離騷經後敍(續集 권2)

余生長山南農家 目不見古人奇書 而天性有**好古之癖** 五六歲時 從人受書 不喜讀**唐宋詩文** 欲學離騷經 先生笑曰 是其旨深而辭晦 長老之所聽瑩 若何以能解 卽對曰 雖不曉旨 舌在也 願受其音 先生異之 時時授章句 旬日而竟篇 卽又大喜 坐臥遊戲 口不掇誦 自以塗鴉之墨 細書成卷 置之懷袖 出入與偕 弊則易以新之 紙凡數十易而終不肯借人書一句 年旣長而好之采篤 前後誦讀 殆不能第 盖余不復就先生講論旨義 而便覺心胸灑灑 開卷瞭然 **紫陽疏註** 雖極精深 其言主道理 似於**文章家聲曲規矩** 不用屑屑言也 吾意三**百篇詩人之旨** 大抵**實中有虛** 如月在水 **虛中有實** 如鏡照物 **莊子逍遙遊 · 秋水諸篇** 皆得此意 故文章最高 離騷一篇 卽天地開闢以來 **詩詞創法之祖** 觀其聲音情悃 百節宛曲無一字不出於**愛君憂國至誠惻怛**矢死靡他之意 而叙志行修潔 則曰佩蘭 曰餐菊 曰芙蓉衣 道君臣離合 則曰蛾眉 曰靈修 曰黃昏期 何言之曠也 是其實中有虛 如月在水 駟玉虬而棄鷖以下 全是寓言 盖戰國之士負才能 不得售於其君 則之秦之楚 適齊適晉 如甯戚 · 百里奚之流 不可勝數 故假物於有娀 · 佚女 · 二姚 · 虙妃之求 而到頭輒說遭逃不遇狀以見柳下惠所謂直道事君 焉往而不三黜之意也 靈氛 · 巫咸之所告 則又是詩人愛人者 勸其去楚適他之詞 而末迺空中起語 忽以臨睨舊鄕僕悲馬懷睠跼光景 以見己之於楚爲同姓父兄之臣 與宗廟同休戚 故國無可去之義 身有可死之節 自處以求仁得仁 然字字句句 一不用實語道破又似無着落無接應 而畢竟披雲掃翳 便有靑天白日障蔽不得 是其虛中有實 如鏡照物 不圖文章之妙至於斯也 余自髫齔 識此宇宙間奇貨 髮今種種矣 每一展卷 至忘食味 令千古褒尙諸賢 染指斯文 所當沉涵濡首 而至讀九歎九思 雖自**極力摸擬** 而虛則宕冥 實則沉壅 其中有何情

景 余嘗謂世之好離騷者 莫如我 解離騷者 莫如我 而文不得離騷者 亦莫如我 楊子所稱顏淵苦孔之卓 余於離騷 能見其卓立者 亦幸矣

대　상: 離騷經(屈原)
중심어: 實中有虛 / 虛中有實
색인어 정보: 紫陽(朱子)

4) 雜說(續集 권2)

(전략) 余於古文 不喜讀諸子 於唐不喜昌黎 於宋不喜南豐 此皆古今人學文章者 取以爲宗師 膾炙之所同嗜 而余獨不然 盖由於性本局滯 才乏通方 且以生長遐荒 起自耒耟 遊藝之路未廣 而守株之癖未化故也 嘗自謂有文字以來 尙書爲鼻祖 春秋魯國史也 論語闕里史也 左丘·公·穀·馬遷·班固 皆可稱素王家臣 此外古文之變正 如墨絲揚歧 人皆攘臂曰 文在是矣 迺余師 心之好 白首不移 甘受人嗤罵 曩與任和仲論文書 略論之矣 世爲李·杜以詩齊名 五七言長篇 互有輕重 而杜之律 李之絶 固是連城雙璧 至論它文 則子美賦 揚雄文學 漢書觀其疏奏與墓誌 簡潔有力 余每讀公孫弟子釖舞詩序末引張旭草書事而曰 卽公孫可知矣 筆力雄厚 便見文章手段 是不獨詩之爲貴 李則賦與文皆輕率無法 大鵬賦及所上荊州書 亦無風骨可觀 往往見笑於大方之家 十年匡廬 所得於磨杵之嫗者 只發於詩而他無所長耶 一笑

대　상: 古文
중심어: 李白
색인어 정보: 昌黎(韓愈) / 南豐(曾鞏) / 左丘公穀馬遷班固(左丘明, 公羊高, 穀梁赤, 司馬遷, 班固) / 李杜(李白, 杜甫) / 子美(杜甫)

이익(李瀷, 1681~1763)

본관은 여주(驪州), 자는 자신(子新), 호는 성호(星湖). 이하진(李夏鎭)의 아들이다. 이이(李珥)와 유형원의 학풍을 존숭하여 세무(世務)에 실효를 거둘 수 있는 학문을 추구하였고, 서학(西學)에 대한 학문적 관심을 통해 세계관과 역사의식을 심화시켰다. 문학론 역시 경세실용적 경향을 보였다. 그의 학통은 안정복·권철신을 거쳐 정약용에게 이어졌다. 저서로『성호사설』·『성호선생문집』·『이자수어(李子粹語)』·『이선생예설(李先生禮說)』·『사칠신편(四七新編)』·『상위전후록(喪威前後錄)』과 사서삼경(四書三經) 및 『소학』·『근사록』·『가례』에 대한 『질서(疾書)』가 있다.

출전: 星湖先生全集(『한국문집총간』 198·199집)

1) 答尹幼章 乙巳(권18)

(전략) 六義之說 元來深疑 亦未有端的見解 故未敢發口於朋友 惟幼章嘿地相契耳 凡興之先言佗物者 與比本同 只以下段一語爲別 似無緊要 又如小星楊之水之類 但取義於字勢之相似 終欠安當 又比興之下不言賦 與賦而比興異例 就其內一一校勘 極有參差 殆難整頓 亦未知其

如何也 程子則卻又錯互取義 以騶虞之類 當頌之目 亦未知其必然 愚意賦如春秋傳某賦某詩之類 漢史所謂不歌而誦爲賦者是也 比者托物爲諭 可以曉人 如書傳內引諭者是也 興者卽夫子所謂可以興也 感發懲創 必於詩得之也 雅者言政治之得失 可以被管絃而爲聲樂也 風者化下刺上 主文譎諫也 頌者美盛德告神明 略如大序所云也 凡詩爲敎 有此六條 若論六義於陳詩以前則豈不各有意義耶 及至陳詩之後則六者不必各有其詩 以類相從 合成三目 三百篇皆爲聲樂而設 聲樂之目不過如此 其賦比興三者之爲敎 亦不外於是 試以關雎一篇言之 可以誦而達志則賦也 可以取諭閨門之禮則比也 可以興動邦家則興也 或是孔子刪述時定著如此 未可知也 其篇第之與季札觀樂不同 則乃是孔子之意 如孔子一循舊例 無容思議 則所謂刪述何居乎 小雅云以雅以南 如此者定是後人添補也 今觀詩中分明有添刪移易 而孔子則曰吾自衛反魯然後樂正 雅頌各得其所 復何疑乎 嘗作國風總說 略見所疑 公嘗曾覩也 豈忘之耶 餘竢別時說

대　상: 尹幼章(尹東奎)
중심어: 六義之說 / 賦比興
색인어 정보: 漢史(史記) / 書傳(書經)

2) 國風總說(권41)

周自豳遷岐 自岐遷酆遷鎬遷洛邑 岐者周也 後雖遷 周之名不改也 業基於豳 故有豳風 受命於周 故有二南 自遷酆以後 分岐周故地 爲二公采邑 所謂分陝東西是也 然周公爲政於國中 召公宣布於諸侯 故周南之詩 槩多歌詠文王・后妃之德 召南之詩 亦只是王澤攸覃而以贊歎召

公者附焉 周召雖二公之邑名 其實**文武**之風也 蓋採於其地 陳於王府
別之以國 不復分詩意之所在也 **司馬遷**云周道缺而**關雎**作 **揚雄**云周康
之時 頌聲作乎下 **關雎**作乎上 渠必有所考 而今以詩意求之 皆未見有
準合 此特**馬**‧**揚**之未審也 邶‧鄘‧衛者 **殷之故都**也 武王克商 分其
地爲三 以封諸侯 如岐周之分二也 後邶‧鄘皆入衛 其亡不知何世 而
意者**陳詩**之時 未必先亡也 周道中衰 小國寢削於强暴 雖或僅存社稷
不能自振 只附庸於諸侯 如魯之有顓臾 則其民皆仰治於大國 謳吟之作
宜乎不越於衛事也 然自列爵分土 三國均居 陳詩之典 有由來矣 其諸
侯之相吞者 縱不能奪彼還此 宜於觀風舊規 必有存之也 及採其詩 而
其事不能自別於衛則時也勢也 聖人亦無奈何也 何以明之 衛自康叔八
世而至**頃伯** 厚賂周夷王始爲侯 是時距立國未甚久也 勢威未甚張也 周
綱未甚頹也 周尙能君主天下 故必厚賂而後得售 則彼邶‧鄘之類 定不
容遽至於屠滅無迹 頃侯卒而**釐侯**立 釐侯之子曰共伯 共伯之妻作**柏舟**
爲鄘風之首 釐侯之孫爲**莊公** 莊公之妃作**柏舟綠兮**等篇 爲邶風之首 以
此疑採詩之際 二國猶存也 不然邶‧鄘未曾有封國 皆在衛境之內 悉爲
殷家都邑華盛之地 故別立篇目 如周之有鬪也 王風者自**鄭玄**諸儒皆以
爲東遷以後 王室卑弱 與諸侯等 故不爲雅而爲風 愚謂**風與雅體裁自別**
不繫於興衰 周業方隆 亦有風 二南是也 諸侯之微而亦有雅 抑詩是也
文王三分有二 實受天命 武王定天下 何彼襛矣之類始作 安在乎卑弱
衛武公作詩自戒 何干於王室 王澤渴而**變雅**作 其詩皆出於譏刺怨誹
與正經別矣 平王縱卑弱 獨不得上側於變雅之末乎 先儒徒疑其無雅 而
不解其宜有風也 **孔疏**云政微地狹 故次於衛 若然是貶之也 **孔子**不非邦
大夫 作**春秋**尊王室 惟恐諸侯之侵軼 豈或正詩而任其貶黜 下同於列侯
啓天下無君之心耶 **季子**之所觀者**周樂**也 工歌之次 亦在衛下 信斯說也
王之貶 其來久矣 周樂者 非周天子之樂乎 蓋周家典章而魯人存隷之也

周之羣臣　孰曷敢恣降時王之樂　顯示貶抑　施於朝廷　頒於天下　若是之
不少貸耶　竊嘗思之　東都者王城也　爲天子朝諸侯之所　後乃遷以居焉
凡於大都會民風可觀處　莫不有詩　故前焉則豳周有風　後焉則王城有風
推之於勝祉則三衛有風　其例同也　王風云者　不過謂王城之風　非直爲平
王設也　其詩皆東遷以後之作　凡列國之詩　其在春秋之前者十無一二　採
於王城者何獨爲平王以前乎　凡風有四段　二南一也　三衛二也　自王至曹
三也　豳四也　王詩之無徵於古何也　非無也　亡也　幽厲之後　禮樂散失　古
人已有重言矣　歌詩之缺　固不足怪　且三百篇皆孔子所取　然外此如巧笑
美目棠棣翩反之類　聖人已深許其旨　而反使漏之　豈非殘缺不足傳故耶
孔子之時　典章多缺　闕文之歎　定爲此等發也　以此尤信其散失者多也
鄭風一篇　集傳多釋以淫奔　以應鄭聲淫之文　然聖人深惡其亂雅而必欲
放之　又何存之而使人誦說之也　說者曰存之欲令人懲創也　愚未敢終信
今有里巷狂昏男女褻瀆　鼓吻反舌　淫嘲可醜　誨人之家　顧乃籍記其辭
遺諸後生　要其爲戒則如何也　常人之情　易以浸染　以魏文侯之賢　非不
知古樂之可尚　鄭衛之可遠　聽彼則惟恐臥　聽此則不知倦　今以悅耳新聲
日使陳於前　其不爲導慾也者幾稀　奚可哉　季子之觀樂　謂鄭其細已甚
不見一毫及此　以是知周樂本無淫女自作之章也　孔子嘗比之莠及利口
莠之亂禾絶其根　利口之覆邦家　迸不與同中國也　以是知聖人不編於經
中也　樂記曰鄭衛之音　亂世之音也　桑間濮上之音　亡國之音也　朱子以
鄘之桑中一篇爲桑間　然桑濮之音　雖出於衛　本是師延靡靡之樂　故與鄭
衛有亂世亡國之別　今乃混而同之　抑恐未然　而至司馬遷則曰三百五篇
孔子皆絃歌之　信斯說也　姦聲不絶乎耳　淫樂常接乎心　殆與雅樂並　何
異於師曠之撫止而不可遂也　鄱陽馬氏曰聘享賦詩　固多斷章取義　然其
大不倫者　亦以來譏誚　如鄭伯有賦鶉之賁賁之類是也　然鄭伯如晉　子展
賦將仲子　鄭伯享趙孟子　大叔賦野有蔓草　鄭六卿餞韓宣子　子齹賦野

有蔓草 子大叔賦褰裳 子游賦風雨 子旗賦有女同車 子柳賦蘀兮 此皆
所謂淫奔之人所作 而見善於叔向・趙武・韓起 不聞被譏 此說恐不可
易 叔向晉之賢大夫也 晉侯說新聲 叔向憂公室之卑 或以挾斜淫詞 騈
歌於禮享 叔向豈反善之耶 趙孟譏鶉賁則曰牀笫之言不踰閾 又況奔女
所自作之醜詞而不以爲非耶 子曰詩三百一言以蔽之曰思無邪 言此一
句盡蔽三百也 好善惡惡 俱出於情性之正 故總其要則皆不外於無邪 若
如集傳說 有邪無邪 天壤背馳 豈能以相蔽哉 愚故曰孔子之前 周樂所
編 只有如季子所言若干篇 至孔子聚天下公誦者 附爲三百 而褰裳・風
雨之類 亦不過槩如小序所指惡惡美刺之正俗 若挾斜淫亂之詞則皆在
放之之科 而後世無聞焉 小序者縱云非子夏作 等是後人之因詩億料 則
又不害爲億而中者耳

대　상: 國風總說
중심어: 周公 / 召公 / 周南之詩 / 召南之詩 / 列國之詩 / 鄭衛之音 / 亂世之音 /
亡國之音
색인어 정보: 馬揚(司馬遷, 揚雄)

3) 石隱集序(권50)

詩者敎也 務在達意 惟簡乃成 後變爲五七字長短篇 則與敎何干 況
加之聲病對配之律 日漸背于本旨 意益巧而敎益渝矣 然千百載大同成
習 無貴賤賢愚 率不脫浸染 生乎其間 無怪其勉循爲之 有能傑然者 思
其所以然而不忘觀風之本 卽有功於敎者也 不爾八轉九轇 尤之效而過
之肯 古道堙埋盡矣 就中彼善則有之 惟杜甫氏其意約 其言實 猶不失
三二分田地材具 俾有可以反乎眞 爲障川之一楔也 此非詞藻家工與拙

之評 卽有望于來許也 余疇昔之日 **聞韓斯文德師氏**之名 聰明特達 博
聞前言往行 入而孝出而悌 循循退讓 君子亦曾邂逅一見 知其履忠信陋
文辭 不肯爲衰世結習 今有賢季氏謹守門法 收拾殘篇 成若干卷 睠焉
投示 時閱而味之 果愜心不負望也 蓋詩多于文 律多于古體者 不過泛
酬人情 聊與從時也 時者聖智之所不違 故**孔子**居魯居宋 逢掖章甫 獵
較鄙事 無不屑爲 惟一點簿正意思 不因人而廢也 **斯文之掞發韻語** 追
琢律絶 亦所不免 其去飾歸正則如踙之不忘起眇之不忘視 往往不揜乎
嬉笑咳唾之餘 是則響想**子美 出入於江西派脈** 駸駸兩陳家數 吁姱矣
余素不聞**詩道** 億以爲之說如此云爾

대 상: 石隱集(兪彦民)
중심어: 詩者教也 / 出入於江西派脈
색인어 정보: 子美(杜甫)

4) 盤巖集跋(권55)

記昔余年少 在當世**文章伯座** 聽其談詩曰凡**務出奇詭驚動人者** 必內
存不足也 余得此而尋思 詩卽言之成文 貴乎旨遠而辭婉 若先有心於
眩彩增巧 震耀耳目 則奚啻不得爲善言 是以詩莫尙於**盛唐** 其言多灑灑
自在 淡泊而不見痕罅 至其衰季 喜作激越掀撼 凹凸亦間之 不覺**聲氣**
之憤怒 牛怪蛇神 得罪於**黃鍾雅音**也 余素不曉**律家**三昧 與人言 但道
昔之所聞而已 余所習有**晚峯**朴大夫者 頓頓**詩藪**也 耆耋而猶日哦不休
意者是好之篤而覺之深 必不以齒牙之餘 輕許人也 其盤巖集序云**天然**
自成 不煩粉飾 比諸松籟琴韻 余未及閱卷 已信此集之得之有本 而非
隨俗軒輊 旣留之牀案 反覆三回 卒無間於朴大夫之言 何贅焉 於是乎

敬題其後

――――
대 상: 盤巖集(鄭彦言)
중심어: 務出奇詭 / 天然自成 / 不煩粉飾
색인어 정보: 晩峯(朴宗儒)

정내교(鄭來僑, 1681~1759)

여항 문인으로, 호는 완암(浣巖) 또는 현옹(玄翁)이다. 홍봉한(洪鳳漢)과 김종후(金鍾厚) 형제의 숙사(塾師)였다. 김종후가 지은 「완암 정옹 묘지명(浣巖鄭翁墓誌銘)」에 의하면, 정내교는 술 마시기를 좋아해서 술이 취하면 강개하여 비가(悲歌)를 부르던가, 붓을 휘둘러 시를 썼는데 서법 또한 굳세고 호방했으므로, 보는 사람들이 모두 그를 경모(敬慕)했다고 한다.

출전: 완암집(『한국문집총간』197집)

1) 金生天澤歌譜序(권4)

金君伯涵以善唱名國中 能自爲新聲 瀏亮可聽 又製新曲數十闋以傳於世 余觀其詞 皆淸麗有理致 音調節腔皆中律 可與松江新飜後先方駕矣 伯涵非特能於歌 亦見其能於文也 嗚呼 使今之世有善觀風者 必采是詞而列於樂官 不但爲里巷歌謠而止爾 奈何徒使伯涵爲燕趙悲憤之音 以鳴其不平也 且是歌也 多引江湖山林放浪隱遯之語 反覆嗟歎而不已 其亦衰世之意歟

2) 贈進士宋用晦序(권4)

　　吾友宋用晦　湖士之秀也　少年成進士　有聲泮庠中　旣又攻屬對程文　上京師赴擧　屢阨公車　今兀然白首生矣　家在西原　無寸土可耕　妻子飢寒　身亦羈遊郡邑閒　其窮甚矣　顧嘗嗜爲詩　晩益專工　凡有憂患牢騷不平於中者　一發之言詠　而積成卷編　有唐季音調　淸楚可誦　用晦三十年　屈首鉛槧　畢竟所得止此而已耶　使用晦及其壯少　力治家人生産　若農商之業　如攻詩之爲　則雖爲西原富家翁　可也　奈何舍彼取此　日夜汲汲　使妻子困於飢寒至此哉　是果於用晦何益　豈誠有可樂者存乎其中歟　用晦嘗悶余學詩而窮　勸余所以免窮之術　而今乃自爲之甚力　卒與余同歸于窮　何哉　不龜手之藥　或以洴澼　或用之封侯　在所用之如何爾　用晦其亦善用此道而有可以免窮者否　余不可知也　雖然　余見世之醜窮而求免焉者　固自有其術　而獨未聞工於詩而免於窮者　則用晦之進於詩道　非惟不能免窮　適足以益其窮矣　吾故以用晦之悶余者　反爲用晦而悶焉　用晦以爲如何

대　상: 宋用晦
중심어: 學詩而窮
색인어 정보: 用晦(宋用晦)

임상덕(林象德, 1683~1719)

···

본관은 나주(羅州), 자는 윤보(潤甫)·이호(彛好), 호는 노촌(老村).
윤증(尹拯)의 문하에서 수학하고, 임영(林泳)의 학문의 영향을 받
았다. 1705년 문과에 급제, 목사와 대사간을 지냈다. 위기지학(爲
己之學)과 성리학 연구에 심혈을 기울였고, 우리나라 역사에 대단
한 관심을 지녔다. 저서로『동사회강(東史會綱)』·『노촌집(老村集)』
이 있다.

출전: 老村集(『한국문집총간』 206집)

---

1) 白湖先生筆蹟後跋
2) 文論
3) 作文蹊逕
4) 通論讀書作文之法

---

1) 白湖先生筆蹟後跋庚寅(권3)

有物觸之而無所見 執之而無所獲 然而紛綸輵輵 塞乎天地之兩間 往
來屈伸 千殊萬化 有奇有正 錯綜參差者 曰何物也 其名謂之氣 是物也
在天爲日月星宿風霆雲雰 在地爲山川玉石草木華實 其在人也 曰浩然
之氣 夫所謂浩然之氣者 純剛至大 充乎其四支百體 而準之于六合 凡
人之筋骸髮膚 聲色咳唾 皆是氣之爲者 而惟聖人全而養之 故其體浩然
而其用至博 下乎聖人者 各得其一體 故直士用之而爲直氣 俠士用之而

爲俠氣 潛於山林者 爲山野之氣 放於江湖者 爲湖海之氣 其或瓌偉跌
宕之士 如陳同父・陸務觀之流 又自號爲豪氣浩然者 其正也 其餘皆其
奇者耳 然其所以爲奇 非其本之然也 全體大用 盛大流行者爲正 而變
乎是 則始以奇目焉 奇之氣也 大率生於鬱而洩於感 以物言之 如風霆
之奮迅 江海之蕩潏 皆非鬱而有所感者耶 精英華爛之氣 鬱而蒸感 或
洩於山 或洩於水 則山而爲空靑丹砂 水而爲珊瑚珠貝 而好奇者採之
以爲奇寶焉 雖所洩不同 而其鬱而有感 皆類也 人之所謂奇氣者亦然
其中有蘊 其外有抑塞 而後奇氣發焉 故自古賢人君子 以奇氣稱于世者
類非志得道亨之士 嗟乎 亦其理然也 吾族大父白湖先生 自少倜儻有氣
節 嘗師事成大谷 得聞中庸性命之說 頗折節爲學 自大谷歿 世無知者
益自放形骸 棲遑落托於關塞之外以終 凡古今時世 升沉流坎 悲歡苦佚
歌哭顰笑 屠肆酒樓 僧房道觀 風流逢別 古蹟神怪 觸於境而動於氣者
一發之翰墨 其歌詩固已鳴於隆慶萬曆之間 往往播之樂府 至今人擬之
杜牧之 獨其筆蹟無所傳 去年 余從先生之彌甥錦城吳君時鐸 得先生手
寫詩文藁百餘紙而目之 異哉 淋漓乎皆奇氣之所鍾也 古人以書爲心畫
自是世之評書者 皆知論心 不復知論氣 心固至焉 氣亦不可不知也 今
夫詩文 固心性所發 而亦必資乎氣 至於書 則假之筆而成之手 故其筋
骨 都是氣之所結 觀詩評書之法 論心性而不論氣 則要皆爲不備 而書
之資於氣者 視詩又較多耳 先生之於筆 亦彷彿其詩 想其臨紙揮翰 未
嘗知有法度繩尺 而心之所寓 氣之所形 自然無傾巧偏側之病 故其眞行
楷草 不專一體 長短方圓 不師一法 皆隨意爲之 而畫力瘦勁活動 如枯
筠矮松 無所倚附 生蛇驚虯 不可羈絆 雖不敢輒謂布帛菽粟 可以人人
同其嗜好 好之而又必無弊然 尙古嗜奇之君子得而玩之 其視爲天下之
奇寶 當不博於珊瑚珠貝 而因其洩想其蘊 亦有以知先生之志不得而道
不亨也 藁本三冊 余分而粧之爲四帖 其二還吳君 其二留之 以寓景慕

愛玩之私 歲庚寅夏 族孫奉正大夫行吏曹佐郎兼世子侍講院司書校書館
校理象德 謹跋

대　상: 白湖先生筆跡(林悌)
중심어: 心性*氣 / 奇氣
색인어 정보: 陳同父(陳亮)*陸務觀(陸游) / 白湖(林悌) / 大谷(成渾) / 杜牧之(杜
牧)

2) 文論(권3)

嗚呼 文章之弊久矣 伏羲始造書 越乎邈哉 其文不可得而言也 太史
公曰 詩書雖缺 虞夏之文可知 虞夏以前 雖有書而無所載 故不知 不知
者 亦不得以言也 自堯舜迄于今 上下四千有餘年 文章之變 一何多也
又何愈變而愈弊也 書之爲體六 曰典曰謨曰誥曰命曰訓曰誓其變也 典
謨變而爲史記 誥命變而爲冊書 詔制訓變而爲封事狀疏 誓變而爲軍書
檄 移其他諸子百氏 各立門塗 並有傳述 變之又變 而種·略·子·
集·傳·註·義·疏·文 其類不可悉數 通謂之書流 詩之爲體三 曰風
曰雅曰頌 其變也 風雅變而爲騷 會稽鄒嶧之銘 頌之小變者也 其後五
言 自蘇·李 七言始栢梁 變之又變 而歌·行·謠·引·詞·曲·古
意·近體之作 繽然而起 其類亦不可悉數 通謂之詩流 此文章體法之變
化源流之大略也 書渾於虞 灝於商 噩於周 戰國之縱橫 秦漢之雄肆透
迤 至乎齊·梁·陳·隋之浮靡而弊矣 詩溫於風 正於頌 敦於雅 騷之
怨而不誹 漢之醇泊 亦透迤 至于齊梁陳隋而弊矣 唐承之百餘年 開
元·元和之文章 始號近古 而猶之不能合典謨之簡嚴 復風雅之正始
宋之典實 明之奇雋 各自謂矯其弊 而變乎古而愈變而愈弊 此文章氣

格之變化升降之大略也 請詳之 蓋古初之始造書也 象物取類 制爲文字
所以記言而書事也 上古之書 二典三謨爲之首 其書首述帝德 次述奉天
授人時 命四岳 分庶職 及其臣下辭讓應對之語 及其巡守柴望朝覲之禮
及其音樂律度考課刑征之事 又有帝及其臣 相悅相戒之詩 是皆不過記
言書事而已 其文簡而明 其事略而備 降及中古朝廷之事有誥 命軍旅之
事有誓 臣之告於其上者有訓 窮閭俚巷風俗之謠爲風 郊廟祭祀 上歌下
舞之詩爲頌 蒐狩燕饗征伐吉凶之事 莫不有詩 是爲雅 或賢人淪士憂時
刺世之作 亦謂之雅 是亦皆所以記言書事 而其言其事漸多 而其言漸繁
猶不若上古之簡略而明備也 歷此以降 愈繁而愈不純 由春秋而接秦漢
七八百年 作者益衆 莊周・墨翟・荀卿・鄒衍・愼到・田騈 秦之李斯
漢之賈誼・董仲舒・司馬遷・楊雄・劉向・班固之徒 各以其術 皷其
縱橫奔放之言 以爲之文 其間又有如宋玉・唐勒・景差・司馬相如者
以詞賦雄辯相誇 皆祖於屈原之騷 此特其大者也 今以古今藝文志攷之
其人名字姓氏 亦不可勝紀 紛紛穰穰 盈溢乎天壤之間者 無非書也 嗚
呼 何其盛也 然其言夸而不信 其文華而寡實 雖閎博衍肆 闔闢舒慘 各
極其變化 而向所謂記言書事簡而明略而備者 日蕩然矣 於是綺麗浮淫
之文作 江左數十百年 文章幾乎息矣 唐興 王・楊・盧・駱號稱四傑
而皆有江左之餘風 子昂出而詩正 退之生而文變 子昂之後 有李白・
杜甫者 並以其詩大唱而肆 而甫詩尤以忠義敦厚爲主 世言三百篇之後
杜甫之詩 最得其宗 非虛言也 凡此數子者之文章 方之盛古 雖不及乎
盡純 其於記言書事之體 蓋乎彷彿矣 後世之文 若無取焉則已 若其取
之 吾其舍數子乎 自此數百年 宋有歐陽脩・蘇軾・黃庭堅 又數百年
明有方孝孺・王守仁・王世貞 其後遂無聞焉 嗚呼 歷代文章 旣已言
之詳矣 傳註義疏之書繁 而經籍裂矣 設問起而歌詩崩 儷偶作而表誥亡
矣 大率言之 愈降而愈繁 愈繁故愈弊也 嗚呼 文章者得乎天地之氣者

也 天地之氣 與時而相降 時降則氣降 氣降則文章亦不得不降 夫其不
得不降者 顧亦無如之何也 嗚呼 天地無終而無盡者也 自堯舜 迄于今
僅四千有餘年 夫以無終而無盡 觀四千有餘年 蓋倏忽間耳 然而文章
凡幾變而幾弊也 若使又四千餘年 不知又幾變而又幾弊也 推以至於無
終而無盡者 蓋不可知也 夫無如之何者與不可知者 聖人亦不論也 傳曰
六經之道尊 故文簡 又曰 **華言小實** 不足以行遠 學者但能尊經而信道
寡言而務實 其亦庶幾乎哉

대 상: 文章
중심어: 文章體法之變化源流 / 文章氣格 / 記言書事
색인어 정보: 太史公(司馬遷) / 蘇李(蘇武, 李陵) / 王楊盧駱(王勃, 楊炯, 盧照鄰,
駱賓王) / 子昂(陳子昂) / 退之(韓愈)

3) 作文蹊逕(권4)

作文無他妙法 先須覷破題旨 陸象山所云 大著眼看題本者 眞格語
也 古人文章 自馬 · 班 至韓 · 柳 · 歐 · 蘇諸公 凡在一題 皆先立一宗
旨 中間雖千變萬化 全篇結案 都在此宗旨上 如馬史范雎傳一篇 都在
恩讐上 **蔡澤傳**一篇 都在死字恐動應侯處 韓文**平淮西碑**一篇 都在惟斷
乃成上 **原道**一篇 都在仁義道德上 他可類推也 題旨既定 則次定**排置
間架** 夫然後句有**句眼** 字有**字眼** 而工拙利病 可議也

대 상: 作文
중심어: 先立一宗旨
색인어 정보: 陸象山(陸九淵) / 馬班(司馬遷, 班固) / 韓柳歐蘇(韓愈, 柳宗元, 歐陽
脩, 蘇軾)

4) 通論讀書作文之法(권4)

讀書 最忌貪多 要須潛心求見古人用心之處 初雖黑暗 看來看去 積久究索 自然漸見通處 今世之士 自言讀某書幾百徧 讀某書幾千徧 而及到自家做處 與古人書全不相似者 正坐貪多而不潛究 故雖千讀萬誦 心口不相入 眼手不相資 此甚可歎 試觀古人好文章 其所用文字 類皆尋常易知 非別討深奧隱僻吾輩所不知處出來 而其文章自非吾輩所及者 只緣其用心措意 高於吾輩故也 是以 讀書之法 必要識得其心意妙處 然後方始見效 今人類謂義理玄遠文章高妙 非吾輩所敢知 縱使依俙知得 亦非吾輩科場要用物事 以故讀書之際 全昧本領 只逐句字燁燁采采處 硬心記 當準備遇題收用 譬如搏沙作餠 隨聚隨散 豈不誤哉 東坡云 販貨須使錢 作文須使意 斯言眞是有味 夫市中物貨非不多 而無錢則不可爲我有 古人書中文字非不多 而無意 則不得爲我用 捨意而讀古書 何異於無錢而歷市肆哉

대 상: 讀書作文
중심어: 作文須使意
색인어 정보: 東坡(蘇軾)

홍중성(洪重聖, 1668~1735)

••••

> 본관은 풍산(豊山), 자는 군측(君則), 호는 운와(芸窩). 정명공주(貞明公主)와 혼인한 영안위(永安尉) 홍주원(洪柱元)의 손자로, 김창흡의 문인이다. 1696년 진사시에 합격하여, 공조좌랑·호조정랑·단양군수 등을 지냈다. 이병연(李秉淵)·홍세태 등과 시사(詩社)를 만들어 교유하였다. 저서로 『운와집』이 있다.

출전: 芸窩集(『한국문집총간』 속집 57집)

---

1) 題李德謙詩稿
2) 與洪道長書

---

1) 題李德謙詩稿(乾集)

世之譚詩者 曰格調也 風韻也 而吾曰氣勢力量兩道而已 何者 所貴乎漢魏詩 以其古質 古質故有氣力耳 降及晉六朝 靡靡然日趨乎袞薾纖弱 此無他無氣力耳 至盛李陳杜沈宋之起 而後一振袞弱之風 李杜兩大家出 益沈雄豪逸汪洋恣肆氣勢力量之大方駕乎漢魏詩 至於此 眞聖與仙矣 中晚以來作者 如雲清篇麗藻 非不接踵而摠以言之 袞弱無氣力 其風聲氣習與世級相升降矣 然其中有豪傑之士 如韓昌黎柳河東 不獨奇於文 詩亦雅健昌大有氣力 此所謂無文王而興者也 我東挹翠詩 非漢魏 非李杜 不過步驟蘇黃之囿責 以詩道之淸麗末矣 而莽莽滔滔 橫絶今古 雖非詩之至 而天禀則絶高矣 崔簡易詩律之以正宗歊然矣 而

以其有沉健之力雄悍之氣 蔚然爲大家 如石洲蓀谷調雅格淸 而坐於弱 故技止此耳 與其爲石蓀之淸 寧爲挹翠簡易之力 繇是觀之 詩無氣力 而曰淸麗也 古雅也 吾不信也 足下年少 學殖不富 惡可以氣力遽責備 而大較受病坐於一弱字 氣象衰颯 根基淺薄 間於詩而用力於文 取先秦 古文左國班馬 與夫韓柳歐蘇之文 而熟讀焉 則文氣日昌 筆力日瞻 詩 亦不期工而自工 夫然後 上泝漢魏 下沿盛李 以歸宿於老杜 則將見足 下之詩 沉鬱老健 自闢堂奧 雖欲不爲大家數 不得又奚區區一弱字之 足憂哉 足下其勖之

대 상: 李德謙詩稿
중심어: 氣勢 / 力量 / 詩亦不期工而自工
색인어 정보: 李陳杜沈宋(李白, 陳子昂, 杜甫, 沈佺期, 宋之問) / 李杜(李白, 杜甫) / 韓昌黎(韓愈) / 柳河東(柳宗元) / 挹翠(朴誾) / 蘇黃(蘇東坡, 黃庭堅) / 崔簡易 (崔岦) / 石洲(權韠) / 蓀谷(李達) / 石蓀(權韠, 李達) / 左國(左傳, 國語) / 班馬(班固, 司馬遷) / 韓柳歐蘇(韓愈, 柳宗元, 歐陽脩, 蘇軾) / 盛李(盛唐) / 老杜(杜甫)

2) 與洪道長書(乾集)

(전략) 詩豈易言哉 宋明以前 毋論已 姑以我東先輩作者言之 挹翠天 才縱逸 譬之陣馬風檣 奔放馳驟 氣勢有不可犯者 而惜乎 只取法於蘇 黃 去唐杜天淵 此千古志士之惋惜也 沿而至於蘇齋也 芝川也 訥齋也 東皐也 以其受才雄鷔 殖學宏博 脫於口者 勁健遒壯 而品格或卑 神韻 或乖 大非詩家淸麗本色 均未足爲詩之至也 獨石洲蓀谷數子 始俑唐 調品格 雅才調澹 一洗我明宣以上逐臭宋腐之陋 此華使之所嘆賞也 東 溟觀海 則尤有大焉 而或病於龕粗 短於勳勩 自檜以下 無譏焉 噫 詩 豈易言哉 足下生晚 海東崛起閭巷之間 操數寸之管 而與先輩作者 相

頡頑源頭深博 則雖遜乎蘇芝輩 而其門路之正 法度之雅 地步之曠 逸
品格之高華 有非蘇芝輩所彷彿 而掉鞅揚鑣 欲高出於石蓀兩公之上 何
者 石蓀則不過乎晩唐 而足下則法初盛 石蓀則一味乎輕淸 而足下則
尙雄渾 然則雖謂之過石蓀可矣 足下苟欲聞吾輩 置足下於國朝 何公間
則將置於蘇芝之間耶 抑置於石蓀之間耶 必有具眼者 辨之矣 試取足下
全集而詳覈 則大抵中年以前 則學陳杜沈宋 以高華秀麗爲主 中年以
後 則以陳宋之調 行老杜之格 欲行其所無事 此大略也 然古人不云乎
愛而知其惡 惡而知其美 僕請正言 而責備可乎 足下之詩 有大病五 盖
辭理則達 而根基不厚 圓滿充足之力少 浮躁餧乏之氣多 間有欲撝而
不得者 病一也 步趣欲其恢曠 氣象欲其超逸 雖在斗屋之內 每作神遊
八極語 而汎而不切 疎而不密 輕揚過而沉重乏者 十八九 病二也 興寄
外似淸泠 而情境內乏濃郁 未見有景中含情 情外帶景之妙 故凡於相
紲之詞 贐行之什 悠忽輕掉 不曾致力於工緊且結束 多散漫而少味 病
三也 調或近俗 意不帶新 由其率爾唱出 故稍欠精深 覓得其發人所未
發者 絶無而廑有 病四也 出塞篇什 宜乎悲壯 故易入於粗豪 唐杜則無
此失 而雪樓諸子輩所受病處也 集中邊塞之曲 此病居多 燕南俠氣擊
筑悲歌 繁絃促節之太多 緩歌慢舞之絶無 病五也 此五病似爲後來譏
評 未知足下當局者迷而不省歟 抑知而不改歟 (후략)

대 상: 洪道長
중심어: 蘇軾 / 黃庭堅 / 盧守愼 / 黃廷彧 / 梁誠之 / 徐思選 / 權韠 / 李達 / 鄭斗
卿 / 朴祥 / 崔岦
색인어 정보: 挹翠(朴誾) / 蘇黃(蘇軾, 黃庭堅) / 蘇齋(盧守愼) / 芝川(黃廷彧) / 訥
齋(梁誠之) / 東皐(徐思選) / 石洲(權韠) / 蓀谷(李達) / 東溟(鄭斗卿) / 蘇芝(盧守
愼, 黃廷彧) / 石蓀(權韠, 李達) 陳杜沈宋(陳子昂, 杜審言, 沈佺期, 宋之問) / 陳
宋(陳子昂, 宋之問) / 老杜(杜甫) / 唐杜(杜甫) / 雪樓(李攀龍)

남극관(南克寬, 1689~1714)

본관은 의령(宜寧), 자는 백거(伯居), 호는 사시자(謝施子). 남구만
(南九萬)의 손자. 1708년 사마시에 합격하여 성균관에 들어갔으나,
괴질에 걸려 이후 6년 간 병고에 시달리다 26세에 요절하였다. 저
서로 『몽예집(夢囈集)』이 있다.

출전: 夢囈集(『한국문집총간』 209집)

1) 端居日記〔乾集〕(1)

十一日 見嶺南新刻農巖集序文 刊去詆訾韓·歐語 蓋亦自知其無倫
也 許筠·李敏求始學嘉隆詩 而未備 瑞石兄弟文之以騷選 金昌協輩
又參之以唐人古詩 遞變極矣 末流漸浮怪 衰相已見矣 金詩視其弟筋力
不如 亦頗雅靚 卽其所就而篤論之 大金婁江之苗裔 而小金竟陵之流

亞也 婁江非無佳處 細看只是結撰工美 不見神采流注 竟陵境僻音哀
虞山之掊擊雖過 橐自取也 王・李之波東漸 學詩而兼文者 上數子 專
學文者 月汀・玄軒・淸陰・汾西・東淮・春沼・息菴也 谿谷亦略有
染焉 兩金輩後出轉黠 稍聞中土之論 頗諱淵源 要不出其圈樻也 詩主
氣 文主體 我朝中葉以上之文 以不知體製 終不敢擬中國 國初尹淸
卿・南景質・六臣・徐成諸公 縱乏宏博深湛之致 猶可謂館閣體 金濯
纓聲震一世 觀其集 辭俚氣麤 散雜無章 他無論也 尹・申之後 始知藻
繪琢磨 浸以精好 名家如谿・澤 及近日李西河 不必學明 而實有所以
然者矣 余嘗謂王・李之禍 中國大矣 而在我國 則有破荒之功 宜尸而
祝之也 然近日詩學 已有拖帶矣 中古金慕齋・柳西厓數公 可謂雅馴
矣 然亦隨其人耳 非有意於文也 西溪之文 殆可鴈行八家 而如介甫・
子固 疑若過之 許眉叟雖非適時 其雅質高簡 豈不賢於王・李之浮浪
乎 詩則金昌協雜識之論得之 蓋詩是歌謠之流 容或直抒天機 不假服
習故也 然東溟之所以獨出 亦其氣也 乃反以思致姍之 得其一而遺其一
也 雜識謂穆廟以後不及曩時 王昌齡詩 吳姬緩舞留君醉 隨意靑楓白露
寒 元美謂緩字隨意字 是字眼甚佳 蓋緩舞所以留客 而寒露 又如李白
水國秋風夜 殊非遠別時 天山三丈雪 不是遠行時之類 故曰隨意也 金
詩曰 一杯更緩驪駒唱 隨意西樓斗柄垂 夫斗柄西垂 則夜闌矣 是促別
也 何曰隨意 若謂斗柄 猶未北轉 尙可團欒 則晦拙不成語 但知偸取字
眼 全不曉神理 眞膝甲賊也

대 상: 農巖集(金昌協)
중심어: 金昌協 / 金昌翕 / 王・李之波東漸(王世貞, 李攀龍) / 學明 / 直抒天機 /
隨意 / 神理
색인어 정보: 嘉隆(前後七子) / 農巖集(金昌協) / 韓歐(韓愈, 歐陽脩) / 瑞石(金萬
基) / 騷選(離騷, 文選) / 大金(金昌協)*婁江(王世貞) / 小金(金昌翕)*虞山(錢謙益)

/ 王李(王世貞, 李攀龍) / 月汀(尹根壽) / 玄軒(申欽) / 淸陰(金尙憲) / 汾西(朴瀰)
/ 東淮(申翊聖) / 春沼(申最) / 息菴(金錫冑) / 谿谷(張維) / 尹淸卿(尹淮) / 南景質
(南秀文) / 金濯纓(金馹孫) / 尹申(尹根壽, 申欽) / 谿澤(張維, 李植) / 李西河(李
敏敍) / 金慕齋(金安國) / 柳西厓(柳成龍) / 西溪(朴世堂) / 介甫(王安石) / 子固
(曾鞏) / 許眉叟(許穆) / 雜識(農巖雜誌) / 東溟(鄭斗卿) / 元美(王世貞) / 杜紫薇
(杜牧)

2) 端居日記〔乾集〕(2)

十七日 選學音集 詩殊醇雅 雜文及秋堂小錄 亦可讀 其論音律 余不
能識 大抵務思索而有自得者也 石潭日記 言尹春年誕妄 極推金時習
至謂不見聖人 則見悅卿可矣 其所取乎時習者 皆諺傳荒怪之說 實非
時習所爲也 今觀集中 序梅月 遊關西關東錄曰 孔子曰 知者樂水 仁者
樂山 若悅卿者 可謂仁智者歟 余之生晚矣 旣不得見孔子矣 得見悅卿
足矣 旣不得見悅卿矣 得見此錄足矣 日記之說 蓋因此而作 而甚失本
指 又記梅月事末云 世以先生爲多幻術 能驅役猛虎 變酒成血 吐氣作
虹 邀請五百羅漢 亦不可盡信 以此謂好怪 亦冤矣

대　상: 學音集(尹春年)
중심어: 金時習 / 諺傳荒怪之說
색인어 정보: 秋堂小錄(尹春年) / 石潭日記(李珥) / 梅月*悅卿(金時習) / 遊關西關
東錄(遊關東錄), 金時習

3) 端居日記〔乾集〕(3)

二十九日 看西厓集 我國經世之文 當以西厓爲第一 辭氣甚溫潤 議

論甚精覈 裵三益碑 有情景最好 但不著其名 可疑 **懲毖錄** 本是略叙
事情 詳載文移 今只刻叙事而刊落文移失之 **終天永慕錄** 述先德 亦殊
可觀 不載集中 公當龍蛇倥偬之際 爲國宗臣 **綜理精密** 酬酢敏給 未有
能先之者 設施有緒 困於譏讒 家食十年而卒 惜也 然好惡不無偏係 言
議或有俯仰 此其所短也

　三十日 讀唐詩品彙 **韋蘇州**云 悟澹將遣慮 學空庶遺境 積俗易爲侵
愁來復難整 **柳儀曹**云 世紛因事遠 心賞隨年薄 默默諒何爲 徒成今與
昨 此吾數年活計也 嘗自有詩云 危魂子若風茗雀 幽魄摑 欺全反 如貳
負尸 此吾病之證候也 **謝康樂**云 拙疾相倚薄 還得靜者便 又云 宿心漸
申寫 萬事俱零落 此吾所以行乎患難 而自得焉者也

대　상: 西厓集(柳成龍) / 唐詩品彙(高棅)
중심어: 經世之文 / 懲毖錄(柳成龍)
색인어 정보: 西厓(柳成龍) / 裵三益碑(柳成龍) / 懲毖錄(柳成龍) / 終天永慕錄(柳
成龍) / 唐詩品彙(高棅) / 韋蘇州(韋應物) / 柳儀曹(柳宗元) / 謝康樂(謝靈運)

4) 謝施子 百九十二則〔坤集〕(1)

　晦菴之學 水心之文 劍南之詩 緻密精覈 古未有也 然視周・程・
歐・蘇 寬閒平遠氣象 直是不類 亦可觀氣運升降 朱子謂孟子 亦是戰
國習氣 又謂孔子生戰國 亦須稍加峻厲 以此類 旁推而深思之可也 羅
大經謂韓・柳 用奇重字 歐・蘇 用輕虛字 意以歐・蘇爲優 然韓・柳
在唐 歐・蘇在宋 唐宋言語自別如此 非特數公也 此由氣化日漓 漸趨
淡薄 不容人爲 降而南渡 遂成促迫 元及明初政 尙敦朴嚴重 文章亦稍
紓促迫之氣 如黃・柳・宋・劉一派是也 然淡薄旣極 卑靡腐爛 無所

不至 負才者始作生語以矯之 體製變亂 式月斯生 至萬曆以後 爲一鬼窟 觀其辭氣 莫非病風喪心 東撞西嚷之類 非復人世意象 華夏之運 於是窮矣 近日頗能自定 亦係開革之始故也 然其定也必不久 此後天地間殆少好事矣

중심어: 朱子 / 葉適 / 陸游 / 歐陽脩 / 蘇軾 / 韓愈 / 柳宗元
색인어 정보: 晦菴(朱子) / 水心(葉適) / 劍南(陸游) / 周程歐蘇(周敦頤, 程子, 歐陽脩, 蘇軾) / 羅大經 / 韓柳(韓愈, 柳宗元) / 黃柳宋劉(黃滔, 柳貫, 宋濂, 劉基)

5) 謝施子 百九十二則〔坤集〕(2)

李贄之出 風俗一變 猖狂無忌憚之言 皆自此人當爲罪首 是固氣機之變衰虛幻 非人力也 然其論皆昧於制乎外 所以養其中一句 必以發而直遂 爲第一義 今夫塗之人 見列肆之貝 其不欲攫而歸也者 鮮矣 循此輩之論 必攫而後可也 豈不悖哉 牛溪跋袁黃之書曰 世衰妖興 一至於此 斷之確矣 袁中郎內詞曰 朝來剛赴西宮約 莫遣經筵進講章 又曰 皁囊久積言官奏 分付金璫取次行 桃花引曰 雲裏自然淸格少 但憑閨豔作僸人 又曰 年來不識天顏笑 只道頻噓列缺光 可想萬曆中年氣候也 觀萬曆後人名及字 亦可識風氣之變也 牧齋晚年 明統猶寄南徼 故有學集 詩文多隱寓蘄祝之意 列朝詩集序 杜弢武壽序 其一端也 訥齋曰 甲戌九月 在秋城衙齋 夢牧隱先生 前數日 與元沖 論此老心事 得其實云 詩曰 先正韓山世已邈 人間不朽挺嶢嶢 史家秉筆公何在 昭代凌煙影獨遙 任輔臣丙辰丁巳錄曰 史家 指當立前王子事也 及訥齋撰東國史略 則引牧老嘗語人曰 致堂胡氏論晉元帝姓牛 東晉羣臣 何以不革也 胡羯交侵 江左微弱 若不憑依舊業 安能係屬人心 捨而創初 難易絶矣 此亦

乘勢就事 不得已而爲之者也 而斷之曰 今稽於立辛之際 不敢有異議者
亦此意也 以今觀之 此筆亦豈盡牧老心事者 蓋難言也 錢牧齋列朝詩集
引史略所論而曰 定哀多微詞 東史有焉 學在四夷 詎不然乎 今按任氏
之論 婉而深 錢稱訥齋 雖與任異 其於此事 可謂不謀而同 第未知訥齋
之指果如何 恨不獲預聞所謂得其實者也 更詳訥齋 蓋謂牧老當艱難之
會 所憂在我朝 姑立前王之子 以係人心 爲迓續之圖 其他未暇計也 此
解亦得七分 只於牛馬之議 猶有一膜耳 牧齋之稱之也雖善 恐訥齋自是
意盡語內 非微詞也

대 상: 李贄
중심어: 猖狂無忌憚之言 / 氣機<氣機之變衰虛幻
색인어 정보: 牛溪(成渾) / 書皇朝兵部主事袁黃書卷後(成渾) / 袁中郎(袁宏道) /
內詞(袁宏道) / 桃花引(袁宏道) / 牧齋(錢謙益) / 有學集(錢謙益) / 列朝詩集序(錢
謙益) / 杜弢武壽序(錢謙益) / 訥齋(朴祥) / 牧隱(李穡) / 元沖(金淨) / 丙辰丁巳錄
(任輔臣) / 東國史略(朴祥) / 致堂胡氏(胡寅)

6) 謝施子 百九十二則〔坤集〕(3)

諺文 有詳略二本 訓民正音·龍飛御天歌 其詳也 諸經諺解及時俗
行用 其略也 蓋其條例纖悉 施之婦孺太煩 故省節之耳 鄭文成跋諺文
謂風聲鶴唳 皆可書也 是不然 字母皆據人之語音 如咳笑之類 又在其
外 已不可書 況風雨鳥獸 人不能讀者乎 如古人所謂風之瑟瑟 鵲之喳
喳 皆約略近之耳 實不同也 莊子所謂雞鳴狗吠 是人之所知 雖有大知
不能以言讀其所自化 是也

대 상: 諺文

중심어: 鄭麟趾
색인어 정보: 鄭文成(鄭麟趾)

7) 謝施子 百九十二則〔坤集〕(4)

昌黎韓弘碑銘 有其人爲誰之語 施之銘詩宜耳 **歐公峴山亭記‧王德用碑有之** 殊乖典雅 似**俗說演義**中字 面雖襲韓語 實韓所不爲也

中國人作碑‧誌‧序‧記文字 稱知縣 必曰令 以從**秦漢古稱** 我國人作文 稱縣令 必曰知縣 以**模倣中國** 正如東土人念佛 欲生西天 西天人念佛 欲生東土也 ○**薛聰傳**云 南地多聰所撰碑文 皆刓缺不可讀 今刓缺者 亦無聞矣 **東國銘墓文** 當以西溪崔完城碑 爲第一 西溪諸碑銘辭最好 **轉折之際** 淵淵有金石聲 讀書 不辨杜詩‧蘇注‧天寶遺事之僞 謂五穀不分可也 **選詩** 至虞山 **評文** 至聖歎 可謂盡善矣 古未嘗有也 ○**騷近詩** 賦近文 屈‧宋‧揚‧馬支流自異 不可混也 **梅聖兪**云 **歐陽永叔**自欲作 **韓愈**强把 我當孟郊 此固戲言 然**文章盛衰** 如國家興廢 歷考源流 比物連類 蓋有不薪合而合者 非苟爲安排也 韓有**陳子昂‧蕭穎士‧李華‧李翰‧獨孤及, 梁肅** 以爲之先汎掃而驅除之 卽**歐之柳開‧張景‧孫何‧孫僅‧种放‧穆脩**也 如陳涉‧李密之於漢祖‧唐宗 韓有元賓‧希周 與之結軫而起 卽歐之**師魯子美**也 如何無忌‧蕭穎胄之於劉裕‧蕭衍 韓之籍‧湜, 二李 歐之曾‧王 二蘇 親炙者也 韓之劉蛻‧孫樵‧皮日休‧陸龜蒙 歐之黃庭堅‧陳師道‧張耒‧唐庚 私淑者也 如蕭‧曹‧房‧杜‧丙‧魏‧姚‧宋 後先相望櫟然扶持心國之固 獨子厚與韓撐拒不相下 並爲五緯北斗 子瞻傳歐衣鉢 而益盛晚年 後生不復言 歐公正如高歡之宇文黑獺 魏武之司馬仲

達 實曠世之奇也

대 상: 碑銘 / 騷賦
중심어: 模倣中國 / 韓愈 / 歐陽脩
색인어 정보: 昌黎(韓愈) / 韓弘碑銘(韓愈) / 歐公(歐陽脩) / 峴山亭記(歐陽脩) / 王德用碑(歐陽脩) / 西溪(朴世堂) / 崔完城碑(朴世堂) / 虞山(錢謙益) / 聖歎(金聖嘆) / 屈宋揚馬(屈原, 宋玉, 揚雄, 司馬相如) / 梅聖兪(梅堯臣) / 歐陽永叔(歐陽脩) / 漢祖(漢高祖) / 唐宗(唐太宗) / 元賓(李觀) / 希周 / 師魯(尹洙) / 子美(杜甫) / 籍湜(張籍, 皇甫湜) / 二李(李白, 李賀) / 曾王(曾鞏, 王安石) / 二蘇(蘇洵, 蘇軾) / 蕭·曹·房·杜·丙·魏·姚·宋(蕭何, 曹參, 房玄齡, 杜如晦, 丙吉, 魏尙, 姚崇, 宋璟) / 子厚(柳宗元) / 子瞻(蘇軾) / 魏武(魏武帝) / 司馬仲達(司馬懿)

8) 謝施子 百九十二則〔坤集〕(5)

東國之文 金昌協息菴集序盡之矣 東國之詩 西溪栢谷集序盡之矣 東國之文 集成於西溪 詩亦隨之 西溪之文 不特東方所未有 恐南宋以下無其儔也 ○孤雲入唐 得儷偶之學 牧隱入元 習制擧之業 月汀玄軒當明季 聞王李之風而悅之 此皆隨中國而變者也 其才皆足以闖其藩籬 破閒集 文辭雅潔可愛 補閒揎釀 遠不及也 崔簡易文 雖似沈實 然命辭局澀 只效古人字句小巧 不曉篇章大體 理致又無可觀 比李相國 不及遠矣 金昌協稱崔而詆李不遺力 亦可笑也 崔文 只可與柳於于相上下 柳高處崔所不及 低處崔所不爲 截長續短 眞魯衛之政也 昌協反以是言崔及谿谷 不足信也 簡近韓 谿近歐 使簡能廓而大之 谿能濬而深之 後人何議焉 簡易才忒卓騖 酷慕昌黎 頗得辭 必己出之意 然不甚讀書 於于野談 述金仁福語 文特瓌麗 勝滑稽傳優孟銅歷之說 記白頭山亦奇 疎菴之文 奇峻 石洲之文 警妙 皆足爲作家 世知其儷文韻語而已 疎菴 學空同及陽明少時文 澤堂文 甚暗澀 非謂字句體製也 其氣然也

許眉叟文字 晚歲始遒 攻許積疏 辭圓意活 如流丸走汞 字句雖參差 絶
不滯礙 奇矣 崔勁·鄭世沃之文 沈鬱精明 有作者風 勝世之掉鞅館閣
者遠甚 而名不出里閈 惜也 崔勁 受業谿谷之門 文體自成一家 不入谿
之範圍 鄭世沃 與韓泰東 並宗柳宗元孫樵 宋廷奎文 學許眉相 而稍趨
流暢 撰海外聞見錄 其中記安南國俗 福建船制 文字奇雅精妙 東方所
罕有也 古稱蚍蜉撼大樹 意謂文人寓言耳 豈有是事也 近有時宰處館閣
者死 其弟某序其文 劇詆韓文公 遂欲以乃兄軼而過之 乃知宇宙大矣
何所不有 鮑明遠詩 爭先萬里道 各事百年身 杜陵長爲萬里客 有愧百
年身 實祖之而旨異 二詩各有意致 未易優劣 嚴氏謂張正見 最無可觀
南史謂正見五言尤善 余見張詩 大有風骨 比綺靡者流 不翅佼佼 不得
於時者 每期異代 却不知千載涉獵之見 未及一時之定價也 婁江謂張詩
律法 已嚴於四傑 特作一二拗語 爲六朝耳 崔信明有月影落江寒之句
甚好 不特楓落吳江冷也 孟東野詩 氣促辭蹙 始開晚唐噍殺之音 李元
賓謂高處在古無上 平處下顧二謝 韓退之謂作詩三百首 窅默咸池音 過
矣 郊·島之碎 張·王之俚 遂爲晚唐鼻祖 雖數十年間惡道坌出 厓略
不出此二者 溫·李·皮·陸及羅昭諫 才贍力雄 蔚爲大家 而聲調猶
未超 夫惟大雅 卓爾不羣 杜紫薇有焉 劉得仁勝賈島 (중략) 晚唐李洞
最菲淺 滄浪謂陳陶 在晚唐諸人之下 亦然 楊廷秀范至能之詩 眞所謂
野狐外道 黃陳末流如此 徐文長五言古詩 效韓·杜變體 沈悍之才 亦
自稱之 七言纖靡不佳 石公古詩 俱無可稱 七言絶句 有徐氏聲調 律詩
略等 大較不及者多 公安謂詩之氣 一代減一代 故古也厚 今也薄 詩之
無所不極 一代盛一代 故古有不盡之情 今無不寫之景 亦是至論 其詩
主發抒而必避恒語 其途反隘於嘉隆可笑 然視記得幾箇爛熟故事 用得
幾箇見成字眼者 觀過斯知仁矣 公安·竟陵才具等耳 然論所就 鍾殊勝
之 湯若士亦一流人 詩勝其文 錢氏扶抑多偏 不可據也 東國人於文章

鮮能深造 獨詩律短篇 往往有佳者 亦猶古之風謠 非文字見解所可限故
也 擇詩者 多眩於名實 專取**粉澤摹擬**之作 如蘇子文章海外聞 宋朝天
子火其文 文章縱使爲灰燼 落落雄名安可焚 瑩若秋空白露溥 剛如砥柱
鎭奔瀾 百年名行伽倻記 要倩宜春洒素紈 皆辭氣沛然 非掎攭**義**山者可
到 而諸選並不載

대 상: 東國之文 / 東國之詩
중심어: 金昌協 / 朴世堂 / 崔致遠 / 李穡 / 尹根壽 / 申欽 / 李仁老 / 崔滋 / 崔岦
/ 李奎報 / 柳夢寅 / 張維 / 任叔英 / 權韠 / 李植 / 許穆 / 公安*竟陵
색인어 정보: 息菴集序(金昌協) / 西溪(朴世堂) / 栢谷集序(朴世堂) / 孤雲(崔致
遠) / 牧隱(李穡) / 月汀(尹根壽) / 玄軒(申欽) / 王李(王世貞, 李攀龍) / 破閑集(李
仁老) / 保閑集(崔滋) / 崔簡易(崔岦) / 李相國(李奎報) / 柳於于(柳夢寅) / 谿谷
(張維) / 昌黎(韓愈) / 於于野談(柳夢寅) / 記白頭山(柳夢寅) / 疎菴(任叔英) / 石
洲(權韠) / 空同(李夢陽) / 陽明(王守仁) / 澤堂(李植) / 許眉叟(許穆) / 海外聞見
錄(宋廷奎) / 記安南國俗(宋廷奎) / 韓文公(韓愈) / 鮑明遠(鮑照) / 婁江(王世貞) /
孟東野(孟郊) / 李元賓(李觀) / 韓退之(韓愈) / 郊島(孟郊, 賈島) / 郊島(孟郊, 賈
島) / 溫・李・皮・陸(溫庭筠, 李商隱, 皮日休, 陸龜蒙) / 羅昭諫(羅隱) / 杜紫薇
(杜牧) / 滄浪(嚴羽) / 范至能(范成大) / 徐文長(徐渭) / 嘉隆(前後七子) / 湯若士(湯
顯祖) / 錢氏(錢謙益) / 義山(李商隱)

9) 謝施子 百九十二則〔坤集〕(6)

東溟之詩 當爲本朝第一 妄庸者 多以思致姍之 要之 **氣完聲洪** 憑
高騖遠 有吐納百川之量 排幹千勻之力 凌暴萬類之象 揮斥八極之意
三百年來 未有能並之者 況先之乎 彼興僮於**黃・陳** 傭儓於**鍾譚** 以瑣
尾摘裂之識 窺**雄深雅健**之胸 反欲猗撤糞壤 逞其謗傷 所謂挾鬼燐而訾
日月也 挹翠當爲**石洲**之匹 **東坡**謂江瑤柱與荔枝同品 此非拘拘於驪黃
之間之所能識也 近日稱詩者 於**江西北地竟陵**諸家 實沾丐鑽仰 有罔極

之恩 而見其不厭於談者之口 又外攻其短 若不與焉者 眞藝苑之蟊賊也

___

대　상: 東溟之詩(鄭斗卿)

중심어: 東溟之詩 / 雄深＊雅健

색인어정보: 東溟(鄭斗卿) / 黃陳(黃庭堅, 陳師道) / 鍾譚(鍾惺, 譚元春) / 挹翠(朴誾) / 石洲(權韠) / 東坡(蘇軾) / 北地(李夢陽)

본관은 동복(同福), 자는 영백(永伯), 호는 약산(藥山). 1719년 문과
에 급제하여 예조참판·대사헌 등을 지냈다. 영조의 탕평 정책
하에서 청남(淸南) 세력의 정치적 지도자로서 활약하였다. 문장에
도 뛰어나 유형원(柳馨遠)의 『반계수록(磻溪隨錄)』에 서문을 썼다.
저서로 『약산만고(藥山漫稿)』가 있다.

출전: 藥山漫稿(『한국문집총간』 210집)

1) 文指
2) 詩指
3) 賦指
4) 昭代風謠序
5) 摭史俚唱跋

1) 文指(권11)

爲文章 以六經爲本 本立而理達然後 可以旁參諸子 包括百家矣 六
經爲萬古文章之祖 而**繫辭之動盪** 書之典則 又其立論叙事之祖也 中
庸酷肖繫辭 **孔子家文體**如此 樂記未知誰所作 而亦繫辭中庸體也 左
氏去古未遠 深得書之典則 後世辭令 當以左氏爲宗 然**國語藻華少實
彌漫寡力** 而其立論傅會可厭 禮記諸篇 多與之相類 盖周末文勝而然也
有情而無形 人不能說道者 **孟子貌象玲瓏** 而不出於平易之語 他作家

千言而不能盡者 檀弓一句了當 而不見其裁減之跡 此其文路之津梁也
歟 讀莊子者 得活機於言語意想之外 則匠心敏妙 其應不窮 不善學則
俳矣 學之如何 如退之‧子瞻可也 戰國策韓非子 皆說利害 而戰國其
氣溢 韓非其機刻 得之戰國者 蘇家父子 得之韓非者晁錯 皆見病於大
雅 讀史遷者 先觀其游龍神變 次觀其氣雄 次觀其色潔 次觀其烟波
之澹宕 而其鰲於道理者 愛而知其惡可也 柳州得其潔而不得其游龍 六
一學其烟波 而游龍氣色俱未也 西漢風氣雄樸 文章亦如之 二百年高文
大冊 固史盡之其骨力 非後世所可幾 然非固也漢也 至於節制裁劃之妙
而後知固也 若天放之才 無所事固 而下此而致人工者 不可不由固也
董相近醇而敷衍散漫 楊雄務奇而艱澁棘滯 皆不如賈生之雄雋 退之
不羈 史遷後一人 而來龍氣色大較 不能及醇 似董相而氣逸過之 才勝
固‧雄而局於時代 故骨力終遜於漢 柳州得之左‧國‧韓非 而作非國
語 殆盜憎主人也 六一爲退之嫡傳 長於雍容揖遜 有一唱三歎之意 而
強弩末氣 時有衰倦 後世才弱者 學歐鮮失 而委靡未易上達 子瞻放恣
無碍 過柳州而高古屈焉 活動不乏 軼六一而雅正歉焉 門戶開拓 風調
豪逸 加進於乃翁 而莽蒼不逮 要之乎上所陳諸君子者 其筆力足以參造
化 其光燄氣槩 足以籠盖天下 眞百代不磨之文字也 若李翶之從容 南
豊之質實 臨川之矯悍 穎濱之踈暢 亦足爲羽翼 皇明二百年 得遜志‧
陽明二人 皆有本之文也 然遜志醇厚而精彩少 陽明警發而力量輕 大抵
子瞻以後 文章絶矣 弇州勦贗爲古 訂餖爲富 以誤天下 眞文章之罪人
譬如夜郎王黃屋左纛僭竊可笑 而其金銀珠貝 不可謂不富 宗之者非島
酋則賈胡也 荊川‧遵巖‧震川‧文路稍近 而或小家生活 或村塾氣象
何足數也 鹿門力詆弇園 矯然自處以門路之正 而以吾觀之 其務采色夸
聲音 不知古道則一也 弇園矜持之鹿門 而鹿門衍暢之弇園 若論才力
鹿門又在弇園之內也 牧齋傳奇賤品耳 雖或摸寫光景 淋漓猖狂 亦自有

文章步驟 而門逕卑汚 邪魔雜進 終不可薦醜於古雅君子 天下操觚者
一殺於弇州 再屠於虞山 此亦天地人文之陽九也 未知何代何人 有無量
之力而斡旋狂瀾也 山谷問作文法於東坡 東坡曰 熟讀檀弓 自能知之
東坡文行雲流水 與檀弓簡嚴 若不相似 而云然者 得其**文**從字順也 眞
魯男子之善學**柳**下也 盖自周漢至唐宋 其傑者皆有神氣承傳 不在於句
讀色相之內 爲文者不可不知 然周自周漢自漢 唐自唐宋自宋 其時代本
色 亦不可掩 嘗聞諸海濱人 見龍升者屢矣 魚龍短以廣 未盡脫於魚之
形 蛇龍長以狹 未盡脫於蛇之形 變化而至於龍極矣 猶不能脫然於本色
夫以今人之薰習聲氣 欲一變而追古人之軌轍 亦難矣 然人之靈 靈於龍
遠矣 且文章心聲也 與形質異 或者進於龍而變化無窮 未可知也 雖使
止於龍而已 其不爲魚蛇則全矣 豈可與狐假粉黛者 同日道哉 魚蛇指虞
山輩 狐假指弇州輩

대　상: 文
중심어: 蘇軾 / 司馬遷 / 王世貞 / 錢謙益
색인어 정보: 書(書經) / 左氏(左丘明) / 檀弓(禮記) / 退之(韓愈) / 子瞻(蘇軾) / 史
遷(司馬遷) / 柳州(柳宗元) / 六一(歐陽脩) / 董相(董仲舒) / 賈生(賈誼) / 南豐(曾
鞏) / 臨川(王安石) / 潁濱(蘇轍) / 遜志(方孝孺) / 陽明(王守仁) / 弇州(王世貞) /
荊川(唐順之) / 遵巖(王愼中) / 震川(歸有光) / 鹿門(茅坤) / 牧齋(錢謙益) / 虞山
(錢謙益) / 山谷(黃庭堅) / 柳下(柳下惠)

2) 詩指(권11)

五言古 尙樸高旨遠 故學漢魏未能則阮・左・**鮑**・謝 未能則陶・韋
未能而後杜・韓 七言古 尙風華才長 故以李・杜爲宗 而輔以高・
岑・王・李 五言絶 玄妙上於爽朗 故取右丞而配以靑蓮 七言絶 **飄逸**

長於婉柔 故標靑蓮而次者少伯 以少陵爲禁戒 五言律主神境 故型範
少陵而興趣寄於王・孟 七言律重格調 故準的王・李・高・岑而氣骨
參之少陵 排律推少陵爲都料匠 然後雄渾壯麗 淸淡間遠 不失冠冕之
象烟霞之氣 而不落小家惡道矣 吾之基業門戶已定 則下此而中晚諸家
至宋元明作者 皆可取其長而採其精 以資吾材具筆路爾 然自錢・劉以
上 寘之鑪錘之內而取其全體 自元・白以下 寘之鑪錘之外而審其取舍
可也 蘇・黃・陳・陸相近者趣 而情聲色爲事實所搆 故流於陋 何・
李・滄・弇所肖者聲色 而情趣爲格律所牯 故入於贗 陋與贗 詩道不
由也 西崑體釘餖合扇 故江西派矯以偏祜生拗 毁格傷雅 其失尤甚 皆
可取者少 而可棄者多 又降而秦小石・張打油・劉折楊 俚夫鼓掌 莊
士竊笑 一入此窠 不可復與言詩也 大抵詩有六物 格也調也情也聲也
色也趣也 六者闕其一 非詩也 格欲如明堂制度也 調欲如和鑾節奏也
情欲如天地氤氳 百卉含葩也 聲欲如大鍾弘亮 朱絃疏越也 色欲如瑞日
卿雲 疎星朗月也 趣欲如永晝爐薰 鳥啼花落 抱琴引睇閒雲倦鶴也 詩
有六戒 俚俗也噍急也幽怪也纖細也多引事也喜咏物也 六者犯其一
非詩也 俚俗 如婦女昵昵話産業 夸毗子津津談名利也 噍急 如街童握
拳罵人 賤夫弩眼赴鬪也 幽怪 如古壘飛螢 陰崖舞魖也 纖細 如蛛絲虫
窠 蚓鳴蟬嘈也 多引事 如拈鬼簿獺祭魚之類也 喜咏物 篇如老儒老妓
句如沙鳥點頭之類也 引事咏物 亦各體中不可無者 但不當以材料累神
韻 小巧傷雅道爾 且世人多有認意爲情 認味爲趣者非也 情虛而意實
情淸而意濁 趣遠而味近 趣高而味俗 不可不辨也

대 상: 詩
중심어: 格*調*情*聲*色*趣 / 俚俗*噍急*幽怪*纖細*多引事*喜咏物
색인어 정보: 阮左鮑謝(阮籍, 左史, 鮑照, 謝靈運) / 陶韋(陶潛, 韋應物) / 杜韓(杜
甫, 韓愈) / 李杜(李白, 杜甫) / 高岑王李(高適, 岑參, 王維, 李頎) / 右丞(王維) /

青蓮(李白) / 少伯(王昌齡) / 少陵(杜甫) / 王孟(王維, 孟浩然) / 錢劉(錢起, 劉禹錫) / 元白(元稹, 白居易) / 蘇黃陳陸(蘇軾, 黃庭堅, 陳師道, 陸游) / 何李滄弇(何景明, 李夢陽, 李攀龍, 王世貞) / 秦小石(秦觀) / 劉折楊(劉邈, 折楊柳詩)

3) 賦指(권11)

屈三閭千古一人 餘外無賦 相如·子雲 俳優篆刻 無能爲九畹灌圃之僕隸 入室之評 一何僭也 賈太傅其屈之雲仍乎 陶靖節以和易平淡 學騷之幽 其江瑤柱之似荔枝乎 退之太緩 柳州勝於退之 而局小聲迫 東坡赤壁 以其賦爲賦 去騷遠矣 然其超塵埃隘宇宙 蟬蛻揮霍之氣 足爲遠游之羽 從回視凌雲大人 眞仙家之乞兒也 文章以神會爲主 不拘形色 世有九方臯 必印可吾言矣

───
대　상: 賦
중심어: 文章以神會爲主
색인어 정보: 屈三閭(屈原) / 相如(司馬相如) / 子雲(揚雄) / 賈太傅(賈誼) / 陶靖節(陶潛) / 騷(離騷) / 退之(韓愈) / 柳州(柳宗元) / 東坡(蘇軾)

4) 昭代風謠序(권15)

風之行於天下 假人以鳴曰謠 其鳴也以天 故人之性情 代之汙隆 如鏡焉 (중략) 惟我國閭井之人 限於國制 科擧無所累其心 生於京華 又無方外孤絶之病 得以遊閑詩社 歌詠文化 大者能追步古作者 蔚然爲家數 小者亦能嫋娜成腔調 要之乎全其天性 發之天機 咨嗟詠歎 不能自已者 實岐鎬江漢之遺也 有人手蔡希菴所選昭代風謠視余 求弁卷之文

大抵不出於都下里巷之作也 噫 自夫**陳觀採貢之法**廢 而**風謠**之絶於世
久矣 於今始見之 此乃王化之端也 烏可以出於匹庶而忽之乎 天下之風
自江漢而伊洛 自伊洛而江左 自江左而燕碣 自燕碣而爲**東方**之漢京 漢
京者卽馬韓百濟據險躍馬之地 其俗椎武 其風叱咤 夫孰知丕變於昭代
而爲此文雅之俗歌謠之盛乎 風無定聲 民無定情 一與敎化推移 二**南**以
後 無復二南之風者 吾不信也 一日國家陳詩以觀民風 赫然思復二南之
隆 則採之必自玆編始 其所關 夫豈淺尠也哉 書此以備樂官之考

대　상: 昭代風謠
중심어: 天機 / 里巷
색인어 정보: 蔡希菴(蔡彭胤)

5) 摭史俚唱跋(권16)

詩與史道通爲一 史勸懲 詩亦**勸懲** 詩亡而春秋作尙矣 後世之得其
例者 有**杜甫詩史** 此作詩者之司南也 史有官詩無官 無官而作史 非聖
賢不可 若詩者 里巷娒孺皆可作 里謳巷謠 皆可以史也 而況博聞倜儻
之士 不能借蘭臺三寸之管 旣鬱鬱無所用其才 俯仰今古 多事物是非相
感發 遂乃遊戲於**有韻之史** 以抒其無聊 顧何不可 摭史俚唱者 隋城**趙
逸士**之作也 逸士工詩文 尤長於歌行長篇 晚以詩史爲歸 摭實命題 類
李西崖 而專用東事 噫 東之人耳食於中國久矣 玆編之創製東樂府爲尤
奇 東有小人李芑者恒言曰 **東國通鑑** 誰讀之者 小人之畏史如此 使小
人無忌憚者 **東人**不習東事之過也 東史文章魯莽 令人猒看 今以好詩易
之 賞鑑者必衆 如芑者庶將知懼矣 嗚呼 玆編也其東國之要典乎 世不
可與風雲月露虫魚物類之詠同視之也

대　상: 摭史俚唱(趙逸士)
중심어: 詩史<詩與史 道通爲一 / 李東陽 / 西崖樂府
색인어 정보: 李西崖(李東陽)

강박(姜樸, 1690~1742)

본관은 진주(晉州), 자는 자순(子淳), 호는 국포(菊圃). 1715년 식년 문과에 급제하여 홍문관정자가 되었고 수찬, 부교리, 장례원판결 사 등을 역임하였다. 당대의 이름난 문장가로서, 특히 오상렴(吳尙濂)·채팽윤(蔡彭胤) 등의 시맥(詩脈)을 계승한 시인으로 잘 알려 졌다. 저서로 『국포집(菊圃集)』·『국포쇄록(菊圃瑣錄)』 등이 있다.

출전: 菊圃集(한국학중앙연구원 장서각 소장본)

1) 又書四郡詩評後

余於思卿四郡詩 旣以數語書其後 又忘僭而批論其一二 盖思卿於詩 天分甚高 風華逸宕 往往出語驚人 而四郡諸作 尤淸警可喜 五聯之峽 日無多照 氷泉有暗聞 思致深奧 頗得老杜遺法 林靄有時歇 水天終夜 明 興寄空澹 深帶古意 駸駸乎陶謝家本色 當行七聯之古檜冲霄方偃蹇 羣山向夕逐從容 長林礙日村村夕 衆壑分秋樹樹寒 水戶有田多白鷺 火 山收稼半丹楓等語 雖不免挖帶宋調 而冠裳齊整 音節遒亮 求之古人 合作不易多得 而起聯之丹丘洞府 結語之降仙臺下 字字是唐人聲口 雖 置之夢得義山之間 吾知其不爲濫也 思卿其深於詩道者乎 然詩道亦古

學之餘 當盡在我而已 不可徇之於人 昌黎之言曰 人見而笑之則喜 其
言或傷於太夸 而要之非爲徇於人者故卒以成文章 彼徒就人眼口 借毁
譽而爲寵辱者 顧亦何所益哉 竊觀思卿 自題其詩後之語 則其意類不能
斷捨於世俗之所謂名者 一向如此 恐終爲徇人之歸 而有累於**詩學之道**
思卿其亦反顧矣乎 若曰盡在我如何 則亦有說焉 思卿詩 **神華有餘** 而
筋脉不足 奇逸之氣太勝 而沉**雅**之思少遜 故句語每多警絶 而通篇或
不能無恨 此則思卿當自知之 就此而極力劘補 益盡其所未盡者 在思卿
而已 是豈在人乎哉

대　상: 四郡詩(姜必愼)
중심어: 老杜遺法 / 陶謝家本色(陶潛, 謝靈運)
색인어 정보: 思卿(姜必愼) / 陶謝(陶潛, 謝靈運) / 夢得(劉禹錫) / 義山(李商隱)

2) 書虞集杜律註後

嘗見老學庵筆記曰 今人解杜詩 但尋出處不知少陵之意 初不如是 且
如**岳陽樓詩** 昔聞洞庭水一篇 豈可以出處求哉 縱使字字 **尋得出處** 去
少陵之意益遠矣 此言可謂切中**虞伯生之病** 世或言虞註便覽 而以余見
之 亡論尋得出處來多錯 卽其用己意註解處 牽强穿鑿瑣屑支離 愈釋而
愈晦 愈詳而愈亂 徒見其勞且妄矣 而後生晚輩不甚究察 但喜其逐句分
析 無所遺闕 而謂爲詳要 酷信篤守 則其爲**詩學之害** 豈少哉 且不特伯
生然也 **詩家自古無善註** 蓋詩人一時**會境之語 寓感之詞** 類難以跡求
而形模 雖使作之者解之 恐或不能無憾 況從後妄道哉 余故曰 **詩不必
有註** 有亦不必看 看詩者但先去吾輩血氣芬華想 從淨靜暇豫地 坐臥自
在看方其看時 心眼幷到 但勿縛住 **不止玩其辭 必尋其言外** 不止尋其

言外 必以吾身 設爲作者 以求見其屬思時光景 然後合首尾楚音詠味
徐取前人批評 參已意究其得失 則闇然之間 日有所進 將庶幾於古人之
閫奧矣 又何用區區村秀才 囁難註脚爲也 在兼隱齋中 偶閱虞註 謾書
之如此

대　상: 虞杜律註(虞集)
중심어: 尋得出處 / 詩家自古無善註
색인어 정보: 虞伯生(虞集) / 少陵(杜甫)

3) 問昌黎集

問昌黎一部書 其大體 擧經引聖 力排佛老 有撥衰反正之功 餘亦宏
淹奧衍 暢達事理 殆非後世文人所可擬及 則其可許之以**佐佑六經** 扶益
世道 而無欠處無錯處否 以**原**道一篇言之 程子謂孟子後能將許大見識
尋求者 纔有此人 而却曰 言語有病 朱子稱 自古罕有人說得端的 惟退
之原道庶幾近之 而却曰 其言不精 如何爲大見識尋求 如何爲庶幾近之
而其中病處在甚語 不精處在何言 道與德爲虛位 **楊誠齋**曲爲註疏 而**楊
龜**山則非論之 正心誠意將以有爲 **王介甫**譏之而**尹彦明**特爲發明 諸人
所見之不同何歟 五原作於一時 而程子獨以原性爲少作 四雜類爲一編
而或本特以**崔山君**爲別傳 其義何居 **伯夷頌**先儒亦許以甚好 而作論反
之者誰 **毛穎傳** 擧世大笑以爲怪 而題後美之者何 上**趙憬賈耽**諸宰前後
書 不避苟冐之嫌 答**張籍李翶**諸人一二書 頗有遂非底意 **論佛骨** 何等
氣節 而畢竟被大顚動得恁地 斥異端 本生家計 而忽地把墨翟對待夫子
其學莫無欠執守工夫 沒精細見得否 禘祫**之議 改葬服**之論 可謂不悖於
禮意復讎之狀 **錢重物輕**之奏 亦可謂通悉於政律治體歟 樊註謂**進學解**

강박(姜樸)__385

出於東方朔客難 而公過之者 果是眞見 而孫樵之謂公之窮 以此者何說 張文潛謂送窮文 出於子雲逐貧賦 而文彩過逐貧者 亦果爲的論 而晁無咎之系之於續楚辭者抑何意歟 或謂公之文宏富 法相如精粹入道理 法劉向字字有法 法左氏馬遷 其言之得失何如 世嘗說有唐文章 必曰韓柳 未知公之文 比子厚優劣何如 公之爲文祭子厚曰 子之文章 而不用世 乃令吾徒 掌帶之制 盖推之也 而子厚則以帽子譏淮西碑 又曰退之左飡右粥 不如吾仰父俯子 何其輕之甚也 朱子謂讀鶡冠不如子厚 辨之精密 公似有不及子厚處 而劉觀堂 以諫張僕射擊毬 較勸睦州服氣書 而有人材相去之言 然則子厚 亦遠不及公矣 將何所了決歟 歌行近體 於公固非上乘 而秋懷數首及暮行河堤上等篇 高棅謂之頗逮建安 和盧雲夫寄示盤谷子詩 蘇東坡謂之不減子美 此可謂詞垣定論歟 陳齊之所謂無盧公豪氣者 在何語 西淸詩話所謂爲退之雪寃者 在何事 壽陽驛園花兼巷柳之句 許彦周賦梅不獨廣平之評 其果一一指陳歟 大抵古之君子 修德而已 德成而言 則不期文而自文 退之因學爲文章 而以至於有得也 是所謂第一義 去學文字 第二義 乃去窮道理者 故看得不親切 語得欠精細 往往不免爲後生新學所指議 況乎近世人士 文理滅裂 見識茫昧 徒事剽竊 以覬功名 其中一二號爲博學者 亦不過粗率迂淺 無裨世道 否則掇拾訓詁箋註 以自文餙 欺己欺人而已 否則詞華靡薄 鬪奇矜艶而止耳 一生捨命 尙不能窺退之之外笆 則文理之宏淹暢達者 今亦不可得見 其何望引聖經排異學 而有撥衰反正之功也哉 諸生皆讀書力文人也 亦必有平日慨然於此者 不知將用何道 而可以丕變文風 一武而追韓子 而過之 直與六經相表裏也 其各商度以陳 無所隱焉

대 상: 問昌黎集(姜樸)
중심어: 原道 / 韓愈 / 柳宗元

색인어 정보: 昌黎(韓愈) / 楊誠齋(楊萬里) / 楊龜山(楊時) / 王介甫(王安石) / 子雲(揚雄) / 晁無咎(晁補之) / 相如(司馬相如) / 左氏(左丘明) / 韓柳(韓愈, 柳宗元) / 淮西碑(平淮西碑) / 蘇東坡(蘇軾) / 壽陽驛(夕次壽陽驛題吳郎中詩後)

조현명(趙顯命, 1690~1752)

본관은 풍양(豊壤), 자는 치회(稚晦), 호는 귀록(歸鹿)·녹옹(鹿翁).
1719년 문과에 급제, 영의정을 지냈다. 영조조 전반기 노소탕평을
주도하였던 정치가로 김재로(金在魯)·송인영·박문수(朴文秀) 등
과 특히 친밀하였다. 저서로 『귀록집(歸鹿集)』이 있다.

출전: 歸鹿集(『한국문집총간』 212집)

---

1) 洪世泰墓表
2) 鷺洲集序

---

1) 洪世泰墓表(권14)

滄浪翁者 姓洪氏 名世泰 字道長 滄浪其自號 晚稱柳下居士云 翁起
閭巷 善爲詩 菀然成大家 今之見行柳下集是也 (중략) 其爲詩門路造詣
翁有自序文 備言之 而卒乃引重於金息菴·金農巖兩公之言曰 此高岑
者流也 又曰 矢口成章 有一唱三嘆之音 詩如是足矣 夫孰能改評也 嗚
呼 我朝三百年 豪傑之士 自奮於委巷側微之中 爲文章以鳴國家之盛者
不爲無人 然若其傑然特立 操戈於韓·柳之室者 惟崔簡易一人而已 而
翁之詩 與之對峙 同流而無愧 何其雄也 (후략)

대 상: 洪世泰 / 高適 / 岑參
중심어: 高岑者流 / 一唱三嘆之音

2) 鷺洲集序(권18)

詩有工不工 而以其出於性情也 故讀其詩 則其人盖可知也 然余讀**鷺
洲**姜君之詩 而窃疑焉 君名**就周** 余之塾師也 余自幼習知其本末 君**閭
巷人也** (중략) 君慷慨悲爽 每讀**出師表**及古立節死義事 嗚咽泣下不自
勝 以其脚攣縮不能伸 扶杖跉踔以行 然間以匹馬周遊邊塞 南極于露梁
西極于江界 君雖殘疾廢棄 其氣故自豪也 然則其發於詩者 宜若沉**鬱頓
挫** 有燕趙悲歌之意 而顧**纖婉褭娜** 如佳冶小女學新調 腔未圓而間有
夏雲飛塵之響 是固之以供王公大夫憑几之聽 然後之讀之者 孰知君爲
豪宕慷慨人也 **柳子厚** 熱中人也 而其爲詩**閒遠幽淡** 類不食烟火者 此
固詩家一重疑案 而詩之不可以評品人久矣 於君獨何疑焉 季祖**東岡公**
素善君 以君拳足如鷺 戲號爲**鷺洲** 君喜曰 是善志我 仍以自號 吾弟**錫
汝**爲君立傳以贊之曰 君魋顏顫頭而古怪 風味蕭然 不待發諸口而卽其
貌是詩也 善諷咏 其音清楚 每搖頭誦詩 妙有韻折 勝於彈絲吹竹 至今
風月之夜 未嘗不思君也云

김신겸(金信謙, 1693~1738)

본관은 신안동(新安東), 자는 존보(尊甫), 호는 증소(橧巢). 아버지는 김창업(金昌業)이며, 숙부인 김창흡(金昌翕)을 사사하였다. 1721년 진사시에 합격했고, 1725년 내시교관(內侍敎官)에 임명되었으나, 취임하지 않고 강원도 영월의 산중에 들어가 산수를 즐기면서 후진교육에 힘썼다. 민우수(閔遇洙)·유숙기(兪肅基)·이봉상(李鳳祥) 등과 더불어 인심도심설(人心道心說)·명덕설(明德說) 등을 강론하였다. 저서로 『증소집(橧巢集)』이 있다.

출전: 橧巢集(규장각소장본)

---

1) 與士復書
2) 送鄭後僑赴日本序
3) 老稼齋府君遺事

---

1) 與士復書(권7)

近從士安得見執事詩札 鬚眉意態 森然在前 不恨其人之隔年千里 況其詩能自得師 一洗前日才高意偏之累 極用慰賀 然區區所賀不爲 其詩之善變 盖將因此遂求成已之師也 詩而學杜 惟恐其一毫一髮不相似 則大於此急於此者可知 吾不知可爲執事師者 在古爲誰 而執事胸中 要必有祈嚮 苟移今日學杜之誠 則何憂不至 此所以賀也 執事若日 學其詩而不學其人 不可謂學詩 吾於老杜 人亦未嘗不學 豈可捨是求他 竊

恐不然 子美忠義人也 詩固可學 忠義根於性 不可學而能也 然今執事
之滿腹輪困 無愧此老 學其詩固也 但語默行藏 不得中節 則忠義反有
以害人 此古今時義之不同也 苟不早師明哲 則終不能悟昨非 而求今是
以存身 晦跡而有待也 此別有可法之人 非學子美而可得者也 **袁宏范粲**
非所望於執事 上而杜下**老史** 中而**子房**下而**幻安** 豈非其人歟 誠於數子
慕而好之 若詩之於杜 則所得爲如何狀 愚恐至是詩 亦不期進而自進
不亦爲兩得乎 此數人者 非平世之可師 而特此眷眷相勉 其時可哭 其
情可悲 今春從叔父學道德牛部 雖無所得 亦覺其意味不淺耳 **憫旱詩**令
人擊節 繼之以胸懣 但恐爲傍人覰得自有先後想 亦神到否 旣戒守口而
又復如是 還可笑也

대　상: 士復(李喜之)
중심어: 學杜(杜甫)
색인어 정보: 士復(李喜之) / 士安(李器之) / 老杜*子美(杜甫)

2) 送鄭後僑赴日本序

夫詩與兵其道雖殊而機則一也 故善用兵者 能任勝敗 善爲詩者 能任
得失 惟任之然後能不動 不動者可以應事 變之大而不失其常矣 昔曹操
之以八十萬兵南下也 舳艫旌旗首尾千里 其氣勢所驅江東豪傑 莫不靡
然震恐 而獨周瑜諸葛亮 從容談笑 以方寸之謀 敗之於赤壁 此無他 能
任勝敗故也 且豈特用兵爲然狀 夫**洞庭**天下之壯觀也 古今詩人之經過
其地 殆不知其幾千百 而**杜甫孟浩**之外卒未聞焉 其或有傳而反不及殘
山剩水之咏 盖波濤魚龍之變 易蕩其心目而輒爲得失所動焉耳 余故曰
兵之於赤壁 能任勝敗者 周葛而已 詩之於洞庭 能任得失者 杜孟而已

餘人皆不免乎動其機 可不愼哉 (후략)

대　상: 鄭後僑
중심어: 詩與兵 / 杜孟(杜甫, 孟浩然)
색인어 정보: 杜孟(杜甫, 孟浩然)

3) 老稼齋府君遺事

(전략) 先君於文章一事 天分甚高 又早知風雅源流古今聲律 尤謹於
高下雅俗之辨 至爲科體詩 亦惡俗套率多取法古樂府盛唐諸家 不但
不觀東方作者之詩 不欲讀宋明以下詩人 謂不可充操 然試於場屋 鮮
後於人 輒鬼捷 尤爲西浦金公所賞 當世目以知已 此固家庭之訓 而抑
雅尙自高而然 (중략) 甲戌更化初 ○朝廷授內侍敎官 先君不應 自此與
世相忘 卽松溪舊居 扁曰老稼齋 仍以自號 課僮指力耕作間 爲澆花種
藥 賦詩自娛 晚年時讀楚辭陶韋集 看放翁詩 (중략) 凡論事觀物 勿論
精粗難易 ■窮其本末 ■■而後已 有不言 未有言而不覈 有不知 未有
知而不審 嘗曰■氏每謂余 於文章少用力 則不難 到見余一篇文曰 深
得穎濱手法 余亦自量才分 古人固不可及 所謂近代名家 庶不多讓而不
自勉者 無益於德 終歸要名耳 若爲陶寫性情 則詩亦足矣 余所以不廢
然此亦有意傳後 則妄也 (후략)

대　상: 老稼齋(金昌業)
중심어: 高下雅俗之辨
색인어 정보: 老稼齋(金昌業) / 西浦金公(金萬重) / 陶韋集(陶淵明, 韋應物) / 放
翁(陸游) / 穎濱(蘇轍)

조구명(趙龜命, 1693~1737)

• • •

본관은 풍양(豊壤), 자는 석여(錫汝)·보여(寶汝), 호는 건천자(乾川子)·동계(東谿). 1711년 사마시에 합격, 음직으로 익위를 지냈다. 성리학에서 벗어나 노장과 불교에 심취하고 문장가로 자처하였다. 저서로 『동계집(東谿集)』이 있다.

출전: 東谿集(『한국문집총간』 215집)

1) 並世雜史序
2) 山經節選序
3) 贈羅生沆序
4) 華谷集序
5) 贈鄭生錫儒序
6) 叔父后溪先生七十四歲壽序
7) 題際卿〔遇命〕所藏東坡詩卷
8) 焚香試筆
9) 滄軒哀辭
10) 答敬大書
11) 答趙盛叔〔爾昌〕書
12) 復答趙盛叔書
13) 答士心書
14) 答林姪彦春〔象元〕書

1) 並世雜史序(권1)

(전략) 余念近古小說家 且充棟汗牛矣 高者 **艶麗靡曼 全事藻繪** 下
者 **膚粗俚率** 務利眼口 是以**氣格類不沈古 精神類不融液 規嫫類不雅
整** 引之於古作者之旨 便成千里 而均不免乎**墮落外道**也 余創若是 其
爲是書也 十竄百易 盡鼓鑄刻削之工 核之以傳其詳 裁之以致其簡 抑
之以嚴其氣 揚之以宕其神 句章篇法 罔敢或忽 其有不及則才也 間多
雜以微瑣無取之事 幽怪詭經之說 盖其歸在於紀異而非傳信 名爲稗
史而非正史也 (후략)

―――
대　상: 並世雜史(趙龜命)
중심어: 小說家 / 紀異*傳信 / 稗史*正史

2) 山經節選序 辛丑(권1)

山海經詭誕不經 蓋自古記之矣 顧其文辭**古簡**有足法者 余僅錄三十
九章 爲山經節選 或以隆古之書 而有零陵·長沙諸號 笑剿入者之拙
嗟乎 今欲其拙 不可得也 **孔子曰 吾猶及史之闕文** 夫史文無闕 剿入者
巧 而天下之風俗 日以澆漓矣

―――
대　상: 山經節選(趙龜命)
중심어: 山海經*詭誕不經 / 古簡

3) 贈羅生沉序(권1)

文章何爲而設也　天下之事有棼而錯者矣　天下之理有深而賾者矣　而
天下之人　未必人人而知之　吾則幸而知之矣　心乎知矣　而不言之於口
則無以覺夫後覺者也　口乎言矣　而不筆之於文　則天下之廣　恐無以家喩
而後世之遠　恐無以不死而竢之也　故**文章者　古之聖人所不得已而設**也
蓋亦有二端焉　聖人之智　固周乎事理　而事理無窮　終身言之　有不能畢
者　故前之所闕　後或發焉　是之謂作　語之偏全　由乎資質　而文之詳略　因
乎時代　古之人雖言之　而其補苴張皇　乃係于後賢　是之謂述　凡**六經以
下諸子之以立言名世**者　皆是物也　其它**文藝**之士　要亦窺**造化之妙　發
事情之眞**　其言有以備一物之數　而不可廢於天下　余怪夫**今世之文章
不作不述**　而罷其神役其力　袞綴流俗齒牙爛熟之常論　規畫古人載籍陳
腐之遺文　以充溢於棟宇　而夸矜於人曰　**我爲韓**也　**我爲歐**也　**我爲秦漢**
也　是乃莊周所謂累瓦結繩無用之言　其亦勞苦而已矣　**東文之病　槩坐
於膚率**　雖以**牧隱**之大　**簡易之勁　谿谷之典雅**　其所恃以爲**不朽之業**者
終亦古人之糟粕已　求其一言　眞可以備一物之數者　寥寥乎無矣　況其餘
乎　余嘗謂今世之文章　惟所謂韓歐者誤之也　**韓·歐蓋欲祖述六經**　而
其言不足以**發揮奧妙**　其體渾而平　渾者　流而爲凡　平者　流而爲淺　凡以
淺而爲今世之文章　其不肯凡以淺者　又歸於王元美·李于**鱗**之秦漢剿
竊贗假　蓋無足道也　故曰　與其爲韓爲歐　毋寧爲蘇氏　**蘇氏者　其言雖違
正理**　乃己言而非古人之言　乃胸中**獨得之見識**　而非**道聽塗說**之比也
夫**韓歐以法勝　蘇氏以意勝　法有定而意無窮**　有定故局而同　無窮故活
而新也 (후략)

────
대　상: 羅沉

4) 華谷集序 乙巳(권1)

(전략) 抑嘗聞詩文二矣 而理則一 吾姑以吾之論文 而移之論詩可乎
自唐以來 文章之傑然者 莫尙於韓·蘇 而韓·蘇之體故自不同 弇州曰
太史如老將用兵 操縱伸縮 自合奇正 莊子如飛僊下世 戲笑咳唾 皆變
風雲 余嘗謂韓·蘇二家之辨 亦猶是矣 其於詩也 子美似韓 太白似蘇
此非余言 天下詩人之評也 夫以韓·蘇門戶 分開於千古 而合而一之之
難也 則知詩之於李·杜亦然 今居士之詩 一集之內 有頓挫雄厲者 有
淸逸豪放者 各極其趣 並行而不相悖 夫頓挫雄厲者 杜也 淸逸豪放者
李也 豈非所謂稟才之得其全而用功之臻其難乎 抑今人之不能爲古 非
才也氣也 氣詘以淺矣 學杜而病于澀 學李而病于浮 (후략)

5) 贈鄭生錫儒序 丙午(권1)

古者 文章無摹擬 文章衰而摹擬作 摹擬作而文章益亡矣 夫文章之所
折衷者 非孔子乎 孔子之作易傳也 其體與彖象不混 作春秋也 其體與

典謨不同 文章之所推尊者 非先秦兩漢乎 子思・孟子・荀卿・莊周・左丘明・司馬遷・賈誼・劉向・班固 最其傑然者 而其文亦未嘗摹擬於古也 惟王莽作誥而倣書 莽之臣楊雄 作太玄以準易 作法言以準論語 後世未之許也 魏晉以後 無文章 韓昌黎始以古文倡於唐 然而其文不爲摹擬 務自己出 平淮碑似書 毛穎傳・張中丞叙 似司馬遷 董晉狀似左氏 其餘有似莊周似戰國策似劉向 至於似柳宗元・樊宗師・孟郊 此皆游戲偶然 然就其篇中 求一句一字之假 竊蹈襲不可得也 其後歐陽公 似司馬遷 蘇東坡 似莊周 曾南豐 似劉向 要其氣味之相近 不期學而學 非强爲摹擬也 至皇明有天下 世代益降 文章益卑 則學士大夫思有以振之 而不得其術也 於是擷掇乎左傳・國語之句 塗改乎馬史・班書之字 揭以爲的於天下曰 此古文也 濬源於峻峒 揚波於弇州・滄溟 鼓天下之文章 而相與爲探囊胠篋之習 嗚呼 彼謂粉餙薌澤之可以爲西施 抵掌談笑之可以爲孫叔 猿狙衣冠之可以爲周公也 古之文章 盖自矜以奴僕命騷 銜官屈宋矣 明之文章 甘心低首 爲古人之奴僕銜官 自尊也而愈以自卑 自大也而愈以自小 古之文章 以己之言 發己之理 文其辭於千載之上 而顯其心於千載之下 明之文章 以偸竊之文 餙借傭之說 懸跂辟戾 不能以形其胸中之所蘊 其人存而其心之死且朽 久矣 烏在所謂不晦者心 不朽者文哉 (亨락)

중심어: 摹擬 / 偸竊之文 / 韓愈 / 明之文章
색인어 정보: 仲珍(鄭錫儒) / 典謨(書經) / 太玄(太玄經) / 韓昌黎(韓愈) / 平淮碑(平淮西碑) / 書(書經) / 歐陽公(歐陽脩) / 蘇東坡(蘇軾) / 曾南豐(曾鞏) / 左傳(春秋左氏傳) / 國語 / 馬史(司馬遷 史記) / 班書(班固 漢書) / 峻峒(李夢陽) / 弇州(王世貞) / 滄溟(李攀龍)

6) 叔父后溪先生七十四歲壽序(권1)

(전략) 先生之文章 尤長於詩 其摸情寫事 似白香山 化腐爲新 似蘇長公 而鑱畫鼓鑄之妙 蓋亦有自得者 惟其探之深而擇之精 故發之者 麗而鮮 至其眞積力久 擬議變化之熟 則沛然若行其無事 而年及大耋 聰明不衰 篇章之盛 始水涌而山出 (후략)

대 상: 后溪先生(金範)
중심어: 自得 / 擬議變化
색인어 정보: 白香山(白居易) / 蘇長公(蘇軾)

7) 題際卿〔遇命〕所藏東坡詩卷(권6)

余嘗謂退之之文 如賢妻 敬之至 待之厚 而終不敢以私情相加 子瞻之文 如美妾 極知曼容蕩辭 不足移丈夫之性 而欲遂開閣自爾 食不甘寢不安也 其詩亦乏調格 而意到篇成 姿態橫生 街談巷說 咸爲材料 叱咤嘻笑 俱成文理 信乎佛印之言 子瞻牙頰中 有點鐵化金底一副鑪韝也

대 상: 趙遇命
중심어: 韓愈 / 蘇軾 / 點鐵化金
색인어 정보: 際卿(趙遇命) / 退之(韓愈) / 子瞻(蘇軾)

8) 焚香試筆(권8)

遠卿嘗云 韓文圓 柳文峭 峭者宜哀 圓者宜不哀 而韓之祭文諸作
片言隻字 無不刺骨 柳則乃或華侈不切者 何也 余曰 夫有意於文者文
勝 文勝則情遜 此柳所以不及韓也 歐文哀 蘇文不哀 蘇以其議論理致
勝故爾 遠卿仍詆余祭文云云 余笑曰 余故學蘇者 問之蘇可也 (중략)

三淵文 雖不可繩之以門路之正 而以煒燁之語 裝深眇之理 其排布之
勢 如重岡疊嶂節節開帳 其探索之力 如穴山採礦 沒河斬蛟 余嘗與仁老
叔論文 以爲毋論正偏高下 一洗東方膚率單陋之習 而劈犗中州者 三百
年來三淵一人而已 仁老叔曰 汝可謂惑於三淵者 此特小說批評體耳

林彝好之文 典贍偉麗 甚似德重 而激昂之氣多 德重自以不及 李判
書光佐 嘗語仁老叔曰 彝好當不減月沙 仁老氏曰 與孝伯何如 李曰 孝
伯則未易當也 仁老氏笑曰 然則孝伯固勝於月沙也

蔡彭胤之文 險詭小味 不脫乃家惡習 而嘗登金水亭 見其所作上樑文
宏富財力 未易當也 李叔斥之甚 至謂不及趙大年 此猶使王謝家褭褭
少年 當符秦投鞭斷江之師 雖獲奇勝 終是危道耳 (중략)

觀過知仁 不惟聖學爲然 文章 亦當於潦率處觀之 歐公漫應 不失典
雅之體 坡翁片言 亦具神妙之解 錯而不紊 斷而無痕 最是文章神化處
赤壁賦專把風水月弄 而每以兩箇風水 配一箇月 乍拈乍放 絶無痕迹
妙不可言 (하략)

대　상: 焚香試筆(趙龜命)
중심어: 韓愈*柳宗元 / 金昌翕 / 林象德 / 蔡彭胤 / 蘇軾 / 小說批評體
색인어 정보: 遠卿(金玄澤) / 韓(韓愈) / 柳(柳宗元) / 歐(歐陽脩) / 蘇(蘇軾) / 三淵
(金昌翕) / 仁老叔(李德壽) / 林彝好(林象德) / 月沙(李廷龜) / 趙大年(趙令穰) /
王謝(王導, 謝安) / 歐公(歐陽脩) / 坡翁(蘇軾)

9) 澹軒哀辭 甲辰(권9)

(전략) 先生之文學歐陽子而爲也 其體博以肆 不屑色澤雕琢 似不爲 廬陵婉麗之品所囿 農巖嘗稱其有西漢氣味 而稍矜持者 又入昌黎 其 放筆澹蕩活動 尤長於評論山水書畫 絶似明人題識 不佞之得於慕服者 盖如此 先生顧以不能峭緊 爲自謙 不佞解之曰 以八大家觀之 柳王之 外 盖未有以峭緊爲目 文章自各有體 非必峭緊者專是也 惟或峭或洪或 緊或徐 而槪不失於典雅 典雅者 其六經之正脉也 公之文抑少此乎 先 生頷之 不以爲僭 世謂先生才遜持論 然而据實論事 感慨係之 牧齋議 論亦爾 奚必强探力索 空中布景 盡如蘇氏父子而後爲得也 先生擩染 先輩之門 所見者大 意不可一世文 每自謂不長於譽 顧于不佞所著述 覽之不盡卷不止曰 子之爲歐·蘇 師其意而不鑿鑿於文句 可謂奪胎換 骨 篇篇不套矣 又曰 子之恃法而治者 似未盡其長 其舍法而進者 無不 奇也 其殆以文爲戱者乎 顧恨體太密耳 曩日贈言勸讀太史公記 以助 其疎散之氣 然常憮然曰 六經者 文章之本也 爲文而忘其本 奚可哉 自 以半生橫騖於末流 晩而悟之無及也 常以此爲不佞戒 卽先生雅志 可以 想矣 而晩年進詣 盖無已也 (중략) 若先生入而閉門 則王謝之蕭散 出 而挺身 則琨·逖之慷慨 端冕佩玉之君子 而可使之霑體塗足於原野 與 農夫山氓 爭其筋力 豈非難哉 (후략)

대　상: 李夏坤
중심어: 典雅 / 奪胎換骨 / 以文爲戱 / 典雅
색인어 정보: 歐陽子*廬陵(歐陽脩) / 農巖(金昌協) / 昌黎(韓愈) / 八大家(唐宋八
大家) / 柳王(柳宗元, 王安石) / 牧齋(錢謙益) / 蘇氏父子(蘇洵, 蘇軾, 蘇轍) / 太
史公記(司馬遷, 史記) / 王謝(王導, 謝安) / 琨逖(劉琨, 祖逖)

10) 答敬大書 癸卯(권10)

(전략) 嘗愛東坡語求物之妙 如繫風捕影 能使是物 了然於心 而了然於口與手 是之謂辭達 辭至於能達 文不可勝用矣 夫能了然於心 而不能了然於口與手 無是理也 故讀其文而黯晦蒙冒 錯亂而不整者 必其中無實見 强張于外也 識莫如眞 理莫如窮 或謂三代以下文章之士 豈皆理之窮而識之眞哉 夫自道學律之 彼盖理有所不窮 而識有所不眞矣 自其人言之 則各有其理 而未嘗不窮 各有其識 而未嘗不眞 漢之董·賈·楊·劉 唐·宋之韓·歐·曾·王 門路正大 蘊積深厚 固以學識自命矣 若如太史·柳州·蘇氏父子 其學誠無所主 而太史之識 眞於怨 柳州之識 眞於窮 蘇氏之識 眞於權變放達 故其發於文字者 類能刺骨洞髓 玲瓏透徹 譬如饞人評味浪子說 情理雖非正 而境則實眞 自足以動人心腸也 是之謂自得 自得之深 毋論正偏高下 而文皆好 平生爲文 無它長 顧獨有契乎此意 凡臨題目 非所嘗講究之理與所嘗抱負之識 則不敢發 雖視左右逢原 迎刃而解者 有媿矣 而其出而書之也 亦不至爲無意拐拾之文 嗚呼 發深眇之理於造次之間 藏靈悟之解於尋常之中 意愈奇而體愈正 論愈險而文愈易 此吾所夢想於坡公者 而未尋其蹊逕也 (후략)

대　상: 趙載浩
중심어: 蘇軾 / 辭達 / 自得 / 靈悟之解
색인어 정보: 敬大(趙載浩) / 東坡(蘇軾) / 董賈楊劉(董仲舒, 賈誼, 揚雄, 劉向) / 韓歐曾王(韓愈, 歐陽脩, 王安石, 曾鞏) / 太史柳州蘇氏父子(司馬遷, 柳宗元, 蘇洵, 蘇軾, 蘇轍)

11) 答趙盛叔〔爾昌〕書 乙巳(권10)

(전략) 華谷子詩歌薄盛唐 於文偶不爲爾 非爲而不能者 今所辱書 其氣蒼然以健 其體詭然以奇 其議論橫逸 直欲屈吾東上下數百千載 而上接乎周秦漢唐之統 讀之惶惑 口爲呿而舌爲吐 信乎不蜚則已 蜚將衝天 不鳴則已 鳴將驚人也 華谷子以六經譬諸海 以**程朱夫子**爲發 其蛟龍鯤鯢 夜光明月 至秘弔隱之藏 使其眞精泄露 元氣索然 後之文章 坐是而不古 此華谷子知其一 未知其二 高出於宇宙之表 而細遺於秋毫之末者也 昔者三代以上 文與道一 而三代以下 文與道二 一故伊·周·孔·孟之文 辭理備 二故遷·固·韓·柳之文 得其辭而失其理 彼程朱夫子 得其理者也 其意盖曰 **文者 所以明理** 理之不明 無文可也 伊·周·孔·孟之時 人之喩於理也易 故告之不必繁 而言之不必露 **不繁故簡 不露故奧** 今之時 人之喩於理也難 故告之不得不繁 言之不得不露 非**簡奧**之惡 而勢有不能也 故就其簡者 **析而繁之** 就其奧者 **暢而露之** 於是乎理益以明 而辭益以衰 彼固不自任於**文章之盛衰**也 不佞嘗謂人之有志 猶蜂之食蜜 蠹之齧紙 今夫點蜜於葉 澆墨於紙 而放蜂蠹也 則同是葉也 而惟蜜之 旣而未嘗犯乎空葉 同是紙也 而惟紙之 旣而未嘗侵乎墨痕 同是六經之文也 而遷·固·韓·柳 志于辭 而旣其辭矣 **無關乎理** 程朱夫子 志于理 而旣其理矣 **無關乎辭** 今以文章之盛衰 爲程朱之罪 是猶責之越之人 以不北其轅也 抑文章之盛衰 係於時代 **秦漢之雄健** 而尙遜於**訓詁之灝噩** 唐之撥亂反正之功 而視秦漢不啻隔塵矣 此豈**程朱註疏之罪乎** 如明之**滄溟·弇州** 平時罵程朱不遺力耳 豈肯囿於**註疏之軌轍** 而其所自以爲秦漢者 其果秦漢耶 又不得歸罪于程朱也 若不佞之意 其盛衰之係乎時代者 顧無如之何 惟當騁吾見之所極 快吾心之所樂 雖本之六經 而不死於**六經之章句** 旁採先秦漢唐 而不爲

先秦漢唐所縛 推移上下 以應時義 盖玄酒之尙 而醴酒之用 鸞刀之貴
而割刀之用 聖人之爲禮也 亦未始强反乎古耳 (후략)

대　상: 趙爾昌
중심어: 文*道 / 簡奧 / 註疏<程朱註疏之罪
색인어정보: 華谷子(趙爾昌) / 程朱(程子, 朱子) / 伊周孔孟(伊尹, 周公, 孔子, 孟
子) / 遷固韓柳(司馬遷, 班固, 韓愈, 柳宗元) / 訓詁(書經) / 滄溟(李攀龍) / 弇州
(王世貞)

12) 復答趙盛叔書(권10)

龜命白 復辱書敎 馳騁凌厲累千言而不已 大略以文與道爲一 而詆僕
之二之也 且謂遷固韓柳 冒伊周孔孟之頭角 襲伊·周·孔·孟之笑貌
如優孟之效孫叔敖 僕未知孟之效敖 能奪其心性耶 抑但爲其衣冠談笑
耶 心性譬則道也 衣冠談笑譬則文也 孟固不能奪敖之心性 而遷·固·
韓·柳 亦不能覺孔·孟之道也 且如老聃·莊周·列禦寇之徒 何嘗冒
伊·周·孔·孟之頭角 襲伊·周·孔·孟之笑貌 而其文博大瑰奇 與
六經並耀 佛氏出西方夷狄之地 未嘗通中國聖人之敎 其理尤舛 其說尤
怪 而圓覺之簡妙 楞嚴之奇辯 維摩之雄肆 直欲超秦漢之乘 玆非所謂
外是理而能之者耶 故曰 辭無關乎理 執事又以爲程朱志 專於縷析 若
其追風躡日之才 不屑亦不遑也 夫其追風躡日者 果理之不可以已者耶
不可以已而已 是背於理者也 可以已而已 是合於理者也 謂程朱合理可
乎 背理可乎 旣曰理至 則文自工矣 而程朱之理至而文獨未工者 抑又
何也 故曰 理無關乎辭 盖文章之妙 如泉之溫 火之寒 石之結綠 金之指
南 要其有獨稟之氣 而又必濟之以自得之見 非必伊周孔孟公共之理也

今夫麋鹿食薦 蝍且甘帶 鴟鴉嗜鼠 是固失天下之正味 而其於飫腸而肥
身則同矣 程朱夫子 惟不自任於文章 而不幸當辭繁之世 其所得者又天
下之常理 **常而繁** 故不見其奇 布帛菽粟 固不見奇於人也 夫躍入于衆
理包絡之中 揮霍擺弄 磔裂呑吐 徐以其自得者 傍質於諸家之說 則進
乎道矣 奚文之足云 其亦歸於程朱之常而已 何也 **不常則理不至也** 華
谷之守 愈於墨子 僕之善攻 不及輸般 而往覆相爭 秪增葛藤 以是爲愧
耳 不宣

대　상: 趙爾昌
중심어: 文*道 / 辭*理 / 自得之見 / 常*理
색인어 정보: 遷固韓柳(司馬遷, 班固, 韓愈, 柳宗元) / 伊周孔孟(伊尹, 周公, 孔子,
孟子) / 程朱(程子, 朱子) / 圓覺(圓覺經) / 楞嚴(楞嚴經) / 維摩(維摩經)

13) 答士心書(권10)

苫凷殘喘 忽忽無人世意 士心 乃以文字事提勉 千里枉長牘 辭淳理
正 啓發甚多 讀之奕然 殆若噓寒灰之熖矣 夫文之好異 非吾始創之也
從古聖賢文章 盖皆默識潛用 千載一律 特未作爲標指 命之曰**好異**而已
若使聖賢 **語常而不語奇** 則易何不平易其說 而託之雷風山澤龍馬牛豕
鬼怪之物 以象之也 詩何不直叙**常情** 而取諸**鳥獸草木比興之義** 清濁
高下聲音之節 以諷之也 書何以援天援鬼神 而春秋何以寄褒諱挹損隱
約之微辭也 獅吼不同於犬吠 錦繡之采 不同於布褐 而聖賢之文章 亦
異乎流俗人之辭也 彼皆有窮高極深之識 悟人之所不能悟 覩人之所不
能覩 其發之言也 **淵奧神妙** 莫窺端倪 吾以爲白而人視之爲玄 吾以爲
常而人駭之爲異也 六經以下文 莫高於左氏莊子太史公 騷賦莫尙於屈

原司馬相如 今取而讀之 何嘗有一語庸常陳腐 爲衆人之所共道者哉
士心平日所推尊而尸祝者 退之耳 不亦曰家中百物 皆賴而用 然所珍愛
者 必非常物 君子之於文 豈異於是 盖其樹立 亦在乎不尋常不因循也
是故 柳州目之以**捕龍蛇搏虎豹** 老蘇評之以**萬怪惶惑** 士心所謂無僻異
之辭詭奇之論者 恐考之不細也 竊以爲東文之弊 膚率平泛 外若純正
而內實借備 每覽中國文字 卽街談巷說 切中骨理 有精微之解 譬如長
短妍媸不齊 而有血氣知覺者迺人也 若土塑木偶 雖雄之以九畝之身 寬
之以十圍之腰 眉目鼻口 極雕琢塗餙之巧 不可使之從人之事 故曰**東文
一變而至於華 華一變而至於古** 幼少時所自期者 惟欲力矯東文之弊而
已 學淺力弱 未能深造 未知今所爲之果異東文否耳 **艱難澀苦之病** 固
時有之 **務去陳言** 戞戞乎難 退之之初 未免如此 吾亦待手熟氣盛 浩乎
沛然之時矣 然同爲聖人也 而孔子之**辭達** 而周公之**辭艱** 易象諸誥是矣
同爲賢人也 而**荀卿之文暢** 而**楊雄之文澀** 太玄法言是矣 文章各有體
士心之譏 毋近於師陰而無陽乎 精神荒迷 憚於結撰 信筆書此 殊覺草
草 諒其意而略其文可也

대　상: 朴泰恒
중심어: 常*奇<語常而不語奇 / 東文之弊 / 艱難*澀苦
색인어 정보: 易(周易) / 詩(詩經) / 書(書經) / 左氏(左丘明) / 太史公(司馬遷) / 退
之(韓愈) / 柳州(柳宗元) / 老蘇(蘇洵)

14) 答林姪彦春〔象元〕書 庚戌(권10)

龜命頓首 林姪彦春足下 惠書及示立志賦誚影文二篇 **精而婉 雅而宕**
字琢句鍊 章緻篇圓 體雖不齊 而其斐然成章則同 此豈今世之所易得也

竊怪敬大會之輩 喜爲文詞 平日評隲它人無虛口 乃輩從間有足下 而不
知又不稱也 書中論文 大抵中竅其揭 眞知爲**學古之要** 尤與鄙見合 但
所謂**眞知** 亦有本末輕重焉 何也 **作文之訣有三** 曰意曰氣曰法 意以實
之 氣以行之 法以飾之 **意者 文之帥也** 駕乎氣而成乎法 是故 **意爲之**
本而重 法爲之末而輕 今足下所欲眞知者法耳 無乃舍其本而趨其末
挈其輕而忘其重乎 夫見識悟解 **謂之意 繩墨規矱 謂之法** 古人之文
所以垂不朽耀無窮者 以其**獨見**常人所未見之奧 獨發常人所未發之妙
吾言之未出也 天下之人爲聾爲瞽 而未始知有此理 吾言之旣出也 天下
之人聾者聽瞽者視 若此理由吾言而有 而怪向之同有耳而不能聽人之聽
同有眼而不能視人之視也 六經四書 毋論已彼 周秦以下 **諸子百家之不**
廢 而至于今者 雖有醇有疵有全有偏 而其各執悟解 發揮其意也則一
不然 **彼法者空殼而已矣** 將焉用彼空殼爲哉 譬諸調車策馬 循其塗轍
以之燕而之越者 有人而爲之乘也 苟無人也 車馬雖飭 塗轍雖明 將何
所載而致之哉 **諸葛武侯八陣圖** 世稱其奇 今其法具在 按而行之無難矣
顧其風雲變化神出鬼沒之術 莫得以傳也 今用千軍萬馬 依圖法而陣之
以親與敵人角 猶難保其必勝 況排方壘石 設之於空浦 而能使吳兵一入
迷亂而不知出哉 故武侯之奇 不在法而在術 **文之術則意而已** 皇明大
家如弇州 · 滄溟 其法非不秦漢也 彼固未始自以爲知之不眞也 驟臨之
如彝器古錦 幽然可寶 而徐以繹之 如嚼蠟 淡乎不知其有味 夫文有活
有死 是之謂**死文** 故嘗論數子以爲其心先其人而朽 又奚論其文之不朽
與否也 且古人之文之法 讀古人之文而可學矣 古人之文之意 非讀古人
之文所可學也 特學其所以生發其意者而已 然則何道而可也 探透物理
於未形之初 涵養識解於無文之先 使目之所攬 心之所藏 窮其妙而極其
玄 則其發之也 **口靈手慧** 紙神墨化 而其文自佳 不惟合乎**古人之法** 古
人之法 乃不能違乎吾 彼古人之文 亦何嘗鑿鑿於法 乃後世見其佳而强

名之法耳　不然　古人又何所稟其法哉　今夫日月星辰山川風雲鳥獸草木
天之文也　天何嘗故爲之法　理以命之　氣以形之　而萬象分焉　人見其日
月之明　星辰之麗　山川之高深　風雲之吹噓　鳥獸草木之動植　以爲造化
之有法　而天固蒼蒼而不自知也　古人之文之法　如天之不自知　今人之
文之法　欲以刻畫華彩　追造化之神　其去遠矣　雖然　文之有法　猶繩墨規
矱也　而今之才　非古之才　則豈可廢是而不省哉　但審其本末輕重之序而
已　相期之篤　畢貢鄙見　惟足下之擇焉　不宣　龜命白

대 　상: 林象元
중심어: 意*氣*法<作文之訣有三 / 文之法
색인어 정보: 諸葛武侯(諸葛亮) / 弇州(王世貞)*滄溟(李攀龍)

황경원(黃景源, 1709~1787)

본관은 장수(長水), 자는 대경(大卿), 호는 강한유로(江漢遺老). 이재(李縡)의 문인이며, 이천보(李天輔)·남유용(南有容) 등과 교유하였다. 1740년 문과에 병과로 급제하여, 대제학·예조판서·공조판서를 지냈다. 예학(禮學)에 정통하고 고문(古文)에 밝았으며, 『영조실록』 편찬에 참여하였다. 저서로 『강한집(江漢集)』이 있는데, 권27~32는 명나라 의종(毅宗) 이래 절의를 지킨 조선 사람들의 전기(傳記) 「명배신전(明陪臣傳)」이 수록되어 있다.

출전: 江漢集(『한국문집총간』 224집)

---

1) 考定離騷經序
2) 與李元靈〔麟祥〕書
3) 宋文苑論

---

1) 考定離騷經序(권8)

劉向所集離騷經凡十六卷 後漢時 班固賈逵作章句 文多脫謬 元初中 校書郎王逸得向舊本而叙之 故離騷經十六卷 復行于世 然離騷有古六義 而章句無所發明 此逸之失也 太史公言 國風好色而不淫 小雅怨誹而不亂 若離騷者 可謂兼之 盖離騷 原於六義 而諸儒由漢以來 知離騷者誠寡矣 景源始考定章句 述其六義 而疑者皆闕之也 序曰 自周衰百家並興 唱邪說以詆聖人 於楚則老莊 其尤也 老氏淡泊 好無爲 莊氏

滑稽 喜放言 洸洋自恣 此二家虛曠之言 禍天下而莫之止 (하략)

대　상: 考定離騷經
중심어: 離騷經 / 六義
색인어 정보: 太史公(司馬遷) / 景源(黃景源)

2) 與李元靈〔麟祥〕書(권6)

文章之道 與學仙無以異也 仙之學 **養其耳靈** 而不聞天下之聲 **養其
目靈** 而不見天下之物 **養其心靈** 而不窮天下之變 **養其口靈** 而不言天
下之事 **以精凝之而氣修之** 不服金石而鍊 不茹草木而化也 文章之道
竭其耳之所以爲聰 而盡聞天下之聲 竭其目之所以爲明 而盡見天下之
物 竭其心之所以爲知 而盡窮天下之變 竭其口之所以爲辨 而盡言天下
之事 以精注之而氣瀉之 其微也 鬼神不足以爲妙 其著也 星辰不足以
爲晢 其溢也 江海不足以爲盈 此二者 其道相鰲 而精氣**輝然不滅**則同
焉 然仙也者 其術玄不可窮詰 先解者不知所止 後解者不知所從 惡在
其能羽化也 至於文章 自**周公孔子**以來 **六經之道** 垂于無窮 其世已遠
而其神浩然長存者 以其言之在六經也 足下窮居好山水 將游丹陽 丹仙
郡也 龜潭之陰 島潭之陽 世稱眞仙游於其間 然**春秋傳** 稱死而**不朽者**
三 立言其一也 今足下不入丹陽 而六經有眞仙矣 何爲乎挐舟二潭 以
求夫**羽化之術**邪

대　상: 李麟祥
중심어: 養其心靈

3) 宋文苑論(권12)

　　文章之可以近於道者 幾希矣 自周之衰 凡天下之爲文章者 不溺於楊墨之學 則必溺於申韓之術 不溺於申韓之術 則必溺於蘇張之學 能本原周公以來 經禮三百 曲禮三千 聲明敎化 英華威儀之所由始而發揮之 其文章粹然一出於六經之道者 臣未之見也 (중략) 文忠公本於韓愈 行之以司遷之逸 昌之以正雅之和 文定公本於劉向 裁之以班固之密 澤之以秩禮之美 此二公 學術不深 而文章折中六經 粹然有近於道者 百世之下 覽二公文章之妙 則天地晶朗之氣 亦可見也 臣聞之 言不合乎先王者 不可以爲道 二公之言 未嘗不合乎先王 則其爲道也不亦正乎 若蘇氏父子兄弟 出於縱橫 而放於繩墨之外 及其晚節 又依歸於釋氏 非君子之所可取也 至於後世能言者 不本於道 修飾章句 窮極粉澤 雖欲爲文忠公溫潤 文定公峻潔 不可得也 其悖者 放棄禮法 得罪於先王之敎 而莫之悟也 然人之有文章 猶天之有雲漢也 世之人君 苟能明先王之道 作成賢材 則文章如二公者 鬱然而興 輝然而起 與雲漢何以異哉

대　상: 宋文苑(歐陽脩, 曾鞏)
중심어: 歐陽脩 / 曾鞏
색인어 정보: 楊墨(楊朱, 墨翟) / 申韓(申不害, 韓非) / 蘇張(蘇秦, 張儀) / 文忠公(歐陽脩) / 司遷(司馬遷) / 文定公(曾鞏) / 蘇氏父子兄弟(蘇洵, 蘇軾, 蘇轍)

본관은 은진(恩津), 자는 사행(士行), 호는 한정당(閒靜堂). 송준길
(宋浚吉) 4세손이며, 송명흠(宋明欽)의 아우이다. 1733년 진사시에
급제하여, 형조좌랑·문의현령(文義縣令)을 지냈다. 벼슬보다는
학문에 뜻을 두었고 특히 예학(禮學)에 정통하였다. 저서로『한정
당집(閒靜堂集)』이 있다.

출전: 閒靜堂集(『한국문집총간』 225집)

1) 與申成甫(권2)

黃子書來 言足下善學琴 能爲新聲 足下之疾 多鬱滯幽邑 而琴之用
能流動血脈 紓振心神 則學之固善也 而能爲新聲則未善也 僕亦喜琴
少機警不能學 遂論古今之變 以爲琴不可學 夫清濁不分 往復不辨 挺
而鼓之 聲之方發 吾心翕然純明 及其絶而不亂 緣是聲而裁之 宜有以
加於此者 然使世之工者操而和之 奏其所謂曲譜者 曲未一變 吾心已繁
眊而不可支 是豈特不知音之過哉 淳澆正淫之別誠然也 夫聲而有不用
者 已緩則不可以和 已急則不足以和 故五聲者天地之中聲也 樂而有不
行者 已朴則不足以感人 已靡則不可以敎人 故琴瑟者 先王之正樂也
古之樂 鐘鼓有聲而無曲 笙簫有曲而無辭 琴瑟則有其辭 五曲者固風雅

之盛 而十二操者又皆賢聖所作 其辭或有存者 皆明白易知 夫以中聲正
樂 而被之以風雅之盛 賢聖之所製 其能**感發歆動 和平敦厚** 禁止於邪
以正人心者 豈不然哉 故君子無故 不去琴瑟 而孔子曰 **興於詩成於樂**
琴何可不學 雖然樂之壞久矣 而東國爲尤甚 至於今 又有甚者 夫東國
之琴 有聲而無詞 其有詞者 皆倚歌而已 而又皆閭巷鄙俚之言耳 所謂
被之以風雅之盛 賢聖之所製者 邈然不可聞矣 近世以來 聲音益繁碎辨
急而巧爲悅人 所謂新聲者 皆已急而不足以和 已靡而不可以敎人者 顧
樂而爲之 嘗從故老聞先王法駕出宮 鹵薄樂作 及至南門 樂九變 今則
不及於半 而已終而復始矣 嗟夫數十季之間 而聲音之升降 乃至於此乎
夫以旣壞之樂 被之以**閭巷鄙俚之辭** 而其**繁碎辨急**又如此 則其於禁止
其邪而正人心者 何足與論哉 秖可以喪人之守而已 故以爲琴不可學 足
下謂困於病 學問擧業 不敢復論 足下之言學 不出於日用倫常 則於疾
病也 獨安得廢之 又學琴喜新聲 僕恐足下之志或怠矣 故爲之言

대　상: 申成甫(申韶)
중심어: 新聲
색인어 정보: 成甫(申韶)

2) 讀李翺文(권6)

古之聖人 上取乎天 下取乎地 明乎日星山川人物鳥獸草木之情狀 **立
象達意** 制作文字 以周後人 文字者固天地之文 而古聖人能明之以爲功
非古聖人之文也 故古聖人得諸天地而用之 吾亦得諸天地而用之 非吾
之竊於古人 而古人亦不得以有也 **李翺**之書 論**去陳言之道**曰假令 述笑
哂之狀曰莞爾 則**論語**言之矣 曰啞啞則**易**言之矣 曰粲然則**穀梁子**言之

矣 曰攸爾則**班固**言之矣 曰靦然則左思言之矣 吾復言之 與前文何以異
也 觀翶之志 必欲出於古人之所未及 誠亦高矣 然古之人不必如是爲高
也 詩人言嘆息之狀曰愾焉 而**禮記**復言之 論語言之曰喟然 而**孟子**復言
之 降而至於**司馬遷・**班固 又不止一二言之 夫**文章之極** 非六經孔孟之
書與遷固之史與而有若是者 故不必出於古人之所不及然後爲工也 使必
出於人之所不言而工 則己之所已言 亦何可復道也 **周公之詩** 言文王之
德曰小心翼翼 而又曰厥猷翼翼 論語稱孔子之容曰誾誾如侃侃如 而其
稱閔子・冉有・子貢 又言之 孟子稱伊尹之志曰囂囂然 而又與宋句踐
言之 降而至於司馬遷・班固 又益甚多 使出於己者可以復言 而出於古
人者不可言 則蔽於私而不可行也 故陳言者非此之類也 當晉宋齊梁隋
唐之間 政風旣渝 **文章大敝** 承沿假注 倍本離宗 靡飾膚毛 包腐裹朽
若**優倡之轉傀儡** 妓女之蒙粉紅 故**韓愈**氏憤之 剔而攘之 挽而反之 號
於世曰惟陳言之務去 夫陳言者 若晉宋齊梁隋唐之爲陳言也 烏得與古
人所已言之文字而并棄之哉 且文字之用有盡 而人之生且無窮 使必得
古人之所不言而可以爲文章 則文之道幾何而窮也 余考翶之文 猶有一
二出於古人之所已言者 殆亦自知其不可行也 故志乎竊古人之言者盗也
志乎必古人之所不言者苟也 故曰古人得諸天地而用之 吾亦得諸天地而
用之 非吾之竊於古人 而古人亦不得以有者也 方其注乎神思也 若雲奔
而霧蒸 若百川之趨谷 浩乎不知其來之方 其出於言也 若金鐵之鎔而納
於範 而崩崩乎衆追俱下 當是時也 且不自知其出於己也 況暇求其出於
古人者耶 此**創意造言**之大歸 而所謂得諸天地而用之者也 吾之有志而
不能者也 嗟乎 不得使翶生於今世 與之言也

대　상: 李翶文
중심어: 陳言

3) 答金仲陟(권3)

　常謂文章筆翰　俱不可不學古　又不可襲古　若使專襲古人　雖不爽毫髮　不過是一模本臨本　有何妙處　要之取規矩於古人而成變化於吾心　然後　方謂善學　方稱家數　到此煞難　雖自知如此　而視其所作　多齟齬排比之意　乏流轉活動之妙　其天機運用　及唐已難　況於魏漢　此亦由足目不俱到　心手不相應而然　亦止此而已　奈何　大抵古人高處　在於自然而然　其意態精神　有不可學而能　學之　反成邯鄲步　古今不相及　每如此矣　(하략)

대　　상: 金仲陟(金相戊)
중심어: 學古 / 規矩於古人 / 變化於吾心
색인어 정보: 仲陟(金相戊)

이인상(李麟祥, 1710~1760)

• • •

본관은 전주(全州), 자는 원령(元靈), 호는 능호관(凌壺觀)·보산자 (寶山子). 음사(蔭仕)로 참봉·찰방 등을 지냈으나 불의와 타협할 줄 모르는 성격으로 관찰사와 마찰이 있은 뒤 은거하였다. 학통 은 김창흡(金昌翕)과 이재(李縡)로 이어지는 이기절충론(理氣折衷 論)을 이어받았고, 송문흠(宋文欽)·황경원(黃景源) 등과 교유하였 다. 시·서·화에 두루 뛰어난 능력을 발휘하여 많은 작품이 전 하고 있다. 저서에 『능호집(凌壺集)』이 있다.

출전: 凌壺集(『한국문집총간』 225집)

---

1) 答尹子子穆書

---

1) 答尹子子穆書 辛未(권3)

別幅

子厚諸作 時代猶古 故雖淘洗入髓 而簡質勁古 絶無浮曼之辭 且到 興會獨至處陶寫 故其體段自簡 至於宋明諸公 以虛閒宕逸 作一箇道 理 以山水作大事 以鉅細不遺爲無憾 觀名山記所載諸篇 槩皆王思任· 袁中郎一套語 余亦自知其可厭 而郤又不免 殆爲氣機所轉移 可愧

從古看山水有二道 有知其樂者 有知其品者 如陶淵明·宗少文輩 方 是眞知山水之樂者 自康樂以下 要皆爲山水所驅使 莊子所謂大山丘林 之善於人 由神者不勝也 其眞知山水之品者槩少 本朝梅月堂三淵亦知

山水之樂 而未必眞知山水之品 以其詩文觀之 槩負氣抱哀 **托興**於流峙
而發之記述爾 謂有**靈心慧眼**則猶似有憾矣 然以山水爲性命而足遍宇
內 然後方能題品則良亦勞矣 畢竟道正識高者知山水 考讀**晦翁**諸記可
知也

　教考槃衡門之詩 其所遇之時與其人 皆未詳 若陶淵明 則處於變革之
際 故其詞多**隱約微婉**自在 以自沉晦 而竊觀**微婉**中**騁悲苦忼慎之辭**
如詠**荊軻**詩**閒情賦**諸篇 郤自透露骨氣 譬之俠士 殆是神勇色不變者 而
高明乃謂優閒 不少見其**憂愁悲憤**之語何耶 余謂處士固多負氣 而若如
陶公者 決非無心於世道者 若屈原則先儒謂原之忠 忠而過者也 余謂楚
懷之時 千古極悲 雖非原宗戚之臣 苟有**忠臣孝子**之心者 雖家賦**離騷**
可也 而高明謂之宗戚之臣 當別論者何耶 余讀遠遊諸篇 未嘗不墮淚

대　상: 尹子子穆(尹晃東)
중심어: 山水之樂 / 柳宗元 / 王思任 / 靈心慧眼 / 陶潛
색인어 정보: 子厚(柳宗元) / 袁中郞(袁宏道) / 陶淵明(陶潛) / 宗少文(宗炳) / 康
樂(謝靈運) / 梅月堂(金時習) / 三淵(金昌翕) / 晦翁(朱子)

이상정(李象靖, 1711~1781)

본관은 한산(韓山), 자는 경문(景文), 호는 대산(大山). 외조부 이재
(李栽)를 사사하였다. 1735년 문과에 급제하여, 연원찰방(連原察
訪)·연일현감(延日縣監) 등을 지냈고, 안동에 대산서당(大山書堂)
을 지어 후학양성에 힘썼다. 이황(李滉)의 학통을 이은 영남학파
의 중추적 인물로, 일용궁행(日用躬行)의 실천적 공부를 강조하였
다. 그의 학문은 이광정(李光靖)·유치명(柳致明)·이진상(李震
相)·곽종석(郭鍾錫) 등으로 이어졌다. 저서로『대산집』·『퇴도서
절요(退陶書節要)』·『이기휘편(理氣彙編)』·『사례상변통고(四禮常
變通攷)』등이 있다.

출전: 大山先生文集(『한국문집총간』 227집)

---

1) 靜樂齋金公詩集序
2) 訥翁李公遺卷後序

---

1) 靜樂齋金公詩集序(권43)

詩者 本乎情性而發之爲詠歌 必其冲澹閒遠 絶去世俗之葷血然後爲
貴 彼以穠艷華麗爲尙則失之陋 矜豪跌宕爲高則流於蕩 皆未足以言詩
矣 近世靜樂齋上洛金公 隱居自樂 未嘗求知於人 自放於山巓水涯 凡
蟲魚鳥獸之變 烟雲花草之玩 與夫窮通悲喜愉佚有感於心 一切寓之於
詩 華而不鄰於陋 健而不涉於蕩 大抵得於陶邵門庭者爲多 未知公何
修而能得此也 象靖生也後 未及供灑掃於門 然按公之狀 曰公溫厚豈弟

樂善好義 律己有方而持論平恕 世間一種外誘 不入於靈臺 噫 此一言
者 知公之所存有爲詩之本也 狀又曰 讀靜樂吟 知公之靜中有樂 讀八
戒箴 知公之不放於禮法之外 噫 此一言者 知公之自樂與所戒有在於詩
之外也 夫以所存有爲詩之本而其所事有在於詩之外 則發於咨嗟詠歎
者 宜其閒淡而有餘味 高古而無俗累 與夫世之喝月吟風侈然以自多者
其高下淺深 可同日語哉 蓋公旣沒而有詩文若干卷 嗣胤公箕應氏嘗就
訂於遁軒權公 求序於訥翁李公 旣而家失火 蕩然無復存者 偶得詩藁於
宗人所傳寫者 辱以示象靖曰 某疾病且死矣 幸而得此於煨燼 倘惠以一
言 庶幾藉手而歸拜于先人也 自惟蒙陋何足以語此事 竊嘗因家從叔 聞
少游川沙 見諸長老咸會一堂 笑語談噱 公獨斂容端坐 不妄交一語 眞
恬雅君子也 象靖竊志于心 不忘今日之託義 豈忍終辭 遂按狀爲說 以
見公之有本與所事有如此

대　상: 靜樂齋上洛金公(金履矩)
중심어: 陶淵明*邵雍<陶邵門庭 / 詩之本 / 詩之外
색인어 정보: 靜樂齋(金履矩) / 陶邵(陶淵明, 邵雍)

2) 訥翁李公遺卷後序 戊戌(권44)

　文章與世爲高下 古之人有是語 然亦大略言時世之有升降耳 夫文者
氣也而氣無古今 雖迫於人事之感而有屈伸消息之不齊 然其本體之純
一者 未嘗亡也 間或値焉而賦於人 則今之人 卽古之人也 而今之文 獨
不得爲古之文乎 如韓子之起衰於八代 歐陽氏之力變而至於古 以其一
氣之可推耳 不然 是豈人力所能變移哉 近世訥翁先生李公 氣厚而才高

自少用力於文辭 本諸六經 以立其基 參之左·國·莊·馬·屈·宋之書 以博其趣積之厚 故其發之大得之深 故其用之裕 其長篇短章幽銘顯詩與夫見於酬酢吟弄之餘者 蒼鬱而奇健 渾雄而紆餘 軌則森然而不犯於斧鑿 氣味窅然而不驚於險棘 蓋源流於商周之灝噩而浸淫乎兩漢之風旨 至其感慨壹鬱頓挫抑揚 則又馳騁於變風離騷之逸響 豈所謂間值其氣之純一而發之爲文詞者歟 雖然 公豈獨文詞之古而已哉 公之德器深而厚 宇量宏以遠 宅心以忠信 制行以和易 篤倫理重名教 貴義賤利好善容惡 疏牗不繼而顏色敷腴 橫逆來加而喜怒不形 引誘後進 則慨然有意三代之教 放懷山水 則一切榮辱利害不入於心 望之而其貌古 卽之而其言議古 測其中而其心事古 蓋所謂今人與居 古人與稽者 而文章之古 特其緒餘之見於外者耳 公旣不以言貌心事之古者自居 而世之論公者 徒見其文章之古而悅之 而不知公之古者有在於文章之外也 孔子曰 有德者必有言 韓子曰 膏之沃者其光燁 仁義之人 其言藹如也 詎不信然矣乎 公平生所著甚富 中遇火多散佚 公旣沒而門生子弟收輯爲若干卷 間以示象靖 索一言以識其卷末 (후략)

대　상: 訥翁李公(李光庭)
중심어: 文章與世爲高下 / 古之人 / 今之文
색인어 정보: 韓子(韓愈) / 歐陽氏(歐陽脩) / 左·國·莊·馬·屈·宋(左傳, 國語, 莊子, 司馬遷, 屈原, 宋玉)

임성주(任聖周, 1711~1788)

본관은 풍천(豊川). 자는 중사(仲思), 호는 녹문(鹿門). 이재(李縡)의 문인이다. 1733년 사마시에 합격하였으나 얼마 뒤 사직하고, 공주(公州)의 녹문(鹿門)에 은거하며 학문 연구로 일생을 보냈다. 중년 이후 호락(湖洛) 양론을 기일원론적(氣一元論的)입장에서 종합하여 자신의 학설을 수립하였으며, 이기를 기일원론적 관념으로 통일함으로써 조선조 성리학의 결정(結晶)을 이루었다고 평가받는다. 저서로『녹문집』이 있다.

출전: 鹿門先生文集(『한국문집총간』 228집)

---

1) 贈李君文西序

---

1) 贈李君文西序 癸丑(권20)

李君文西遺余詩兩篇 而要余以書曰願爲我評之也 余謹受而讀之 三復而玩之 盖慕陶淵明杜甫之作而善學焉者也 自夫三百篇之遠也 詩之道漸失其正 尙新奇者陷於尖斜 務華藻者流於纖靡 若其和平冲淡雄渾雅重 不失古詩人之意者 獨陶杜二子而已耳 故世之爲詩者爭慕效之 稍知操文墨治聲律者 莫不曰我爲陶也 曰我爲杜也 然而率皆徇其外 不究其內 摸其辭 不探其意 是以其聲調句格之間 或不無似之者 而至於精微之奧則鮮有至者焉 今李君之學之也不然 不惟徇其外而能究其內 不惟摸其辭而能探其意 不惟聲調句格之似 而造其精微而窺其閫奧 使

讀而玩之者 惝然有**西河夫子**之疑焉 苟非慕之深學之善 烏能與乎是哉
雖然抑有可戒者 沿流之意猶勝 而窮源之功不足也 夫陶杜之所以爲陶
杜 非自至也 亦必有所學焉 今欲學陶杜也 當先學**陶杜之所學** 然後眼
目高功力到 而於陶杜也 不勞而至矣 不然而徒匍匐於陶杜之脚下 而求
其語之或近 則**摸擬**雖至 **纂組**雖工 終不免見笑於大方也 陶杜之所學者
何也 **六經四子左莊馬騷** 以至**漢魏樂府** 外及**九流雜家奇書僻經**之說
皆是也 (하략)

대 상: 李文西
중심어: 陶潛*杜甫 / 陶杜之所學
색인어 정보: 陶淵明(陶潛) / 三百篇(詩經) / 陶杜(陶潛, 杜甫) / 六經四子左莊馬
騷(六經, 四書, 左傳, 莊子, 史記, 離騷)

이현환(李玄煥, 1713~1772)

본관은 여주(驪州), 초명은 수환(壽煥), 자는 성수(星叟), 호는 학서 (鶴西). 성호 이익의 문인이며, 강세황(姜世晃)·신광수(申光洙)· 최북(崔北) 등과 교유하였다. 1744년 진사시에 합격하였고 이후 관력은 확실하지 않다. 저서로 『섬와잡저(蟾窩雜著)』가 있는데, 18세기 문학과 예술에 관한 중요한 정보를 제공한다.

출전: 蟾窩雜著(『近畿實學淵源諸賢集』 6책)

1) 詩人學杜辨
2) 上謹齋論文書
3) 瀛洲唱和錄序〔又一本〕

1) 詩人學杜辨

余昔聞姜蕙圃之言曰 詩到淸曠地位 不雄不足憂 此語可謂優入評家 三昧也 余嘗有一言 夫雄建二字之所欺一生迷着殊不能向上進一步去 了 仍以夢死於百年之中 此則宋明諸公學杜之過者也 夫三百篇十九首 則尙矣 無可言者 自餘歷代 鴻工鉅匠 雖絶調驚世 皆有所短 只就少陵 一部言之 古人所賞以爲佳句 則何嘗不雄健中極淸曠耶 盖杜詩之全體 雄健 而其佳處每在淸曠 其雄健本色 忽與晴曠境界相値 天與神授 則 遂成絶唱 其本色雄健 未得境界淸曠 則優者爲杜之平生生處 劣者爲杜 之極陋處 則雖有優劣之異 槩不出於徒雄健未淸曠者也 彼逾雄健一瞙

子 又到淸曠層 雖老杜不可得 況學杜者 其可易爲乎 是故 宋後學杜者
終不能得杜之淸曠 則不得不歸宿於杜之極陋 而一生到不得古人佳處者
只由杜爲嶺也 學杜者猶如此 況學學杜者乎 如此而强謂之曰 **得杜髓以**
相煦濡 不但自欺 又欲誤人 人是活變靈物也 何能久而終不覺得乎 謂
余不信 試看三百**篇**十九首 但見意極高而意極曠 有何雄健之可論乎 諸
風與雅 俱潔如泳壁 而興寄極遠 獨頌體雖**質朴弘大** 猶簡當有古奧元氣
雄豪健踔之意 而十九首 則篇篇句句 無不絶淸而絶曠 只世代稍降 於
周故其大曠處 翩擧逸出 橫不可制者 外面看之 微似雄健 此等處正所
謂鼠璞朱紫二分 非**精心慧眼** 未易卞別其妙也 古人云 古文亡於昌黎
余亦謂古詩亡於**少陵** 但自可優游自在 各隨天分 止於其止 俾無**拘束齷**
齪之態也 必欲舍冠冕珮玉 而爲氈笠曼纓長劍大劒 其果何如也

대　상: 詩人學杜
중심어: 雄建 / 學杜(杜甫)
색인어 정보: 姜蕙圃(姜樸) / 少陵*老杜(杜甫)

2) 上謹齋論文書

(전략) 余自少掉鞅於翰墨之場 正轡乎華藻之苑 而嘗瀾步高視曰 自
夫**辭達**之敎出而**務順**者 執以爲口實 自夫**脩辭**之訓出而**尙奇**者 執以爲
左契 順則掇土**拾糞** 陋陋乎其不欲觀也 奇則棘喉鉤吻 戞戞乎其不可讀
也 自古負氣標雋以文章詫一世者 指不勝屈 而輂不能卓然自脫於是兩
塗也 不侫是何人 烏能脫出於兩塗哉 時或屬辭篇成 讀之面熱 所慕於
古人者 竟不能一毛似驥 譬諸粱肉知而美者 不如食而飽 食而飽者 必
不充飢而肥 故論文之言 不出於口者 恥余之不能也 乃者 謹齋公自許

以知文 或使人作文 輒以己意黜陟之進退之 其曰雖善文者 不入吾眼
不取之 有若當世之把文柄者 不侫初謂公必知文 及見公作文而論文 公
果不知文之甚者於是乎 人皆曰公取之非文 公斥之能文 此則待公太薄
也 然不侫不言公何以知之 當極言之 公其勿以爲罪幸甚 夫文易知而亦
難知 爲文亦難而知文最難 何者 自有天地人以來 得其精靈之最現曰文
指其光華之獨著曰文 日月星辰 **天之文也** 金三品土五色 **地之文也** 黼
黻冠冕 圭璋宮室 **人之文也** 河出圖 洛出書 龍師鳥官 鳳儀獜止 皆文
也 屃豹之毛 孔翠之羽 皆文也 公其知文之如是乎 (중략) 斯文也 聖人
得之 則傳萬世而爲經 賢者得之 則放四海而爲準 輔相乎天地 昭明乎
日月 調攝乎陰陽 此豈非文之至者乎 故聖人者 形諸文字 著爲六經之
文 易之幽 詩之葩 書之灝噩 春秋之謹嚴 禮之詳 樂之和 昭揭萬世
而其旨微 其辭婉 **爲文章之鼻祖也** 盖文有三者曰 **紀事紀言紀物** 爲文
之道 不出此三者 **紀事之文** 祖二典 以及周官三百六十紀素王春秋 **紀
言之文** 祖三謨誥命 以及**檀弓樂記魯論諸編 紀物之文** 祖禹貢 以及**考
工紀山海經汲冢書** 此其通天地亘古今 媲三光而不墜者 降而至於丘明
氏出 羽翼獜經 內外有傳 辭嫻意明 自成一家 至若**遷之雋爽 固之精剛**
俱能嫡傳 **文章家宗法 莊列之虛無荒唐 相如之贍巧 雄之幽奧** 俱不外
於紀事紀言紀物之體矣 文之統不過如是 天下舍是三者 又有爲文者 卽
儒家**訓詁學** 亦有本源於夫子作系易 以至**曾思大學中庸**誨人明理盡性
之文 使天下家行戶踐 如**布帛菽粟** 是聖人設敎之文 而非吾所謂文也
噫 天道湮微 文氣日削 此無他 四瑕八冥九蠹 有以累之也 四瑕八冥九
蠹 古人有言之者 有一于此 則**心靈死而文氣喪**矣 春葩秋卉之爭麗也
鷗鶑林而蚤虫砌也 水湧蹄岑而火燭螢尾也 衣被土偶而不能視聽也 蟻
蠓死生于甕盎 不知四海之大六合之廣也 此皆不知養氣之故也 人之氣
與天地同功 而其智卒歸于一介小丈夫 則不亦悲哉 如是而其能爲文而

知文之道乎 自是之後 世之人以蹈襲爲文者多矣 而如公之文 亦不可謂
蹈襲古人之文 直盜其語攘其意者也 安知文之道乎 凡蹈襲古人之文者
必先習其文然後 效而能至也 否則**剽掠**猶難 譬之盜者 先窺諜富人之家
習熟其門戶藩籬然後 善入其室 奪人所有 爲己之有 使人不知也 不爾
不及探囊胠篋 必見捕捉矣 財可奪乎 公之爲文 如人之不習富人家 而
欲奪人之財者也 不佞嘗聞公言 公幼而失學 讀古人書不多 **六經子史之**
文 涉獵猶不足 況能窮其源哉 經史猶如此 況諸家章句之文乎 旣不熟
其文 而其可**效其體而蹈其語**乎 如是而自謂知文 孰不知文 古之知文者
其文如富家之金玉錢貝盈帑溢藏 無所不有 雖爲寇盜者所嘗攘取 而終
不至於貧也 故能知文之道 而雖於**古人蹊徑梯級** 其見得瞭然 能知其某
勝於某 某不如某矣 公如是而能窺古人梱域乎 其中碇碇如 而雖欲效古
人之文 決不可得也 凡文各有體裁 譬猶治室者 廟與寢異 寢與堂異 栭
異於榱 梲異於節也 雖欲超乘而稅駕於三代 而畢竟寢處宮室假借秦衣
冠優孟之爲孫叔敖 吾惧其不及眞也 況公之文求爲蹈襲而不可得者乎
然請言爲文之不可蹈襲也 昔**李翶**曰 **六經之詞** 創意造言 皆不相師 故
其讀**春秋**也 如未嘗有詩 其讀詩也 如未嘗有易 其讀易也 如未嘗有書
若山之有恒華 瀆之有淮濟 爲文之道 其可相師相效而爲之乎 雖以作詩
者言之 有若自唐之**陳子昂李杜楊王盧駱**之輩 同稱騷坰之巨匠 而各殊
其軌範也 未聞有一人效前輩某人之体 刲剝其骨髓者 其後又有**韓愈盧**
同張籍郊島劉柳元白之類 聯鑣並轡 馳騁一時 高視千古 而亦未聞效
陳子昂以下諸人 屠割其膚肉者 又至宋明**蘇黃王李**諸人 亦莫不**撑雷裂**
日 震耀一世 而其效昌黎乎 香山效乎 余未見其刲剝屠割之迹 然各成
一家 梨橘異味 無有不可於口者矣 公能知此輩 孰效孰法 何作勝而何
作不如乎 盖古之爲文者 力究經史百家 古聖賢之說 未嘗不薰鍊於心
習熟於口 及其爲文之際 參會商酌 左抽右取 以相資用 故能爲文 而亦

能知文也 曷足與尋章摘句 如窮兒丐子者比也 世之**奪胎換骨** 盖頭粧面
欺人自欺 誤人自誤者 皆不知此箇道理無限妙處 而公之爲文 又不知下
於此輩幾層級矣 如是而能謂知文乎 公雖年踰七十 欲知爲文之道 則以
余管豹之見 就古人紀事紀言紀物之文 而看來看去 日漸月融 而方丈八
珍 一下筋便玉食 阿房萬戶 一擧足便王宮 種種神妙 色色天成 皆爲公
眼前境界 無量大自在然後 出而自謂知文 則孔子復起 當不易斯言 公
以爲如何

대　상: 謹齋(李觀休)
중심어: 紀事*紀言*紀物／踏襲古人之文
색인어 정보: 丘明氏(左丘明)／遷(司馬遷)／固(班固)／莊列(莊子, 列子)／相如(司
馬相如)／雄(揚雄)／李杜楊王盧駱(李白, 杜甫, 楊炯, 王勃, 盧照鄰, 駱賓王)／郊
島(孟郊, 賈島)／劉柳元白(劉禹錫, 柳宗元, 元稹, 白居易)／蘇黃王李(蘇軾, 黃庭
堅, 王世貞, 李攀龍)／昌黎(韓愈)／香山(白居易)

3) 瀛洲唱和錄序(改一本)

詩者 言乎志也 玄幾芒芴 與神爲解 **陶寫性靈**於毫楮之間 而其吉凶
忻慽之符 往往而驗 如寇平仲 到海遇山之語 卒成南遷之讖 則倘朗謂
志氣如神者非耶 余有友申君**聖淵** 豪擧俊爽 卓爾不羣 其爲文章亦然
逸奇崛 得草堂餘響 曩余遊太學 與聖淵日賦詩四松亭 聖淵爲余誦其漫
興諸作 曰雲間海出迷何島 又曰孤帆遠望去何之 余賞之曰 此神助也
然後反有帆海之行 詩其兆也 遂相笑而罷 往年春 聖淵以金吾郞 奉朝
命入耽羅 還渡海 凡四發舡 輒飈起引帆回泊 前後留館四十有餘日 與
同行僚友 唱訓至百餘篇 有頻生點點無名島 忽見時時似畫舟 萬事風波
後 孤舟涕淚中之句 最爲警絶 一再諷詠 宛然前日**詩中物色**也 聖淵反

記余言矣　當其神與境會　天機自動　有不知其所以然而然者　發識於十
數年之前　而所驗於十數年之後　凡鯨波跋涉之艱　羈旅困悴之憂　皆前定
而不可違　吁亦異哉　人生一世間　或歌以哭　或咷以號　外物之觸其形而
感其情者　千歧萬途　雜然並湊　而吉凶忻慽之來　鬼神反先知之陰　持其
喜人憂人之欛柄　俯張閃弄於怳惚　窅冥之際　假幻于靈心慧語　以相嬲戲
而人不能覺　及夫一朝足蹈目擊　始腭眙自失　以爲奇徵異符　無怪其跳踉
揶揄之者　在傍抵掌也　子試以斯文詰之　必有砳欻嚶嚶之聲　曰向者獨一
鶴西子言之　聖淵休矣

───
대　상: 瀛洲唱和錄(申光洙)
중심어: 陶寫性靈 / 天機自動 / 靈心慧語
색인어 정보: 聖淵(申光洙) / 草堂(杜甫)

이복원(李福源, 1719~1792)

본관은 연안(延安), 자는 수지(綏之), 호는 쌍계(雙溪). 이정구(李廷龜)의 6대손이며, 판서 이철보(李喆輔)의 아들이다. 1738년 사마시에 합격하고 1754년 증광문과에 을과로 급제하여, 지평, 승지, 대사간, 이조참의, 예조·병조·이조참판, 대사헌 등을 거쳐, 1772년 대제학에 제수되었으며, 1783년에는 심양문안사(瀋陽問安使)로 중국에 다녀오기도 하였다. 저서로 일기인 『천령향함이지락(千齡享含飴之樂)』과 문집 『쌍계유고』가 전한다.

출전: 雙溪遺稿(『한국문집총간』 237집)

---

1) 文苑黼黻序

---

1) 文苑黼黻序(권9)

文苑黼黻 集本朝館閣各體也 朝廷之文 莫尙於館閣 帝王之服 莫盛於黼黻 名玆在玆 昭其貴也 世之操觚 家間有傳錄 而睹記不博 去取無法 又駢儷之外 不少槪見 寡陋叢駁 文獻莫徵 迺我聖上萬機之暇 游意翰墨 慨文風之日卑 病掌故之多佚 爰命近臣 廣加蒐輯 先敬考列聖誌狀 次徧閱藝院槐院謄錄 旁及名碩遺藁功令諸家 靡不搜索 琬琰所載 管絃所被 告上布下之文 事大交隣之作 以至呈文揭帖之涉於冗 醮星助樑之近於俚 苟事有可稽 詞有可採 幷許收入 以存後觀 於是乎粲然秩然 始成全書 雖古今之程式或異 詞命之雅俗不同 而祖宗創守之艱難

明良際會之昭融 世運之平陂往復 人才之盛衰進退 或文或質之異所尙
一沿一革之有所因 往往有簡冊之所未悉 言語之所難喩 而得之於此焉
則是惡可以體異訓謨 聲非雅頌而忽之哉 若夫**命意措辭 各有體裁 册**
文貴莊重 樂章貴奧雅 制誥欲其諄而嚴 箋表欲其婉而切 其餘小題短
篇 亦要**簡縟** 得所**華實相副** 方可以薦達精誠 賁飾聲明 而眞不負黼黻
之名 此聖主所以命編斯集之意 而今日諸學士之所當奉而勉也 然臣嘗
觀歷代詞命 國初之文 **其質渾厚** 中葉之文 **其文炳煥** 過此以往 **雕琢漸**
繁 音節漸促 而**政敎之汙隆** 風俗之淳漓 係焉 如欲挽而回之 則亦惟
在在上者**微妙之心法 鼓舞之德化**而已 豈數三館閣之臣所能與哉 詩云
鳶飛戾天 魚躍于淵 豈弟君子 遐不作人 臣請爲聖明誦焉

대 상: 文苑黼黻
중심어: 館閣 / 冊文*莊重 / 樂章*奧雅 / 制誥*諄嚴 / 箋表*婉切

본관은 전주(全州), 초명은 성경(星慶), 자는 몽서(夢瑞), 호는 간옹(艮翁). 신광수(申光洙)·홍명한(洪名漢) 등과 교유하였다. 1743년 문과에 병과로 급제하여, 대사간·한성부판윤 등을 지냈다. 어려서부터 시에 뛰어나 신동으로 이름이 났고, 당풍(唐風)의 시를 많이 지은 것으로 평가받는다. 저서로 『간옹집(艮翁集)』이 있다.

출전: 艮翁先生文集(『한국문집총간』 234집)

1) 佔畢齋(권19)

唐李漢爲韓文公文集序 有曰文者 貫道之器也 後儒多改以載道之器 不佞窃惑焉 文之載道云者 猶車之載物云耶 車非物也 物非車也 誠如是也 文與道亦可分而二之歟 文與道貫然後乃可謂之文 孔夫子所謂斯文之文是也 非若後世詞章道外有文也 孔孟旣歿 斯文遂喪 韓文公崛起千載之下 能涉其流而泝其源 言語文章 皆本乎道 非李漢此一句不足而蔽之 何可改貫道爲載道也 在我東則佔畢齋先生之文 亦庶幾焉耳 我東地雖夷陋 其民亦遊於聖人之道 而日用而不知 故爲文士者 亦不知

以道爲文 麗末圃隱鄭文忠得斯道於聖人之遺書 傳之吉冶隱 冶隱傳之江湖公 江湖之胤則佔畢齋先生也 先生學於家庭 行修於身 道得於心 本之以忠孝 衷之於禮樂 推其蘊而發之爲文章 則汪洋富博 蔚然爲大家數 一洗羅麗之陋 返諸正始之雅 至於詩律 少有天才 弱冠已有盛名 鴻儒鉅匠 皆爲避一頭地 或願爲執鞭 倘非理實而趣遠 欸盛而味雋 使人望之 有可以斂衽而屈膝 則爭名之士 豈肯甘爲之下哉 吟弄風月 雖若詩人之末技 道無精粗 焉往而不在 詩三百篇皆是類也 烏可以草木鳥獸之簿而忽之哉 挹其淸如旨酒之醲醋 聆其韻如大樂之動蕩 納天地於冲和 軌民物於中正 則先生之文 非所謂貫道而成者歟 雖謂與昌黎氏相伯仲 不爲夸也 況以興起斯文爲己任 敎育英才 遠近坌集 誘掖作成 爲世名儒者 殆難摟指 而金寒暄·鄭一蠹尤得其眞正路脉 有以接乎洙泗濂洛之統 而靜菴·晦齋·退溪諸賢接武而繼起 使義理之學 大明於東土 苟論繼開之功 曷不歸其盛於先生哉 且受知成廟 出入經幄 朝夕納誨 神益弘多 擢置館閣 躋于八座 展布所學 贊襄治道 則笙鏞黼黻之美 廩廩乎郅隆之世 而人多妬媚 義在明哲 謝笏南歸 終老丘園 雖寵賚便蕃 恩召鄭重 而終不能挽回其遐心 使蒼生興無祿之歎 四方之人 覿其德如景星鳳凰 誦其名如泰山北斗 士趨之端 民風之淑 自喩自化於不言不覺之中 又豈少補也哉 (亨락)

────

대　상: 佔畢齋(金宗直)
중심어: 貫道之器 / 載道之器 / 貫道 / 載道 / 佔畢齋先生(金宗直)
색인어 정보: 韓文公(韓愈) / 佔畢齋先生(金宗直) / 圃隱鄭文忠(鄭夢周) / 吉冶隱(吉再) / 江湖公(金叔滋) / 昌黎(韓愈) / 金寒暄(金宏弼) / 鄭一蠹(鄭汝昌) / 靜菴(趙光祖) / 晦齋(李彦迪) / 退溪(李滉)

2) 暘溪鄭公〔好仁〕遺稿序(권19)

夫學爲文而文者 不過偸竊古人之糟粕 務爲粧炫姣麗之態 如擊水而
跳珠 機木而飛鳶 非自然也 若乃性情之所發揚 氣節之所涌 器局之所
涵滀 蕩然而春敷 巍然而山立 隱然而鏗藏 不待彩而明 不待鼓而鳴 不
待樵而蒸者 此皆自然成章 君子之所趨尙也 暘溪鄭公幼學於孫慕堂之
門 長就旅軒先生 薰陶而擩染 則如其性情之正也 丙子之難 忠勇奮發
糾義旅偕作則如其氣節之高也 鄭相國維城期之以公輔 臨亂全沙西許以
將才 一時鎭帥 交相徵辟 要置幕府 在朝廷處州郡 皆以能幹稱則如其
器局之大也 今讀其遺稿 只若干卷耳 猶足以知全鼎之味者 以一臠之雋
美也 如德淵雜詠 淸婉澹蕩 唐宋名家不過也 墓道文皆有古人榘法 俳
體如神明 舍記詞理圓好 此何嘗學爲文而文耶 以公性情氣節器局之閎
且懿而發之自然 則非所謂君子之所趨尙者歟 不佞每讀湖叟·栢巖遺
事 未嘗不膽張髮竪 喉吻間咯咯吐悲嘯忼慨之音 (후략)

대　상: 暘溪鄭公(鄭好仁)
중심어: 自然成章
색인어 정보: 孫慕堂(孫處訥) / 旅軒先生(張顯光) / 湖叟(鄭世雅) / 栢巖(鄭宜藩)

3) 燕槎續詠跋(권21)

我人周餘也 涉燕塗而歌吟思周 不惟性忠義者然也 强而慕者莫不然
也 今洪侍郎君平之爲是役也 以其先大夫蒼崖公之所軼掌而在後之踵
也 凡紀行有述 多取先集韻步而和之 名其編曰燕槎續詠 非所謂跬步不

忘親者歟 旣孝矣 忠義何外乎 而本蓼莪兼匪風而爲之詩 懆然若思 愀
然若歡 皆出乎性也 奚强而慕者比也 君平之詩 **都雅簡潔** 典則平淡 稱
其爲豈弟君子 而在道路若單襄公 在謠俗猶辛有氏 在善敗慕吳季子 原
隰衍沃 關防險易 丘甲參伍之制 銅鞮侈靡之漸 下至**委巷冗瑣 外夷壞
詭** 靡不包羅 **詩而職方也** 於詩得比興 於易明憂患 於春秋取凡例 華夷
內外 忠邪得失 直喩曲譬 附以衰鉞 微顯志晦 婉而成章 **詩而良史也**
則旣資之以忠孝 尙之以詞**華** 博之以職方之學 輔之以良史之義 則其於
稱使事何有 推是類也 君平之繩先武而需國用者 將不勝其摟指 奚以聲
律趾美而止哉 余將執筆以俟 姑書于此

대　상: 燕槎續詠(洪名漢)
중심어: 詩而職方也 / 詩而良史
색인어 정보: 洪侍郎君平(洪名漢) / 蒼崖公(洪景輔)

4) 題李令國華〔重馥〕金剛詩三百韻後(권23)

學爲詩而詩者 人巧勝 **不學爲詩而詩者** 天機勝 自東漢魏晉以下 皆
學爲詩而詩 **風雅三百篇**下至**蘇李河梁** 皆不學爲詩而詩 孰優哉 人之
不及天遠矣 吾取其天者乎 李令國華少不治**詩學** 故往游金剛 與同行諸
友 立禁詩令 及歸京師 人問金剛之樂則乃述大篇三百韻 敍盡觀覽之富
景槩之勝 春容乎布濩乎 **愈出愈奇** 不可涯際 非所謂不學爲詩而詩 以
天機勝者歟 吾於是覷子之難窮也 然聖人希天 猶學以爲階 向使李令不
涉六經禮樂之源 **諸子文章之塗** 則天機何從而生乎 李令之所不學者
特**詩家聲病對偶之律尺而已** 烏可以拘曲之見 議溥博之識哉 雖曰不學

詩 吾必謂之學詩也 (후략)

대 상: 金剛詩(李重馥)
중심어: 學爲詩*不學爲詩 / 人巧*天機
색인어 정보: 蘇李(蘇武, 李陵)

이민보(李敏輔, 1720~1799)

● ● ●

본관은 연안(延安). 자는 백눌(伯訥), 호는 풍서(豊墅)·상와(常窩).
이단상(李端相)의 증손, 이희조(李喜朝)의 손자. 벼슬은 파주목사
를 거쳐 형조판서·도총관을 지냈으며, 『용비어천가』·『악학궤
범』 등의 종묘악장(宗廟樂章)을 간행하였다. 저서로 『풍서집(豊墅
集)』과 『충역변(忠逆辨)』이 있다.

출전: **豊墅集**(『한국문집총간』 232집)

---

1) 蒼厓詩文序
2) 霽軒集序

---

1) 蒼厓詩文序(권6)

儒者之道貴乎通 爲其有所用也 夫徒致謹於端拱徐趨 而未足以謀事
裁物 能言性命仁義 而不習錢穀甲兵之務 則其異於**異端之孤枯** 幾何哉
文章之於人 亦類也 秦漢以後 作者不能無偏全之分 或有工**於詞賦**焉者
或有**專於**謌詩焉者 或有以叙**傳策論**鳴焉者 雖其盖世傑特之才 所就不
免止於所長 凡所謂包括**百家之文** 具擅衆體之善者 果若斯其難也 況於
褊邦俗衰而風渝 名爲作者 **一襲冗曼**之轍 其所沾沾自喜 要不過爲**館閣
之雄** 間有感奮慕古 力欲摹擬者 驟覩之 其色老滲然而拘澁不活 如泥
塑之像人 適足爲識者所笑 嗚呼 **文所以載道也** 豈欲使然哉 蒼厓兪汝
成 自少治文業旣成 取其稿十卷讀之 **師法盖若不出於諸子**者 而本之以

聰明博洽 又集古人之長而務以己意 刻畫以出變化 故馳騁恣睢 不窘
邊幅 俯仰逸宕 風神酋動 所著若詞賦歌詩序記誌誄長牘短跋 以至公移
文牒之屬 篇篇各逞其能 如通儒之懷奇蘊珍 雖處嵬巖木石之間 胸中所
負抱 周遍賅匝 一朝遇其時 投所向而適其用 毋論所造深淺 若是者余
聞其語矣 而於汝成見之 豈不奇乎哉 汝成踈儻有守 貧不干祿 時與會
心者痛飲 風韻豪擧 卽人而其文又可知也 使早從事於大人之學 則心力
材具之所敷施 奚特文章一名而已哉 余晚與汝成遊 愛其文尤深 輒以平
日所知者爲序而貽之云

2) 霽軒集序(권6)

國朝未始有爲古文者 崔簡易倡之 而近世南·黃二公 又繼谿谷·農
巖而作 其文益趨於古 彼皆委身從事 追古立業 非經術餘力之所發也
沈君一之 年九歲 自湖西來京師 學於其叔父 朝暮坐一隅 惟讀書是勤
壯而有室 成人之責已備 間經憂戚艱苦 宜有未遑 而課業一如爲童子時
坐臥食息 不廢咿唔 蓋其耽書嗜讀天性也 余自其幼而見其長 所讀經傳
循環熟複 大率一歲無一日之輟 今老且衰 尙不懈於課誦 則其少時可知
也 然一之之志 不在乎攻文章 只爲誦習聖賢謨訓 從以問學於先生長
者之門 期以究大道之原而已 其蓄於中者 旣博厚而涵演 故發於外也
浩不可禦 凡著述方爲十卷 極其年壽 將不知幾何 而慕言措辭 要非西
京以下文也 常者類禮記 奇者如大易 有劉向之典雅而無迂緩之歎 有

史遷之風神而無蹈襲之譏　夫一之非以文字名世　而其年卽渺然後進耳 其視向所謂南‧黃聲望之耀　奚啻不及　而一二知者　謂其文可與二公相 上下　雖一之亦不自意其所詣至此也　一之居城市五十年　閉伏沉晦　晚從 仕途　猶退守其拙　世顧莫之知　知亦不知其有文　向令早事於交游追逐之 間　則雖欲逃其名　何可得也　余見南‧黃之時有若晉菴‧月谷諸公左右 引詡之　至於李樗村廷燮一見黃公文曰　三百年一人　由是黃公弱冠名聞 四方　其負一世文章之盛名　如彼其久矣　乃於今日　欲以一之進與相抗 不其爲人所疑怪歟　雖然一之儒者也　文非其自任者　焉用名之輕重乎　特 其積之深而見之大　所以載道之具　不期於工而文自近古　卒歸乎純如也 若是者　得於經術之力　信非諸公所及也　余未爲能言者　而輒敢論之如此 能不悖於一之謙卑之意否乎

대 　상: 霽軒集(沈定鎭)
중심어: 南有容 / 黃景源 / 追古立業 / 文自近古 / 經術餘力
색인어 정보: 簡易(崔笠) / 南黃二公(南有容, 黃景源) / 谿谷(張維) / 農巖(金昌協) / 晉菴(李天輔) / 月谷(吳瑗) / 樗村(李廷燮) / 史遷(司馬遷)

이만운(李萬運, 1723~1797)

본관은 광주(廣州), 자는 원춘(元春), 호는 묵헌(默軒)이다. 이동영 (李東英)의 아들이며, 경상도 칠곡에 거주하였다. 생원시를 거쳐 1777년(정조 1) 증광문과에 을과로 급제하였으나, 4대조 이담명(李聃命)의 옥사로 인하여 벼슬길이 막혀있었으나, 1796년 안의 현감 등에 제수되고 그 뒤 지평에 이르렀으나 끝내 요직에는 나가지 못하였다. 천문·지리·역산(曆算)·명물(名物)에 밝았으며, 저서 로『묵헌문집(默軒文集)』이 있다.

출전: 默軒文集(『한국문집총간』 251집)

---

1) 訥堂遺稿序

---

1) 訥堂遺稿序(권7)

廊廟館閣之作 贍暢靡麗 有鍾鼎珂佩之習 山林丘壑之作 潔靜孤介 有巖花谷蘭之趣 而懽愉之聲 和平而味淡 愁苦之辭 要妙而趣深 故蝘 蟬不與蟋蟀齊鳴 絺綌不與裘綿幷服 古今作家者流 大較然也 而至於天 機之所透露 性靈之所發見 尤在於歌咏呻吟之間 此所謂詩人少達而多 窮 盖窮者而後愈工也 若訥堂金公 英才逸氣 茗發穎竪 經史百家 無不 貫通 開口吐奇 落筆成章 掉鞅藝苑 發無不中 而旣落拓不遇 蘊其所有 而不得施於當世 則遂自周遊於名山大川之觀 超脫乎塵垢濁穢之表 摧 挫流離 助其意象 因窮艱瘁 勵其風神 荒徑蓬艫幽谷邃澗之濱 蟲魚草

木風雲鳥獸之變 無非水月鏡花飄霞散綺之光怪精華也 憂思感憤之鬱
於中 怨刺規切之諷於外 佚勞哀樂嘯歌嬉笑之出於情性者 一於詩而發
之 圓暢如彈丸之脫手 葩藻如初日之芙蓉 興寄清楚 霜凄雪霏 音調
諧愜 瑟悲球戛 雖其天品甚高 而力之久工之至 則窮而未達之攸致也
至其序記詞賦諸作 亦皆典雅簡潔 多警發語 觀於言志一篇 惟欲依歸於
烟霞風月 翫怡乎圖書琴酒 信乎天放之眞而自得之深也 苟使公達而在
上 其精詣妙悟 雖不能若斯之超軼絶塵 而人卽貴重之 且藉藉於世矣
窮於身達於辭 而知音難遇 採風無人 天葩國香將堙滅而不章 重可慨然
靑萍之精 終不埋沒 火齊之彩 決難掩蔽 世必有具耳眼者知而賞之 則
公之述作 不患其不大顯於來後矣

대 상: 訥堂遺稿
중심어: 天機 / 性靈 / 窮者而後愈工

정범조(丁範祖, 1723~1781)

＊＊＊

> 본관은 나주(羅州), 자는 법세(法世), 호는 해좌(海左). 정시한(丁時
> 翰)의 현손이다. 1763년 문과에 갑과로 급제하여, 대사헌·이조참
> 판·형조판서를 지냈다. 78세가 되던 정조말년까지 예문관·홍문
> 관의 제학으로서 문사(文詞)의 임무를 맡았으며,『정조실록』의 편
> 찬에 참여하였다. 저서로『해좌집』이 있다.

출전: 海左先生文集(『한국문집총간』239·240집)

艮翁集(李獻慶, 『한국문집총간』234집)

江左先生文集(權萬, 『한국문집총간』209집)

1) 題楓嶽圖後(권37)

物之好惡外也 然於其所好而必貴之 於其所惡而必賤之 好名之過也
其於山水亦然 一人說佳山麗水 一人說荒崗瀆汚 均是未見也 而必於佳
山麗水 嚮焉 無他 好名之過也 世稱司馬子長·柳子厚游名山川 而助
發其文章 此又好事者之言也 性靈神氣媾而文生焉 夫性靈神氣內也
彼外之爲山川 何當焉 楓嶽余所好也 早晚盖將往觀焉 而意其所好者
不過曰萬二千峰之森聳於上 而巖洞瀑川之湏洞於中而已 是果何當於我

哉 粉素繪采 頃刻揮灑 而爲楓嶽者 是亦萬二千峰之森聳於上 而巖洞瀑川之瀜洞於中之可好耳 夫貴存乎眞 而假之逼眞者 **好奇者**尤貴之 故指夫山水之絶勝者曰**似畫** 畫與眞 果有辨乎 姑畫楓嶽於壁間 以俟異日觀眞楓嶽何如 是亦余好名之過也

대　상: 楓嶽圖
중심어: 性靈神氣媾而文生
색인어 정보: 司馬子長(司馬遷) / 柳子厚(柳宗元)

2) 宋金元詩永抄序(권19)

詩有榘度焉 **有機神**焉 榘度 隨世而無定 機神 應物而弗窮 然則榘度未必皆同 而機神不期同而同焉耳 明人之言曰 **古詩準漢魏 近體準三唐** 下此則無詩 謬矣 夫**詩言志** 故志有淺深遠近 而言之長短多寡 形焉四言變而爲六言 六言變而爲五七言 古變而爲律 此榘度之不同 而勢使然爾 至若機神之在人者則弗然 宇宙間風雲日月山川卉木虫鳥物態之變常新 而機神與之常新 自十五國至漢魏 **漢魏至六朝** 六朝至唐宋元 壹機神也 善詩者觀機神而已 奚規規乎榘度爲哉 奚可曰**唐以下無詩**云哉 清人吳綺採錄宋元幷金人詩衆體頗精覈 其自叙推本氣運性情 以證宋金元詩之不可廢 盖**宋人主理致** 其失弗諱其膚率而寡法 明人尙詞華其失弗諱其**輕弱**而少質 然其出之心靈之微 而參之**物類之變** 以各盡其趣 各造其極之妙 則誠無愧乎古初 是之謂機神之不期同而同者 而宋金元之詩 誠不可廢也 余於吳氏之選 刪其半而益致其精 以貽學者 使知元會以前無非詩 而詩不可以榘度拘也

대　상: 宋金元詩永抄(丁範祖)
중심어: 詩有榘度 / 有機神 / 宋金元詩永(吳綺)
색인어 정보: 宋金元詩永(吳綺)

3) 艮翁集序(『艮翁集』)

艮翁李公旣歾之三年　公之餘子廷年　負遺集走嶺南將入梓　諸嶺南士
友之常慕公風而嘉廷年之誠者　頗捐槖以相役　役旣訖　屬不佞爲叙　以不
佞與公並世游而相契深也　迺爲之叙曰　譚者謂文章與運世盛衰　其言固
是矣　而若公有不可以運世局之者何也　國家亭午之運　推明宣二聖世　乘
起而爲鴻儒鉅匠者林立　其文章閎博淵奧　全受光嶽氣　何其盛也　嗣是而
下二百有餘年　而作者之氣寖衰　如五齊之酒　去毋愈久而質愈漓　運世使
之也　公生而靈識天授　甫七八歲　屬語奇驚　菊圃藥山諸宿匠亟稱謂神
才　游戲而爲擧子業者　三試輒居魁　十九中司馬　二十五擢大科　名聲大
噪　然意不屑　獨刻厲爲古文辭　其學原本六經　浸涵百家　厚積而博發　故
其爲詩無所不蓄　而所擬議則子美耳　其氣大而肆　其骨巉而立　其色蒼
而鬱　衆體備而有獨詣　其北游諸作　尤磊落感慨　有前後出塞之遺音　其
爲文無所不闖　而所歸宿則退之耳　不甚爲繩削陶汰而恣肆汪瀾　極其意
之所至而止　理致則資之宋儒諸說　不徒爲馳驟詞藻而已　觀於經筵講義
及闢邪書諸論可知　要之卓然成一家　視盛世諸公　雖謂之齊楚之代興可
也　若謂公生不當明宣世　而局之于二百餘年之下　則是何異於局子美退
之於六季之下　而諉之運世也哉　雖然曩時諸公遭遇盛際　發爲文章者　施
之館閣而館閣重　被之邦國而邦國華　至今高文大冊　照暎耳目　誠不負其
所學矣　乃公則妙年釋褐　所負秇苑聲望壓一世　而顧朝握演綸之筆而夕

賦牢騷 浮湛中外幾十年 晚始晉擢 序遷至上卿 聖上雅重公文學 褒之
以經術士 意若惜其未究用也 而世之所以處公者非上意 以故文章之用
出則簸弄山川雲月於簿牘之暇 入則杜門草玄而已 是則公亦無奈乎世道
之衰薄也 可慨也已 (후략)

대 상: 艮翁集(李獻慶)
중심어: 古文辭 / 館閣 / 高文大冊
색인어 정보: 艮翁李公(李獻慶) / 菊圃(鄭述) / 藥山(吳光運) / 子美(杜甫) / 子美
退之(杜甫, 韓愈)

4) 江左先生文集序(『江左先生文集』)

修辭明理之論 歧而古文衰 盖六經聖人之文 蓄道德涵性理 爲萬世
人文之宗 而書之灝噩 詩之葩 易之奇 何嘗不辭采爛然哉 世下而材識
淺劣 主理致則爲宋儒之註疏而涉陳談 尙辭格則爲明人之擬議而墮空
言 是繇作者不識衷而會之而歧其道之過也 不佞讀江左權公遺集而乃
作而曰 是其衷辭理而一之者歟 其爲集 有序記碑誌焉 有章疏書牘焉
有雜著諸篇焉 而汪洋大也 其蘊而爲藝學 則談禮樂說性命而造詣邃 閎
而爲經綸 則析時務辨政術而識慮周 激而爲忠憤 則鼓義旅捍邦難而籌
畫備 是皆得之天彝物則之正 而施之爲言議行事之實 故其文醇質而不
流乎膚率 鴻麗而不失之雕繪 內咀經旨之粹而旁採秋苑之雋 華實兼備
斐然成一家言也 詩亦典贍軒爽 有法度而間爲濂洛要玅之致 盖詩文均
之爲當世鉅匠也 公自韋布 負南服峻望 旣晉擢賢良科 名動著序 而前
席乾卦之奏 大被英廟嘉獎 若將發舒其所學 而顧與時齟齬 晼晚桑楡
則是集一部 半是洛江上歸老後作也 雖然 公之文 旣灑脫近世作者之累

而其所論著 可爲世敎補 豈宜久作巾衍物哉 公之曾孫信度將鋟梓而問
序于不侫 謹爲之言如此

　　聖上二十四年　資憲大夫刑曹判書兼知經筵義禁府春秋館事弘文館提
學藝文館提學五衛都揚府都揚管錦城丁範祖撰

대　상: 江左先生文集(權萬)
중심어: 六經聖人之文 / 明人之擬議而墮空言
색인어 정보: 江左權公(權萬) / 濂洛(周敦頤, 程顥, 程頤)

이미(李瀰, 1725~1779)

···

본관은 덕수(德水), 자는 중호(仲浩), 호는 함광헌(含光軒). 이행(李荇)의 8세손, 이안눌(李安訥)의 5세손이며, 신유한(申維翰)의 문인이다. 문과에 급제하여 대사헌·대제학을 지냈다. 신유한은 그의 시에 대해 '재주는 뛰어나나 당풍(唐風) 및 향렴체(香奩體)의 섬약(纖弱)함에 빠져 있다'고 평한 바 있다. 저서로 『함광헌고(含光軒稿)』가 있다.

출전: 含光軒稿(연세대본)

---

1) 靑泉集序
2) 海皐集序

---

1) 靑泉集序(권7)

嶺之南 山雄水麗 多文獻 然於詩 有新羅崔文昌 於文有本朝金佔畢 上下數千年間 僅二三人而止 豈詩文之才 亦天之所命而其難如是歟 近 有申靑泉名維翰 字周伯者 高厲藝苑 兼詩文而造其微 嗚呼 偉矣哉 然 世之品翁者 皆以爲翁早悅山海經·穆天子傳 及得弇山稿讀之 喟然有 並驅之意 詩亦以李于鱗爲準 尤力於楚辭 讀之千萬遍 而於賦 又師盧 盧次粳 故其文章 皆奇峻道拔 與三子者 神會百代也 斯言似矣 而余則 曰 猶未也 凡文章可學而能者 謂夫鍊句與使字也 若乃精神標格 力分 氣像 則或本於蓄積 或資於山川 是豈故紙堆中摸擬而至者耶 弇山之

自論其賦曰 包蓄千古之材 牢籠宇宙之態 變幻之極 滄溟開晦 絢爛之
至 雲霞照灼 賦固然矣 詩文爲甚 使于鱗次梗爲之說者 亦不外是也
(후략)

대　상: 申維翰
중심어: 王世貞 / 李攀龍 / 摸擬
색인어 정보: 崔文昌(崔致遠) / 金佔畢(金宗直) / 周伯(申維翰) / 弇山(王世貞) /
于鱗(李攀龍)

2) 海皐集序(권7)

詩者興也 興故曰風 詩至唐而盛 有響有格有調有致 之四者皆興之具
也 至宋則俚矣 明則贋矣 俚與贋則興之義索矣 嚼之不知其味 咏之不
見其神 不可以風 不可以風則非詩也 故詩者舍唐 則失其本領矣 然而
後之學唐者 祇襲其面目而已 血脈未周 靈魄不傳 如火餘之木 皮存而
中空 讀之欲奄奄睡 是豈但爲唐之偎傀儡 亦不免宋明之雇傭 用是唐爲
世所厭棄 嗚呼 是豈唐之過也 海皐李子文 鳴於詩久矣 余未及有雅方
其日東行也來乞言 故余以數篇贈之 及歸探其舟中作 又詩會則輒相速
而同賦 於是子文之精神眉目 傾倒盡矣 門路雅正 律呂諧協 淡而不流
宕而不浮 已非季世人聲調 而若其遇境 透微寫精 抽妙天機 流於卽景
冥心 幻其常談 靈逈之格 窅杳之致 獨得詩宗三昧 落口則令人鼓舞 懽
呼亦興 憂愁亦興 信乎盛世之風也 孟襄陽淸而不深 杜樊川警而不永
李長吉靈而不和 第未知子文之長處與古人何如也 蓋其自少癖於唐 工
旣專 才又邁 恥陳腐浮虛之習 故其全稿求一字一句之涉於俚贋者 不
可得也 文亦氣活而格逸 深得龍門廬陵之風旨 颯颯可誦 而未能免爲

詩所掩 覽之者當得之矣 余常惡今世多齷齪拗棘之詩 而惟子文性趣相近 愛其和平之音超逸之才可悟漓俗 不幸無命 中身而逝

대 상: 海臯集(李子文)
중심어: 宋則俚 / 明則贗 / 學唐
색인어 정보: 孟襄陽(孟浩然) / 杜樊川(杜牧) / 李長吉(李賀) / 龍門(司馬遷) / 盧陵(歐陽脩)

김상정(金相定, 1722~1788)

본관은 광산(光山), 자는 치오(穉五), 호는 석당(石堂). 김장생(金長生)의 6세손이며, 부친은 군수 김영택(金令澤)이다. 1762년(영조 38)에 선공감감역(繕工監監役)이 된 뒤 세자익위사위솔(世子翊衛司衛率)을 역임했으며, 1772년 승지를 거쳐 대사간에 이르렀다. 1777년 정조가 즉위하자 정조와 사이가 나빴던 홍인한(洪麟漢)과 가까웠던 이유로 파직되었다. 저서로 『석당유고(石堂遺稿)』 6권 3책을 남겼다.

출전: 石堂遺稿(국립중앙도서관본)

1) 唐律鈔序

1) 唐律鈔序(권1)

夫唐之所以爲唐者 以其生於唐時也 生於唐則一也而生有蚤晚 則詩有初盛中晚之別焉 盛唐不能爲初唐 晚唐不能爲中唐 蓋風氣攸係 非人力可至也 況生在唐後而可復爲唐乎 獻吉勸人不讀唐以後書 于鱗作詩 使事禁不用唐以後語 以至大復元美諸人 開口輒言盛唐 自以爲肩上蘇黃輩 追踵乎開元天寶之間 而只是蠙蠙於唐人範圍中 未有一句語高華間遠 近似於鏡花水月之妙 則愈效唐而愈遠於唐矣 況今之人意氣才學 不及獻吉于鱗萬萬者 欲以學 不可學之唐 雖欲爲獻吉於鱗 亦不可得 吾之所謂爲唐者 吾自爲吾詩 超然乎勦襲模擬之中 要以不失

吾性情之正 則**遇境抒懷 天眞爛漫** 於其**聲調**之外 **神情興會** 往往與唐
人有隱約邂逅者矣 循是以求大肆其力 則不害爲**今之唐**也 苟可以爲今
之唐 則人雖不曰唐而吾必曰唐 又安知其生於唐時而不爲唐之唐乎 其
視愈效唐而愈遠於唐者 得失果何如也 是故 欲爲唐者 惟**不學唐然後可**
以爲唐 不期於唐然後可以至唐也 餘酷愛**唐律抄**爲三卷 將朝夕誦習
書此職之

대　상: 唐律鈔
중심어: 李夢陽 / 李攀龍
색인어 정보: 獻吉(李夢陽) / 于鱗(李攀龍) / 大復(何景明) / 元美(王世貞) / 蘇黃
(蘇軾, 黃庭堅)

오재순(吳載純, 1727~1792)

본관은 해주(海州), 자는 문경(文卿), 호는 순암(醇庵) 또는 우불급재(愚不及齋). 오원(吳瑗)의 아들. 1772년 문과에 급제, 벼슬은 이조판서를 지냈다. 제자백가와 『주역』에 밝았다. 저서로 『주역회지(周易會旨)』·『완역수언(玩易隨言)』·『성학도(聖學圖)』·『순암집(醇庵集)』 등이 있다.

출전: 醇庵集(『한국문집총간』 242집)

1) 左國文粹序(권4)

世稱文章之道 係氣數關治亂 盛衰工拙由之 豈非信乎 自漢以上 醇氣未銷 以治亂而其文有工拙 自漢以下 氣已漓薄 亦以治亂而其文有盛衰 故必參之氣數與治亂 而百代之 可以第也 氣以世益下 治以時卑隆 理勢之所必有也 故虞夏殷周之盛 其文靡不鬱乎渾灝 郁乎煒曄 及夫戰國之時 周室已亂 干戈日作 人未有定業 大道無由明 故其作者所論說 率皆背經離義 氣雖差强矣而亂世之文也 漢氏西京之世 始乃收拾經籍 崇進儒術 天下豪傑之士 靡然趨學 文雅蔚興 稍復於古 氣雖少

遜矣 而治世之文也 此戰國西京之文 所以不同 而其優劣可見矣 由是
而言 亂世之文不如治世 雖治世之文 又不如兼得其氣之盛者 其關於時
世之升降也如此 然則虞夏殷周之盛時 則氣醇而治至者矣 無以尙之
至於周之將衰 而其未亂也 去古未絶 憲章猶存 其君臣上下諸侯陪臣智
達之士諫諍論辨辭令之文 典雅明鬯溫粹簡切 盖其氣則未甚漓 其時則
未至於大亂 其與戰國西京之作者 優劣又何如耶 上可以繼至治之世 下
可以垂作者之則者 時使之然 豈可忽之哉 左丘明叙列其文于內外傳 燦
然可考 然而混乎左氏之筆 人又忽其少也 莫有離之而究其辭者 故不著
於世 皆知兩傳之富麗 而不知是之尤可愛 余甚惜之 迺採其尤者 自穆
王至敬元之際 揚若干編 剔截以分 參錯以叙 篇章年次 於是可觀 遂釐
爲序以繫之

대　상: 左國文粹
중심어: 亂世之文 / 治世之文 / 春秋左氏傳*國語
색인어 정보: 內外傳(春秋左氏傳, 國語)

2) 兪汝成〔漢雋〕文集序(권4)

天下之物 無不以氣爲用 文章豈異乎哉 六經之言 其猶元氣常運而不
壞者也 諸子百家之言 雖大小精粗傳近遠久速之不同 亦未有非氣者也
然六經尙矣 至於諸子百家之流 能得其大且精者幾希 文章不其難乎 吾
友兪子汝成 以瓌才博識 力治文詞 其言曰 文主於氣 氣不足以帥之 文
以卑弱 蚤夜矻矻 至老不倦 雖不偶於時 業日益以成 其爲文 包括衆長
運以匠心 奫涌宏博 馳騁恣睢 如長江犇駛 魚鼈黿鼉游戲於中也 穹林
鉅野 風雨驟至 而雲霞四起也 儘乎其氣之盛也 倘令汝成 少而得志勳

名 官位掀耀一時則易 而文章之美 遽能至斯 則難 吾不知其孰爲得失
也 昔韓子有言 氣盛則言之長短與聲之高下皆宜 此自古作者所難能 而
汝成一朝造其妙固已高於當世 榮辱升沉又何足道也 然凡物之氣 不宰
以理 其將汗漫而不收 無以佐天地之元氣 而況文也乎 傳曰 其爲氣也
配義與道 無是則餒 夫人之與文 其贏乏未始不相通 **文也者氣也 道義**
者理也 汝成果能斂英就實 深究聖人之書 求所謂道與義者以配之耶 夫
然後始可爲盡善盡美 駕諸子跨百家 羽翼乎六經 其於施今而垂後也無
疑 苟非宰之以理者 其孰能之 余於汝成 久要也 樂其所成就 思欲輔之
無窮 故於弁卷之言 不徒爲贊美 而竊附箴規之義 尙不至於僭也否邪

대　상: 著菴集(兪漢雋)
중심어: 以氣爲用 / 文主於氣
색인어 정보: 汝成(兪漢雋) / 韓子(韓愈)

3) 詩選跋(권6)

致仕太學士雷淵南公 嘗出示詩選而語載純曰 此吾與而先大夫月谷
公及故相國晉菴李公之所選也 而爲是選者 欲以存正聲於旣泯耳 其宜
有識 然今二公不在 而吾亦老矣 汝其書諸末 載純蹙縮辭屢不獲命 謹
考其選 上自虞夏之際 下訖于李唐詩凡若干首 共爲一十卷 夫詩莫尙於
三百篇 然自周之衰 詩敎不興而正聲浸微 輶軒觀風之法廢 而列國之
詩 不陳於朝廟 則詩之難言也久矣 然漢魏以來 作者蔚興 靡靡乎晉隋
而頗盛於唐 雖其聲律屢變 而源流可考也 故其古體 雅之類也 其近體
風之類也 又其詠事 則本乎雅者也 其寫興 則本乎風者也 其沉鬱者 得
於雅之趣也 其平澹者 得於風之旨也 而有足以觀性情者 則後世之詩

曷可廢哉 此詩之所爲選也 然由宋而降 **詩道大壞** 與風雅盆絶 而正聲
不可尋 故其選止乎唐 於是上下數千年之間 自天子以至於公卿大夫賢
人處士之所詠歎 發於其歡愉憂思感憤之眞者 無不考論音調尋索興想而
去取之 噫 是亦有**三百篇之遺則**也 豈不盛哉 其始選也 **古歌謠樂府**諸
詩 及**李白**詩各體 先大夫選之 **唐詩**各體 晉菴公選之 **杜甫**詩各體 雷淵
公選之 然其**評品存削** 則未嘗不迭及焉 嗚呼 世苟有善讀詩者 則必知
正聲之在斯也 丁亥七月三日 首陽吳載純敬識

대　상: 詩選(南有容, 吳瑗, 李天輔)
중심어: 正聲 / 南有容 / 李天輔
색인어 정보: 雷淵(南有容) / 載純(吳載純) / 月谷(吳瑗) / 晉菴(李天輔)

4) 文論(권9)

文之品 有四焉 有可以鳴時者 有可以**名世**者 有可以**傳世**者 有可以
與天地終始者 其引黃配白 **隨俗變化**者 **制擧**之文是也 張皇黼黻 **屬辭**
喩指者 需世之文是也 參古商今 **纘言明道**者 立言之文是也 建經示極
垂訓立準者 **聖人**之文是也 其制擧之文 止於鳴一時 需世之文 止於名
一世 立言之文 止於傳百世 聖人之文 與天地終始而不窮 故鳴一時易
而名一世難 名一世易 而傳百世難 傳百世易 而與天地終始者 六經之
後不復有也 其人之爲之也 志之大小 才之高下係焉 志大者常爲其難
而志小者常爲其易 才高者常成 而才下者常不成 然志大才下者有之 才
高志小者有之 是以其難者常難 而寡於成也 故鳴時者 幷世而比肩 名
世者 不時有 傳世者 更千百年乃一出也 其不可思議而至者 聖人之文
也 不足費吾力者 制擧之文也 需世之文 其取之也無法焉 惟其立言之

文 君子時爲之 而其得之也有術焉 心存道身服義 忘貨色榮辱之慮 蓄
明剛正一之氣 其著之于言也 無不善 言乃可立矣 然道不醇義不精 則
不足以傳 雖傳不足以久 雖久不足以宗 不足宗 則不可謂立言矣 故譎
詐權術 有不爲也 **神奇怪詭** 有不取也 主其庸常而必本之道 爲其平易
而必裁之義 可以著訓 可以立事 可以明善 可以懲惡 而後可久可宗也
所謂立言者 其旨如此 然文不至 則亦不能傳 故**本經以基源 硏史以窮**
變 汎濫百家之言以博知 而又辨古今之文所以得失者而去就之 然後文
可謂成而幾於至矣 古之所以得者 **雄深明確**也 今之所以失者 **淺狹繁**
碎也 故文可法於古 而無取於今 而今之言曰 文不可法古 將排於今 一
世稱之曰善 是亦文之至也 是不知適時者不傳 其傳者不必適時也 又曰
古之文 不可及 而氣數限之也 苟能行古道服古義 非古罔存於心 是亦
古之人也 何獨文之不如古哉 噫 **古文**之廢於今久矣 其躬道義辨得失
一循乎古而立言者 非有志與才者 而孰能之

───────
대　상: 文論
중심어: 制擧之文 / 需世之文 / 立言之文 / 聖人之文

이규상(李奎象, 1727~1799)

본관은 한산(韓山), 자는 상지(像之), 호는 일몽(一夢)·유유재(悠悠齋). 이색(李穡)의 후손으로 평생 벼슬을 하지 않고 학문과 시문 창작에만 전념하였다. 저서로 『일몽고(一夢稿)』·『병세재언록(幷世才彦錄)』·『기구이문목삼관사(記口耳目三官事)』·『청구지(靑邱志)』 등이 있다.

출전: 一夢稿(『한국역대문집총서』 568-570집)

---

1) 解奧
2) 後序
3) 沈甥魯巖詩文稿序

---

1) 解奧(권23)

文何物也 在天爲善 降人爲衷 衷發爲意 意宣爲言 言可傳一時 不可傳千百世 有聖人者 創百世傳言之物 乃字之製 寫言爲字 字連爲文 言譬則印板 字譬則字片 文譬則字位之排置 板正字完 而排之不善 則印板不善欲善 排置非熟不善 熟生習 習生法 有法非法 無法非法 法在於其有其無之間 是名爲簡 簡是眞法 過簡曰繁 法繁假法 簡法不過曰 乎哉等助語辭也 繁法衍文之多曰 然則雖然 是以等滿篇例規也 巧乎繁法者 持此做文 以假成眞 然假終非眞 習之不熟 文之不熟 何善之有 上聖文熟降聖一級 有言者未必有文 晉文楚莊之言 不得不借裨諶左徒之文

於是乎 人自人 文自文 雖有良言 非文人 無以寫 雖有文人 非眞法 無以善也 詩 文之精者也 **精生簡** 簡必蘊籍 蘊籍自發**聲響** 精自**銳** 銳自**崢嶸** 崢嶸斯光華 聲響猶鳳韶廟瑟 光華猶時花美女 **是宇宙間至淸氣世界中至妙物 非來鍾靈 學之不得** 鈍根凡骨之學做只 是以文之法 被詩之律 使人咀嚼 僅可呈 弇州謂朱太史之蕃曰 **詩非天才 學之無益** 是眞知詩 詩同驪珠崑玉 寒不衣 飢不食 然自開闢來 詩不或熄 是天物 人不能與奪

文章極盡處 一字符卽奇字矣 朱子曰 **詩文奇爲主** 何晦翁之旁通多藝也 今古文章 非不林叢也 惟是**奇字派** 則易詩書論孟庸學太半**奇語**矣 **左國**也 **莊子道德經**也 **孫吳太公書離騷**也 **馬遷**也 **漢魏古詩**也 兩漢六朝之文 幾乎熄奇也 惟**臥龍出師表**兩篇耳 在唐 文則**退之** 詩則家戶焉 在宋 詩則**林逋王荊公陸務觀**似近之 文則**蘇長公**是也 長公長處 雖謂之掩古今之奇 不爲**過當語**也 其餘雖曰**巨匠大家** 若繩以奇之**標準** 則不免大逕庭焉 佛家書其出於西域貝經者 則幾盡奇矣 入皇明 文之奇者 **王元美之强爲矜持**也 **袁小修之別創新峭**也 **陳仲醇之務尋穿鑿**也 奇於詩者 **李于鱗之半古半生**也 **中郎之鍊意鍊句鍊字鍊篇**也 此外若提大手筆大文章之**不期奇而自奇**者 則其惟朱夫子一人乎 其奇異處 政在於寫物之狀 如造物肖像 寫己之心 如對鏡覽貌 橫說堅說 無不曲暢旁通 所謂**辭者達而已**者邪 朱詩亦多**選體**可觀也 明文**王陽明立論** 往往有奇處矣 余嘗不揆僭妄 妄欲**模倣** 畫葫蘆焉 則溯秦漢以後 意幾入焉 惟**子瞻**之文 **紫陽**之文 雖半行數句 效則不得 若**朱文公義理勝** 故尤其卓難及邪 捨中華 則文字之邦 無如吾東 而**崔致遠** 格雖卑賤 其**神旺**處 自可冠箕邦 勝國之文章 雖壞於**白傳東坡**之體 而**筋力之精緊 意思之分明** 似可居於我朝文章之先 麗代文集 多未得見 而以見之者論之 則**鄭知常**浿江一絶 雖列於唐詩之間 無憾焉 **李文順之詩精緻** 吾先祖牧

隱公之詩文 平淡汪洋 其誰能及之乎 入我朝 則世稱翹楚者 詩則朴訥
齋稱名家也 鄭湖陰士龍 盧蘇齋守愼 朴挹翠軒誾 權石洲韠 崔簡易岦
鄭東溟斗卿 尤其最著者也 然以余尙論 則李蓀谷達 格雖平淺 響實淸
麗 不失詩家之正統 許筠者 雖其人之可唾然 其詩文 則奇處甚多 近世
金三淵昌翕詩 世固稱其卓異 而其詩儘奇特詭異 如鐵鋒峭拔 空王說
法 誠非世間 色相所欠 非天地自然之音邪 其家有觀復子崇謙字君山
者 死於弱冠 而詩則長吉者流也 三淵公 文雖未熟 而其恫喝處 極有氣
習之聳動者矣 文則世稱崔簡易 李月沙廷龜 張谿谷維 李澤堂植 而吾
意 則李白沙恒福之文 爲第一邪 無意不奇 無語不奇 無句不奇 無篇
不奇 尙奇之甚 故往往有牽縛生澁處 而雖其牽縛生澁處 猶可以壓人矣
不但冠於我東 雖置中國 子瞻元美外 恐不可尋常奪疊矣 又有柳夢寅號
於于子者 立身於光海朝 鞠死於仁祖朝初 而世謂功臣致其死也 雖仕於
廢朝 與三昌輩背馳 不參於金墉之議 其獄案不過節婦詞一篇云 而此
皆自古傳來之諺說也 以死於鞠獄 故文亦不傳 其所著有於于野談三冊
或行於世 以其小說故 人或置家焉 余弱冠時 暫見其野談所載自家詩文
則頗詰屈聱牙 似非草草手段也 向居公州時 見直長從叔宅 見題看竹一
冊披見 果文之奇者也 借來而問于家大人 則此乃柳於于所著也 在祖考
參奉公在世時 似借其草稿於連山金家 以其文好故 遂謄置 而以其死之
王獄故 不可以視平人 文稿自其借來處 已題看竹謎語云 其文之奇處
古峭勁簡 似遜於白沙 而爛燁汪放 弔詭新奇 白沙一流也 無意不奇
無語不奇 無篇不奇 亦可接武於白沙也 以是珍愛之常 置其文於案頭
乙酉僑京口時所携來者 只此冊 則余之心好者可知 擬見景瑞仲浩兄 以
餉分甘折少之滋味 而姑未遑焉 此年八月 余寓尙政丞同仲弟家 洪進士
景仁夜來打話 偶然語及於於于野談曰 君不見乎 余曰野談則曾一見之
亦嘗見其若干文稿 而文眞絶好 所恨世無傳其文者 故不得見其全廚矣

洪進士曰 於于卽吾先祖**鶴谷相公**之渭陽也 於于之死 不能救之 悲絶之
說 傳來於家間 以是吾先祖子孫 皆知於于之文章 吾舍叔自少時 力求
其詩文於世人 或從山寺而得之 或從湖海舊家而得之 今輯爲六卷 而詩
文居三卷 野談居三卷 皆手寫而藏之矣 野淡一冊 則**金丈用謙**氏借失之
今存五卷云 余躍坐而請借曰 吾之願見此文者久矣 世之不傳此集者久
矣 今日之聞 可謂不世奇緣也 有神物持護於絶世之珍者邪 亟借來而見
之 則其文 篇篇無非奇絶也 詩則遜於其文 而**造語刻削** 而**鍛鍊**亦高手
也 方抄其一二 而仍自語心曰 此文 非余誰知也 而數百年湮沒之餘 忽
一朝 五卷之稿 入於余手 此無乃有神交者乎 有主張者乎 俟余有力敢
不刻木 而壽其傳邪 以其文論其人 則能不以榮利負其心者 世謂其死於
不死者然邪 惜乎 不能潔身於亂朝 不能始靭於新化之時 不能與張金諸
公大鋪張仁祖之端臨也 是以君子愼其初者也 **尤菴宋先生**之文 **氣力排**
置 甲於諸大家 **雄肆瑰邁** 可謂傑然一奇也 其全以文章家體格做去者
雖誦之可也 近世有**金北軒春澤** **趙東溪龜命** 皆以文章傑出者也 金詩
勝於文 而文則不無颵處 推其**幻詭**處 可驚人 趙則長技在文矣 **剪洗變**
化 **妙理**滋甚 **子瞻**脚下 可添一箇傳法人邪 我朝詩久看而不厭者 惟**崔**
簡易詩 及**金三淵**末年詩耳 今世詩以余交好者論之 **李兄仲浩名瀰** 詩
聲浤境 虛色燁態 新稱以高華之調 無愧焉 **趙友景瑞名竣** 情深字整 **窈**
窕勁峭 有筆端造化 二人之作脫手 余輒傳寫 而珍藏之 以俟傳後 後必
無疑也 以余生幷者論之 **李校理亮天** 造語多警 **權叔穩**氏 詩汪博警絶
向者槎川**李秉淵**丈 以大家稱 **李相公天輔** 以名家稱 **崔杜機成大** 以餘
響稱 槎川李相公 余及見其面 槎川面多骨鬚 自兩頰起 森鬱而長 李相
公面蒼黑 眼多白而大 準高耳小 多鬚而半長 長身而傴僂 言語洪浣 面
身瘦而稜稜 相人以鶴形目之 善談論 舉止疎脫 氣岸豪放 仲浩兄 疎標
鶴形 頗似李相 景瑞弱冠 余始交 長身玉貌 明麗婉嬭 眞丈夫而美者也

仲浩兄之高亢闊略 景瑞之從容慈良 可謂一世之秀也

대　상: 文
중심어: 詩文奇爲主 / 朱子*奇 / 柳夢寅 / 於于野談
색인어 정보: 晉文(晉文公) / 楚莊(楚莊公) / 左徒(屈原) / 弇州(王世貞) / 晦翁(朱子) / 左國(春秋左氏傳, 國語) / 馬遷(司馬遷, 史記) / 臥龍(諸葛孔明) / 退之(韓愈) / 王荊公(王安石) / 陸務觀(陸游) / 蘇長公(蘇軾) / 王元美(王世貞) / 袁小修(袁中道) / 陳仲醇(陳繼儒) / 李于鱗(李攀龍) / 中郎(袁宏道) / 王陽明(王守仁) / 子瞻(蘇軾) / 紫陽(朱子) / 白傳(白居易) / 東坡(蘇軾) / 李文順(李奎報) / 牧隱(李穡) / 朴訥齋(朴祥) / 湖陰(鄭士龍) / 蘇齋(盧守愼) / 挹翠軒(朴誾) / 石洲(權韠) / 簡易(崔岦) / 東溟(鄭斗卿) / 蓀谷(李達) / 三淵(金昌翕) / 觀復子(金崇謙) / 長吉(李賀) / 月沙(李廷龜) / 谿谷(張維) / 澤堂(李植) / 白沙(李恒福) / 三昌輩(李爾瞻, 朴承宗, 柳希奮) / 景瑞(趙㻐) / 仲浩(李瀰) / 鶴谷相公(洪瑞鳳) / 尤菴(宋時烈) / 北軒(金春澤) / 東溪(趙龜命) / 槎川(李秉淵) / 杜機(崔成大)

2) 後序(권19)

詩朋 自弱冠時 有含光軒李仲浩瀰・荷棲趙景瑞㻐兩人 每賞音之颯颯 然亦安知非過情也 到老 其族兄柏下翁曰 吾不知一夢詩如何 但知其能寫所欲言者也 一夢證於心曰 在心十分 幾寫八九分也 所愛者 **風雅・香山・東坡・放翁** 人哂之不恤 作詩 淘洗琱琢始出 出之不復視 先立意而始被藻 作文甚少於詩 荷棲諷其用古 荷棲曰 文有法 一夢曰 **無法而有法** 荷棲老乃唯唯 大抵詩文雖一技 然非**天縱之才** 不可傳 又非積工夫 不可充才 吾東 則吾先祖**牧隱**之詩文・**李相國奎報**之詩 殆天之縱之 吾宗李槎川雄於詩人 問**詩法** 則曰**多作自知法**云 天之縱也 四五百年一降 天行健故 惟健筆可傳久 非**天降之才**而無積累之作詩云乎文云乎哉 一夢六十二歲 自作詩文序

대　상: 李奎象
중심어: 有法*無法
색인어 정보: 含光軒(李瀰) / 荷棲(趙璥) / 一夢(李奎象) / 香山(白居易)*東坡(蘇
軾)*放翁(陸游) / 牧隱(李穡) / 槎川(李秉淵)

3) 沈甥魯巖詩文稿序(권24)

感發人者詩也 詩有說景說情 景簡而眞 情奧而繁 景之弊虛 情之弊
俚 不有其弊 感發一也 與其有弊虛 猶詩之本色 國風多說景 雅頌多說
情 降三代 李白似國風 杜甫似雅頌 宋主情而流乎俚 明主景而流乎
虛 虛或易感發俚過一代不知爲何語 我東情之一波 而孤雲牧隱鄭司諫
李蓀谷若干人 稍涉於景 雖李文順之精汪 未免乎情之過 則其他奚說
文者導達人意者也 典謨 意精故文精 百家 驚而意竭 巧於架補者 創
出粧撰之一法度 噫夫 是以雖然 然則等語是也 能於是法 則張三無意
李四借意 承接彌縫 弄假成眞 而文則衍文雄如太史公 已犯此法 八大
家以下一篇文 無多語於法度外 東文晚闈 程文隨出 法度語滋甚 提文
衡而傳繡梓者 不過程文之熟手 則法度外一步 初不敢窺程文 有二訓詁
家也文章家也 實一法度 一法度出 而萬人一意 新語陳語矣 人意有萬
不同 則齊一意而導達一文足矣 安用人人之文也 故曰 衍文非導達於人
意也 吾甥沈君魯巖年少 詩已成一家 則倉卒見未易尋蹊逕思深而意遠
者歟 思意生乎情 則可財輔者景也 緣情而飾景 則感發人者 當何如也
君文多不見 而來書一二纚纚不自已進之切嗟法度 文何有法度 文但異
導達文 君欲爲守玄之子雲乎 欲爲供世之燕許乎 與角不與齒 詩不可兼
文 文不可兼詩 杜文詩文非文 韓詩文詩非詩 君詩欲罷 不能則無寧益
勉於感發者 而文止於需時耶 君請詩文稿序 庸是序

대　상: 沈甥魯巖詩文稿(沈魯巖)
중심어: 說景*說情 / 詩之本色
색인어 정보: 孤雲(崔致遠) / 牧隱(李穡) / 鄭司諫(鄭知常) / 李蓀谷(李達) / 李文順(李奎報) / 子雲(揚雄) / 燕許(張說, 蘇頲) / 杜(杜甫) / 韓(韓愈)

조경(趙璥, 1727~1789)

본관은 풍양(豊壤), 초명은 준(埈), 자는 경서(景瑞), 호는 하서(荷棲). 1763년 문과에 을과로 급제하여, 형조판서·우의정 등을 지냈다. 『문헌비고(文獻備考)』·『국조보감(國朝寶鑑)』·『영조실록』등의 편찬에 참여하였다. 저서로 『하서집』이 있다.

출전: 荷棲集(『한국문집총간』 245집)

---

1) 答李像之書
2) 答黃江漢書
3) 文原

---

1) 答李像之書(권6)

足下再論眉公之文 其辭益該 其喩益切 可謂辨之至矣 雖然其**氣色之說** 猶有未契於愚心者 不侫請罄陳之冀足下之領悟焉 足下前書曰 **眉文當以色論** 不當以氣求也 此與不侫之言意相符 雖足下之酷好眉文 而亦未嘗許之以氣也 今書則直**以氣與色爲一** 而斷之曰天下之物 有氣必有色 有色亦必有氣也 夫氣與色爲一 則是眉文不但有其色 氣亦兼而有也 審如是 則與嚮所謂氣不當求者 豈不相矛盾乎哉 嘗試論之文章之**華采絢爛**者 謂之色 而氣則屈伸動靜於**尺度繩墨**之中 其行也浩然發於虛而不知其所自 其止也泯然返於寂而不知其所入 色則可見 而氣則不可見也 故氣不可以謂色 而色亦不可以謂之氣也 然則氣與色 果爲一歟且凡

物之有氣者 必有色 有色者 或未必有氣 而足下必欲合而一之 往往認
氣爲色 如蜃樓彩霞紅花碧草之云者 是也 夫蜃樓之爛爛也 彩霞之英英
也 花之紅也 草之碧也之色也 皆生於氣者也是故氣可以生色 而色不可
以生氣 梔鞭有色 而不可以策驥 綵花有色 而不可以引蝶 丹雘之木偶
土偶 不可以運動起居 從人之事也 由是觀之 有色者果有氣歟 龍噓而
成雲 龍之所居 雲必從之 而雲之所在 未必有龍**道德充符者 必有文章**
而有文章者 未必有道德 氣之於色 猶龍之於雲 而道德之於文章也今足
下不揣其本 而欲齊其末 其可乎哉 足下又以扶桑繭之入水不浸 入火不
焦 謂之有氣 而取譬於眉文 此則足下認性以爲氣者也 何以明其然也
扶桑繭體旣柔弱如兜羅綿 則氣亦柔弱已矣 其不變於水火者 蓋繭之性
也 非氣之使也 今夫魚鱗羽 沉水而不濡 火浣之布 投火而不燎 此亦性
之然也 何有於氣者足下於物之性 氣之分 氣色之別 知之未至 或認性
爲氣 或認氣爲色 則眉公之爲眉公 亦未必深知 反不如不佞之知之眞也
雖然不佞自以爲**眞知** 而笑足下之不知 足下又自以爲獨知 而譏不佞之
不知 以知證知 以不知喩不知**氣色之說** 由是益長 而眉公之案 無時可
了 不佞姑將處於知與不知之間以俟之願足下乘文章之正氣 遊於未始
有色之境 則所謂眉公將窅然喪其所在 夫然後不佞輾然大笑 出而指色
粲粲之處曰眉公在彼

대　상: 李奎象
중심어: 蘇軾 / 氣*色<以氣與色爲一
색인어 정보: 眉公(蘇軾)

2) 答黃江漢書(권6)

華稿辱賜下示 且諭以世無知音 寄意鄭重 何敢忘也 然執事以文章傾一世 世之人鮮或不誦執事之文 雖其不悅執事者亦知其文之不可少也而執事猶曰 世無知音 何也 蓋執事之文 古文也 原於經而準於史 故能盡言其所欲言 而其度不違於古 若只以其度不違於古 而曰此古文也云爾 則其可乎哉 宜執事之有所云也 然執事有大焉 執事忠於皇明者也嘗以一言贊聖上躋毅宗於百世之祀 琰固已歆誦之矣 及琰之檢史石室也執事又屬之文曰 毅宗之實錄 可以述也 琰雖不敢聞命 而心未嘗不激感焉 既又讀執事所著皇明詔勅跋尾 與夫皇明陪臣列傳 凡累千萬言 無非所以愾念皇明者 雖序記書牘尋常之類 其及於皇明者 亦十之八九焉 昔杜甫之爲詩也 不忘其君 故人謂之忠 然杜甫唐臣也 所忠者唐君也 其形於詩而不忘 固也 如執事者 生不及皇明之世 身不受皇明之澤 而又荒海屬國之臣也 猶之綣綣 不忘如此 豈無見其文而知其忠者耶 噫 文與世晦顯焉 今之中國非古之中國 文安得不晦乎 然執事之文 其所載者皇明也 終非久於晦者 其將進之中國 而爲天下之顯也有日矣 執事其俟之

대　　상: 黃景源
중심어: 古文 / 皇明陪臣傳(黃景源)

3) 文原(권10)

余嘗曰 道猶日也 文猶月也 日載光于月 非日則月無以爲明 **文以載** **道** 道之不充 其文則索 欲爲文者 惟道之是修 而文無事乎工矣 或難余 曰 日之光 無待於月 而道不能離文而獨立 雖堯舜之法三代之政 皆必 待文而見 文之不可少也如此 豈若月之於日乎 余應之曰 子見夫日之無 待於月 而獨不見夫道之無待於文乎 堯舜之世 上有垂衣之治 下有封屋 之美 不待典謨之文而道已行矣 三代之興 惟周爲盛 仲尼曰 郁郁乎文 哉 吾從周 此亦道之自爲文也 豈訓誥誓命之文之謂哉 然道不能常顯 堯舜三代不能常存 猶日之不能常明 於是作**爲文辭以記其道** 傳之來世 亦猶日光之載乎月而月以之代明也 是故其人在 則其道行于世而其光如 日 其人亡 則其道傳于文而其光如月 聖人之文是已 **三代以下諸子** 只 知道之一端 其學有大小其文**不能無醇疵** 然及其至也 尙皆可以明道 此 又如衆星之華藻 有得乎日光之餘也 然月與星 何嘗有求於明哉 惟其所 載者 日光也 故不期于明而明生焉 是故知道者 **無意于文而文自工** 後 世之士 見古人之文而不知所以爲文 往往疲心力而求之 是猶繪月而模 星 其於光也 不亦遠乎 嗟乎 月雖明 不可以變夜爲晝 **文雖傳道** 不可 以變俗至道 況其不及於傳道者乎 道與文俱隱 殆若日月之並晦 而彼衆 星 亦難乎光矣 世其長夜已乎 余於此乎有感

대 상: 文
중심어: 文以載道

이복휴(李福休, 1729~1800)

본관은 여주(驪州), 초명은 조휴(祖休)·심휴(心休), 자는 사엄(士儼), 호는 담촌(澹村)·한남옹(漢南翁)·평천옹(坪川翁). 1762년 문과에 급제하여, 강령현감(康翎縣監)·사헌부감찰·첨지중추부사 등을 지냈다. 저서로『담촌집』·『해동악부(海東樂府)』가 있다. 『해동악부』는 상고시대부터 17세기까지 우리나라 역사의 건국 시조 및 중요한 사건들을 총 249수의 시로 읊은 것이다.

출전: 漢南集(『近畿實學淵源諸賢集』)

---

1) 跋震川集後

---

1) 跋震川集後

余弱冠見弇州文 則大奬歸氏 至謂千載惟公 繼韓歐陽 風行水上 渙爲文章 令人睅目呿口 不敢發聲 最後見其文 語法出入莊韓 密緻不及荊川 但語脉淳厚 絶無時體 銑溪蚖戶之習 序記箇箇 如眞珠幻丸 至弄假成實 自成大家 當減受之一層 古人之推奬前輩從可見矣 然若其無作爲有眞氣 則宜爲其時之所可砭爾

대 상: 震川集(歸有光)
중심어: 王世貞 / 歸有光 / 唐順之
색인어 정보: 弇州(王世貞) / 歸氏(歸有光) / 韓歐陽(韓愈, 歐陽脩) / 莊韓(莊子, 韓非子) / 荊川(唐順之)

유언호(兪彦鎬, 1730~1796)

> 본관은 기계(杞溪), 자는 사경(士京), 호는 칙지헌(則止軒). 1761년
> 문과에 급제, 1772년 청명류(淸名流)사건에 연루되어 흑산도로 유
> 배되고, 이후 좌의정을 지냈다. 저서로 『칙지헌집(則止軒集)』이
> 있다.

출전: 燕石(『한국문집총간』 247집)

1) 李伯潤遺唾序 戊寅(책1)

天地中 有一段淸淑之氣 間値於人 其人也必英明翹秀 才華出類 可
以琼璜粉黻 大鳴國家之盛 而若是者 輒不免閼而不邃 斯實世運攸關耳
然其靈心慧識之發於辭者 固自淸圓警絶 雖體段未完 瑕瑜相形 而其
氣矯然 其聲鏘然 若可以見其人也 亡是則後死者 將何以寄悼於無窮哉
嗚呼 此李伯潤遺唾之不忍於泯棄者也 伯潤生而秀眉目 儀觀韶朗 二歲
能識字 四歲 誦唐詩數百句 往往出語 已輒驚人 甫齔 自力爲學 藻思
日茂 若其操筆立就 如出宿搆 則盖天才然也 於是伯潤之名 藉甚士友
間 觀者無不目之爲瑞物 及其死也 知不知咸齎咨歎惜 而以其通家相好

知深而悼切 則固莫余若也 伯潤旣死之五年 其母夫人 將破家還鄉 以
故紙一堆 屬女奴 致語於余曰 此亡兒呻吟之餘也 所以不朽兒者 惟此
耳 敢以煩子 余泫然而受之 就閱其中 只有絶句若干篇 而不協音不用
韻 且其稍長所作之膾炙者 皆不與焉 意其六七歲以前作也 遂携到南州
之子舍 長夏無事 手自抄寫 雖未完篇 苟有可取 輒幷收錄 仍以親戚知
舊之祭輓文字附焉 嗚呼 詩固不足以盡伯潤之才 而今之存者 又不能盡
伯潤之詩 其寂寥甚矣 然其**矯然之氣 鏘然之聲** 則有足以徵焉 嗚呼 斯
可以少慰夫生死之心也歟 伯潤名 延安人 默齋六世孫 竹泉外曾孫 儒
素文章有淵源 性慈良 事親孝 友弟妹 能有憂樂與人之意 死時年十四
人之惜之也 不獨以其才云

대 상: 李伯潤
중심어: 靈心慧識
색인어 정보: 默齋(李貴) / 竹泉(李德泂)

2) 字義類彙序(책1)

文章之作 **以意與法爲主** 而下字得穩 然後可以寓意與法 譬之爲宮室
非有枀桷根閞屠楔之具 則雖般倕之能 何以施斷鑿之巧而成輪輿之構哉
故古人論選詩庭皐木葉下雲中辨烟樹 曰木葉 不可作樹葉 烟樹 不可作
烟木 夫樹木同義 而**雅俗淸濁之分** 自有一定不易者 亦非牽於平仄聲律
則其一字取捨之間 **點鐵成金之妙** 有如是矣 古今字書 其類甚多 或主
於義 或主於形 或主於聲 如**說文韻會字彙**等書 無不備矣 獨未有以義
而類次者 是故 每當倉卒**敲推**之際 避此字之不叶 而求彼字之相同者
茫然不記 枉費模索 窃嘗以是爲恨 曩在丙戌之冬 請暇還鄉 偶取韻書

從義立目 隨見分錄 逐字音釋 或以諺譯 仍以採經史之要語 韻府之活
套 中華之方言 各系其下 以至形與聲之通用互殊者 亦皆隨類以別之
積十餘年 汎濫二十有五家 盖將不住蒐輯芟虆刊正 要作一部成書 顧職
事倥傯 精力衰懶 遂止於是矣 然其蠅頭細鈔 仍沒巾箱 爲可惜 乃手自
整寫 總爲二編 命之曰字義類彙 其爲書也雖未卒業 而門目粗成 考證
頗詳 猶足爲**鍊字**之一助 且後之君子 或有因此而續成者 則四鄰未秬之
出 何必自我爲哉

文從則字不期順而自順矣故在文而不在字

대　상: 字義類彙
중심어: 意*法

3) 蒼厓自著序 辛亥(책11)

文章 不出乎意與法二者 意無體而法有方 然必繩趨矩步乎無體之中
橫騖側出乎有方之內 然後乃行變化而成體裁也 予嘗行旱路 見走馬之
尿痕 其生活 如龍蛇之翔走 其噴沫 如飛雨之灑淅 水地比而不粘滯 行
伍錯而合奇正 於是乎得文章之意 又嘗從崇阜 俯瞰溝之縱橫 有方者圓
者高者平者側者窪者直而句者濶而殺者 無不各有間架 而錯綜糾紛 莽
蕩浩漫 極目之所至 光氣浮動 於是乎得文章之法 退而擬諸世俗之文
則殆阜櫪之涓滴 陂塘之補綴耳 奚文之足云乎哉 吾宗**汝成** 自少治古**文
辭** 每夜讀太史公貨殖傳 達朝不休 鄰嫗至疑以誦 其蓄積博而識解高
故凡臨題目出 以在我之權度 低昂伸縮 隨其所遇 意以經緯而不失我範
乎馳騁之場 法以組綴而能出奇變乎尺度之外 謂**東文纚纚可厭** 務爲氣

力以凌駕之　其殆有得乎走馬之尿痕　溝之澗勢者乎　故其文自詞賦歌詩
序記銘贊傳誌狀誄　以至片蹄殘墨狀牒申牓之類　各擅其能　體無不具　**異
而依乎常　奇而離乎僻**　蒼健而多回旋　質古而含光華　汝成之於斯術　可
謂極其力而臻其奧矣　予與汝成游最久　尙未窺其全鼎　一日　汝成悉出巾
衍以示之　且徵予一言　予亦喜談文字者　嘗竊以謂意與法　如理氣之不相
離而不相混也　**法固統於意而意不拘於法**　故必使意爲之主　法每聽命
然後其文乃工耳　然意者通而無礙故難　法者局而有定故易　世之慕古尙
奇者　率多捨難而趨易　自足而高世　殊不知血氣知覺之爲人　與土塑木偶
之象人也　其眞贗死活之相去千里　此**王元美・李于鱗**諸子所以終歸於
模擬剿竊者也　吾知汝成深造獨得　以意爲文者　而較其分數　法終爲勝
或恐其推波而助瀾也　於是乎言其本末輕重之序　以爲彼此勉

대　상: 自著(兪漢雋)
중심어: 兪漢雋 / 意*法 / 古文辭 / 模擬剿竊
색인어 정보: 汝成(兪漢雋) / 太史公(司馬遷) / 王元美(王世貞) / 李于鱗(李攀龍)

4) 通園稿序　甲寅(책11)

萬物同歸于盡　而其易毁而難久者　又莫如草木之脆弱　然草之芝蘭　木
之松栢　不與乎其間　豈不以精氣之異於類　凝而不散　滅而猶存者乎　今
見吾族孫**伯翠**與其子**元視**之遺唾　其亦人中之芝蘭松栢也歟　嗚呼　伯翠
之父**汝成**　予文章交也　屈産鄧植　厥有淵源　而伯翠爲人　淸而蘊　敏而靜
於凡外物　泊然無所好　一其所好於六藝之文　**研精覃思　抽深抉微　涵泓
停蓄**　時以出之　其詩高　其文雅　其記事博而核　自天人性命　古今治亂得
失　賢人君子出處顯晦　儒道釋同異合判　文辭翰墨正偏高下　以至九流方

技稗官小說之叢 無不櫛其絲毛 諜其肯綮 盖其精識妙解 不作影響說話
皆可致之實用也 又其階庭鸞鵠 天資近道 靈竅早穿 如昂駒出水 步驟
未熟而已有蹴踏凡馬之勢 何其奇也 夫二子者 天之生之 匪偶然也 而
不幸俱從短運 未究厥成 又使汝成之玄無所屬以傳 嗚呼惜哉 觀其所自
序欽英記 有云壽在上天 增縮之 固不能也 事在吾身 詳略之 惟吾所爲
耳 嗟夫 能爲者人 不能爲者天 此千古志士之所同悲也 然理有乘除豊
嗇 遺於彼則獲於此 亦天之意也 彼空谷之馨 冬嶺之秀 雖中道摧殘 而
卒不與蕭艾榛莽混而棄者 以能先羣植而異於類也 惟玆零金碎璧 其光
氣之燁然者 夫豈箱簏之所能掩哉

대 상: 通園稿(兪晩柱)
중심어: 欽英
색인어 정보: 伯翠(兪晩柱) / 元視(兪久煥) / 汝成(兪漢雋)

이종휘(李種徽, 1731~1797)

본관은 전주(全州), 자는 덕숙(德叔), 호는 수산(修山). 병조참판을 지낸 이정철(李廷喆)의 아들로서 공주판관을 역임하였다. 양명학을 수용, 독자적인 사학체계(史學體系)를 수립하여 『동사(東史)』를 저술하였다. 신채호(申采浩)는 그의 역사관에 대하여 "단군 이래 조선의 고유한 독립적 문화를 노래하였으며, 김부식(金富軾) 이후 사가(史家)의 노예사상을 갈파하였다."고 높이 평가하였다. 문집으로 『수산집』을 남겼다.

출전: 修山集(『한국문집총간』 247집)

1) 明文奇賞後序(권1)

文猶兵也 兵之用 在置陣而主於奇正 三代以上 兵出於井田 聖人象之 爲九宮之陣 師卦之營 其體圓 其形方 所謂易奇而法 詩正而葩 商書灝灝爾 周書噩噩爾者 此正之正也 周衰而戰爭起 古法窮而春秋之際

鸛鵝魚麗 左廣荊尸 伍承彌縫 縱橫參錯 分合向背之法生焉 然車戰雖廢 而體圓形方者 自如也 此正之奇也 所謂左氏浮夸 公羊之簡 穀梁之潔 馬遷‧班固之俊逸遒緊者也 孫吳‧尉繚‧穰苴‧魏公子以至於漢‧唐之際 長蛇六花之屬 此奇之正也 所謂莊周之詭 荀卿之僻 戰國策士之辯 唐二氏宋六家之特起 皆矯厲翺翔 極其變化 而操縱之妙 起結之神 其爲法 盖亦幾乎盡 而其術 亦已窮矣 繼是而才智之士出 而欲隨機應變 自開門戶 則不得不爲回淳反朴之術 此宋之方陣所以破六花之奇 依樣九宮師卦之遺 得其體而惟變之失 至於鈍滯重遲 能守而不能戰也 明之文 盖亦失之此 顧其初亦非薄宋而不爲也 欲爲煙波裊娜 而歐陽子盡之 欲爲巉刻幽峭 而王介甫專之 雄偉俊發 宛宕疏爽 則亦已屬之蘇氏父子兄弟 而我欲馳驟 從之於車塵馬足之間 而徒見其爲歐而氣卑 爲蘇而格靡 於是乎高視濶步 盱衡鼓掌 自謂陵韓轢班 以追左丘龍門之軌 而置宋人於小乘之門 盖亦英雄欺人 不得已也 古之善戰者不變陣而其功亦成 楚人成濮之役 以荊尸敗 邲之戰 以荊尸勝 比之於奕 善者代不善者 變其所置而已 何至擧其局而移之哉 嗟夫 世謂明文欲奇而過於奇 可以屬之奇之奇 殊不知其實求之古而遂失諸鈍滯重遲宋之方陣之流也 夫沿唐宋之局而無失之弱 馳秦漢之軌而無失諸詭 從容整暇而範驅於奇正之塗 則庶幾文苑之孫吳歟

대　상: 明文奇賞(陳仁錫)
중심어: 文猶兵也 / 欲奇而過於奇
색인어 정보: 馬遷(司馬遷) / 歐陽子(歐陽脩) / 王介甫(王安石) / 蘇氏父子兄弟(蘇軾, 蘇轍, 蘇洵) / 左丘(左丘明) / 龍門(司馬遷)

2) 文衡錄序(권1)

古者 無文衡之職 盖兼於禮官而唐虞之秩宗 周之春官大司成等 是也
漢之世 大史公主史記 而博士等官 實掌文事 隋唐迄宋 禮部與知制誥
分其任 而知制誥爲宋之重職 至明而太學士入閣省事 其任遂與三公並
矣 高麗自雙冀東來 而始開闈策士 冀主其事 入我朝而置大提學 兼弘
文・藝文二館之事 而自事大交隣與國家敎令小大文字 無不裁管 而亦
主試士之任 每館僚遴選 副提學先錄諸人 而一聽其黜陟於大提學 大提
學與政府諸宰 會都堂而議之 文臣經館職而後 始許要顯 而世宗時 又
命年少文臣 以暇日讀書湖上之亭 名其選曰湖堂 而大提學又掌之 故
大提學之權 常倅於三公焉 當皇朝盛時 使价之來 大提學輒儐之 而江
上諸亭 爲詩酒之遊 賓倡主酬 華賤輝煌 如祈順・唐皐之來 徐居正・
李荇等 以鳴文章之盛 而明宣之際 盖益彬彬然矣 昔歐陽脩主文盛宋
而文風丕變 韓愈文起八代之衰 以決古文之藩 柳宗元蘇氏父子兄弟王
曾之徒 沿其波 疏其源 雖未及三代灝灝噩噩之盛 亦文苑之昌期也 故
祖宗世文衡之選 至嚴且愼 苟非一代之所宗 莫能居之 然官制多拘 有
其文矣 而無其地則不居 有其地矣 而不由科則不居 旣由科矣 而無其
年位則亦不居 是以 崔岦之巨手而局於下僚 張顯光・許穆之瓌偉 掣
於白衣 朴誾李敏求・尹潔・金得臣之雄爽巨麗 折閼而不達 而亦或有
因時乘勢 無其實而濫竽者 此又近世之患也 若其文有所自立 爲世輕重
者 四百年之間 不多見焉 然略可得以言矣 權踶仲安當世宗世 傚商・
周・魯頌之詩 而成龍飛御天歌 睿宗時 徐居正剛中 以爾雅之文 爲四
佳集 李滉景浩事明宣之世 治洙泗洛閩之文 爲退溪集 盧守愼寡悔 當
乙巳之禍 處海島十九年 而大肆力於文章 詩文尙古雅 爲蘇齋集 李珥
叔獻 明性理之學 爲栗谷集 柳成龍而見 頗著壬辰時事 以爲懲毖錄 而

兼善疏章雜述 爲西崖集 李恒福子常 好俊偉之辭 爲白沙集 申欽敬叔
究理數之學 爲象村集 張維持國 頗著古文辭紆餘婉暢 爲谿谷集 及如
李植澤堂・尹根壽月汀・柳根西坰之徒 各往往綴華東之文以著書 不
可勝記 而當肅宗世 金昌協仲和 力學中華之文 其爲辭出入於濂洛歐
蘇之際 而一務於淘洗東人之習 爲農巖集 大抵儒學者 尙理而欠於辭
治古文者 尙辭而欠於理 應卒者 鄙俚而不該於體裁 要之根華兩茂 辭
理俱達者 蓋絶希焉 雖此十數公者間 亦有合有不合焉 豈不難哉 雖然
材不借於異代 苟在上者 勿拘於官制 惟才是用焉 則庶乎其可也

대 상: 文衡錄
중심어: 一代之所宗
색인어 정보: 大史公(司馬遷) / 蘇氏父子兄弟(蘇軾, 蘇轍, 蘇洵) / 王曾(王安石, 曾
鞏) / 仲安(權踶) / 濂洛(周敦頤, 程頤, 程顥) / 歐蘇(歐陽脩, 蘇軾)

3) 揚馬賦選序(권2)

凡爲詩賦之善者 有風氣焉 有調格焉 外是而學之者 終歸於摸擬 摸
擬者 卒不可得其竗 嘗讀班孟堅之賦 非不工且密也 然而肉厚而欠於骨
理勝而偏於質 蓋格與詞始歧而別爲體 孟堅非敢貳於詞也 風氣之所拘
調格亦變 而遂不可返 今夫橘柚 江南之珍果 而一渡淮而北 則非不華
實 而失其形味 風氣殊也 襄郢之南 山水秀娟 風土輕清 其人壯者慓悍
而志士疎蕩 性情浮腴而悲喜易感 槩以十三國風言之 陳 近楚也 其詩
揚而宕 纖而淸 宛丘・東門 有九歌招魂之意 故余嘗謂離騷者 楚之詩
也 自宋玉・景差之徒 累變其體 高唐登徒 非復離騷之格律 而亦瀏亮
悽楚 終不出於楚聲 此其拘於風氣者也 世以爲揚雄・司馬相如學楚詞

而孟堅始變其體 遂爲**賦祖** 嗚呼 此豈知孟堅哉 盖孟堅 亦學楚而不能
者也 何以明之 其幽通之辭 動輒**摸擬離騷** 其章法可按而証之也 嘗觀
司馬相如·揚雄家於蜀 楚蜀相近而風氣似之 故欲學楚詞 能爲楚聲 盖
非獨調格之合於楚也 孟堅家於北地 而少長中原 其與楚風馬牛之不及
此其所以終不合也 余喜讀楚詞 班張以下 殊不欲觀 至於揚·馬二子之
文 求之屈宋 盖亦嫡傳 又以爲**沿流而溯源** 緩亟繁簡 可以驗**古今之變**
而階梯等級 亦有先後之序 爲詞賦者 不可不知也 故採其尤近於楚者
合爲一卷 以附楚詞之下 嗚呼 **調格有古今** 風氣有東西 則又安用筌蹄
爲哉 然山川風土 爲**楚詞之粉本** 而瀏亮清楚 又所以爲楚聲 得其聲而
又求之山水 則左海以東 凡**奇峭而秀娟**者 諸皆楚也 又何必郢之中而荊
之南耶

대　상: 揚馬賦選(揚雄, 司馬相如)
중심어: 風氣*調格 / 揚雄 / 司馬相如
색인어 정보: 班孟堅(班固)

4) 杜工部文賦集後序(권2)

世以爲**韓昌黎**詩不如文 **杜工部**文不如詩 然韓詩盛行 不減於文 而杜
文竟不顯 余嘗疑之 及讀其三大禮賦與巴蜀安危諸表·皇甫淑妃碑文等
雄爽遒緊 沉著痛快 令人戰掉眩冒 口呿而舌舉急 與之角而不可入 然
後知勁氣古色 肩班·揚而直上之 昌黎門戶 亦由此權輿矣 余於是益歎
其讀之晚也 夫文章以氣爲主 秦漢以前 其氣陽盛 上而爲堯舜禹之典謨
夏之貢 殷之**盤庚** 周之八誥四誓 孔子之春秋論語 曾子·子思·孟子
之書 及其降也 猶不失爲**左氏之傳** 莊周·荀卿·列禦寇之言 太史

遷・劉向父子・揚子雲・班固之文 魏晉以降 五胡入而其氣陰盛 於是乎士趨日委靡而文章日卑弱 唐以中國爲天子 而李白・杜甫・韓愈・柳宗元之徒 起而振之 及宋之興而有歐・蘇之屬 元之入而其文益微 又稍振於皇明 而宋濂・王守仁・李夢陽・王世貞之文 頗有力 近者 清儒之文 浮游散渙 衰爾而卑賤 不可復振 益可見陰氣之盛也 杜氏之文雖不居以作者 而其氣過於昌黎 且其三賦之作 當開元・天寶之盛 猶有中州沉厚博大之氣象 盖自韓愈以前 班固以下一人而已 然士之於文 非尙氣而好古 孰知斯文之可貴 非心深而獨見 孰知吾言之不夸也哉 且我東方 近北而陰 其文大抵蔽於弱而失之蹈襲 欲矯以正之 其要未必不出於此 又自念昌黎之文 如日月 廢二百年 得永叔而大見於世 若子美者 所爲文少 特蔽于詩而終不顯 豈非數耶 然余集其若干首而揚扢之要爲子弟勸 其自是而稍見 則不亦幸哉 雖然 余非永叔 其言不見信 余於是 又自悲也

대　상: 杜工部文賦集(杜甫)
중심어: 韓愈*杜甫
색인어 정보: 韓昌黎(韓愈) / 杜工部(杜甫) / 班揚(班固, 揚雄) / 太史遷(司馬遷) /
劉向父子(劉向, 劉歆) / 揚子雲(揚雄) / 歐蘇(歐陽脩, 蘇軾)

5) 選東詩序(권2)

古之詩 發於情多 而工于詞寡 是以 觀其風俗焉 今也反是 然亦可以察其世之盛衰 何者 其音之有純雜也 檀箕以來 東方之詩 亦豈無途謳巷謠可以列之於觀風者 然而乙支・孤雲之前 不少槪見 何哉 以無聖人者作 故不能與曹・檜之類 共傳於後世 悲夫 此子長所以思靑雲士也

余爲是懼 自高句麗乙支文德・新羅崔致遠爲始 王氏諸士以及本朝簡
易・石洲諸人凡若干篇 而歷代民間歌曲 雖斷爛句語 亦皆不遺 至於近
世諸詩耳目所易及者 不之採焉 余嘗流觀於斯 而聆其遺音 則其異於中
國者有八聲 故喉音急而脣音促 此所謂近於侏舌者也 然今之中國 其曲
胡 其思淫 其聲哀 其調靡靡 其音雜然 而高下疾徐 大異於古之漢音
則經五胡金元之餘也 故李夢陽云 今之俗既歷胡 乃其曲烏得而不胡也
至於東方 則漢北有殷人 漢南有周人 詩所謂韓侯遺民 來爲三韓 馬韓
又復箕氏餘氓 而其先土人 亦自柔順貞信 異於三裔者也 又無胡人之來
介其間 故其字音一定而不雜 先輩至謂之東音 獨保秦漢正音者 雖或太
過 而譬諸今所謂華音一字三四轉 則大有間矣 故其俚調巷曲 大抵亦少
噍殺哀淫窮極靡麗之音 而至於所謂詩者 文人學士工于詞多而發於情
寡 故麗人擬唐 鮮人擬宋 而本方之音 特不過一二焉 此豈足以論其風
乎 雖然 人聲之不同 如其面焉 曹・劉・陶・謝・李・杜・韋・柳 同
工異曲者 隨其人之情性而然也 今夫虫鳥得氣而鳴也 鶴伊戛而高 鴈蕭
颯而寒 鸎栗留而喜 鵑斷續而哀 蟬涼蟋悲 鳩緩鵲急 各極其情 然其大
體 春聲樂而秋聲悲 天氣之慘舒 物理之否泰 又在其間 則世之明乎音
者 可自知之 若以爲出之情寡而工之詞多 不足以觀其風而論其世 則是
烏可以語詩道哉

대　상: 選東詩
중심어: 東方之詩 / 麗人擬唐 / 鮮人擬宋
색인어 정보: 乙支(乙支文德) / 孤雲(崔致遠) / 簡易(崔岦) / 石洲(權韠) / 曹・
劉・陶・謝・李杜・韋・柳(曹植, 劉楨, 陶潛, 謝靈運, 李白, 杜甫, 韋應物, 柳
宗元)

6) 秦漢文粹序(권2)

　　凡物備而後乃成 匏土革木金石絲竹 一不和則非樂也 青黃黑白赤 一不調則非采也 甘苦酸醎辛淡 一不均則非味也 至於文亦然 理致也 才格也 神境也 亦一不備而文不成 夫理致也才格也神境也者 我所自有而亦不能不有待也 其待蛇蚹耶 蜩翼耶 盖嘗論之 **理致生於學 才格生於人 神境生於**山川風土 三物備而文有本 其出不竭而變亦無窮 此所以爲有待也 然其得於山川風土人物者 常十之五六 而欲以學求之者 世或比之乾螢老蠧 以其流動之體 猝不可得諸古紙堆中者故也 是故 **東人爲文** 多局於山川風土人物 以其登眺則無華之秀 岱之圓 天台之巉 峩嵋之削 羅浮・大孤之飛舞軒翥 以其泝遊則無河之廣 江之永 剡溪之幽 洞庭之瀁 五湖・七澤之渾涵噐窱 其懷賢仰德也 無闕里之堂 西河稷下之墟 **濂洛關**閩講肆之塾 其懷忠想烈也 無屈原之淵 伍胥之濤 曹娥之波 思婦之石 董永・黃童之里 其悲弔感慨也 無祈年橐泉 漢家陵闕 六朝荒墟 舳艫迷樓 隋堤之柳 錢塘之荷 劉郞・項羽之戰場 諸葛之陣圖 周瑜之赤壁 燕趙之肆 狗屠擊筑 深井楡次之鄕 又無高士隱遯 名賢遊眺之所 如蘭亭・香社子眞之谷 五老之峰 金谷午橋雲臺 梁苑東山 小有釣臺蘇文之屬 以瞻其材料 而又無邃古奇偉壯特之迹 如禹鑿寒江巨靈所蹠疏屬 支機靈寶良常之銘 金牛石鏡之羣 以助其氣格 而又無秦雲隴樹 楚水吳山 關楡嶺梅之字 與夫珍禽奇獸 鸚鵡孔犀巫猿越鵠之物 異樹稀果 桄榔龍荔盧橘叢桂樟柟椑柰茶蔗之屬 以生其色澤 是故 其造語也 恒患於固陋 而其取材也 恒苦於枯寂 其欲依樣而摸畫之者 類皆手澁而眼生 此所以文成而無流動之體也 然秦漢以後 能有神境 惟昌**黎**得其二三 而**柳子厚**山水諸記與**李杓直**等數書 亦頗流動 **宋六家六一與長蘇** 最有神境 而餘子百篇或有數首之近似 而**皇明諸家**又不足以語此

然則其有神境者 雖華人 難得如此矣 嘗觀秦漢之文 以神境而生理致
理致與神境合而材格自成 是以 神境全而三者亦無不備 此其所以爲至
也 戰國之策士 亦能鼓舞眩幻 以通其變 以至於司馬子長 而遒逸跌宕
與龍門大河 禹穴江淮 爭其氣量 而余之所蒐而爲文粹者 於秦漢之際
獨子長居其七八 所謂神境者 如可文字間得之 則此其門戶也基址也 然
是書之入東方 自高句麗同文魏晉而家誦戶習 以至今日 卒不得其彷彿
則所謂蛇蚹也 蜩翼也 將無足以爲待耶 其亦爲山川之所局 果不能以生
神境耶 然蘇子瞻 蜀人也 子雲·相如 亦蜀人也 其爲文章 蓋已得之蜀
中十之八九 則高麗與蜀 猶之中原之外也 使其有子長 凡在三韓之南
其峭豎而奇拔者 皆可以爲吳楚也 峽束而礫激者 皆可以爲巫巴也 浿薩
之口 漢帶之間 其浩淼而橫駛者 亦皆可以爲江淮河漢也 雞林·泗泚·
東州·武陵·崧陽·樂浪之墟 其荒煙零落 池臺平而草樹沒者 又無非
登眺感慨弔古傷遠之蹟 則是無之而不神境也 無之而不神境也 而亦無
之而非操毫之士 然卒不近似者 是無子長而已也 嗟夫 果使其有子長
今復奈何 猶之伯牙悟琴 從諸海山而按絃布指 低仰疏數 亦不能盡廢舊
譜 余之爲此集 蓋亦張絲理孔 諧其八音 以竢成連者

대 상: 秦漢文粹
중심어: 理致生於學 / 才格生於人 / 神境生於山川風土
색인어 정보: 昌黎(韓愈) / 柳子厚(柳宗元) / 六一(歐陽脩) / 長蘇(蘇軾) / 司馬子
長(司馬遷) / 蘇子瞻(蘇軾) / 子雲相如(揚雄, 司馬相如)

7) 明文選奇叙(권2)

明文奇賞者 皇明太史陳仁錫氏所選也 萬曆以上諸君子之文 無不入

焉 而**我東黃崗金繼輝**上禮部書凡二首 亦在選中 乃**崔簡易立**之高霽峰
而順代撰也 陳氏評曰 東人不知宋文 故有古氣 盖立之之文 **祖左國禰**
韓柳 而**不學歐蘇**故云也 余抄其尤奇者爲二冊 曰明文選奇 夫奇者 正
之反也 其類爲偏爲窮爲巧爲僻爲**險怪** 陳氏旣斯之取 而余又加焉者 何
也 竊嘗論之 凡天下之物理 不能棄奇而以見其正 (중략) 而至於文亦然
無諸子百家 不能見四書之大也 無圖緯讖數 不能見六經之正也 無**象**
山·陽明·曹溪·白沙之書 則無以見**濂洛關**閩之學也 要之皆不可廢
也 況有時乎獵英撷葩揚波而增勢者乎 是故 爲文之士 力有不及 苟可
能也 使天上有鐐霞宮丹甲 皆可搜也 使地下有莊汲冢覆釜 皆可采也
況世之相近 而**人文風氣**之亦不相遠 其過也可以戒 而其近裏也 亦可以
勉而至焉 若並以爲天魔說法 非莊士之所宜聞而已 則其流之患 吾恐至
於因噎而廢食也 韓子曰 易奇而法 詩正而葩 夫葩亦奇也 多識於草木
鳥獸之名 而以爲葩 是**正亦在於奇**也 余纂是編 亦以爲草木鳥獸而已
苟覽者見疵以好奇 則非余之意也

홍대용(洪大容, 1731~1783)

···

본관은 남양(南陽), 자는 덕보(德保), 호는 홍지(弘之)·담헌(湛軒). 김원행(金元行)에게 수학하고, 박지원(朴趾源)을 비롯한 북학파들과 친분이 깊었다. 음직으로 태인현감과 영천군수를 지냈다. 1766년 연행을 계기로 『연기 燕記』를 저술하고, 서양과학의 영향을 깊이 받았다. 또한 엄성(嚴誠)·반정균(潘庭筠)·육비(陸飛) 등 중국 학자들과 지속적으로 교유하여, 『항전척독 杭傳尺牘』을 남겼다. 또한 『의산문답(醫山問答)』은 상대주의의 입장에서 지전설·생명관·우주무한론으로 전개하여, 중국중심의 세계관을 부정하였다. 저서로 『담헌서(湛軒書)』와 『주해수용(籌解需用)』 등이 있다.

출전: 湛軒書(『한국문집총간』 248집)

1) 桂坊日記(內集 권2)

二月十六日午初召對 (중략) 掩卷後 令曰 關雎詩中轉輾反側等事 或以爲文王事 或以爲宮人事 此文義亦合一番商量矣 三淵集以爲宮人事

滄溪集以爲文王事　北軒・芝村皆有論說　桂坊出去持詩傳及諸文集而來　臣出持詩傳及滄溪集而入對曰　三文集　院中無有云矣　令曰　滄溪之論云何　臣曰　滄溪之論　以爲文王事　其說甚長矣　令曰　桂坊之意如何　臣曰　以集註喜樂尊奉四字觀之　則朱子之意　必謂以宮人事　令曰　夫妻之相敬如賓　不害爲尊奉否　臣曰　尊奉二字　決不可施之於妻　令曰　滄溪亦非創說　本出於小註朱子說形容寤寐反側云云也　雖然　有后妃然後有妾媵　未得淑女則寧先有妾媵乎　吾亦以朱子此說　疑其爲記錄之誤而謂之宮人事者爲勝

대　상: 詩經
중심어: 關雎
색인어 정보: 三淵集(金昌翕) / 滄溪集(林泳) / 北軒(金春澤) / 芝村(李喜朝)

2) 繪聲園詩跋(內集 권3)

鄧汶軒寄其友郭澹園詩稿　使余批之　余素不學詩　不敢妄論　炯菴李懋官爲之評閱而題其下曰　澹園承先大夫富有之業　吟放於池臺水竹之間　今見其詩而想其人　氷月之姿　秋水之神　固吾願言　則於澹園不待交臂而已犁然心會矣　旣心會矣　將友之矣　旣友之矣　將愛重之矣　旣愛重之矣　將不願其益進於道乎　人莫尊於孔・周而鮑・謝爲卑　事莫切於身心而騷墨爲下　以澹園之才　早耽詞律　用心良苦　非不美且盛矣　吾恐其沾沾於小道而終泥於致遠也　夫辭章吾所不能　諛說吾所不忍　愛之勉以身心　重之進以孔周　惟曰斂華而就實　舍文藻以明道術　吾所願於澹園者庶在於此矣　朝鮮湛軒居士洪大容跋

대　상: 繪聲園詩(郭執桓)
중심어: 文藻*道術
색인어정보: 汶軒(鄧師閔) / 澹園(郭執桓) / 炯菴*懋官(李德懋) / 孔周(孔子, 周公)
/ 鮑謝(鮑照, 謝靈運)

3) 大東風謠序(內集 권3)

歌者言其情也　情動於言　言成於文　謂之歌　舍巧拙忘善惡　**依乎自然**
發乎天機　歌之善也　故詩之國風　多從**里歌巷謠**　或囿**涵泳之化**　亦有諷
刺之意　雖有遜於**康衢謠**之盡善盡美　固皆出於當世**性情**之正也　是以邦
國陳之　太師採之　**被之管絃而用之宴樂**　使庠塾絃誦之士　田野襁褓之
氓　俱得以歡欣感發而日遷善而不自知　**此詩敎**之所以自下達上也　自周
以後　華夷雜糅　方言日以益變　風俗澆薄　人僞日以益滋　方言變而**詩與**
歌異其體　人僞滋而情與文不相應　是以其**聲律之巧**　格韻之高　用意雖
密而愈失其自然　**理致雖正而愈喪其天機**　欲以此而**紹風雅而化邦國**
則不亦遠乎　顧里巷歌謠之作　出於自然之音響節族者　腔拍雖間於華夷
邪正多從其風俗　分章叶韻而**感物形言**者　固異曲同工而所謂**今之樂猶**
古之樂也　乃以其文不師古　詞理鄙俗也　邦國不陳　太師不採　使當時無
有比音律獻天子　則後世無以考治亂得失之迹　盖詩敎之亡　於是乎極矣
朝鮮固東方之夷也　風氣褊淺　方音侏　詩律之工　固已遠不及中華而詞操
之體　益無聞焉　其所謂歌者　皆綴以俚諺而間雜文字　士大夫好古者　往
往不屑爲之　而多成於**愚夫愚婦**之手　則乃以其言之淺俗而君子皆無取
焉　雖然　詩之所謂風者　固是謠俗之恒談　則當時之聽之者　安知不如以
今人而聽今人之歌耶　惟其信口**成腔**而言出衷曲　不容安排　而天眞呈露
則**樵歌農謳**　亦出於自然者　反復勝於士大夫之**點竄敲推**言則古昔而適

足以斲喪其天機也 苟善觀者不泥於迹而**以意逆志** 則其使人歡欣感發而要歸於作民成俗之義者 初無古今之殊焉 且其**取比起興**之意 **傷時懷古之辭** 或出於賢人君子之口 則其**忠君愛上**之意 又颿颿乎言有盡而意有餘 蓋已深得乎風雅遺意 而其辭淺而明 其意順而著 使婦人孺子皆足以聞而知之 則所謂詩敎之達于上下者 舍此奚以哉 謹採古今所傳 集成二冊 名以**大東風謠** 凡千有餘篇 又得**別曲**數十首以附其後 以備太師之採 庶有補於聖朝觀風之政 若其**調戲淫褻**之辭 亦夫子不去**鄭衛詩**之意 **晦翁**所謂思所以自反而有以勸懲之者 尤在上者之所不可不知也云爾

───

대　상: 大東風謠
중심어: 歌 / 天機 / 詩敎 / 天眞 / 里歌巷謠
색인어 정보: 晦翁(朱子)

4) 題裴僉正訓家辭(內集 권4)

裴翁 吾家舊館人也 少從軍習兵事 余時從問陣 未嘗以文字詞曲相謀 意其所短也 今見其訓家辭十五篇 **操律中格** 足以**被管絃資吟誦** 又其**用意質直 造語淳愨** 凡彝倫實地作人之謨範略備 讀之令人油然有忠孝子諒之心 果使**委巷婦孺**傳誦而不厭焉 則吾知其**興發聳感** 或勝於葩藻之奧雅也 惜乎 人微而語俚 無以自達於太史之采也 翁有文識如此 平日不肯向人沾沾然 則其賢益可知也 翁之先 嶺左士族 近世流落失其所爲酒泉之吏族 惟其家居 有行有法 卽此**訓辭** 乃其躬行自得之語 非多學能言之士所可企及 後有見之者 宜不以余言爲過也

───

대　상: 訓家辭(裴僉正)

중심어: 用意質直 / 造語淳慤
색인어 정보: 太史(司馬遷)

5) 與梅軒書(外集 권1)

(전략) 凡讀書 切不可徑要會疑 只平心專志 讀來讀去 不患無疑 有
疑則反覆參究 不必專靠文字 或驗之應事之際 或求之游泳之中 凡行步
坐臥 隨時究索 如是不已 鮮有不通 設有不通 先此究索而後問於人 乃
可以言下領悟 凡讀書 虛張聲氣 錯亂音讀 强拈字句 信口發難 答語未
了 掉過不顧 一問一答 不復致思 此無意於求益也 不足與爲學也 凡看
聖賢言語 參之古人 考其已然之跡 反之吾身 求其通變之宜 歆動惻怛
如針箚身 古人讀書 盖有此本領 不如是 皆僞學也 余嘗以孟子**以意逆
志**四字 爲**讀書符訣** 古人作書 不惟義理事功 雖**篇法起結文辭**之末技
莫不各有其志 今以吾之意 逆古人之志 融合無間 相說以解 是古人之
精神見識 透接我心 譬如乩神降附靈巫 分外**超悟** 不知自何而來能如是
不待**依樣章句蹈襲陳跡** 而酬酢萬變 左右逢原 我亦古人而已矣 如是讀
書 然後可以**奪天巧** 古人作書 非敎人飭文藻以取**功名** 資記覽以干**名譽**
然要飾文藻而資記覽者 亦不可以躁淺涉獵而得之 今終日誦讀 目不離
行墨 自以爲如是足矣 然意慮飛越 口到而心不到 視作者本志 不啻隔
十重鐵關 豈不益遠於道乎 此天下之棄才也 (후략)

대 상: 梅軒(趙煜宗)
중심어: 讀書符訣

6) 乾淨衕筆談續(外集 권3)

(乙酉 二月 二十六日) (전략) 聲淫非詩淫 昔人之辨 亦未曾見 但其
俗淫則其聲淫 其聲淫則其詩亦淫矣 此必然之理也 况古所謂詩者 皆詞
曲也 彼之管絃 合奏而齊唱 則**聲與詩之分**而二之 恐亦未安 若謂夫子
刪詩 詩不可有淫云 則**懲創感發** 是朱子說也 固不足引以爲說 如春秋
經世之書而亦善惡俱存 中有主而善觀之 則何莫非教也 且國風十五 **淫
詩**過半 雖如小序之强爲之說 終恐說不去也 伯叔君子與狂童狂且一例
無別云 則恐此益爲淫詩之證 其**謔浪笑傲抑揚調戲**之狀 眞箇有**聲畫**也
野有死麕 明是**淫辭** 愚竊嘗疑**集註**之近於附會 正與尊意不謀而同矣 但
鄭風變風也 猶不可以參以淫詩 況此召南正風也 尊說乃比之於悄悄冥
冥而斷以淫詩 其爲**朱註**之誤則得矣 其於夫子**刪詩之義**何哉 (후략)

대 상: 陸飛 / 嚴誠 / 潘庭筠
중심어: 淫詩
색인어 정보: 朱註(朱子, 詩經集註)

성대중(成大中, 1732~1812)

본관은 창녕(昌寧), 자는 사집(士執), 호는 청성(靑城). 김준(金焌)의 문인. 1756년 문과에 급제, 1763년 통신사 조엄의 서기로 일본에 다녀왔으며, 부사를 지냈다. 북학사상에 경도하여 홍대용·박지원·이덕무·유득공·박제가 등과 교유하며 북학사상 형성에 기여하였고, 정조의 문체반정(文體反正)에 적극 호응하였다. 저서로 『청성집(靑城集)』이 있다.

출전: 靑城集(『한국문집총간』248집)

1) 林和靖詩集序(권5)

余於宋人詩 酷愛和靖 非徒爲其詩之妙 盖重其人之高潔也 然其詩簡而放 澹而遠 襲陶柳之標格而捨其亢 斂韋孟之神韻而削其腴 覽其詩

亦足以知其人也 游宦旣倦 歸田之思日深 每想古之無求於世者 推以及當世之隱遯 未嘗不爽然自失 而尤致意於和靖 故每讀其詩 輒爲之三復感歎 始於西籍官居 手寫一部 贈**楊江居士**金元亮 及至仙槎 又寫一部 朝夕玩誦 行當盡和其詩 郡之東有湖 十里荷花 宛似西湖 遂自號曰**東湖** 長欲以湖海漫跡 竊比古人 其亦僭矣 然**蘇子瞻**謫官南海 乃有**和陶**之詩 所謂桑楡之師範者 盖不以跡而以心也 (하략)

대　상: 林和靖詩集(林逋)
중심어: 林逋 / 陶潛*柳宗元 / 韋應物*孟浩然
색인어 정보: 和靖(林逋) / 陶柳(陶潛, 柳宗元) / 韋孟(韋應物, 孟浩然) / 楊江居士(金元亮) / 東湖(金元亮) / 蘇子瞻(蘇軾)

2) 古文軌範序(권5)

古文之選 自昭明始 然取適乎時用 故體裁未純於古也 及**茅氏**之抄行而古文亡矣 夫惟**韓柳**猶屬之古 宋六子直時文之雄也 然以其適用 故擧世趨之 而未有能易其弊者 明之盛時 盖亦有特起而振之者矣 然其所謂**復古**者 反不如六子之適用 故風氣一下 雖有能者 亦莫之能復也 況文弊乎 然古今文之別 不難知也 古文簡而罋 今文俚而晦 古文質而腴 今文華而枯 古文取材也富 今文取材也狹 古文立意也深 今文立意也淺 故古文似衍而實精 今文似捷而實冗 特古文艱於今文爾 然自典謨以來 文體盖五變矣 周公之制禮 孔子之論道 馬遷之紀事 昌黎之碑誌 子瞻之策論 上之日月乎羣品 下之江河乎百川 其爲宗主則一也 然世級之降 文亦隨之 周孔之於典謨 猶湯武之於堯舜也 **韓蘇**之於秦漢 猶漢唐之於三代也 惟我東則不然 風氣之闢 後於中國 檀君之開創 纔

及堯時 箕子之八條 乃商周征伐之後 今之文明 比之中國 殆成周之盛
也 古文之興 此其時也 顧未有倡之者耳 然文章豈待倡而作哉 亦各因
其時而振其弊也 昔者商之文鬼矣 周公峻其辭而振之 周之文儳矣 孔子
燤其辭而導之 秦之文刻矣 馬遷易之以雅健 六朝之文靡矣 昌黎矯之
以奇崛 五季之文萎矣 子瞻變之以雄肆 今之文膚而冗矣 若之何其振
之 本之六經 以正其源 參之諸子 以達其流 取之秦漢 以立其氣 資之
韓蘇 以博其用 質之程朱 以尊其趣 夫如是則古今之制通 而文章之體
備矣 顧昭明之選 主於簡要 故幅尺狹而意味淺 茅選又其下者也 余故
擇其閎深而衍厚者 於莊取齊物·養生 於騷取離騷·卜居 於漢取治安
策·鵩賦·伯夷傳·諫山陵疏 於魏取絶交書 名之曰古文軌範 以爲古
文者倡 進於此者 惟檀弓·考工記乎 六經至矣 余固不敢論也 故德盛
者其樂崇 質厚者其氣昌 道大者其言尊 識深者其文奧 苟徇於字句之工
而自以爲至焉 是明文之眥而踏之也 曷足稱哉 曷足稱哉

대 상: 古文軌範(謝紡得)
중심어: 文選 / 唐宋八大家文鈔
색인어 정보: 昭明(蕭統) / 茅氏(茅坤) / 韓柳(韓愈, 柳宗元) / 宋六子(歐陽脩, 蘇
洵, 蘇軾, 蘇轍, 曾鞏, 王安石) / 馬遷(司馬遷) / 昌黎(韓愈) / 子瞻(蘇軾) / 韓蘇(韓
愈, 蘇軾) / 昭明之選(文選) / 茅選(唐宋八大家文鈔) / 莊(莊子) / 騷(離騷)

3) 太湖集序(권5)

爲文章有道 聚材於博而用之欲其約 會意於實而施之欲其虛 取辭
於險而修之欲其夷 鍊字於奇而安之欲其馴 古之爲文 用此道也 故醇
茂而近道 言之而有味 行之而逾遠 後世則不然 約而如博 虛而爲實 當

夷而險 宜馴而奇 故材儉而意膚 辭艱而字贋 文之失其道也以此 然則
大雅之作 其終廢於後耶 乃今得之洪太和 太和之文章 如其人之豈弟也
故**雅潔婉厚 步趣中矩** 制作之妙 片言皆可誦也 然其實有不可奪之氣
不可屈之辯 折之以柔 達之以順 依乎古而出之新 故和鸞鳴而麟鳳峙也
然今之文猶古之文也 夫惟**心公則識明 識明則理精 理精則辭醇** 辭醇
則文雅 故**辭理俱長者上也** 辭拙而理勝者次之 理詘而辭工 文之末也
故辭之至者 必**文從而字順** 鉤棘以爲工 實其辭之拙者也 平言之而不
足者 豈艱言之而有餘哉 知斯道者 於今也其惟太和乎 (하략)

대　상: 太湖集(洪元燮)
중심어: 爲文章有道
색인어 정보: 太和(洪元燮)

4) 感恩詩叙(권5)

臣大中猥被洪造 待罪外邑 乃於本月初五日昧爽 伏承內閣奉聖諭 命
臣條陳古今**文體**之孰是孰非 仍命製進感恩文若詩 臣以螻螘之賤 螢爝
之微 倖遭聖明曲荷恩覆 濫廁詞學之列 連蒙曠絶之寵 惶隕震越 不知
所對 第伏念文章之在人 如天之有日月星辰 地之有山川草木 並其**自然**
之文也 然人文則有大焉 道德經術其基也 禮樂政刑其資也 布帛菽粟其
體也 黼黻笙鏞其華也 世道於是乎觀 時運於是乎徵 文章之於人 不亦
重且尊哉 **天地之文** 亦藉此而顯 況其下此者耶 然**文體與時運**上下 典
謨以後 盖**五變**矣 周公之詩禮 孔子之易春秋 **辭簡則義嚴 文宏則理**
三代之文章 於斯備矣 然文體則有前後聖之別 降而**馬遷之雄剛** 易衰周

之傺 昌黎之渾厚 起六朝之萎 而五季之悴 則歐蘇又力振之矣 然文而
爲學 華而爲實 義則未之醇也 於是乎朱夫子作焉 以韓蘇之文章 述周
程之性理 是惟羣儒之集成 而文章之門路亦正 夫庸學之序 猶用韓蘇之
文軌 而韓蘇則不能作也 孔後文章 賴有此爾 至如陳亮陸游之述作 幷
歐蘇之餘緖 而元之虞集元好問 亦其選也 皇明劉基宋濂 應運而作 方
孝孺辭遜於昌黎而學則逾之 王守仁學術雖枉 而文則眉山之流亞也 外
是而興者 如唐順之歸有光 猶陳陸之踵韓蘇也 文章正脉 具在是矣 反
是而爲文 非邪則妄 君子不謂之文也 且惟文章 未有不學而能者 故管
商楊墨之徒 亦各有其學也 明之王李則不然 蔑學而爲文 誇多而爲工
致力於字句之末 而體裁則未也 猶自以爲凌古人而上之 何異於夜郎之
自大也 至於徐袁鍾譚 尤其劣者也 亢末之氣 噍殺之音 適足爲泯夏之
祟而莫之救也 曾謂曲慧小知 亦足禍天下耶 若夫稗官小說 盛於元世
而其實則莊列之誕開其源 瞿曇之幻揚其波 眉山之妙悟 亦不無濫觴
而明末尖巧之才 幷襄裳而趨之 以才誤身 以身誤世 惜乎 時無孔朱 不
得麾而返之正也 詩又文之精華也 故六經之中 詩辭冣美 文謂之文 詩
謂之章 詩文不備 未可謂之文章也 夫惟三百篇尙矣 屈騷漢詩 可稱絶
響 而楚兵一冠諸侯 漢之重興者再 有是哉 詩道之關治運也 相如之賦
子長之文 亦其特氣之昌也 漢之至今存也 豈獨三章之效哉 唐之李杜
猶是大雅之餘 而唐運之盛 亦其時也 故文則西京 詩則盛唐 猶晉帖之
二王 而操觚者悉宗之也 宋之故實 明之聲響 迭爲長世之資 而正始希
音 去已邈矣 况其下劣之魔耶 王·李·徐·袁 殆亦恥與之伍矣 大抵
論古人之醇疵 則今人之是非 不難知也 獨文體乎哉 猶日之舒促 而世
之衰旺判焉 故文章偏言之則一技也 大而言之則包六合而有餘 非學足
以通其奧 氣足以牽其巧 辯足以發其華 力足以制其變則不能也 故襲
而取之者 夸以爲能 模而索之者 淺以爲工 假而專之者 眩以爲巧 是皆

未得乎道而自逞其才者也 文體之乖 盖由此也 孟子曰 君子反經而已
經正則庶民興 庶民興 斯無邪慝矣 夫文章莫盛於六經 而左國班馬 尙
其支裔 況其他耶 苟能驅一世之士 盡趨之於六經 則文風自正 世道自
醇 而三代不難復也 啁啾之音 直見晛之雪也 不待正而自正 顧何有於
辭闢哉 然風氣不轉則文體未易變也 變之惟在導率之耳 不有風草之偃
耶 且夫物極則反 理之常也 今之文弊極矣 理固當一變 變通存乎時 旋
幹存乎幾 神明存乎人 時當乎幾 聖作乎時 而不能變者未之有也 (중략)
臣知識鹵下 文辭拙澁 豈堪仰對其萬一哉 徒以所聞見於平素者 知古文
之所常法者有三 六經爲宗 正史爲翼 諸子之粹者爲夾輔 而尺度繩墨
之外 斷無他路也 知古文之所常禁者 亦有三 一稗史也 一語錄也 一俚
諧也 三者不去 古文不可復也 文體寧淡無膩 寧疏無迫 寧朴無媚 寧
過於夷 無過於險 區區素學 實志乎此 而駑才淺工 未能得其一二也
(하략)

대 상: 感恩詩(成大中)
중심어: 稗官小說 / 王世貞*李攀龍*徐渭*袁宏道 / 六經爲宗 正史爲翼 / 稗史 /
語錄 / 俚諧
색인어 정보: 馬遷(司馬遷) / 昌黎(韓愈) / 歐蘇(歐陽脩, 蘇軾) / 韓蘇(韓愈, 蘇軾)
/ 眉山(蘇軾) / 陳陸(陳亮, 陸游) / 管商楊墨(管仲, 商鞅, 楊朱, 墨翟) / 王李(王世
貞, 李攀龍) / 徐袁鍾譚(徐渭, 袁宏道, 鍾惺, 譚元春) / 莊列(莊子, 列子) / 屈騷(屈
原, 離騷) / 相如(司馬相如) / 子長(司馬遷) / 李杜(李白, 杜甫) / 王李徐袁(王世貞,
李攀龍, 徐渭, 袁宏道) / 左國班馬(左傳, 國語, 班固, 司馬遷)

5) 兪汝成蒼崖稿序(권6)

正以爲奇 朴以爲巧 淡以爲甘 文章之至者也 理順則辭雅 義精則文

簡 虞夏之文 不過是也 然修辭之妙 後之所謂巧者 不敢望也 **文法**固如
是也 不然 何以立言而行遠哉 然說者謂**三代無文章 兩漢無文法** 是猶
上德之不德而燕越之無弓削也 下此一等 其猶兵家之勢險節短者乎 然
猶之以**法勝**也 統之則在氣 氣不足以濟辭 則辭雖巧不昌 故**左氏之奧妙**
南華之玄悟 離騷之幽眇 豈非**文之聖者** 而氣則遜於**馬遷** 故彼猶爲衰
世之音 而**漢**之文章 特爲千古之宗也 **氣薄而悟解** 見**昌黎**文至巧也 然
巧不外見 由氣盛也 **東坡**則見焉 所以不及韓也 東坡尙然 況其下之者
耶 故求文之備者 **釖範**五之 **氣格**三之 **慧悟**二之 方可稱**十全之文** 今之
知此道者鮮矣 **蒼厓兪公汝成** 今世之鉅匠也 其文**理勝於辭 法勝於巧**
未嘗以**慧悟**自命 而工妙則自足也 乃其氣格則殆欲跨古人而上之 釖範
固無論也 公雅喜吾文 謂可與同調 而詩則健於我矣 余亦樂從之遊 皓
首相勖 惟此道也 **鉤棘以眩世 側巧以媚世** 公與余所同恥也 匪惟恥之
亦未能也 (하략)

대　상: 自著(兪漢雋)
중심어: 釖範 / 氣格 / 慧悟 / 十全之文
색인어 정보: 左氏(左傳) / 南華(莊子) / 馬遷(司馬遷) / 昌黎(韓愈) / 東坡(蘇軾) /
蒼厓(兪漢雋) / 汝成(兪漢雋)

6) 爾雅堂記(권6)

兩漢以來 文章盛矣 獨**西京之文** 號稱**爾雅** 爾雅爲其近正也 曷之爲
近正 爲其**六經之餘**也 夫文章莫盛於六經 道正故也 然六經得夫子而正
微夫子之刪正**詩書**之駁者 不幾爲世敎害耶 及夫子沒而微言絕 七十子
喪而大義乖 **百家諸子**之言迭出 爲吾道之賊 周之末 **文弊**極矣 秦又烈

之以火 經籍之禍酷矣 漢興 始立學官 武帝表章六經 而賈誼・董仲舒・司馬遷・劉向・揚雄之屬 各以其學持世 作爲文章 醇深典雅 不悖於六經之意 故繼六經而文者莫盛於西京 謂之爾雅 不亦宜乎 然文不能徒盛也 必也學以成之 西京之世 去聖人不遠 微辭雅制 尙有存者 其學又皆專門 仲舒・劉向之博而各主一經 是故西京之學 皆典實有根據 論經術 或局於度數而不害其精核 語灾異 或涉於傅會而不害其深妙 寧師古而鑿 不師心而蕩 以故馭世則嚴 理國則强 朋黨不作 異端不興 後之爲治者莫敢望也 此無他 學術近正故爾 文章之爾雅 固其所也 後之爲學 固有精微於西京者矣 然其末也 遺事功而尙玄虛 夷狄之亂隨之內虛故外侮之也 吾故曰欲救文弊 莫如西京之學 宜春南公元平 端居治文章 克紹其家學 而名其堂曰爾雅 盖以西京之文自期也 夫鑑後世之弊者 必有志於復古 公之志於西京者可知已 豈惟其文哉 將其學焉是就 嗟乎 學無當於實用 不如無學 文無裨於世敎 不如無文 元平勉之

대 상: 爾雅堂(南公轍)
중심어: 西京之文 / 實用 / 世敎
색인어 정보: 夫子(孔子) / 宜春(南公轍) / 元平(南公轍)

7) 雅亭遺稿跋(권8)

(전략) 發爲詩文 寧澁無蕩 寧枯無膩 寧近乎僻 無近乎膚 慧心博識獨造玄悟 他人莫之及 而亦其品行之高致之也 上嘗命其詩曰雅 懋官遂以自號

8) 書復軒記後(권8)

(전략) 詩道亦然 雅變而風 風變而騷 騷變而古 古而後 雪月風花而
已 詩之雪月風花 卽畫之山水烟雲也 今之爲詩者 能捨雪月風花而復
古之風雅乎 然復古有道 古之與今 不過雅俗粹駁之別耳 苟其言之粹
雅 則今之詩亦足以陶寫性靈 感發志氣 古道豈外是哉 故晉帖唐詩覽
之 使之靖躁心而平麤氣者 以其字畫之高雅 意致之深婉也 畫豈獨不然
乎哉 (하략)

9) 坏窩金公行狀(권9)

(전략) 文章不取藻飾 緣情起辭 情盡則止 語幷玄悟有味 詩亦不主
聲律 意到輒賦 古詩酷愛陶·杜之作 書法肖鍾太傅 世傳稷下體 稷下
公京居巷也 碑版家皆求之 端雅古澹 可知其有道者書也 人問作字法
則答曰無他法 作字敬而已 (중략) 故君子學則古經 行則古禮 言則古昔
古之輔世興俗 用是道也 今也則不然 經焉而宗箋註 禮焉而主儀節 文
焉而尙藻繪 謂是之學者 擧世皆是也 (하략)

대　상: 坯窩(金相肅)
중심어: 稷下體
색인어 정보: 陶杜(陶潛, 杜甫) / 鍾太傅(鍾繇) / 稷下(金相肅)

유한준(兪漢雋, 1732~1811)

···

본관은 기계(杞溪), 초명은 한경(漢冏). 자는 만청(曼倩)·여성(汝成), 호는 저암(著菴)·창애(蒼厓). 남유용(南有容)의 제자. 1768년 진사시에 합격, 김포군수와 형조참의를 지냈다. 저서로『저암집(著菴集)』이 있다.

출전: 自著(『한국문집총간』 249집)

1) 答朴永叔〔胤源〕書
2) 錦石集序

1) 答朴永叔〔胤源〕書 乙酉(권20)

獲承下札 首尾累數千言 敎以志於爲學 剗華就實 意至厚也 凡足下前所言大體 皆今書之意也 而今書之意 視前所言 又加密焉 盖件段非一二 而其歸文與道離合之間耳 足下合**道與文爲一致** 僕離道與文爲兩端 是以其言大同而小異 夫兩端之說 不足以敵一致之論 故僕所以有三代上下之說 夫有三代上下之分 而爲道學者爲文章者 其勢不能相入也 道莫大於三代以上 文亦莫高於三代以上 當是時也 文以道出 道以文行 譬如翼相並而飛 蹄相輔而走 未嘗離也 堯舜爲典 禹爲謨 湯爲誥 伊尹爲訓 傳說爲命 文王爲易之象 周公爲雅頌 孔子爲繫辭文言 尙矣 其**幽奇詰屈而灝噩也** 信乎其有德者有言也 信乎其道在言隨之矣 言在文隨之矣 盛矣哉 非道正而德之純 惡能及此哉 故更千萬年而一辭皆尊之爲

經 是則僕與足下無異見 故曰大同 及至於三代以下則不然 師異道人異
論世異教 聖人遠而其言湮晦不章 人將相攣而入於夷狄禽獸矣 於是宋
之諸君子出 戞戞乎欲同其異邇其遠顯其晦 挽夷狄禽獸之風而之於人也
故其說長 其說長故其文繁 繁而長 出於惟道之欲明 道則明矣 而稍稍
與文辭遠 與文辭遠 非道不正 繁故也 而**司馬遷・班固**之徒 極能悉知
以為文章 幾至於**驚天地動鬼神**矣 而於道則遠 **程朱極於道 遷固極於**
文章 遷固不能為程朱 而程朱亦不能為遷固 故曰小異 如足下言 遷固
既以其文而離聖人之道矣 離聖人之道 則其文宜若未至矣 而乃反居宋
之諸君子上何也 如曰雖離於道 不害於文之工也 則又何以曰道學正而
文乃好也 如曰道學正而文乃好也 則又何為而以宋之諸君子道學之正
而其文章不及遷固也 謂程朱文章不及遷固也 而疑道之未至 則天下無
此理 謂遷固道之離也 而不歸以**文章之宗** 則童子不可欺 然則僕不知將
合道學文章而同之邪 且固異之也 故曰為道學者為文章者之不能相入
其勢然也 且遷固猶有說矣 **列禦寇老聃莊周**之屬 以仁義為贅疣 以道德
為駢枝 以堯舜為偽 道之不正極矣 而沖虛道德 齊物秋水 上與六經相
頡頏 而佛之道虛無寂滅 無君臣無父子 非惟不正 亂道甚矣 而**法華金**
剛二嚴之文 指約而操簡 語幽而辭玅 荀卿言性惡 大論是弘 李斯導二
世為惡 無所不至 嶧山之銘侔雅頌 楊雄為莽大夫太玄玄遠 唐宋以下
柳子厚玉佩瓊琚 身謟事仳文 **蘇氏父子**文章動天下 仇嫉河南 王安石興
而以青苗之法 幾危宗國 此非文不待於道 道不正而文好 已然之驗耶
如曰彼各自道其道而既於道 是以文至矣 然則是天下之所謂道 無恒道
矣 道不必程朱 而文章固自如也 使文章必程朱之道而後可也 則是各道
其道之說左矣 離之則兩傷 合之則雙美 何不本之以程朱之道 而被之以
遷固之文也 此又不然 夫文何以有三代上下之別也 繁簡異也 生於三代
之後殺伐爭奪 破碎缺裂之餘 詐偽相欺之世 而欲導之以堯舜禹精約之

言 此猶治軍旅以鄕飮酒之禮 其可入乎 故夫不可被之以程朱之道於遷
固也 猶不得被之以遷固之文於程朱也 庸可以兼邪 夫禮以節人情 樂以
治人性 聖人治人以禮樂 豈有古今之殊哉 而三王各異禮 五帝不同樂
人性不甚相遠矣 俗豈有彼此 風豈有遠近哉 而千里不同風 百里不同俗
文至於三代以下而離 又何足怪乎 故曰道與文 三代以下則爲兩端 僕少
失父兄 長無師友 所習祗**功令家**言耳 自省事來 聞有所謂文章者 在**劉**
向 · 楊雄 · 司馬遷 · 班固之家 遂贏粮往而從之 遊戲於其中十餘年 雖
老不遇 竆不自存 其自喜爲文益甚 浮淫方洋 遊戲馳逐 然爲人浮躁淺
陋 無持久性 年且四十矣 卒無所得 晚而悔之無及也 而足下乃憂僕沈
溺於文辭 不亦過乎 沉溺於文辭 與沉溺於博奕酒色亡以異 然沉溺而可
以爲今世之遷固 僕有以身斃 所不辭也 但恐其未能如足下言耳 雖然
來諭以文道離合相駁難 故欲因以明不可合 非務快一時之口辯 右浮華
而緩本實也 惟足下諒賜再教 不宣

대 상: 朴胤源
중심어: 道文一致
색인어 정보: 蘇氏父子(蘇洵 蘇軾)

2) 錦石集序(續集 3책)

(전략) 長公讀無數 其文**雄深** 深於經禮 晚益學成道尊 爲世名儒 公
才稟絶高 長於詩 每花開月明 浮大白抽牋賦詩 公所作 **特精華溢發 詞**
采爛燁 獨出衆中 余則固懸以十駕矣 至其出奇思不羣 矯然若鸞鶴之翔
空 雖長公往往罷筆 以爲不可及 盖四十餘年 游於公兄弟之間 文酒相
嬉如此也 (중략) 公天性謹拙 又其家法 謹畏貞白 長公篤於學 訓子弟

皆有則物 公又擩染焉 以故其處而爲士 出而爲肺腑之親卿相之尊 事有推遷 而其所守操履如印一板 處禁闥十年 跡一刀於世路 口三緘於時事 惟時 出詩言志而已 是以自丁未至今二十年之間 上自薦紳 下至輿儓 一辭道賢 無有以求全一評 口吻間一挂公姓名三字者 卒乃身全名完 生榮死哀 不賢而能若是乎 嗚呼 豈非卓然賢戚臣哉 公旣歿之三月 上賜禮葬 葬訖 公姪子宗興 以公嗣子判書宗輔意 持遺集以視余 令之讐校 仍要弁語 竊自念雖與公有舊如此 今衰耄甚 筋廢精耗 不堪也 公功大宗祊 位亞公孤 序此集宜待鴻匠 不敢也 雖然抑思之 不於此叙公本末 無以闡發公文章與事功 以副余嘗所願爲公一效終事者 乃敢托此而爲之說 且以爲公詩固高矣 **文辭亦絶不套 有典有則 有思有致** 今集中所載文幾篇 丁未以後作居五之二 **懇篤精實 淘雅華絢** 棣棣乎其不可選也 昔**魏玄成**諫諍掩禮制 **歐陽公**文章掩政事 小常爲大掩 不足常爲有餘掩 而公則功與言 竝立於**不朽** 何可以相掩哉 其雙垂名聲於後千百年之無窮也無疑矣 杞溪**兪漢雋**序

대 상: 錦石集(朴準源)
중심어: 懇篤精實 / 淘雅華絢
색인어 정보: 長公(朴胤源) / 魏玄成(魏徵) / 歐陽公(歐陽脩)

박윤원(朴胤源, 1734~1799)

본관은 반남(潘南), 자는 영숙(永叔), 호는 근재(近齋). 김원행(金元行)과 김지행(金砥行)의 문하에서 수학하고, 여러 차례 벼슬에 천거되었으나 모두 사양하였다. 김창협(金昌協)·이재(李縡)·김원행의 학통을 계승한 적전(嫡傳)으로, 다시 문하의 홍직필(洪直弼)에게 전수하여 신응조(申應朝)·임헌회(任憲晦)·조병덕(趙秉德) 등으로 이어지는 조선 후기 성리학의 중요한 학파를 형성하였다. 저서로 『근재집(近齋集)』과 『근재예설(近齋禮說)』이 있다.

출전: 近齋集(『한국문집총간』 250집)

---

1) 漢魏五言序
2) 兪汝成文稿序
3) 詩序

---

1) 漢魏五言序(권21)

詩之有五言 自行露章始 至漢魏益盛 漢魏詩三四六七八九言 亦頗多有 而余獨取五言者 取其得短長之中也 **詩與樂爲一類 五言猶四聲** 余甚好焉 大抵漢魏去古未遠 其詩渢渢乎有**三百篇之遺韻** 非唐宋人詩所可及也 今之詩人 多學**唐宋** 而鮮學漢魏 何哉 **漢魏醇淡 唐宋華靡** 醇淡難爲味 而華靡易爲悅故也 然漢魏之於唐宋 猶先進後進也 吾於斯知所從矣 吾嘗閒居觀漢魏詩 選其五言 使家弟**平叔** 寫爲一冊 遂序之

대 상: 漢魏五言
중심어: 漢魏詩
색인어 정보: 平叔(朴準源)

2) 兪汝成文稿序(권21)

余友兪汝成 有奇才 不遇於當世 爲文章以明己見 其辭宏肆奔逸 中
合法度 人言文章高下 限之以世代風氣 而汝成居今之世 能古人之文
豈不偉哉 (중략) 余嘗見今人之文有三 循乎庸常 不自己出 是謂陳文
務乎險怪 以欺衆目 是謂詭文 支而不要 亂而不裁 是謂龐文 茲三文
當世之所好也 是足以掠聲譽取榮利 馳騁於當世 而汝成何苦而守古人
之文哉 君子不詭隨于人 不苟合于時 一言而幾乎道 自以爲樂一事而當
乎理 獨行不惑 此君子之所用心也 昔韓愈承八代委靡之餘 卓然以古
文自立 不肯與世沉浮 嘗曰 小懑人以爲小好 大懑人以爲大好 戛戛乎
力犯其難 士之慕古人不朽 欲自拔於流俗者 固當如是也 方愈之時 衆
人笑之 擧世侮之 且攻排之益堅 至數百餘年而後 得歐陽子 其文終大
顯 今汝成之文 時人莫之知也 安知後世 不有如歐陽子者取而行之歟
汝成益肆其文 毋或少沮焉

대 상: 自著(兪漢雋)
중심어: 陳文 / 詭文 / 龐文
색인어 정보: 汝成(兪漢雋) / 歐陽子(歐陽脩)

3) 詩序(권21)

文章於吾道 其小者也 詩律於文章 又其小者也 其小若此 而且爲之
者 何也 亦以歌其事 言其志而已 雖有時而作 蓋不足尙焉 夫文者 華
也 華而不實 藝者 末也 末而遺本 故曰不以富麗爲工 文章猶然 況其
尤小者乎 余平日所爲詩數百篇 只取其暢敍幽鬱 未嘗以詩人自命 故
其語無甚奇 蓋懼夫以小而害大也 余友兪汝成 書其卷曰 詩出於性情
性情 形君子小人見矣 其以余詩 爲君子之詩乎 爲小人之詩乎 汝成知
吾心之友 其必知吾詩矣 夫詩小事也 而足以知君子小人之分 其所係亦
豈小也 然則先正其大者而後 小者可正 吾欲以此自勵云

———
대　상: 朴胤源
중심어: 兪漢雋 / 君子之詩*小人之詩
색인어 정보: 汝成(兪漢雋)

심익운(沈翼雲, 1734~1783)

본관은 청송(靑松), 자는 붕여(鵬如), 호는 지산(芝山). 1759년 문과에 급제, 이조좌랑과 지평을 지냈다. 1776년 형 심상운(沈翔雲)의 사건에 연루되어 제주도로 유배되어 그곳에서 죽었다. 저서로 『백일집』이 있다.

출전: 百一集(규장각 소장본)

1) 百一文集序(권2)

吾爲文始學諸子 已又學屈原司馬遷 學公羊穀梁左氏傳 以是粹駁無常 體裁不立 前之所是 後或爲非 昔者所好 今爲復改 夫如是 則烏能有一定之見哉 晚讀三禮詩易 究立言之奧熟 觀昭明文選 繹叙事之妙 歷考班范史書 與韓柳文集 正結撰之得失 然後知文道無二 古今爲一 譬之於魚 五經其首也 兩漢其頂脊也 六朝其腹腴也 韓柳其尾也 方悟向者所嗜或吃其骨鯁 或舐其鱗鬐 未始味其全體也 於是 就前所爲文錄

其可存者 六十五篇 爲一卷

대 상: 百一集(沈翼雲)
중심어: 文道無二 古今爲一
색인어 정보: 班范(班固, 范曄) / 韓柳(韓愈, 柳宗元)

2) 答兪汝成書(권2)

所論詩事大體如此矣 然向僕之所云云 非欲蹈襲古人 全不思索探究 如足下之言也 謂不必慘礉雕豜 以傷其天眞 而其所以求工者 反不能工 也 足下乃以不用力爲疑 不其過乎 詩固當用心力 不當用氣力 用氣力 則其言有跡 有跡則其於優遊和暢之意 遠矣 故曰不當用氣力也 不用心 力 則思之不深 見之不眞 言之不足以感人心 故古人有三年二勾者 此 也 此雖與發而中節 咏歌舞蹈者異 而古昔詩人未嘗不務爲此也 故曰當 用心力也 足下深思而細察之 當自得也 足下又以言未必與古人合樊 至 於緩弱散漫爲憂 此似然而不然 僕於詩律 所解聲病對偶而已 尙何足以 論詩哉 然私心嘗慨然以爲詩出於情 情之所感 雖有哀樂之殊 而但今人 好爲急迫愁歎之辭 以自爲工者多 此固衰世不祥之事 非古所謂詩也 故 其自以爲詩 及夫告諸人 未嘗不以中正和平之道相勉也 而人無信之者 其所自爲 亦終不能實其言 此正欲寡過而未能者也 且夫緩弱者 中正之 餘也 散漫者 和平之遺也 縱使如足下所云不猶愈於急迫愁歎 不祥之詩 乎 此又孔門五尺之童 無道桓文之意也 如何如何

대 상: 兪漢雋
중심어: 心力*氣力 / 中正和平

3) 說文一原 本也始也(권2)

爲文之術 大約有三 曰道 曰法 曰神 道者體也 神者用也 法者其器
也 比之一人之身 道其爲人之本乎 法其耳目鼻口形骸之不可變易乎 神
其知覺運動之靈明乎 故道以本其學 法以正其質 神以玅其觧 道常爲之
主 法與神迭相爲後 而奇正分焉 自先其正而言之有道 而後有法 有法
而後有神 猶人之有爲人之理而後 形骸生 形骸生而後靈明發焉 自其奇
而言之 道先之 神次之 法者 神之寓也 猶靈明之寓於形骸也 使人而無
靈明 其形骸特無用之具耳 故曰法者神之寓也 故語其序 則曰道 曰法
曰神 語其玅 則曰道者體也 神者用也 法者其器也 兵法曰 兵以正合 以
奇勝 知此 則可與語文矣 故本學在乎道 正質在乎法 玅觧在乎神 具於
法而神不充 其失也 尸 專於神而法不備 其失也鬼神 專法具而不由乎
道 其失也狐 何也 形骸存而靈明亡 非尸乎 靈明存而形骸亡 非鬼乎 旣
有形骸矣 又有靈明矣 而非人也 非狐之假人乎 故三者全而知奇正之分
則斯可以爲文矣

대　상: 說文一原
중심어: 道*法*神

4) 說文二道 道主宰也(권2)

人生而言 天也 言而爲文 人也 文者 道之所存也 使人言而不文 亦鳥
獸而已矣 聖人之言 六經之文也 諸子之言 百家之文也 其純駁雖殊 所
以傳其道一也 故曰文者 載道之器也 其道浩浩其文灝灝 其道玄玄其文
淵淵 道勝文者 其理密 文勝道者 其辭悅 深乎深乎 至於無音 冥乎冥
乎 至於無形 使天下之人 日用而不知其由 此道之極而文之至也 故惟
深於道者 可以爲文 若至後世廢文衰世所稱道 一切文士好自雕琢旿辭
以誇耀人耳目 然其於道 亦遠矣 故分言之 則道內也本也 文外也末也
合言之 則道亦文也文亦道也 夫孰知其然哉 其惟深於道而神於文者乎

대 상: 說文二道
중심어: 文*道

5) 說文三法 法軌範也(권2)

文之有法 猶屋之有棟樑椽桷也 夫堅者 爲棟橫者爲樑 圓者爲椽 方
者爲桷 此爲屋之法也 故文之法 集字而句 集句而章 集章而篇 起其首
也 止其尾也 鄈其更端也 枝其餘波也 字有虛實 句有短長 章有先後 篇
有小大 故善爲屋者 使棟樑相稱 椽桷各當 故屋久而不壞也 善爲文者
亦然 使字不害於句 句不害於章 章不害於篇 起止有常 枝鄈不亂 故其
文易知 其事易行 言不悖於理 辭不逆於意 此爲文之法也 大智若愚 大
巧若拙 大法不法 是以有法 小法不失 法是以無法 故善爲文者 致法而
不致於高法者抑之 下者擧之 有餘者損之 不足者補之 引而 伸之 觸類

而長之 變化有術 故足法也 夫固守一切之法 不知通變之道者 亦何異
於庸工之執繩墨哉 搰搰然終日 其用力 多而見功少 故兵無常勢 水無
常形 至德不拘於禮 至治不拘於俗

대 상: 說文三法
중심어: 文*法

6) 說文四神 神變化之不可測也(권2)

惟天下之至文 爲能有神 神則變 變則化 變化至 則無所不通 無所不
通則聖 故文始於神而終於聖 神者文之司命也 優孟爲孫叔敖 文冠歲
餘 而楚王左右不能辨 以爲叔敖復生也 彼其膚爪鬚髮 豈眞盡如叔敖哉
惟得其神而已矣 故善爲文者 學古而不泥於迹 本之以道 發之以神 故
神動而天隨 天者 自然也 文至於自然而美極矣 故神不先定者 其文亂
其文亂者 其心惑也 故文之至竗在乎神 神之不撓在乎治心 道所以治其
心也 故善爲文者 本之道而發之神 故其文古而其事今 其言近而其義
遠 如天之高如地之厚 如鬼神之不可測 龍藏而雲興之 虎嘯而風生之
富貴不足以易其樂 貧賤不足以移其志 質諸古人而無愧 百世以俟而不
惑 故其文可傳也 世之欲爲文者 盍亦於此觀之哉

대 상: 說文四神
중심어: 文*神*聖

7) 說文後論(권2)

余作說文凡四篇以述著作之義 而書不盡言 言不盡意 恐覽之者不覈其本意 而拘於言 乃著後論以發其緒餘 論曰 **文章有體用** 體用由動靜 靜惟一定 動則無常 故**體有三不易** **用有五不拘** 故善爲文者 先明乎斯道 而後言乎其才 才者末也 道者本也 故才勝道者 辭過於理 道勝才者 理密於辭 本末之界善惡之路也 夫**辭賦**一源也 **三都兩京**之作 不可亂乎**力辨五噫**也 此不可易一也 古律同流也 **盧家秋興**之咏 不可雜乎**朱鷺翁雛**也 此不可易二也 **記事尙切實** **序言貴優游** **辨論要明白** **哀吊取悲悼** 序不可以**紀實** 論不可以**傷亡** 此不可易三也 凡此其體也 先事而後情 始虛而終實 意之不可拘一也 多則連章累牘 少則一札十行 篇之不可拘二也 或一言而一斷 或累字而一句 句之不可拘三也 年歲載祀之義同也 而計齒則稱歲 如諫佛骨表云 舜幾歲湯幾歲之類 紀時則言年 如春秋史記某公某帝某年之類 牝牡雌雄之旨異也 而謂獸或爲雄 如詩碻孤綏綏之類 名鳥或云牡 如詩雉鳴求其牡之類 甲乙天幹之別 而用之宮觀 如甲觀丙舍之類 子母人倫之序 而施之錢貨 如子母錢之類 字之不可拘四也 書之道事 詩之達意 易之道化 春秋之道義 其揆不同也 博以約之 合而離之 引而伸之 觸類而長之 神變化之不可拘五也 凡此其用也 故能審其體用 能通其屈伸正而已 發順理而行 涵之 泳之 和之 暢之 無適不宜 無施不周 惟君子爲能之矣

대 상: 說文
중심어: 文章*體用 / 體有三不易 用有五不拘

신대우(申大羽, 1735~1809)

••••

본관은 평산(平山). 자는 의부(儀夫), 호는 완구(宛丘). 음직으로 부사와 호조참판을 지냈다. 이덕윤(李德胤)을 비롯하여 이광려(李匡呂)·남건복(南建福)·이영익(李令翊)·이충익(李忠翊) 등과 교유 관계가 깊었으며, 시문과 서예에 뛰어났다. 저서로 『완구유집(宛丘遺集)』이 있다.

출전: 宛丘遺集(『한국문집총간』 251집)

1) 與南受之書
2) 古文程楷序

1) 與南受之書(권2)

所爲文 旣屢承索 謹將近錄若干篇備覽觀 弗敢以尺度爲工 弗敢以仿像爲能 弗敢讀下宋之書 以媚時俗 虞其雜則去漓滾 懼其靡而黜艷華 其志固囂然不息 不審足下將何以敎 今之爲文者 竊竊占私先古一作家 儗歐贗蘇之書 張皇乎雌黃 汗漫于棟宇 引朋比儔 延譽以自高 某固陋 適丁此時 如遠方人 猝逆貴游 語言之麗 車馬之好 非不欲摔而效之 傎短於服飾 口呿於巧冶 惝恍却走走且將十年 於是愛之者憂而毁之者多 知之者誰而笑之者衆 不審足下將何以敎 善乎李習之之言也曰 讀春秋 如未嘗有易 讀莊騷如未嘗有六經 文之于古 摹效其末爾 書字小技 已所寫而復臨之 多不類影 日畫其後 意態則爽 生歐蘇七百載下 依俙其

格例字句之間 而曰我眞是也 非狂則妄 乃欲以區區之識 不唯妄之於己 又欲强天下之文而同其妄 可謂不知量己 如使**文章之道** **沿襲**爲上 **史遷**已能續藝 **韓愈**無事起衰矣 抵掌談笑 人或疑其叔敖而君子哂之 矯天空蕩 市爭覩爲游龍而識者辨焉 今之人高自標揭 仡仡以白其首者 曾不過以**優孟**・偃師之歐蘇而自期邪 夫人而是 我當爲文章索隱 不然千金之裘而易敝縕 知者不爲也 唯足下裁之

대　상: 南建福
중심어: 沿襲
색인어 정보: 李習之(李翶) / 莊騷(莊子, 離騷) / 歐蘇(歐陽脩, 蘇軾) / 史遷(司馬遷)

2) 古文程楷序(권3)

余於**西漢文類**之次 輒錄其尤完粹者 仍略綴**先秦後漢** 訖于**韓子** 文凡一百一十有四 卷凡一十有五 摠名之曰古文程楷 可繕寫 敍曰選有得有失 志及之 力不能及之 則亡以氾濫乎大全資之富 而知有所未至者 亦於斯取裁云爾 且**昭明**收**七代**於燎原 茅生濟王李之襄陵 逓世祝尸而傳尙之 然程錘之衡秤弗壹 而品比之珍貨隨殊 旣莫以咸囿大統 復往往使安於塗飾 閑厥格例 公相**襲蹈**於先古之作 而文章遂爲之贋借焉 何況染末指於斷臠而口已勸于全鼎乎 夫蒙供者意儗似聖 酌蠡而庶幾測海 至愚尙知其不然 然而以爲古人之文可掠略而盡 **古文之制**可摸畫而取 惑已 其趣彌捷而其塗彌阨 其步彌蹇 其去而離諸古也日遠矣 故善爲文者之於選也 但能脫牡首路 涉水爲杠 要弗眩所向而已 此蓋用選汲長之術也 五十一年二月八日 鎭江山樵人大羽書

대　상: 古文程楷(申大羽)

중심어: 襲蹈 / 贋借

색인어 정보: 韓子(韓愈) / 昭明(蕭統) / 茅生(茅坤) / 王李(王世貞, 李攀龍)

박지원(朴趾源, 1737~1805)

본관은 반남(潘南), 자는 중미(仲美), 호는 연암(燕巖)·연상(煙湘)·열상외사(洌上外史). 1765년 과거에 낙방한 후 오직 학문과 저술에만 전념하였고, 유득공(柳得恭)·홍대용(洪大容)·이덕무(李德懋)·박제가(朴齊家)·이서구(李書九) 등과 교유하며 이른바 '연암그룹'을 형성하였고 북학사상(北學思想)을 배태하게 되었다. 1780년 삼종형 박명원(朴明源)이 연행할 때 자제군관의 자격으로 수행하여 북경·열하를 여행하고 돌아와 『열하일기(熱河日記)』를 지었는데, 그의 북학사상과 법고창신(法古創新)으로 대표되는 문학사상이 잘 드러나 있다. 저서로 『연암집』이 있고, 주요 작품으로는 「허생전(許生傳)」·「양반전(兩班傳)」·「호질(虎叱)」 등이 있다.

출전: 燕巖集(『한국문집총간』 252집)

1) 楚亭集序(권1)

　爲文章如之何 論者曰 必法古 世遂有儗摹倣像而不之恥者 是王莽之
周官 足以制禮樂 陽貨之貌類 可爲萬世師耳 法古寧可爲也 然則創新
可乎 世遂有怪誕淫僻而不知懼者 是三丈之木 賢於關石 而延年之聲
可登淸廟矣 創新寧可爲也 夫然則如之何其可也 吾將奈何無其已乎 噫
法古者 病泥跡 創新者 患不經 苟能法古而知變 創新而能典 今之文
猶古之文也 古之人有善讀書者 公明宣是已 古之人有善爲文者 淮陰侯
是已 何者 公明宣學於曾子 三年不讀書 曾子問之 對曰 宣見夫子之居
庭 見夫子之應賓客 見夫子之居朝廷也 學而未能 宣安敢不學而處夫子
之門乎 背水置陣 不見於法 諸將之不服固也 乃淮陰侯則曰此在兵法
顧諸君不察 兵法不曰置之死地而後生乎 故不學以爲善學 魯男子之獨
居也 增竈述於減竈 虞升卿之知變也 由是觀之 天地雖久 不斷生生 日
月雖久 光輝日新 載籍雖博旨意各殊 故飛潛走躍 或未著名 山川草木
必有秘靈 朽壤蒸芝 腐草化螢 禮有訟 樂有議 書不盡言 圖不盡意 仁者
見之謂之仁 智者見之謂之智 故俟百世聖人而不惑者 前聖志也 舜禹復
起 不易吾言者 後賢述也 禹・稷・顔回其揆一也 隘與不恭 君子不由
也 朴氏子齊雲年二十三 能文章 號曰楚亭 從余學有年矣 其爲文慕先
秦兩漢之作 而不泥於跡 然陳言之務祛則或失于無稽 立論之過高則或
近乎不經 此有明諸家於法古創新 互相訾謷而俱不得其正 同之並墮于
季世之瑣屑 無裨乎翼道而徒歸于病俗而傷化也 吾是之懼焉 與其創新
而巧也 無寧法古而陋也 吾今讀其楚亭集 而並論公明宣魯男子之篤學
以見夫淮陰・虞詡之出奇 無不學古之法而善變者也 夜與楚亭言如此
遂書其卷首而勉之

대　상: 楚亭集(朴齊家)
중심어: 法古創新
색인어 정보: 延年(李延年) / 淮陰侯(韓信) / 魯男子(顏叔子) / 虞升卿(虞詡) / 齊
雲*楚亭(朴齊家)

2) 騷壇赤幟引(권1)

善爲文者 其知兵乎 字譬則士也 意譬則將也 題目者 敵國也 掌故者
戰場墟墨也 束字爲句 團句成章 猶隊伍行陣也 韻以聲之 詞以耀之 猶
金鼓旌旗也 照應者 烽埈也 譬喩者 遊騎也 抑揚反復者 鏖戰撕殺也
破題而結束者 先登而擒敵也 貴含蓄者 不禽二毛也 有餘音者 振旅而
凱旋也 夫長平之卒 其勇㤉非異於昔時也 弓矛戈鋋 其利鈍非變於前日
也 然而廉頗將之 則足以制勝 趙括代之 則足以自坑 故善爲兵者 無可
棄之卒 善爲文者 無可擇之字 苟得其將 則鉏櫌棘矜 盡化勁悍 而裂幅
揭竿 頓新精彩矣 苟得其理 則家人常談 猶列學官而童謳里諺 亦屬爾
雅矣 故文之不工 非字之罪也 彼評字句之雅俗 論篇章之高下者 皆不
識合變之機 而制勝之權者也 譬如不勇之將 心無定策 猝然臨題 屹如
堅城 眼前之筆墨 先挫於山上之草木 而胸裏之記誦 已化爲沙中之猿鶴
矣 故爲文者 其患常在乎自迷蹊逕 未得要領 夫蹊逕之不明 則一字難
下 而常病其遲澀 要領之未得 則周帀雖密 而猶患其疎漏 譬如陰陵失
道而名騅不逝 剛車重圍而六騾已遁矣 苟能單辭而挈領 如雪夜之入蔡
片言而抽綮 如三鼓而奪關 則爲文之道如此而至矣 友人李仲存集東人
古今科體 彙爲十卷 名之曰騷壇赤幟 鳴呼 此皆得勝之兵而百戰之餘也
雖其體格不同 精粗雜進 而各有勝籌 攻無堅城 其銛鋒利刃 森如武庫
趨時制敵 動合兵機 繼此而爲文者 率此道也 定遠之飛食 燕然之勒銘

其在是歟 其在是歟 雖然 房琯之車戰 效跡於前人而敗 虞詡之增竈 反
機於古法而勝 則所以合變之權 其又在時而不在法也

筆犀墨利 字飛句騰 藝垣中頗牧

世謂文之照題緊襯者 爲科擧之文 則殺鉛雜鐵 外若精鍊 而內實有參
恕處 苟能十分照顧十分緊襯 無一字浮辭漫語 便是得意古文之上乘 命
意綴文 如尉繚子之談兵 程不識之行師 當爲功令之上乘 篇篇若此 豈
不使擧世心折

대　상: 騷壇赤幟(李在誠)
중심어: 合變之機 / 科體
색인어 정보: 李仲存(李在誠)

3) 孔雀館文稿自序(권3)

文以寫意則止而已矣 彼臨題操毫 忽思古語 强覓經旨 假意謹嚴 逐
字矜莊者 譬如招工寫眞 更容貌而前也 目視不轉 衣紋如拭 失其常度
雖良畫史 難得其眞 爲文者亦何異於是哉 語不必大 道分毫釐 所可道
也 瓦礫何棄 故檮杌惡獸 楚史取名 椎埋劇盜 遷固是叙 爲文者惟其眞
而已矣 以是觀之 得失在我 毀譽在人 譬如耳鳴而鼻鼾 小兒嬉庭 其耳
忽鳴 啞然而喜 潛謂鄰兒曰 爾聽此聲 我耳其嚶 奏鞸吹笙 其團如星 鄰
兒傾耳相接 竟無所聽 閔然叫號 恨人之不知也 嘗與鄕人宿 鼾息磊磊
如哇如嘯 如嘆如噓 如吹火 如鼎之沸 如空車之頓轍 引者鋸吼 噴者豕
狗 被人提醒 勃然而怒曰 我無是矣 嗟乎己所獨知者 常患人之不知 己
所未悟者 惡人先覺 豈獨鼻耳有是病哉 文章亦有甚焉耳 耳鳴病也 閔
人之不知 況其不病者乎 鼻鼾非病也 怒人之提醒 況其病者乎 故覽斯

卷者 不棄瓦礫 則畫史之湞墨 可得劇盜之突鬢 毋聽耳鳴醒我鼻鼾 則
庶乎作者之意也

대 상: 孔雀館文稿(朴趾源)
중심어: 眞
색인어 정보: 遷固(司馬遷, 班固)

4） 素玩亭記(권3)

完山李洛瑞 扁其貯書之室曰素玩 而請記於余 余詰之曰 夫魚游水中
目不見水者 何也 所見者皆水 則猶無水也 今洛瑞之書盈棟而充架 前
後左右無非書也 猶魚之游水 雖效專於董生 助記於張君 借誦於東方
將無以自得矣 其可乎 洛瑞驚曰 然則將奈何 余曰 子未見夫索物者乎
瞻前則失後 顧左則遺右 何則 坐在室中 身與物相掩 眼與空相逼 故爾
莫若身處室外 穴牖而窺之 一目之專 盡擧室中之物矣 洛瑞謝曰 是夫
子挈我以約也 余又曰 子旣已知約之道矣 又吾敎子 以不以目視之 以
心照之可乎 夫日者 太陽也 衣被四海 化育萬物 濕照之而成燥 闇受之
而生明 然而不能爇木而鎔金者 何也 光遍而精散故爾 若夫收萬里之遍
照 聚片隙之容光 承玻璃之圓珠 規精光以如豆 初亭毒而晶晶 倏騰焰
而熊熊者 何也 光專而不散 精聚而爲一故爾 洛瑞謝曰 是夫子警我以
悟也 余又曰 夫散在天地之間者 皆此書之精 則固非逼礙之觀 而所可
求之於一室之中也 故包犧氏之觀文也 曰仰而觀乎天 俯而察乎地 孔子
大其觀 文而係之曰 居則玩其辭 夫玩者 豈目視而審之哉 口以味之 則
得其旨矣 耳而聽之 則得其音矣 心以會之 則得其精矣 今子穴牖而專
之於目 承珠而悟之於心矣 雖然 室牖非虛 則不能受明 晶珠非虛 則不

能聚精 夫明志之道 固在於**虛而受物 澹而無私** 此其所以素玩也歟 洛
瑞曰 吾將付諸壁 子其書之 遂爲之書

대　상: 素玩亭(李書九)
중심어: 悟
색인어 정보: 洛瑞(李書九)

5) 與人(권3)

平日於文學, 好看**批評小品** 探索者 惟是**妙慧之解** 深味者 無非**尖酸**
之語 此等雖年少一時之嗜好 漸到老實 則自然刊落 不必深言 而大抵
此等文體 全無典刑 不甚**爾雅** 明末**文勝質弊**之時 吳楚間小才薄德之
士 務爲吊詭 非無**一段風致隻字新語** 而瘦貧破碎元氣消削 則古來吳
儈楚儂之畸蹤窮跡 囅唾涏咳 何足步武哉

중심어: 批評小品 / 妙慧之解 / 尖酸之語

6) 映帶亭贐墨自序(권5)

(缺六十字) 唾以右謹陳 所謂右謹陳 誠俚且穢 獨不知世間操觚者何
限 印板摠是餖飣餕餘 則何傷於公格之頭辭 發語之例套乎 帝典之曰若
稽古 佛經之如是我聞 迺今時之右謹陳爾 獨其聽禽春林 聲聲各異 閱
寶海市 件件皆新 荷珠自圓 楚璞不劚 則此尺牘家之祖述**論語** 泝源風
雅 其辭令則**子產叔向** 掌故則**新序世說** 其核實劖切 不獨長策之賈傳

執事之宣公爾 彼一號古文辭 則但知序記之爲宗 架鑿虛譌 挐挹浮濫 指斥此等 爲小家妙品 明牕淨几 睡餘支枕 夫敬以禮立 而嚴威儼愨 非所以事親也 若復廣張衣袖 如見大賓 略叙寒暄 更無一語 敬則敬矣 知禮則未也 安在其婾色怡聲 左右無方也 故曰莞爾而笑 前言戲耳 夫子之善謔 女曰鷄鳴 士曰昧朝 詩人之尺牘爾 偶閱巾笥 時當寒天 方塗窓眼 舊與知舊書疏 得其副墨膡毫 共五十餘則 或字如蠅頭 或紙如蝶翅 或覆瓴則有餘 或糊籠則不足 於是抄寫一卷 藏弆于放瓊閣之東樓 歲壬辰孟冬上澣 燕岩居士 書

대　상: 映帶亭膡墨(朴趾源)
중심어: 尺牘家 / 古文辭 / 小家妙品
색인어 정보: 賈傅(賈誼) / 宣公(陸贄)

7) 答京之〔2〕(권5)

讀書精勤 孰與庖犧 其神精意態 佈羅六合 散在萬物 是特不字不書之文耳 後世號勤讀書者 以麤心淺識 蒿目於枯墨爛楮之間 討掇其蟫溺鼠渤 是所謂哺糟醨而醉欲死 豈不哀哉 彼空裡飛鳴 何等生意 而寂寞以一鳥字 抹摋沒却彩色 遺落容聲 奚異乎赴社邨翁杖頭之物耶 或復嫌其道常 思變輕淸 換箇禽字 此讀書作文者之過也 朝起綠樹蔭庭 時鳥鳴嚶 擧扇拍案 胡叫曰 是吾飛去飛來之字 相鳴相和之書 五采之謂文章 則文章莫過於此 今日僕讀書矣

대　상: 京之
중심어: 生意 / 不字不書之文

8) 答京之〔3〕(권5)

足下讀太史公 讀其書 未嘗讀其心耳 何也 讀項羽思壁上觀戰 讀刺客 思漸離擊筑 此老生陳談 亦何異於廚下拾匙 見小兒捕蝶 可以得馬遷之心矣 前股半跪 後脚斜翹 丫指以前手 猶然疑蝶則去矣 四顧無人 哦然而笑 將羞將怒 此馬遷著書時也

대　상: 京之
중심어: 讀心 / 司馬遷
색인어 정보: 太史公(司馬遷) / 項羽(項羽本紀) / 刺客(刺客列傳)

9) 答蒼厓(권5)

寄示文編 漱口洗手 莊讀以跪曰 文章儘奇矣 然名物多借 引據未襯 是爲圭瑕 請爲老兄復之也 文章有道 如訟者之有證 如販夫之唱貨 雖辭理明直 若無他證 何以取勝 故爲文者 雜引經傳 以明己意 聖作而賢述 信莫信焉 其猶曰康誥曰明明德 其猶曰帝典曰克明峻德 官號地名 不可相借 擔柴而唱鹽 雖終日行道 不販一薪 苟使皇居帝都 皆稱長安 歷代三公 盡號丞相 名實混淆 還爲俚穢 是卽驚座之陳公 效顰之西施 故爲文者 穢不諱名 俚不沒迹 孟子曰 姓所同也 名所獨也 亦唯曰字所同 而文所獨也

대　상: 兪漢雋
중심어: 名物 / 字所同 而文所獨

10) 鍾北小選自序(권7)

嗟乎 庖犧氏歿 其文章散久矣 然而蟲鬚花蘂 石綠羽翠 其文心不變
鼎足壺腰 日環月弦 字體猶全 其風雲雷電 雨雪霜露 與夫飛潛走躍 笑
啼鳴嘯 而聲色情境 至今自在 故不讀易則不知畫 不知畫則不知文矣
何則 庖犧氏作易 不過仰觀俯察 奇偶加倍 如是而畫矣 蒼頡氏造字 亦
不過曲情盡形 轉借象義 如是而文矣 然則文有聲乎 曰伊尹之大臣 周
公之叔父 吾未聞其語也 想其音則款款耳 伯奇之孤子 杞梁之寡妻 吾
未見其容也 思其聲則懇懇耳 文有色乎 曰詩固有之 衣錦褧衣 裳錦褧
裳 鬒髮如雲 不屑髢也 何如是情 曰鳥啼花開 水綠山靑 何如是境 曰遠
水不波 遠山不樹 遠人不目 其語在指 其聽在拱 故不識老臣之告幼主
孤子寡婦之思慕者 不可與論聲矣 文而無詩思 不可與知乎國風之色矣
人無別離 畫無遠意 不可與論乎文章之情境矣 不屑於蟲鬚花蘂者 都無
文心矣 不味乎器用之象者 雖謂之不識一字可也

대 상: 鍾北小選(朴趾源)
중심어: 文心 / 聲色情境

11) 蜋丸集序(권7)

(전략) 由是論之 天下之易見者莫如足 而所見者不同 則韡鞋難辨矣
故眞正之見 固在於是非之中 如汗之化蝨 至微而難審 衣膚之間 自有
其空 不離不襯 不右不左 孰得其中 蜣蜋自愛滾丸 不羨驪龍之珠 驪龍
亦不以其珠 笑彼蜋丸 子珮聞而喜之曰 是可以名吾詩 遂名其集曰蜋丸

屬余序之 余謂子珮曰 昔丁**令威**化鶴而歸 人無知者 斯豈非衣繡而夜行
乎 太玄大行 而子雲不見 斯豈非瞽者之衣錦乎 覽斯集 一以爲龍珠 則
見子之鞋矣 一以爲蜋丸 則見子之韡矣 人不知猶爲令威之羽毛 不自見
猶爲子雲之太玄 珠丸之辨 唯聽虛先生在 吾何云乎

대　상: 蜋丸集(柳璉)
중심어: 眞正之見
색인어 정보: 子珮(柳璉) / 太玄(太玄經)

12) 愚夫**艸**序(권7)

(전략) 以**汝京**之**聰明慧智** 乃據其愚而不恥自號何也 及讀其**燕石集**
其所以觸忌諱犯嫌怒者多矣 掇挹**乎百家** **牢籠乎萬物** **得其情狀** 若燃
犀而畫鼎 其變化於渺微者 若卵之始毛而蜩之將翼也 雲膚石髓 可推爬
也 虫鬚花藥 可計數也 其所指斥者 奚特聾瞽瘖啞 而其所怨怒 亦奚特
醋之酸乎 觸人怒猶諱之 況造化之所忌乎 夫爲斯之懼焉 則聰明慧智之
反而自諱之不暇也 世之人無亦指染而齒次也夫 噫

대　상: 燕石(兪彦鎬)
중심어: 聰明慧智
색인어 정보: 汝京(兪彦鎬)

13) 菱洋詩集序(권7)

達士無所怪 俗人多所疑 所謂少所見 多所怪也 夫豈達士者 逐物而

目覩哉 聞一則形十於目 見十則設百於心 千怪萬奇 還寄於物 而己無
與焉 故心閒有餘 應酬無窮 所見少者 以鷺嘲烏 以鳧危鶴 物自無怪己
迺生嗔一事不同 都誣萬物 噫 瞻彼烏矣 莫黑其羽 忽暈乳金 復耀石綠
日映之而騰紫 目閃閃而轉翠 然則吾雖謂之蒼烏可也 復謂之赤烏 亦可
也 彼旣**本無定色** 而我乃以目先定 奚特定於其目不覩 而先定於其心
噫 錮烏於黑足矣 迺復以烏錮天下之衆色 烏果黑矣 誰復知所謂蒼赤乃
色中之光耶 謂黑爲闇者 非但不識烏 並黑而不知也 何則 水玄故能照
漆黑故能鑑 是故有色者 莫不有光 有形者莫不有態 觀乎美人 可以知
詩矣 彼低頭 見其羞也 支頤 見其恨也 獨立 見其思也 顰眉 見其愁也
有所待也 見其立欄干下 有所望也 見其立芭蕉下 若復責其立不如齋坐
不如塑 則是罵楊妃之病齒 而禁樊姬之擁髻也 譏蓮步之妖妙 而叱掌舞
之輕倢也 余佷**宗善字繼之** 工於詩 **不纏一法 百體俱該** 蔚然爲**東方大
家** 視爲**盛唐** 則忽焉漢魏 而**忽焉宋明** 纔謂宋明 復有**盛唐** 嗚呼世人之
嘲烏危鶴 亦已甚矣 而繼之之園烏忽紫忽翠 世人之欲齋塑美人 而掌舞
蓮步 日益輕妙 擁髻病齒 俱各有態 無惑乎其嗔怒之日滋也 世之達士
少而俗人衆 則默而不言可也 然言之不休何也 噫 燕岩老人 書于烟湘
閣

___

대　상: 菱洋詩集(朴宗善)
중심어: 本無定色
색인어 정보: 宗善(朴宗善) / 繼之(朴宗善)

14) 嬰處稿序(권7)

子佩曰陋哉 懋官之爲詩也 學古人而不見其似也 曾毫髮之不類 詎髣

髣乎音聲 安野人之鄙鄙 樂時俗之瑣瑣 乃今之詩也 非古之詩也 余聞
而大喜曰 此可以觀 由古視今 今誠卑矣 古人自視 未必自古 當時觀者
亦一今耳 故日月滔滔 風謠屢變 朝而飮酒者 夕去其帷 千秋萬世 從此
以古矣 然則今者對古之謂也 似者方彼之辭也 夫云似也似也 彼則彼也
方則非彼也 吾未見其爲彼也 紙旣白矣 墨不可以從白 像雖肖矣 畫不
可以爲語 雩祀壇之下 桃渚之衕 靑薆而廟 貌之渥丹而鬚儼然 關公也
士女患瘧 納其牀下 神褫魄 遁寒祟也 孺子不嚴 瀆冒威尊 爬瞳不瞬 觸
鼻不嚏 塊然泥塑也 由是觀之 外舐水匏 全呑胡椒者 不可與語味也 羨
鄰人之貂裘 借衣於盛夏者 不可與語時也 假像衣冠 不足以欺孺子之**眞
率**矣 夫愍時病俗者 莫如屈原 而楚俗尙鬼 九歌是歌 按秦之舊 帝其土
宇 都其城邑 民其黔首 三章之約 不襲其法 今懋官朝鮮人也 山川風氣
地異**中華** 言語謠俗世非**漢唐** 若乃**效法於中華** **襲體於漢唐** 則吾徒見
其法益高而意實卑 體益似而言益僞耳 左海雖僻國 亦千乘 羅麗雖儉
民多美俗 則字其**方言** 韻其**民謠** **自然成章** **眞機**發現 **不事沿襲** 無相
假貸 從容現在 卽事森羅 惟此詩爲然 嗚呼 三百之篇 無非鳥獸草木之
名 不過**閭巷男女之語** 則邶檜之間 地不同風 江漢之上 民各其俗 故采
詩者以爲列國之風 攷其性情 驗其謠俗也 復何疑乎此詩之不古耶 若使
聖人者 作於諸夏 而觀風於列國也 攷諸嬰處之稿 而三**韓**之鳥獸艸木
多識其名矣 貊男濟婦之性情 可以觀矣 雖謂**朝鮮之風**可也

대　상: 嬰處稿(李德懋)
중심어: 今之詩 / 朝鮮之風 / 方言 / 民謠 / 眞機 / 其法益高而意實卑
색인어 정보: 子佩(柳璉) / 懋官(李德懋)

15) 綠天館集序(권7)

倣古爲文 如鏡之照形 可謂似也歟 曰左右相反 惡得而似也 如水之
寫形 可謂似也歟 曰本末倒見 惡得而似也 如影之隨形 可謂似也歟 曰
午陽則侏儒僬僥 斜日則龍伯防風 惡得而似也 如畫之描形 可謂似也歟
曰行者不動 語者無聲 惡得而似也 曰然則終不可得而似歟 曰夫何求乎
似也 求似者非眞也 天下之所謂相同者 必稱酷肖 難辨者亦曰逼眞 夫
語眞語肖之際 假與異在其中矣 故天下有難解而可學 絶異而相似者 鞮
象寄譯 可以通意 篆籒隸楷 皆能成文 何則 所異者形 所同者心故耳 繇
是觀之 心似者志意也 形似者皮毛也 李氏子洛瑞年十六 從不佞學有年
矣 心靈夙開 慧識如珠 嘗携其綠天之稿 質于不佞曰 嗟乎 余之爲文纔
數歲矣 其犯人之怒多矣 片言稍新 隻字涉奇 則輒問古有是否 否則怫
然于色曰 安敢乃爾 噫 於古有之 我何更爲 願夫子有以定之也 不佞攢
手加額 三拜以跪曰 此言甚正 可興絶學 蒼頡造字 倣於何古 顏淵好學
獨無著書 苟使好古者 思蒼頡造字之時 著顏子未發之旨 文始正矣 吾
子年少耳 逢人之怒 敬而謝之曰 不能博學 未攷於古矣 問猶不止 怒猶
未解 曉曉然答曰 殷誥周雅 三代之時文 丞相右軍 秦晉之俗筆

대　상: 綠天館集(李書九)
중심어: 似*眞 / 心似*形似 / 心靈慧識 / 好古
색인어 정보: 洛瑞(李書九)

이동급(李東及, 1738~1811)

본관은 광주(廣州), 자는 진여(進汝), 호는 만각재(晚覺齋). 이상정(李象靖)과 채홍원(蔡興遠)을 사숙하였으며, 이만운(李萬運)·정종로(鄭宗魯) 등과 교유하였다. 과거에 실패한 후 학문에 전념하면서 이락서당(伊洛書堂)을 세워 후학을 양성하였다. 저서로 『주문유서(朱門類書)』·『만각재집』이 있다.

출전: 晚覺齋先生文集(『한국문집총간』 251집)

---

1) 書唐律與朴斯文萬振序
2) 墨癡詩卷序

---

1) 書唐律與朴斯文萬振序(권3)

鄭夫子有言曰 無規矩 公輸之巧不能成方圓 無六律 師曠之聰不能正五音 夫以公輸之巧師曠之聰 猶尙倣其規矩 待其六律 成其器而正其音 況詩人之學詩者乎 夫唐律者 詩人之規矩六律也 大唐受命 詩運大昌 杜審言·沈佺期之徒 鳴於初唐 崔顥·王維之徒 鳴於盛唐 李頎·劉長卿鳴之中唐 白樂天·元微之鳴之晚唐 若數子者 皆以吐鳳之才凌雲之志 生際文明 馳騁上下 創出四韻 協於音節 可謂發前人之所未發 而其爲詩也 正聲諧韶護 勁氣沮金石 或有行雲流水之勢 或有冠冕玉佩之風 或欻然而鸞鳳騰 或矯然而蛟龍躍 奇怪斬截 變態百出 而言其格則遠近高卑濃淡淺深 靡不具焉 言其調則雄渾飄逸 沈深博大 靡不

備焉 何其盛也 雖然王風漸降 **詩道**漸衰 盛唐不如初唐 晚唐不如中唐
隨其時之汙隆 而占其詩之盛衰者 有若**風雅正變**之各異其體 則其氣數
力量 自不能不已者 而其**婉孌高潔**之態 **疎野閒曠**之語 固非後世能言之
士 所可企及 是故**孔夫子刪詩**而不遺**變風變雅**者 正以此意也 今之操
觚弄墨虫呻蚓吟者 每以唐人爲準 而輒尊盛而黜晚 自以爲深得乎**盛唐**
之骨髓 而未能彷彿乎**晚唐之影子** 則多見其不自量也 朴君伯心以公輸
之巧師曠之明 有意於古人之詩 而以其無**規矩**六律爲憂 余愛其才嘉其
志 抄唐人詩畧干篇 以爲朝夕諷誦之資 倘使效其體而得其妙 則無異於
公輸之規矩 師曠之六律 其於爲方圓定律呂 不可勝用矣 於是一唱而歌
擧觴而語曰 若知夫**學詩之道**乎 不以盛唐而尊之 不以晚唐而忽之 本之
盛唐 以求其正 參之晚唐 以盡其變 察之性情隱微之際 審之邪正得失
之間 則庶幾無偏枯之患 而能造於蘊奧之域矣 子其勉之哉

대　상: 朴萬振
중심어: 學詩之道 / 格*調
색인어 정보: 鄒夫子(孟子) / 白樂天(白居易) / 元微之(元稹)

2) 墨癡詩卷序(권3)

吾友墨癡窩申君景晦爲人慷慨多志氣 重信義惜然諾 性喜酒 酒後輒
放言快論 傍若無人者 余嘗以**燕趙悲歌**之士許之 今觀景晦詩卷 其平
澹閒靚者有**陶謝風味** **典雅韞藉**者有**濂洛意思** 其他述懷之作**漫興**之篇
或**疎野淸曠** 或**婉孌纖麗** 軌度風致 大不類於景晦**本色**何也 嗟呼 此其
所以爲景晦也歟 景晦生於鄒魯之鄕 長於詩禮之家 有**沖和眞醇**之姿 而
其才調學識 有足以需用當世 顧乃老不得志 甘於窮約 作一鄕曲間老學

究 則其詩之**發於性情**者 自有所不得不然者 而其所**悲歌慷慨放**言而快
論者 殆所謂昏冥之托麴蘗之逃 而**不遇不平之氣** 有以激之也 竆者固能
於詩 而人竆反本者非耶 余與景晦遊二十餘年 出處語默 悲歡得喪 未
嘗不與景晦同 今皆老白首矣 深有感於景晦 故論景晦之終始者如此 而
於景晦之詩 不甚有所贊述 然平澹閒靚典雅韞藉}者 **詩家之法則備矣**
尙論君子 必有所處於景晦者 余何言哉

대　상: 墨癡詩卷(申景晦)
중심어: 平澹閒靚 / 典雅韞藉 / 述懷 / 漫興
색인어 정보: 陶謝(陶淵明, 謝靈運)

박준원(朴準源, 1739~1807)

> 본관은 반남(潘南), 자는 평숙(平叔), 호는 금석(錦石). 김양행(金亮行)의 문인. 1786년 사마시에 합격, 판서와 금위대장을 지냈다. 저서로 『금석집(錦石集)』이 있다.

출전: 錦石集(『한국문집총간』 255집)

1) 上伯氏〔1〕(권5)

歲晏杜門 別離良苦 忽此伴來 拜受長紙 未發已欣然 旣發而奮 見其紙之長而知其說之好 所以欣然也 及見其說 卽道學之說 其說不啻累百而發之慷慨者 足令懦者立 所以奮也 伯氏前以是發之於**汝成** 後以是發之於**準源** 此可以見自處之高 而亦豈非大君子愛人以德之意乎 準源則非不有志於斯 汝成則因伯氏之言而回之 亦未嘗不有志於斯者 然吾兩人者 不過爲伯氏之羽翼 而伯氏之學 將大有爲 而異日做聖賢事業 自任以天下之重 伯氏於是乎安可得以辭之 而文章光輝 卓乎一世 炳然有不可掩者矣 伯氏益勉乎哉 然汝成之回 回其頭而不回其心 回其頭而不

回其心者 特出沒科曰 惟恐其文之見奪於道而然也 準源方欲貽一書 明
其所以道與文相爲一體 爲道則必文 爲文則必道 以破其惑 又要其回心
於道學之域矣 書未發而伯氏之書又至於此際 語及汝成之文 而力攻其
病 因此而亦有復於伯氏可乎 蓋文不必他求 求諸道而已 道不必他求
求諸文而已 六經之文 有六經之道 百家之文 有百家之道 萬象鼓舞於
有名之物 五音繁難於無聲之域 而斯道也一以貫之 本不與文章爲二致
則如山而求鳥 水而求魚 林木而求其華也 今汝成之惑滋甚矣 此言足以
破其惑 而汝成之好文章 譬如惡影而立日中 不知朱夫子所謂文與道兩
得之意也 彼文與道者 必也賓主乎 主乎道而賓乎文 然後道乃成而文乃
足 互不相離 辭理俱到 古今人傳法之所同然也 故歐陽子學推韓愈孟
子 達于孔氏 著道德仁義之說而自合於道 其餘賈誼・劉向・孫樵・杜
牧・李翶・皇甫湜之輩 皆以著述稱 以至山林草野之辭 朝廷館閣之文
各具體裁 自成一家 準源以爲是亦道之所存也 伯氏以爲如何 伯氏有志
於道久矣 雖不事文章 發言理正 簡而沛而古而光 自底于文章 此亦文
道一體之驗耳 準源之讀朱書偶然 而伯氏實之 然則由是而亦將駸駸入
於六經之文 行之以六經之道 則恐不但止於伯氏之羽翼而已 做聖賢事
業而任天下之重者 又將當仁而不讓於師矣 然而弟本懦弱 不能自立于
學 而每承敎誨於屢百里之外 則如聞伯夷之風 此所以不憂其懦弱 而惟
不能去其私是憂 苟去其私 益見道學之重 旣見其重 亦須只管向前 復豈
有顧慮也 然惟其有懦弱 故不能去其私 今敎中持志不懈用工不斷八字
適中弟病痛 敢不服膺而銘佩之耶 書出後有日 動靜若何 伏惟一樣 不備

대 상: 伯氏(朴胤源)
중심어: 道文一體 / 兪漢雋
색인어 정보: 汝成(兪漢雋) / 準源(朴準源) / 歐陽子(歐陽脩)

2) 上伯氏〔2〕(권5)

近間定省萬安否 秋風高 天氣悽慄 別離益黯然也 永亭之遊 果以何日發也 計日子則當已在亭上矣 其勝果如何 不減所聞否 抑有勝否 伯氏居南後 今始了債矣 大抵山水之遊 非有至誠難辦 況不謀於人 超然獨往者 人所尤難 而伯氏能之 其可謂眞得山水之趣而有其誠者矣 昔**農巖**先生入**金剛** 聞有一少年幅巾騎驢而過 知其爲家弟 至今想像 風致蕭然 異日弟入**永保亭** 聞有以匹馬獨遊者 知其爲伯氏也 不亦奇乎 然伯氏今行 必有詩有記 其**摸寫眞切** 便是一永保亭 弟則坐而得之 一擧目而盡之 不啻若登高閣俯滄波而濯淸景 豈不快哉 弟病久未瘳悶悶 古人有瘳疾於峼嵋圖者 **詩與畫一也** 抑將有所待而然耶 不備

대 상: 朴胤源
중심어: 詩與畫一也
색인어 정보: 農巖(金昌協)

3) 上伯氏〔3〕(권5)

(전략) 今番信行 有象胥**李彦瑱**者 年二十餘 以文章擅名而歸云 蓋其人聰明則輒一覽而誦 敏速則未七步而成 倭之求詩文者如山 而揮灑頃刻而盡 以此尤獨步 但其文**頗學明末 險奇難曉**云 不意今世**委巷之間**有此奇才 然月**沙簡易**之時 未聞有舌譯輩獨擅文名於外國 此可見世道之降矣 雖然使彼倭 有以見我國文風大振 以至**委巷之士** 亦能文章如此而猶且沈屈於卑賤 則此亦圖末畫**蘇武**之意 何害之有耶 適有所聞 故漫及之耳 不備

대　상: 朴胤源
중심어: 李彦瑱 / 委巷之士
색인어 정보: 月沙(李廷龜) / 簡易(崔岦)

4) 與魚景國(권7)

　　歲色垂窮 伏惟起居增相 足下於向者 出所爲文累紙以示僕 俾論其高
下善否 僕素不嫺文辭 强聾瞽而責聽視 其何以得聲色之眞耶 雖然僕嘗
有一二粗得乎中者 顧何敢默默以負足下勤問之意也 竊觀足下之文 毋
論高下善否 卽其所主處 已自有病 僕請先攻足下之病而後 論足下之文
可乎 蓋嘗聞爲文之道有三 曰命意也 曰修辭也 曰設法也 意與辭 自己
之所獨得 而發於一時者也 法人人之所通用 而定於萬世者也 孔子曰殷
因於夏禮 周因於殷禮 孟子曰遵先王之法而過者未之有也 所因者何事
如三綱五常大經大法 亘萬世不可易者也 所遵者何事 如井田學校良法
美制 亘萬古不可易者也 爲文之家 亦自有大經大法 良法美制 亘萬古
而不可改者也 爲國不因遵乎此則失正道而歸於偏霸矣 爲文不因遵乎此
則失正道而歸於雜稗矣 意譬則理也 辭譬則物也 而法是則也 有理必
有物 有物必有則 三者之勢相須 不可廢一 今足下之文 於意與辭 得其
巧而臻其妙 精切纖麗 非不美矣 而所少者法也 噫 其所以少者 吾知之
矣 足下之言曰吾爲吾文也 非爲古人之文也 今之爲古文者 只是蹈襲而
已 衣冠叔敖而骨相則非矣 嚬笑西子而眉目則非矣 非其骨相眉目 而惟
衣冠嚬笑 是倣是效 則別人而已 夫安得爲吾哉 吾以是爲文惟蹈襲是祛
也 噫 此僕所謂足下之文有病也 夫文之所惡於蹈襲者何也 以其無古人
之義理 而只循古人之塗轍耳 如使我眞得古人之義理 則雖循古人之塗
轍 亦何害於爲吾之文也哉 秦漢尙矣 雖以韓柳歐蘇言之 未嘗不倣像

古人 昌黎之文 倣乎詩書 柳州之文 倣乎左國 盧陵之文 倣乎司馬遷 老泉之文 倣乎孟氏 東坡之文 倣乎戰國策 若是者豈可謂全無蹈襲乎 而亦豈可以此 謂非韓柳歐蘇之文哉 彼數子者 各自有所得之義理 發之 於文 規矩尺度 自合乎古人 則無意於蹈襲而自蹈襲耳 然則不得古人 之義理 而只循古人之塗轍者固非也 得古人之義理 而必欲避古人之塗 轍者亦非也 足下之文 果得乎古人之義理耶 則雖蹈襲不害爲足下之文 不得乎古人之義理耶 則雖不蹈襲亦將何所貴於足下之文 昔揚子雲著 太玄以倣易 而自蹈於僭賊 如使子雲眞有羲文之義理 則雖作一易經可 也 又何可以僭賊而罪之哉 然則子雲之罪 在於無義理 不在於蹈襲也 古之不蹈襲者 唯莊周之文爲然 而浮虛詭誕 (중략) 大凡天下事 莫不有 法 作室而必有作室之法 造器而必有造器之法 今足下作室而棄繩墨 造 器而舍規矩 是豈非足下之大病乎 其病也無他 偏而已 不去是偏 則足 下之文 恐終不能至於高且善 此僕所以欲先攻足下之病而後 論足下之 文者也 足下以爲如何 不宣

대　상: 魚景國(魚用賓)
중심어: 意*辭 / 蹈襲 / 浮虛詭誕
색인어 정보: 叔敖(孫叔敖) / 西子(西施) / 韓柳歐蘇(韓愈, 柳宗元, 歐陽脩, 蘇軾) / 昌黎(韓愈)*詩書(詩經, 書經) / 柳州(柳宗元)*左國(左傳, 國語) / 盧陵(歐陽脩)* 司馬遷 / 老泉(蘇洵)*孟氏(孟浩然) / 東坡(蘇軾)*戰國策 / 揚子雲(揚雄) / 太玄(太 玄經)

5) 葵老金仲寬詩稿序(권8)

此葵老金公詩稿也 余少也 聞長老言 莫不曰金氏子弟鮮有不能詩者 以其家世有農淵兩先生故也 夫文必有脉 詩奚獨不然哉 況公以茅洲爲

祖 鳳麓爲叔 其爲詩 古雅平淡 絶去浮華 出之甚簡 而出輒合于正道
有風雅遺音 其得於家學者 不可誣也 公余之姊兄 弱冠與吾伯氏近齋公
蒼下兪公友善 在北山賦詩爲樂 淸澹雄渾 各以其好 近齋之好以杜 蒼
下之好以韓 公之好以輞川蘇州 余則無他好 好公之所好 愛公詩甚 以
性之近也 間嘗與公游錦江 入麻谷之寺 登所謂迦葉庵者 寺之絶頂 遙
望海濤連天 湖西數十郡 盡在脚下 大雲霧被其上 混沌冥濛 殆不知身
在人寰 公顧視余苦吟 謂曰君作詩乎 詩不可作 境與神會 自然爲詩 是
詩也 余以是說歸語近齋與蒼下 皆服其悟於作詩之妙 公夙蘊才猷 宜其
取功名如拾芥 而晚屈蔭塗 官至州牧 猶不遇也 余意公之詩變而爲憂愁
怨憤 後見其作 和平如前日 眞治世之音 而天不欲使鳴國家之盛何也
公自商山歸後 髮已皤皤 余亦老矣 近齋歿已八年 蒼下亦老病 不相見
二十年 其作詩與否 不可得而聞也 獨公時有所作 過余而誦之 誦已必
噓唏 蓋悲近齋之不在 而視余猶近齋也 一日持其稿來 請余選以傳於後
時公年七十四 萬念衰盡 而未能忘情於詩 公豈非篤好者乎 然稿名以期
三百 見公之不欲多作 愈少而愈高也 世之覽是稿者 必曰傳襲茅洲 擩
染鳳麓 泝之而得農淵之正脉云爾 則余知其傳後也無疑 又何有乎選 況
蒼下之選 已得之者乎

대 상: 葵老金仲寬詩稿(金仲寬)
중심어: 朴胤源*杜甫 / 兪漢雋*韓愈 / 金仲寬*王維*韋應物
색인어 정보: 葵老金公(金仲寬) / 農淵(金昌協, 金昌翕) / 茅洲(金時保) / 鳳麓(金
履坤) / 近齋公(朴胤源) / 蒼下兪公(兪漢雋) / 杜(杜甫) / 韓(韓愈) / 輞川蘇州(王
維, 韋應物)

이영익(李令翊, 1738~1780)

> 본관은 전주(全州), 자는 유공(幼公), 호는 신재(信齋). 양명학자이
> 자 서예가로 유명한 이광사(李匡師)의 아들이며, 『연려실기술(練
> 藜室記述)』의 저자인 이긍익(李肯翊)의 아우이다. 가학을 이어 우
> 리나라 최초로 양명학의 사상적 체계를 이룩한 정제두(鄭齊斗)의
> 학통을 계승하였다. 저서로 『신재집』이 있다.

출전: 信齋集(『한국문집총간』 252집)

1) 論文章之弊
2) 答虞臣〔七〕

1) 論文章之弊(2책)

易大傳曰 書不盡言 言不盡意 書者 達其言者也 言者 形其意者也 意
者 導其情者也 人之情志 所發各殊 而形於言 達於書者 亦隨而不齊 此
自然之理也 故曰 吉人之辭寡 躁人之辭多 慚枝游屈 俱莫逃其中心之
所存 此所以善觀書者 易得作者之情性 孟子所謂誦其詩 讀其書 則必
知其人者也 古之爲文者皆然 文章之弊 揚子雲弊之也 子雲喜倣古文
作玄倣易 作法言倣論語 騷效屈原 賦效相如 劇秦美新 出封禪頌 解
嘲客難 祖東方生 自是作家競以倣效前人相尙 至於今而痼矣 操觚以
起曰 我爲左國 我爲西漢 我爲韓柳歐蘇 所倣效之名目萬家 而人各主
一焉 倣左國者 必曰歐蘇 今人言不足效 效歐蘇者 必曰左國 非正巡 不

可傚 方且攘詰不已 倡優之裝戲也 或裝儒冠 或裝巫瞽 儒冠之於巫瞽
則固有間 其爲優人之假之則同也 是何足考定所假之優劣於其間哉 且
夫書字者 自書而自傚之 已不如初 覆紙而摸不差 意態則爽 今從千載
之後 欲傚千載之前 又何以得影響罔兩之彷彿 使可得影響罔兩之彷彿
是古人之影響罔兩也 又焉得爲吾之情性所達 由今之道 雖有知言如孟
子者 無以誦詩讀書而知其人矣 滔滔之**瘦神刻性爲文章**者 卒爲倡優之
後陳而不知恥 不亦哀哉

대 상: 文章之弊
중심어: 揚雄 / 傚效前人
색인어 정보: 揚子雲(揚雄) / 玄(太玄經)*易(周易) / 騷(離騷)*屈原 / 賦(子虛賦) /
相如(司馬相如)*左國(左傳) / 東方生(東方朔) / 韓柳歐蘇(韓愈, 柳宗元, 歐陽脩,
蘇軾)

2) 答虞臣〔七〕(2책)

鄙人近誦**周詩** 雖未甚解 大要古人無出是題作是句者也 或感悅**風敎**
或怨慕**譏刺** 無論是正是變是哀是樂 皆本心感發而思慕歎息之不足 流
爲**自然之聲調** 是初無意於作此詩 而自不覺其成此詠也 故使千載之下
雖不盡知其何如人何所意而作 吟哦上下 自能興起鼓舞 **感傷懲創** 若可
像見作者**情性**於辭句之表者 此**詩之所以爲道而爲敎** 後世不然 皆有意
於作而作 纔有意於作 已非**情性**自然之發也 故**彫鏤逾工 指喩逾密 聲
調逾麗** 而**本心逾喪 天眞逾殘**矣 **濂洛**諸子 懲世之弊 欲**復正雅之舊** 載
義理實學於詩句 其理雖好 終未使讀者 有所**感發興起**之不能已於心者
皆由於終未免有意於作而作故也 今欲挽回詩道 必待情性不得已之發

然後節其情而爲聲爲律 悅樂之感 則自歸於和平 堙鬱之宣 則自歸於
悽懇 今之欲正詩者 必欲常爲正風正雅 是依㨾也 非性情也 詩三百 無
非君子之作 然居正風則不得不正 居變風則不得不變 此氣化自然之流
行 非變風之人心性廻隘 不及作正風者而然也 使强作義理之語 和平之
句 而可爲正風 則變風君子 豈技不及此 而不能爲哉 區區自得此意而
自檢 則從前許多吟哦 大畧皆非 若無不得已之趣 則不作可也 若子之
詩 固非吾輩可擬 然青紅標紙隙曦飛塵之類 俱爲一篇之料 旣非情性之
流出 又無託寓之深趣 雖語之工可以跨杜邁李 不過曰閒說話枉心力也
然向吾南路寓懷於詩 紙墨逐多 忽思與子言者而愧于心 乃咏曰 向來吾
與虞臣書 微物收吟謂可除 風光是處捵人興 難道馮生不下車 區區今日
之言 亦安知他日 又無下車之愧邪 實是自勉處耳

대 상: 李忠翊
중심어: 風教 / 譏刺 / 感發 / 懲創 / 情性 / 天眞
색인어 정보: 濂洛(周敦頤, 鄭灝, 程頤)

이덕무(李德懋, 1741~1793)

본관은 전의(全義), 자는 인로(仁老), 호는 벽계(蘗溪)·서당(西堂).
박세당(朴世堂)·김창흡(金昌翕)의 문인. 1713년 문과에 급제, 이조
판서와 대제학을 지냈다. 1735년 동지 겸 사은부사로서 청나라에
다녀왔으며, 문장이 출중하고 글씨도 뛰어났다. 저서로『서당집
(西堂集)』·『서당사재(西堂私載)』등이 있다.

출전: 靑莊館全書(『한국문집총간』257집)
刊本雅亭遺稿(규장각 소장본)
貞蕤閣集(朴齊家,『한국문집총간』261집)

1) 論詩(권2)

明五頗尙幽奇 汝範專務硬澁 安於醞籍稗川 可憐三子詩法
雙李獻吉于鱗 大明文章先輩 熊熊古氣孰追 泱泱逸聲難配

대　상: 論詩
중심어: 李奎昇 / 李光錫 / 朴相洪
색인어 정보: 明五(李奎昇) / 汝範(李光錫) / 稗川(朴相洪) / 雙李獻吉于鱗(李夢陽,
李攀龍)

2) 茶溪詩文序(권3)

　士之衣布帶韋 茹糗啜糟 偃蹇於蓬蒿之下 不汲汲於名利者爲難 有志
於古人 以文章自娛者 亦爲難 持道學中正之見 不爲衆懲所驅馳者 尤
爲難見 旣志於文章 又以道學自衛者 此尤最難見者也 吾同宗有正夫者
幼失怙 而能有志于文與學 家貧不以爲病 務古人自期 守之以正 斷之
以理 余嘗聞其名 不得見其面 雖不得見其面 其願交之誠 常在于中也
今年孟秋 邂逅於南磵之堂 初見其貌 瞿瞿若不勝其衣也 試與之語 果
爾博又簡 有大理焉 余於是心醉而師友之 又論文章 不駸駸乎雕繪之末
以和平純雅爲大旨 余又躍如也 猶以但聞其語 不見其發之以爲書者爲
恨 請之見 正夫曰 小有製作 隱而自好 不願顯於人 今子樂吾 吾示之子
不惜焉 余受以讀 果爾如其言 以平和純雅爲大旨也 其詩淸簡幽婉 得
風人之旨 其詞賦古而潔 其文有和正平溫奇奧典雅之體 余於是歎曰
有德者其有言乎 此吾所謂偃蹇於蓬蒿之下 旣以文章自娛 又以道學自
衛者歟 其眞見之 尤最難也 君子哉 是人 吾舍此 孰與遊哉 正夫其勖而

進焉 今書其卷 以志吾之於正夫有厚意也 辛巳八月 序

————

대　상: 茶溪詩文(李亨祥)
중심어: 文章自娛 / 和平*純雅 / 淸簡*幽婉 / 和正*平溫*奇奧*典雅
색인어정보: 正夫(李亨祥)

3) 甲申除夕記(권3)

(전략) 近者 與宗人平昌公之孫 同讀書于其室 講孟子書 遂美藤公之
有志於學 悲許行陳良相之膠固 又與宗人體仁氏講韓子 歎其卓然高拔
於俗習 羣嘲衆詈而不少低垂 余三復釋言篇 而疾其讒者之罔極 仍抽其
架書 有三蘇文焉 余讀而論之曰 洵其怒乎 軾其悟乎 轍其舖乎 然蘇氏
之策 洋洋乎晁賈公孫之緒也 又抽笠澤陸務觀南唐書矣 入蜀記矣 其
雜著矣 則余逐多其閒曠之藪 而慷慨之塊矣 又抽元白氏長慶集矣 昔
人曰 元輕矣 白俗矣 余則曰元淺而巧矣 白衍而詳矣 開天以後之變調
矣 嗚呼 文章之藝 其多方乎哉 代代而殊 倫倫而不相侔也 老子翼莊子
翼者 焦弱侯輯衆家語 羽翼夫南華道德二書者也 (중략) 汝範之文章險
澁奇拔 猝然相搏 不可以入 余引秦人暇五石牛誘巴蜀人者 作書纍數百
言以說之 汝範引星宿海波斯市之說復之 而終不服也 吁 汝範其名士歟
吁 汝範其名士歟 王元美曰 檀弓聖於文者 袁悅之 齎戰國策曰 天下
要惟此書 余於徐汝溫 許借檀弓 李明五 許借戰國策試讀之 正而奇者
其檀弓乎 詐而奇者 其戰國策乎 余欲知東國文獻 觀海東野言·許氏
記言·國朝典故焉 於東國古事 稍知一二焉 余欲知館閣之文 宣仁之
世 觀月沙李相國集 肅景之世 觀玉吾宋尙書集 讀皇明史 歎仁宗昭皇
帝之祚不長 仍悲夫窐官之熾 黨錮之慘 馴致乎甲申三月壽皇亭事也 草

木禽虫土石之名 不可不知 余觀本草焉 余於芝峰之書 知幽怪變異之
事 歎天下之事物 無所不有也 古人風流之照耀 余所樂也 觀歐陽文忠
公·蘇長公·王介甫尺牘矣 草瑣雅一卷 妄以謏聞 論古今文章得失也
草殼皮篇若干條 記風謠談論名物典章諸可攷之事也 草國朝盛事三十
六條 著各體詩五十餘篇 余又嘗讀魯陵誌六臣傳 而太息焉 又嘗愛鄭
東溟善歌行長篇 擊節而諷誦之矣 (후략)

대　상: 瑣雅 / 殼皮篇
중심어: 三蘇文(蘇洵, 蘇軾, 蘇轍) / 元稹 / 白居易 / 戰國策 / 東國文獻
색인어 정보: 平昌公(李聖龜) / 藤公(藤文公) / 韓子(韓愈) / 三蘇(蘇洵, 蘇軾, 蘇
轍) / 晁賈公孫(晁錯, 賈誼, 公孫龍) / 笠澤陸務觀(陸游) / 元白(元稹, 白居易) /
焦弱侯(焦竑) / 南華道德(南華經, 道德經) / 汝範(李光錫) / 王元美(王世貞) / 徐
汝溫(徐贊修) / 李明五(李奎昇) / 許氏(許穆) / 記言(許穆) / 月沙(李廷龜) / 蕭景
(蕭宗, 景宗) / 玉吾(宋相琦) / 芝峰(李睟光) / 文忠公(歐陽脩) / 蘇長公(蘇軾) / 王
介甫(王安石) / 鄭東溟(鄭斗卿)

4) 題古文選後(권4)

右古文選 清城息菴公所輯 自戰國迄于宋 總百有餘篇 博而約 歷代
文章之變更 歷歷斯在焉 古文之道 幾乎絶者久矣 衣冠之士 多趨于浮
華之習 不深究其字法句法章法之爲何 而必虛大其言曰 古文選 滅裂
齷齪 士而讀此 安用士爲 靡然成風俗 若有挾而出門 披於几案者 必微
哂曰 彼何書也 古文選誤子多矣 書古今幾何 何必讀古文選爲哉 其挾
且披者 面騂然如有負 抛擲不相見 於心以爲寧撻於市 不可讀古文選
嗚呼 不究之甚也 選之所載 戰國先秦東西兩漢 洎韓·柳·歐·蘇且古
昔名儒碩士間之焉 又選之者 豈區區常士之比哉 雖使粗識文章之爲可

貴者選之 亦多有所取者 如息菴公文章才識 鳴於當世 其所選必有可觀
焉 奈何不自讀 又從而羞之 至使人亦不之讀也 其羞其文歟 羞其載列
者不足稱歟 羞其選之者無聞歟 於斯三者 皆無闕焉 誰其俑而羞之也
意者 一有賤士讀是書 不甚有功 因爲人所指目 不罪彼反罪此而然也
余嘗聞唐宋之間 皆以**論語** 授小兒 世士遂不貴重聖人遺語 亦因習而如
是 其不怪乎不讀古文選也 如何則可 不如戒成習 而先究乎其本

대 상: 古文選(金錫冑)
중심어: 金錫冑 / 古文之道
색인어정보: 淸城息菴公(金錫冑) / 韓柳歐蘇(韓愈, 柳宗元, 歐陽脩, 蘇軾)

5) 歲精惜譚〔1〕(권5)

小說最壞人心術 不可使子弟開看 一着於此 淪沒者多 明朝**淸源洪**
文科曰 我朝騷人墨客 作**浣紗紅拂** 竊符**投筆**等記 凡有血氣者 咸知奮
發 誠**感激**人心之一助 可謂盛矣云 嘻嘻 烏足道哉 余嘗聞明末流賊 多
冒**水滸傳**中强盜名字 是亦感激人心之一助哉 余嘗看水滸傳 其寫**人情**
物態處 文心巧妙 **可爲小說之魁** 合號綠林董狐 然士大夫一向沉湎 一
本有**鍾伯敬**評批者 伯敬之顚倒 乃如是耶 意者 浮薄輩 借伯敬名字 入
梓以重其書歟

대 상: 小說
중심어: 小說最壞人心術 / 水滸傳 / 鐘惺
색인어정보: 浣紗(浣紗溪) / 紅拂(紅拂記) / 投筆(投筆集) / 鍾伯敬(鐘惺)

6) 歲精惜譚〔2〕(권5)

權輿於元 濫觴於明 至于今日 而尤往而尤盛 夫小說 亂書也 元 亂
國也 其作俑者 可以加亂民之誅矣 漢之黨論 晉之淸談 唐之詩律 猶有
氣節風流之可觀處 然亡國而害道 彼小說安可方乎此三者哉 古置稗官
以收野談 雖多叢瑣 君子有取 傳奇志怪 博物者取之 惟此小說 上不及
黨論淸談詩律 中不及稗官野談 下不及傳奇志怪

대　상: 小說
중심어: 稗官 / 野談 / 傳奇 / 志怪 / 博物

7) 論詩絶句(권11)

三崔一朴貢科賓 羅代詞林只四人 無可奈何夷界夏 零星詩句沒精神
牧隱黃·蘇圃隱唐 高麗家數韻洋洋 問誰融化金元宋 櫟老詩騰萬丈
光
滔滔湙湙秖生時 身後何煩禍棗梨 眞箇白雲村學究 竹龍蕉鳳一何癡

대　상: 論詩
중심어: 新羅 / 高麗
색인어 정보: / 三崔一朴(崔致遠, 崔承祐, 崔彦撝, 朴仁範) / 牧隱(李穡) / 黃蘇(黃
庭堅, 蘇軾) / 圃隱(鄭夢周) / 櫟老(李齊賢) / 白雲(李奎報)

8) 論詩絶句 有懷篠飮 · 雨邨 · 蘭坨 · 薑山 · 泠齋 · 楚亭(권11)

句襲荷風竹露淸 因詩悟畵總精英 何年入洛才名盛 自是雲間陸士衡
蜀産伊來足勝流 **楊雲太白**亦君儔 命辭**眞**得詩人意 卉木禽虫筆底收
聯詠樓頭舊月懸 湘夫人唱想夫憐 **飛卿**名字**安仁**姓 詩句如何不**妙姸**
【潘室湘氏 著舊月樓集】

薑山明澹且**姸哀** 儷體詩家別有裁 眉宇上升書卷氣 漁洋流派海東來
詩到泠**齋**不可刪 頭頭寧有字難安 此眞**文鳳**非虛語 芝麓梅村伯仲間
楚亭瑟颯別開門 才氣雙全古罕聞 詩品如將諸佛喩 東來第一達摩尊
各夢無干共一牀 人非甫白代非唐 吾詩自信如吾面 依樣衣冠笑**郭郞**
六子聞名見面知 不才如我幸同時 津津到處逢人語 結習非徒浪好奇
薑山泠**楚**入**精微** 天上不知地上稀 老子時參談藝席 如磁引鐵竟同歸
百年交契馬牛風 **香祖醒園**暨**篠翁** 七子**詩壇**如更築 不知誰是**李攀龍**

대 상: 論詩
중심어: 陸飛 / 李調元 / 潘庭筠 / 李書九 / 柳得恭 / 朴齊家
색인어 정보: 楊雲太白(揚雄·李白) / 飛卿(溫庭筠) / 安仁(潘岳) / 薑山(李書九) /
漁洋(王士禎) / 泠齋(柳得恭) / 芝麓梅村(龔鼎孳, 吳偉業) / 楚亭(朴齊家) / 甫白
(杜甫, 李白) / 香祖(潘庭筠) / 醒園(李調元) / 篠翁(陸飛) / 七子(前後七子)

9) 族姪復初〔光錫〕(권15)

(전략) 惟心溪者 善中於于之病也 且訛漏滋甚 其所稱**南原鄭**生者 是
崔陟 非鄭也 其子婦紅桃 其妻則玉英也 余嘗讀**素翁崔陟**傳而詳知也
凡著書 有將俗化雅手段 然後可矣 此則或以**雅奇**之事 一經於于筆 減

價落色 然嘗觀其古文詞 高者峻潔 無乃記事之才 別有人耶 又以許荷
谷海東野言一冊 仰借 一轉眼而西投也 (후략)

대　상: 復初(李光錫)
중심어: 柳夢寅 / 崔陟傳
색인어 정보: 心溪(李光錫) / 於于(柳夢寅) / 素翁(趙緯韓) / 許荷谷(許筠)

10) 楚亭詩稿序(『刊本雅亭遺稿』 권3)

(전략) 今年童子冠 字在先 在先每對人不能言 對予能言 予亦聽人言
不能解 聽在先言能解 在先對予 雖不欲言 其可得已 有時乎破屋風雨
蕭然相對 百帙橫縱 放燈中間 盡情談吐 靡有攸隱 天地之往復 死生之
乘除 古今之興敗 出處之得失 以至溪山友朋之樂 書畫詩文之致 激之
則相悲 按之則相悅 已而寂然無言 相視以笑 蓋不知何其故也 雖然在
先之才藝 可能也 在先之寡欲 不可能也 故其詩澹泊瀟洒 克肖其人 往
年旣屬予評選楚亭詩集 今又再屬評選 予評選已 覆全副而笑曰是何評
前襃而後刺也 在先曰是可以攷友誼也 在先閱評選而笑曰是何詩 前媚
而後峭也 予曰是可以見詩道也 予不云乎 代各有詩 人各有詩 詩不可
相襲 相襲贗詩也 在先蓋嘗悟之云 嗟在先 在先之一十九年 知夫在先
心者凡幾人矣.

대　상: 貞蕤閣集(朴齊家)
중심어: 代各有詩 / 人各有詩 / 詩不可相襲
색인어 정보: 在先(朴齊家)

11) 鄭耳玉詩稿序(『刊本雅亭遺稿』 권3)

鄭君耳玉 卜居於浦溆堆阜之間 敗屋數椽 風敲雨壓 廚煙蕭瑟 顧從
人借奇書 叫吟日夕 抱膝支頤 時復忽忽獨往水樓山榭 掇幽花憇嘉樹
極目煙波 風帆微茫 俯仰徜徉 如有所感觸者 嘽咺而返 則得詩三五十
篇 而飢已數日矣 卽又賖飮村醪 隨意而來到余靑莊之館 探出懷中詩卷
輒勸余讀已 耳玉必曰 何如 夫吾詩 吾猶不知爾 惟君知之 故吾每聽君
之一言 然後始定吾詩之如何 余輒嘗試曰 余何以知之 耳玉輒憮然曰
吾詩其應不佳也歟 余笑曰 君詩頗好矣 耳玉邃促膝而前曰 其然乎 余
迺把筆 且咏且評 掀翻而飛揚之 耳玉始信其詩之甚佳 不勝其喜 因宿
留談笑而去 如是者歲四五焉 嗟乎 耳玉生年三十有餘歲 落魄無所成
亦無可以宣洩其胸中之奇氣 名不出里閭 而惟感余知其詩 余亦狂生 日
益瓜落 好評點騷人才子之集 然駁其疵則或怒以爲故抑而遏人 揚其美
則或疑以爲陽許而媚世 是不惟不自知其詩 亦不知余之甚者也 其或不
知人之詩則固也 天下寧有如余之拙而能欺人乎哉 於是 稍稍厭見人詩
而人亦或有叛去者 其能深信余者 惟耳玉而已 故余亦有感於耳玉 耳玉
之爲詩 用事艶異 命意奇冶 美人香草 金膏水碧 托情寓興 婀娜玉靈
瓏 心搖而目蕩 無悽楚酸寒東野·浪仙之音 盖其才性然也

대　상: 鄭耳玉詩稿(鄭琇)
중심어: 評點
색인어 정보: 鄭君耳玉(鄭琇) / 靑莊(李德懋) / 東野浪仙(孟郊, 賈島)

12) 李洛瑞書九書(『刊本雅亭遺稿』 권6)

(전략) 麗末諸公中 能嗣唐響者 圃隱先生 然繁麗少遜於益齋 奇健
不及於牧隱 大抵益齋是元調 牧隱是宋體 何嘗有圃隱裊裊綿綿之態
致耶 又有名家 送示爲妙 (후략)

대　상: 李書九
중심어: 鄭夢周 / 李齊賢 / 李穡
색인어 정보: 圃隱(鄭夢周) / 益齋(李齊賢) / 牧隱(李穡)

13) 貞蕤閣集序(朴齊家, 『貞蕤閣集』)

天下之工詩者, 非讀萬卷書行萬里路不可, 一郡一邑之間, 穎異之士
能流覽萬卷者不少, 或足跡不出鄕里, 往往少江山之助, 而佐客戊人間
關行役, 又苦未嫻筆墨, 所過名山大川可喜可愕之境, 不解以文言達之,
病此二者, 甚矣詩之難工也, 朴子楚亭生於海東, 讀書自洪範以下, 凡國
人之撰着, 固所素習, 而中朝四部之書, 爲其國所易購者, 尤篤好而深思
焉, 可謂能力學者矣, 吟詠之富, 斐然成卷亦宜也, 然竊疑其登覽所及,
惟在八道二十一都之中, 未馳城外之觀, 其詩雖瑰麗可喜, 或者止於此,
于今乃隨臣渡鴨綠江過鳳凰城, 策馬於崆峒戴斗之郊, 膽皇都之壯麗,
覽帝京之景物, 洋洋乎極天下之臣觀, 拓心胸而憎學識, 吾知其詩格之
益進也, 客曰朴子年甚壯志甚遠, 使其歸也, 復登海舶, 南至於吾妻之島,
鹵至於歐邏巴之洲, 汪洋恣肆, 縱其所如, 然後搖筆放謌, 抒寫奇氣, 其
詩不更工乎, 余則以爲不然, 詩之學, 自三唐兩宋, 上窺漢魏, 沿流溯源,
至三百篇而止, 若欲雅於頌之外, 別求所謂皇娥白帝之謌, 心摹而手追

之, 可以謂之工乎, 邦畿千里, 惟民所止, 今朴子知所□矣, 裨益者大, 非
特工於詩而已, 又奚取平遠騖哉, 如客之說, 轉慮其窮大而失居也, 朴子
之集成, 卽以余言爲緣起可耳.

___

대　상: 貞蕤閣集(朴齊家)
중심어: 抒寫奇氣 / 汪洋恣肆
색인어정보: 朴子楚亭(朴齊家)

이충익(李忠翊, 1744~1816)

본관은 전주(全州), 자는 우신(虞臣), 호는 숙원(叔園)·수관거사(水觀居士)·폭포암주인(瀑布庵主人)·신대우(申大羽)·이광려(李匡呂)·이긍익(李令翊) 등 강화학파(江華學派)의 주요 인물과 친인척이면서 그들의 학문을 계승하였다. 또 정제두(鄭齊斗)의 양명학(陽明學)을 계승하였으며, 노장(老莊)과 선불(禪佛)에도 해박하였다. 저서로 『초원유고』가 있다.

출전: 椒園遺藁(『한국문집총간』 255집)

1) 答韓生書(책2)

　辱書及文章事　意甚盛也　然竊聞之　良工能與人規矩　不能與人巧　若唐宋諸論爲文鉅公　豈不能以正法眼藏一言相符　而必曰本之六經　參之諸子百家　而必曰多讀書　多作文　疵病不待人指摘　故爲是鈍劣困苦也蓋文必以慧識爲主　然無正定爲之本　而現前熠熠者　禪家謂之狂慧　從未有輟斤袖手　而默觀冥悟於甘苦疾徐之間者也　是故　貴夫學也　敎化不醇　學術壞裂　文之傾讒至於李贄　淫靡至於錢謙益　醜悖至於金人瑞　而

凌遲不可復振矣 然之三數人者 皆能讀萬卷書 作千篇文 精思獨觀數十
年而後 始能究傾讒淫靡醜悖之致 以自名於昏亂之世 今所學則贄謙益
人瑞也 所用力則不啻不及也 則其爲文何如也 吾子識明而藝精 年力富
强 因其所學所知而益篤之 **寧拙無巧 寧鈍無慧 寧迂無捷** 無外實形而
虤罔兩 無忽近切而跋遠效 若是三十年而發之 未晚也 夫言莫尊於聖人
功莫著於霸者 今其書尚在也 先識其正 以爲之本 還求其變 以盡其趣
夫然後**委巷夫婦之談 四夷八荒重譯之謠** 皆可以收羅會粹而助爲之用
如健脾胃人喫是物 皆能肥澤人 然喫樝梨蠃蛤多而粱肉小 尠不發病 何
可不愼也 圓通之會 吾固願之 去秋尚遠 至時當謀之 益暑自愛

대　상: 韓生
중심어: 李贄 / 錢謙益 / 金人瑞

2) 李參奉集叙(책2)

(전략) 君讀書精審 必求古人立言本旨 塾生所應讀書 不欲汲汲遍觀
之 苟一經眼者 少所忘失 爲文章 不用**前人體樣** 不局**時世聲調** 但使**造
意深逈 辭令嬌美** 文便佳耳 熟看近世**俚野文字**者 忽覩斯文 同聲稱奇
謂非思議功力所至 豈知君用一字必謹 步步顧視槳檥 不敢自放也 惟讀
書多者 方知人用心不造次也 方於斯文 有定評也 君罕著述 又不自收
弆 今所刪定 多人所傳錄也 君於忠翊 父屬而師道也 猥此叙述 不敢妄
有藻品 粗見平日所默識者如此 昔**揚子雲**容貌不能動人 爲太玄 人謂可
覆醬瓿 當君時 世以不識面爲愧 章什遍域內 然眞知君者鮮矣 不惟知
者之難 亦君之潛德匿用 非**李威**之所識焉耳 君諱匡呂 字**聖載** 觀察使

西澗公之子 蚤擧進士 英廟時有大臣奏薦 後授官宣陵參奉 再授明陵參奉 皆拜命而辭 壽六十三 終于家 君平生無所自號 故稱李參奉集云

대 상: 李參奉集(李匡呂)
중심어: 造意深逈 辭令嫻美 / 奇
색인어 정보: 揚子雲(揚雄) / 太玄(太玄經) / 聖載(李匡呂) / 西澗公(李眞洙)

3) 宛丘集序(책2)

宛丘申公卒 旣終喪 其嗣孤縉等 編其遺文爲幾卷 屬忠翊叙之 忠翊少公九歲 自弱年從公游 所居邇 月必三數會 中年事故睽阻 無多歲年 每會 輒連日夜飮酒 談文章 有述作 無不以相示問 無有一字句未當者乎 今集中所存 皆舊日所與觀覽 於是三復而歎 歎公之樂與人爲善 而歡晤之不可再以得也 公少穎拔 能勤苦讀書 而以六經爲本 其爲文 尙奇偉 鏟腐棄 不求可於衆 久之 斤削之跡泯 而制造愈妙 人不知所師法 爲兩漢爲唐爲宋也 及從吏役 文移簿判之屬 應占諧愜 見者皆言爲古文者 乃能爾也 源大者 其流無所不達 漑其根者 柯葉悉茂 公之於文 爲有本矣 故其創論也 意切而辭婉 其叙故也 言簡而事著 其肯寫物象而留連興會 有足以抒發人之情思者 力之所到 巧亦從之 譬如搆凌雲之臺 懸衆材而輕重之 固非揣貌模影而以爲工者所能及也 公嘗營女婚而貧如隱之得少錢物 適有鬻好書者 擧以易之 人傳爲笑談 至爲郡縣會計出入 默籌悉之 吏不敢爲奸 唯通才不試 而其於文亦類之 米海嶽專學二王書 及其自成一家 但見其從橫自恣 而不知點畫皆師古也 此難與不知者道也 余嘗語公曰 李太白詩 三杯通大道 一斗合自然 非深識酒中趣者 不知此語之妙絶也 公笑曰 然 公又曰 孔顔所樂 吾不敢知 唯讀書

樂 可以忘憂 余笑應曰 然 余今年七十有三 而公之沒幾近十歲 無所發
余之狂言 已矣悲夫

대　상: 宛丘集(申大羽)
중심어: 奇偉 / 妙 / 意切而辭婉 / 言簡而事著 / 自成一家
색인어 정보: 宛丘(申大羽) / 忠翊(李忠翊) / 李太白(李白) / 米海嶽(米芾) / 孔顏
(孔子, 顏回)

4) 詩次故序(책2)

　詩次故者 次列衆故 以羽翼夫詩者也 聖人之言 使賢愚皆獲其益 無
所不徧 聞而誦者 各以性所近焉 意之 **孔子**旣沒而人異論 皆曰 吾夫子
之道然也 況詩者 上自君公士大夫 以及閭巷愚賤 **隨所感觸 託物以起
興** 因彼以曉此 不敢正言之則譎言之 不敢斥言之則假言之 其有**怨刺譏
謗 鳴唈慷慨** 可以**考政敎而覽時變**者 採風謠者之所備收 而後聖之所
不刪也 故其事隱 其旨微 當世之士 有不能詳言之 後學者憑文 而以意
射之 有中有不能 有微近之者 有遼遠之者 非人之過也 勢然也 春秋時
使命之業在是 傳記所稱能賦者 豈詩人造意必盡然也 嫻於口者 率遽稱
引諧適於一時 古所謂**斷章取義**者 是也 然則詩人之意 終不可見也 此
申子**在中**所爲次故者也 是書也 衆家之言畢備 同異之端悉陳 不扶不抑
不病不箴 使覽者 肆目於囊箱 而聆訓於衆彦 彼爲失之 卽此爲得之 此
爲遠之 卽彼爲近之 當於是書中得之而不外求也 **孟氏謂子夏・子遊・
子張** 皆有聖人之一體 然則及門之徒 宜或有須眉之似者焉 自毛鄭以來
諸爲詩者 亦豈無須眉之似有裨於遺經 而未忍於遺棄者乎 其間相錯迕
不可通者 在中時以微言決之而已 非如專門之尋戈矛也 在中之於詩 可

謂公博而勤篤矣 在中自有識 養其親宛丘先生 至老白首 未嘗須臾不在
側 飮膳衣脫 灑掃供給 以至箱篋刀尺 無不經其手 暇則於坐隅攤書呻
佔 積十餘歲 而次故書成 忽爇於火 知在中者 皆曰 在中雖見在 其神精
所寄者亡矣 在中不自沮峴 徐復尋理 又更十餘歲 書重成 總若干卷 比
舊益詳辨 余觀世之學者 讀三冬書 輒憑胸衿而無前人 在中之爲詩也
三十年於玆 而再成書 其於衆家同異之說 循復玩究 紙幾弊矣 豈無差
別於其心者 亦豈無可立之新義 然猶不敢論著以自殊異者 誠以愛惜而
難愼之者在也 余以是知在中之爲詩 深得乎溫厚之道 以之處心行己 鮮
有拂理而叛經者矣

대　　상: 詩次故(申綽)
중심어: 考政敎而覽時變
색인어 정보: 毛鄭(毛詩) / 在中(申綽) / 宛丘(申大羽)

김재찬(金載瓚, 1746~1827)

본관은 연안(延安), 자는 국보(國寶), 호는 해석(海石). 1774년 문과에 병과로 급제하여, 이조판서 · 대사헌 · 우의정 등을 지냈다. 1799년 진하겸사은사(進賀兼謝恩使)로 청나라에 다녀왔다. 『정조실록』의 편찬에 참여하였으며, 편서로 『이문원강의(摛文院講義)』, 저서로 『해석집』 · 『해석일기』가 있다.

출전: 海石遺稿(『한국문집총간』 259집)

1) 題國器詩卷後(권8)

夫詩不可學古也 由漢魏而下數十百年 歷三大國 不復有能漢魏者何也 年代降而聲氣變也 以中國之大人才之盛 生乎而下之世矣 不能復爲而上之語 則宋不可爲唐 明不可爲宋 詩之道 終不可古矣 東方與中國 大小絶異 風氣不同也 才力不同也 時或有以詩名者 其欲自同於中國難矣 況於遡中國以上 學所謂漢與魏乎 詩者發於吾腸 出於吾喉者也 雖欲學宋學唐學漢魏 畢竟落而歸之 反歸於吾焉 吾非漢魏之人 漢魏不可爲也 古慢云一人夢入大舟中 奮櫂踔數千里大海 自以爲善操舟也 醒者過而視之 則蹋破橋板 臥小溢中 喫喫作上碇聲 嗚呼 世之爲詩者 其

不醉者幾人 **擺去開闔首尾綜錯經緯之法** 別作一種窒窣語 謂以漢魏如
是耳 噫 其果漢乎魏乎 與臥小洫而醉 而且語曰涉大海者 同乎否乎 吾
見其不能於古 並與自己而病之 未知其可也 吾弟**國器**少有能詩聲 方慕
古而銳進者 吾以是戒焉

대　상: 國器詩卷(金國器)
중심어: 學古
색인어 정보: 國器(金國器)

2) 尹孺靈遺稿跋(권8)

　　靈齋**尹孺靈**沒旣三紀 其胤**孟厚**收輯其所著若干篇 將入梓壽其傳 要
余掇一言于下 噫 孺靈卽我外曾王考**圃巖公**之庶子也 圃巖公文章重一
世 爲詞垣宗主 孺靈以圃巖公爲父 而又以**超才慧識** 刻意專業 是如波
斯百貨之藏 零金片璧 亦可爲寶 何忍使是稿沒而不傳耶 其詩**筋骨勁遒**
神韻飄灑 得意放筆之時 往往多**楚騷遺音** 文亦峭悍纖密 方其奇調變
態 生出一層**波瀾** 若可與**雪樓諸子** 幷駕而不相後也 每與會心諸人 共
相揚扢 志眇千古 氣意談說 俯仰悲吒 有超埃恢八極之志 而顧局於時
不得一騁 則只以**牢落不遇之音** 發於篇章 知者得其文而可知其人 又可
以論其時也 第其詩文間多散佚 今得之于亂稿者 十無一二 噫 雖小亦
足珍也已 孺靈名心 坡平人 死時年甫三十有四

대　상: 尹孺靈遺稿(尹心)
중심어: 超才慧識 / 神韻飄灑 / 雪樓諸子
색인어 정보: 孟厚(尹孟厚) / 靈齋*孺靈(尹心) / 圃巖公(尹鳳朝)

3) 題琴湖相公續北征詩卷後(권8)

詩與文判不相奪 雅頌不可爲典誥 左國不可爲風騷 是猶兵農雖相寓
其爲用未嘗一者也 詩以世遷 文逐運移 拗情之體勝 而建安以下文涉
於詩 叙事之法作 而大曆以上詩近於文 如月蝕詩·南山篇 卽有韻之
文也 詩於是小變 而至少陵 創立壁壘 別設機軸 以三百篇興比之旨 兼
二十代記述之手 綜錯闔捭 極其神化 鬱爲詩中之太史 方之漢魏 正果
雖非最上 猶是大乘 而其流也漫 遂啓宋諸家用事之文 去詩道益遠矣
今見琴湖相公續北征詩 自春明喞命之初 至玉河弭節之後 寒燠陰晴
道塗舖臺 起居笑談 車馬僕御之一路所管領 壹于詩發之 模寫入細 洪
纖無遺 詩凡萬有餘言 而至反面之日篇止矣 此固鴻匠之巨筆 而在詩家
爲極變之運也 下上千年 詩運三變 少陵之詩 詩以用文而一變 玉谿昌
黎之詩 近於文而二變 琴湖公之詩 純乎文而自成一家 又不得不三變
是盖愈往愈變 而變到此極矣 變極而詩之道 其將復明於今歟 雖然滿紙
波瀾浩浩乎 不見其涯沚 操我蹄涔小筏 却自有望洋之歎也

대 상: 續北征詩卷(李時秀)
중심어: 詩運三變 / 詩以用文 / 詩近於文 / 詩純乎文
색인어 정보: 左國(春秋左氏傳, 國語) / 少陵(杜甫) / 琴湖相公(李時秀) / 玉谿(李
商隱)*昌黎(韓愈)

본관은 문화(文化), 자는 혜보(惠甫)·혜풍(惠風), 호는 영재(泠齋)·고운당(古芸堂) 등. 이덕무, 박제가 등과 함께 서족출신으로 1779년 초대 규장각 검서에 임명되어 연행을 다녀오는 등 정조의 문치사업에 이바지하였고, 그 뒤 제천·포천·양근 등의 군수와 풍천부사를 지냈다. 연암 박지원을 주축으로 모인 문예그룹에서 활발히 참여하며, 『이십일도회고시(二十一都懷古詩)』, 『경도잡지(京都雜志)』, 『사군지(四郡志)』, 『발해고(渤海考)』, 『영재집(泠齋集)』, 『고운당필기(古芸堂筆記)』 등을 남겼다.

출전: 泠齋集(『한국문집총간』 260집)
靑莊館全書(李德懋, 『한국문집총간』 257집)
熱河日記(朴趾源, 고전번역원)

1) 並世集序
2) 秋室吟序
3) 雪癡集序
4) 湖山吟稿序
5) 淸脾錄序
6) 熱河日記序

1) 並世集序(권7)

詩從何興乎 非二南十三國之地之興乎 夫土有所宜 物有所自 美玉云藍田 丹砂說勾漏 蔘稱上黨 茶言顧渚 今獨言詩而不求諸中國 是猶思

鱸魚而不之松江 湏金橘而不泛洞庭 未知其可也 **我東之於中國** 隔遼一
野 問渤一海 名雖外國 而比之雲貴諸省 至相近也 只緣限之以疆場 別
之以內外 則生併一世 邈若千秋 往往有荒陋寡聞沾沾自足者 一生不知
鱸橘之味 豈不大可哀哉 在昔崔致遠·金夷吾之於顧雲·張喬也 李仲
思·李中父之於**虞趙黃揭**也 咸能聯鑣位驅于詞之林 唱酬篇章 至今昭
爛人目 此千百載數人爾 至若有明一代四傑·七子·竟陵·雲間 風聲
振海內 而東土諸公側耳而無聞 及至數世之後 刻集東來然後始知某時
有某人 是猶通都大邑瓜果爛漫 而僻鄉窮村坐待晚時也 余與同志數子
縱談至此 未嘗不浩嘆襟 及讀**陳其年筐衍集·沈歸愚國朝詩別裁** 益覺
中土人文之盛 而獨未知不先不後 與我同時者爲何人也 十數年來 同志
數子 莫不涉馬警踔遼野而游乎燕中 所與游者 皆二南十三國之地之人
或翱翔館間 或於浪江湖 其風流文物 足的掩映當世 而其爲詩也 渢渢
然**雅頌遺音** 必傳于後 四傑七子 何獨於今而無其人乎 此所謂籃田之玉
勾漏之砂 上黨顧渚之蔘與茶也 言詩而不求諸中國 惡乎可哉 輯錄其唱
酬篇章及因風寄聲流傳海外者 手自點定爲二卷 附的**日本安南琉球**三
國詩若干首 與吾黨二三子共之 若夫**崔·金·二李**之遺風餘韻 則金不
敢希 而後之覽此者 可知其早享瓜果云爾

대 상: 並世集(柳得恭)
중심어: 沈德簪 / 國朝詩別裁
색인어 정보: 沈歸愚(沈德簪) / 國朝詩別裁(沈德簪) / 崔金二李(崔致遠, 金夷吾,
李仲思, 李中父) / 雲間(陳子龍)

2) 秋室吟序(권7)

秋室吟幾卷 尹君穉三所著者也 往余與李懋官及同志數輩 治詩都下
友朋文酒之際 意氣相得 非苟然而已 穉三時尚少 盖未及從遊焉 旣而
余與懋官供奉內閣 持被軄掌 余又出守上游 日夜治薄書 髮種種白 都
下舊游 候忽已在二十年前矣 每日念之 未尙不喟然太息 己酉冬 余旣
解繞歸 則穉三方噪名士林 然屢擧屢屈 遂棄功令業 扁其所居之室曰秋
室 出其所爲詩示余 余問秋室何義 穉三愀然良久曰 盖自的爲得秋氣多
故爾 讀其詩 **濃纖瀏麗** 發以**天機** 非近世沾沾於摸擬者比 余戲之曰 君
得秋氣 而詩有春雲之態何也 穉三曰 終古**悲秋之士** 宜莫如屈原 · 宋
玉 然**美人香艸** 庸何傷乎其爲文也 余韙其言愛其詩 而未及有言 穉三
尋病 數月擁藥爐 閉門深居 頗似鬱鬱不得意者 使人謂余曰尙無一言乎
余復曰僕安得無言 君方病服藥 請的藥喩 古之醫者的一艸一后投病 病
良已 本艸日憎而醫學浸備 則又不得不參辛甘合平毒 有君有臣有佐有
使 然後方成 其爲美劑 今夫三**百篇楚騷漢魏**的下諸作者 皆詩家之本艸
而可謂日增 又浸備矣 若曰**學唐勿學宋** 又曰學宋勿學唐 此欲此欲艸一
后 投今人之病 而自詡古方 非愚則妄 故曰焉學焉不學 參的合之 **本諸**
性情 神以化之 玩其歸趣 如斯而已矣 此余二十年前與二三同志言者
而今日擧的相贈 以爲如何 二三同志者固在 而又得穉三 余方間居 尙
有餘年 可續前游 此序所的識善云爾

대 상: 秋室吟(尹穉三)
중심어: 悲秋之士 / 美人香艸
색인어 정보: 尹君穉三(尹穉三) / 李懋官(李德懋)

3) 雪癡集序(권7)

故友**邊逸民**以詩鳴於世 家貧落拓使酒 喜從武帥游 竟死於南海之濱
人比之**徐渭** 跡或似矣 而其詩之與渭何如 未之或辨也 憶余十八九歲學
爲詩 未嘗不自的爲能 逸民讀書于駒城山中 旣富有矣而後游京師 長余
八年 與余友甚歡也 春秋暇日 期集于北山泉后之間 逸民長身竦肩 裹
皂幅巾 磔然曳鞁而至 一座爲之傾倒 酒酣命韻倚樹瞑目而坐 少焉唱若
梵唄 索筆疾草 坐皆聚觀 擊節稱好 余亦未嘗不從而稱好 旣而旅遊四
方遂不歸 余供奉內閣二十餘年 舊交落落不相往還 其已苑者又非但逸
民也 每思逸民爲人 時復念其詩甚好而未能記一句也 歲辛酉罷官家居
李君仲立寄到鈔本雪癡集一卷請序 則逸民詩也 追念疇共 慨然流涕 誠
閱其題 頗有與余唱酬者 語皆**工鍊**可傳 余已削其藁無一存者 則共之自
的爲能 金果何如耶 見逸民詩 未嘗不稱好者 亦必非今日之定見 特從
衆而已 寡學而自足 妄論人詩文者 盍的斯言爲渾乎 逸民詩長於近體
天才特高 讀書又多 故**造意幽渺** 隷事飛動 溯源沿流 當求諸**劍南虞**山
之間 比之**徐靑藤** 則固非逸民之所願學也 論詩而的**性靈爲主** 謂**不必**
多讀書者 吾未知其何說也 數百年來 布衣詩宜無出逸民右者 可與知者
道耳 嗟乎 使逸民而在者 聞余今日之言 以爲何如 吾知其拊掌大噱 命
酒一醉 已矣 不可得也 逸民字也 其名曰休 雪癡號也 亦稱呵呵生 死
而無嗣 仲立從知舊唱和軸中 抄得古近體凡幾首爲此集 其原藁不知在
何處 悲夫

대 상: 雪癡集(邊日休)
중심어: 徐渭 / 性靈爲主 / 不必多讀書
색인어 정보: 逸民(邊日休) / 李君仲立(李仲立) / 劍南(陸游)*虞山(錢謙益) / 靑藤
(徐渭)

4) 湖山吟稿序(권7)

異哉 玩亭氏之言詩也 不言聲律而言彩色 其言曰字比則竹也蒲也 章
比則簾也席也 今夫字焦然黑而已 竹萎然黃蒲瀚然白而已 及夫編竹爲
簾 織蒲爲席 排比重累 動盪成紋 漪如也燦如也 得之於黃白之外 況乎
積字成句 布句成章 有非枯竹死蒲而已者邪 其所云彩色者 皆此數也
人多不的爲然 而余獨樂聞之 或終日亹亹不已 雖然亦不知其言之本於
何說也 丙申夏 玩亭氏遭罹世故 不樂居京師 出寓湖上 轉而入東硤 數
月而歸 出其所著湖山吟稿一卷以視之 率皆漁 **歌樵唱** 明淨流利 隱隱
爾躍躍爾 有可以摩挲輒得 睥睨斯存者 余戲之曰此復何彩色也 玩亭氏
笑曰子猶未達耶 畫雪而畫月者 只布雲氣而雪月自可見 何必塗金抹朱
而後謂之彩色也哉 余始躍然喜曰子之言詩也 **根乎六書** 六書之數 一曰
象形 二曰會意 三曰指事 **畫長於象形** 而詩長於會意 文則長於指事
不詩之畫 枯而無韻 不畫之詩 闇而無章 詩文書畫 可以相須 不可以
單攻也如是夫 述其言以爲序

대　상: 湖山吟稿(李書九)
중심어: 聲律*色彩 / 詩文*書畫
색인어 정보: 玩亭(李書九)

5) 淸脾錄序(『靑莊館全書』 권32)

自古有作詩者 有說詩者 作詩者 雖委巷婦儒 無所不可 說詩者 非明
睿特達有鑑識者 不能焉 竊觀春秋列國 卿大夫相遇 必賦詩以道志 皆
非其所作也 然以此定臧否 知其保家安民延世久促 若蓍龜然 至吳札觀

樂 則又能推究王澤之淺深 治亂興喪 各有美譏 何其盛也 孔子亦嘗曰
爲此詩者 其知道乎 孟子曰 固哉 高叟之爲詩也 是知說詩者 聖賢之所
不廢也 漢興 說詩者滋多 有說於齊者 有說於魯者 有說於燕及河間者
義訓各異 殆數十餘萬言 紛不可理 而善說之則俱足以解人之頤 自此以
後 作詩者亦多 五七言迭興 則能說之士 又不得不舍古詩而取近代之作
論列之 此鍾氏詩品之所以興也 踵而著說者 不可勝數 槩名說話 遂可
以充棟矣 我東則櫟翁之稗說 芝峯之類說 略見焉而無專編 吾友靑莊
氏之於詩 盖亦作之者也 旣久涵演穠郁而後 又將說之 勝國至本朝五六
百年之間 採爲四編 含英佩茗 題品乎允 滄浪·茗溪 又何足道哉 覽之
者 其將解頤之不暇矣 專取東詩者 鄭大夫賦詩 不出鄭志之義也 名儒
碩輔志士高人之作 托興深遠 關乎風敎者 莫不表揚 惓惓致意 又不執
編見 取其所長 無固哉之譏 庶幾乎古聖賢說詩之旨 可謂詩話之選也
詩與樂通 斯可以滌蕩血脉 感發情志 而命之曰淸脾 則謙言之也 且夫
作詩者 謂何 傳之爲貴 苟無精擇而詳說之者 則工拙相混 胥歸於澌滅
而已矣 說詩者 顧不重歟 雖然 非靑莊氏之能作 則其說之也惡能若是
之詳耶 泠齋 序

대　상: 淸脾錄(李德懋)
중심어: 說詩 / 詩話之選
색인어 정보: 吳札(季札) / 鍾氏(鍾嶸) / 詩品(鍾嶸) / 櫟翁稗說(李齊賢) / 芝峯類
說(李睟光) / 靑莊氏(李德懋) / 滄浪(嚴羽)*茗溪(胡仔) / 泠齋(柳得恭)

6) 熱河日記序(『熱河日記』)

立言設敎 通神明之故 窮事物之則者 莫尙乎易·春秋 易微而春秋顯

微主談理 流而爲寓言 顯主記事 變而爲外傳 著書家有此二塗 嘗試言之 易之六十四卦所言物 龍·馬·鹿·豕·牛·羊·虎·狐·鼠·雉·隼·龜·鮒 將謂有其物耶 無之矣 其在於人 笑者 泣者·咷者·歌者·眇者·跛者·臀無膚者·列其夤者 將謂有其人耶 無之矣 然而撲著有卦 其象立見 吉凶悔吝 應若桴鼓者 何也 由微而之顯故也 爲寓言之文者因之 春秋二百四十二年之間 郊禘·蒐狩·朝聘·會盟·侵伐·圍入 悉有其事矣 然而左·公·穀·鄒·夾之傳各異 從而說者彼攻我守 至今未已者 何也 由顯而入微故也 爲外傳之文者因之 是故曰**蒙莊善著書** 莊書中 帝王賢聖 當世君相 處士辯客或可補正史 匠石 輪扁必有其人 至若副墨之子 洛誦之孫 此是何人 罔兩·河伯亦果能言歟 以爲外傳也則眞假相混 以爲寓言也則微顯迭變 人莫測其端倪 號爲**弔詭** 而其說終不可廢者 善於談理故也 可謂著書家之雄也 今夫燕巖氏之熱河日記 吾未知其爲何書也 涉遼野 入渝關 倘徉乎金臺之墟 由密雲 出古北口 縱觀乎灤水之陽·白檀之北 則眞有其地矣 又交際其國之碩學韻士 則眞有其人矣 四夷殊形詭服 吞刀吞火 黃禪短人 雖若可怪而未必罔兩·河伯也 珍禽奇獸 佳花異樹亦無不**曲寫情態** 而何嘗言其背千里 其壽八千歲耶 始知莊生之爲外傳有眞有假 燕巖氏之爲外傳**有眞而無假** 其所以兼乎**寓言而歸乎談理**則同 比之覇者 晉譎而齊正也 又其所謂談理者 豈空談恍惚而已耶 風謠習尙 有關治亂 城郭宮室 耕牧陶冶 一切**利用厚生之道** 皆在其中 始不悖於立言設敎之旨矣

대 상: 熱河日記(朴趾源)
중심어: 立言設敎 / 談理＊寓言 / 記事＊外傳 / 利用厚生之道

박제가(朴齊家, 1750~1805)

본관은 밀양, 자는 차수(次修)·재선(在先)·수기(修其), 호는 초정(楚亭)·정유(貞蕤)·위항도인(葦杭道人). 19세 때 박지원을 비롯한 이덕무·유득공 등 서울에 사는 북학파들과 교유하고, 1776년 『건연집(巾衍集)』이 청나라에 소개되고 우리나라 시문 4대가로 알려졌다. 1778년 연행을 다녀와 『북학의(北學議)』를 저술하였고, 1779년 초대 규장각 검서에 임명되는 등 정조의 문치사업에 이바지하였다. 1794년 무과에 급제, 영평현감을 지냈다. 저서로 『북학의(北學議)』·『정유집(貞蕤集)』·『정유시고(貞蕤詩稿)』·『명농초고(明農草藁)』 등이 있다.

출전: 貞蕤文集(『한국문집총간』 261집)

1) 西課藁序(권1)

國朝選士之法　有曰詩曰賦曰疑義表策　或論箴銘頌等　以爲進士·及第　夫文章者　六經之皮毛也　功令者　文章之皮毛也　使注疏爲陳言者

疑義之過也 以俚語代風騷者 詩賦之弊也 夫論策之爲言也 有以考其
是非 試其才能 今也 小兒亦按法而爲之矣 我國科詩 始於卞春亭輩 其
體初若唐人長篇 若唐人則 猶足以詠物托思 今則有鋪頭入題回題諸法
賦亦如之 皆指擬古事以爲題 無一句自家語 終日讀之 不知其何謂也
而俗士譁然 自信以爲眞 以科擧之眼 並文章六經而混之 顚倒於斯 而
不之覺也 夫士平生當一不履試闈然後 方可謂之潔身無汚 蜑俛而就之
者 已下第二等耳 余旣娶 婦翁李公曰 從衆可也 及莅西府 携余行曰 士
生斯世 致君澤民 非科擧則不能進身 余退而學百篇 嗚呼 抑亦有說也
耶 遂附之西集 己丑秋日 楚亭于鐵甕城中

대　상: 西課藁(朴齊家)
중심어: 文章*六經 / 科詩
색인어정보: 卞春亭(卞季良) / 楚亭(朴齊家)

2) 炯菴先生詩集序(권1)

　　吾友 炯菴先生李懋官詩凡若干首 予手抄訖 薰沐而後讀之 讀之未嘗
不歔欷而歎也 客曰 奚取乎詩也 曰 瞻彼山川 莽乎無極 靜水含淸 孤雲
舒潔 雁將子而南遷 蟬冷冷而欲絶 豈非懋官之詩乎 客曰 此秋暎也 詩
固得而冒之乎 曰何傷乎 亦論其際而已矣 夫莫之然而然者天也 知其然
而爲之者人也 天人之間 亦必有其分矣 則際也者 分也 合內外之道也
故得其際則萬物育鬼神格　而不得其際　則芒芒乎不辨自己之與馬牛矣
而況於詩乎 客曰 詩者 與生俱生者也 小兒呱呱 拍背而謠之 嗚嗚然與
啼聲相合 已而兒眠矣 此天下之眞詩也 夫吾聞之 詩出於性 有邪有正
觀其好惡 與世俗汙隆 故綺麗之作 不錄於國風 噍殺之音 不登於淸廟

今予遺淡泊之味　自然悅藻繪之新工　背前轍而不遵　獨師心法之法　日
黃鍾之黍至細也　鳥獸之文至微也　律呂於是乎起　八卦由是以作　夫詩
在數爲易　在聲爲樂　非知道者　其孰能語斯哉　客曰　然則詩何師　曰**盈天
地之間者　皆詩也**　四時之變化　萬籟之鳴呼　其態色與音節　自在也　愚者
不察　智者由之　故彼仰脣吻於他人　拾影響於陳編　其於離本也　亦遠矣
客曰　然則凡所謂**漢唐宋明之詩**　皆不足法歟　曰　奚爲而然也　吾所謂然
者　與其逐末而多歧　曷若遡本而求要　夫然後天地之**眞聲**　古人之微言
應若霜鍾之自鳴　而陰鶴之相和也　然則　懞官之詩　得庖**犧伶倫**之心矣
若夫**法律之沿革**　字句之淵源　有掌故者在　丙申秋日愚少弟**朴齊家**撰

대　상: 炯菴(李德懋)
중심어: 眞詩 / 際
색인어정보: 炯菴(李德懋)

3) 柳惠風詩集序(권1)

情非聲不達　**聲非字不行**　三者合於一而爲詩　雖然字各有其義　而聲
未必成言　於是乎詩之道專屬之字　而聲日離矣　夫字之離聲　猶魚之離水
而子之離母也　吾恐其**生趣**日枯　而天地之理息矣　夫古詩三百篇　亦猶有
其字　而不得其聲者矣　竊意古者　言出而字成　故其**助語虛詞**　皆能**委曲**
有味　今其禮樂刑政之器　鳥獸草木之名　皆已破壞渙散　不可復效　雖使
今之人　與三代之士　卒然而相遇　則其國俗之別　方音之殊　不啻若蠻夷
之入於中國矣　而猶且切切然誦其言　而咨嗟而詠歎之　曰此眞**關雎**也　眞
雅頌也　吾以爲此特今人之字音　非古之原聲也　夫今之所謂**巫覡之歌詞**

倡優之笑罵 與夫市井閭巷之邇言 亦足以感發焉懲創焉已矣 庶幾猶有
古詩遺意歟 然而執筆而譯之 言無不似也 索然而不得其情者 聲與字殊
途也 聲與字殊途 而古今之文章之不相侔 槩可以見矣 嗚呼 千世之遠
萬國之衆 詩之變 蓋不知其幾也 隨其變而爲聲 亦各有自然之節焉 吾
友柳惠風之爲詩也 可謂兼至而備美者矣 乃能因字於古 而通聲於今
其形於中而動於外者 若樹出花而鳥自鳴也 不自知其所以然 則聲與字
殊 又不足論矣 雖然 聲與字一也 而善則合之 不善則離之 何也 文出乎
字 而聲成於字外 故曰 字者下學 而聲者上達 丙申仲秋友人朴齊家撰

대　상: 柳惠風詩集(柳得恭)
중심어: 生趣 / 情*聲*字
색인어정보: 柳惠風(柳得恭)

4) 雅亭集序(권1)

世之篤論者 稱李懋官品識第一 篤行第二 博聞强記第三 而文章 特
第四耳 乃於第四之中 人之不知者過半 則矧敢悉其所謂一二三者哉 雖
然 方懋官之未知名也 泊然窮居 手一編若將終身者 而一朝館閣交薦之
朝廷至設官而處之 號曰檢書 上嘗稱其文 有山林氣 及其沒而命徵其藁
給內帑錢爲剞劂費 何其盛也 昔漢武 求相如之書 宋高 序東坡之集 方
之于玆 未足多焉 於是乎懋官之平生 定矣 嗟乎 余與懋官 周旋三十年
所 其行藏本末 大略相似 世或有王前盧後之目 其實師之云乎 豈敢友
之云乎哉 獨於談藝一事 犁然相合 若執符契 而調琴瑟 物無得而間焉
每擧王元美祭李于鱗云 惟子與我開闢所稀之語 以相擬似 今其集中論
次交遊宴集登覽聚散月日 歷歷俱在 而斯人之墓草宿矣 爲之俯仰太息

而不能已焉 蓋嘗論之 文有詞人之文 有儒者之文 華實之謂也 懋官雅
不欲以詞人自命 亦不欲以儒者高自標榜 故其學常自附於鄭漁仲・馬
貴與之間 爲文章無捭闔之態矜持之容 期於毋俗而已 其微意以爲有過
此者存焉耳 原其著述 箚記語類 則白虎之通論 中壘之別錄也 小學名
物 則急就之功臣 捭埤雅之後勁也 其考古證今 則亭林秀水之一流人
也 尤善尺牘題評 小而隻字單辭 大而聯篇累紙 零零瑣瑣 纏纏霏霏 可
驚可愛 縱橫百出 殆欲兼李君實・陳仲醇輩而掩其長者矣 人見其尺牘
題評而曰懋官非古文 此又世說以不學史漢列傳者也 見箚記名物 而曰
懋官非古文 此責注疏之異於八家文抄者也 懋官最不喜爲詩 所選不滿
一卷 然其意匠峭崛 格律精嚴 毋雷同・毋武斷 以不襲不創爲歸趣 蓋
其蓄之深 故使事密 探之博 故下字繁 人訾其密 則曰沓拖 怪其繁 則
曰僻澀 此又以陶・柳・王・韋之五言律杜・韓・黃・蘇之長篇者矣
中朝人嘗稱懋官之詩曰 力掃凡蹊 別開異逕 晚宋・晚明之間 當據一
席 夫懋官之爲懋官 政在於爲宋爲明 而世之人 乃以其爲宋爲明者 而
譏懋官 則其不失懋官者幾稀矣 嗟乎 使懋官衣食粗足 給五六弟子筆札
之需 而稍閒其身 從其所好 則其著書 必不止此 天又不假以年 使不昌
其業 悲夫 雖然 其學問之所透 識見之所到 竟亦非鴨水以東人物 此其
所以受特達之知於聖人者 與懋官嘗應旨 撰進城市全圖百韻 御筆題其
券曰雅 仍以名其亭 幷錄之 爲雅亭集序 丙辰孟夏貞蕤居士朴齊家撰

대 상: 雅亭集(李德懋)
중심어: 不襲不創 / 華實 / 僻澀 / 別開異逕
색인어정보: 懋官(李德懋) / 漢武(漢武帝) / 相如(司馬相如) / 宋高(宋高宗) / 東坡
(蘇軾) / 王前盧後(王勃・盧照隣) / 王元美(王世貞) / 李于鱗(李攀龍) / 鄭漁仲(鄭
樵) / 馬貴與(馬端臨) / 白虎之通論(白虎通) / 中壘之別錄(劉向別錄) / 急就(急就
篇) / 亭林(顧炎武) / 秀水(朱彝尊) / 李君實(李日華) / 陳仲醇(陳繼儒) / 史漢(史
記, 漢書) / 八家文抄(唐宋八家文抄) / 陶柳王韋(陶潛, 柳宗元, 王維, 韋應物) /

杜韓黃蘇(杜甫, 韓愈, 黃庭堅, 蘇東坡) / 貞蕤(朴齊家)

5) 詩學論(권1)

　吾邦之詩 學宋金元明者爲上 學唐者次之 學杜者最下 所學彌高 其才彌下者 何也 學杜者 知有杜而已 其他則不觀而先侮之 故術益拙也 學唐之弊 同然 而小勝焉者 以其杜之外 猶有王·孟·韋·柳數十家之姓字 存乎胸中 故不期勝而自勝也 若夫**學宋金元明**者 其識又進乎此矣 又況**博極羣書** 發之以**性情之眞**者哉 由是觀之 **文章之道 在於開其心智 廣其耳目 不繫於所學之時代**也 其於書也 亦然 學晋人者最下 學唐宋以後帖者稍佳 直習今之**中國**之書者最勝 豈晋人唐宋之書 不及今之中國者耶 代遠則模刻失傳 生乎外國則品定未眞 反不如中國今人之書之可信而易近 古書之法 猶可自此而求也 夫不知搨本之眞贋 六書金石之原委 與夫筆墨變化流動自然之體勢 而規規然自以爲晋人也二王也 不幾近於盡廢天下之詩 而**膠守少陵數十篇之句字** 以自陷於固陋之科者耶 夫君子立言 貴乎識時 使余而處中國 則無所事於此論矣 在吾邦則不得不然者 非其說之遷也 抑勢之使然也 或曰 杜詩晋筆 譬諸人則聖也 棄聖人而曰學於下聖人者耶 曰有異焉 行與藝之分也 雖然畫地而爲宮曰此孔子之居也 終身閉目不出於斯 則亦見其廢而已矣 若夫文章古今升降之槩 風謠名物同異之得失 在精者自得之 殆難與人人說也 上之五年辛丑初冬 **葦杭道人**書于兼司直中

대 상: 詩學
중심어: 學杜 / 學唐
색인어정보: 王孟韋柳(王維, 孟浩然, 韋應物, 柳宗元) / 二王(王羲之, 王獻之) / 葦

杭道人(朴齊家) / 少陵(杜甫)

6) 學山堂印譜抄釋文序(권1)

今之聰明不開者 患在淡看古人書 夫古人絶不作凡語 何淡之有 獨不
見夫學山堂張氏之印譜乎 人知其爲印譜而已 不知其天下之奇文也 知
其印譜之文而已 曾不知古人之語之無一不知是者也 夫張氏之爲此也
當明末朋黨之世 値陰盛陽衰之運 懷忠抱憤 獨行無偶 不平之氣無處發
洩 於是 雜取經史・子集・百家之韻語 摘爲印藪 假托譏刺之末 摩挲
乎篆刻之間 反言之則激人也易 直言之則入人也深 文短而意長 采博
而旨嚴 國風之比興也 離騷之怨慕也 里巷歌謠之咨嗟詠歎也 雖嬉笑
怒罵 反復百出 恩怨炎涼 情態互殊 而其砭骨之聲 刺眼之色 千載愈新
不可得以終泯 則冷然而癡者可慧 森然而妍者可毅 小人足以平其忮心
君子足以扶其正氣 誠名理之奥府 辭命之鑰匙 闓茸之金篦 頹俗之砥柱
者矣 讀者於此 苟得其欲哭欲泣之心・可驚可愕之狀 則天下之奇文
不過如是 古人之千言萬語 不過如是 吐詞則霏霏而可聽 摛翰則翩翩而
可樂 聰明開而悟解來矣 又豈特今日之印譜而已哉 吾友懋官 爲釋文
手抄 而索余序 嗚呼 鴨水以東 不淡看書者幾人 則宜余言之不見信也
夫噫

대　상: 學山堂印譜(張灝) / 學山堂印譜抄釋文(李德懋)
중심어: 天下之奇文 / 聰明＊悟解
색인어정보: 懋官(李德懋)

본관은 연안(延安), 자는 성중(成仲), 호는 극옹(屐翁)·극원(屐園).
1789년 문과에 병과로 급제하여, 대제학·형조판서 등을 지냈다.
1803년 사은정사(謝恩正使)로 청나라에 다녀왔다. 글씨에 능하여
「양성기적비(兩聖紀蹟碑)」·「서명선사제비(徐命善賜祭碑)」가 있다.
저서로 『극옹집』이 있다.

출전: 屐園遺稿(『한국문집총간』 268집)

1) 題儉巖詩集後
2) 題石樓詩稿

1) 題儉巖詩集後(권9)

君子疾沒世而名不稱 況以子而闡揚其親 孝之推也 苟欲惇民彝而淑
世敎 則可不爲之培植表章 用勸世之爲人子者哉 有范潤行者以其翁儉
巖詩集 踵門乞文 弁其卷者竹石徐太史序也 竹石公以詞苑宗匠 握一
世袞鉞之權 於古今詩文 如金秤秤物 未嘗輕許可人 今其序曰君踈曠喜
飮酒 於物無所好 嗜詩至老不休 其人可知已 曰爲詩和平溫厚 藹然有
治世之音 其詩可知已 曰君休休有長者風 有子六人 馴謹能守其家 其
積於躬而貽其後 又可知已 斯卷也得公一言而傳之不朽 以愜諸胤揚親
之誠無疑矣 顧余衰病窮居 不復與文字業 緣其身之惟恐不晦 何有乎文
其言而題品人乎 雖然詩道之盛衰 與世運相汙隆 善觀詩者 不於博士著

作之林 而必先於里巷歌謠 盖以天機所發 不假於人爲也 此太師所以
陳詩 季子所以觀樂也 君生於英廟盛際 而以詩自命 實在於先朝晚年
君雖九原 耳目所及 卽數十年間人 顧其詩渢渢乎如中葉以前音調 是豈
君學而能哉 可以見聖朝淳厖之化 入人者深且遠也 竹石公之眷眷於斯
卷者在此 余故推其意而書于編

대 상: 儉巖詩集(丁彦璛)
중심어: 徐榮輔 / 天機所發
색인어 정보: 竹石徐太史(徐榮輔)

2) 題石樓詩稿(권9)

東方名勝之指先屈者 必稱關東之楓岳 湖左之四郡 石樓居士年爲高
城守 昨年移淸風伯 儼然爲神仙窟宅之主人翁 凡兩州之一水一石 靡不
卷有於居士之耳目肺腑 而一切發之於詩 殆禪家所謂宿世之因 而非俗
子庸衆人之所能得也 昔香山老子連年爲蘇杭兩刺史 管領吳會山水之
勝 而其爲詩穠麗雄鬯 渢渢乎大國之風 盖蘇杭之繁華肥膩 居養之所
得也 今高淸兩州 地淸民貧 官居蕭然如寒士高僧 朝夕所接 惟烟雲竹
樹 麋鹿魚鳥 無一點塵翳 爲岳色江聲之累 於是乎居士之詩 閒遠淡泊
天機淸妙 往往似玄暉門中語 不惟其性情然也 亦地之所使也 居士方醫
殘梳瘼 三載政成 歸則無鬱林片石 賣書僦屋 妻孥呼飢寒 而日哦詩猶
不輟 官愈貧而詩愈多 詩愈多而居士愈益自喜 假使居士庫有餘帛 府有
餘財 十五年盡山水友朋之樂 如香山老子 則未知詩之造妙 果有勝於今
之詩 而居士之自喜 又果如何否也已

대　상: 石樓詩稿(李慶全)
중심어: 香山老子 / 天機淸妙 / 造妙
색인어 정보: 香山老子(白居易)

이서구(李書九, 1754~1825)

○○○

본관은 전주(全州), 자는 낙서(洛瑞), 호는 척재(惕齋)·강산(薑
山)·소완정(素玩亭)·석모산인(席帽山人). 1774년 문과에 병과로
급제하여, 평안도관찰사·형조판서 등을 지냈다. 홍대용(洪大容)
과 박지원(朴趾源)의 문하에 출입하였고, 그의 시가 이덕무(李德
懋)·유득공(柳得恭)·박제가(朴齊家)의 시와 함께『한객건연집(韓
客巾衍集)』에 수록됨으로써 사가시인(四家詩人)으로 불렸다. 저서
로『척재집』·『강산초집(薑山初集)』이 있다.

출전: 薑山全集(대동문화연구원 출간본)

1) 韜齋詩序
2) 手鈔燕巖集序
3) 素玩亭禽蟲艸木卷序

1) 韜齋詩序(『自問是何人言』)

甚矣 詩之惑也 豈戊摘屈宋之遺艷 景初杜餘光 徵榮枯於敍詞 狃今
古而成章 然後句歟 曰非也 凡民有性 喜怒哀樂何莫非至情之所由生
而其能感發人心 怵然自顧者 唯哀爲甚 奚則 樂極則易流 怒多則傷氣
夫嬰兒失母 慈父哭子 未有飾哀矯情 不知其悲者 無他 眞情侵迫 隆哀
自天 是故周官採風 類多幽怨之音 楚臣著騷 盡是激裂之響 此余從弟
潛夫 所以爲詩之道也 余與潛夫 年紀相適 自在童樨 同塾而學 且身世
偗伶 無以相慰 每良辰燕夕 迭吟互哦 潛夫善屬文 其詩深沈秀潔 饒有

風致 顧余常自以爲不及 追念 潛夫年十一二時 不甚喜讀書 時先君子
在堂 以其早喪考妣 性且柔弱 不忍割愛刻敎 聽其自適 潛夫於是日逐
隣里兒 匏舟枬馬 嬉戲以娛樂 余甚憐之 嘗在密室 坐無他人 囚與呼名
訓誨 手拊其背 背膩手煖 惕然感悔 伏膝悲嗚 涕流入口 至今六七年之
間 文章日益進 氣質日益化 平居簡言 笑或稱人 廣座恂恂 若不自容 其
幽愁不平之氣 一皆寫之於詩 愛余愈至 嘗爲余作詩 詩益**冤鬱慷慨** (후
략)

대　　상: 潛夫(李鼎九)
중심어: 幽愁不平之氣
색인어 정보: 潛夫(李鼎九) / 屈宋(屈原, 宋玉)

2) 手鈔燕巖集序(『自問是何人言』)

夫虛譽不動人 至才無多交 或曰名者 實之賓 或曰德不孤 必有隣 故
雲興而雨降 鳳至而鳥從 余觀世之所謂通儒碩生 囅說經旨 署綴文詞
輒連茹比類飛聲相詡 終乃儕類成仇疾 聲譽爲誹謫 由是言之 十人之歡
不如一友之良 修己敦身 以待自來之朋 聖人道也 杜門掃軌 不求當世
之名 達士志也 余年二十 鮮交游 側卷邇里 足不恒旋 或入人讌會 賓客
滿座 無一人起與揖者 而於**燕巖**朴先生 最相善 先生故名家裔 能文章
挾不羣之才 有凌世之志 遨遊三十年 意落落無所合 退乃周覽舊都 神
嵩左峙 禮成東縈 西臨樂浪湨流湯湯 遲回兩京之間 察其艸木蒙蘢田土
膏沃 地稱燕巖 遂定居焉 始先生與余同里 時余甚冲幼 不識朴先生爲
何如人也 居頃之受業于隣之李氏 李氏字**官懋** 官對余輒稱朴先生長者
可與交 又兩家賓客日相往來 皆稍稍稱朴先生 長者善容儀談文章 言語

斤斤 因介余以進 先生迎余而揖 肩背穹然錫余而坐 席幾連奧 有神明
之開滌 若鬚眉蔭映 余乃心竊自疑 以爲朴先生誠長者 夫何一見而相厚
若是 遂日從先生游 幾月之間 晝無罕面 夜不憚踪 而目悅文雅之容 耳
順學習之論 且余方力爲述作 先生乃譏正古今斟酌得失 作序以訓之 其
文曰倣古爲文 如鏡之照形 如水之寫形 可謂似歟 曰左右相反 本末倒
見 惡得而似也 如影之隨形可謂似歟 曰午陽 則僬僥侏儒 斜日則龍伯
防風 惡得而似也 如畵之摸形 可謂似歟 曰行者不動 語者無聲 惡得而
似也 曰然則終不可得而似歟 (중략) 曰夫何求乎似也 **求似者非眞也** 天
下之所謂相同者 必稱酷肖難辨者 亦曰逼眞 夫語眞語肖之際 假與異在
其中矣 故天下有難解而可學 絶異而相似者 鞮象寄譯 可以通意 篆籀
隸楷 皆能成文 何則 所異者形 所同者心故耳 由是觀之 **心似者志意也**
形似者皮毛也 李氏子**洛書** 從不佞學有年矣 嘗撰其**綠天之稿**質于不佞
曰嗟乎 余之爲文 纔數歲矣 其犯人之怒多矣 **片語稍新 一字涉奇** 則輒
問古有是否 否則艴然于色 曰安敢乃爾 噫 於古有之 我何更爲 願夫子
定之也 不佞攢手加額 曰此言甚正 可興絶學 蒼頡造字 倣於何古 顔淵
好學 獨無著書 苟使好古者 思蒼頡造字之時 著顔子未發之旨 文始正
矣 吾子年少耳 逢人之怒 敬而謝之曰 不能博學未效於古矣 問猶不止
怒 猶未解 曉曉然咨曰 殷誥周雅 三代之時文 **丞相右軍** 秦晉之俗筆
余旣服其旨意 高邁章句朗楚 於是 凡先生之所撰記 自長篇短語 以至
纖詞戲尺 擧皆手鈔而藏之 曰余與先生 年紀之相間 若是其懸也 才德
之之逮 若是其迂也 惟此聲色臭味之際 言不牾議 氣亦從類 譬浮世之
悠揚 欲韜光於山林者 又若是其同也 且其發言立辭 有足以表式 當世
則吾何必上**步秦漢追躐韓歐** 閔旣往之愛愛 暑現在之翩翩哉 烏虖 生
幷一世 好不阿於師資 情無外歧 義彌隆於得朋百代歸善君子用臧 躬念
古昔 夫惟是誰

대　상: 燕巖集(朴趾源)
중심어: 眞*似 / 心似*形似 / 倣古
색인어 정보: 燕巖(朴趾源) / 懋官(李德懋) / 洛書(李書九) / 綠天(李書九) / 丞相
(李斯) / 右軍(王羲之) / 韓歐(韓愈, 歐陽脩)

3) 素玩亭禽蟲艸木卷序(『自問是何人言』)

余居在城市間 所與隣 皆康莊閭里 無田野山林之趣 可以娛樂歡怡
惟素玩亭 在一室之央 頗高敞爽塏 墻北有數株樹 每當夏生陰 宋樐落
時之際 翠色濛濛如也 卽余日偃息其中 凡於禽蟲艸木之具吾視聽者 悉
皆紬矚而備聆 一有所得 輒哦詩以識之 蓋於禽 得十有六焉 於蟲得十
焉 爲艸爲木者 又各九焉 摠爲詩四十有四焉爾 客曰 昔人謂 **李賀爲文
章 弗離花鳥蜂蝶 故終不能震盪人耳目** 何吾子之專察乎至微 費神乎
無用 不幾近於是也 余曰 固然 然抑有說焉 今夫石 塊然一頑者耳 頹在
於山冢海涯之間 則人之過而想之者 泛言曰 彼塊然而頑者 石也 其稍
欲自好者曰 彼塊然而頑者 石也 是乃土之結而堅者也 洒信眉揚目 自
以爲玅觧物理 不知有測物造峀之士 審其紋理之粗細 氣勢之盤峭 分其
色則蛾眉之綠也 艾葉之靑也 區其質則文梨之凍而瑩也 龜背之坼而兆
也 一窪一窿之小岡 敢或遺者 以天之所賦 不可以忽焉也 彼禽翔而蟲
蠕 艸秀而木挺 有萬不同 各極其態 凡夫人之見之者 亦但知翔爲禽 而
蠕爲蟲秀者 謂之艸而挺者 謂之木者何也 彼其胸中 只有禽蟲艸木四字
存焉而已 若使四字者 不製於古 則必幷其名而不之知也 **夫禽蟲艸木者
天地之文章也 文章者人之餙也 人之欲餙其文章者 安得不假文章於
天地也哉** 是以古昔聖人自著書命名 以至宮室衣常輿輅旂旐罇彝之餙
亦莫不取義成象者 以其盈天地者 舍此而無他也 故傳有之 曰多識乎鳥

畧艸木之名　語曰登高作賦　遇艸必識　鄕大夫之才也　余於是竊有垪焉

客曰善　遂裒其所著　編爲素玩亭禽蟲艸木卷

대　상: 素玩亭禽蟲艸木卷
중심어: 天地之文章
색인어 정보: 素玩亭(李書九)

서영보(徐榮輔, 1759~1816)

···

본관은 대구(大丘), 자는 경세(景世), 호는 죽석(竹石). 1789년 문과에 장원급제하여, 대제학·예조판서·이조판서 등을 지냈다. 1790년 서장관(書狀官)으로 청나라에 다녀왔다. 심상규(沈象奎)와 함께 『만기요람(萬機要覽)』을 편찬하였다. 저서로 『죽석집』·『교초고(交抄考)』·『어사고풍첩(御射古風帖)』 등이 있다.

출전: 竹石館遺集(『한국문집총간』 269집)
李參奉集(李匡呂, 『한국문집총간』 237집)

1) 李參奉集後序(책2)

　故李參奉先生遺集四卷 嗚乎 先生天下士也 其文章固已貴重于世 士大夫翕然師尊之 每一篇出 珍而弆之莫佚也 而所收若是寥寥也 然豈在多乎哉 嘗試論之 有文字來 作者衆矣 而標令譽名後世者 歷累千載 盖無幾焉 其能卓然高蹈 硴視古今 勒成一家之言而爲百代法者 雖以漢唐宋之盛代 僅一二人而已 豈非以其人之難得歟 天將命是人以斯文也 則必畀之以至精之氣絶異之才 是人者全其獨得之禀 如金之有銑鑋 玉之

有璵璠 然後發於口而爲聲者 英秀儁偉 非學之可至 斯其所以難也 在
本朝 先生其庶幾乎 先生持峻裁內沈穎 風度冲遠 有塵表想 其爲詩文
思深而語警 文從而理晰 淸新特絶 蒼菀古勁 盖其超悟朗詣 探天下之
至賾 匠心獨運 極天下之至巧 摩盪糺錯 成天下之至文 從容矩矱 居
天下之至適 以之寫物則辭氣整暇 而物之形神肖 以之屬事則情性惻怛
而事之理致著 寧介無苟 寧仇無俚 寧見異而不蘄合 夫惟無作 作則必
可傳無疑 倘所謂全其獨得之稟 而其人之難得者歟 (후략)

대　상: 李恝奉集(李匡呂)
중심어: 天下之至文
색인어 정보: 李恝奉(李匡呂)

2) 逍遙齋集序(책2)

(전략) 文章之爲道 亦猶是焉 六經以下 賢人才士刻意爲文章者極多
然序代之升降 皆有可言 而治道常與之隆替 如聖人之門 用文章也 則
其與論禮樂也 必不異矣 本朝累聖相承 至于成宗 治敎大同 上方傾意
文學之選 蜚文染翰之士 龍攄鴻翔 波至雲委 時則吾宗四佳公主文柄二
十年 號稱得人之多 後皆相繼爲館閣 故副提學逍遙齋崔公其一也 公以
儁才華聞 乘運高蹈 與佔俾乖厓諸公 高視幷驅 爲詩文 浩汗膽縟 氣燄
之相薄 不相上下 可謂盛矣 嘗謂文章與政通 故古之爲文 樸實峻茂而
其氣厚 後之爲文 彪蔚典則而其章炳 自其大而言之 三王之忠質文是也
自其小而言之 漢之東西二京 唐之初盛中晩 亦是物也 大羹不鼓 皮弁
無文 而盎齊始於大羹 黼黻本乎皮弁 見盎齊黼黻之旨且華也 遂欲以相
尙焉則甚不可也 當公之世 人淳俗厖 士無浮慕虛騖 讀書必熟讀深究

爲文多積而後發 故其詞雄深汪洋 沛乎若原泉之不可竭 此其所以難也
後公數百年 文道侵明 作家大興 淬鍊琢磨 鏗鏘宣朗 于以鳴國家之盛
者不絶也 風氣固日啓矣 而淳樸亦漸漓焉 其獘也而爲輕薄嘦殺 則可無
譏焉 然而有識之士 常慨然於斯者 豈不以治道之隆替在是也歟 此余所
以深致意於斯文也 (후략)

대 상: 逍遙齋集(崔淑精)
중심어: 文章與政通 / 文柄*館閣
색인어 정보: 四佳(徐居正) / 逍遙齋(崔淑精) / 佔畢(金宗直) / 乖厓(金守溫)

3) 儉巖詩集序(책2)

詩者情之宣於外者也 情者性之發也 讀其詩 可以知其性矣 孟子謂
人性善 由是言也 天下之性皆同 而天下之詩 宜亦皆同矣 然盛世之詩
敦厚而渢瀜 哀世之詩 漓薄而蕭颯 盖其善者理也 所禀之有薄厚者氣
也 詩道常與世升降 以此故若余者 猶及盛世之爲詩也 士大夫皆知體
裁陶謝 上下唐宋 弘長爾雅 泱泱乎美哉 當是時 委巷之士 亦蔚然多能
詩者 儉巖范君生於 英廟戊午 年十七八 已觧屬辭 丰秀見頭角 縉紳諸
公 多延譽之 君踈曠喜飲酒 於物無所好 顧嗜爲詩 至老不休 旣歿之十
有四年 諸子編其詩爲二卷 將刻之 徵序於余 君吾家舊人 知君者罕如
余 然君之所以爲君者 不待余言 攬君之詩 可以得其人而論其世也 君
詩凡百有篇 閑居詠物 贈酬哀輓之作 固有之矣 其得於朋友追遊名山
寺刹水石亭樹之間 與良辰暇日 幽園小集爲尤多 想其連袂挈壺 遇景雜
坐 濡毫寫橫卷 相與歌吟嘆呼 陶然若天下之樂 無以易此適也 可謂盛
矣 夫惟天機深者而後 能愉佚懷思一於詩抒之 卽君可知已 至於朋會

歡喜 觴詠舒散 則非獨君爲賢 其友之如君 又可知已 君與其友皆然也
則幷世風俗之尙 因此而可見 嗚呼 君其盛世人乎哉 宜其詩之和平溫厚
藹然有治世之音也 今去君未二紀矣 余不知閭巷之人相過從 以詩爲娛
如君之時乎否乎 爲詩也則能醇厖如君 無衰季噍殺之音乎否乎 此余所
以重致意於斯集也 君白晳美鬚 休休有長者風 有子六人皆馴謹 能守其
家者也 君性情之善 固不失其本然 而受氣之厚 亦有過人者 故能生老
太平 官躋樞貳 而貽祉後人未艾也 遂書此以爲序

대　상: 儉巖詩集(范慶文)
중심어: 委巷之士 / 閭巷之人
색인어 정보: 陶謝(陶淵明, 謝靈雲) / 儉巖(范慶文)

4) 李參奉集跋(李匡呂, 『李參奉集』)

　故李參奉先生遺集四卷 嗚呼 先生天下士也 其文章固已貴重于世 士
大夫翕然師尊之 每一篇出 珍而弆之莫佚也 而所收若是寥寥也 然豈在
多乎哉 嘗試論之 有文字來 作者衆矣 而標令譽名後世者 歷累千載 盖
無幾焉 其能卓然高蹈 雄視古今 勒成一家之言而爲百代法者 雖以漢唐
宋之盛代 僅一二人而已 豈非以其人之難得歟 天將命是人以斯文也 則
必畀之以至精之氣絶異之才 是人者全其獨得之稟 如金之有銑鎣玉之
有瑤璠 然後發於口而爲聲者 英秀儁偉 非學之可至 斯其所以難也 在
本朝先生其庶幾乎 先生持峻裁內沉穎 風度冲遠 有塵表想 其爲詩文
思深而語警 文從而理晰 淸新特絶 蒼鬱古勁 盖其超悟朗詣 探天下之
至賾 匠心獨運 極天下之至巧 摩盪糺錯 成天下之至文 從容矩矱 居天
下之至適 以之寫物則辭氣整暇而物之形神肖 以之屬事則情性惻怛而

事之理致著 寧介無苟 寧亢無俚 寧見異而不蘄合 夫惟無作 作則必可傳無疑 倘所謂全其獨得之稟而其人之難得者歟 太史李公侍郎申公 旣序是集 以榮輔亦與聞於發雕 宜有一言 榮輔世通家 敬慕寂深 義不敢辭 先生之高風潔行 二公之文可攷也 獨書其文章之大致 以俟後之賞音者 然先生之學 本原經術 苦心愛物 故凡所言皆慈善可感動人 讀是集者 又不可不知此 上之五年乙丑首夏 達城徐榮輔謹書

대 상: 李參奉集(李匡呂)
중심어: 勒成一家之言而爲百代法
색인어 정보: 太史李公(李晩秀) / 侍郎申公(申大羽) / 榮輔(徐榮輔)

이옥(李鈺, 1760~1832)

본관은 전주(全州), 자(字)는 기상(其相), 문무자(文無子), 매화외사 (梅花外史), 화석산인(花石山人)을 비롯한 많은 호를 사용했다. 성균관 유생으로 있던 1792년 소품문을 썼다는 이유로 과거응시가 금지되었다. 이로 인하여 평생 관직에는 나아가지 못하고 불우한 생활을 하며, 평생 소품문 창작에 전념하여 많은 작품을 남겼다. 그의 작품은 김려(金鑢)가 수습하여 『담정총서(藫庭叢書)』에 수록해 놓았으며, 그 밖에 『이언(俚諺)』, 『백운필(白雲筆)』, 『동상기(東廂記)』, 『연경(煙經)』 등이 전한다.

출전: 『완역이옥전집』(실시학사 고전문학연구회 편)

---

1) 戲題釖南詩鈔後
2) 戲題袁中郞詩集後
3) 剪燈新語註
4) 諺稗
5) 一難
6) 二難

---

1) 戲題釖南詩鈔後(1권)

歲癸丑春 余在璧雝 與意中諸文人 論唐宋詩 次及**陸游** 誦芬姜子 忽躍席起 戟手厲聲曰 游之詩 何可汚口吻 游之詩在家 當焚 否 必誤後人也 余與歸玄金子 冠纓幾絶 笑其太激 而亦未嘗不以爲旨 甲寅秋 余將

游湖西 裝不宿戒 適見四歲稚子提一卷行 奪視之 乃昔歲借人釖南詩鈔
未還者也 仍納之槖 旣到湖西 霜夜方脩 旅燈無人 出而時展看之 誦芬
之言 益信矣 然而使游而聞 亦必自以爲冤矣 原游而論 初未嘗自畫於
是 而只坐六十年間 作句太多 **口煉而細** **手熟而圓** 終之爲姜子之所不
容矣 譬如三十老妓 閑於風情 闌於烟花 辭氣大溫 珠翠太繁 賓客滿堂
而且歌且舞 頓無羞澀 顧忌底意思 則自以爲得而人反賤之矣 雖起游而
質之 必不易吾言矣 近歲 吳人有**羅聘**者 叙其**學陸集** 槪曰 少時 學陸
爲詩 中年 覺而盡焚之 晚歲 與其妻白蓮女史方婉儀 夜坐談詩 方爲誦
其所焚詩三十餘首 還覺可意 惜其焚而無傳 故借金鳳釵 以刊云 余嘗
得而讀之 旣焚之 不必更費金鳳釵 意老羅 亦到爛熟境耶 惜不使誦芬
子亦一覽之矣

대　상: 釖南詩鈔(陸游)
중심어: 陸游 / 羅聘 / 學陸集 / 爛熟

2) 戲題袁中郎詩集後(1권)

錢虞山論明詩之所由變 石公必居其一 至以比大承氣湯 蓋石公矯
王·李 而啓鍾·譚 功罪相半故也 以余觀於石公 不過一尋常文人也
非有德位之著也 而其爲辭又不肯師古 只以石公 有舌之筆 記錄石公由
情之語 固一代之變風也 顧又細瑣輭弱 不可以大家稱 使石公處于今
不過爲南山下數間茆屋 種一畝殘花 日與龍子猶輩 沾沾自鳴者也 使隣
人 不見其詩而指斥之 則幸矣 彼安得登文壇 主詞盟 麾旂鳴鼓 而天下
靡然乎從之耶 石公之時 天下詩道 不及乎今 故以石公而猶宗之耶 抑

石公之道 近乎人情 不似白雪樓之空事咆哮 故天下知其然而從之耶 在石公 固雄矣 噫! 此一時也 彼一時也 其時則易然

3) 剪燈新語註(2권)

剪燈新語者 瞿宗吉之所刪述元明間小說者 而若聚景園‧秋香亭等記 亦佑之所作也 牧丹燈記 陳愔作 金鳳釵記 柳貫作 綠衣人傳 吾衍作 渭塘奇遇錄 明馬龍作 其文詞 皆鄙俚淺弱 易知而易效 故我東吏胥必讀之 垂胡子者 姓林失其名 官至軍資監正者 而爲之註釋甚勤 知印張宗得 以新語來願學 余亦時閱之 註釋頗詳 而惟渭塘錄秋景詩 鐵馬作戎馬解 誤矣 鐵馬出元宮中故事 元后有愛聽竹葉風聲 及葉盡 以玉片及鐵 鏤作竹葉 懸綴風簷 名曰鐵馬 又名竹駿 今若訓作鐵騎 則聲喧風力緊者 乃塞下光景也 何有於閨閤秋興耶 聞新語印板甚多 至六七本云 其印其註 渾覺多事 只爲都都平丈準備飯椀也

4) 諺稗(2권)

人有以**諺稗**來爲余消長夜者 視之 乃印本 而曰**蘇大成傳** 此其京師烟
肆中 拍扇而朗讀者歟 大無倫理 只令人嘔噦不已 然余以爲勝於**稗史**
夫作稗史者 巧覘**正史**之有疑案處 便把作話柄 **李師師**之游幸 則**忠義**
水滸傳有宋江夜謁娼樓之語 楡木川之卒崩 則**女仙外史**有賽兒授劍鬼
母之說 千載之下 紫搖耳目者 罪固大矣 曷若以謊說謊 自歸姑**妄言之**
科 而只博人一粲者乎 然而雕以柞板 搨之楮素 則二木亦寃矣

대 상: 諺稗
중심어: 稗史*正史

5) 一難(2권)

或問曰 子之**俚諺** 何爲而作也 子何不爲**國風**爲**樂府**爲**詞曲** 而必爲是
俚諺也歟 余對曰 是非我也 有主而使之者 吾安得爲國風樂府詞曲 而
不爲我俚諺也哉 觀乎國風之爲國風 樂府之爲樂府 詞曲之不爲國風樂
府 而爲詞曲也 則我之爲俚諺也 亦可知矣 曰 然則 彼國風與樂府與詞
曲 與子之所謂俚諺者 皆非作之者之所作歟 曰 作之者 安敢作也 所以
爲作之者之所作者 作之矣 是誰也 **天地萬物** 是已也 天地萬物 有天地
萬物之性 有天地萬物之象 有天地萬物之色 有天地萬物之聲 總而察之
天地萬物 一天地萬物也 分而言之 天地萬物 各天地萬物也 (중략) 天
地萬物之於作之者 不過**托夢而現相赴箕而通情**也 故其假於人 而將爲
詩也 溜溜然從耳孔眼孔中入去 徘徊乎丹田之上 續續然從口頭手頭上

出來 而其不干於人也 若釋迦牟尼之偶然從孔雀口中入腹 須臾向孔雀
尻門復出也 吾未知釋迦牟尼之 釋迦牟尼耶 是孔雀之釋迦牟尼耶 是故
作之者 天地萬物之一象胥也 亦天地萬物之一龍眠也 今夫譯士之譯人
之語也 譯納哈出 則爲**北蕃之語**; 譯**利瑪竇** 則爲**西洋之語** 不敢以其聲
之不慣 而有所變改焉 今夫**畫工**之畫人像也 畫孟嘗君 則爲眇小之像;
畫巨無覇 則爲長狄之像 不敢以其像之不類 而有所推移焉 何以異於是
(후략)

대　상: 俚諺
중심어: 托夢而現相 / 赴箕而通情

6) 二難(2권)

(전략) 敢問**詩傳**者 何也 曰經也 誰作之 曰時之**詩人**也 誰取之 曰孔
子也 誰註之 曰集註朱子也 箋註漢儒也 其大旨何 曰思無邪也 其功用
何 曰敎民成善也 曰周召南何 曰**國風**也 所道者何 久之曰 多**女子之事**
也 凡幾篇 曰 周十有一篇 召十四篇也 其不道女子之事者 各幾篇 曰維
兎罝甘棠等合五篇也已 曰然歟 異哉 天地萬物之只在於粉脂裙釵者 其
自古在昔而然歟 何古之詩人之不憚乎非禮勿視非禮勿聽非禮勿言而然
歟 客乎 子欲聞其說乎 是有說焉 夫天地萬物之觀 莫大於觀於人 人之
觀 莫妙乎觀於情 情之觀 莫眞乎觀乎**男女之情** 有是世 有是身 有是身
有是事 有是事 便有是情 是故 觀乎此 而其心之邪正可知 人之賢否可
知 其事之得失可知 其俗之奢儉可知 其土之厚薄可知 其家之興衰可知
其國之治亂可知 其世之汚隆可知矣

蓋人之於情也 或非所喜而假喜焉 或非所怒而假怒焉 或非所哀而假
哀焉 非樂非愛非惡非欲 而或有假而樂而哀而惡而欲者焉 孰眞孰假 皆
不得有以觀乎其情之眞 而獨於男女也 則卽人生固然之事也 亦天道自
然之理也 故綠芬紅燭 問聘交拜者 亦**眞情**也; 香閨繡窗 狠鬪忿詈者 亦
眞情也; 緗簾玉欄 淚望夢思者 亦眞情也; 靑樓柳市 笑金歌玉者 亦眞
情也 鴛枕翡衾 偎紅倚翠者 亦眞情也; 霜砧雨燈 飮恨埋怨者 亦眞情也
花底月下 贈藥偸香者 亦眞情也 惟此一種眞情 無處不眞 使其端莊貞
一 幸而得其正焉 是亦**眞個情**也 使其放僻怠傲 不幸而失其正焉 此亦
眞個情也 惟其眞也 故其得正者 足可以法焉 惟其眞也 故其失其正者
亦可以戒焉 惟其眞 可以法 眞可以戒也 故其心其人 其事其俗 其土其
家 其國其世之情 亦從此可觀 而天地萬物之觀 於是乎 莫眞於觀男女
之情矣 此周召南二十五篇 所以有二十篇也 亦**衛風**三十九篇 所以有三
十七篇也 **鄭風**二十一篇 所以有十六篇之多者也 亦時之詩人之所以不
憚非禮而聽之視之言之也 亦我大成至聖**孔夫子**之所以取者也 亦毛鄭
紫陽諸醇儒之所以箋註之集註之者也 亦子之所謂思無邪者 教民成善
者也 子安知夫非禮而聽 將以非禮勿聽也 非禮而視者 將以非禮而勿視
也 非禮而言者 將以非禮勿言也哉 而況乎所以視聽言者 未必盡是非禮
也哉 是故 吾則曰 詩之**正風淫風** 非詩也 乃**春秋**也 世之所稱**淫史** 若
金瓶梅肉蒲團之流 亦皆非淫史也 原其作者之心 則雖謂之正風淫風 亦
無所不可矣 子以爲如何哉 且有說焉(후략)

대 상: 俚諺
중심어: 男女之情 / 眞情 / 正風*淫風 / 淫史
색인언정보: 毛鄭(毛亨 毛萇 鄭玄) / 紫陽(朱子)

심노숭(沈魯崇, 1762~1837)

본관은 청송(青松), 자는 태등(泰登), 호는 몽산거사(夢山居士)·효전(孝田). 1790년 사마시에 합격하였다. 부친 심낙수(沈樂洙)는 노론 시파로 1801년 벽파가 정권을 장악하자 부친은 추삭(追削)되었고, 심노숭도 경남 기장현(機張縣)으로 유배되었다. 1815년 형조정랑을 시작으로 논산현감, 임천군수 등을 역임하였다. 사대기서(四大奇書) 및 『서상기(西廂記)』같은 중국 소설을 즐겨 읽으며, 자유분방한 문학을 추구하였다. 『효전산고(孝田散稿)』, 『적선세가(積善世家)』를 지었으며 『단향연축(丹香聯軸)』, 『대동패림(大東稗林)』, 지사록(志事錄), 『은파산고(恩坡散稿)』, 『정변록(定辨錄)』 등을 편찬하였다.

출전: 孝田散稿(연세대 소장본)

1) 西行詩敍
2) 香樓謔詞敍
3) 題香樓集敍後
4) 與愼生千能
5) 書任彦道夏夜詩後
6) 山海筆戲
7) 明詩律選跋
8) 槎川選詩敍

1) 西行詩敍(6책)

余兄弟治詩 所論不同 余嘗以爲詩出於情 情之所感 雖有哀樂之殊
而但今人好爲急迫愁嘆之辭 懵礇雕蹏之言 此固衰世不祥之事 非古所
謂詩 故所自爲者及夫告諸人 未嘗不以**中正和平之道**相勉 亦嘗以**爲詩**
當用心力 不當用氣力 用氣力則有跡 有跡則其於中正和平之道 遠矣
故曰不當用氣力也 不用心力 則思之不深 見之不眞 言之不足以感人心
此雖與發而中節**詠歌蹈舞**者異 而古人亦有三年二句者 故曰當用心力
也 心與氣之間 吾知所擇 而泰詹曰 心力旣未能用 從而廢氣力 則不幾
於緩弱散漫 此言似而非也 緩弱者 中正之餘也; 散漫者 和平之遺也 縱
如其言 不猶愈於急迫愁嘆 懵礇雕蹏 而爲不祥之事乎 自古詩人 類皆
浮薄而無行 困窮而不用 **陳思**招傾奪之嫌 **靈運**蒙悖逆之醜 **淵明**高孤
終老栗里 子美忠憤流落釰南 右丞囚於菩提 太白流於夜郎 以至**賓王**
之逃竄 閬仙之浮屠 子安之溺 長吉之夭 而蓋無所不有 **才者殃之招也**
名者窮之本也 故至人無名 君子不才 余非敢以區區之技 妄自擬於赫赫
之聲 有所忌畏 誠欲剗外華而專內守 剗浮慕而篤實踐 不自及於罪過也
今余西行詩爲屢十篇 得於**山水游覽**之間 羈旅汗漫之際 **遇境則寫 心**
與手謀 曾不移時 寓調諧 而條達自肆 敍思念 則游泳自娛 不喜矜持
而患及於流易 學爲縝密 而或至於粗細 此固泰詹所謂不能用心力 從而
廢氣力者 而猶不失爲中正之餘 和平之遺 譬如**康衢之謠** 不合**清廟之**
用 而尙可以形容嵬蕩之化 亦有以耕鑿自樂也 是以余謂 余詩不可以詩
言 而亦不可與今之詩伍 孔門之童 羞道桓文之意也 泰詹覽之 謂余何
哉 辛亥流頭後四日 泰登書于夢山堂近世畫者金弘道善畫俗物·日用
事物 臨**眞境**無不曲盡態色 而畫山水委靡無可觀 將此較彼 殆二人之
所爲 俗畫畫家之下流 是以 雖絶藝而人皆賤之 然而苟造乎妙 山水與

俗物 奚擇哉! 畫俗物者不能畫山水 畫山水者不能畫俗物 均之爲偏藝
而藻飾衣裳 彩變旌旗 樽彝之刻畫 堂構之繪牖 此皆畫俗物之事 而用
於朝廟·征伐 敍秩祀而明號令也 彼十日一水 五日一石 而自謂幽敻特
絶 不汚下俗者 只堪爲山樓水榭 坐臥把玩 終充巾衍之藏 蒙塵烟沒 世
不出仍而漫滅而已 顧安所用哉! 泰詹嘗以吾詩謂如金生畫 其意蓋卑之
吾對以此 相與一笑 今爲西行詩敍 不得與對論 千里思之 令人不勝悵
然 玆識之泰登又書

대　상: 西行詩(沈魯崇)
중심어: 心力*氣力 / 中正和平之道 / 山水與俗物
색인어정보: 陳思(曹植) / 靈運(謝靈運) / 淵明(陶潛) / 子美(杜甫) / 右丞(王維) /
太白(李白) / 賓王(駱賓王) / 閬仙(賈島) / 子安(王勃) / 長吉(李賀) / 泰詹(沈魯巖)

2) 香樓謔詞敍(6책)

天下紙品 中州最軟薄 粘屋室牕牖 手到便穴 然而日往來千百人 無
少毁 一粘數年塵棲而易之 堅厚無如東産 雖水漬手扯 厚者難解 而粘
牖 歲二改 色不渝 純是指孔弊 弊如懸網 此可知人性之精粗 精者靜 粗
者動 精則思慮深遠 動則相反 是以東人之技 百千事 無一工者 爲詩文
亦然 其言如牛行泥中 中州人必曰 東人之陋 此殆地之局 而性所然也
國風起於男女之際 爲其情感一變而爲桑濮 齊梁唐人好爲情詞 靡薄浮
艶 有失不淫之義 而往往有造于境 自契於理 降而雪樓諸子 至近時燕
市新書 雖不免淫哇 而尙令人感情 情切而爲言 言精而爲文 文精而爲
詩 詩之精爲情詞 人孰無情 情有動靜 靜固可以動人 動則自動而已 此
固東人之不能爲情詞也 余嘗謂東人而求爲情詞 惟定僧 可也 眼能勝相

心能忘境 然後可以見相之眞 得境之妙 其所以勝之之術 固在於不動
而靜 靜極則忘 忘情無如定僧 斯可以爲情詞也 一日余與妙香僧忠信語
此 時余作謔詞三十扁 對信讀之 信曰 此而自許忘情耶 動人尙矣 動不
得二十年持戒者 只見其所謂自動而已 詞云 及到舌隨心會處 瞿曇應復
展蒼眉 境或可動 而詞不可動也 余曰 師言旣未自忘 何以知人之忘 只
恐阿難毁體 近在於師矣 相視一笑 是爲香樓謔詞敍 辛亥三月二十九日
泰登書

대　상: 香樓謔詞(沈魯崇)
중심어: 情詞 / 不淫之義
색인어정보: 定僧(元稹) / 雪樓諸子(李攀龍)

3) 題香樓集敍後(7책)

文之衰有訓詁家·傳寄家 爲訓詁者曰 彼憸薄 非君子之言 傳寄者曰
彼支蔓如胥吏之文 自相詆毁論說不已 有如禮之聚訟 余嘗爲之判曰 訓
詁主論事 論事貴精切 精切者支蔓乎 傳寄主序事 序事貴游泳 游泳者
憸薄乎　此皆不知爲文之正者也　農夫日食不過粟飯葵苢而佐之大肆力
爲別食而餉 則餠以塊截 酒如尿淡 貴公子見而笑曰 食此菲薄 能不病
諸 富家之食 日費千錢 烹獜爲糜 戲龍爲鮓 千態萬狀 奇巧羅前 村學秀
才 見而歎曰 爲此侈靡 能無敗乎 彼二者相詆皆似也 而殊不知飮食之
正 獨不聞夫傳所云 膾不厭細·食不厭精之文乎! 乃所願 則學孔子也
泰詹嘗戲謂余文爲傳寄 余又謂泰詹爲訓詁 今覽此敍 頗有所謂支蔓之
病 遂書此爲解 相對一笑 辛亥十一月二十日泰登書

대　상: 香樓集(沈魯崇)
중심어: 訓詁家 / 傳寄家
색인어정보: 泰詹(沈魯巖)

4) 與愼生千能(7책)

嚮者承書 往還郊廬間 又有數日公役 闕然未復 歲又新矣 或望善恕 慚負實多 客裏逢新 想惟寡懷 所示盛作 益知其所未知 首據春秋 斬然有法 中間敍事如孟堅 論事如子長 退之以下無論也 嗚呼 此豈易得哉 朴之烈 誠叔世所無 然而非高明之文之至 將安所闡之 僕嘗謂凡爲人敍述文字 人固待文而傳 文亦待人而成 人與文相遇 然後方可謂天地間不可無之文字 以朴之人 而遇高明之文 朴固幸矣 高明亦幸矣 雖然僕於此不可無爲高明一言者 高明其受之乎 僕嘗觀世之號爲文者 輒自稱曰古文 '古文' 今人何以爲古文 古人之前亦有古文 古人何嘗好古而惡今 如今人之矻矻於字句粗粕之間　求其似而切切然自好愈求而愈不似乎 許眉叟性癖好古 爲文非典謨不爲 爲詩非雅頌不爲 見其集中 令人多可笑 奏箚之末 必曰'唯殿下懋哉懋哉' 詩必四言 末又分章 而曰'第幾章 章幾句' 如是而眞可謂典謨也雅頌也乎 適見其無一條活氣 無一端眞意 人而無活氣曰偶人 文而無眞意曰僞文 求爲文而豈可爲偶人僞文乎 此僕之所嘗憫歎于中者 臨文或有似此者 未嘗不瞿然而驚 去之 如農夫之去莠 寧俗下 而不敢爲僞也 今高明之文 非謂如此也 大槪過於矜莊而不得自由 高自標致而不得自達 鉤棘聱牙往往有不可句讀者 高明謂古文本如此乎 此則僕之所不敢也 僕嘗對高明 豈不曰 卑之無高乎 今不得不更爲高明誦之 高明但知今人不可爲古文 古人非有意於自爲古文 則殆幾矣 未知如何 上元夜待相報一得會晤望也 不宣

5) 書任彦道夏夜詩後(7책)

詩 情與音與色耳 色生於音 音生於情 摠之 情爲主而音色爲賓 然而
偏乎情則近俚 主乎音則涉虛 專乎色則至假 俚爲俚謠 虛是虛景 假如
假花 此詩家大忌 此詩 其情有餘 其音無不足 其色亦有掩 不得燦然者
無所適係 幾乎渾成 但流麗而少頓挫之氣 沉寥而欠精刻之思 此江陳
之所不免 亦云何哉 丙辰七月十四日泰登書

대 상: 夏夜詩(任履周)
중심어: 情*音*色<情與音與色

6) 山海筆戲(9책)

文章有神氣情趣 神氣在子傳 情趣在稗家一派 稗家類西廂記金瓶梅
天下之情趣文字 余嘗語如此 泰詹謂不然 蓋渠實未見而逆斥也 吾曰
"使君見之者 當如諺所稱烹食佛上法堂也" 與之大笑 今覽其日錄中 借
見尹氏家金瓶梅 一宿便還 所論只謂如檀園俗畫 又重譏余嗜稗品 吾始
謂渠見其書必知之 今見而又不知 是無異陳古董於襁褓之前耶! 千里寂
寂一笑 余近爲消遣 從萊府人求問此等書不得聞在吾隣又爲之悵然也

대 상: 金瓶梅
중심어: 神氣*情趣 / 稗家一派 / 稗品
색인어정보: 泰詹(沈魯巖)

7) 明詩律選跋(16책)

　　西京之文 李唐之詩 極天地之盛 而至宋一變 主議論 文尙可而詩不
可也 浸浸至南渡以後 益粗陋鄙薄 無復三百篇之遺旨 讀之令人可厭
反之爲小詞浮靡輕艶 尤失情性之正 詩道之亡 宋人實爲之倡也 明世
作者諸公 慨然有志於矯變 一取準唐人 不敢移步 可謂盛矣 然而知唐
人之詩之可以學而似之 不知唐人之詩之不可以學而得之 其弊遂及於
華而少實 尙論之士 往往詘之 甚者或謂不如宋人 嗚呼 何其謬哉! 袞衣
繡裳委迤廟朝之上 其人未必皆聖賢如周召 而其視短衣褐寬販夫博徒之
類 風流典刑 尙有可以使人望而畏之者 此愚夫愚婦之所皆知 而謂明人
之詩不如宋人則何也 本朝詩文 學宋人 如明人之學唐人 性氣之近而
嗜好之偏也歟 明自中葉以前 戚宦縱橫 錮網彌天 士大夫進而不得安身
於朝 退而不得安心於野 幽鬱憤懣之思 牢騷悽慨之旨 一寓之詩文 而
得以自鳴 故其言或多發不中節 浸淫外騖 好爲瓌奇詭異之說 以遊戲
翰墨耳 及其季世 學者不知先生長者本意 妄自以爲詩文亦如是也 陳繼
儒·鍾惺之徒出 郊廟鐘鼓之音 變而爲邊鄙鐃吹之聲 時則長白山下已
有睨然視者矣 嗟呼 是豈人力也哉 以是今之論者攻明人尤力 至謂之亡
國之音 世且無眞見靡然一辭 輒曰明人詩文不可近也 士大夫戒子弟 勿
觀一代作者 其將錮廢 彼諸君子者 負絶世之才 懷起衰之志 旣不能光
施一代 死且爲海外小生訾毁無嚴 可痛也已 余嘗以爲方·王·唐·茅
之文 南宋所無 兩李·何·王之詩 北宋亦無 爲此說人 皆斥之而不恤

也謫居荒陋無書 從萊城書生 得明詩律選 情極愁切 輒出而讀之 曠然
若可以遺外形骸 眞子瞻所謂 '南遷二友'也 就其中手自抄寫爲一冊 天
啓以後並黜之 以自見志 嗚呼 拂衆之論 固有自信之篤 而後之獨見之
士 亦必有知余意者 余弟泰詹 嘗與余論古今文章 謂余見多務奇好異
深病之 相與爭難 此言又以爲如何 千里思之 慨然而已癸亥九月二十二
日泰登書于山下居

대 상: 明詩律選
중심어: 明人之詩 / 務奇好異 / 學宋人 / 學唐人
색인어정보: 方·王·唐·茅之文(方孝孺, 王守仁, 唐順之, 茅坤) / 兩李·何·王
之詩(李夢陽, 李攀龍, 何景明, 王世貞) / 子瞻(蘇軾)

8) 槎川選詩敍(35책)

余嘗論古今詩道 吾東獨推牧隱李文靖公 中朝之皮陸以下不論也 勝
國如陳澕·金富軾·李奎報之徒 號稱大家 視文靖 有粹駁偏正之不同
文靖之後 本朝諸家四百餘年 時出代興者 未嘗無蔚然備觀 而謂可以接
文靖之武 承文靖之緒 則非也 與楓皐金公語此 謂余言非妄 公又曰 人
家派系 或有間世逸傳 而初祖未嘗無之 文靖其東詩之初祖也歟! 此說
大有理 後世不可易之 詩之祖文靖 而無文靖之風者 其亦派系逸世之類
也 人之才技與氣血相傳禪 如三蘇策說之本出於秦代之遠 則可以反而
求之於文靖之後孫 而亦不得之 李鵝溪父子兄弟 自命以詩者 纖靡委弱
一反於文靖 何也 槎川李公生於文靖之後十餘世 結髮治詩享耆齡 未嘗
一日無詩 吏事奔劇 朋遊汗漫 其出如笑語咳唾 未必切切然模擬循蹈
而深有得於文靖者 不啻衣冠抵掌之似之而已 嗚呼異哉 公之詩行于世

者 全鼎一臠 余嘗恨之 楓公借其全藁於其家 爲余觀 未幾 楓公卒世 余
手拊書 一慟恨不得相對一劇論也 荒郊積雨 小樓長日 手一卷 臥起自
隨 一去取 輒十讀 兢兢不自已 非畏人之議之也 不得公獨苦之心 非所
以任斯役者 古所謂**選家**之難也 本藁八千五百六十八首 所選六百三十
九首 百取七八 何其簡也 寧簡而無繁重公名也 公之世有嶽下八驍尉之
稱 極一時之雋才 如**洪滄浪**·**申靑泉**者 皆以公歸 公且一言而重輕之
人人爭自淬礪 如**歐陽公**嘉祐之士 至今百有餘年 尙有遺老舊聞 噫 其
盛矣 論者言 公詩出**白陸**之間 喜使俚語 或近俳諧 不有典則 卒歸流易
此非知言也 亘麗而惟意驅架 雋永而自契悟妙 **空裏之相 相外之響** 雖
欲不謂之文靖之肖孫 得乎 若其**聲調格力**之不及文靖 世代氣數之所不
免也 吾舅一**夢**先生 亦有**萬首詩** 與槎翁上下五六十年之間 未嘗有相授
之旨訣 而往往一相似 殆不可辨 以其世流之同出 非余言之或夸也 壬
辰六月二十五日孝田生書

찾아보기

• 중심어 •

【ㅈ】

【ㅊ】

중심어

● 인 명 ●

【ㄱ】

墨翟

老·莊·左·史 → 老子 莊子 左傳
　史記

老稼齋 → 金昌業

老杜 老韓 → 杜甫 韓愈

老杜 → 杜甫

老峯 → 閔鼎重

老蘇 → 蘇洵

老子　131, 315, 404, 545

老子 佛家　38

老子 莊子　113, 331, 409

老子 莊子 管子 韓非子　94

老子 莊子 楊朱 墨翟　303

老子 莊子 左傳 史記　38

老子 周易　108

老·莊·楊·墨 → 老子 莊子 楊朱
　墨翟

老·莊·管·韓 → 老子 莊子 管子
　韓非子

鹿門 → 孟浩然

鹿門 → 茅坤

綠天 → 李書九

農·淵 → 金昌協 金昌翕

農巖 → 金昌協

雷淵 → 南有容

婁江 → 王世貞

訥齋 → 梁誠之

訥齋 → 朴祥

楞嚴經　404

綾海君 → 具宬

【ㄷ】

端甫 → 許筠

潭陽 → 李安訥

澹園 → 郭執桓

唐·王 → 唐順之 王愼中

唐介　156

唐庚　372

唐杜 → 杜甫

唐順之　232, 233, 319, 322, 323, 378,
　466, 493

唐順之 王愼中　148

唐子方 → 唐介

唐太宗　372

唐荊川　322

大谷 → 成渾

大年 → 趙令穰

大杜 → 杜審言

大復 → 何景明

大謝 → 謝靈運

大玉 → 金必振

大彭　127

种放　372

德載 → 李厚遠

德涵 → 林泳　157

道長 → 洪世泰

道沖 → 林淨

陶·杜 → 陶潛 杜甫

陶·柳·王·韋 → 陶潛 柳宗元 王
　維 韋應物

陶·柳 → 陶潛 柳宗元

陶·謝 → 陶潛 謝靈運

陶·邵 → 陶潛 邵雍

陶・韋 → 陶潛 韋應物
陶淵明 → 陶潛
陶隱 → 李崇仁
陶潛　92, 97. 111, 172, 180, 200, 262,
　　265, 267, 286, 380, 416, 421, 593
陶潛 杜甫　421, 497
陶潛 謝靈運　104, 384, 529, 583
陶潛 邵雍　418
陶潛 韋應物　379, 392
陶潛 柳宗元　145, 252, 489
陶潛 柳宗元 王維 韋應物　569
陶齋 → 尹昕
陶靖節 → 陶潛
陶宗儀　324
陶朱公 → 范蠡
陶徵士 → 陶潛
東江 → 申翊全
東岡 → 李恒福
東岡公 → 趙相愚
東溪 → 趙龜命
東皐 → 徐思選
東皐 → 崔岦
東郭 → 李弘相
東芚 → 李有相
東萊 → 呂祖謙
東里 → 李殷相
東溟 → 鄭斗卿
東方朔　387, 537
東岳 → 李安訥
東野・浪仙 → 孟郊, 賈島
東野 → 孟郊
東陽公 → 申翊聖
東州 → 李敏求

東坡 → 蘇軾
東湖 → 金元亮
東淮 → 申翊聖
桐溪 → 鄭蘊
董相 → 董仲舒
董子 → 董仲舒
董仲舒　36, 127, 159, 172, 192, 288,
　　289, 313, 320, 323, 360, 378, 495
董仲舒 賈誼 揚雄 劉向　401
董・賈・楊・劉 → 董仲舒 賈誼 揚
　　雄 劉向
杜・韓・黃・蘇 → 杜甫 韓愈 黃庭
　　堅 蘇東坡
杜・韓 → 杜甫 韓愈
杜工部 → 杜甫
杜機 → 崔成大
杜老 → 杜甫
杜陵 → 杜甫
杜・孟 → 杜甫 孟浩然
杜牧　298, 358, 367, 374, 447, 531
杜甫　37, 77, 84, 92, 98, 99, 104, 105,
　　114, 117, 141, 142, 143, 145, 154,
　　169, 180, 200, 201, 208, 217, 218,
　　233, 239, 243, 246, 252, 256, 265,
　　266, 267, 300, 316, 340, 346, 352,
　　360, 363, 364, 372, 380, 385, 91,
　　396, 421, 423, 427, 443, 453, 461,
　　464, 477, 510, 535, 557, 571, 593
杜甫 朴胤源　535
杜甫 孟浩然　392
杜甫 李白　58, 493, 545
杜甫 韓愈　37, 74, 86, 105, 201, 245,
　　379, 443, 477

孟浩然 蘇洵　534
孟浩然 韋應物　489
孟浩然 杜甫　392
孟浩然 王維　243
命耈 → 洪命耈
明谷 → 崔錫鼎
明道 → 程顥
明五 → 李奎昇
鳴皐 → 任鍈
冒襄　344
毛文龍　188
毛鄭 → 毛亨 毛萇 鄭玄
毛亨 毛萇 鄭玄　590
茅坤　94, 148, 231, 232, 337, 378, 490,
　513
茅洲 → 金時保
牧老 → 李穡
牧隱 → 李穡
牧隱・佔畢 → 李穡 金宗直
牧齋 → 錢謙益
牧之 → 杜牧
穆陵 → 宣祖
穆王傳 → 周穆王傳
夢得 → 劉禹錫
蒙叟 → 莊子
蒙莊氏 → 莊子
妙軒 → 李奎明
務觀 → 陸游
務觀・茶山 → 陸游 曾幾
懋官 → 李德懋
無功 → 王績
無咎 → 晁補之
無咎 → 韓元吉

墨翟　129, 404
墨翟<老莊楊墨　303
默齋 → 李貴
文康公 → 李石亨
文谷 → 金壽恒
文山 → 文天祥
文順 → 李奎報
文懿公 → 洪柱元
文潛 → 張耒
文定 → 張方平
文定公 → 曾鞏
文正公 → 金尙憲
文貞公 → 申欽
文靖公 → 李穡
文仲 → 王通
文中子　123
文天祥　94
文忠公 → 歐陽脩
文姬 → 蔡琰
汶軒 → 鄧師閔
微子 箕子 比干　65
眉公 → 蘇軾
眉山 → 蘇洵 蘇軾 蘇轍
眉山 → 蘇軾
眉山之二蘇 → 蘇軾 蘇轍
眉叟 → 李仁老
眉叟 → 許穆
米芾　553
閔夢龍　39
閔彦輝　190
閔鼎重　218
閩・關・洛・濂 → 朱子 張載 程顥
　程頤 周敦頤

商鞅 127
相如 → 司馬相如
象山 → 陸九淵
象村 → 申欽
徐·袁·鍾·譚 → 徐渭 袁宏道 鍾
　惺 譚元春
徐幹 庚信 78
徐居正 135, 186, 475, 582
徐敬德 177
徐陵 庚信 86, 94
徐命均 325
徐文尙 164, 165
徐文長 → 徐渭
徐思選 364
徐成 367
徐樂 192, 288
徐汝溫 → 徐瓚修
徐榮輔 573, 584
徐渭 374, 561
徐渭 王世貞 李攀龍 袁宏道 493
徐渭 袁宏道 鍾惺 譚元春 493
徐庾 → 徐陵 庚信
徐宗泰 281
徐瓚修 542
徐平甫 → 徐命均
書傳 → 書經
瑞卿 → 李奎明
瑞石 → 金萬基
西澗公 → 李眞洙
西坰 → 柳根
西溪 → 朴世堂
西山 → 眞德秀
西施 534

西厓 → 柳成龍
西厓 → 李東陽
西子 → 西施
西坡 → 吳道一
西浦 → 金萬重
西河 → 林椿
石公 → 袁宏道
石壁公 → 洪春卿
石蓀 → 權韠 李達
石崇 57
石洲 → 權韠
錫汝 → 趙龜命
宣公 → 陸贄
宣尼 → 孔子
宣陵 → 成宗
宣祖 50, 71, 75
薛文淸 → 薛瑄
薛瑄 315
雪樓 → 李攀龍
雪樓七子 → 李攀龍 王世貞 謝榛 宗
　臣 梁有譽 徐中行 吳國倫
雪蕉 → 崔承太
成大中 496
成文簡 → 成渾
成甫 → 申韶
成汝學 39
成宗 71
成俔 186
成渾 59, 142, 175, 217, 358, 370
聖淵 → 申光洙
聖兪 → 梅聖兪
聖載 → 李匡呂
聲子 → 公孫歸生

誠齋 → 楊萬里
醒狂子 → 李深源
醒翁 → 金德誠
醒園 → 李調元
小石 → 秦觀
少陵 → 杜甫
少文 → 宗炳
少伯 → 王昌齡
少謝 → 謝惠連
少游 → 秦觀
昭諫 → 羅隱
昭明 → 蕭統
昭明太子 → 蕭統
疏庵 → 任叔英
篠翁 → 陸飛
素翁 → 趙緯韓
素玩亭 → 李書九
蕭·曹·房·杜·丙·魏·姚·宋
　→ 蕭何 曹參 房玄齡 杜如晦 丙吉
　魏尚 姚崇 宋璟
蕭衍　372
蕭潁士　372
蕭統　172, 490, 513
蕭何 曹參 房玄齡 杜如晦 丙吉 魏
　尚 姚崇 宋璟　372
蘇·李 → 蘇武 李陵
蘇·張·范·蔡 → 蘇秦 張儀 范仲
　淹 蔡邕
蘇·張 → 蘇秦 張儀
蘇·曾 → 蘇軾 曾鞏
蘇·芝 → 盧守慎 黃廷彧
蘇·陳 → 蘇軾 陳師道
蘇·黃·王·李 → 蘇軾 黃庭堅 王

　世貞 李攀龍
蘇·黃·陳·陸 → 蘇軾 黃庭堅 陳
　師道 陸游
蘇·黃 → 蘇軾 黃庭堅
蘇瓊 蘇頲　162
蘇端明 → 蘇軾
蘇武, 李陵　41, 180, 360, 434, 533
蘇洵　313, 405
蘇洵·孟浩然　534
蘇洵 蘇軾　130, 298, 372, 500
蘇洵 蘇軾 蘇轍　162, 400, 410, 542
蘇軾　35, 38, 39, 64, 68, 72, 86, 101,
　108, 126, 133, 159, 172, 180, 200,
　257, 276, 285, 286, 287, 298, 314,
　320, 323, 325, 329, 334, 337, 361,
　364, 369, 372, 375, 378, 380, 387,
　396, 397, 398, 399, 401, 459, 463,
　480, 489, 490, 493, 494, 534, 542,
　569, 598
蘇軾 蘇洵 蘇轍　599
蘇軾 歐陽脩　39, 400
蘇軾 白居易 陸游　460
蘇軾 陸游　281
蘇軾 鮑照 謝靈運 歐陽脩　201
蘇軾 韓愈 柳宗元 歐陽脩　110
蘇軾 蘇轍　127, 305, 328, 329
蘇軾 蘇轍 蘇洵　94, 473, 475
蘇軾 曾鞏　81
蘇軾 陳師道　269
蘇軾 黃庭堅　77, 92, 121, 245, 332,
　363, 364, 449
蘇軾 黃庭堅 王世貞 李攀龍　426
蘇軾 黃庭堅 陳師道 陸機　380

인 명

荀・楊 → 荀子 揚雄
荀卿 → 荀子
荀子　127, 167, 172, 331, 360, 397,
　　473, 477
荀子 揚雄　94
荀子 揚雄 王通 韓愈　167
荀況　288
習齋公 → 權擘
習之 → 李翺
升庵 → 楊愼
施耐庵　324
豕韋　127
息菴 → 金錫胄
信陽 → 何景明
愼無逸　328, 339, 335, 340
愼千能　596
新安 → 李攀龍
申・商・孫・吳 → 申不害 商鞅 孫
　　武 吳起
申・吳 → 申欽 吳允謙
申・韓 → 申不害 韓非子
申光洙　427
申大羽　513, 553, 554, 584
申昉　327, 328
申不害　313
申不害 商鞅　127
申不害 商鞅 孫武 吳起　288
申不害 韓非子　127, 129, 331, 410
申・商 → 申不害,商鞅
申成甫　412
申韶　412
申熟　35
申濡　187

申維翰　171, 446, 599
申翊聖　110, 165, 291, 367
申翊全　165
申綽　554
申靖夏　257, 337
申宗夏　278
申最　291, 367
申欽　39, 50, 53, 64, 71, 101, 110,
　　134, 141, 165, 175, 177, 217, 291,
　　367, 374, 475
申欽 吳允謙　175
心溪 → 李光錫
沈魯崇　593, 594, 595
沈魯巖　593, 595, 597
沈德簪　559
沈約 謝靈運　78
沈翼雲　506
沈佺期　510
沈佺期 宋之問　92, 183, 252
沈齊賢　275
沈宗直　66
沈津　303
雙冀　475
雙李獻吉于鱗 → 李夢陽 李攀龍
雙泉 → 成汝學

【ㅇ】

鵝溪 → 李山海
安仁 → 潘岳
安獻徵　211
晏嬰　42, 127
晏子 → 晏嬰

吳載純　453

吳竣　108

吳札 → 季札

吳興叔　283

梧陰 → 尹斗壽

玉溪 → 李商隱

玉峰 → 白光勳

玉城 → 張晩

玉吾 → 宋相琦

溫·李·張·王 → 溫庭筠　李商隱
　　張籍　王建

溫·李·皮·陸 → 溫庭筠　李商隱
　　皮日休　陸龜蒙

溫·李 → 溫庭筠　李商隱

溫公 → 司馬光

溫庭筠　545

溫庭筠　李商隱　224

溫庭筠　李商隱　張籍　王建　224

溫庭筠　李商隱　皮日休　陸龜蒙　374

臥龍 → 諸葛孔明

宛丘 → 申大羽

宛陵 → 梅堯臣

玩亭 → 李書九

阮·左·鮑·謝 → 阮籍　左史　鮑照
　　謝靈運

阮郭 → 阮籍　郭璞

阮籍　92

阮籍　郭璞　242, 252

阮籍　左史　鮑照　謝玄暉　379

汪道昆　42

汪子 → 汪道昆

汪煇　102

王·駱 → 王勃　駱賓王

王·李·徐·袁 → 王世貞　李攀龍
　　徐渭　袁宏道

王·李 → 王世貞　李攀龍

王·孟·韋·柳 → 王維　孟浩然　韋
　　應物　柳宗元

王·孟·岑·高 → 王維　孟浩然　岑
　　參　高適

王·孟·青蓮 → 王維　孟浩然　李白

王·孟 → 王維　孟浩然

王·楊·盧·駱 → 王勃　楊炯　盧照
　　鄰　駱賓王

王·楊·沈·宋 → 王勃　楊炯　沈佺
　　期　宋之問

王·曾 → 王安石　曾鞏

王建　92, 117, 227

王建　張籍　239

王導　謝安　399, 400

王道思 → 王愼中

王魯齋 → 王柏

王摩詰 → 王維

王莽　38, 516

王勃　593

王勃　駱賓王　89

王勃　楊炯　盧照鄰　駱賓王　高適　王
　　維　岑參　孟浩　杜審言　陳子昂　沈
　　佺期　元好問　李白　杜甫　白居易
　　韓愈　韋應物　266

王勃　楊炯　盧照鄰　駱賓王　72, 94,
　　360

王勃　楊炯　沈佺期　宋之問　317

王勃　盧照鄰　569

王柏　315

王鳳洲元美 → 王世貞

子夏　44, 126, 351, 554

子厚 → 柳宗元

紫陽 → 朱子

岑·高·王·孟 → 岑參　高適　王維　孟浩然

岑·高 → 岑參　高適

岑參　92, 316, 388

岑參　高適　321, 389

岑參　高適　王維　孟浩然　239

潛夫 → 李鼎九

將仲子　351

張·趙·龔·黃 → 張世傑　趙文義　龔遂　黃霸

張景　372

張季遇　133, 137

張喬　559

張九齡　159

張耒　328, 372

張晚　121

張孟談　127

張方平　101

張善瀓　119

張世傑　趙文義　龔遂　黃霸　86

張栻　68, 323

張燕公　341

張延登　227

張說　蘇頲　58, 85, 461

張玉　35

張王 → 張籍, 王建

張旭　346

張維　14, 71, 75, 87, 119, 134, 140, 227, 291, 367, 374, 396, 437, 459, 475

張維　李植　金錫胄　227

張維　李植　134, 210, 367

張儀　蘇秦　254

張載　68, 323

張籍　92, 184, 387, 426

張籍　王建　224, 239, 305

張籍　皇甫湜　372

張正見　374

張宗得　587

張打油　380

張顯光　432

張灝　571

莊·列 → 莊子　列子

莊·馬 → 莊子　司馬遷

莊·騷·韓·馬·戰國 → 莊子　離騷　韓非子　司馬遷　戰國策

莊·韓 → 莊子　韓非子

莊公　351

莊氏 → 莊子

莊子　35, 38, 65, 78, 90, 104, 127, 133, 172, 258, 261, 262, 277, 288, 289, 298, 301, 313, 346, 360, 371, 396, 397, 404, 405, 416, 459, 477, 490, 494, 500, 534

莊子　老子　409

莊子　國語　94

莊子　司馬相如　37

莊子　司馬遷　246, 261

莊子　司馬遷　屈原　宋玉　419

莊子　列子　201, 426, 493

莊子　離騷　44, 512

莊子　離騷　韓非子　司馬遷　戰國策　141

左思　92, 256, 413

左氏·班氏 → 左丘明 班固

左氏 → 左丘明

左太沖 → 左思

冑卿 → 寶冑卿

周·孔 → 周公, 孔子

周·程·歐·蘇 → 周敦頤 程子 歐
　　陽脩 蘇軾

周·程·張·朱 → 周敦頤 程顥 程
　　頤 張載 朱子

周·程 → 周敦頤 程子

周公　81, 117, 289, 315, 351, 397, 409,
　　410

周公 孔子　123, 197

周敦頤　36, 61, 68, 323

周敦頤 程頤 程顥　475

周敦頤 程子　197

周敦頤 程子 歐陽脩 蘇軾　369

周敦頤 程顥 程頤　46, 175, 444, 538

周敦頤 程顥 程頤 張載 朱子　28

周濂溪 → 周敦頤

周伯 → 申維翰

朱·呂 → 朱子 呂祖謙

朱彝尊　569

朱彝尊 顧炎武　570

朱子　68, 81, 94, 129, 130, 141, 145,
　　151, 154, 176, 180, 192, 200, 207,
　　208, 216, 254, 269, 285, 288, 292,
　　315, 323, 324, 331, 332, 333, 351,
　　369, 416, 459, 483, 485, 487, 493,
　　531, 590

朱子 歐陽脩　39

朱子 程子　140

朱子 呂祖謙　94

朱子 張載 程顥 程頤 周敦頤　119

朱之蕃　56, 459

竹西 → 沈宗直

竹石徐太史 → 徐榮輔

竹崖 → 任悅

竹陰 → 趙希逸

竹牕先生 → 姜籒

竹泉 → 李德洞

準源 → 朴準源

遵巖 → 王愼中

中郞 → 袁宏道

中丞 → 洪奎

仲經 → 洪濟猷

仲固 → 金栽

仲木 → 李楘

仲默 → 何景明

仲舒 → 董仲舒

仲醇 → 陳繼儒

仲氏 → 鄭宗溟

仲安 → 權踶

仲長統　338

仲珍 → 鄭錫儒

仲陟 → 金相戊

仲浩 → 李瀰

仲和 → 金昌協

重叔 → 金萬重

曾鞏　78, 220, 233, 298, 313, 320, 322,
　　323, 346, 367, 378, 397, 410

曾鞏 歐陽脩 王安石 韓愈　94

曾鞏 王安石　232, 372

曾南豐 → 曾鞏

曾·思 → 曾子 子思

인 명

獻吉 → 李夢陽

玄谷 → 趙緯韓

玄石 → 朴世采

玄晏 → 皇甫謐

玄翁 → 申欽

玄洲 → 李昭漢

玄洲 → 趙纘韓

玄軒 → 申欽

荊軻　104, 231, 343, 416

荊卿 → 荊軻

炯菴 → 李德懋

荊川 → 唐順之

惠仲 → 李敏迪

惠風 → 柳得恭

慧能　481

湖・蘇・芝 → 鄭士龍　盧守愼　黃廷
　彧

湖・蘇・芝・石 → 鄭士龍　　盧守愼
　黃廷彧　權鞸

湖叟 → 鄭世雅

胡安國　252, 284

胡元瑞 → 胡應麟

湖陰 → 鄭士龍

胡應麟　92, 117, 197, 286, 321

胡寅　370

胡仔・嚴羽　563

洪景輔　433

洪敬孫　70

洪景仁　459

洪灌　70

洪奎　70

洪萬選　229

洪萬宗　135

洪命耇　100

洪命夏　165

洪名漢　433

洪文科　543

洪泛翁 → 洪柱國

洪霶　97

洪瑞鳳　165, 459

洪聖民　70, 100

洪世泰　197, 245, 256, 259, 305, 306,
　316, 317, 318, 319, 321, 336, 364,
　388, 389, 599

洪元燮　491

洪應昌　261

洪益三　300

洪逸民　35

洪濟猷　298, 399

洪柱國　229, 281

洪柱元　229

洪重聖　306

洪滄浪 → 洪世泰

洪天民　35, 70

洪春卿　35, 70

洪春壽　35

洪致中　300

洪泰猷　298, 300

化潭 → 徐敬德

和叔 → 朴淳

和靖 → 林逋

華谷子 → 趙爾昌

皇甫　92

皇甫謐　71, 119, 256

皇甫湜　531

黃・柳・宋・劉 → 黃溍　柳貫　宋濂

● 종 합 ●

【ㄱ】

종합
【ㄱ】

종 합
【ㄱ】

종 합
【ㄷ】

종 합
【ㄷ】

종합
【ㄷ】

종 합
【ㄹ·ㅁ】

종 합
【ㅁ】

종합
【ㅂ】

종 합
【ㅂ】

종합
【ㅂ】

종 합
【ㅅ】

종 합
【ㅅ】

종 합
【ㅅ】

종합
【ㅅ】

【○】

종합
【ㅇ】

종 합
【ㅇ】

종 합
【ㅇ】

종 합
【ㅇ】

종 합
【ㅇ】

종 합
【ㅇ】

종합
【ㅇ】

종 합
【ㅇ】

종합
【ㅇ】

종 합
【ㅈ】

종 합
【ㅈ】

종합
【ㅈ】

종합
【ㅈ】

종 합
【ㅈ】

종 합
【ㅊ】

종 합
【ㅊ】

【ㅍ】

종 합
【ㅎ】

種合
【ㅎ】

부록 : 조사대상 문집목록

※고전번역원의 〈한국문집총간〉은 '문총'으로, 경인문화사에서 출간한 〈한국역대문집총서〉는 '역총'으로 약칭하였음.

姜樸(1690~1742), 菊圃集(한중연 장서각)
姜栢(1690~1777), 愚谷集(국립중앙도서관)
姜再恒(1689~1756), 立齋遺稿(문총 210)
姜必愼(1687~1756), 慕軒集(국립중앙도서관)
桂德海(1708~1775), 鳳谷桂察訪遺集(국립중앙도서관)
高用厚(1577~미상), 晴沙集(문총 084)
權道(1710~미상), 文湖雜著(서울대 규장각)
權得己(1570~1622), 晩悔集(문총 076)
權萬(1688~미상), 江左集(문총 209)
權諰(1604~1672), 炭翁集(문총 104)
權瑎(1636~1716), 濟南集(성균관대 존경각)
金榦(1646~1732), 厚齋集(문총 155,156)
金得臣(1604~1684), 柏谷先祖文集(문총 104)
金奎五(1729~1791), 最富集(서울대 규장각)
金堉(1571~1648), 北渚集(문총 079)
金履安(1722~1791), 三山齋集(문총 238)
金萬基(1633~1687), 瑞石集(문총 144,145)
金相定(1727~1788), 石堂遺稿(서울대 규장각)
金尙憲(1570~1652), 淸陰集(문총 077)
金壽恒(1629~1689), 文谷集(문총 133)
金壽興(1626~1690), 退憂堂集(문총 127)
金舜澤(미상~미상), 志素遺稿(국립중앙도서관)
金崇謙(1682~1700), 觀復菴詩稿(문총 202)
金信謙(1693~1738), 橲巢集(서울대 규장각)
金宇杭(1649~1723), 甲峰遺稿(문총 158)
金元行(1702~1772), 渼湖集(문총 220)
金載瓚(1746~1827), 海石遺稿(문총 259)
金佐明(1616~1671), 歸溪遺稿(문총 122)
金柱臣(1661~1721), 壽谷集(문총 176)
金砥行(1716~1774), 密庵集(서울대 규장각)
金鎭圭(1658~1716), 竹泉集(문총 174)
金昌業(1658~1721), 老稼齋集(문총 175)
金昌集(1648~1722), 夢窩集(문총 158)
金昌緝(1662~1713), 圃陰集(문총 176)
金昌協(1651~1708), 農巖集(문총 161,162)
金昌翕(1653~1722), 三淵集(문총 166,167)

金春澤(1670~1717), 北軒集(문총 185)
金必泰(1728~1792), 屯菴集(연세대)
金景 · 慶餘(1596~1653), 松崖集(문총 100)
金德五(1680~1748), 癡軒集(문총 193)
金得臣(1604~1684), 柏谷集(문총 104)
金樂行(1708~1766), 九思堂集(문총 222)
金萬增(1635~1720), 遯村遺稿(국립중앙도서관)
金相福(1714~1782), 稷下遺稿(고려대)
金尙容(1561~1637), 仙源遺稿(문총 065)
金世濂(1593~1646), 東溟集(문총 095)
金時敏(1681~1747), 東圃集(국립중앙도서관)
金養根(1734~1799), 東埜集(역총 1848)
金熤(1723~1790), 竹下集(문총 240)
金益熙(1610~1656), 滄洲遺稿(문총 119)
金正默(1739~1799), 過齋遺稿(문총 255)
金鍾秀(1728~1799), 夢梧集(문총 245)
金鍾厚(1721~1780), 本庵集(문총 237,238)
金集(1574~1656), 愼獨齋遺稿(문총 082)
金致垕(1692~1742), 沙村集(고려대)
金弘郁(1602~1654), 鶴洲全集(문총 102)
南九萬(1629~1711), 藥泉集(문총 131,132)
南克寬(1689~1714), 夢藝集(문총 209)
南龍翼(1628~1692), 壺谷集(문총 131)
南有容(1698~1773), 雷淵集(문총 217,218)
南漢紀(1675~1746), 寄翁集(국립중앙도서관)
盧景任(1569~1620), 敬菴集(문총 074)
魯認(1566~1622), 錦溪集(문총 071)
睦大欽(1575~1638), 茶山集(문총 083)
閔遇洙(1694~1756), 貞庵集(문총 215,216)
閔維重(1630~1687), 文貞公遺稿(문총 137)
閔鼎重(1628~1692), 老峯集(문총 129)
朴光一(1655~1723), 遜齋集(문총 171)
朴瀰(1592~1645), 汾西集(서울대 규장각)
朴尙玄(1629~1693), 寓軒集(문총 134)
朴世堂(1629~1703), 西溪先生集(문총 134)
朴世采(1631~1695), 南溪集(문총 138~142)

朴胤源(1734~1799), 近齋集(문총 250)

朴長遠(1612~1671), 久堂集(문총 121)

朴齊家(1750~1805), 貞蕤閣集(문총 261)

朴準源(1739~1807), 錦石集(문총 255)

朴俊欽(1719~1797), 立菴先生文集(역총 1382)

朴知誡(1573~1635), 潛冶集(문총 080)

朴趾源(1737~1805), 燕巖集(문총 252)

朴泰觀(1678~1719), 凝齋遺稿(국립중앙도서관)

朴泰輔(1654~1689), 定齋集(문총 168)

朴泰淳(1653~1704), 東溪集(국립중앙도서관)

朴泰漢(1664~1698), 朴正字集(국립중앙도서관)

朴弼周(1665~1748), 黎湖集(문총 196,197)

朴潢(1597~1648), 懦軒集(연세대)

徐命瑞(1711~1795), 晚翁集(국립중앙도서관)

徐命膺(1716~1787), 保晚齋集(문총 233)

徐榮輔(1759~1816), 竹石館遺集(문총 269)

徐有榘(1764~1845), 楓石全集(문총 288)

徐有本(1762~1822), 左蘇山人文集(『서벽외사해외수일본』)

徐宗泰(1652~1719), 晚靜堂集(문총 163)

徐必遠(1614~1671), 六谷遺稿(문총 121)

鮮于浹(1588~1653), 遯菴全書(문총 093)

成大中(1732~1809), 靑城集(문총 248)

成萬徵(1659~1711), 秋潭文集(역총 2342)

成汝學(1557~미상), 鶴泉集(문총 082)

蘇斗山(1627~1693), 月洲集(문총 127)

蘇凝天(1704~1760), 春庵遺稿(국립중앙도서관)

宋奎濂(1630~1709), 霽月堂集(문총 137)

宋能相(1710~1758), 雲坪先生文集(문총 225)

宋德相(1710~1783), 果菴集(문총 229)

宋明欽(1705~1768), 櫟泉集(문총 221)

宋文欽(1710~1752), 閒靜堂集(문총 225)

宋相琦(1657~1723), 玉吾齋集(문총 171)

宋時烈(1607~1689), 宋子大全(문총 108~116)

宋浚吉(1606~1672), 同春堂集(문총 106,107)

宋徵殷(1652~1720), 約軒集(문총 163,164)

宋穉圭(1759~1838), 剛齋集(문총 271)

宋煥箕(1728~1807), 性潭集(문총 244,245)

宋晦錫(1658~1688), 東彝遺稿(서울대 규장각)

申曍(1696~1776), 直菴集(문총 216)

申景濬(1712~1781), 旅菴遺稿(문총 231)

申光履(1727~1799), 壽巖遺稿(국립중앙도서관)

申球(1666~1734), 默庵集(역총 2462)

申大羽(1735~1809), 宛丘遺集(문총 251)

申萬夏(1692~1774), 困學齋集(국립중앙도서관)

申命復(미상~미상), 海翁集(국립중앙도서관)

辛夢參(1648~1711), 一庵集(문총 158)

申敏一(1576~1650), 化堂集(문총 084)

申昉(1685~1736), 屯菴集(국립중앙도서관)

申恦(1598~1662), 恩休窩集(국립중앙도서관)

申維翰(1681~1752), 靑泉集(문총 200)

申完(1738~1799), 鷗溪集(국립중앙도서관)

申應顯(1722~1797), 愚軒集(성균관대 존경각)

申義命(1654~1716), 畏巖集(성균관대 존경각)

申翼相(1634~1697), 醒齋遺稿(문총 146)

申翊聖(1588~1644), 樂全堂集(문총 093)

申翊全(1605~1660), 東江遺集(문총 105)

申益愰(1672~1722), 克齋集(문총 185)

申晸(1628~1687), 汾厓遺稿(문총 129)

申靖夏(1680~1715), 恕菴集(문총 197)

申楫(1580~1639), 河陰集(국립중앙도서관)

申最(1619~1658), 春沼子集(성균관대 존경각)

申宅和(1728~1800), 東湖遺稿(역총 2478)

申獻朝(1752~1807), 竹醉堂遺稿(성균관대 존경각)

申活(1576~1643), 竹老集(한중연 장서각)

愼後聃(1702~1761), 河濱雜著(서울대 규장각)

申厚命(1638~1701), 林下堂集(역총 2379)

申厚載(1636~1699), 葵亭集(한중연 장서각)

申欽(1566~1628), 象村稿(문총 071,072)

沈光世(1577~1624), 休翁集(문총 084)

沈魯崇(1762~1837), 孝田散稿(연세대)

沈師周(1631~1697), 寒松齋集(서울대 규장각)

沈悅(1569~1646), 南坡相國集(문총 075)

沈翼雲(1734~1783), 百一集(서울대 규장각)

沈定鎭(1725~1786), 霽軒集(역총 2453)

沈潮(1694~1756), 靜坐窩集(국립중앙도서관)

安邦俊(1573~1654), 隱峯全書(문총 080,081)

安鼎福(1712~1791), 順菴集(문총 229,230)

梁慶遇(1568~미상), 霽湖集(문총 073)

楊應秀(1700~1767), 白水集(역총 1651)

梁得中(1665~1742), 德村集(문총180)

魚有鳳(1672~1744), 杞園集(문총 183,184)

吳光運(1689~1745), 藥山漫稿(문총 210,211)

吳達運(1700~1747), 海錦集(연세대)

吳達濟(1609~1637), 忠烈公遺稿(문총 119)

吳道一(1645~1703), 西坡集(문총 152)

吳尙濂(1680~1707), 燕超齋遺稿(국립중앙도서관)

吳翻(1592~1634), 天坡集(문총 095)

吳始壽(1632~1681), 水村集(문총 143)

吳瑗(1700~1740), 月谷集(문총 218)

吳載純(1727~1792), 醇庵集(문총 242)

吳竣(1587~1666), 竹南堂稿(문총 090)

魏伯珪(1727~1798), 存齋集(문총 243)

俞棨(1607~1664), 市南集(문총 117)

柳得恭(1748~1807), 泠齋集(문총 260)

柳夢寅(1559~1623), 於于集(문총 063)

柳世鳴(1636~미상), 寓軒集(문총 147)

柳潚(1564~1636), 醉吃集(문총 071)

俞肅基(1696~1752), 兼山集(서울대 규장각)
俞彦鎬(1730~1796), 燕石(문총 247)
柳楫(1585~1651), 白石遺稿(연세대)
俞拓基(1691~1767), 知守齋集(문총 213)
俞漢寯(1732~1811), 著菴集(서울대 규장각)
柳赫然(1616~1680), 野堂遺稿(문총 122)
尹光紹(1708~1786), 素谷遺稿(문총 223)
尹愭(1741~1826), 無名子集(문총 256)
尹東洙(1674~1739), 敬庵遺稿(문총 188)
尹東源(1685~1741), 一庵遺稿(문총 208)
尹文擧(1606~1672), 石湖遺稿(문총 105)
尹鳳九(1681~1767), 屛溪集(문총 203~205)
尹鳳朝(1680~1761), 圃巖集(문총 193)
尹三擧(1644~1718), 四梅堂集(국립중앙도서관)
尹宣擧(1610~1669), 魯西遺稿(문총 120)
尹淳(1680~1741), 白下集(문총 192)
尹舜擧(1596~1668), 童土集(문총 100)
尹順之(1591~1666), 涬溟齋詩集(문총 094)
尹元擧(1601~1672), 龍西集(문총 101)
尹拯(1629~1714), 明齋遺稿(문총 135~136)
尹推(1632~1707), 農隱遺稿(문총 143)
尹顯東(1713~1782), 石雲集(서울대 규장각)
李柬(1677~1727), 巍巖遺稿(문총 190)
李健(1614~1662), 葵窓遺稿(문총 122)
李健命(1663~1722), 寒圃齋集(문총 177)
李景奭(1595~1671), 白軒集(문총 095,096)
李敬輿(1585~1657), 白江集(문총 087)
李慶全(1567~1644), 石樓遺稿(문총 073)
李觀命(1661~1733), 屛山集(문총 177)
李匡德(1690~1748), 冠陽集(문총 209)
李匡呂(1720~1783), 李參奉集(문총 237)
李匡師(1705~1777), 圓嶠集(문총 221)
李光庭(1674~1756), 訥隱集(문총 187)
李光靖(1714~1789), 小山集(문총 232)
李奎象(1727~1799), 一夢稿(국립중앙도서관)
李箕鎭(1687~1755), 牧谷集(국립중앙도서관)
李箕洪(1641~1708), 直齋集(문총 149)
李端相(1628~1669), 靜觀齋集(문총 130)
李端夏(1625~1689), 畏齋集(문총 125)
李德懋(1741~1793), 靑莊館全書(문총2 57~259)
李德壽(1673~1744), 西堂集(문총 186)
李德胄(1695~1751), 芐亭先生文集(성균관대 존경각)
李東汲(1738~1811), 晩覺齋集(문총 251)
李亮臣(1689~1739), 大諫公遺稿(국립중앙도서관)
李令翊(1740~미상), 信齋集(문총 252)
李萬敷(1664~1732), 息山文集(문총 178,179)
李晩秀(1752~1820), 屐園遺稿(문총 268)
李萬運(1736~미상), 默軒集(문총 251)
李勉伯(1767~1830), 坌淵遺藁(문총 290)

李明漢(1595~1645), 白洲集(문총 097)
李㴾(1725~미상), 含光軒稿(연세대)
李敏求(1589~1670), 東州集(문총 094)
李敏輔(1720~1799), 豊墅集(문총 232,233)
李敏敍(1633~1688), 西河集(문총 144)
李民宬(1570~1629), 敬亭集(문총 076)
李秉成(1675~1735), 順菴集(국립중앙도서관)
李秉淵(1671~1751), 槎川詩抄(국립중앙도서관)
李福源(1719~1792), 雙溪遺稿(문총 237)
李福休(1729~1800), 漢南集(『近畿實學淵源諸賢集』)
李森(1677~1735), 白日軒遺集(문총 192)
李翔(1620~1690), 打愚遺稿(문총 124)
李象靖(1711~1781), 大山先生文集(문총 227)
李尙質(1597~1635), 家州集(문총 101)
李潚(1662~미상), 弘道先生遺稿(국립중앙도서관)
李書九(1754~1825), 惕齋集(문총 270)
李瑞雨(1633~미상), 松坡集(연세대학교)
李選(1632~1692), 芝湖集(문총 143)
李世白(1635~1703), 雩沙集(문총 146)
李昭漢(1598~1645), 玄洲集(문총 101)
李遂大(1675~1709), 松崖集(국립중앙도서관)
李嵩逸(1631~1698), 恒齋集(문총 137)
李時發(1569~1626), 碧梧遺稿(문총 074)
李時秀(1746~1821), 及健齋漫錄(서울대 규장각)
李植(1584~1647), 澤堂集(문총 088)
李安訥(1571~1637), 東岳集(문총 078)
李畬(1645~1718), 睡谷集(문총 153)
李爗(1728~1788), 農隱集(서울대 규장각)
李沃(1641~1698), 博泉集(한중연 장서각)
李鈺(1760~1832), 『완역이옥전집』, 실시학사 고전문
    학연구회 편)
李惟樟(1625~1701), 孤山集(문총 126)
李惟泰(1607~1684), 草廬集(문총 118)
李胤永(1714~1759), 丹陵山人遺集(서울대 규장각)
李殷相(1617~1678), 東里集(문총 122)
李令翊(1738~1780), 信齋集(문총 252)
李宜顯(1669~1745), 陶谷集(문총 180,181)
李頤命(1658~1722), 疎齋集(문총 172)
李瀷(1681~1763), 星湖全集(문총 198~200)
李翊相(1625~1691), 梅澗集(서울대 규장각)
李麟祥(1710~1760), 凌壺集(문총 225)
李寅燁(1656~1710), 晦窩詩稿(문총 172)
李縡(1680~1746), 陶菴集(문총 194~195)
李載亨(1665~1741), 松巖集(문총 179)
李廷龜(1564~1635), 月沙集(문총 070)
李濟兼(1683~1742), 杜陵集(고려대)
李宗城(1692~1759), 梧川集(문총214)
李種徽(1731~1797), 修山集(문총 247)
李眞望(1672~1737), 陶雲遺集(문총 186)

李天輔(1698~1761), 晉菴集(문총 218)

李春元(1571~1634), 九畹集(문총 079)

李忠翊(1744~1816), 椒園遺稿(문총 255)

李夏坤(1677~1724), 頭陀草(문총 191)

李夏鎭(1628~1682), 梅山雜著, 六寓堂遺稿(국립중앙
도서관)

李海朝(1660~1711), 鳴巖集(문총 175)

李獻慶(1719~1791), 艮翁先生文集(문총 234)

李玄錫(1647~1703), 游齋集(문총 156)

李玄祚(1654~1710), 景淵堂集(문총 168)

李玄煥(1713~1772), 蟾窩雜著(『近畿實學淵源諸賢集』)

李衡祥(1653~1733), 瓶窩先生文集(문총 164)

李徽逸(1619~1672), 存齋集(문총 124)

李義老(미상~미상), 蟾齋遺稿(성균관대 존경각)

李喜朝(1655~1724), 芝村集(문총 170)

林光澤(1714~1799), 雙栢堂遺稿(서울대 규장각)

任埅(1640~1724), 水村集(문총 149)

林象德(1683~1719), 老村集(문총 206)

任相元(1638~1697), 恬軒集(문총 148)

任聖周(1711~1788), 鹿門集(문총 228)

任守幹(1665~1721), 遯窩遺稿(문총 180)

林泳(1649~1696), 滄溪集(문총 159)

任靖周(1727~1796), 雲湖集(국립중앙도서관)

林昌澤(1682~1723), 崧岳集(문총 202)

張維(1587~1638), 谿谷集(문총 092)

張顯光(1554~1637), 旅軒先生文集(문총 060)

鄭基安(1695~1767), 晚慕遺稿(국립중앙도서관)

鄭斗卿(1597~1673), 東溟集(문총 100)

鄭來僑(1681~1757), 浣巖集(문총 197)

鄭文孚(1565~1624), 農圃集(문총 071)

鄭百昌(1588~1635), 玄谷集(문총 093)

丁範祖(1723~1781), 海左先生文集(문총 239,240)

丁時翰(1625~1707), 愚潭集(문총 126)

鄭瀁(1600~1668), 抱翁集(문총 101)

鄭齊斗(1649~1736), 霞谷集(문총 160)

鄭忠信(1576~1636), 晚雲集(문총 083)

鄭太和(1602~1673), 陽坡遺稿(문총 102)

鄭澔(1648~1736), 丈巖集(문총 157)

鄭弘溟(1592~1650), 畸庵集(문총 087)

趙絅(1586~1669), 龍洲遺稿(문총 090)

趙璥(1727~1789), 荷棲集(문총 245)

趙觀彬(1691~1757), 悔軒集(문총 211)

趙龜命(1693~1737), 東谿集(문총 215)

趙來陽(1614~미상), 道山遺稿(서울대 규장각)

趙文命(1680~1732), 鶴巖集(문총 192)

趙復陽(1609~1671), 松谷集(문총 119)

趙尙絅(1681~1746), 鶴塘遺稿(국립중앙도서관)

趙錫胤(1605~1654), 樂靜集(문총 105)

趙錫周(1641~1716), 白野集(국립중앙도서관)

趙錫喆(1724~미상), 靜窩先生文集(『豐壤趙氏文集叢書』)

趙聖期(1638~1689), 拙修齋集(문총 147)

趙聖復(1682~1723), 退修菴遺稿(국립중앙도서관)

趙榮祏(1686~1761), 觀我齋稿(韓國精神文化研究院)

趙緯韓(1567~1649), 玄谷集(문총 073)

趙有善(1731~1809), 蘿山集(국립중앙도서관)

趙裕壽(1663~1741), 后溪集(국립중앙도서관)

趙翼(1579~1655), 浦渚先生集(문총 085)

趙任道(1585~1664), 澗松集(문총 089)

趙載浩(1702~1762), 損菴集(문총 220)

趙全素(1601~미상), 后浦遺稿(국립중앙도서관)

趙持謙(1639~1685), 迂齋集(문총147)

趙鎭寬(1739~1808), 柯汀遺稿(『豐壤趙氏文集叢書』)

趙纘韓(1572~1631), 玄洲集(문총 079)

趙泰億(1675~1728), 謙齋集(문총 189,190)

趙泰采(1660~1722), 二憂堂集(문총 176)

曹夏望(1682~1747), 西州集(역총 2411)

趙學洙(1739~미상), 可隱遺稿(『豐壤趙氏文集叢書』)

趙顯命(1690~1752), 歸鹿集(문총 212,213)

趙希逸(1575~1638), 竹陰集(문총 083)

蔡裕後(1599~1660), 湖洲集(문총 101)

蔡之洪(1683~1741), 鳳巖集(문총 205)

崔奎瑞(1650~1735), 艮齋集(문총 161)

崔南斗(1720~1777), 茅廬先生文集(역총 804)

崔鳴吉(1586~1647), 遲川集(문총 089)

崔錫鼎(1646~1715), 明谷集(문총 153,154)

崔錫恒(1654~1724), 損窩遺稿(문총 169)

崔愼(1642~1708), 鶴庵集(문총 151)

崔昌大(1669~1720), 昆侖集(문총 183)

崔晛(1563~1640), 訒齋集(문총 067)

沈師周(1631~1697), 寒松齋集(서울대 규장각)

沈尙鼎(1680~1721), 夢悟齋集(서울대 규장각)

沈錥(1685~1753), 樗村遺稿(문총 207,208)

河溍(1597~1658), 台溪集(문총 101)

河弘度(1593~1666), 謙齋集(문총 097)

韓元震(1682~1751), 南塘集(문총 201,202)

許穆(1595~1682), 記言(문총 098,099)

洪大容(1731~1783), 湛軒書(문총 248)

洪良浩(1724~1802), 耳溪集(문총 241,242)

洪萬朝(1645~1725), 晚退堂集(연세대)

洪命元(1573~1623), 海峯集(문총 082)

洪鳳周(1725~1796), 石崖先生文集(역총 1622)

洪瑞鳳(1572~1645), 鶴谷集(문총 079)

洪世泰(1653~1725), 柳下集(문총 167)

洪汝河(1621~1678), 木齋集(문총 124)

洪葳(1620~1660), 清溪集(문총 125)

洪柱元(1606~1672), 無何堂遺稿(서울대 규장각)

洪胄華(1660~1718), 晚隱遺稿(서울대 규장각)

洪重聖(1668~1735), 芸窩集(성균관대 존경각)

洪泰猷(1672~1715), 耐齋集(문총 187)
黃景源(1709~1787), 江漢集(문총 224,225)
黃德吉(1750~1827), 下廬集(문총 260)

黃胤錫(1729~1791), 頤齋遺稿(문총 246)
黃宗海(1579~1642), 朽淺集(문총 084)
黃宅厚(1687~1737), 華谷集(문총 209)